PATRIOT

パトリオット

プーチンを追い詰めた男
最後の手記

ALEXEI NAVALNY
アレクセイ・ナワリヌイ

斎藤栄一郎／星 薫子［訳］

講談社

1976年、生まれたばかりの長男アレクセイを抱く父アナトリー・ナワリヌイと母リュドミラ

母リュドミラ、父アナトリー、アレクセイ［中央後列］、弟オレグ

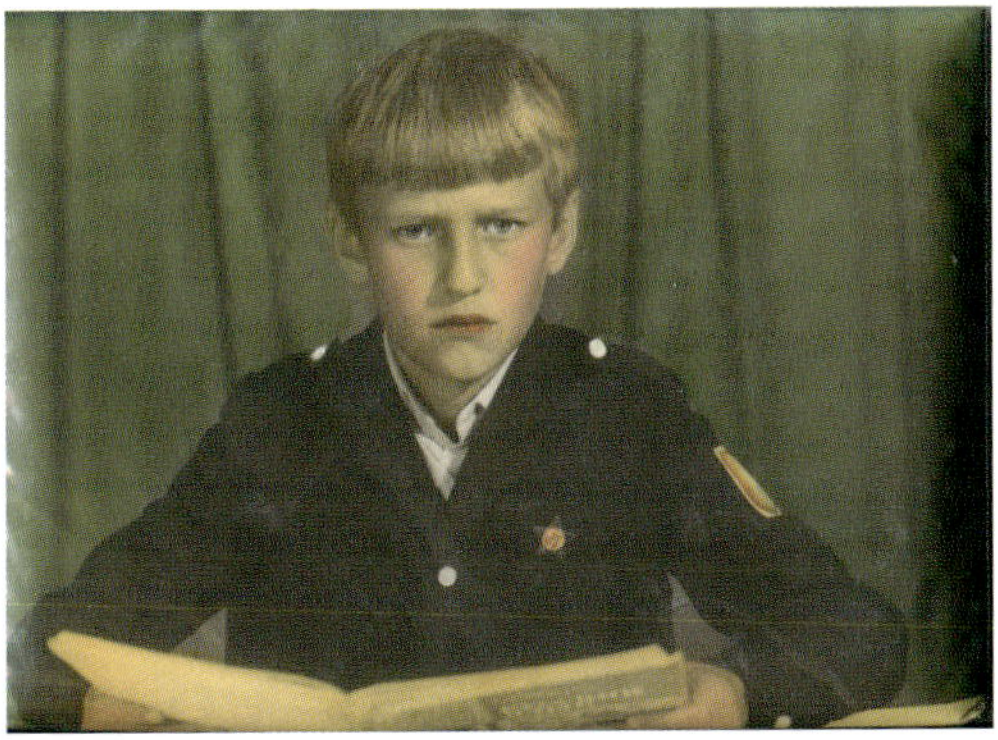

1984年、アレクセイ

1992年、壁に張られたロシアのロックバンドのポスターの前でアレクセイ

1999年、交際中のアレクセイとユリア

2000年、結婚式

2006年、モスクワのバーでアレクセイ［ステージ中央］が進行役を務めた政治ディベート

2010年、アレクセイと息子のザハール

2013年、釈放直後にキーロフの法廷で抱き合うアレクセイとユリア（撮影・Evgeny Feldman）

2013年、キーロフの拘置所から釈放後にモスクワに戻るアレクセイとピョートル・オフィツェロフ。駅に詰めかけた支持者と対面

2013年、モスクワ市長選の選挙運動で有権者に語りかけるアレクセイ

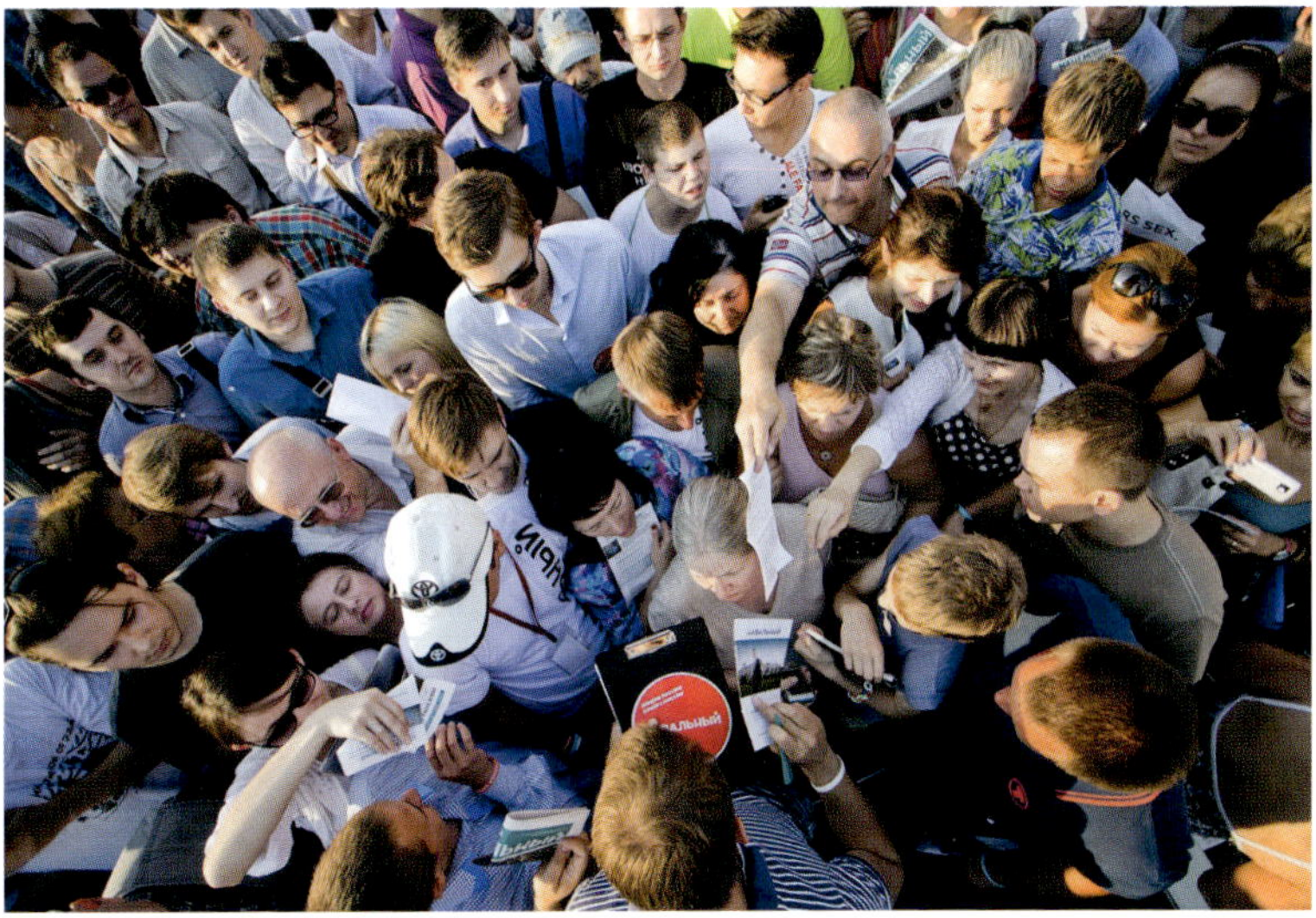

2013年、モスクワ市長選の運動中に有権者からサイン攻めにあうアレクセイ［中央下］（撮影・Evgeny Feldman）

2013年、モスクワ市長選を前に開かれた支援集会・コンサートにてユリアとアレクセイ

2013年、モスクワ市長選投票日のウラジーミル・アシュルコフ［左］、アレクセイ、レオニード・ボルコフ（撮影・Maxim Shemetov/Reuters/Scanpix）

2014年、フランスの化粧品会社イブ・ロシェを巡る裁判で、有罪の不当判決を受けるアレクセイとオレグ（撮影・Sergei Karpukhin/Reuters/Scanpix）

2015年、アレクセイと娘のダーシャ
（撮影・Alexei Konstantinov/ APE agency）

2016年、調査活動を撮影中のアレクセイ

2016年、家族とともに
（撮影・Alexei Konstantinov/APE agency）

2017年、支援集会中に警察に拘束されるアレクセイ。後に禁錮15日を言い渡される（撮影・Evgeny Feldman）

2017年、ボルゴグラードに本部開設。おとり捜査官がアレクセイを外に引きずり出そうとするのを阻止する支持者ら（撮影・Evgeny Feldman）

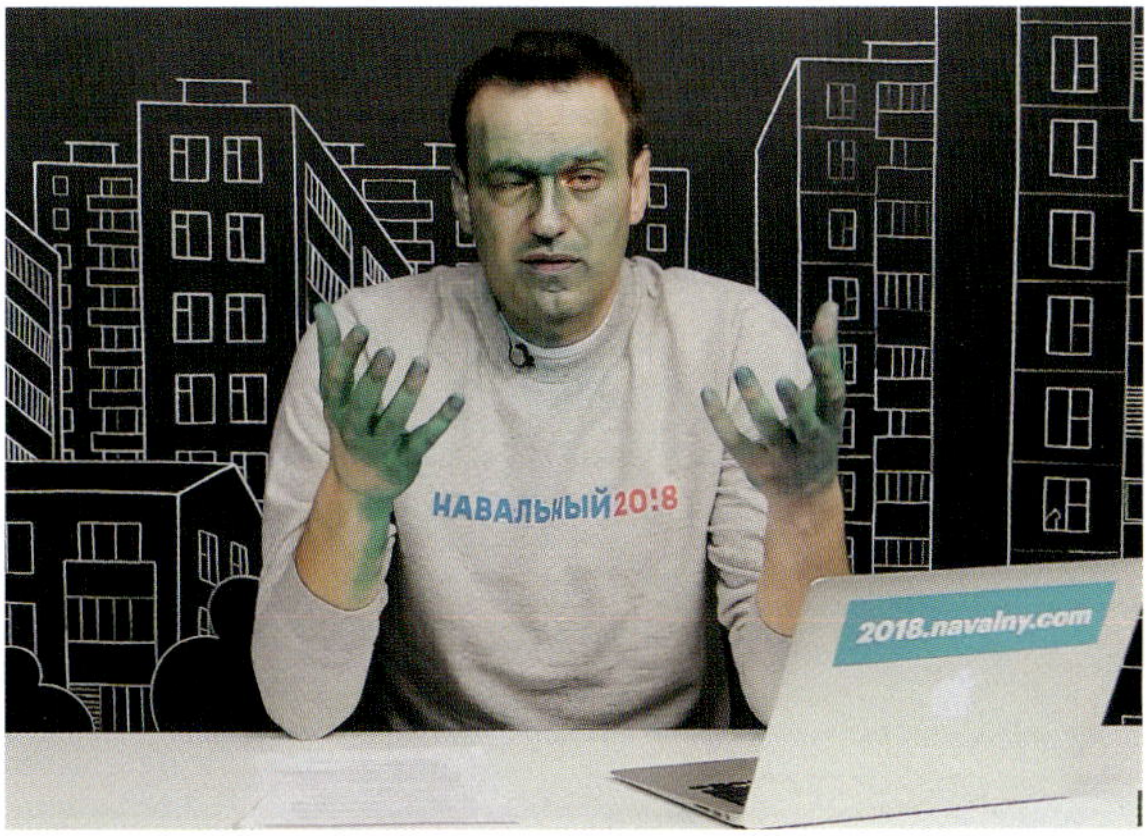

2017年、毒物混入ゼリヨンカを顔にかけられた直後に生放送に出演するアレクセイ。この攻撃で危うく失明するところだった

攻撃の１週間後に放送に出演するアレクセイ

2017年、モスクワでの支援集会に出席するアレクセイ、ユリア、ザハール。一切の説明もなく警察が3人を取り囲んで集会会場から排除し、発言の機会を奪った。このころ負傷した目は手術により回復していた（撮影・Evgeny Feldman）

2017年、反汚職基金のオフィスでスタッフと打ち合わせるアレクセイ（撮影・APE agency）

2017年、翌年の大統領選に向けたオムスクでの支援集会に現れたアレクセイ（撮影・Evgeny Feldman）

2017年、翌年の大統領選に向けた運動中にノボシビルスクで開かれた支援集会で、与党・統一ロシアの活動家と討論するアレクセイ（撮影・Evgeny Feldman）

2017年、セレブリャニ・ボルでの集会で大統領選候補にアレクセイを指名（撮影・Evgeny Feldman）

2017年、ロシア大統領選挙候補の登録のため、中央選挙管理委員会に書類を提出に行く途中のアレクセイと支援者（撮影・Evgeny Feldman）

2018年、大統領選の候補者登録を拒否された後、投票ボイコット呼びかけの集会に現れたアレクセイ。この集会中に警察に拘束されて15日間の勾留に（撮影・Evgeny Feldman）

2018年、化粧品会社イブ・ロシェを巡って捏造された事件に巻き込まれて3年半の刑期を過ごした弟のオレグと、刑務所通用門で再会するアレクセイ（撮影・Vasily Maximov/AFP/East News）

2019年、モスクワ市議会選挙の独立系候補者登録が拒否されたことに抗議する集会に参加するアレクセイとユリア（撮影・Tatyana Makeyeva/Reuters/ Scanpix）

2019年、支援集会で演説するアレクセイ

2019年、反汚職基金オフィスにて。壁には、1927年に開催された著名な物理学国際会議「ソルベー会議」の写真が掲げられている（撮影・APE agency）

［訳注：同会議は1911年に始まり、現在も続いている。1927年の会議では「電子と光子」をテーマに世界の有力物理学者が量子力学に関する熱い議論を戦わせ、革新的な成果が生まれる大きな節目に］

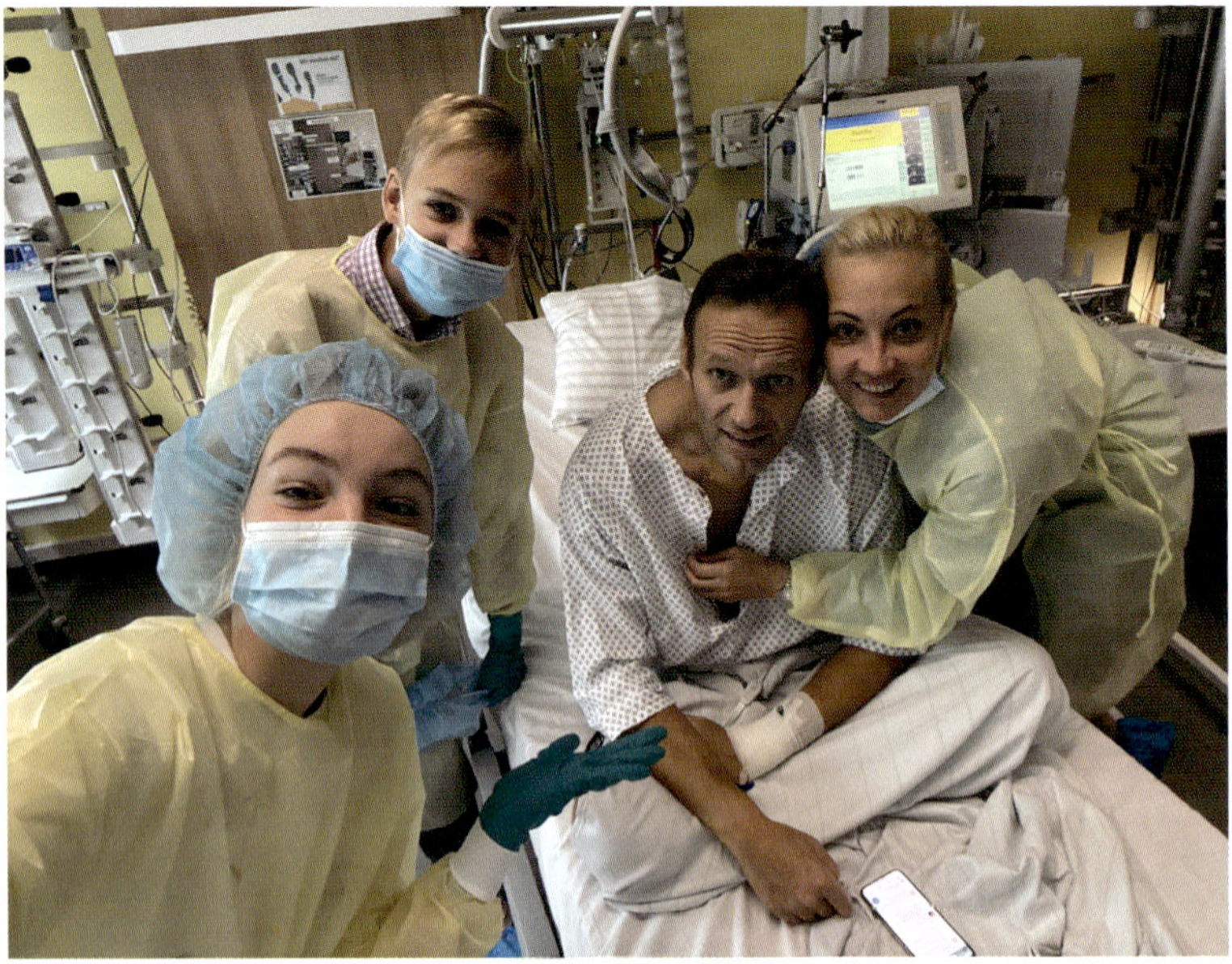

2020年、神経剤「ノビチョク」による毒殺未遂に遭い、独・シャリテ病院で昏睡状態から脱した直後に家族と再会したアレクセイ

毒殺未遂後にリハビリに励むアレクセイと家族

2020年、一家で

2021年、ドイツで5ヵ月に及ぶリハビリを終え、モスクワに戻るアレクセイ（撮影・Mstyslav Chernov/AP/East News）

2022年、公判中に拘置所からビデオ通話で姿を見せるアレクセイ（撮影・Denis Kaminev/AP/East News）

パトリオット

プーチンを追い詰めた男　最後の手記

目次

Part 1
NEAR DEATH
死の淵

1

死に際は、苦痛なんてまったく感じなかった。死にかけの身でなかったら、機内のトイレ前の床に寝かされていることもなかっただろう。考えてもみてくれ。お世辞にもきれいな場所ではない。

その日はシベリア地域の工業都市トムスクからモスクワ行きの便に乗っていて、体調もすこぶる良かった。シベリアではいくつかの都市で地方選挙を2週間後に控え、自ら立ち上げた団体「反汚職基金（ＦＢＫ）」の仲間とともに、与党「統一ロシア」を何としてもねじ伏せたいと意気込んでいた。それがどういう意味かわかるだろうか。20年にわたって権力の座にあるウラジーミル・プーチンとて全能ではないし、シベリア地域で特に人気があったわけでもなかったのだ。テレビでは解説者が朝から晩までプーチンを絶賛し続けているにもかかわらず、だ。

私は数年間、公職につくことを禁じられていた。この国は、私が率いる政党を認めず、最近も政党登録を拒否してきた。8年間に実に9回もの門前払いである。どういうわけか、いつも「書式記載誤り」を理由に突き返される。珍しく私の党から候補者名簿に登録されたこともあったが、後からこじつけとしか言いようのない口実で被選挙資格が認められないこともあった。私の党は全盛期には全国80ヵ所に地方事務所を置き、国内でも最大級の規模を誇る。国家から絶えず攻撃にさらされるなどの苦難をものともせず、締め出された選挙で勝利を収めるという常軌を逸した能力が求められたのである。

この権威主義国家は、20年以上にわたって有権者に、「自分たちは無力で、何かを変えられるわけがない」という意識を植え付けてきた。それだけに、人々を説得して投票所に足を運ばせることは容易ではなかった。とはいえ、国民の所得は7年連続で減少の一途をたどっていた。現体制にうんざりしている有権者のうち、3分の1でもいいから、投票所に引っ張り出すことができれば、親プーチン派の候補者は一人残らず勝つ見込みがなくなるはずだ。だが、どうやって投票所に引っ張り出せばいいのか。説得か？ 報酬か？ 私たちは、有権者の怒りに火をつける道を選んだ。

◉クレムリンに歯向かう者

過去数年、私は同志とともに、ロシアの汚職をテーマにした終わりなき連続ドラマを制作していた。最近はYouTubeでほぼ毎回300万～500万再生を誇っていた。この国の報道ときたら煮え切らないものばかりで、何を伝えるにしても「疑いがある」とか「可能性がある」とか「～との声もある」など、いかにも法律顧問に好まれそうな言葉遣いのオンパレードだ。そんなロシアの現実を踏まえ、私たちは最初からそういう報道姿勢に背を向けてきた。泥棒は泥棒、汚職は汚職と断じてきた。広大な不動産を持つ人物がいれば、私たちはドローンで撮影し、いかに壮大な物件かをあらゆる面から伝えていた。その価値を突き止め、物件所有者が官僚であり、本人が公表しているささやかな所得額と物件の価値を並べて世に問うたこともある。

汚職に関してはどんなことでも理詰めで攻めていく手もあるが、私としてはもっと直接的な方法を好んで使った。例えば、大統領報道官が自身の結婚式で新婦にキスしている写真をよく見てみたら、シャツの袖から高級腕時計がのぞいていた。スイスのメーカーに問い合わせたところ、価格は62万ドル。5人に1人が貧困ラインである月収160ドルに満たないロシア国民の前に、この事実をさらした。月収160ドル未満はもっと正確に言えば「極貧」ラインである。こういう堕落した役人の厚かましさを目の当たりにした視聴者は激しい憤りを覚える。そこで、次の選挙で投票すべき地元候補を紹介するウェブサイトに呼び込む。役人の贅沢三昧を支援したくなければ、「こちらの候補に一票を」と呼びかけるのだ。

狙いどおりの展開となった。私たちは、「国を治める謙虚な愛国者たち」の暮らしぶりを暴くことで、ドラマとしての娯楽性も維持しつつ、視聴者の怒りに火をつけ、汚職の構造を解き明かしてプーチン体制にできる限りのダメージを与える行動を呼びかけた。ネタが尽きることはなかった。

映像素材はたっぷりある。シベリア地域のさまざまな都市の汚職について動画2〜3本はYouTubeに上げられそうだ。私は、飛行機の窓の外を眺めながら、そんな思いを巡らせていた。動画を公開すれば数百万人が視聴する。そのうち数十万人はノボシビルスク州とトムスク州の住民だ。視聴者は動画を見て終わりではない。怒りに震える視聴者は、我々の呼びかけに応えて投票所に出向き、親プーチン派候補への反対票となる投票行動を取るはずだ。

私たちの計画を知った各州当局は、あの手この手で妨害を仕掛けてきた。その手口を思い出すと、苦笑するしかない。私がロシア各地を移動するたびに、下っ端から最高幹部に至るまで、役人はカンカンだった。訪問を脅威と感じたのか、でっち上げの刑事告発を連発して私の全国行脚を阻止しようとした。刑事事件の被告は居住地から出られない規定があるからだ。2012年から自宅軟禁下に置かれたまま1年を過ごした後、今度はモスクワから出ることを禁じる差し止め命令が下ってさらに数年が経過した。

2ヵ月前、プロパガンダを垂れ流す国営テレビ局「ロシア・トゥデイ」の扇動を受け、また一つ馬鹿げた刑事告発が投下された。「退役軍人に対する名誉毀損」なる罪だという。そのせいで、モスクワから出ることを禁じる命令も付いてきた。私は歯牙にもかけず、シベリアに向かった。それが今回の最新の調査旅行である。同志とともに調査を終え、地元野党関係者のインタビュー、親政権派の議員が個人所有の島に建てた邸宅の映像など、何百ギガバイトもの映像データを持ち帰った。映像データは暗号化し、サーバーにアップロードしてあるから、いつでも編集作業にかかれる。

トムスク州で統一ロシアを打ち破り、ノボシビルスク州でもせめて相手候補を窮地に追い込めたら、と期待を抱いていた。過去2年間に私たちの事務所は300回以上も手入れを受け、黒マスク姿の連中がドアをチェーンソーで壊して侵入し、そこら中を捜索した末に電話とPCを持ち去った。そんなたび重なる脅迫にもかかわらず、私たちは強く大きくなる一方だったから、満足感があった。当然、私が喜べば喜ぶほど、クレムリンもプーチン個人もおもしろくない。おそらくはこれがきっかけで、あの男が「アクティブメジャーズ発動」の命令を下すことになったのである。アクティブメジャーズとは、ソ連時代のKGB（国家保安委員会）やそのKGBに源流を持つFSB（ロシア連邦保安庁）の高官らが記録文書に伝統的に使用してきた用語で、非公然の積極工作を指す。対象者を消せば、問題は片付くというわけだ。

そんな感想だから、日常生活を送っていても、ありとあらゆる災難が降りかかり、トラに襲われることさえある。敵の一味に背後から槍で突かれても不思議ではない。連れ合いに料理の腕前を披露しようとしてうっかり指を切断したり、ガレージに置いてあったチェーンソーが作動して運悪く足を失ったり、空から落ちてきたレンガに頭を直撃されたり、窓から転落したり。よくある心臓発作などの不幸に見舞われるのも、痛ましいことだが、この国にいたら驚くほどのことではない。

読者の中には、背後から槍で突かれたことがある人はまずいないと信じたいが、実際に自分が経験したり、他の人々の経験を見聞きしたりすると、その衝撃は生々しく感じられるものだ。この飛行機に搭乗するまでは、まさに私もそんなふうに考える一人だった。

◉2020年8月20日

推理小説よろしく、あの日の出来事一つひとつを正確につなぎ合わせていこうじゃないか。それが定石である。ほんの些細なことが謎解きの鍵を握っている可能性があるからだ。

あれは2020年8月20日のことだ。私はトムスクのホテルの部屋にいた。朝5時30分、目覚まし時計が鳴る。すくっと起きて、バスルームに向かう。シャワーを浴びる。ヒゲ剃りはしない。歯磨き。ロールオンタイプの制汗剤は空になっていた。それでも空の容器を脇に転がしてからごみ箱に放り込む。その容器は、数時間後に部屋を捜索に訪れた仲間が見つけることになる。大きなバスタオルを羽織ってベッドに戻り、今日は何を着るか考える。下着にソックス、Tシャツ。スーツケースの中を覗き込んで10秒。服選びとなると軽いめまいを覚えるような人間だ。

気恥ずかしい思いが頭をよぎる。昨日と同じTシャツというのもどうかな。もっとも、5時間後には自宅だ。着いたらまたシャワーを浴びて着替えればいい。いや、それはさすがにまずい。仲間に気づかれ、うちの代表は最悪にだらしないと思われても困る。

ホテルのランドリーサービスから洗濯物が戻っていたので、Tシャツとソックスを取り出した。スーツケースには新しい下着もあった。着替え終わって時計を見たら5時47分。飛行機には余裕で間に合う。その日は木曜日。毎週、同じスケジュールで動いている。木曜は何があろうと夜8時には生配信があり、ロシアの1週間を振り返って意見を表明することになっている。『アレクセイ・ナワリヌイと語る未来のロシア』は、ロシアでも屈指の人気を誇る動画配信番組で、5万〜10万人がライブで配信を視聴し、さらにその後、オンデマンドで最大150万回もの再生数を誇っている。今年に入って視聴者数は100万人を割り込んだことがない（その日が木曜日でなかったら、あと数日はシベリアに滞在していた）。

時刻は6時1分。遅刻は嫌なのだが、決まって荷造り後に入れ忘れに気づく。椅子にベルトがかかったままだった。再びスーツケースを開けてベルトを放り込み、パンパンなのを悪戦苦闘しながら無理やり閉める、お馴染みの儀式が待っている。スーツケースに全体重をかけてファスナーを引っ張り、「お願いだから破裂しないでくれよ」と祈るように、押さえつけていた手を離す。

6時3分にホテルのロビーに降りていくと、すでに広報担当のキーラ・ヤルミシュ、アシスタントのイリヤ・パホモフが待っていた。イリヤが呼んでおいてくれたタクシーに乗り込み、空港に向かう。途中で運転手がガソリンスタンドに寄る。ふつうなら客を乗せていないときに給油するだろうから、少々奇異に映ったが、すぐに忘れてしまった。

空港では、ロシアのどこでも共通のくだらないルールが待っている。荷物を金属探知機に通さなければ、空港の建物に入ることもできないのだ。

2列に並び、2つのチェックポイントを通過する。この行列がなかなか進まない。自分の前の客がポケットの携帯電話を取り出し忘れて時間を食うのもお約束のパターンだ。探知機の警報音が鳴り響く。やれやれ、この男は腕時計を外していないじゃないか。今度は3度目の警報音だ。間抜けな客に悪態をつきたい気持ちをぐっとこらえながら、私もゲートをくぐる。案の定、警報音が鳴る。私も時計を外し忘れていた。「あ、すみません」。謝りながら後ろの客の顔を見る。10秒前の私と同じ気分であろうことは、目を見ればわかる。

こんな馬鹿げたことで、せっかくのいい気分までぶち壊しにしたくはない。もうすぐ我が家に帰れる。そうすれば今週の仕事はおしまい。家族と週末を過ごせる。気分は最高だ。

ほどなくして私は、同行のキーラ、イリヤとともに空港ターミナルの中央に立っていた。いかにも早朝に見られる出張族である。出発まで1時間ある。辺りを見まわしながら、搭乗時刻までどうやって時間を潰すか考える。

「お茶でも飲もうか」と私が誘う。早速、店に向かった。

3つ先のテーブルで、こっそり私たちを撮影している男の姿が目に入った。もうちょっと品よくお茶を飲むべきだったか。どうせ「トムスク空港でナワリヌイ発見」などとキャプションを付けて、背中をまるめてお茶をすする私の姿をインスタグラムにさらすのだろう。この動画は、のちに数えきれないほど再生され、秒単位で映像が精査されることになる。問題の動画には、店員が赤い紙コップに入った紅茶を私にわたす姿が映っている。彼女以外は誰も紙コップには触っていない。

空港で私は「シベリアのおみやげ」と書かれた店に立ち寄り、キャンディを購入する。レジに向かって歩きながら、妻のユリアに手渡すときに何か気の利いたジョークの一つも言えないものかと考えていた。だが何も思いつかない。まあいい。そのうち思いつくだろう。

やがて搭乗を知らせるアナウンスが聞こえてきた。7時35分、パスポートを係に見せ、バスに乗り込み、150メートル先に駐機する飛行機まで移動する。

この便は搭乗客が多いと見えて、バスの中は少々騒がしい。ある男が私に気づくと、一緒に写真を撮ってほしいと近寄ってきた。快く求めに応じた。すると堰を切ったように、10人ほどが混雑する車内をかき分けながら私に近づいてきた。楽しそうな笑顔の私がみんなの携帯のカメラロールに収まる。そしていつも思うのだが、本当に私のことを知っているのは、このうち何人くらいなのか。何だか有名人らしいから一緒に写真を撮っておくかと思った人はどのくらいいるのか。そういえば、米国のテレビドラマ『ビッグバン★セオリー ギークなボクらの恋愛法則』で、物理学者のシェルドン・クーパーが二流有名人を定義していた。「誰かが説明してくれれば、多くの人がそうだったと思い出す」人物というものだが、まさに言い得て妙だ。

飛行機の前でバスを降りても、まだ写真撮影が続く。気づけば、他の乗客は機内に入っていて、私たちが最後になってしまった。バックパックとスーツケースを持ち込むので、収納スペースにまだ空きがあるのか不安になる。収納棚がいっぱいだったらどうしよう。機内をうろうろしながら、手荷物の空きスペースがないと客室乗務員に泣きつくような哀れな乗客になるのはごめんだ。

結局、心配は無用だった。スーツケースは頭上の収納棚に、バックパックは座席の足元スペースにきれいに収まった。同行スタッフは、私がどうしても窓側席に座りたいことを承知している。3

席並びの真ん中と通路側にスタッフが陣取り、ロシア政治について話しかけてくる乗客から私をガードしてくれるのだ。私は基本的には話し好きなのだが、飛行機の中だけは勘弁してもらいたい。機内は常に騒々しい。わずか20センチほどの距離まで顔を近づけてきて、「汚職を調査しているんですよね？　僕の経験談も聞いてくださいよ」などと大声を出されるのはまっぴらごめんだ。ロシアは汚職で成り立っているようなもので、誰もが思い当たる節がある。

その日は最初から気分上々だったが、これから3時間半の空の旅は完全にリラックスできる至福の時間。そう考えると、ますます気分が良くなっていった。真っ先にテレビアニメ『リック・アンド・モーティ』を見る。続いて読書だ。

シートベルトを締め、スニーカーを脱ぐ。飛行機が滑走路を走り始める。バックパックに手を突っ込み、ＰＣとヘッドホンを取り出し、ダウンロードしておいた『リック・アンド・モーティ』の適当な1話を開く。運がいい。リックがピクルスに変身するストーリーだ。お気に入りの回である。通りかかった客室乗務員の男性がこちらをじろりと見る。時代遅れの機内保安規則上は、ＰＣも閉じることになっているが、特にお咎めなしだった。二流有名人の役得である。今日は万事順調だ。

だが、その幸せは突然終了する。

◉異常事態

例の客室乗務員のお目こぼしのおかげで、おかしな事態の発生の瞬間を正確に思い出すことができる。あれから18日間も昏睡状態が続き、集中治療室で26日間を過ごし、入院は34日間に達したわけだが、今思えば、確かPCを取り出す前にまず手袋をして、アルコールで拭き取ってから画面を開き、例のアニメ番組が21分経過した瞬間である。

離陸時のお楽しみである『リック・アンド・モーティ』の視聴を放棄するくらいだから、よほどのただならぬ事態が発生したわけだ。乱気流くらいであきらめる私ではないのだが、画面を凝視しても集中できない。冷や汗が額を伝う。とんでもなくおかしなことが起こっている。もはやPCを開いていられない。額を流れる冷や汗はさらに増えていく。あまりの事態に、左隣のキーラにティッシュをくれないかと伝えた。キーラは電子書籍から目を離すこともなく、バッグから取り出したポケットティッシュをよこす。1枚出して、汗を拭う。もう1枚。どう考えても、何かおかしい。経験したことのない異常事態だ。何がどうなっているのか、さっぱりわからない。どこかが痛むわけではない。自分自身が崩壊していくような異様な感覚なのだ。

離陸時に画面を見ていたから、飛行機酔いかと考えた。確信が持てないままキーラに言った。

「何かおかしいんだ。ちょっと私に話しかけてくれないか。ちゃんと声が聞こえるか確認したい」

奇妙な依頼だ。キーラは一瞬驚いた様子だったが、読みかけの本の内容について話し始めた。話していることは理解できる。だが、なぜか体力を使うのだ。刻一刻と集中力が衰えていく。数分後には、キーラの唇が動いているのを見ているだけの状態になった。音は聞こえるのだが、言っていることが理解できない。後でキーラから聞いた話では、「うんうん」とか「なるほど」などと相槌を打ちながら5分ほど持ちこたえ、ときには内容について聞き返すこともあったそうだ。

飲み物のカートを押す客室乗務員の姿が目に入った。水をもらうかどうか考えていた。キーラによると、乗務員は私の返事を待っていたそうだ。私は黙ったまま乗務員を10秒ほど見つめていた。ついにキーラも乗務員も様子がおかしいと察したのだ。私は「ちょっと席を外したい」と伝えた。トイレに行って冷たい水で顔を洗えば、少しはすっきりすると思ったのだ。キーラは、通路側席で眠っていたイリヤを起こし、私を通してくれた。スニーカーも履かず、靴下のままだった。スニーカーを履く気力もなかったわけではない。単に履く気にならず、これでいいと思ったのである。

幸い、トイレは空いていた。一つひとつの行動を振り返る必要があるのだが、ふだんはそんなことを気にしていない。当時、何が起こっていて、その後、何をしようとしていたのか。今になって意識的に努力して把握しなければならない。ここはトイレ。鍵がどこかにあるはずだ。いろいろな色のものが目に入る。これがおそらく鍵なのだろう。そいつをスライドさせる。いや、そうじゃない。よし、ここに蛇口がある。押せばいいのか。どうすりゃ押せるんだ？　手を使うんだった。手はどこだ。手はある。水だ。顔を洗うんだった。頭の中には、ただ一つの思いしかない。何の苦労も必要としないことしか思い浮かばず、ほかのことはすべてかき消されてしまう。もう我慢の限界だ。顔を洗い、トイレに腰掛ける。そして初めて自覚した。もう終わりだ。

考えた末に「もう終わりかもしれない」と思ったわけではない。自覚があったからだ。

指で反対側の手首を触ってみる。ふつうなら、アセチルコリンという神経伝達物質が放出され、触ったという神経信号が脳に届くから、手首に何かを感じる。それは目でも確認し、触覚を通じて何なのか特定できる。今度は目を閉じて同じことをやってみるといい。手首に触る指は見えないが、手首に触れたことは簡単にわかるし、指を離した瞬間もわかる。アセチルコリンが神経細胞間を伝わっていった後は、体がコリンエステラーゼという物質を分泌する。信号伝達作業が完了した瞬間に信号を止める役割の酵素である。この酵素が「用済み」のアセチルコリンを分解し、それとともに、信号が脳に伝達された痕跡もきれいさっぱり消失する。この機能が働かなくなると、脳は手首が触られたという信号をいつまでも際限なく受け取り続けることになる。ウェブサイトに対するサイバー攻撃の一つにＤＤｏＳ（分散型サービス拒否）攻撃というものがある。あれによく似ている。ふつうは1回クリックすれば、サイトが開くわけだが、１秒間に１００万回クリックすると、サイトはクラッシュする。

ＤＤｏＳ攻撃に対処するには、サーバーを再設定するか、もっと強力なサーバーを導入するかだ。人間の場合はそれほど単純ではない。偽の神経信号が何十億回と押し寄せてくれば、脳は完全に混乱状態に陥り、目の前の状況を処理できなくなり、最終的に機能停止に追い込まれる。そしてしばらくすると呼吸停止が待ち受けている。呼吸自体、脳が制御しているからである。これが神経ガスと呼ばれる化学兵器の仕組みだ。

それでも私は力を振り絞って、頭の中で自分の体をチェックする。心臓はどうか？　痛みはない。胃は？　問題ない。肝臓その他の内臓は？　不快感はまったくない。総合すると？　ひどく不快だ。あまりにひどすぎる。いつ死んでもおかしくない。

どうにかこうにか再び顔に水をかける。席に戻りたいが、自力ではトイレから出られそうにない。鍵がどこにあるかもわからない。いや、すべて鮮明に見えるのだ。ドアは目の前にある。鍵もそこにある。そのくらいの力は残っているのだが、この忌々しい鍵に狙いを定め、手を伸ばし、右方向にスライドさせることがとんでもなく難しいのである。

なんとかトイレからは脱出できた。通路にはトイレ待ちの列ができていた。みんな不満そうな表情を浮かべている。どうやら、思ったより長くトイレにいたようだ。酔っ払いとは動きが違う。よろめいてはいないし、誰も私のことを気に留めていない。ただの乗客に見えるのだろう。後日、キーラから聞かされたのだが、私が窓側席から出ていったときはいたってふつうの状態で、キーラとイリヤの前を苦もなく通っていったという。ただ、顔は青ざめていたそうだ。

トイレから出て通路に立ったまま、助けを求めようと自分に言い聞かせる。だが、客室乗務員に何をお願いするというのか。どこに問題があって、どうしてほしいのかもわからない。

客席のほうに視線を向けたが、すぐに反対方向に向き直った。目の前にはギャレー（調理設備）が見える。2メートル四方程度のスペースには、食事を運ぶミールカートがある。長距離フライトの場合は、ここに来れば飲み物がもらえる。

それにしても、本物の作家はつくづく特殊な人々だと思う。化学兵器の攻撃で死の淵をさまよっているのは、どんな感じかと聞かれても、私が思いつくことと言ったら2つしかない。『ハリー・ポッター』の吸魂鬼（ディメンター）と、トールキンの『指輪物語』に登場する幽鬼、ナズグルである。吸魂鬼にキスされても痛みはない。犠牲者はただ命が消えゆくことを感じるのみである。ナズグルの最大の武器は、相手の意志と力を無力化する恐ろしい能力だ。私は通路に突っ立ったまま、吸魂鬼にキスされ、近くにはナズグルがいる状態だ。目の前の状況を理解できずに打ちのめされそうになる。生命が枯渇していく一方で、それに抵抗する意志もない。もう終わりだ。それまでの「もう我慢できない」という感覚が、「もう終わりだ」という感覚にものすごい力で急激に取って代わられようとしている。

客室乗務員が訝《いぶか》しげにこちらを見ている。離陸時に、私のPC使用を見逃してくれた乗務員のようだ。力を振り絞り、言葉を口にしようとする。自分でも驚いたが、「毒を盛られた。命が危ないんだ」という言葉が飛び出した。乗務員は、動揺も驚きも見せないどころか、心配する様子もなく、なんと薄笑いを浮かべている。

「どういうことでしょうか」

私は、ギャレーのフロアに立つ乗務員の足元に倒れ込む。乗務員の表情ががらりと変わる。転倒ではない。卒倒でもない。意識を失ったわけでもない。だが、通路に立っているのが無意味で馬鹿げていると感じたことは確かだ。そりゃそうだろう、死にかけているのだから。間違っているなら訂正してほしいのだが、誰だって死ぬときは横になるものだろう。横向きに寝た。目の前に壁がある。もはや気まずさも不安も感じない。周囲に人が集まってきた。驚きや心配の声が上がる。

女性が私の耳元で声をかける。「どうしました？　気分が悪いですか？　心臓発作ですか？」

私は力なく首を横に振る。心臓は問題ない。

物事を考える余裕があった。死について巷で言われていることは真っ赤な嘘だ。生まれてからの人生が走馬灯のように浮かびもしない。最愛の人々の顔も現れない。天使も、まばゆい光もありゃしない。ただ壁を見つめて死んでいく。周囲の声がぼんやりとしてくる。最後に聞こえたのは、「お願い、目を覚まして、目を覚まして」という叫び声だ。そして死を迎えた。

ネタバレ注意だが、実際には死んでいなかった。

2

昏睡状態から目を覚ます瞬間。それは映画でもおなじみのシーンで、ある日、パッと目を覚ますものだと思われているようだが、残念ながら違う。飛行機で死にかけていたかと思ったら、次の瞬間、目を覚ますと病院のベッドの上で、愛する妻が、あるいは少なくとも医師団が心配そうに見守っていた……。そんなふうに語れたら、さぞかし幸せだったろう。実際はまるで違う。通常の生活に戻るまでには、イライラするような視力低下の状態が数週間も続いた。その全貌たるや、ダンテの『神曲』に出てきそうな、延々と続くリアルな地獄巡りさながらの状況だった。あの9つの圏谷で構成される地獄の全体像を考案したのは、昏睡状態の経験者で、私と似たような光景を目にしていたのではないだろうか。幻覚がひっきりなしに現れ、そこから時折、現実が垣間見えた。時間の経過に伴い、現実が増え、幻覚が減っていった。

◉日本から来た神経外科医

最初の数日間に関して思い出せるのは、断片的な瞬間だけだ。例えば、車椅子に座る私のヒゲを誰かが剃ってくれた記憶がある。指一本、動かせないからだ。別の記憶では、親切な人が私の手を洗っている。医師らしい。「アレクセイ、何か言葉が出てきそうですか。出てきたら書き取って見せてあげますよ」

そんな呼びかけが来る日も来る日も続き、私はゆっくりとその意味を理解し始めた。最初に気づいたのは、自分がアレクセイだということだった。続いて、これは医師が私のために考えてくれた訓練であり、何か言葉を発するよう求められていることも理解した。声帯は無傷だった。問題は、何も言葉が思い浮かばないことにあった。懸命にがんばるのだが、脳の中の言葉を考える機能にまでたどり着けなかった。おまけに、言葉を呼び出せないことを医師に説明する術がない。説明するには言葉が必要にもかかわらず、頭の中には言葉が何も浮かばないのだから、どうにもならない。看護師からの簡単な質問なら、うなずくことはできた。だが、完全な言葉を呼び出して口にするとなると、お手上げだった。

目の前の状況に対する理解が徐々に深まり始め、ものも言えるようになってきた。やがて、鉛筆をわたされ、書き留めるように指示されたが、再び苦悩が襲いかかってきた。どのように書いていいのかさっぱりわからないのだ。

私のもとを誰よりも頻繁に訪れてくれたのが、担当医だ。日本から来た著名な神経外科医で、大学教授でもあった。この担当医は、私にとても詳しく穏やかに話しかける。そして、何が起こったのか、どういう治療が必要なのか、リハビリはどのくらいの期間に及ぶのか、いつごろ家族に会えるのかといったことを慎重に説明してくれた。プロ意識が高く、信頼できる医師の姿勢に大いに感銘を受けたものだ。昏睡状態から目覚めた後、私がはっきりと思い出せる最初の人物が、この担当医である。素晴らしい人物で、少々髪は薄くなっているものの二枚目で真摯、おまけに頭脳明晰ときている。だが、どういうわけか、途方もなく悲しみに暮れていた。後で看護師から聞いた話では、2歳になる息子を亡くしていた。自動車事故だったという。医師として実の息子の命を救おうと懸命に治療し、自ら執刀したが、痛ましいことに彼の腕の中で世を去ったそうだ。ある日の回診の際、担当医は、亡くした息子を偲んで自ら詠んだ俳句を披露してくれた。あれほど美しいものを耳にしたのは、生まれて初めてだった。担当医が病室から出ていった後も、胸が張り裂けんばかりの思いを込めた俳句が頭から離れず、私は数日間、思い出しては静かに涙を流し続けた。

だが、担当医と一緒にいるときは平静を装うことができた。というのも、私自身の社会復帰計画を話し合っていたからだ。あの時間は本当に好きだった。翌週、担当医から新しいバイオニック義足をつけると聞かされた。どうやら両足とも失っていたらしい。その後、人工脊椎への置換という難度の高い複雑な神経外科手術も、この担当医が執刀してくれることになっていた。人工脊椎に置換すれば、大きな改善が見込まれる。何しろ、4本の巨大な人工触手が取り付けられるからだ。その姿は、『アメイジング・スパイダーマン』シリーズに登場するドクター・オクトパスそのものである。あまりの興奮で、いても立ってもいられなかった。

そして私は失意のどん底に突き落とされる。そんな日本人医師は存在しないと言われたのである。担当医とのやり取りも社会復帰計画も長時間の会話も、壮大な幻覚だったのだ。6種類の向精神薬を同時に投与されたためだった。あまりの衝撃に、病院の医療スタッフ全員に会わせてくれと要求したほどだ。細かい部分には多少の勘違いがあったかもしれないし、あの日本人担当医は神経外科医ではなく救急蘇生の専門家だったのかもしれないではないか。

そう思ってはみたものの、残念ながら入院先のベルリンのシャリテ病院には、私の説明に符合する医師は存在しなかった。医師団や家族に諭されたように、私が見ていたのは幻覚だった。その事実を潔く受け入れるほかなかった。とはいえ、ひょっとしたら事故で息子を亡くした著名な日本人神経外科医がいるのでは、と数時間、検索を続けたこともある。そういう医師が存在しないとしたら、私は自作の俳句に3日間も目を泣きはらしたという事実を突きつけられるわけだ。

◉ホワイトボードのハート

昏睡に陥った後、最初に妻のユリアと対面したのがいつだったのか記憶にない。

誰かが病室に入ってきたことに気づき、美しい女性の姿を見て、「おや、そこにいるのはユリアじゃないか。うれしいなぁ」と思った瞬間が記憶にないのだ。誰一人として見覚えがなく、自分の周りで何が起こっているのかも理解できずにいた。ただそこに横たわり、集中力もない状態だった。だが、毎日、気分が最高になる瞬間があったことは覚えている。私のすぐそばに「ある女性」が姿を現すのである。

その女性は、枕の位置の調整や私に対する話しかけ方が誰よりも上手だった。「ああ、アレクセイ、どうしてこんなことに……」などと嘆き悲しむこともない。ときに微笑み、ときに笑い声をあげるその女性のおかげで、私はいい気分になった。病室の集中治療室には、ベッドと反対側の壁沿いに大きなホワイトボードがあった。何かが描かれていたのだが、何度見てもまったくわからなかった。ある日、ホワイトボードを凝視していると、突如、小さなハートマークが浮かび上がった。やがてハートの数が増えていることに気づいた。そのうち、描かれているハートを数えるようになり、自分が集中治療室にいる間、いつもユリアが訪ねてきては、毎日ハートを1つ描き加えていることが判明した。それを見ているうちに、ある日、ユリアから手わたされた紙に、どうにか自分で何かを書けるようになった。退院後にユリアがその紙切れを見せてくれた。文字はなく、まるで心電図のグラフのような線が書かれている。しばらくは縦罫線の間にしか書けなかった。やがて数週間後には縦方向にきれいに書けるようになり、さらにずいぶん時間が経ったが、依然として単語を構成する文字の順序が入れ替わってしまう状況だった。

現実の把握が以前よりも改善し、英語も少し思い出し始めてきたころ、看護師に水を1杯ほしいと伝えた。すると看護師は、その言葉を紙に書いてくれたら、すぐに持ってくると言いながら、ペンを差し出した。

英語で「ウォーター」が水であることは思い出せたのだが、いくら考えても、どう書けばいいのかわからない。だんだん腹が立ってきて、苛立ち気味に再び水を要求した。「もう1回、がんばってみましょう」。看護師は毅然とした態度を見せる。紙の上でペンを適当に走らせているうちに頭に血が上ってきて、カッとなった私は、突然頭に浮かんだ言葉を書き殴った。「fuck（ちくしょう）」と。仕返しの気持ちもあったが、むしろ誇らしげに、その紙切れを看護師にわたした。すると、哀れみの目で私を見ている。そこに書かれていたのは「fkuc」だった。

記憶の断片を順序どおりに並べ替えようとするのだが、実際のところ、その記憶というもの自体、例の日本人医師、紙とペン、両足を失ったこと、ホワイトボードのハート、惨事に巻き込まれたこと、ユリア、収監生活といった具合に、現実と夢の断片の寄せ集めなのである。

ある記憶の断片では、私が独房のベッドに腰かけている。刑務所の壁には規則が書かれているのだが、その日に限っては、いつものような規則ではなく、ロシアの有名なラップグループ、クロヴォストークの曲の歌詞が書かれていた。看守が私に規則、つまりはその歌詞を繰り返し読み上げろと命令する。1000回読めというのだ。拷問である。夢の中で私は激昂する。

思考力が回復してからずいぶん時間が経ったころに、あるインタビューでこの記憶に触れたところ、クロヴォストークのメンバーからTwitter［訳注：現X］で「リョシュ［原注：アレクセイの愛称］、バッドトリップ［訳注：麻薬などで不快な幻覚を見ること］させて悪かった」とメッセージが送られてきた。

さて、病室には壁掛けの大きなテレビがあったのだが、これがまた新たな試練となった。繰り返し現れる妄想よりはましといえばましだが、それでも気分の悪いものだった。意識が徐々に回復するにつれて、医療スタッフはあの手この手で私を楽しませようとしてくれた。ある日、医療スタッフは、サッカー観戦がいいと考えたようだ。問題は、私がまるでサッカーに興味がないことだった。しばらくして、私の仲間であるレオニード・ボルコフがお見舞いに来てくれたときに、これはよろしくないと気づいてくれた。「どうしてサッカーを見せているんですか。彼は好きじゃないんですよ」

ただちにテレビのスイッチが切られた。その時点ではよく事情が飲み込めていなかったが、ともかく大きな安堵感に包まれた。

◉記憶回復とリハビリ

ユリアやレオニードは、私に起こったことを何度か説明しようとした。だがなかなかうまく伝わらない。まるで閉まっているドアをノックし続けているが、ドアの向こうにいる私の脳は応えないでいるような状態だった。毒を盛られたこと、機内で気を失ったこと、FSB高官だらけのオムスクの病院のこと、当分、政権は転院を認めそうにないこと、ドイツへの避難に関することなどを話してくれたのだが、私は座ったまま、2人を見つめているだけだった。プーチンがシベリア出張中の私を暗殺しようとしたことや、独立系研究機関が毒を盛られたと断定していること、しかも英国ソールズベリーでのロシアの諜報機関によるセルゲイ・スクリパリ親子毒殺未遂事件［訳注：ロシアの元スパイで、英国情報機関に機密を提供していたスクリパリと娘が2018年に神経剤で殺されそうになった事件］に使われた化学物質と同じだったことなどを詳しく話してくれた。説明の途中で「ノビチョク」という言葉が出たとたん、私は突然、2人をきっと見据え、「なんだって？　ふざけたマネをしやがって！」と吐き捨てた。

私の反応を見て、レオニードは、もう大丈夫と確信したそうだ。

あの日の出来事を深く把握するにつれて、それまでの流れも思い出してきた。私の暗殺未遂事件の詳細を知りたいのはやまやまだが、それよりも気がかりだったのは、トムスクとノボシビルスクの選挙結果だ。例の調査結果は、YouTubeで公表したのか。有権者は見てくれただろうか。投票所に足を運んでくれたのか。統一ロシアを倒せたのか。私たちの候補者の得票率は？　開票日の晩、

Twitter のタイムライン（自分の投稿や他ユーザーの投稿が時系列に並んだ画面）をユリアに読み上げてもらった。続いて、自分の言葉が不明瞭なため、ユリアに〝通訳〟してもらい、仲間にメッセージを送った。

選挙結果は、期待以上だった。トムスクでは、私たちが支援する候補者27人のうち、19人が勝利を収めた。この中に私たちの党の地方支部長クセニア・ファディエワやその補佐を務めるアンドレイ・ファティエフらもいる。ノボシビルスクでは、地方支部長のセルゲイ・ボイコら、支援候補12人が当選を決めた。

それでも、初めてベッドから出ることが許され、自分の力で実際に何歩か歩いてみるまでは、現実を完全には受け止めきれなかった。ここから逃げ出したかったし、実際に何度か脱走しようとしたこともあるため、長い間、許可が出なかったのである。思考力がゆっくりと回復していくうちに、誰かがいつも病室の外に立っていて、ガラス窓から監視していることに気づいた。医師には見えなかった。事の経緯を把握してからは、それが警備員だとわかった。ある日、警備員から銃をひったくって脱出を手助けしてくれないかとユリアを説き伏せようとしたこともある。一刻も早く自由になりたかったのだ。銃が手に入るはずもない。そこで、自ら行動を起こすことにした。身体に取り付けられているカテーテルや管を一つ残らず引き抜き、病室中を血まみれにして起き上がろうとしたのだ。すぐに医師らが駆けつけ、私をベッドに戻すや、あっという間にコードやらチューブやらで再びがんじがらめにしていった。もっとも、そう簡単にあきらめる私ではない。その後も何度か脱走を試みている。

とうとう医師団の許可が下り、自分でベッドから出て、実に危なっかしい足取りながら数歩先の洗面台まで歩けるようになり、すべての記憶が戻ってきた。

手を洗いたかったが、その手が言うことを聞いてくれない。すると、突然、ある記憶が鮮やかによみがえった。そうだ、そういえば、病院に運び込まれる数週間前、トムスク発モスクワ行きの機内のトイレで顔を洗おうとしていたのだった。ベッドに戻り、横になる。天井を見つめながら、どうしようもなく情けない気分になった。まるでよぼよぼの老人じゃないか。わずか3メートル先の洗面台まで造作なく歩くことも、蛇口をひねることもままならない。一生こんな状態が続くのかと不安になった。

当初は、実際にそうなると見られていた。ふつうの暮らしに戻るためには、血の滲むような努力が欠かせなかった。毎日、理学療法士が来た。人柄のいい女性なのだが、今までやったこともないくらいの難題を無理強いするのだ。例えば、テーブルにカップが2つ用意される。一方は水入り、もう一方は空のカップだ。私にスプーンをわたし、水をすくって空のカップに移せという。そのころには発話もずいぶん滑らかになっていたから、「わかりました、5回でいいですよね」と尋ねると、「7回やってください」と無茶を言う。最終的には、水をすくって別のカップに移す動作を7回繰り返すことができたが、こんなつらいことはない。マラソンを走らされているような気分だった。

まだまともに歩くことも、物を握ることも、体の動きを合わせることも身についていなかった。キャッチボールは1日に100回だ。あれはへとへとになった。何週間もマスターできなかったのが、立った姿勢から床に横たわり、起き上がるという運動だ。どうがんばっても3回が限界で、本当につらかった。

集中治療室に入っているころ、一番うれしかったのは、モスクワから娘のダーシャと息子のザハールが駆けつけてくれたことだろう。だが、ご想像どおり、何ともぎこちないひとときだった。コードやらチューブやらでぐるぐる巻きだから、抱き合って再会を喜ぶこともできない。そんな状況で何を話せばいいのか戸惑うばかりだ。だから子供たちは病室でただ椅子に座り、私もその様子を見つめるだけだったが、このうえなく幸せな気分だった。

◉メルケルの電撃訪問

9月23日、1ヵ月以上の入院生活を送ったシャリテ病院を退院する日がやってきた。準備を整え、荷物をまとめ、初めて病衣から普段着に着替えた。退院は午後3時の予定だったが、担当医が最後にもう一度私のところに寄りたいので6時まで待ってほしいと告げられた。そうこうしているうちにドアが開き、担当医がやってきた。一緒についてきた女性には、うっすらと見覚えがある。なんと、ドイツのアンゲラ・メルケル首相（当時）ではないか。これにはたまげた。もちろん、ベルリンへの転院を認めるようプーチンに迫るなど、私の命を救うためにご尽力いただいたことは以前から聞いていた。握手をしたかったし、できることならハグもして思いを伝えたいのはやまやまだったのだが（毒殺未遂事件があってからしばらく感情が非常に高ぶりやすくなっていた）、自分はトレーニングパンツにTシャツというラフな姿。折り目正しいドイツの礼儀作法から見れば、とんでもなく無礼だし、調子にのるべきではないと自制したのである。そして主にロシア政治について、1時間半ほど会談した。ロシア政治についてのメルケルの知識の豊富さには驚かされた。私たちの調査、とりわけシベリア地域での最新の調査に関しても実に詳しく把握していて、大いに感銘を受けた。

メルケルの電撃訪問は、非常に感動的な人間味あふれる計らいであると同時に、ツボを心得た政治的アピールでもあった。言うまでもなくプーチンの神経を逆なですることになった。別れ際に、尽力に心からの感謝の気持ちを伝えた。メルケルからは今後の計画を尋ねられた。できるだけ早くロシアに戻りたいと答えた。「急ぐことはないですよ」とメルケル。

だが、私は、すぐにでもモスクワに戻るという考えにこだわっていた。我が家で新年を祝いたかったのである。ユリアには制止された。「完全に回復するまで待ちましょう」

そこで、あと4ヵ月ドイツにとどまることにした。

2020年9月21日
愛に関する投稿

8月26日は私とユリアの結婚記念日だった。結婚して20年になる。遅ればせながら、1ヵ月前よりも愛について少しだけ理解を深めた今日、こうして思いを綴ることができ、本当にうれしい。

昏睡状態でベッドに横たわる患者。そのパートナーによる深い愛と献身的な看護の末に、ある日、愛しい人は目を覚ます――。映画や書籍で100回は接するおなじみのシーンである。愛と昏睡状態の患者を扱った名作映画の定石から言えば、当然そうなる。ところが、私ときたら、いつまで経っても目が覚めなかった。ユリア（@yulia_navalnaya）は病室を訪れては、話しかけたり、歌を歌ったり、音楽をかけてくれたりした。正直に白状しよう。実は何一つ記憶にない。

しかし、ちゃんと覚えていることもある。もっとも、覚えているとおりにうまくは表現できないはずだ。それはごく初期の感覚や感情の寄せ集めとでも言おうか。ただ、私にとっては、脳内に消えることなく刻み込まれているほどに大切なものなのだ。

私はそこに横たわっている。すでに昏睡状態を脱したものの、誰も認識できないし、何が起こっているのかも理解できていない。話せないうえに、話すということがどういうことなのかもわからない。唯一の楽しみは、〝あの女性〟が来るのを待つことだ。それが誰なのか定かではない。その人がどういう容姿なのかもわからない。仮に、焦点の定まらない目で何かを見分けられたとしても、その全体像を覚えておくことができない。でも、その女性は違う。実は大部分がはっきりしている。だからじっと横になって、その女性を待っている。ここに来ると、この部屋の主役になる。枕の位置を直してくれるので、とても快適になる。心配そうな小声ではなく、楽しげに話すし、大きな声で笑う。何かを話してくれる。その人が近くにいると、馬鹿馬鹿しい幻覚は引っ込む。だからその人がいると、気分は上々なのだ。女性がいなくなると悲しく、また来てくれるのが待ち遠しい。

これは絶対に科学的に説明がつくはずで、そこに疑問の余地はない。妻の口調であることを認識すれば、脳がドーパミンを分泌し、気分が良くなるといった仕組みだろう。その女性の訪問は文字どおりの治療効果があり、再訪を待ち望むことがドーパミン分泌を強化してくれた。しかし、科学や医学でどれほど見事に説明できるのだとしても、今、自らの経験に照らして言えば、愛のおかげで癒やされ、意識を取り戻すことができたのだと確信している。

ユリア、命を救ってくれたのは君だ。このことが神経生物学の教科書に掲載されますように。

《Instagram より》

［原注：内容をわかりやすくするために一部を編集し、繰り返しの記述は削除してある。アレクセイの Instagram の投稿については、本書が対象としている期間の全投稿を紹介しているわけではない］

Part 2
FORMATION
原体験

3

見慣れない白い服にすっぽり包まれた兵士たちが路上に立っていた。ガスマスクも被っているから、なんだか奇妙な動物のようにも見える。私は軍人の家庭で育ったので家にガスマスクはあったが、使い道といえば、両親の知人が子連れで遊びに来たときに、おもちゃ代わりになるくらいだった。子供たちは、ゾウに見立てたガスマスクを被り、わいわいきゃっきゃとアパートの周りを賑やかに走り回っていた。もっとも、ガスマスクを被っていると暑くてたまらないから、3分もすれば飽きてしまう。くだんの兵士たちは、ふざけて被っているわけではなかった。通行する車を停めては、奇妙なことに特殊な金属棒でタイヤをチェックしていた。

当時、私は9歳。父の乗る国産車「ラーダ6」の後部座席の窓からその様子を眺めていた。子供のころの記憶の中でも、特に鮮烈なシーンだ。両親によれば、兵士たちが纏っていたのは放射能や危険な化学物質を避ける防護服だった。

少し前に、700キロほど離れたチェルノブイリ（現チョルノービリ）原子力発電所の爆発事故があったために、このような措置が取られていた。オブニンスク［訳注：モスクワの南西100キロほどのカルーガ州の都市］は、ソ連初の原子力発電所が建設された立ち入り制限区域だ。我が家はその近郊の、軍事施設がある町にあり、その日はオブニンスクまで食料の買い出しに行く途中だった。

この街にすべての原子力研究者がまとまって暮らしていたため、物資は豊富だ。「配給」はソビエト時代の重要な言葉で、幼い私でも知っていた。ソビエト国家計画制度の背後にいる闇組織の関係者が裏工作をすれば、陸軍部隊唯一の食品雑貨店よりもオブニンスクの食料品店でソーセージに巡り合う確率が60％高くなるのだ。

兵士らが手にした金属棒は、タイヤの放射能レベルの測定器だった。チェルノブイリ原発の大惨事が過失によるものだと政府は認めておらず、これ見よがしな検問は、事故を仕組んだ妨害工作員を見つけ出すためというのが、公式の説明だった。原子力発電所があるすべての都市で、警備が強化されていたのである。スパイ（当然、米国のスパイだ）が原発を次々に爆発させるべく国内を移動しているとすれば、タイヤに付着した放射性物質の痕跡で犯人を特定できるというわけだ。

だが母は、この町のどんなボンクラでも検問の本当の理由くらい知っていると見抜いていた。ニュースでは偽情報がばらまかれているにもかかわらず、多くの研究者は家族全員を車に乗せ、オブニンスクに逃げ戻っていたのだ。検問の本当の目的は、原発から逃げ出した研究者らを見つけ出すことだった。当局は、「何ら危険はない」と虚言を垂れ流しながら、彼らの車や服や身体に付着した放射能の拡散阻止に死に物狂いだった。

「そのくらいにしておけよ」

父が腹立たしげに母を制する。この話題が気に入らないらしい。

◉チェルノブイリ原発事故

旧ソビエト連邦のころからある町や村には、ほぼ例外なく第二次世界大戦で亡くなった人々の記念碑がある。チェルノブイリ原発からわずか数キロのところにあるザレシエ村（現ウクライナ領内）の記念碑には、戦没者名の中に「ナワリヌイ、ナワリヌイ、ナワリヌイ、ナワリヌイ」と同じ姓がいくつか刻まれている。これでは私の親族なのか、たまたま同じ姓の人物なのか知りようもない。

実は、父はこの村の出身だ。学校を出て軍への入隊を決意し、士官学校に進んだ。ソ連崩壊後も、故郷のあるウクライナに戻ることなく、ロシアの軍事都市を転々としていた。だが、きょうだいのうち兄2人と母親（つまり私から見れば祖母）は故郷ザレシエ村にとどまっていた。私は毎年夏になると、その祖母の家で過ごした。親戚は、私の顔を見るたびに、モスクワ育ちでひょろひょろの青白い顔をした都会っ子だと舌打ちしては、ウクライナ産の良質なサーロ［訳注：豚の脂身の塩漬け］を食べて体をもっと大きくするんだと、ことあるごとに口にしていた。だから夏休みは、相撲の力士も羨むほどの食事を毎日出されたものだ。おかげでウクライナの村の日焼けした田舎っ子になり、ロシア語まで忘れかけたほどである。

祖母は信心深い人だった。祖母の捧げる祈りを、私も丸暗記した。もっとも意味はさっぱりわからなかったが。秋になると両親のもとに送り返される。久しぶりに両親と食卓を囲み、私の外見の変化を話題に、ウクライナ人とロシア人の長所、短所をいつまでも上機嫌で語り合ったものだ。

母は、ロシア北部のアルハンゲリスクで生まれ、モスクワ郊外のゼレノグラードで育った。少数民族の出身だ。私はこれまで、ウクライナ人か、それともロシア人かと数えきれないほど尋ねられてきたが、そのたびにできる限り曖昧な受け答えをしてきた。父親と母親のどちらに対する愛情が大きいかと言われても、気の利いた答えが出てこないのと同じだ。

ザレシエ村からチェルノブイリ市は目と鼻の先だ。だから村人は、買い物となれば決まってチェルノブイリに出かけるし、多くの村人の職場も市内にあった。まともに運営されている最寄りの教会もチェルノブイリだ。父の承諾もないまま、私は祖母に連れられてそこで洗礼を受けている。父に限らず、ソビエト陸軍の将校に共通して言えることだが、全員がソビエト連邦共産党（CPSU）の党員になる必要があり、党員である以上、理屈から言えば無神論者ということになる。祖母は、私に洗礼を受けさせたことが明るみに出たら、父が党を追放になるのではないかと不安がっていたが、それ以上に神に背くことを恐れていた。言うまでもなく、そんな秘密を長く隠し通すことなどできなかったが、両親は怒ることもなく、むしろ祖母が不安がっている様子をおもしろがっていた。

ザレシエ村は、地上の楽園だった。小川が流れ、木々にはサクランボがたわわに実っていた。祖母の家では、さまざまな家事を手伝ったが、牛飼いが村のウシを放牧から連れ帰り、各戸に送り届けた後、大きなウシを牛小屋に連れて行くのは私の役目だった。この仕事は誇らしかった。村では、おじやおば、いとこ、祖父母を始め、親戚に囲まれていた。もっとも、どのくらい近い間柄なのかはわからない親戚も多かったが、みんな明るく陽気で素敵な人ばかりだった。

1986年4月26日の午前1時30分ごろ、この楽園は崩壊する。チェルノブイリ原発4号炉の爆発事故だ。世界の国々にとっては、原発事故による甚大な災害だった。ソ連にとっては、〝成熟した社会主義〞の経済危機にあえいでいた国家の崩壊の一因になった。ウクライナに暮らす私の親族にとっては、昔ながらの生活が吹き飛ぶ大惨事だった。私にとっては、初めての出来事であり、人生初の教訓として、未来ある私の人格形成期に大きな影響を与えることになった。放射能からは遠く離れていたにもかかわらず、国全体に偽善や嘘が渦巻いていた。

◉当局の嘘と隠蔽工作

爆発から数日後、ソ連政府は汚染の規模を十分に把握していたにもかかわらず、私の親戚も含め、チェルノブイリ周辺の村々に暮らす人々は農場に送られ、ジャガイモの植え付け作業をさせられていた。大人も子供も、死の灰が降り積もったばかりの土を掘らされたのである。もちろん、地元の人々は、何かがあったことを知っていた。多くの人々がチェルノブイリで働いていたから、当然、原発で働く友人をもつ人もいた。原発爆発のニュースは瞬く間に広がった。

むろん、当局は全面的に否定し続けた。政府が何かを隠そうとしていることは誰の目にも明らかで、言い換えれば、隠さねばならないことがあり、誰もそれを公然と口にできない状況だったのである。1986年の段階では、ソ連とそれを支える思想・言論統制の巨大な仕組みが近いうちに消滅するとは誰も想像だにしなかった。だから、ジャガイモの植え付けを命じられれば従うほかなかった。誰がどう見ても、これほど危険で有害なことはないのだが、国民のパニックを回避するためにこういうことが行われたのである。

どのような危機でもソビエト（その後はロシア）当局が判で押したように繰り出す救い難いほど馬鹿げた対応からわかるように、永遠に騙されているほうが国民のためという考えなのだ。そうしなければ、人々が家を飛び出し、無政府状態の大混乱に陥り、建物に火を放ち、殺し合いになるとでも言うのか！

実のところ、そんな事態に陥ったことなどない。ほとんどの危機では、国民は合理的に規律正しく行動する覚悟ができている。特に、状況を正しく伝え、必要な措置を説明していれば、しっかり対応できるものだ。それにもかかわらず、最初の公式の反応は決まって嘘なのだ。大して衝撃的でもない規模の危機であっても、まずは嘘という対応を何度となく目にしてきた。当局者が嘘をつく実際の利益などなく、単に「まずい状況になったらごまかせ」という規則なのだ。損害を過小評価し、何でも否定し、はったりをきかせる。なぜなら当局が想定している国民は〝馬鹿な国民〟であって、真実を受け止める覚悟などありはしないという前提なのだ。

チェルノブイリ原発事故の場合、国民を欺く合理的理由は微塵もない。1週間は不要不急の外出を控えるよう、周知徹底すべきだったのだ。後になって反省してすむ話ではない。ウクライナの首都キーウ（旧称キエフ）は、何百万もの人口を抱えている。ここで、爆発事故からわずか5日後にメーデーのパレードが強行されたが、やはり、これも万事順調だと偽装するためのプロパガンダだった。今となっては、こういう決定がどのような経緯で下されたのか明らかになっている。執務室にふんぞり返ったままの共産党指導部にとって、ソ連国民にも、そして恐ろしいことに外国人にも、原発事故を知られないことが最優先事項だった。常軌を逸した大規模な隠蔽工作のために、膨大な数の人々の健康が犠牲にされたのである。実際に、放射性降下物、つまり死の灰は広範囲に降り注ぐため、世界各地の研究機関によって降下物が検出されている。

何年も経って、私は逮捕され、特別拘置所に入れられたのだが、独房の中で、新たに公開された公文書資料の山に目を通していた。それは、かつてのウクライナ・ソビエト社会主義共和国にあったKGB支局作成の秘密報告書である。事故後しばらくしてからウクライナを現地取材した『ニューズウィーク』の記者をターゲットにした特別作戦について、誇らしげに記録されている。作戦には20人ほどが関与し、その中には特殊民兵部隊や退職した元KGBエージェントなども名を連ねていた。記者がインタビューした相手は、実は全員が情報将校だった。これはKGBが仕組んだもので、誰に話を聞いても、事故の影響は最小限で、国民は共産党と政府のてきぱきとした対応に感銘し、大いに満足しているとの答えが返ってきた。たった一人の記者を欺くために膨大なヒト・モノ・カネが投じられたのも、政府にとってこれが正しい対応だったからである。敵方の記者が事実を歪曲してソビエトの現実をこき下ろすことを許すわけにはいかない。それなら、いっそこちらが先に事実を歪曲したほうがまし――。そういう論理なのだ。

ところで、北朝鮮では、通り沿いの食料品店にプラスチック製の張りぼてフルーツがもっともらしく並べられている。空港に到着した外国人旅行客を車で市内に送る際、この道を通って、バナナやオレンジが潤沢に出回っているかのように見せかけるのが狙いだ。それに引き換え、ソ連の策略は張りぼてバナナの足元にも及ばない。

何ともおかしな話だが、ワシントン、ロンドン、ベルリンに暮らす人々のほうが、実際に汚染区域に暮らす住民よりも事の経緯に精通していた。うちの一家は真相の全体像こそ知らなかったものの、多くの人々よりはるかに事態をよく把握していた。それでも共産党と政府は、チェルノブイリでの爆発について「ワシントンのプロパガンダによる卑劣な当てこすり」を頑なに否定していた。当時、親戚に聞いたところ、発電所の爆発は地域の全住民が知っていて、現場周辺には兵士が配置されているとのことだった。

そこから悪夢が始まった。ほどなくして、原発から30キロ圏内の全住民が避難対象となった。国営テレビで、政府の対応は見事な連係による作戦だとどれほど絶賛されていようとも、私たちはとっくに詳しい情報をつかんでいた。多くの親戚は、ウクライナ全土に散り散りになってしまった。まるで開拓者の野営テントのような粗末な家だろうと、とにかく空き家が見つかり次第、住むほかなかった。誰もが絶望の淵に沈んだ。自分たちの農場や、自らの手で建てた家を強制的に手放さざるを得なくなるのは耐え難いことだ。とりわけ、ソビエトの水準から言えば、裕福と考えられる人々だったのだから、余計に我慢できなかったろう。こうした親戚に比べれば、たとえ父が陸軍勤務で人並み以上の給与をもらっていたとしても、我が家は貧しいほうだった。父が部隊に所属し、ソ連の平均的な生活で、アパートに住み、給与収入で暮らしていた。一方、親戚は果樹園があり、ウシを飼い、土地も所有していて、少なくとも食料事情に関してはずっと恵まれていた。それが一変したのだ。現地では、子供たちに身分証明の書類と最低限の衣類だけを持たせてバスに乗せ、聞いたこともないような場所に避難させ始めた。しかも永遠に、だ。ウシは鳴き続け、イヌは吠えまくる。まるで戦場を描いた映画のワンシーンのようだった。数日後、兵士たちが村を回りながら、イヌを射殺していった。

身の毛がよだつような修羅場で、もはや隠しようもなかった。気が動転した人々はあたふたと間の抜けた行動をとる。祖母は自宅から避難する数時間前、ふと屋根裏で魚の干物を作っていたことを思い出した。末っ子、つまり私の父は干物が大好物だったため、郵便局に行き、干物の小包発送を依頼したそうだ。表通りには防護服に身を包んだ一団が行き交う。あらゆるものが汚染されているので、必要不可欠なもの以外は携行しないようにとの警告がスピーカーから響きわたっていた。郵便局の営業打ち切り時刻が刻一刻と迫っていた。さすがの祖母も驚いたそうだが、発送を受け付けてくれたのである。そして干物は滞りなくモスクワの我が家に到着した。とてもおいしそうな干物で、父はビールのつまみにしようと上機嫌だった。それを見た母が大騒ぎしたものだから、やむなく父は放射線測定器を取り出してきた。案の定、まるで原爆が投下されたかのような高い放射線量を示していた。母は干物を森に運び、穴を掘って埋めた。

汚染地域から避難した住民は合計11万6000人。その全員に、新たな家、新たな職、そしてやむなく放棄した財産の補償が必要だった。裕福な先進国であっても、できない相談だろう。まして計画経済を掲げるソ連にとっては、悪夢でしかない。住宅も車も新調する必要があったのだから。

当時のロナルド・レーガン米大統領は、ソビエトを揶揄するジョークが得意だった。

「いいかい、ソ連で自動車を買うときは前払いだ。ただし、納車は10年後だがね」

あながち冗談とも言い切れない。当時、自家用車は最も貴重な財産であり、合法的に所有が認められた物としては最も価値があった。だから、ようやく手に入れた車を手放さざるを得なくなったら、おいそれと2台目など買えるわけもない。ソ連ではVAZブランドでライセンス生産されていた時代遅れのフィアットでも、納車までに実に10年から15年もかかっていた。

ソ連は、プロパガンダづくりとでっち上げに関しては圧倒的な実力があったが、当時、必要とされたのは、急ピッチで住宅を建設する力だった。ソ連にはまずマネのできない技であり、まともにやり遂げられないことは明白だった。兵士と労働者が全国各地から動員されて建設作業に当たったが、急拵えの住宅は、救いようもないほどずさんな造りだった。国にできることといえば、国営のロシア貯蓄銀行（スベルバンク）の個人口座に金を振り込む以外になかった。もっとも、ユーゴスラビア製のブーツを買い替えようにも、その軍資金を手にわざわざモスクワまで足を運び、行列に5時間も並ぶ気があるだろうか。かといって、それに匹敵するような商品は地元の店頭になかった。では、背中に大きく「PUMA」と書かれた東ドイツ製のスポーツウェアが欲しいなら？　まさかカール・マルクスが用意してくれることもなかろう。服だろうが靴だろうが壁紙だろうが便器だろうが、質のいいものはひどく不足していた。計画経済は、最低限の生活必需品の需要にさえ応えられなかった。2億7500万人の生活必需品を求める人々が毎日長い行列を作っていた。原発事故の被害者を行列の前に割り込ませてやろうなどと考える人は皆無だった。

事故区域に送り込まれる兵士は増える一方だった。彼らは、ロシア語で「リクビダートル（事故処理作業員）」と呼ばれ、この言葉はのちにソビエト社会、さらにはロシア社会に定着していった。チェルノブイリでの実態が徐々に伝わってきたのだが、新たな事実が明らかになるたびに人々は震え上がった。こうした現場の実態とテレビの報道内容との食い違いに私は愕然とした。

自分の周囲では誰もが真実を知っているというのに、当局はなぜデマを流し続けるのか。10歳になっていた私には不可解でならなかった。嘘をつくなら、少なくともそれなりの見返りを期待するのが筋だ。例えば仮病を使えば学校をサボることができる。これなら嘘をつくメリットはある。だが、ソ連政府の嘘の狙いはどこにあったのか。ソ連の脚本家、ワシーリー・シュクシンは、ソ連のやり口について「明けても暮れても嘘ばかり。贖いも嘘、罪の償いも嘘、達成した目標も嘘、経歴も繁栄もメダルもアパートも全部嘘。嘘まみれだ。嘘が、まるでかさぶたのようにロシア全体を覆っていた」と見事に書いている。

チェルノブイリの大惨事が起こっていなかったら、政治を巡る話題を身近で耳にすることもなく、私の政治的な立場も少し違っていたはずだ。時は流れ、すっかり大人になった私は、新たにロシア大統領代行が任命される様子をテレビで見ていた。この国の新しい「エネルギッシュなリーダー」の情熱を感じ取るどころか、子供のころに感じたように、この人も嘘をつき続けるのだろうと思うだけだった。

◉軍の街での少年時代

私自身には、町育ちと田舎育ちの両面がある。父アナトリーは、一家の末っ子で、早くから故郷ウクライナの村を出たがっていたという。決して簡単なことではなかった。1965年まではコルホーズ（集団農場）の労働者にパスポートは発行されなかったからだ［訳注：国内での移動でさえ「国内パスポート」が必要だった］。全員平等を謳い、他者の搾取を禁じたソ連にあって、農民はまさしく「農奴」であった。そこから逃れる唯一の方法が軍に入ることだった。父がキエフの軍通信学校卒業後に配属された対ミサイル防衛軍は、モスクワを中心に同心円状の三重の防衛網を築いていた。敵のミサイル攻撃からソ連の広大な領土全体を防衛するのは非常に難しいが、少なくとも首都は守れるというのが、軍事戦略家的な思考だった。モスクワ近郊の部隊に配属された父は、若き将校として、公共交通機関、つまり郊外列車で展開する部隊の護衛を命じられた。客車に乗り込んだときにリュドミラという女性と出会う。後の私の母である。母は、モスクワの電子産業集積地に指定されていたソ連版シリコンバレーとも言うべきゼレノグラードに住んでいた。住民は、教育水準の高さや科学エリートの一員であることをアピールするために、映画館でさえ、わざわざ「エレクトロン」と呼ぶほどだった。母はモスクワ国立経営大学を卒業後、ハイテク企業の一つ、インスティテュート・オブ・マイクロデバイセズに就職した。1975年に結婚してからは、祖国の首都をミサイルから守る三重の環状防衛網にある駐屯地を転々とする生活が始まった。当時、モスクワは、攻撃的なNATO軍によるミサイルの標的になっていると言われていた。そこに私が生まれ、やがて1983年には弟のオレグも一家に加わった。

駐屯地の町はどこも似通っていた。私が暮らしたことのある町は3つある。森の中のフェンスで囲まれた敷地には、いくつかの部隊、住宅、学校、商店のほか、映画館や特別行事の会場としても使われた将校クラブがあった。駐屯地の重要な役割の一つに、機密保護のための検問所があった。親戚が訪ねてくる場合でも、あらかじめ許可を申請しなければならなかった。これがまたソ連らしいのだが、厳格な制度とは裏腹に、必ずフェンスには抜け穴があった。先導役を主に担っていたのが、私だ。この任務に大きな誇りを持っていた。実は、この手口は今も変わっていない。依然として両親は、厳重監視下にある軍の町に暮らしている。

父は連絡将校を務め、母は民間企業で経済専門家として働き、民間の働き口がないときには軍の部隊で簿記を担当したこともある。

数字の知識は重要だった。軍の町で暮らすうえで物を言うのだ。指示、職場、その他の重要事項には、もれなくコード番号が振られていた。「父は255573で働いています」とか、母は

「20517の簿記係」といった具合に言わなければ、話が通じない。3328には新たな住宅街区が建設中（つまり集合住宅群がまもなく登場予定）で、医療部隊2713は最高水準の歯科技工士がいると評判だった。番号がわかれば、相手の素性もわかるのである。

駐屯地には、幼稚園も学校も1つしかなかった。私自身が親になり、妻から「学校選びをそろそろ考えておかないと」と言われたとき、どういう意味なのかさっぱり理解できなかった。学校は1つしかないのだから選びようがないというのが、私の常識だった。

軍の町に住む子供だった私は、爆破遊びに熱中した。部隊の隣のゴミ捨て場には、電気雷管（通電による起爆装置）が箱ごと捨ててあり、電線でふつうの電池をつなげば爆破させることができた。兵士を相手に、食料や「警備隊」のバッジと引き換えに薬莢を手に入れることもできた。なぜバッジかというと、2年間の兵役後、そのバッジを胸に付けて帰郷すれば、どういうわけか表彰された証と見てもらえたからだ。軍の売店ではめったに買えないため、子供たちは親に頼んでバッジを入手してから、兵士に掛け合って薬莢と交換していたのである。大人になってから当時の実験を振り返ると、今も両目がきちんと見えて、指一本失っていないことに感謝するほかない。

私が最後に暮らした軍の町、カリニネツは、火遊び好きの子供たちにとって楽園のような場所だった。地元の子供たちと初めて遊んだ日、「薬莢を釣りに行こう」と誘われた。

「どういうこと？」

「川で釣るに決まってるだろ」

磁石と紐を手に、射撃場の近くに向かい、橋から紐にくくりつけた磁石を川に下ろす。紐を引き上げると、磁石には薬莢がいくつもくっついていた。信じられない光景だった。後で父に聞いたところ、あの町にはタマン自動車化狙撃師団が駐留していて、射撃演習をしているという。演習後に薬莢が余った場合、所定の手続きに従って、一発残らず返却する必要があった。言うまでもなく、そんな面倒なことをする者はいなかった。かといって、森に弾薬を捨てれば、子供たちやキノコ狩りの住人に見つけられる恐れもある。そこで、川に捨てるのが最善と判断したわけだ。濡れた薬莢は、実弾射撃にはもう役に立たなかったはずだが、乾燥させれば爆破ごっこには十分だった。

そんな危険物がいとも簡単に手に入るわけだから、何が起こるか推して知るべしである。ある軍の町では、子供たちが薬莢を爆発させようと、焚き火に放り込む事件があった。そのときは、1人が亡くなり、別の1人は両足を失い、さらに2人が重傷を負う惨事となった。私が中学を卒業した町では、あるクラスメートが装甲兵員輸送車に装備されていた閃光信号弾を爆発させて、視力の90%を失い、顔が歪むほどのひどい怪我を負ってしまった。

私が火薬や爆薬の爆破遊びに興じているのを両親は見て見ぬふりだった。子供の遊びとたかをくくっていたのかもしれない。ある日、父を呼んで、自作の爆弾をバルコニーで爆破させる実験を披露した。その爆発の威力ときたら、想像を絶するものだった。あのときに私が作ったのは、マグネシウムとマンガンの爆弾だった。目の前で色とりどりの強い閃光が炸裂し、視界が何重もの光の輪で埋め尽くされた。数分後にようやく目がまともに見えるようになったところで、父にこっぴどく叱られた。それをきっかけに、爆薬実験は父に内緒でやろうと心に決めた。私は爆破から手を引くどころか、この実験成功にすっかり気をよくしたのである。

私は父が軍でどのような仕事をしているのかまったく知らなかった。主に2つの活動に従事していたようだ。1つは、毎日午後9時にサイレンが町に鳴り響くと、持ち場に急行して警報訓練の信号を発する業務だった。その時間帯には将校は自宅にいるので、不満そうな表情を浮かべながら所属部隊に向かうのだ。サイレンが鳴ったら未成年者は全員帰宅しなければならなかったため、子供のいる家庭には実に好都合な合図でもあった。いわば一日が「サイレン前」と「サイレン後」に分かれていて、サイレンはけたたましく鳴りわたるため、聞こえなかったふりをすることはまず不可能だった。

父のもう1つの仕事は、脱走兵をつかまえることだった。仕事は、自宅の電話が鳴るところから始まる。父か母が電話に出ると、「兵士が脱走した」と当直将校が電話の向こうでまくし立てる。それから数秒後には、父は家を飛び出していく。ときには脱走兵が武装していることもあり、その場合は緊急事態が適用された。なぜ兵士が脱走したがるのか、周囲の大人に聞いても誰も説明してくれなかった。いったいどこに行くつもりだったのか。

兵士は町の至るところにいた。一般労働力として、道路清掃や自動車運転、物資の運搬などに動員されていた。あるいは、いつもどこかで行進していた。商店の近くで通りがかりの小学生に声をかけ、買い物を頼み込む兵士もいた。部隊の無断欠勤に目を光らせている警備隊に、店に入るところを見られでもしたら大変なことになる。兵士たちは、特に幸せそうではなかったが、さりとて森への逃走を企てるほどに不幸せそうにも見えなかった。

後でわかったのだが、兵士が脱走するのは、デドフシナ（新人に対するしごきやいじめ）が原因だった。新兵に対する先輩兵士のデドフシナがあまりにエスカレートしたため、1982年に国防大臣は「非公式の上下関係への対策」に関する秘密命令の発動を余儀なくされたほどだ。新人しごきは、自然発生的に蔓延していったシステムである。軍に入隊したと思ったら、厳しくしごかれ、所持金は巻き上げられ、たかだか1年半ほど先に入隊しただけの「先輩」兵士の部屋の床掃除や洗濯を無理強いされるのである。誰もがこうした屈辱に耐え忍びながら、次の新人をいじめる番が回ってくるのを待ち続ける。彼らにとっては、それが当たり前の世界であり、軍の生活に不可欠な部分であるとともに、ひ弱な民間人を真の男に変える仕組みというのが理由だった。将校らは、このしきたりが兵士の訓練・鍛錬の自主管理制度だとして黙認することも多かった。例えば、田舎者のぼんくら青年が入隊し、基本命令も理解できず、だらしない身なりでは、ふつうに考えれば望み薄である。そこで三等軍曹が胸の真ん中辺り（〝魂〟）を何度か拳で突く。これはとてつもない痛みだ（顔は、傷が残っては困るので殴らない）。このように殴られた新人は本気を出し、ベテラン兵士のように振る舞い始める。

言うまでもなく、そのような馬鹿げた慣行が修養になるわけもなく、基本的に軍の権威を損なうだけだった。兵士たちは、2年間の兵役を終えて帰郷すると、未経験者にしごきの凄まじさをおどろおどろしく説く。まるで刑期を終えてシャバに出た元囚人が塀の中の様子を話す姿そのものだ。兵士の母親たちは、身震いしながら話を聞き、息子を二度と軍に送りたくないという思いを強くしていた。

不運な青年がしごきに耐えきれずに自殺したり、先輩兵士を銃撃したりする事件が発生するたびに、軍は新たないじめ防止対策を打ち出すのだが、事態が好転したためしがない。習慣化したデドフシナを根絶するには、基本的に職業軍人を雇い、報酬と引き換えに国防を託す形の軍隊を創設するなど、制度そのものを変えるしかない。兵役という名のもとで家族から引き離される不幸な若者（ソ連時代の兵役は2年間、現在は1年間）に依存した軍は不要だ。彼らはサバイバル学校とも言うべき異様な組織に無理やり閉じ込められて過ごさざるを得ない。

大人になるにつれて気づいたのだが、奇妙なことに、この常態化した愚かな行為を軍は誇らしく考えているフシがあるのだ。実際、ロシアの兵士や将校は馬鹿げた命令の遂行に慣れているため、砲火を浴びている最中でも奇跡的に規律を保てると、ことあるごとに言われていた。米軍では兵士らが充実した兵舎に暮らし、将校にはアパートが用意されている。一方、ロシアでは、厳しい貧困に耐えて暮らし、苦難に慣れているため、いざ戦争になったら、甘やかされた米軍が敗北を喫することは間違いないというわけである。

◉盗聴防止クッションとブレジネフの死

私は「メンタリティ」という言葉を好きになれない。誰かが勝手に作り出した概念に過ぎない気がするからだ。だが、ロシア人にある種の国民性が存在することは確かだ。そもそもその気になれば容易に抜け出せるはずの窮乏生活なのに、その生活に耐えられるなどと虚勢を張る。そんなところはいかにもロシア人らしい国民性だ。粗末な環境に苦しみ、当局を批判したり不平を言ったりしながらも、一方で、このような忌まわしい条件下で生き残る能力に誇りをもとうとしている。しかも、どこかの国と対立するようなことになったら、我が方が大いに有利と思っているのだ。例えば、日本人は高品質の車を作るが、3社ほどのスペアパーツやら錆びた屑鉄をかき集め、まともに動く車を組み立てられるだろうか。ロシアでは、その辺にいそうな平凡な男でも、そのくらいのことは成し遂げてしまう。私自身、外国に出かけ、ロシアと欧州の野党議員を比べてみると同じことに気づく。「選挙運動で集まるたびに逮捕されて1ヵ月勾留されることが日常茶飯事。そんな環境であなたがたは政治家としてやっていく覚悟があるか?」 そんな言葉が思わず口をついて出そうになる。まるで自分が厳しい環境で生きていることを自慢しているかのようだ。

その深層心理は、一流の心理学者でなくてもわかるのではないか。ロシア人はふつうの生活に憧れており、目の前のあらゆる問題を自ら作り出していることなど百も承知なのだ。にもかかわらず、自分の愚かさは認めたくない。だから、実際にはどうでもいいようなことであろうとも、何か自慢の種を見つけようとするのである。

我が家では、いつも政治的な意見が飛び交い、当局に対する基本的な姿勢はあら探しだった。私が知る他の家族も似たり寄ったりだった。そう言うと、不思議に思われるかもしれない。将校は全員がソ連共産党に入党することが義務付けられていたし、軍でのプロパガンダとイデオロギーに対する忠誠心のコントロールは、国の最優先事項だったからだ。実は、こうした指令が、狙いとはまったくの逆効果になっていた。「政治工作員(イデオロギー工作を担当する将校)」という肩書は常に皮肉混じりだった。唯一の仕事らしい仕事は嘘をつくことだと誰でも知っていたため、陰で笑われる存在だった。政治工作員の発言内容と実態とでは、想像を絶するほどの乖離があることは明白で、こうした連中が各地の学校を訪れてはソビエト制度の素晴らしさについて語るのだが、その主張と現実がかけ離れていることは、子供の目にも明らかだった。キューバで同業務に携わっていたある人は、米国の巧妙な策略をふれ回り、この「自由の島」の暮らしが革命の勝利後にいかに素晴らしくなったかをアピールしていた。しかし、子供たちにとっては、近所の商店で本当にコカ・コーラが買えるかどうか、そして自分の両親が運良く外国のどこでもいいから仕事にありつけるかどうかこそ、一番知りたいことだった。
ソ連に生まれた幸運を泣いて喜べと彼らが主張するほど資本主義がひどいものだったとしたら、どうして子供時代の私の宝物が、色鮮やかな輸入ビールの空き缶2つだったのか。美しいデザインで、うちに遊びにきた友達だけでなく、大人たちも見たことのない缶で、誰もが手に取り、絶賛していた。また、将校クラブで外国映画が上映される機会はめったになかったが、たまたま上映された作品は、労働者階級が抑圧者を相手に苦闘する内容だった。ところが、抑圧された人々がそろってジーンズを穿き、バーでくつろぎ、車に乗っていたものだから、観客は面食らっていた。米国映画の名作『怒りの葡萄』は、大恐慌時代に落ちぶれていく農民らの衝撃的な運命を描き、イデオロギー的にはソビエトのプロパガンダとして使うのにも申し分のない作品だったことから、ソ連での配給契約が結ばれた。ところが、直後に一般上映が撤回され、エリート層の観客に限定した上映となった事実が多くを物語っている。貧困にあえぐ米国の家庭にどうして自家用車があり、ソ連のコルホーズ（集団農場）で働く一般的な農民よりもはるかに幸せそうに見えるのはなぜか。この疑問に対して、ソビエトの多くの民衆に納得のいく説明をすることは容易ではなかったからだ。

食卓を囲んでいつもこういう話題が飛び交っていたが、我が家ならではの光景があった。私の記憶に鮮明に残っているのは、クッションである。ソ連の人々はことあるごとに当局を批判しているが、絶大な力を持つKGB（軍の町では、「特別捜査官」を意味するオソビスティと呼ばれていた）には恐怖感を抱いていた。最大の懸念は電話盗聴だった。KGBには十分な数の職員が在籍していたため、すべての世帯の会話を盗聴していたとしても不思議ではない。それでも、父の友人が我が家を訪ねてきて、キッチンのテーブルで何杯かウォッカを飲んでいるうちに当局批判が始まると、母が電話機をクッションの下に押し込んでいた。母に尋ねたところ、何を言い出すかわからないし、誰かに聞かれても困るからねと言うだけで、はぐらかされてしまった。大人たちが話していることといえば、まったくふつうの話題だった。商店でブルガリア製のケチャップが見つからないとか、肉を買うのに朝5時から行列に並ばなければならないといった話である。何をびくびくする必要があるのか、さっぱりわからなかった。どの子供も商店を訪れるたびに長い行列を目にしていて、ソ連で一番よく使われる言葉が「不足」だということもわかっていた。ということは、何者かが目を光らせていて、明らかな真実を口にできない状況にあったのだ。しかも、その何者かが、わざわざ人を雇って各家庭の電話を盗み聞きしていたらしく、庶民は自分の身を守るために、クッションで電話を覆わなければならないほどだったのである。私がクッションで電話を覆うのを見た最初の記憶は、実に皮肉なことに「１９８４年」のことだった。

人々は政権に関する批判を口にしていたし、のちに母から聞いたが、自宅には、作家ソルジェニーツィンの小説『収容所群島』まであったが、本を所持していることは秘密にしていた。ちなみにその本は、祖母が職場の同僚から譲り受けたものである。反体制とか反ソビエトと言えるようなものではない。それでも、ブレジネフ書記長が亡くなった日、母は涙を流していた。特に敬愛していたわけではないが、誰もが泣いていた。

一方、私は音楽を大音量で楽しもうとレコードを選んでいた。誰にも聞こえないような音量で音楽をかけるくらいなら、聞かないほうがましだ。6歳ごろから20歳になるまで、その信念を曲げることはなかった。

1982年当時の我が家のレコードコレクションには、ロック音楽がまったくなかったが、アパートの1階に暮らしていたので、音楽を近所のみんなと一緒に楽しみたいという思いがあったのだ。まるで昨日のことのように覚えているが、私はイタリアの往年のロック・シンガー、アドリアーノ・チェレンターノの曲を選んだ。当時、イタリアのポピュラー音楽は人気があり、ソ連でも禁止されていなかった。ジャケットからレコードを丁寧に取り出し、お目当ての曲の頭の溝にプレーヤーの針を慎重に下ろした。ロシア人とはずいぶん異なる陽気なイタリア人シンガーのハスキーな歌声が周囲の空間を一気に満たす。私はとてもわくわくした。だが、まだ曲が終わってもいないところで母が血相を変えて飛び込んできた。「何、考えてるのよ!」

その剣幕に圧倒されて、何も言い返せない。「だって、使っていいって言ったじゃないか」と心の中で反発するのが精一杯だった。母の形相を見るに、例の「自由に使っていい」という両親の同意をぶち壊しにするようなことをしでかしたのは明らかだった。しかも、再び許しがもらえる見込みもなさそうだ。

「すぐに止めなさい!」

茫然自失のまま突っ立っている私に、しびれを切らした母はプレーヤーの針を上げた。レコードが回っている最中に乱暴に針を動かしたものだから、ガーッという耳障りな音が響く。おそらくは、アルバムの中のお気に入りの曲『Stivali e Colbacco』の部分にひどい傷がついたのだろう。

「頭がおかしくなったの? どうかしちゃったんじゃないの?」

いったい何がいけなかったのかわからなかったが、どう見ても深刻な問題を起こしたらしく、怖くなった。毎度のことなのだが、恐怖を感じた私は喧嘩腰になり、「でも、いつもと同じように聞いていただけだよ」と語気を荒らげた。

「音楽なんかかけて、何やってるのよ？ ブレジネフが亡くなったのよ！ 国中が喪に服しているのに、外に音楽を鳴り響かせて、まるでお祝いじゃないの。後でお父さんに話を聞いてもらうから、待ってなさい」

私が耳にしたことのある反ソビエト的な話は、ウクライナに暮らす一番年上のいとこのサーシャと祖母のやり取りくらいだろうか。サーシャがモスクワに遊びにきたときに、当たり前のようにレーニン廟に連れて行かれた。ソビエトの子供たちにとって、ごく一般的な観光地だったからだ。帰宅したサーシャは興奮さめやらぬ様子で祖母に「レーニンを見てきたよ！」と報告したそうだ。すると祖母は陰険な表情で「じゃあ、顔に唾でも吐いてやればよかったね」と答えた。同じソビエト連邦の一部とはいえウクライナに暮らす親族は、そのやり取りを聞いて腹がよじれるほど笑ったそうだが、私はショックを受けた。ソビエトのプロパガンダには総じて批判的な態度を取っていても、レーニンは極めて神聖な存在とされていた。例えば、宣誓の際、「レーニンに誓って」と宣言するほうが「母に誓って」と言うよりもはるかに重みがあったほどだ。学生時代、教科書に載っている肖像画にヒゲを描くいたずらは誰でも身に覚えがある（特にヒトラーは格好のターゲットだった）と思うが、レーニンだけは例外だった。私の大好きな祖母が「民衆の英雄」をなぜそこまで毛嫌いしていたのか。勇気を振り絞って本人から聞き出すまでには少々時間がかかった。聞けば、祖母の家系に関係があることが判明した。祖母は、11人きょうだいの末っ子で、男だらけの中で紅一点だった。父親と10人の息子たちが朝から晩まで農場で働き、裕福な家庭だった。トタン屋根の家は村で初だったし、前例のない富の象徴でもある水車小屋まであった。その後、コルホーズ制が導入された。「クラーク（ロシア革命以前の富農で、革命後には農業集団化に反対した農民階級）」と認定された何千もの家族がシベリアに強制移住となる中、祖母の一家はどうにか免れたものの、自宅を奪われ、敷地内にあった納屋に住むほかなかった。村の人々から羨望の眼差しで見られていたトタン屋根は、剝がされて売却された。さらに家伝によれば、ため込んでいた金も「村議会の飲み代に使われた」という。当時の私は、そんな話を信じなかったが、今となっては疑いの余地がない。それでも、祖母への敬意もあって、レーニンに関して祖母と議論することもなかった。むしろ、自分の考えを伝えるのであれば、神は存在しないと祖母に証明してみせることに注力すべきと考えたからだ。

◉KISSとチューインガム

私自身の考え方ががらりと変わり、やや反体制的な考えに転換していった思想破壊の大きな源泉は、音楽だった。我が家にはカセットプレーヤーがなかったが、持っていた人は誰でもとことん刺激的なロックを聞くことができた。ただし、役人は、こうした音楽が不道徳で、子供たちを無能にするものだと糾弾していた。ある日、西洋音楽に批判的なテレビ番組を見ていて、唖然とした。その番組の中で、批判対象の音楽のサンプルがところどころで流されるのだが、これが実にかっこよく、ソ連の年間最優秀楽曲賞の受賞曲とは比べものにならないくらい魅力的だったのである。かつて、西洋音楽の虜になっている若者たちを厳しく戒める必要があると認識した共産党は、プロパガンダのための特別番組を放送した。その番組名は「芸能界という残酷な世界で」といった感じのタイトルだった。西側の有害な文化に影響されないよう若者に警告しようと、番組が取り上げた主な事例は、ロックバンドの「ＫＩＳＳ《キッス》」だ。番組では、ＫＩＳＳについて、軍国主義で戦争を挑発する連中だと説明していた。その根拠として、バンド名であるＫＩＳＳの末尾の「ＳＳ」を引き合いに出し、「番組をご覧のみなさん、このイメージは、ナチスドイツのファシストの印［訳注：ナチス親衛隊の略語「ＳＳ」］にほかならないのです」と指摘していた。そして、個性的で奇抜な白塗りメイクのメンバーの顔写真が画面に現れる。うれしいことにほんの数秒だが、ジーン・シモンズがおなじみの長い舌を出す姿が映っていた。私は、この番組が何度も再放送されることを期待した（ソ連のテレビではよくあることだが、番組のプロパガンダ効果を高めるために何度も再放送することが多かった）。ところが残念ながら、番組を作った宣伝屋らは、明らかに企画倒れを自覚していたと見えて、再放送されることはなかった。それでも私自身は、あちこちのフェンスにＫＩＳＳのロゴを貼りまくった。

私は、6年生になるまで海外旅行経験者に出会ったことがなかった。唯一の例外が、母の友人であるレナおばさんだ。ゼレノグラードにある電子機器工場に勤めていて、「労働組合の主催」でユーゴスラビア旅行に行ったことがあった。言うまでもなく、ソ連国民の99・9％にとって海外旅行は夢のまた夢。外国土産を全員に買ってくる義理があった。とはいえ、その義理を果たせるほどのお金はないが、少なくとも、ほんの気持ちとして何らかのちょっとした土産が必要だった。私は、幸運にも、機内食に添えられていた小さな袋入りの砂糖を土産にもらえた。袋には英語で「アエロフロート」と書かれていた。厳密に言えば、外国土産でも何でもないのだが、素敵な外国製品のような雰囲気があり、私の宝物コレクションの中でたちまち最高の位置を占めることになった。

タマン師団が駐留する町に引っ越したころ、ソビエト制度に対する私の信頼は救いようのないほどに揺らぐことになった。その町では、多くの子供たちの父親が、ドイツ、ポーランド、ハンガリーに駐留する西部軍集団に勤務していた。クラスメートたちは、外国暮らしのメリットがいかに大きいかを話していた。それを裏付ける衝撃的な証拠もあった。クラスメートたちの宝物の主役であるチューインガムだ。私の自慢のビールの空き缶2つごときでは、まったく太刀打ちできそうになかった。チューインガムだけではない。みんな質のいい服を着ていたし、決まって女性の姿が描かれたグラスを持っていた。何と、そのグラスはお湯を注ぐと、女性がヌード姿に変身する。似たような仕組みのボールペンも人気があった。上品そうな少女のイラストが描かれているが、ペンを上下逆さまにすると、官能的な娼婦に変わるのである。

もっとすごかったのは、アフガニスタンでの先任将校の任務を終えて帰還した父親を持つクラスメートたちだ。彼らの自宅には、今まで知られていなかった日本のシャープ製ダブルラジカセ［訳注：2本のカセットテープをセットしてダビングが可能なラジオ付きカセットレコーダー］があり、場合によっては、さらに魅力的なソニー製テレビまである快適な暮らしぶりだった。彼らも女性のヌードをあしらった土産を持っていたのだが、例の東ドイツ製のグラスやペンとは格が違った。こちらは、決まって日本女性をモデルにしたカレンダーなのだ。カレンダーはバスルームに飾ってあり、家主か友人が外国から戻ってまもないことを示す確かな証拠でもあった。このように、ソ連の旅行者が性をテーマにしたエロチックな土産物にこだわった理由は実に単純である。「ソ連にセックスはない［原注：米ソ間の電話会議に出席したあるソビエト側の参加者が実際に口にした言葉で、のちにロシアのキャッチフレーズになった］」からだ。当然、海外に行ったら、誰もがそういうものを持ち帰りたくなるわけだ。

だが、総じて言うなら、一番素敵な土産はチューインガムだった。中には、ソ連圏の国々で製造された色とりどりの硬いボール形キャンディだけでなく、西ドイツ、さらには米国で製造されたガムまで箱ごと輸入する子供たちもいた。こうした箱には、ドナルドダックの物語のさまざまなシーンをあしらったカードが封入されていて、ソ連の子供たちにとっては憧れのアイテムだった。アフガニスタン土産のチューインガムは、文字どおりこの世のものとは思えないほど素敵な商品で、包装には『スター・ウォーズ』の写真が使われていて、羨ましすぎて涙ぐむほどだった。

なぜチューインガムがソ連とその他の国々との格差の象徴になったのかわからない。ソ連でもチューインガムは作られていたのだが、1980年のモスクワオリンピック前に出現して少々供給不足の状態にあった。商店で買えたが、代わり映えのしないオレンジ味かミント味の板ガムで、嚙んでいるとすぐに味がなくなってしまう代物だった。一方、輸入ガムは長時間、嚙んでいても味が残っていた。味が続いただけでなく、風船をふくらませることもできた。3人がガムを嚙んでいて、風船をふくらませてポンと破裂させられるのが1人だけだとしたら、断然、その子が一番かっこよかったのである。ソ連の闇市場の商人たちが躍起になっていたのが、外国人旅行者からチューインガムを手に入れることだった。ずいぶんと歳月が流れ、ペレストロイカ［訳注：ゴルバチョフ政権が進めた改革運動］が終焉に近づいていたころ、「ソビエト連邦」に愛着のある人々は、決まって「昔はいい国だったんだよ。奴らはジーンズやチューインガムに目が眩んだ売国奴だ」と嘆くことになる。

◉思い出補正された「美しき強きソ連」

ソ連時代への郷愁の念は、今日のロシアを形作っている重要な特徴であり、決して無視できない政治的要因でもある。ドナルド・トランプが「米国を再び偉大に」というスローガンを掲げるはるか前に、ウラジーミル・プーチンは、自身の政権の非公式スローガンとして「我々はソ連時代と同じように尊敬され、恐れられなければならない」とぶち上げている。このフレーズは、政権を握る最初の段階から使われていた。馬鹿馬鹿しいし、そんなスローガンが支持されるわけがないと思ったが、私の間違いだった。スローガン自体は陳腐だが、人間の脳は、記憶の中で昔の良かったことだけをたどるように作られている。ソ連時代に郷愁の念を覚える人々というのは、実際には若かりし頃への郷愁に浸っているのである。未来に対してあらゆる期待が持てたころの話だ。友達と一緒にビーチでバレーボールに興じ、夜にはワインを飲み、ケバブを焼く。犯罪や失業の不安も、将来の不透明感もなかった時代である。だが、そんなソ連も後年には、児童・生徒・学生や都市部の企業で働く人が農場での強制労働に駆り出され、「ジャガイモ掘り」に汗を流すようになる。ところが、こうしたソビエト制の矛盾さえも、ちょっとしたゴタゴタに過ぎず、苦労したけれど楽しかった思い出として記憶に刻まれているのである。当時、「コルホーズ労働者の収穫支援」を掲げて、凍てついた大地を掘り起こさなければならない作業に、誰もが怒りを覚えた。それは、ソビエトの農業制度の完全な失敗を示す確かな証拠でもあった。だが、窮屈なゴム長靴、泥が詰まって真っ黒の爪、労働に対するまったくの徒労感を誰が覚えているだろうか。頭の中は、おそらく教室で微笑みかけてきた同級生の女の子のまぶしい笑顔でいっぱいで、悪い思い出はすっかり影が薄くなっているのだ。

私が通っていた学校では、ジャガイモ、ニンジン、ビーツの収穫に児童・生徒が動員された。当然、ニンジンが一番良かった。ナイフで皮を剝けば、その場でかぶりつけるからだ。ジャガイモとなると、投げ合って遊ぶしかない。実際、いつもそうやってふざけ合っていて、確かに楽しかった思い出だ。少年だった私にとって、母国こそが世界最強の国と映っていた。チューインガムやジーンズは不足していたが、いざ戦争となれば、オリンピックのたびにソ連選手が世界を打ち負かしていたように、どの国が相手でも打ちのめすことができると誰もが信じていた。それだけではない。慈愛深い両親のもと、何不自由ない家庭に育ったし、周囲の人たちも基本的には同じような状況だった。これが軍の町での暮らしの特徴であったことは間違いない。町では離婚は良しとされない風潮があったため、まず聞いたことがなかった。私は軍とは関係ない民間の大学に進学したが、一人親家庭で育った学生が多いことに驚いたものだ。

子供のころや、成人してもまだ若いうちは何もかもがうまくいっているように思える。政治家はこうした人生のステージごとの特徴を巧みに利用し、過去については誤ったイメージを演出しながら、未来に抱くイメージを曖昧にする。金魚は記憶が3秒間しか持たないと言われるが、私たちは人間だ。もちろん、畑で友達とジャガイモを投げ合ったことは楽しい思い出だが、私にとってソ連時代の最も忘れ難い子供のころの記憶は、牛乳を買うための長い行列であることに変わりない。

弟は1983年生まれで、幼い子がいる家庭では、牛乳を切らすわけにいかない。我が家の牛乳購入は、私が数年間担当していた。毎日、放課後に商店に向かい、行列に並ぶ。たかだか牛乳を買うだけなのに最低40分も並ぶのだ。まだ商品が入荷していないことも少なくなく、そういうときは何十人もの不機嫌そうな大人たちに交じって、じっと立ったまま待つ。店に向かうのがちょっとでも遅くなると、もう売り切れ。その晩は両親の機嫌が悪くなる。だからソ連時代には戻りたくないのである。国民のために牛乳も満足に生産できない国には、何の未練も愛着もない。

「祖国」と「国家」は分けて考えるべきだ。これは両親から受け継いだものの見方である。私の家族は、祖国に対する愛が深く、その意味で極めて愛国心が強かった。だが、腹立たしいほどの失敗作と見られていたソ連という国家には、誰も関心がなかった。むろん、そんなものを作り上げたのは私たち国民でもあるが、出来損ないであることに変わりない。それでも、国外移住が話題に上ることは一切なかったし、移住すべき状況があったとも思えない。自分の祖国がここにあり、自分が話す言葉がここにあり、ロシア人が世界で最も素晴らしい人々である以上、どうして国外に移住できるだろうか。素晴らしい国民に、ダメな国家が組み合わさってしまっただけなのだ。

　ソ連後期に関する良書がある。著者はカリフォルニア大学バークレイ校のアレクセイ・ユルチャク教授だ。『Everything Was Forever, Until It Was No More［訳注：「消滅の瞬間まで、何もかもが永遠だった」の意。半谷史郎訳『最後のソ連世代　ブレジネフからペレストロイカまで』］』である。原題は絶妙というほかない。当時の祖国、国民、そして私個人に降りかかったことすべてを余すところなく反映したタイトルである。ソ連は永遠に続くものと思われていた。ソ連共産党は、人口の99%に支持されていた。レーニンは聖人のような人物であり、革命は神聖なるものだった。けれど、何もかもが、いともあっさりと消滅した。天の窓［訳注：聖書に由来し、豪雨が降り注ぐ空に開いた穴］は開かなかったし、不吉な出来事もなかった。その様子は、旧東ドイツの暮らしにスポットライトを当てたドイツの名作映画『善き人のためのソナタ』の最後のシーンに詳しく描かれている。東ドイツで絶大な力を誇った秘密警察・諜報機関「シュタージ」は、ソ連のKGBに相当する機関であり、誰もが監視や盗聴の対象下とされ、自宅に忍び込まれることさえあった。映画の最後で、現状に大いに不満を抱いている人物に、別の人物が「これは永遠に続く」と語りかける。そして、カメラは、車のシートに置かれた新聞の見出しを大写しにする。1面に掲載されていたのは、ミハイル・ゴルバチョフの顔写真とソ連書記長就任を伝える記事だった。

4

ミハイル・ゴルバチョフはロシアでは人気がなかった。我が家でも同じだった。外国人にこの話をすると、みな一様に驚きの表情を見せる。ゴルバチョフは、東欧に自由を取り戻し、東西ドイツ統一に道を開いた立て役者と見られているからだ。もちろん、そのとおりで、ゴルバチョフ個人の名声は歴史によって公平に評価されるだろう。しかし、ロシアや前身のソ連の内部では、とりたてて人気があったわけではない。ブレジネフ、ユーリ・アンドロポフ、コンスタンティン・チェルネンコといった歴代書記長とは大きく異なり、その違いが優位性にもつながっていた。1982年から1985年にかけてソ連の指導者が相次いで亡くなり、世間では「霊柩車競争」などと揶揄されていた。そんな時代に書記長に就任したゴルバチョフは、当初こそ温かく迎えられたが、あっという間に歓迎ムードは消え失せた。権力の座についてわずか2ヵ月後、「反アルコールキャンペーン」を打ち出したところ、これが致命的な過ちとなった。

公正を期するために言っておくと、歴史的に見れば、反アルコールキャンペーンは絶対的に正しい行動だった。何百年にもわたってこの国の人々を蝕んできた桁外れの飲酒癖について、何らかの手を打とうと立ち上がった指導者は、ロシアの歴史の中で後にも先にもゴルバチョフしかいない。

◉ゴルバチョフの反アルコールキャンペーン

1970年代以降、ソ連は、アルコール依存症が蔓延する危機的状況からいつまで経っても抜け出せずにいた。ある調査によれば、死亡者全体のおよそ3分の1はアルコール関連死だった。大量飲酒は、文化的な慣習とまでは言えずとも、日常的にありふれた光景になっていた。「コーディング療法〔原注：ロシアやソビエト圏に特有の依存症治療法。医師は患者に偽薬などを注射したうえで、もし飲酒や薬物使用があれば大変なことになるか命を落とすと信じ込ませる精神操作で恐怖感を植え付け、患者を禁酒に誘導する〕」「意識朦朧状態」「振戦譫妄〔訳注：アルコール離脱時に見られる中毒性錯乱状態〕」といった記述を見ても、異常とか衝撃的とは取られなかった。誰でも家族に一人くらいはアルコール依存症がいたものである。歌手で俳優のウラジーミル・ヴィソツキーなど、世代を代表するアイドル的存在の多くが、この病で命を落としている。20世紀後半ロシア文学の重要作品の一つに『酔どれ列車、モスクワ発ペトゥシキ行』がある。私も100回は読んでいる愛読書だが、アルコール依存症への賛歌だ。そんな状況だからこそ、ゴルバチョフも何か手を打つべきと考えたのである。

ゴルバチョフの反アルコールキャンペーンは、死亡率を出生率より低く抑えることには失敗したものの、少なくとも状況は大きく改善された。男性死亡率は12%減少し、女性死亡率も7%減少した。こうした数字には、病死、交通事故死、就業中の傷害、飲酒時の殺人なども含まれる。だが、同キャンペーンで導入した対策は、ゾッとするような内容で、何千万人もの人々を激怒させるものだった。ソ連の良き伝統としてプロパガンダが何よりも優先されたため、人気映画からは飲酒シーンがカットされた。結婚披露宴はアルコール抜きでの開催が義務付けられ、特別な機会や誕生祝いの宴席でも同じルールが適用された。偽善の勝利だった。各地で、幹部らは、パーティーで酒を提供したらクビだと労働者を脅しておきながら、自分たちは自由に酒を飲み、労働者に突きつけた解雇命令を笑い飛ばす始末だった。うちでも両親やその友人らが部隊での新年パーティーの準備をしている際、含み笑いを浮かべながらワインやウォッカはティーポットに入れて持ち寄ろうと話していたのをよく覚えている。誰もが今から何をするのか百も承知で、テーブルにアルコールがあってはならぬという表向きの要件を守ろうとしていたのだ。

ワイン生産地では、ブドウ畑が手荒な方法で大規模に破壊された。アルコール価格は大幅に引き上げられ、商店は午後2時まで酒類の販売が禁じられた。キャンペーン主催側は、物理的にアルコールを入手しにくくすれば、おのずと飲酒量は減るはずという理屈で動いていた。現実には、一番打撃を受けることになったのは、節度を持ってほどほどに飲んでいる人々だった。供給不足はワインやスピリッツ類にも広がり、誕生日を祝うシャンパンの購入もままならなくなった。一方、アルコールなら何でもいいという酒好きのニーズを満たしたのが、密造酒製造ブームだった。ソ連の社会主義経済であっても、アダム・スミスが言う「市場の見えざる手」がしっかり機能することがはからずも証明されたのである。はっきり言えば、飲んだくれは、従来どおり飲み続けていて、それまでと違いがあるとすれば、とんでもなく質の悪い酒に切り替えただけだった。どんな液体でも飲用可能なアルコール、いや最低でも命取りにならないアルコールに変えるテクニックは広く知られていた。当局は、自家蒸留を撲滅するため、イースト菌の販売を禁止した。だが、食料購入が難しい国にとって、パン作りに欠かせないイースト菌は本当に重要な材料だった。反アルコールキャンペーンの狙いは、家庭の大黒柱を飲んだくれにさせないことにあったのだから、夫の飲酒を心配していた主婦は、理屈のうえでは、ゴルバチョフの主な支持層になっているはずだった。ところが、ゴルバチョフは、イースト菌の一件で、一夜にして何百万人もの主婦を敵に回してしまった。

最終的に当局は、アルコール消費量の削減に成功している。公式統計によれば、アルコール飲料の1人当たり売上高は60%も減少した。ただし、密造酒の代替消費が統計には考慮されていない。ゴルバチョフは同キャンペーンでまずまずの成功を収めたものの、その一方で自身への支持や敬意が犠牲になっていた。

そのわずか2年後の1987年、反アルコールキャンペーンは段階的に廃止となった。当時、政権の支持率の集計や評判の調査は行われていなかったが、私の見立てでは、反アルコールキャンペーンは総合的に見れば有益な政策だったものの、皮肉なことにこれがソ連崩壊の一因になってしまった。その結果、それまで神聖化されてきた政権が、すっかりその威光を失い、反体制派にとどまらず、広く国民の間でも嘲笑の的になることが当たり前になった。

ゴルバチョフの最大の問題は優柔不断さと中途半端さにあり、これは回り回ってソ連の問題になっていった。彼は改革者をめざしたが、真の改革がもたらす結果を深く憂慮していた。大きな変革の先駆けとなるはずが、結局、変革を回避しようとするばかりだった。ゴルバチョフは、自由への扉を途中まで開いたが、人々がこぞって殺到するのを見るや、扉を押し戻したうえに、それ以上開かないように全力でつっかい棒をしたのである。人々が望んでいたのは扉の全開であって、向こう側を覗き込むための隙間ではなかったのだから、混乱に陥るのは必至だった。

私も母も、ゴルバチョフのグラスノスチ（情報公開）のおかげで、昔の検閲規則を突破して放送される新しいテレビ番組にすっかり釘付けとなった。ゴルバチョフは、相性の悪かったソ連テレビ・ラジオ国家委員会のレオニード・クラフチェンコ委員長の助けを借りて、言論の自由を厳しく統制し、まだ使えそうな検閲規則にすがろうとした。その動きを察知した国民は怒りを覚えた。言論の自由を認めたゴルバチョフの決断は高い評価を集めたが、実は中途半端な自由だと知った人々の間で怒りの声が上がり、当初の評価に著しく暗い影を落とすことになった。

◉西側の評価とソ連内の悪罵

ゴルバチョフの愛妻ぶりは、今となっては心温まる話と受け止められているが、当時の保守的なソビエトの父系社会では「あいつは恐妻家で、いつも尻に敷かれている」と陰口を叩かれていた。これも人気凋落の一因だった。ゴルバチョフの妻、ライサ夫人（ライサ・マクシーモヴナ・ゴルバチョワ）は、どのような場面でもお高く止まっていて、これが夫の足を引っ張ることになった。だが、最終的な評価はどうだったか。ゴルバチョフは良き愛妻家で、家族思いの父親でもあった。そして夫婦は最後まで添い遂げた。

欧州で多くの人々が真の自由を手にできたのは、ほかならぬゴルバチョフのおかげだ。今、私は、毒殺未遂事件後に転院先となったドイツで順調な回復途上にあり、この地で本章を執筆している。ここドイツにいると、ゴルバチョフの貢献を実感する。ちょっと前の11月、ベルリンの壁崩壊31周年が祝われたばかりだ。その歴史的な出来事にゴルバチョフが果たした役割は計り知れない。ベルリンには、ベルリンの壁博物館、チェックポイント・チャーリー［訳注：旧東西ベルリン間にあった国境検問所」、1989年に西側に脱出しようとして射殺された最後の被害者の慰霊碑など、ベルリンの壁崩壊を記念する碑や建造物があちらこちらにある。壁の崩壊を受け、たちまち自由が訪れたわけではないが、少なくとも自由に一気に近づく確かな道が開けた。人々はゴルバチョフを称賛し、それは疑うべくもなく正しい評価だった。

ゴルバチョフは、まるで取り憑かれたように軍縮に尽力した。それは個人的に取り組んだ世界規模の推進運動であり、実際に世界核戦争の可能性をほぼゼロにまで抑え込んだ。この問題への対応で、新たな政治的規範を打ち立てたのである。ゴルバチョフ登場後の世界は、「軍縮」という文脈以外で核兵器を語ることはできなくなり、核の限定使用を議論することさえタブーとなった。

政治犯の釈放に踏み切ったのもゴルバチョフだった。もっとも、優柔不断で中途半端との評価どおり、その決断までに長らく躊躇したのも事実だ(反体制派物理学者のアンドレイ・サハロフは著書の中で、ゴルバチョフの躊躇を詳しく記している。それによれば、ゴルバチョフは、ソ連のアフガニスタン侵攻に抗議したために流刑の身となっていたサハロフに対して、恩赦と引き換えに不合理な条件を迫ったが、のちに撤回し、その件についてそれ以上話さなくなったという)。

加えて言えば、こうした囚われの人々は、ゴルバチョフ率いるKGBが、ゴルバチョフ率いる共産党を守るために逮捕された政治犯だった。彼らの自由をもたらしたのは、反体制派で人道主義者にして劇作家のヴァーツラフ・ハヴェル［訳注:チェコ共和国初代大統領］のような人物ではない。共産党政治局の筆記録によれば、サハロフ出国の可否を巡る協議の場にいたメンバーの一人が「同志諸君、これは世界的なシオニズム(ユダヤ人国家建設運動)の顔役である」と発言したことによるものだった。

それにしても、ソ連に暮らすロシア人を始めとする人々は何を手に入れたのだろうか。「ペレストロイカ」「グラスノスチ」「加速化」「国家認定」といった政策が打ち出されたが、「西側に追いつき、追い越せ」というソ連のキャンペーンの伝統を受け継ぐ空虚な掛け声の寄せ集めとも言うべきスローガンは物笑いの種だった。新たな取り組み（ペレストロイカ）のもと、批判が許される条件（グラスノスチ）で、個人や企業の事業を迅速化・効率化（加速化）し、その事業の品質は公平な特別委員会によって監視される（国家認定）と言っていたからである。当時の典型的なエピソードがある。

店で客がパイを買おうとしたが、その見た目に驚き、店員に尋ねた。

「ねえ、おたくのパイはどうして四角なの？」

「ペレストロイカ（改革）だよ」

「なるほど。でもまだ焼けてないみたいだけど」

「加速化だからね」

「それに、もう誰かがかじっているじゃない」

「国家認定のためにね」

ゴルバチョフやその後継のボリス・エリツィン率いる改革派第1世代にとっての悲劇は、権力を握った時点で、それまでの共産党体制によって経済がずたずたになっていて、改革導入は避けて通れなかったにもかかわらず、経済を破綻させた張本人のように責め立てられたことである。

ソビエト計画経済は、あちこちに綻びが生じ、崩壊に向かっていった。みんなに行き渡るだけの十分な物資もなかった。配給券制度が導入され、品薄の商品を購入する際には、店頭で配給券を提示しなければならなかった。私も記憶にあるが、商店への〝出陣〟に備え、両親が自宅のテーブルに配給券と現金を置いていってくれたものだ。石鹼、砂糖、紅茶、卵、シリアル、植物油の購入には欠かせなかった。

当時の状況に対処するには、政治・経済改革を断行するほかなかったが、国民には、因果関係を逆に取られてしまったのである。国を救うのにペレストロイカが不可欠なほどの窮状を招いたのは、ソ連共産党や国家計画委員会、KGBだが、国民はそのように考えなかった。それどころか、改革によって昔からの安定した暮らしが破壊され、品不足が悪化し、配給券まで必要になり、貧困に拍車がかかったと考えたのである。そうなると「改革」は悪者だ。人々の間では、「改革のことは忘れないぞ。配給券なんか作りやがって、俺たちを物乞いのようにしたんだ!」といった具合に語られるようになってしまった。その流れはいまだに変わっていない。その後、「民主主義」「市場経済」「資本主義」といった言葉も同じ運命をたどった。

ゴルバチョフがあらゆる手を尽くした結果、あのような状況に陥ったというのは真実である。若きエコノミスト、グリゴリー・ヤブリンスキーは、志を同じくする仲間とともに「500日計画」を提唱した。これは政治経済改革プログラムで、今、改めて目を通してみると甘さもあるが、よく練られた内容だった。当時、エコノミストと呼ばれた人々は、「マルクス・レーニン主義の基礎」を吹き込まれていて、誰一人として、それを上回るものを生み出せない状態だった。ゴルバチョフは、新聞でも大いに注目を浴びていた500日計画の受け入れに同意するものの、のちに疑念を抱くようになった。そこで自分なりの経済制度を打ち出すが、社会主義(とその計画方式に沿った国家運営）が、私企業や起業家の事業構想と共存できるという、幻想だらけの〝死に体〟案だった。そもそも、国家のために夜明けからコツコツと仕事に精を出すまじめなコルホーズ労働者と、自分自身の利益のために働く民間農場経営者が親しげに挨拶を交わす光景を想像できるだろうか。時代遅れの間違った国家計画は、新しい確かな国家計画に取って代わられるべきであり、社会主義は人間の顔を持つべきだ。

優柔不断、決断力がない、臆病、熱心さに欠ける、逃げ腰……。こうしたゴルバチョフに対する批判はどれも真実だった。反ゴルバチョフ派と言っても、改革自体に反対する人々もいれば、逆に改革導入が遅すぎると批判する人々もいた。

当時の私は後者の立場で急進的民主主義に心酔しており、こちらのグループのほうがゴルバチョフを激しく嫌っていた。私たちがめざしていたゴールは、ソ連以外の国なら当たり前に存在するものだった。つまり完全な言論の自由、資本主義、民主主義である。また、ゴルバチョフが当てにしていた社会のごく一部からの支持を阻止したのも私たちである。

ゴルバチョフは、あらゆるチャンスをことごとくフイにしていながら、好機と見るや、腹を決めて1996年のロシア大統領選に出馬する。だが、得票率0・51％という見るも無惨な結果に終わった（それ以前は、補助的な地位ゆえに失職のリスクがない議会や最高ソビエト会議などの合議体での選出経験しかなかった）。

私は年を重ねるにつれて、ゴルバチョフに我慢ならなくなっていったが、今は、単に清廉潔白を貫いただけの人物だったとしても好意的に受け止めている。その点でゴルバチョフは唯一無二の存在だった。社会主義から資本主義への移行期に権力を握った者は例外なく、少しでも多くの分け前にあずかろうと強欲だった。ソ連邦を構成した中央アジアの共和国の共産党指導者らは、国全体を我が物のように支配し、あっという間に全体主義国家に鞍替えしてしまった。どの閣僚も、自分が所轄の産業をまるごと買い漁った。工場の幹部は、あの手この手でオーナーの座を手に入れた。共産主義青年同盟でも、抜け目のないメンバーは、人生を党に捧げる覚悟を高々と宣言しておきながら、影響力と人脈を駆使してオリガルヒ（新興財閥）に上り詰めてしまった。

ゴルバチョフも、大統領を辞任した際、億万長者になる機会はいくらでもあったが、何の未練もなく去っている。辞任の際、仮にいくつかの大手工場が「合弁事業」の名目で海外企業に譲渡されていようものなら、誰もが血まなこになって真相を探ろうとしたのではないか。実際、ゴルバチョフがその気になれば、海外の国有財産を自分のものにできたはずだ。党の金を自分の個人口座に流すことなど朝飯前だったろう。だが、ゴルバチョフはそのような行為と無縁だった。「そんなチャンスがなかったからだ」と切って捨てる声もありそうだが、そういう不正を働こうとした痕跡さえもないことは確かな事実である。私見を言えば、彼はそんな人間ではなかったからだ。強欲ではなかったのである。

◉もしも歴史上にゴルバチョフがいなかったら？

ゴルバチョフという人物や、彼が私の運命に与えた影響に思いを馳せていると、すぐにレフ・トルストイの『戦争と平和』が頭に浮かぶ。同書の中でトルストイは、歴史の中での個人の役割を異常なまでの執念で否定している。そして、ナポレオンや、ミハイル・クトゥーゾフのような軍の指導者がいなければ、何も変わらなかったと説く。フランス軍をロシアに導いたのは、ナポレオンではない。数え切れないほどの状況、細かい事情、人生、言葉、欲望、恐怖、希望が重なり合った結果、気づけばフランス軍は白の七分丈ズボンでおなじみの軍服姿でロシアの冬の森林地帯にいたのである。

その理屈でいけば、ソ連は、ゴルバチョフがいてもいなくても破綻は避けられなかったことになる。そして、それを引き継いだロシアは、民主主義と資本主義の導入に失敗する運命だったことになる。当然、それに伴う反応もあったはずだ。そして歴史は進展する。歴史の流れの中では、個人の役割は皆無というわけだ。

私は、トルストイという偉大な作家を尊敬しているが、あえて異を唱えたい。ソ連が歴史的に不幸な運命にあったことは疑いのないことである。だが、海外の気鋭の評論家は、1985年の時点でソ連があと1世紀は持つと予測していた。ゴルバチョフの人柄がなかったら、ソ連という今にも壊れそうなあばら屋でも、どうにか持ちこたえながら、住人を抑圧し続けていたはずだ。実際、歴史的に不幸な運命を背負い込んでいるという意味では、キューバや北朝鮮のほうがはるかに上である。どちらも国というよりも、フランケンシュタインの怪物のような存在だ。だが、どちらも存続している。それどころか、後ろ盾のソ連よりも長く生き延び、中国という新たなパトロンまで見つけている。

ソ連も不満分子を厳しく取り締まりながら、15年に及ぶ原油安を耐え忍ぶこともできたはずだ。必死に這ってでも前に進み、最後は全力を振り絞って飛び出せば、20世紀を最後まで全うでき、そのころには再びオイルマネーが潤沢に流れ込み、万事うまくいっていたかもしれない。

そんな方向に伸びていったかもしれない歴史の枝をばっさりと断ち落としてくれたゴルバチョフには心から感謝している。私は10歳から15歳を対象にしたピオネール（共産主義少年団）の一員だったから、あのままいけば16歳になったらその上位組織であるコムソモール（共産主義青年団）に入団する運命だった。1年早く生まれていたら、確実に入団していただろう。軍の町に暮らしていたし、父は将校だった。ゴルバチョフがいなかったら、ほかに選択肢はなかっただろう。

ひょっとしたら、『収容所群島』やボリス・パステルナーク著『ドクトル・ジバゴ』〔訳注：ロシア革命の混乱に翻弄される医師と恋人の運命を描いた小説〕を周囲に配って、刑務所送りになっていたかもしれない。多くの賛同や支持が得られなかったとしても、ソ連の反体制派らしく行動し、声を上げる勇気を発揮していたと思いたい。そのような未来をたどっていたと想像すると気が重くなるが、恥ずべき行動ではない選択肢は、それが唯一なのだ。

父のように軍に入っていた可能性も高い。そうしたら、マルクス・レーニン主義の理論を学び、試験に合格する。無能な部下を指揮し、馬鹿な上官の命を受けて動いていただろう。仲間内では誰もが同じように、最新の昇進の話題で持ちきりになり、「佐官の息子は佐官どまり。なぜなら将官にも息子がいるから」といった冗談を永遠に繰り返していただろう。ソ連での「成功を収めた」未来がどういうものなのか考えているうちにひどく恥ずかしくなる。私の文章力や言語習得力を生かせば、国際報道の世界で活躍できたかもしれないし、ひょっとしたら外交官といった道もあっただろう。ルーマニアやモンゴルでの勤務のチャンスを巡り、自分と似たようなライバルとの出世競争に明け暮れていただろう。職業人として嘘と偽善にまみれた日々を過ごし、ついでに友人や同僚をいつでもＫＧＢに密告できる準備を整えていれば、やがて西ドイツ勤務にもありつけただろう。しょせんは夢物語だが、米国出張を想像することもあったろう。現地から資本主義の危機について記事を書き、あちらの労働者がソ連の暮らしをいかに羨ましがっているかを伝えるのだ。毎週、でっち上げ記事のノルマを達成し、その給料でジーンズとラジカセを買う。

同窓会に私が姿を現すや、それまで騒がしかった会場が静まり返り、誰もが敬意をもって迎えてくれる。その瞬間、これまでの苦労が報われるわけだ。東ドイツ製の毛皮帽に革のジャケットとブーツといったいでたちで登場するだけで、その場に居合わせたメンバーの序列まで瞬時に変えてしまう効果がある。ソビエトの人々が本当に長けていたことといえば、相手がどこで働いていたかというほんのわずかな手がかりから、およその年収を当ててしまうこと。毎月、所属部門からこっそり支給される横流し品にどんな食料が含まれているのかといったことまでばれてしまうのだ。

こういう嫌悪感を催すような将来に思いを馳せれば、それを食い止めてくれたゴルバチョフに私は感謝の念を抱く。むろん本人にその意図はなく、失敗したのだが、正確にいえば、その失敗という結果にこそ、感謝している。崩れ始めていたソビエト国家という一大建築を抱え、建物の正面だけでも化粧し直し、ついでに屋上庭園でも増設すれば、どうにか正常に戻せると考えたゴルバチョフは、躍起になって庭園づくりに乗り出し、水やりにも精を出し、挙げ句の果てにエリート以外の一般人まで招き入れるようになる。屋上庭園での水やりは花の成長に役立ちはしたが、同時に、手抜き工事でセメントが不足気味の建物の壁をも腐食させた。しかもゴルバチョフは、重大な事実を見逃していた。一般人まで庭園に招き入れたところで、エリート層の人々と敬意を持って話し合えるわけもなく、当てつけのような言動だらけになる。そして論議を呼びそうな問題は避けて通ることになるのだ。むしろ、痛い目に遭わずに言いたいことを言えるようになった地下室の住人は、こぞって屋上に詰めかけ、渇きを潤す水も、飢えを満たす食べ物もないと遠慮なく主張する。その言葉の重み、足を踏み鳴らす音、心の中に渦巻く憤りが渾然一体となってすべてを崩壊に導く。

その事態について、私は残念に思うことなどみじんもなかった。祖国ロシアは、依然としてそこにあり、母語のロシア語もトルストイもドストエフスキーも消えてはいない。モスクワもカザン（西部の都市）もロストフ（南西部の港湾都市）もある。軍もあり、国家もある。官僚でさえこれまでどおりの場所にいた。キエフ（現ウクライナ首都、キーウ）、タリン（現エストニア首都）、リガ（現ラトビア首都）が跡形もなく消え去ったわけではない。すべてがこれまでどおりだった。その気になれば、こうした都市を訪れることもできたのである。変わったことといえば、選択肢が生まれ、自由を手にしたことである。

あの自由は今、ソ連時代のように振る舞うプーチンのロシアで、どうなったか。実は、ソ連当時よりははるかに大きい自由はある。職業選択の自由もあるし、どこに住んでもいいし、どういうライフスタイルを選ぼうが問題ない。海外旅行に出かける許可証を入手するときに、裏表の顔を駆使できる有力者が見つからず途方に暮れる必要もない。

「つい最近まで、こんなにたくさんの金は必要なかったのに」とぼやき、ソ連時代の社会保障や社会的平等を懐かしがる人が決まって現れるが、現実にはそんなものは存在しなかった。コルホーズの労働者と共産党地区委員会のメンバーの社会的格差は、今日のオリガルヒと多くの平均的労働者の間にある格差と変わらなかった。当時、家や車は、今日に比べれば桁違いに手に入れにくかった。確かに、多くの人々が無償で住宅を与えられたが、そのためには20年も待つ必要があった。もちろん、当時と今とでは、豪華さや裕福さの上限はまるで違う。ソ連時代は、どれほど贅を尽くしても、モスクワ郊外の「作家村」にありそうな平屋の別荘が限界だった。それが今では青天井だ。アルプス辺りに三角屋根の高級別荘があるかと思えば、ニューヨークのセントラルパークを望む高層ビルもある。しかもこれはほんの序の口で、もはや上限などない。

何とも腹立たしい話だ。だが、だからといって厳然たる事実は変わらない。トルストイが指摘するように、国民の大部分は荒々しい地殻変動に振り回されてきたかもしれないが、それでもその問題を修復しようと取り組んだのはゴルバチョフにほかならないのだ。ただ、釘の打ち方が間違っていたために、すべてが崩れ落ちたのである。その廃墟で、終わりのない嘘や偽善とは無縁に、誰もが人並みの生活を送る機会が与えられた。もちろん、国民がそれを望むなら、という条件がつく。

◉アフガニスタン紛争

アフガニスタンでの紛争は、私の幼少時の記憶の中で大きな存在だが、ソ連という国家の運命にはもっと大きな影を落としている。1979年のソ連によるアフガニスタン軍事侵攻、それに続く無益な10年戦争に、チェルノブイリ原発事故や経済危機も重なり、自ら墓穴を掘ることになった。私がこの戦争を意識するようになったのは、アパートのエントランスの壁に掲げられたいくつもの仰々しい鮮やかな赤い星だった。一つひとつの赤い星には、決まって「当地居住の○○（氏名）、アフガニスタン民主共和国での従軍任務を全うし、壮烈に戦死せり」といった一文が添えられていた。私が教わった教師の息子も現地で命を落とした。その知らせはたちまち学校中に知れ渡り、最初のうちは子供たちも事態を察しておとなしくしていた。だが、しょせん子供は子供。休み時間に入るころにはいつものように元気な声があちこちで上がった。すると、学校でも沈着冷静で知られる女性教師が近づいてきた。それまで大きな声を張り上げる姿は見たこともなかったが、子供たちに向かって「恥知らず」と怒鳴り散らしたのである。

それでも、自分や家族に関係がなければ、戦争はどこか遠くの話に感じられるものだ。そもそも、あの戦争ついて、周囲で話題になったかどうかさえ記憶にない。おそらく徴兵年齢までまだだいぶあったからだと思うが、それだけでなく、軍の敷地内で暮らしていたので、何か話したらすべてが完全に筒抜けになるとの思い込みもあったせいではないか。

当時、徴兵年齢の息子をもつ親なら誰しも、我が子がアフガニスタンの戦場に送り込まれるのではないかと怯えていた。国全体が参加を強制される恐怖の抽選会のようだった。実際、本国に帰還する「貨物200便」の数が増えるたびに恐怖は広がるばかりだった。貨物200便とは、戦死した兵士を納めた亜鉛内張りの棺の輸送を指す軍用語である。私のいとこも徴兵され、愛国心はあっても勝手のわからぬ青年が、あえて従軍先としてアフガニスタンを自ら希望したのだから、周囲の心配はなおのことだった。幸い、いとこが戦地に送られることはなかった。

徴兵されれば、従軍先は紳士協定で決まる。本人からよほどの希望がない限り、アフガニスタン赴任の可能性は低かった。わざわざ志願しても送り込まれなかった私のいとこは、例外だったのだろう。ただし、父親がアフガニスタンで戦っていたようなケースは、話がまったく違ってくる。その場合、職業軍人としての従軍であり、驚くには値しない。子供の目から見れば、父親が土産にダブルラジカセを買ってきてくれる期待もあって、かっこいいことだと捉えられていた。もっとも、その妻にしてみれば、夫が亜鉛の棺で帰還するかもしれないという不安で頭の中はいっぱいになっていた。

ソ連の文化では、戦争は人気のある話題になっていた。ギターをつま弾きながら「アフガン」をテーマにした歌を口ずさむ姿はあちらこちらで見られた。政府が正式に認めた歌（テレビでも放映される歌）は、いずれも兵士の義務感や勇気を称えたものだった。一方、実質的に禁止となった歌は、死や、帰還しない友、軍隊生活の厳しさなどを扱ったもので、むしろこちらのほうが高い支持を集めた。

ソビエト体制の外にいるシンガーソングライターが作った「吟遊詩人」的な歌は特に人気があった。芸術作品はもれなく芸術委員会の審査を必要とするような国家では、こういった歌は唯一の憩いの場となった。カフェの店内やキャンプファイヤーを囲んでギターを弾きながら歌うアフガニスタン関連の曲が国の隅々まで浸透していくうちに、誰も口には出さないが、「いったいどうして私たちの息子があそこで死んでいるのか」という大きな疑問が持ち上がった。

我が国の神聖なる海外軍務を語り続ける新聞の社説には、誰も関心を示さなかった。何千キロも離れた国の山奥で、ロシア語を話すわけでもない無関係の多くの人々に対して、私たちがどういう義務を負っているのか、誰にもわからなかった。公式の説明によれば、ソ連は常に反植民地主義・反帝国主義の立場を貫いてきたとのことだが、現実には、地球の半分の動きは我々が決めると言っているようなものだった。それはソ連国民のお気に入りのメッセージであった。だが、今回の場合、世界制覇を匂わせたところで何の役にも立たなかった。チェコスロバキアやハンガリーに軍を送ることなら、一部の国民から評価されたかもしれないが、それがアフガニスタンに当てはまるだろうか。いったい何のためにそんなことをする必要があったのか。

今、公開されている公文書を見ると、アフガニスタン紛争は、ソ連後期に権力の座にあった老いぼれ集団の愚行であったことがよくわかる。そして、この連中は、文字どおりの老いぼれだった。1979年を迎えるころには、ソ連共産党中央委員会の政治局は、さながら〝老人ホーム〟の様相を呈していた。公式発表の数字によれば、10年に及ぶ戦争で1万5000人が命を奪われている。参謀将校の調査では、その総数は2万6000人だった。いったい何人のアフガニスタン人が殺されたのか皆目見当もつかない。推定では60万人とも200万人とも言われる。その圧倒的多数は民間人だった。そして500万人以上が難民となった。

この戦争にはソ連の莫大な財源が飲み込まれ、国家はみるみる疲弊していった。同時に、軍はもちろん、国全体の士気が低下した。侵攻の筋書きを書いたブレジネフ書記長や将官らは、米国に対する優位を狙って地政学ゲームに手を出したが、結局は足元のソ連で致命傷を負うだけだった。

アフガニスタン紛争は、私たちだけでなく、世界中の人々にとって重大な出来事だった。そして今日に至るまで、その直接の影響に見舞われている。現在のイスラム過激主義が増大した原因のかなりの部分は、そこにある。米国政府は、ソ連指導者らの恥ずべき愚行に対抗して、アフガニスタンの聖戦士（ムジャーヒディーン）による対ソ戦争をイスラム聖戦に転換するなど、似たような愚行に出た。1980年代には中東全体から義勇兵がアフガニスタンに続々と集まり、ソ連が主張していた社会主義と資本主義の対立だった戦争は、異教徒に対する聖戦に様変わりした。宗教を守るために武器をとった人々を政治的判断で止められるという考えはとんでもない過ちだった。「よし、俺たちの勝利だ。もう引き揚げよう」などと言って止まるようなものではないのだ。イスラムの旗印の下で立ち上がった人々にとって、ソビエト軍を追い払うだけでは十分でなかった。ソ連軍を駆逐したうえで、アフガニスタンをシャリーア（イスラム法）で統治する国家に変えることを要求したのだ。かつて米国が資金と武器を供与したウサマ・ビンラディンは、すっかり敵へと変貌していた。米国は関心を失い、聖戦への資金供与ももはや望んでいなかった。だが、狂信者の発想は、「我々の味方でない者は我々の敵」である。彼らが聖戦のために向かったアフガニスタンには、アブ・バクル・アル・バグダディなど過激派組織「イスラム国」（ＩＳ）の指導者が育っていた。あの戦争は今も続いている。

◉テレビ業界の変節

ゴルバチョフが提唱した改革全体のうち、グラスノスチは確かに効果があり、あっという間にすべてが変わった。ほかの政策と違って、グラスノスチ達成のためには、何も実行する必要がなかった。余計なことをしないだけで十分だったからである。記者の執筆を禁止しない、検閲しない、記事を理由に解雇しない。それだけのことだった。どうやって発行に漕ぎつけたのかと不思議に思うような自由な記事が出回り始めた。そして真実を書くことがいかに有益であるかが、すぐに明らかになった。「上層部の判断」を仰ぐ必要もなく、記事は大好評を博し、出版物の部数も一気に拡大した。イデオロギーを守るための障壁には、ひびが入り始め、ソビエトの指導者らは壁が崩れないように必死に支えたが、耐えきれなかった。

国営テレビの放送予定から何らかの番組が排除されたとの噂が広まるや、たちまち人々の激しい怒りを招いていた。ほんの1年前まで水も漏らさぬ検閲が当たり前の国に暮らしていたとは思えないほどの強硬な抗議が繰り広げられるようになった。コメディ番組『Club of the Cheery and Witty』からゴルバチョフをネタにしたジョークがカットされたときには、この検閲が国中を巻き込んだ関心の的になった。１９８７年以降のソ連は、言論の自由で急激に世界屈指の水準に向かっていた。発言を理由に刑務所送りにならないとわかるや、誰もが歓喜の声をあげ、人々は検閲によって失われた70年間を取り戻そうとした。

１９８７年10月には国営テレビが報道番組『Vzglyad（「視点」の意）』の放送を開始した。この番組ほど、私の政治的見解に大きな影響をもたらしたものはない。夜の放送で、内容的にも素晴らしく、何よりも重要だったのは番組内でロック音楽を流していた点だ。実際、私がこの番組を見始めた理由も当初はそこにあった。司会も、よくある偉そうな偏屈爺さんではなく、若手が担当し、幅広いニュースを取り上げ、スタジオで議論する形式だった。こうした話題の合間に、時折、DDTやアリーサ（Alisa）、キノー（Kino）、ノーチラス・ポンピリウス（Nautilus Pompilius）といったバンドの映像が流されることもあった。社会派で時には反ソビエトの歌を歌うロックミュージシャンが国営テレビで見られるのは、素晴らしいことだった。これは、検閲という障壁に風穴を開けたどころか、壁が重砲で砲撃を浴びているというほうが近かった。

母もあらゆる番組を見ていた。当時11歳の私とニュースについて話し合い、社会問題や政治への関心を喚起してくれた母に感謝したい。『Vzglyad』は4年間にわたって間違いなくソ連最大の人気番組だった。番組の記者も司会者もスーパースターになり、テレビ放送の発展のあり方も左右することになった。だが、ここで活躍した面々のその後の運命は、大きく明暗が分かれた。

『Vzglyad』の顔を務めたウラジスラフ・リスチエフは、自宅アパートのエントランスで射殺された。敏腕調査報道記者だったアルチョム・ボロビックは、2000年に飛行機事故で亡くなった。ちなみに私の娘が通っていた学校は、彼の名前を冠している。『Vzglyad』の記者で、私が最も敬愛していたアレクサンドル・リュビモフは、熱心なプーチン支持者となり、国営のテレビ局やラジオ局を渡り歩いている。

プーチンの検閲が本格化した2007年、私は、国営ガス会社ガスプロム傘下のラジオ局でリュビモフが担当するトーク番組にゲストで呼ばれた。相変わらず切れ味鋭く、その話しぶりも子供のころにテレビで見ていたのと変わっていなかった。だが、公式見解ばかりを前面に押し出し、話せることと話してはいけないことに明確な線引きをしていた。私はリュビモフを見つめ、その時間中、ひとこと言いたい衝動に駆られていた。

「どうなってしまったんだ。今の私があるのは、あなたをはじめとする出演者の皆さんのおかげだ。あなたはそのすべてを裏切ってしまった」

コンスタンティン・エルンストは、『Vzglyad』を手がけた後、映画をテーマにした番組『Matador』の司会を担当した。私は1回も見逃したことがない。現在は国営テレビ局「チャンネル1」の責任者であり、プーチンのプロパガンダを担う有力者でもある。エルンストがトップを務めるようになってから、このテレビ局は、とにかくおぞましい詐欺まがいの報道ばかりになり、例えば、ロシアの少年が母親の見ている前でウクライナ兵に虐待された疑いがあるといった恥ずべき偽情報を平気で流すようになった。

番組プロデューサーで、のちに超人気音楽番組の司会も手がけたイワン・デミドフは、与党・統一ロシアの青年部に当たる「ヤングガード」の最初の指導者層に名を連ねた。のちにプーチン率いる党のイデオロギー部門責任者を経て、政権の一員となった。なんという皮肉か。

こうした人々は、かつてロシアの言論の自由の源泉を支えたにもかかわらず、その大半があぶく銭の誘惑に負けて口をつぐんでしまったばかりか、新政権の積極的なプロパガンダ請負人として、エネルギーと率先力を発揮し、口角泡を飛ばして不正や腐敗の行為を擁護しているとは、にわかに信じられない。

1987年から1989年にかけて、3本の映画が封切られ、何百万人ものソビエト国民、特に若い世代を驚かせた。私自身、こうした映画を見て、もう後戻りはできないと理解した。私たちが暮らす新しい国は、どういうわけか名称に依然として「ソビエト社会主義」が入っていた。もはやそのどちらでもないにもかかわらずだ。さて、その3本の映画は、驚異的な人気を博した。『The Housebreaker』は、私のお気に入りのバンド、アリーサのリーダー、コンスタンティン・キーンチェフが主演していた。この映画には、レニングラードのあるロッククラブの様子や人気バンドの演奏が登場していた。西側世界のショービジネスの闇を扱ったテレビ番組の中では、海外ミュージシャンがソビエトの若者に悪影響をおよぼすと指摘されていたが、なんのことはない、ロシアのパンクバンドも何ら引けを取らなかったのである。

2つめの映画は『アッサ(Assa)』だ。ウィキペディアによれば、「1980年代後半のロシアンロックの栄光の日々を描いた主要作品」だ。このため、ラストシーンで、当時圧倒的な人気を誇ったバンド、キノーのリーダー、ヴィクトル・ツォイが大ヒット曲『We Are Waiting for Changes』をレストランの客の前で歌い始め、やがて映像は大観衆の前で歌う姿へと変わる。ヴィクトル・ツォイは、ソビエトで１９８９年最大の興行収入を上げた映画『The Needle（針）』にも俳優として出演している。

この作品は、麻薬中毒（かつてはタブーとされたテーマ）、アラル海の生態系破壊（これもソ連では議論されたことがなかった話題）、マフィアとの闘い、ロック音楽を扱っている。最後に主人公が死に、未練を残しつつ闇に消え、『ブラッド・タイプ』という曲で締めくくられる。

地下鉄駅の長いエスカレーターのように、言論の自由や独創性は上昇する一方で、経済状況は下降を続けていた。世の中の秘密が少なくなり、人々はますます自分たちの貧しさを強く意識するようになった。といっても、１９８９年よりも１９８４年のほうが豊かな暮らしだったというわけではない。むしろ、その逆だ。１９９０年代になってようやく比較の手段を手にしただけのことである。私企業（当時はまだ控えめに「生産協同組合」とか「科学生産合同」と呼ばれていた）と社会主義経済を共存させるという、混合経済を掲げたうわべだけの経済改革は、大部分の国民にとって収入や資産形成の機会をもたらすものではなかった。それでもこの状況に乗じようとする人は少なくなかった。ある生産協同組合のオーナー、アルチョム・タラソフは、３００万ルーブルを稼いでソビエト初の億万長者になり、国民を驚かせた。その協同組合の共同経営者はソ連共産党党員で、私の父の月給が３００ルーブル、母の月給が１６０ルーブルだった当時、党費未払い金総額９万ルーブルを一括で払ったという。

ここまでの億万長者ではないにせよ、さまざまな富裕層があちこちに出現し始めた。中には、突然、輸入車を乗り回すような連中も現れた。ふつうのソビエト国民は、この状況をにわかに信じられず、金の出所を訝しがった。たいていの場合、当時の「名をなした起業家」は、共産党の幹部かコムソモールのメンバーだった。汚職があるのではないかとか、富の源泉が進取の精神や創業の才というよりもむしろ権力や資源獲得手段だといった根強い見方が裏付けられた感がある。それに加え、ソ連が存在した70年間に策士など私利私欲にまみれた連中を軽蔑する空気が醸成されていた。そのような時代に商売を手がけていた人々は、そこそこの生活を送ることができたが、宇宙飛行士や軍人、教授のほうが名声はあった。ところが時代が変わるや、宇宙飛行士は突然、ただの人になった。部屋が3つあるアパートや黒塗りの高級車「ヴォルガ」が与えられて、それまでの苦労が報われてはいたが、社会の評価はまったくなくなってしまった。教授とて、生活はかつかつになった。その一方で、一部の無名の協同組合オーナーや、市場で物を売るだけの人でも、宇宙の支配者のように振る舞い始め、歴代の「労働英雄［訳注：経済・文化で傑出した業績に贈られるソ連最高の栄誉称号］」よりも裕福になった。

　みんなが貧しい時代なら貧乏は耐えられたが、隣人がはるかに金持ちになったとたん、貧乏は耐え難いものになった。ロシアあるいはソビエトの人々にとって、初の起業家らは羨望の的だったという。その結果、１９８０年代後期を忌み嫌う人が少なくない。だが、私としては、機会の不平等がもたらした結果だと考えている。ゴルバチョフが誰でも気軽に起業できる環境を整え、一握りの賢い人々や抜け目のない人々、あるいは有利な立場にある人々ではなく、何百万人もの人々が起業のチャンスに飛びついていたら、その後の景色はまるで違っていたはずだ。残念ながら、協同組合（後の最初の企業）の設立手続きは、途方もなく複雑になり、ソビエトの官僚の完全な支配下に収められた。会社を設立したければ、賄賂かコネを使う必要があり、そうでなければ、目の前の壁を打ち破れるくらいのよほどのカリスマ性がなければならなかった。このような慣行が長年続いたせいで、経営者は、合法とは言えない手段で儲け話に一枚加わる胡散臭く狡猾な人物というイメージが定着した。軍、警察、KGBでは、役人の地位低下に対して特に激しい恨みが渦巻いていた。何かを変えねばならなかった。

1991年8月19日、15歳の私は浮かない顔で家を出た。両親に命じられて、「ダーチャ［訳注：本来は田舎・郊外にある菜園付きの別荘だが、政府が国民に支給する狭い土地に小屋と菜園程度の簡単なものもある］」に行くことになったのだ。当時、改革の一環で、多くの人々に600平方メートル（24・5メートル四方ほど）の小さな土地が与えられた。いわゆる伝統的なダーチャとは似ても似つかなかったが、小屋には菜園道具も備わっていた。ここで菜園を耕し、種まきをするのが、私に与えられた使命だった。こんなひどい仕打ちがあるだろうか。自宅から400メートル歩き、町の検問所を通過し、道をわたって隣村に入る。そこに我が家の菜園があった。もっとも、その日は道をわたること自体、容易ではなかった。何と戦車が列をなして走っていたのだった。

5

私たちの町で、軍用車両を見て驚く住民はいなかった。町のトレードマークである「戦車に注意」の道路標識の傍らでは、旅行者がよく写真を撮っていたものだ。ところが今日はまったく様子が違う。戦車がアスファルトの道路を走行している。戦車が通った車道はまず使いものにならないため、ふつうなら絶対にしないのだが。戦争か何かの特殊作戦に向かっているようにしか見えない。どこか混乱している様子だった。そして何よりも、戦車はモスクワの方角を目指している。私はとりあえずダーチャに行かない言い訳ができたと喜んで家に戻り、一体何ごとだろうと、テレビをつけた。バレエ「白鳥の湖」の映像が流れている。これはソ連に住む人間なら誰でもすぐにわかる、何か深刻な出来事が起こったしるしだ。小さい頃から、アニメ番組のかわりにクラシックコンサートが放送されたら、それは指導者が死去したということ、そして国を挙げての追悼式典が続くことを知っている。ただ今回は、誰が死んだのかはっきりしない。ゴルバチョフあたりでなければいつもの番組がバレリーナなんかに取って代わられるはずがない。だが、彼はまだ若い。

◉8月のクーデター

謎はすぐに解けた。国家非常事態宣言が出され、「国家非常事態委員会」を名乗る集団が、全権を掌握したと主張していたのだ。当時、ゴルバチョフの肩書はすでにソビエト連邦共産党書記長ではなくソビエト社会主義共和国連邦大統領だったが、どうやら何者かに逮捕されたか、何か別の形でフォロスの別荘で拘束されていた。ラジオで委員会の声明が読み上げられ、これが「ソ連指導部による発表」と説明された。正気を失った老いぼれたちが権力の奪取を企んでいるという結論にまもなく落ち着いた。それは発表の内容よりその文体から明らかだった。声明はソ連らしい決まり文句や表現で飾り立てられていた。「この深刻で多面的な危機を打開すべく」、「破滅に向かう社会の衰退を食い止めるため、断固たる措置を講じる必要性」、「ソビエト連邦の国民の生活と安全を脅かす混乱と無秩序」といった具合だ。「ソビエト指導部」を代表して、ワレンチン・パブロフ首相、ウラジーミル・クリュチコフKGB議長、ドミトリー・ヤゾフ国防相、ボリス・プーゴ内相が宣言に署名していた。他に私が名前も知らない大勢の人間の署名もあったが、そんな連中が指導部のメンバーに名を連ねるのははっきり言って不可解だった。

この事件について、両親と何を話したのかよく覚えていないが、ダーチャでの農作業から解放されたわけではなかった。降ってわいたようなクーデター騒ぎを恨めしく思いつつ、再びダーチャに向かう道すがら、こんな企てが成功するはずないと初めから確信していた。国家非常事態委員会は国民を震え上がらせようとしているが、笑われるのがおちだ。少なくとも私はそう感じていた。戦車が到着したモスクワは別かもしれないが、軍人の家に生まれ、軍の町で暮らす私の感触では、軍は明らかに現状に不満を抱いているものの、友人との冗談半分の会話を盗聴されないように、電話をクッションの下に押し込むような時代に戻りたがってはいない。

蓋を開けてみれば、モスクワでも住民は誰も怯えていなかった。ロシア・ソビエト連邦社会主義共和国大統領ボリス・エリツィンと、立法機関である最高会議を何とかして守ろうと、群衆がロシア最高会議ビル、通称ホワイト・ハウスへと流れ始めた。端的に言えば、これは反連邦勢力であるエリツィンらが実権を握るロシア共和国と、ソビエト連邦との対立だったのだ。

その後、途方もなく長い演説がラジオで流れた。あり得ないほど冗長で、プラウダ紙［訳注：ソ連共産党の機関紙］の社説から抜き出したようだった（1991年ごろにはプラウダ紙の社説は陳腐な言い回し、愚かさ、不誠実の代名詞となっていた）。唯一覚えているのは活発化する「投機」活動が激しく糾弾されていたことだ。資本主義と市場経済の下での将来の幸福な暮らしが脅かされていると、自説を振り回していた。また、「国の歴史において、セックスと暴力のプロパガンダがこれほど大規模に行われたことはなく、次世代の生命と健康を危険にさらしている」という一文も記憶している。女性のヌードが新聞や雑誌に登場するやいなや、当局は「健康を脅かす」という口実で禁止しようとした。これは、もう何年も前に「セックスと暴力を煽る見境のないプロパガンダ」が含まれるとしてロックを激しく批判していた例のテレビ番組の焼き直しにほかならなかった。今回の演説も、ソ連国民の感情に訴える意図でつくられたのは明らかだった。性的表現と利益追求を禁止する、農村部の住民に燃料と潤滑油を支給せよ（クーデター首謀者が含めていたもう一つの問題である）、などの言葉を耳にするたびに、人びとは机を拳でバンと叩いて「非常事態委員会の同志はまっとうなことをしているじゃないか！　村民を助け、セックスを禁止していい頃だ！」と言っていた。

ウラジーミル・レーニンが1912年に記した「人民からおそろしくかけ離れている」という言葉は、効果のほどは別として、ロシア政治で数えきれないほど繰り返されてきた。年のいった上級将校たちは国民の感情を把握していると勝手に自負していたが、その情報源はイエスマンの運転手や護衛らだった。こうした取り巻きが、「エリツィンや民主勢力、投機家にみんなうんざりしている」などと言っているのを国民の声だと思い込んでいたのである。

そしてまさにその晩、クーデターを起こした国家非常事態委員会は大失態を演じた。テレビ記者会見をどういうわけか生中継にしたため、一番注目を集めたのはソビエト社会主義共和国連邦副大統領ゲンナジー・ヤナーエフの震える両手だった。カメラはクーデター首謀者の手の震えを繰り返しクローズアップで映し出した。グレーのスーツに身を包んだ異質な連中が並び、「我々は確かな根拠のもとに統制する政権であり、今こそ秩序を回復するのだ」という威勢のいい主張を掲げるが、それとは裏腹にずいぶんお粗末な姿だった。

ヤナーエフの隣にはボリス・プーゴが座っていた。内相であり、世界で最も奇妙な髪型をした男である。他に無能な人間が4人おり、その中にはソ連農民同盟議長のように明らかにその場に似つかわしくない面々もいた。

「ゴルバチョフはどこにいるのか？」という問いには、「彼は治療を受けていて、回復すれば改革政策は継続される」という不可解な答えが返ってきた。クーデター首謀者が、ゴルバチョフですら恐れていたのは明らかだった。ゴルバチョフの弱さと決断力のなさが決起理由だというのに。

その場にいたジャーナリストたちは小馬鹿にした態度を隠そうともせず、彼らの行動を軍事クーデターと呼び、「ピノチェト［訳注：アウグスト・ピノチェト。チリ大統領］に助言してもらったのか？」と質問した。一体何が起きているのか理解しようと、全国民が画面に釘づけだった。クーデターは私の目には深刻に映らず、記者会見後も権力の掌握が起こりそうにないのは明白だった。茶番だった。「プッチスト（一揆主義者）」という言葉は瞬く間に国家非常事態委員会と結びつき（ロシア史では、この出来事は「8月のクーデター《プッチ》」と呼ばれる）、目の前の事態にちょっぴり漫画のような滑稽さが加わった。

それから数日経ってもクーデター首謀者は支持を得られなかった。代わりにエリツィンと民主派のロシア政府の立場が強固なものとなった。何万人もの市民がレニングラードの街頭に出て抗議デモを行い、モスクワでは市民がホワイト・ハウス周辺に集結し、さらにバリケードまで築いた。クーデター首謀者は命令も明確な戦略もないまま、モスクワに召集した兵士や将校を放置した。その結果、市民がありとあらゆる戦車や兵員輸送装甲車によじ登り、兵士と親しく交わり、彼らに食料を渡した（クーデター首謀者は食料配給のことも考えていなかった）。市民と兵士の間ではこんな会話が交わされていた。

「それで君たちは僕らを撃つつもりなのかい？」

「いや、まさか。自国民を撃てるわけがない。我々は国民の味方だ」

あるとき戦車の大群が公然とエリツィン側につき、10台ほどが向きを変え、ホワイト・ハウスを守るために配備されているかのように見える特別な瞬間があった。誰もが歓喜し、私の喜びもひとしおだった。というのも、集まった戦車はタマン機動小銃師団所属だったのだ。クーデター打倒に私自身が貢献していたわけではないが、少なくとも確かに関わった感覚があった。エリツィンは戦車にのぼって至高の栄光の瞬間を迎え、それがまさにタマンの戦車の上だったのだ。近くにいた誰かが旗を広げた——鎌と槌のソ連旗ではなく、ロシアの三色旗を。その写真は当時もっとも有名になった一枚で、その瞬間の重要性を見事に表現していた。その時からエリツィンが正統な大統領として政権を担い、ゴルバチョフを含む旧政権は消えうせた。

それから27年後、再びその写真が私がらみの出来事に関連づけて投稿されているのは皮肉なことだ。戦車の上に立つエリツィンよりひときわ高い位置から周囲に目を光らせていたのが、護衛の一人だったヴィクトル・ゾロトフである。2018年9月11日に私がまたしても逮捕されたとき、プーチン直属の国家親衛隊になっていたゾロトフ司令官が、アレクセイ・ナワリヌイに向けたビデオメッセージを撮っていたというニュースが流れてきた。私たち反汚職基金（FBK）はゾロトフの不正取引を調査し、彼が市場価格の数倍の値段で食料を調達して将校や兵士の金を横領していることを突き止めた。そして、ゾロトフを「キャベツ・ジャガイモ泥棒」と糾弾する動画を配信したところ、数百万人が視聴したのだから、本人にとってはさぞ屈辱的だったのだろう。もちろん国家親衛隊の30万人全員が見たに違いない。ゾロトフは激昂して自らも動画で反撃してきたのだ。国旗と行進する兵士の写真を背景に、司令官の軍服姿のゾロトフは私に報復すると脅し、違憲なクーデターを準備している勢力が私の背後に控えていると言いがかりをつけてきた。すると、30年近く前に撮影された写真が、あっという間に発掘された。ソ連体制から見ればまさしくクーデターと言える事件にゾロトフ自身が関与していたことが明らかになったのは言うまでもない。

◉権力の移行

クーデター騒ぎに加担した者の公文書や回想録から、国家非常事態委員会がホワイト・ハウスへの突入を画策していたものの、最終的に犠牲者を出さないために中止したことがわかる。首謀者は計画が実行不可能だと悟ったようだ。なぜならその頃には軍は委員会の命令を一斉に拒否していたからである。8月20日の夜から21日にかけて、3人の命が不幸にも失われたが、原因は衝突ではなく部隊の混乱と不手際によるものであった。

8月21日、ドミトリー・ヤゾフ国防相が軍にモスクワ撤退を命じた。国家非常事態委員会は敗北し、同時にソビエト社会主義共和国連邦も敗北したのである。ゴルバチョフはクリミアの別荘から帰還する際、解放された英雄として喜びに沸く民衆に迎えられ、支持されると期待していたようだ。たしかに国民は彼の帰還を喜びはしたが、クーデターを企てた国家非常事態委員会の敗北のさらなる証拠として見ていたにすぎない。権力基盤を築こうとするゴルバチョフの思惑は外れた。称賛も支持もすべて、危険を恐れず断固たる行動を取ったエリツィンと新政権に向けられた。ゴルバチョフが陰謀に加担していた可能性があり、少なくとも事前に把握していながら、例のごとくソ連守旧派側にもロシア改革派側にもつかずに、誰が頂点に立つのか静観していたことを示唆する証言が飛び出すと、さらにその傾向が強まった。変化の時代において優柔不断は大罪だ。一瞬にしてゴルバチョフはすべてを失った。

革命にありがちなことに、再び度肝を抜かれる出来事が起こった。月曜日には、ゴルバチョフは最も人気のある指導者ではないにせよ、世界に名の知れた大統領だった。世界最大の軍の最高指揮官であり、世界の陸地の6分の1を占める領土で工業と農業を統制し、核戦争を始める力さえも有する大国の大統領だった。それが木曜日には、ただの人である。専用リムジン、秘書、専用電話も変わらずあるのに、特別な電話が鳴ることはない。

法律がどうであろうと、権力の中心は目に見えない形でエリツィンに移行した。それがどのように起こったのか、本当のところは誰もわからなかったが、権力の移譲が行われたことだけは疑いようがなかった。

◉捨てられた在外ロシア人

1991年12月8日、ベラルーシ共和国、ロシア・ソビエト連邦社会主義共和国、ウクライナは壮大な策略を成功させた。各国の指導者であるスタニスラフ・シュシケビッチ最高会議議長、ボリス・エリツィン大統領、レオニード・クラフチュク大統領がベロヴェーシの森で会合し、もともと、この三国でソビエト社会主義共和国連邦を結成したのだから、それを解体する権利もあると宣言したのだ。連邦を解体し、独立国家共同体を結成するという企みは、彼らからすれば理にかなっていた。ゴルバチョフと関係者全員を追い落とし、自由な権力を手に入れたい。その願いを実現するためには、不滅のソビエト社会主義共和国連邦に正式に終止符を打つ必要があった。

今日、その秘密合意は、ベロヴェーシ合意として知られ、それがいかに間違っていたか議論が続いている。公式に遺憾の意を表明している一人がウラジーミル・プーチンで、ベロヴェーシ合意は

「地政学上の悲劇」だったと激しく非難している。もっとも、当時の私にはそうは見えなかった（膨大な客観的事実があるというわけではなく、ただそう感じたという話だ）。普段よりは少し議論の価値があるニュースが増えただけで、不吉な前兆はなかった。仮に森に集まった3人が、巧妙に、もっと言えば騙すように法律を操作していたとしても、彼らは否定しようのない現実を確認しているにすぎなかった。つまり、ソビエト社会主義共和国連邦は実体のある国としてもはや存在していなかったのである。

エリツィンにも、ウクライナとベラルーシの指導者にも、ソ連崩壊の責任はない。ソビエト連邦は共産党と国家保安委員会（KGB）によって破壊されたのである。つまり、共産党の老いぼれ指導者たちの嘘、偽善、いい加減な政治運営によって国が経済危機に陥ったのだ。KGBは、ウラジーミル・クリュチコフ議長の名のもとにクーデターを企て、それまでの数々の行為と変わらない大失態を演じた。8月のクーデターの研究者の多くはクリュチコフ議長が首謀者の中心であったと考えている。当時中佐だったウラジーミル・プーチンはKGBのレニングラード支部に勤務していたが、「地政学上の悲劇」などと騒ぎ立てたこともない。金と新しいチャンスを求めて、エリツィンの有力支持者であったレニングラードのアナトリー・ソプチャク市長と運命を共にするために喜んでKGBを去った。つまり、プーチンはまぎれもなくソ連の崩壊に直接の利害関係があった一人であり、ソ連に協力し、最大限の利益を得ていたのだ。私はプーチン個人の役割を誇張したいわけでも、彼が組織を裏切ったと主張したいわけでもない。プーチンは己の利益のために行動したにすぎない。ある日の彼は「反ソ連のプロパガンダ」を行ったとして反体制派をレニングラードの路上で捕らえて刑務所に送り、翌日には新政権で最も急進的な支持者の腰巾着となった。

私は幸運にもソ連崩壊の大きな影響を受けずにすんだ。軍人だった父が、もしモスクワ州ではなくバクー［訳注：アゼルバイジャンの首都］やナゴルノ・カラバフ［訳注：アゼルバイジャン共和国の自治州で、帰属を巡りアルメニア共和国と争った］、アブハジア［訳注：ジョージアからの独立を主張する地域］あるいはバルト三国に駐留していたら、話は違っていただろう。どこも積年の恨みが爆発し、紛争や戦争に発展した地域だからだ。モスクワから見れば、すべて正気の沙汰とは思えない。なぜ互いに戦争をしかけているのか、理解できないのである。「ソ連を構成する共和国国民として、一致団結してやってきた家族」であって、長年、肩寄せあって暮らしてきたじゃないか。それが今や領土や民族問題で激しく争いあっているなんて……そんな目で見ていた。

アルメニア人やアゼルバイジャン人の立場になって想像することはできなかったし、したいとも思わなかったのだ。同じように身勝手な理由で、私が関心を寄せた唯一の民族間の問題は、在外ロシア人の窮状だった。ロシアは突如としてヨーロッパ最大の分断国家となった。こちらはずっと想像しやすい。仮に父が第14軍の任務でモルドバに駐留し、ルーマニア語話者が主な彼の地で私がいきなり「ロシア語を話す少数派」になったとしよう。少なくとも私はその突然の変化や新しい「少数派」の地位に不満を抱いたはずだ。

旧ソ連構成共和国の政治発展は、民族主義的思想を持つ人びとに追い風となった。これは当たり前の話で、通常は帝国の崩壊後に生じる。「ロシア人占領者たちよ、我々の土地から出てモスクワに帰れ」とでも言えば、選挙で勝てるのだ。旧構成国の国民すべてがロシアを憎んでいると判明したわけではない。ソ連が長年にわたって各構成国の民族主義の兆候をことごとく抑圧し、国家間の友好だとか、15の共和国はきょうだいだといった偽善的な戯言で洗脳しようとしていただけだ。振り子が反対側に振れるのは避けられず、旧構成国を民族主義が席巻した。長年のモスクワ支配による帝国の遺産らしきものは、無条件に拒絶された。

「我々はついにロシアの独裁から解き放たれた。我が国に暮らしながらロシアを頼みにする者は誰であれ裏切り者であり、敵である」

それはまさに地政学上の悲劇だと人びとが理解したのは、かなり後になってからである。新しい指導者たち（プーチンやその仲間も末席にいた）は、ソ連崩壊後に「外国」となった国に取り残されたロシア人問題には見向きもしなかった。もし当時の政府が、在外ロシア人がまだロシア領土とされる地域ならどこでも帰還できる必要最低限の政策を提示していれば、数多《あまた》の紛争は回避され、人命も救われたはずだ。当然ながら、バルト三国のような繁栄した国からは、誰も急いで帰還しなかっただろうから、その点で他の方法が必要だったかもしれない。しかしウズベキスタンやキルギスタン、その他の共和国に暮らすロシア人は、自分が今どこに属していて、何をどうするべきなのか、当惑している。そこに何らかの答えが用意されるべきだった。「旧構成国のロシア嫌悪」と「ロシア人人権問題」が実質上クレムリンの最優先課題となった現在でも、すべてが露骨で偽善的な大衆扇動の域を超えず、建設的な行動はまったく取られていない。ロシア国外でロシア人の家系に生まれた者は、母国の市民権を得ようにも役所の手続きの煩雑さに頭がおかしくなるだろう。

２００８年、私は「祖先がロシア人の者、もしくはロシア先住民族の祖先の血を引く者は、その民族帰属を確認できる書類を提示すれば自動的に市民権が付与される」規定を法に盛り込むように提案した。確認書類は祖父母の出生証明書でもいい。特に画期的ではなく、ドイツやイスラエルの現行法と大差ない。にもかかわらず、この法案も、他の類似法案もことごとく受け入れられなかった。現体制は抑圧されたロシア人について延々と話したがるが、そのくせ何も支援しないのだ。

1991年当時のロシアは極めて貧しく、その問題まで手が回らなかったかもしれない。しかし2000年から2020年の間にロシアは大金を手にしている。旧構成国のロシア人学校に資金提供したり、一部地域でロシア語の使用を支援したり、また別の地域では母国に再定住させたりするなどして、間違いなく在外ロシア人の問題を解決できたはずである。

6

ソ連崩壊についてどう思うかとよく質問される。実は、私はそんなものを目撃していないし、そもそもそうなった覚えもない。正確に言えば、崩壊したのは体制であって、(少なくとも当時は)みんなそうだったと思うが、私も体制崩壊を喜んだくちだ。崩れる部分が大きいほど、私の喜びも大きかった。

バルト三国の抗議デモについてはどうか? 今にして思えば、ソ連の恐ろしい崩壊を告げていた。タリンからビリニュス〔訳注:リトアニア共和国の首都〕まで、人びとは真っ先に独立を要求したが、それはつまり当時のソ連を破壊することだった。

しかし実際のところ、健全な精神の持ち主から見れば、ことあるごとに垣根の向こうから偉そうな自己アピールを繰り返す忌々しい一味に対する闘いだった。テレビや新聞で繰り返される無数の嘘、商品棚が空っぽの店、ミンクの毛皮帽をかぶった偽善的な党のエリート幹部に対する抗議だった。さらに重要なのは、ソ連への抗議デモは前向きな何かを求める闘いだったのだ。例えば、ロック、海外旅行、好きな本を楽しむ自由、ジーンズやチューインガム、あらゆる外国製品とごく少数のまともな国産製品が店で購入できることなどである。はたまた、医師にチョコレートやコニャックの賄賂を渡さなくても受けられる医療、映画やビデオレコーダー、そして少しでもいい暮らしだ。簡単に言えば、プーチンが配属先のドイツ民主主義共和国〔訳注：東ドイツ〕で体験したように、まともな靴が買えて、ドイツビールを飲み、西ドイツのテレビを見られる生活を求めたのだ。

プーチンのような連中は、下々の者には近づきがたいほどの地位ゆえにソ連を懐かしむ。だが、欠陥だらけの体制下とはいえ、今だって、シベリアの村から出てきた田舎者でも、ITに精通していれば国の許可や支援なしに億万長者になるのも夢ではないし、プライベートジェットでイタリアの高級リゾートにも行ける。しかし、当時はプーチンのような者だけが越えられる壁があり、庶民を無力のままにしておくことが重要だったのである。

人びとが闘っていた敵は体制であり、祖国ではなかった。体制は崩壊し、国まで壊れてしまったが、苦悩や破滅の感覚はなかった。ベロヴェーシ合意がまとまる頃には、体制は過去のものとなり、国はばらばらに引き裂かれていた。最初に行動を起こしたバルト三国の国民よりも、ソビエト連邦構成共和国の指導者のほうがはるかに強い力で引き裂いたのだ。バルト三国はヨーロッパの一部となったのに対し、旧トルクメン・ソビエト社会主義共和国では、元共産党員の同国指導者、サパルムラト・ニヤゾフ同志の黄金像が建てられたのである。

◉学歴という階級制度

こうした出来事は重要とはいえ、私個人の生活では2番目か3番目だったかもしれない。最優先事項は大学だった。大学進学が最も重要だとする考えはロシアやソ連の教育の根本である。万人の平等を標榜する社会において、進学は階級を証明するものなのだ。大学に入学できれば、その人は賢く、勉学に励んできて、きっと家柄もよい。もし入学できなければ馬鹿だ。私が入学する頃には、大学在籍中は兵役が猶予されるようになり、兵役に就くことは明らかに「頭が悪い」ことだった。

ソビエト社会は、労働者を偽善的に褒めそやしながら、現実には高等教育を受けた人間が一流の仲間入りを果たし、そうでない人間は二流だと明確に線引きしていた。おそらく、出自に関係なくすべての人が高等教育を目指すよう奨励するためで、その考え自体は悪くない。成功への道のりは、あらゆる壁に、あらゆる教科書に刻まれている。偉大なるレーニンが指南したではないか。「勉強、勉強、そしてもう一度勉強せよ。君はまるっきり馬鹿というわけではないのだろう？　出世の階段をのぼりたいなら、頂点に立ちたいなら――勉強せよ！」と。ソ連映画で前向きな主人公といえば、夜間学校に通う工場労働者と相場が決まっている。

しかし現実はそううまく運ばない。長いこと勉強を奨励してきた結果、肉体労働を伴うあらゆる職業は、それがいかに高度な技能であろうと、誰も見向きもしない。職業技術学校や専門学校の生徒を指す「ＰＴＵ」は、劣等生と同義語だ。教師が生徒に向かって、「できが悪いから、職業技術専門学校に行くしかないわ」と告げるのは日常茶飯事だった。配管工か電気技師か工場労働者になり、人生に展望が見えないまま負け組とアルコール依存症の仲間入りをするということだ。

高等教育に進まないのは恥ずべきことで、教育熱心な我が家ではプレッシャーは倍増した。母は当時名門だったモスクワ国立経営大学の工学・経済学部の卒業。父は軍事大学を出たあと、軍の許可を得て１９８５年に法科大学院で学位を取得している。防空専門家から軍所属の弁護士となり、タマン師団で法律顧問として仕事を続けた。我が家は社会のそうした階級に属していて、私は「どこかまともな」大学に入学することが当然と考えられていた。「しっかり勉強しないと大学に入れないぞ」という言葉が重くのしかかったのは6年生あたりからだ。

ソビエトの学校で最重要科目といえば、数学である。私は5段階評価で4をとるのに苦心した。上級学年になるとかろうじて物理と化学で4を取った。こうした科目では抽象的な問題にずいぶん泣かされた。「なんでこんなものが必要なの？　コサインなんて一生使わないよ」とありがちな抗議をすると、予想通り「教養のある人間なら誰でも知っておくべきことなのよ。それに、大きくなってエンジニアになりたくなったらどうするの？」と、これまたお決まりの答えが返ってくるのだった。

エンジニアになりたいと思わなかった。読書が好きで、文学や歴史が得意だった。毎年春になると、夏の間に読むべき長い読書リストを教師が配るのだが、クラスの皆が文句を言うなか、私だけ密かに喜んでいた。爆発実験の楽しみを除けば、読書にまさる気晴らしはなかった。この2つが揃うことが私の考える完璧な生活だった。残念ながら、よい本は手に入れるのが極めて困難で、「モノ不足」が私の読書熱の足かせだった。毎月書店に新刊が届くと、母は朝4時起きで行列に並ばなければならなかった。数キロの古紙と引き換えに特別な目録から本を購入するクーポンがもらえる。とはいえ、まずはお目当ての本を販売している書店を探さなければならない。子供時代のお気に入りだったO・ヘンリー短編集はまさにこうして手に入れた。

不思議なのだが、私が読書好きと知って驚く人が多い。どうやら私は世俗的な顔をしているらしい。いつもクラスで一番の身長のせいもあるかもしれない。「どんな本を読んでいるの？」と尋ねられたことは一度もなく、決まって「どんなスポーツをしているの？」だった。

それは今も変わらない。実のところ私はスポーツと無縁で、チームに属したこともない。ただ部屋の隅に座って本を読んでいたかった。軍の町に暮らす子供たちにとって、スポーツの選択肢は思わぬところで決まる。熱心で行動派の軍人が社会的使命に燃えて、ある日突然、スポーツクラブを開く。当然、その軍人が経験したことのある種目が中心になるのだ。やがて学校に「明日から柔道の稽古が始まります」といったお知らせが掲示される。道端でチンピラを叩きのめす自分の姿を想像しながら、もちろん私は大急ぎで申し込んだ。3ヵ月後、私の柔道歴にピリオドが打たれる。上級生に背負い投げをされ、尻から着地した。しばらく休めばよくなるだろうと考えて、這って畳から降りて隅に行ったその直後に、運悪く別の少年が大人の柔道選手に投げ飛ばされて私の上に落ちてきた。のちに病院で診断されたのは、尻の怪我に加えて、小指の骨折だった。柔道の心得のあった軍人はほどなくして別の部隊に転属し、どのみち私たちのクラブは閉鎖されたのだった。

こんな調子で、卓球、バスケットボール、ボクシングを習った。本当は空手をマスターしたかった。心のどこかに犯罪行為への願望のようなものがあったのだろう。というのも刑法に「違法な空手の訓練」を禁じる特別な条項があり、空手技の指導は5年以下の懲役となる可能性があると明記されていた。理不尽な禁止であるが、躍起になって何から何まで禁止するソ連らしさを示す顕著な一例だ。

あるとき、空手が習えないと文句を言っていると、母が「そういえば、ビーチャおじさんは空手ができた気がするわ」と言った。ビーチャおじさんは父の同僚で、家族ぐるみのつきあいだった。さっそく、おじさんに空手の技を見せてほしいとせがんだ。数ヵ月経ってしつこい私に根負けしたのか、おじさんは私に口止めしたうえで、空手教本の白黒写真の束を見せてくれた。男性が足を宙に振り上げている図や、相手の頭に一撃を与えるために膝を高く上げている図。どれも日本語の説明文が添えられていた。私のせいでおじさんに罪を犯させてしまった気がした。写真は決定的証拠だ。私は自宅のドアに重たい布袋を吊るし、みぞおちへの一撃だけで倒す技を身につけようと、複雑に指を曲げて拳を握り、何度も殴りつけた。その後10日間、「その手はどうしたんだ？　腫れあがってる」とみんなから訊かれた。

幸か不幸か、私たちの町にはチンピラがいそうにない。住民は玄関の鍵をかけることもない。犯罪といえば「シドレンコ准尉がまた酔っ払って妻と喧嘩した」という程度だ。しかし、タマン師団が駐留する人口2万5000人足らずの大きな軍の町、カリニネツに引っ越すと万事解決した。夏休み中に引っ越して数週間が経った頃、私より頭一つ背が高く、明らかに年上の少年が「15コペイカ貸してほしいんだ。後で返すよ」と近づいてきた。お願いされて私はくすぐったい気分だった。まだ一人も友達がいないけれど、学校が始まったら同級生の前で気軽に上級生と話せる。そこで15コペイカを少年に渡した。3日後、また道端で同じやり取りが繰り返された。ただし今回は私が小銭をたくさん持っているのを見て「実は30コペイカ貸してほしい」と言い出した。3回目に私が、もちろん15コペイカ貸すけれど、60コペイカをすぐに返してほしいと訴えると、「偉そうな口を叩くな」とすごまれた。そこでようやくいじめっ子に金を取られている年下の少年という自分の立場に気づいたのである。

青天の霹靂だった。本でそういう場面を読むと、鼻で笑って、こんなの自分に起こるわけがない、すぐにやり返すのにと思っていた。だって何度も泣きをみるくらいなら一発殴られたほうがいい。まさか、あんなに低姿勢で親しげにお願いしてきておいて、急にいじめっ子に変身するとはどこにも書いていなかった。その後の6ヵ月間はこの少年（クレインというあだ名だった）から嫌がらせを受けるようになった。彼の姿を目にするや、すぐに逃げるのだが、つかまれば必ず小突かれ、脅されながら、耐えがたい会話をする羽目になった。絶望的な状況だ。クラスでは私は一番背が高くて強かったが、クレインは私より背が高く、年上で、厚かましく自信満々だった。もちろんそれが道端で睨み合うときに最大の強みになるのだ。私には頼れる兄もおらず、親しくしている上級生すらいなかった。両親に相談しても恥ずかしい思いをするだけだ。「なに、一発お見舞いしてやればおとなしくなるさ」。一発殴れという大人の助言は大変結構だ。いじめはどれも子供じみた馬鹿げた行為に大人の目には映る。けれども大人が直面しているどんな問題よりも、その感情的、心理的な激しさは100倍大きいのだ。

お金は持っていないともう一度伝え、ポケットに手を突っ込んでこようとするのを制すると、状況は危機的に悪化した。顔を殴られたうえ20コペイカ巻き上げられた。自分が惨めで途方に暮れた。翌朝散歩に出ると、向こうからやってきたのは、よりによって忌々しいクレインだった。見なかったふりをするには遅すぎた。

「どうした、唇が腫れてるのか？　どれどれ」と、なれなれしく話しかけてきたので、私は人生で最も大胆な行動に出た。そういえば、メディアのインタビューを受けると、判で押したように、どこで勇気を持つようになったのかと聞かれる。この20年間の活動に勇敢さは必要なかったと心から思っている。むしろ意識的に選択するかどうかの問題だ。クレインと対峙した瞬間に必要とした勇気の1％もいらないのは確かだ。多くの人にとってなじみのある感覚だろう。純粋な怒り、絶望、そして逆説的だが恐怖心から、止めようのない無鉄砲な行動を起こす勇気が湧く。私は大声で思いつく限りの悪態をつきながら、奴の顔を何度か力いっぱい殴りつけ、半分くらいは当たった。不意をつかれて、クレインは地面に倒れこみ、訳がわからないという顔で私を見上げた。あおむけで、私が蹴り始めると思ったのか両手で体を守っている。私も同じくらい戸惑って見下ろした。衝動的な怒りは収まり、アドレナリンは流れ出てしまい、1000分の1秒ごとにかの有名な「シュレーディンガーの猫」を思わせる、どっちつかずの苦境に近づいていた。今クレインが起き上がったら、私は死ぬかもしれないし、死なないかもしれない。その瞬間、私は人生のルールを学んだ。結果を受け入れて生きるよりも、大胆な行動に出るほうが簡単だ。

私は死にものぐるいで逃げ、振り返った。クレインが追ってくる。数分で脇腹が痛くなったが、立ち止まればはるかにまずい状況になるので構わず走り続けた。

なんとか逃げきったものの、その後3日くらいは生きた心地がしなかった。ところが心底驚いたことに、何度か学校で鉢合わせしたとき、宿敵は脅すように睨みつけただけだったのだ。そのうちさりげなく私に気づかないふりをするようになったので、私も同じように気づかないふりをした。なぜ報復してこなかったのか、今でもわからない。もしかすると答えは経済理論にあるのかもしれない。つまり、市場で何の制約も受けず自由に行動できる人間がいて、下級生を一人ひとり脅して金を巻き上げながらうろついている。私が狂気を爆発させて反撃すれば、私のような異常行動を取りそうにない生徒にターゲットを移す合理的判断を下すものだ。したがって私は市場の見えざる手によって救われたと言ってもよいだろう。

もう一つ理由があるとすれば、私がこの件について2〜3人の親友に話すにとどめ、自制して言いふらさなかったからかもしれない。私がクレインの悪行をあちこちでふれ回る気がないとわかって、私にかまうのをやめたのだ。

あの一世一代の対決以降、学校生活は落ち着いた。卒業まで、文学と歴史で「優」をとり、数学、物理その他の教科で「良」というまずまず優秀な生徒だった。目に余る態度の悪さを除けば。私は喧嘩もしないし、ホッケーもしないし、窓ガラスを割るわけでもないが、教師から見ればそれよりはるかに深刻な罪を犯していた。軽口ばかり叩いていたのだ。どのクラスにも、大声で非常識な発言をする生徒がいる。私はまさにそのタイプだった。

教師をまったく恐れていなかったので、なぜ他の生徒が怯えているのか理解できなかった。授業の内容を概ね理解していれば、態度の悪さに低評価をつける以外に、教師に何ができるだろうか？態度が悪くても成績にあまり影響がないことは、すぐにわかった。どの教科でも4か5を取っていたので、教師は赤ペンで成績表にメモを残す。「学習態度、不可」と。両親が私の成績について友人に話す様子からすると、「彼の態度は目に余る」という教師からの一言は、暗に褒めているととる大人もいるようだ。「やったな、アレクセイ。その調子でがんばれ！」と言われたほどだ。

教師と直接対立することはめったになかったが、やるとなれば徹底的に罵り、悪態をつくせいで両親は学校に呼び出されていた。歴史の教師とはあまりにやりあったため、いつか自分が面白い人生を歩んで本を執筆することになったら、絶対にこの出来事を書いてやろうと決めていた。それはアレクサンドリア図書館の歴史について話しているときのことだった。「10人もの才能ある人々が、図書館の担保として差し出され、二度と帰ってくることはなかった」と教師が説明する。どうやら当時の通貨単位「タレント」を「才能ある人物」の意味に取り違えているようだった。単に10タレントの金を担保に取られたというだけのことだ。

生意気な知ったかぶりだった私はもちろん立ち上がって、みんなの前で教師の勘違いをはっきりと指摘した。クラスは大騒ぎ。古代エジプト史ではなく、私の不作法なふるまいと、教師を間抜け呼ばわりしたせいだったのは言うまでもない。

こうして子供時代に誓ったとおり、今、本を書いているが、振り返ればまったく私が悪かった。運の悪い教師がちょっと間違っただけで、私は授業を地獄に変えてしまったのだ。教師が最も嫌うタイプの生徒というのは、頭がいいと自意識過剰で、冗談を言っては女の子の笑いを取ろうとクラスの規律を乱す目立ちたがり屋ではないか。教師が私の成績を下げずに、私の学力と生意気な態度を明確に区別してくれたことに感謝している。

◉呪われた90年代の受験事情

9年生、10年生のころは、どの大学に出願するのか、またそれに応じてどの試験に備えるのかという問題で頭がいっぱいだった。1991年は、のちに「呪われた90年代」と呼ばれた時期ではあるが、新たな資本主義がもてはやされた蜜月期《ハネムーン》だった。ビジネスがますます身近になり、1980年代後半には以前はあまり聞いたことのなかった職業が当たり前になった。当然ながら私は金持ちになれそうな教科を勉強したかった。それが資本主義の本質なのだから。最も頭脳明晰な者（当然自分もその一人に数えていた）が裕福になるべきだ。その将来を約束してくれるのが、かっこいい響きの外国語の職業、とりわけ「○○マネージャー」なる職業だ。

「若き経営者《マネージャー》のための学校」がモスクワのプレハーノフ記念ロシア経済アカデミー内に開校し、14

歳から18歳の若者が入学できるという新聞記事を読んだ私は、母に入りたいとせがんだ。授業は土日なので学業の邪魔にはならない。ゴリツィノ駅までバスで20分、そこから電車で1時間、さらに地下鉄に乗る必要があったが、マネージャーになるため、刺激と魅力にあふれた将来のキャリアの第一歩を踏み出すためなら、その困難も厭わなかった。

入学試験の日、プレハーノフ記念ロシア経済アカデミーに着くと、それまで見たこともないような長い行列が目に入った。「マネージャー」という言葉の魔力に抗えなかったのは、私だけではなかった。

無事合格したものの、講義の大半は教科書をなぞるだけだった。公平を期して言うと、学んだ知識はやや期待外れだったが、私は一番の目標であるビジネスの仕組みを学ぶことだけは達成できた。さらに、講義からではなく、「若き経営者《マネージャー》のための学校」というコンセプト自体がいかに独創的な事業計画であるかを理解したことで、そのビジネスの仕組みを会得できた。プレハーノフ記念ロシア経済アカデミーは流行りの言葉をちりばめた魅力的な広告を新聞に掲載していた。「厳格な入試」を謳いつつ誰でも入学でき、しかも建物の収容人員の限度いっぱいまで学生を取る。誰でも捻出できそうな授業料を設定し、それ相応の退屈な講義が行われる。誰がこのビジネスを考えついたのかわからないが、かなりの利益を生み出したに違いない。

自分の進路について何度か家族で話し合った末、2つにまで絞った。経済学か法律である。市場経済という新しい世界において、この2つの職業だけは確実に残ると思われた。他の職業はすべて自然淘汰されて絶滅するだろう。1992年当時、物理学者を目指すのは馬鹿げていたが、医師や教師になるのも論外だった。斜に構えた物言いに聞こえるかもしれないが、実際それが当時の客観的な状況だったのだ。誰もが弁護士かエコノミストを志望し、数年のうちに法律と経済を専門とする「大学」が文字通り何百と開校した。一方、既存の大学、学校、専門学校は例外なく法律学部と経済学部を新設した。その結果、15年後には弁護士、エコノミスト、マネージャー、マーケティング責任者が続々と出現し、エンジニアは一人残らず姿を消したのである。もっとも、それはずいぶん後の話である。私が入学した1993年当時、教育制度は相変わらずソ連時代のままで、モスクワ中を探しても弁護士を養成する一般大学は3校しかなかった。最終的に私はその選択肢を選んだが、数学を避けたかったのが一番の理由だ。弁護士になると決めると、出願できる大学の選択肢は実質4つになった。

1. モスクワ国立大学法学部。モスクワ中の学生が目指して競っている。
2. モスクワ国際関係大学法学部。入学は裏工作に長けたKGBの家族やソ連のエリートの子弟に限られる。
3. パトリス・ルムンバ民族友好大学（PFUR）。主にアフリカ出身の学生、あるいはこれらの学生をスパイする任務に就く、将来のKGB諜報員の養成機関だ。

4つ目の選択肢は、国防省軍事大学の法学部だった。軍人の息子としては一番入りやすいが、軍の町の暮らしをつぶさに見てきた後では、制服を着て他人の命令に従うなどあり得ない。両親は一般大学の法学部の入学難易度を知っていたらしく、何度かここへ進学してはどうかと勧めた。しかし私がその提案をきっぱり断ると、面白い提案をしてきた。5つ目の選択肢が存在したのだ。それはFSB（ロシア連邦保安庁）アカデミーである。厳密に言うと、アカデミーの調査学部でも法学の学位が得られ、父は入試担当の関係者を知っていた。私は一蹴したが、もし入学してFSB調査官の訓練を受けていたら、その後の人生はどうなっていただろうと考えると面白い。

結局、私はモスクワ国立大学の法学部に挑戦した。高すぎる目標だったので、両親は困惑していた。今でもロシア最高レベルの法学部だが、当時はハーバード大学並みの難易度だった。

ひどい不快感、いたたまれない思い、不毛としか言いようのないストレスが襲いかかる。入試初日に会場に到着すると、多くの受験生と親たちが集まっていて、ロシア政府の副首相の姿も見えた。当時テレビに出ずっぱりだったから、一目でわかった。息子の応援に来ていたのだ。今日にいたるまで、合格者がどう決められてきたのか見当もつかない。何人がコネで、何人が賄賂で、何人が実際に試験を経て合格したのだろう。私は入試で18点必要だった。英語で5、歴史も5を取った。小論文の成績は2つに分かれていて、独創性では5、文法では3だったが、合計点を出すときに低いほうの成績が採用されるため、合格ラインぎりぎりだった。国家と法の理論で絶対に5を取らなければならない。

もちろん私は入試についてせっせと情報を集めていた。たとえば、ユダヤ人を数学科に入学させるのは法律違反に等しい行為だ。よって口頭試験の際には、「民族的に難あり」の不運な生徒に、難しい質問が次々に出る。しまいには、どれほど頭が良くても答えられない質問も与えられる。私が受験する頃には「民族」の制限はなくなっていたが、最難関校の法学部という、いわば特殊な市場には、貿易の輸入割り当てを彷彿とさせる独特の掟があった。仮に400の枠があったとすると、国を動かしている人物の子弟を100人受け入れなければならず、さらに100人分の枠が公然と売られているため、成績上位の受験生の50％を切り捨てざるを得ない。私は試験ですべての質問に答えたが、試験面接官は質問しつづけた。ついには、私の記憶が正しければ、「ノーマル・リスク（通常の予測範囲内の危険）」とはどういう意味かと尋ねてきた。これは労働法の用語で、大学3年でようやく習う。「わかりません」は最悪の回答だとわかっていたので推測を始めたが、試験面接委員長はうるさそうに手を振り、「知らないのだな！」と4の評価をつけた。

私の成績は17点。合格基準に満たなかった。最悪だった。2日間、あまりに気が動転して人生が終わった気がした。友人や家族に「合格できなかった」と伝え、彼らが気の毒そうにうなずく場面が頭の中に繰り返し浮かんだ。ところが起死回生の策が見つかった。モスクワ国立大学の入試の成績次第で民族友好大学への入学が認められる可能性があり、17点は基準を満たしていたのである。そういうわけで私は俗にいうルムンバリウムに入学することになった。正式名称はパトリス・ルムンバ民族友好大学である。

国際的な大学として設立され、「社会主義の発展の道を選んだ」国の学生は入学できた。例にもれず、設立の目的は積極的にプロパガンダに利用されていた。植民地主義に立ち向かい、「米国の新帝国主義と闘う全世界の労働者」を支援する拠点でもあった。大学名に冠されたパトリス・ルムンバは、ベルギーの命令を受けた過激派右翼の兵士に殺害されたコンゴ人政治家だ。のちに機密解除された文書によると、ＣＩＡも殺害に関与していたという。正真正銘の悲劇だが、ソビエト国民は無数のプロパガンダを押しつけられた結果、そうした出来事にも辛辣で懐疑的だった。近所の店にバターがないとなれば、国際政治になど構っていられない。ソ連崩壊後はパトリス・ルムンバという名前が大学職員にとって重荷となったらしく、私が入学した年にそっと外された。

大学にまつわる興味深い事実といえば、悪名高いテロリストのカルロス・ザ・ジャッカルが在籍していたことだ。海外メディアは彼が「軍事学部」で学んだ事実をことさら強調するが、ロシア国民には滑稽だ。というのも、ほぼすべての大学に軍事学科があり、とりたてて学校の暗部というような意識はないからだ。民族友好大学に関していえば、多少奇妙なところはあったが、そもそも軍事学科がないためなおさら滑稽だったのである。以前は高校を卒業すると兵役に就くことが義務づけられていたが、私が大学1年生のときに初めて、受験生は高校を卒業してすぐに大学に進学できるようになった。それもルムンバリウムのロシア人学生は全員スパイだというジョークや噂が広まった理由の一つだった。

実際に入学してみると、私の人生はやはり終わってはいなかった。高校で同期だった男子生徒は全員が軍事大学、国防省軍事大学、あるいはロシア連邦保安庁アカデミーに進学した。軍人の父を持ち、常に軍が近くにあり、友達は全員軍事学校に通っているという私の生い立ちや生活環境ゆえに、のちに自由民主主義の潮流の中で、ことあるごとにいささか怪しまれた。典型的な活動家はたいていモスクワの一流大学の卒業生なのに、私ときたらモスクワ郊外の育ちで、警察官か軍人のような顔つきをしているのだ。面白いことに、多少顔が知られるようになるまでは、集会に来ていた警察は私を私服諜報員と勘違いし、おかげで警備の非常線を楽々と通過できた。私としてはただ謎めいた表情を見せ、いかにも上層部のようにふるまえばよかったのだ。

◉マフィアによる秩序

「呪われた90年代」として知られるようになった10年についてすでに触れたが、もう少し説明したい。というのも、なぜプーチンが社会の一部で人気が高いのか、なぜ「秩序の回復」の代名詞のようにもてはやされるのか、その大きな理由の一つがこの期間にあるからだ。もっとも、そんなイメージがありながら、彼の支配下で国家行政は機能不全に陥ったわけだが。

私がどの大学に出願しようか迷っていた頃、地元の町でこの謎の現象を解くヒントを見つけた。アウディに乗った男が運転席の窓から両足を投げ出し、白い靴下をさらしていた。そんな姿勢が快適なのか疑問ではあるが、彼にとっては自分の力を誇示するうえで重要なポーズだったのだろう。男の名はエミールといい、町でも札つきのチンピラだった。呪われた90年代と言われるようになった背景がここにある。こういうチンピラを牛耳る黒幕が存在することや、何らかの犯罪組織が跋扈《ばっこ》していることは、どの町でも公然の秘密になっていた。どういうわけか一夜にして犯罪組織が現れ、またたくまに公職の極めて重要な役割を担うようになった。白い靴下を履いた紳士のような存在はソ連時代には考えられなかった。もちろん服役中の詐欺師や、違法ビジネスを行う闇商人はいたが、一般市民にとっては別の惑星の話だった。「101キロメートル離れたところに暮らす」という有名な表現がある。刑法は元犯罪者が大都市から100キロメートル以内に定住することを禁じていた。だから「101キロメートル」と言えば、アルコール依存症患者、泥棒その他のいかがわしい連中が住む地域を指すが、そこに野望のようなニュアンスは微塵もなく、そこの連中が権力の座に上り詰める可能性などまったくなかった。

しかしソ連の崩壊直後、誰もが納得して受け入れられるような権力の柱がなくなってしまった。そのとき国民は、この国の主要な権力者は今や近所のケバブ店で毎晩たむろしているギャングなのだと突然悟ったのだ。まさにイタリアのマフィア映画のように、人びとは問題解決のため、そして助言を得るためにギャング詣でが始まった。彼らの不興を買うわけにはいかないのだ。とりわけ私が住んでいた軍の町にとって、それは異常な現象だった。戦闘と殺害を生業とする武装した男たちの一師団全体の本拠地であったにもかかわらず、町の一番の権威といえば白い靴下のジョージア人なのだ。「権威」という言葉に犯罪者やら起業家やら尊敬を集める人間やらの要素も加わり、よくわからない地位になっていった。そのような曖昧な意味の権威は、まさしくこの時期に誕生し、現在も続いている。プーチンの伝記的な記事には、彼の「権威ある起業家」とのつながりがたくさん出てくる。それは誰もが知る、詐欺師や犯罪組織の構成員の婉曲表現である。

刑務所暮らしの過去をもつ連中が、突如としてプラスの意味をもつ非常に重要な存在として脚光を浴びるようになったのである。以前なら、「あいつは7年も刑務所にいた。救いようがない。かかわりを持つんじゃない」と言われただろう。ところが今では、どこか理解しがたい形で「あいつは7年も刑務所にいた。だから顔が利く人物を知っているだろうし、俺たちの問題を解決してくれるだろう」と言われるようになったのである。

エミールは、食物連鎖のようなピラミッド構造でいえば、底辺に生息する人間だった。その上の階層で、オジンツォボ地区を「仕切る」もっと有力な詐欺師がいて、15キロメートルほど先にある、ミンスク高速道路沿いの自動車修理店を拠点にしている。その男の上にはソルンツェボのギャングとつながりのある一味がいる。このピラミッド型組織は子供も学生も大人も知っていた。どうやって知るのかわからないが、従来の村、地区、地方の行政機構と類似しているのは明白だった。地元の詐欺師で問題が解決できなければ、より上位のギャングに相談することもできた。

小さな店から工場まで、どんなビジネスもロシア語で「屋根」を意味する「クルィーシャ」を持っていた。「クルィーシャ」は1990年代で最も重要な単語で、商売人と話していると、決まって2分もしないうちに「それでクルィーシャは誰なんだ？」という話題になる。犯罪組織は、縄張り（ポドリスクとソルンツェボには様々なギャングがいた）、戦闘経験（アフガニスタン紛争帰還兵）、スポーツなど、多種多様なつながりで結成された。なかでも「スポーツマン」は最大集団だろう。レスラー、ボクサーなどは例外なくギャングに加わり、ボクシングジムはギャング結成の場だった。さらに、ペレストロイカ以前の刑務所のピラミッド型組織に属する昔ながらの犯罪者がおり、その刺青から「青い男たち《ブルーズ》」と呼ばれていた。

全国民が、ギャング抗争、「ブルーズ」と「スポーツマン」の対立、それを取り巻く噂話に夢中になった。犯罪者の歌［訳注：ロシアの音楽ジャンルで、犯罪者の生活などを描いたものが多い］が大流行した。今思えば、当時のロシアにとっては米国のカントリーミュージックのようなものだったのかもしれない。

7

大学に入れば、まるでアメリカ映画のようにパーティー三昧だと期待していたわけではない。それにしても、キャンパスライフはあらゆる面でがっかりだった。もちろん、どんちゃん騒ぎの機会はあったが、そうした場は居心地が悪かった。私は見た目が特にオタクっぽいわけではなかったが、交友関係にはオタクが多く、一緒にいて楽しかった。こういうタイプの友人は、異性の前ではひどくどぎまぎしてしまうものの、驚くほど博学で、いつも凝った冗談を考えていた。一方、グラス片手にパーティー会場をすいすい歩きまわり、女性を見つけると、笑顔できざったらしく投げキスをするようなパーティー好きの連中はいまだに苦手だし、そばにいると落ち着かない。

それでも3年生か4年生になると、私は90年代で言うところの〝イケてる〟連中との付き合いもあった。ベンツのGクラスを持っているとか、親が警察幹部、あるいはFSB職員とかいう学生と仲良くなり、みんなで特別な人間のふりをした。90年代には、Gクラスを乗りまわすだけでイケてる人間になれたし、車にはパトライトを付けて明滅させていた。交通違反があっても〝見て見ぬふり〟をしてもらうための嘘みたいな証書を持っている奴もいた。内務省発行の〝検問免除権限〟と記された本物の許可証だ。『三銃士』に出てきた書簡のように、車両と運転手、同行者は検査も職務質問もされず、違反切符も切られないと関係者に知らせるものだ。ロシアでの暮らしが米国のようにいかなかったのは、こうした証書が出まわっていたからで、状況は今も変わっていない。

こうした似非《えせ》エリートとつるむ一方で、オタクとも付き合い続け、後者とは今でも交流がある。だから私が「今夜は大学時代の友人と飲んでくる」と伝えても、妻は安心して送り出せる。飲み会が最高に盛り上がるのは、古代ローマ史に関するジョークが飛び出したときや、民族問題を議論しているときだとわかっているからだ。

望んでいたパーティー三昧の学生生活を送るなかで足かせになったのが、26系統のバスだった。学生時代は、このバスに何度、泣かされたことか。そもそも交通システムは、ソ連時代からお粗末だったが、90年代になると資金不足と国内の混乱の影響でさらに貧弱になっていた。タクシーはたまにしか見かけず、民営の交通機関はばか高くて、ゴリツィノ鉄道駅と私の住むカリニネツとを結ぶような採算の取れない路線は本数がとにかく少なかった。それゆえ26系統は絶対的な権力で私の生活を支配し、乗客はひたすら耐え忍ぶほかなかった。

9時に始まる1限目の授業に間に合うよう大学へ着くには、5時55分に起きて朝食を取り、着替えを済ませ、7時4分発のバスに乗らなくてはならない。いや、乗るというより、突撃するのだ。私のように、モスクワへ9時に着かなくてはならない人間はたくさんいて、前の停留所で無理やり乗り込んだ人たちでいっぱいのこともある。そのせいでドアが開かないこともあった。次のバスは7時18分で、なんだかんだで40分の遅刻になる。だから満員だろうが、ドアを手でこじ開けて突撃するのだ。貴重な国の財産であるドアを壊されては困る運転手は、スピーカーで怒鳴り散らすが、私たちも必死だ。ぎゅうぎゅうの乗客をかきわけてバスの奥へとなだれ込む。男はかきわけるが、女は体をねじ込む。バスを降りたあとは、モスクワ行きの列車の到着が迫っているので駅までダッシュし、乗り込んだら効率を謳うモスクワの地下鉄で空席を探さなくてはならない。

夜はもっと悲惨で、カリニネツへの最終バスは9時28分に出る。それを過ぎれば、もはや後から乗り込んでくる客にかきわけられたり、体を押し込まれたりすることもない。これがなんともみじめだった。9時半といえば、どのパーティーもまだ始まったばかりで、女の子たちがやっとシャンパンを口にするのをやめ、ウォッカを飲み始める時間帯だ。その時間にうらさびしいゴリツィノ駅に到着していなくてはならないのである。そんな人間でもとことん楽しみ尽くせるパーティーなんてあるわけがない。さりとて、パーティーが盛り上がるなか、自分は26系統のバスに支配される身だと正直に打ち明けるわけにもいかない。駅から列車、さらにはバスへと急ぎ、子供がベッドに入るような時間までにさびれた〝モスクワ周辺〟の家へ帰らなくてはならない男など、ちっともイケてないからだ。もちろん、寮の友人の部屋などに泊めてもらうこともあったが、そうなると翌朝は服も着替えず、よれよれの格好で登校しなくてはならないから、いずれにせよ自尊心を守るにはあまり頻繁に使える手ではない。だから私は、よく駅から家まで歩いて帰った。6・2キロの道のりだが、徒歩にはメリットもあった。酔い覚ましがてら歩けば、自宅に着くころには酒が抜ける。それでもデメリットのほうが多く、その最たるものが道を歩くのは純粋に怖いことだった。森を抜けるような恐ろしい道のりではなかったが、車に轢かれる心配があった。道沿いの木や電柱には、花輪やリボンが無数に結びつけてあり、事故の多さをうかがわせた。平坦な直線道路であるうえ、極端に暗く、路肩はすさまじく狭くて、深い側溝もある。だからヘッドライトが照らし出した時点で、歩行者はもう目の前だ。慎重でしらふのドライバーでも、バス難民の命を奪いかねない。運転手が酔っていたら、もはや轢かないほうが難しい。当時、交通課の警官は公然と賄賂を受け取っていて、酒を飲んだ運転手どころか、マシンガンを所持した酔っ払いがハンドルを握っていても目をつむっていたから、夜道を疾走する酔いどれドライバーはわんさかいた。

冬はもっときつい。路肩が雪に埋もれてなくなるので、車道を歩かなくてはならない。ヘッドライトが近づいてくるのが見えたら、雪だまりの中に跳び込むしかない。

そんなふうに、あのおんぼろバスには、本当に振り回されどおしだった。あれからずいぶんたつが、いまだにもっとパーティーに出て、ハメを外すこともできたはずなのにと悔しくなる。

大学のそばのアパートを借りるという手がなかったわけではない。1～2年生のときにはお金がなかったが、弁護士の仕事を始めてからは余裕があった。それでも、引っ越さずにイケてるふりをした内気なオタク道を貫いてよかったと思っている。あのときアパートを借りていたら、〝悪い仲間〟に悪の道へ引き込まれていたとは思わないが、たぶん今とは違う人生になっていたはずだ。

◉大学にドラッグが蔓延

大学時代や学校自体にいい思い出がない理由はもう一つある。薬物中毒だ。私が卒業したあとの21世紀初頭、モスクワ近郊の街や村、西部のウラルなど多くの地域でドラッグが蔓延し、あらゆる世代の人々の命を奪っていった。ロシア民族友好大学で一緒に学んだ仲間や、同学年の学生の中には、ドラッグのせいで命を落としたり、本格的なヘロイン中毒に陥ったりした者はわずかしか知らない。しかし、その後は年を追うごとに知り合いの犠牲者が増えていった。7歳下の弟オレグは、薬物に溺れて悲しい最期を迎えたクラスメイトを何人も知っている。

1年生だったある日、朝8時半に友人と地下鉄のユーゴ＝ザーパドナヤ駅からバスに乗り、大学へ向かっていたときのことだ。ジャージ姿の10代の若者2〜3人が、うろついて紙くずを拾っているのに気づいた。

私は友人に尋ねた。「あいつら何者だ？　よくたむろしてるけど、ああいう連中がこんな早くに起きてごみ箱をのぞき込んでるっていうのもずいぶん妙な話だ」

すると友人は笑ってこう言った。「知らないのか？　あれは薬の隠し場所を探してるジャンキーだよ。ナイジェリア人が柵沿いのごみ箱やベンチ、タバコのパッケージなんかにドラッグを隠してるんだ。それで金欠のジャンキーが探しまわってるんだよ」

軍の駐屯地に住む私は薬物とはまったく無縁だった。しかし、毎朝の通学路も、薬物中毒の温床だった。私の大学はずいぶん前からハードドラッグ取引の一大拠点になっていた。原因は国際色豊かな大学だったからで、キャンパスでは外国人をよく見かけた。そういう環境は、国内では数少なく発展途上国の外国人が寮生活を送っていた。ヘロインの供給ルートを確立し、ロシア初の本格的な麻薬マフィアを立ち上げ、本物の海外マフィア並みの手腕で組織を運営していたのは、ナイジェリア人留学生だった。

まるで映画のようだった。ある人物に金を払うと、今度は別の人物からブツの置き場所を教えられる。そこへ行って地面に置いてあるタバコのパッケージを拾うと、中に丸めた銀紙が入っている。ナイジェリア人たちは、同じ民族であることや、ほかに誰も理解できない言葉を使っていること、部族や親族の強い結びつきを武器に、ロシアの麻薬市場を長きにわたって席巻した。

麻薬を取り締まるはずの警察も、問題まみれだった。警官が薬物の流通にかかわり、売人をゆすってきた長い歴史があり、現在では国内の大規模な麻薬取引を警察が牛耳り、邪魔な弱小ライバルを捕らえては刑務所送りにしている。警察が特に目の敵にしていたのがナイジェリア人で、最初はとんでもなく残酷な仕打ちをしていた。私自身、レニンスキー・プロスペクト駅の地下道で、警察官が逃げようとする黒人の売人を捕まえるのを見たことがある。銀紙に包んだドラッグを押収しようと、警官は文字どおりに売人の口を〝割らせ〟、血まみれの地下道に銀紙が転がった。

両親や友人にこうしたエピソードを話すと、決まって「えっ」とか「嘘でしょ」といった反応をする。これが面白かった。とはいえ私は薬物禍の実態や後輩がドラッグにのめり込むさまを苦々しく思っていた。不安に思った親が、馬鹿なわが子が道を踏み外さないようにと学校まで送ってきてドア横で待っている姿を目にして、自分の通っている大学がどうしようもない場所に思えた。

もっとも、私がドラッグへのある種の幻想や憧れをもたなかったのはそのおかげだ。私の周りでは、モデルが100ドル札を使って鼻からコカインを吸うようなおしゃれなパーティーはなく、目にしたのは薬物摂取の現実だった。ドラッグをくれと必死にせがむ人々、荒れ放題の部屋、血に染まった不潔な包帯、薬をライターで炙《あぶ》るのに使うため、黒ずんだスプーン。その後、ありとあらゆる出自の中毒者と売人に出くわし、彼らがハイになったあと、どん底に沈む様子を目にしてきたが、結末はみんな同じだった。

◉単位のために教授に賄賂

もう一つ、大学でひどく衝撃を受けたのが汚職だった。入試課が腐敗していて、賄賂や裏工作が入学の手段になっていることにはさほど驚かなかった。そうした慣行は周知の事実だった。1970年代終盤以降に起こったソ連の権力構造の劣化は、あらゆるところに影響をおよぼしていて、教育、特に高等教育もその一つだった。とはいえ、大学職員に親戚がいる学生が大量にいて、職員用アパートに住んでいるとわかったときはさすがに驚いた。法学部や経済学部のような、定員オーバーの学部にわが子を潜り込ませる手口があまりに単純で唖然とした。私のような何も知らない田舎者が法学部に真正面から挑むかたわらで、要領のいい親たちは裏技的な制度をうまく使い、子供をまずは農学部のような人気薄の学部に入学させ、半年くらいたってから転部を申請する。封筒にいくばくかの金を包めば（もしくは大学で働く同僚にちょっとした便宜を図れば）それでじゅうぶんで、法学部に椅子が確保される。

それは構わない。そうした抜け道は親と教師とのあいだの密約だからだ。しかし、学生自身が袖の下を渡して単位をもらっているのには愕然とした。どんな試験も賄賂を送れば合格で、誰もそれを隠そうともしていなかった。確かに、成績や出欠などをまとめてある個人別の「学習簿」に100ドル札が添えられているのをよしとしない教授もいた。というより、賄賂を表だって受け取る教師は少数派だったはずだ。それでも学部には常に、仲介者のような人物がいた。この手の輩に声をかけ、仲介料50ドル、教授用に100ドル（もっともそれは建て前で、実際にはその仲介役がそのまま懐に収めるのだろうが）を渡すのだ。

今でも憶えているのが、〝諸外国の民事訴訟〟という授業だ。教えていたのは、紛うかたなき高潔さで尊敬を集める温厚な老教授だった。難しいテーマの授業で、しかもまったく役に立たないというのが学生の総意だったが、それでも卒業には必修の科目だった。するとあるとき、ダゲスタン共和国出身のマメドカーンという学生（愛称マーガ）が教室へ入ってきて、うれしそうに宣言した。「ひとり頭50ドルで手を打ってきたぞ！　みんな、自分の学習簿に50ドルを挟んどけ！」と。なんとも図々しいやり方。「温厚で高潔な老教授」が聞いてあきれる。

信じられない思いだったが、マーガが試験という試験を賄賂や不正を駆使して通ってきたのはみんな知っていた。金額は妥当で、当時はドルが基本通貨だった。私のグループは、普段は賄賂を送らない者も多かったが、このときは大半が試験にわずらわされたくないからと、笑って学習簿にドル札を挟んだ。クラス全員の学習簿は山のような量で、正直に言えば、その中には私のものもあった。あまりにも多かったから、マーガに頼まれて運ぶのを手伝った。

それを親愛なる老教授のもとへ持っていくと、「そこに置きなさい」とにこやかに言う。そしてまったく恥じるそぶりもなく、1冊ずつ手に取ってはドル札を抜き出し、10ドル札5枚のときは悠々と枚数を数えてから引き出しにしまうと、見返りに学習簿にサインをして必要な単位を与えていった。わずか5分ほどの出来事だったはずだ。

国内のすべての大学がこの有り様だったわけではない。工科大学や、物理学とテクノロジー、数学、機械工学を専門とする大学はどこも、入試倍率がそこまで高くないので汚職の影響は少なかった。そうした学校に通う学生は貧しい。だからこそやる気と、数学の天才はみな程度の差こそあれちょっとした変人だという事実がすべての基準になっていた。彼らの行動は〝市場原理〟ではなかったわけだ。もっとも、彼らの多くは社会人としても頂点に立つ。卓越した企業のほぼすべてが、経営学や法学ではなく、物理学やテクノロジー出身の人間の手で創業されている。彼らは昔ながらの正攻法で試験に合格し、「魚心あれば水心」とやらで、金で単位を買うこともない。

私が通っていたような大学を卒業した大量の学生が行き着く先は、政府組織や国営企業（当時はまだ存在していなかったが、プーチンの国家資本主義は動き出していた）、オリガルヒが保有する大企業だった。なんに対してもひねくれた見方をし、お気楽で、どこにでもいて、そして汚職をおおむね享受する。ロシアのエリートはこれからもそんな倫理観で生き続けるのだろう。

賄賂に頼ったことなどないようなふりをして上からものを言うとは、けっこうなご身分だと思った人もいるかもしれない。実際、汚職が爆発的に蔓延した責任の一端が私にあることは受け入れざるをえない。そしてここからは、私の経歴の恥ずべき部分を話していこう。もっとも当時の私は、自分がいかに機転が利く賢い人間かをひけらかすために、そういう武勇伝を披露していたと思う。それで「俺はイケてる」という自己満足に浸っていた。もちろんイケてるかどうかは比較対象次第だ。本当にイケてる連中はイケてる〝足〟を持っている。理想はベンツのGクラスかSクラスだが、外車ならBMWでも、シボレータホのようなSUVのたぐいでもなんでもよかった。私自身にそうした車を買う金はなかったが仲間は持っていて、そして仲間内で切り札といえばパトランプを載せたベンツGクラスだった。

噂話で盛り上がり、笑いながら馬鹿をやる。たまに授業へ出て、終わったらまた遊びに行く。つまりは90年代の若者にありがちなとりとめのない時間の潰し方だ。当時の若者は、自分はほかの奴らとは違うとアピールし、意味ありげなたたずまいで周囲の人間、正直に言うなら女の子に自分を印象づけようとしていた。いつもうまくいくわけではなかったが、よくそうしていた。

授業はサボってばかりだった。試験を賄賂で解決するやり方は、現実的にはいつも使えるわけではなかった。まず安くない。次に、イケてないと感じることが増えていった。金で解決するのではなく、苦境を脱するうまい手を講じるべきだと。そして試行錯誤の末に最も効果的だとわかったのが、あれこれ理由をつけての泣き落としだ。検察庁でのアルバイトやら何やらがものすごく忙しくて、試験の準備ができなかったと教授に直談判するのだ。

一方では犯罪すれすれのことに手を出したり、犯罪者とのつながりをにおわせたりしながら、もう一方ではモスクワ中央区で検察官の仕事を手伝っていると主張する。今思うと驚きだが、そうしたことを繰り返す私の矛盾に、当時は誰も気づいていないようだった。

教授たちは証明書を提出しろとは言わず、どういうわけかほぼ毎回、すぐに「良」判定をくれた。私と警察幹部の息子の友人は、そうやって与太話を使って「良」をかき集めた。本当に検察庁で働いている教授に、刑事訴訟法研究科の事務室で問い詰められたこともあった。こちらの説明を聞いた教授から細かなことを突っ込まれても、すらすら答えられた。実際に検察庁で夏のインターンシップをしていて、職員がよく行く〈マクドナルド〉でランチも食べていたから、必要な名前や住所は把握していた。ちなみに、そのとき私が手伝いをした検察官はのちにずいぶん出世したらしく、最近になって気づいたのだが、私と反汚職基金に対する起訴状のひとつに彼の名前があった。

その教授はちゃんと評価4をくれたが、同時にわざわざ検察の人事課に電話をして、私が本当に働いていたのかを確かめていた。その1週間後、いつものように大学のロビーでサボり仲間とだらしていたときのことだ。講義が終わってみんな教室から出てきたのだが、その中に私を見て笑っている同学年の学生たちがいた。あとで知った話だが、その刑事訴訟法の教授は授業の終わりにこう言ったらしい。「諸君らの学年にナワリヌイという者がいるはずだ。私と同様に検察庁で働いているという話だったので、彼には4をあげた。しかしその4は無効とし、絶対に試験には合格させないことにしたので、本人に伝えておくように」

がっくりきたし、まずいと思った。教授はしかるべき復讐を宣言したようなものだ。何の役にも立たない刑事訴訟法を完全にマスターしても、合格はさせないというのだ。まさしく教育的指導を受けた瞬間だった。

そのとき、刑事訴訟法研究科のイワン・ダニロヴィチ・コゾクキン科長の姿が見えた。私が今でも名前を憶えている唯一の教授だ。というのはご大層な学科名とは裏腹に、科長は汚職が服を着て歩いているような男だったからだ。そこで賢い〝法的思考〟が私の頭によぎった。学科の教授が作成したテストや試験であれば、学科長が採点してもよいのではないか。もっと上の人間のところへ持ち込むのだ。私は急いでコゾクキン教授に近づき、その案を伝えた。すると彼はこちらを注意深く見つめてこう言った。「あとで必要な書類を持って事務室へ来なさい」

私は友だち連中から150ドルを借り、それを事務室へ持っていって、試験にとおった。次の日、検察庁で働いている例のにっくき教授に会った。教授は「やあナワリヌイ、試験はいつ受けに来るんだ?」と意地の悪い笑みを浮かべて訊いてきた。

「その必要はありませんよ。おかげさまで、もう合格しましたので」私はできるだけ慇懃に、笑いをこらえながら返した。

「そんなはずはない。君にあげた4は無効にしたのだから」

「ええ、でももう新しい評価をもらったんです。今度は5です」

そこまで言ったところで限界が訪れ、私はほくそ笑んだ。「それじゃ」私は言い、クライマックスで大爆発を背景にしたアクション映画の主人公のように、きびすを返して歩み去った。

このエピソードについて、今の私は若き日の自分に恥ずかしさと失望しか覚えない。それでも過去は変えられないし、詳しく記したのは当時の状況を伝えるだけでなく、みんなの前で告白することであのころの自分と決別したかったからだ。行為自体はそこまで悪質ではなかったかもしれない。しかし若い日々の時間を無駄遣いしたのはあまりにも浅はかで、実に罪深い。

賄賂を受け取る教授陣や、当時の大学からは何も学べなかった。理系の学部は話が別で、新しい大統領が就任しようが、共産党の書記長が代わろうが、物理法則は変わらない。しかしロシアで法学や経済学を教える人間にとって、世界は何度も崩壊していた。国家経済の法則や性質そのものが常に移り変わっている以上、マルクス・レーニン主義や科学的無神論は時代遅れの教えになっていた。政治の現場から最も縁遠い人間、たとえばローマ法を教える人間でさえ、嘘をつき、猫をかぶって日々を過ごしていた。あらゆる現象は、階級闘争の文脈で説明される必要があった。純粋科学の分野で働こうとする人間ですら、イデオロギー的なたわごとを論文内で長々と綴る義務があった。90年代中ごろには、教養のある快活で親しみやすい人間は、お払い箱になりやすかった。いい弁護士とはすべてを知っている人間ではなく、読むべきものとその在りかを心得ている人間だと悟った。それが大陸型の法制度の仕組みだ。

弁護士の仕事は今も昔も楽しい。私は一次資料を読むように心がけ、多くのテーマで教師よりも自分のほうが理解が深いと気づき、憤りを覚えた。強い遠心力に弾きとばされるように、教室からは足が遠のいた。外では世界が変わりつつあり、見通しは常に良好だったわけではないが、期待感があった。だからマルクス・レーニン主義信奉者の語る経済観とか、〝地政学〟に関する見解を聞かされるのは耐えられなかった。地政学という言葉を乱用するのは紛れもない愚か者の証だと気づいたのはこのころだ。そしてその判断が間違っていたことは、今のところ一度もない。
私はまっとうな仕事に就きたいと願い、講義に臨機応変に出ているうちに、その思いがますます募っていった。26系統のバスに悩まされるのにはもうこりごりだったから、何よりもまず車を手に入れようと決めた。携帯電話もほしかった。登場したばかりの〝携帯持ち〟は、一目置かれる人間の証だった。目の前では富が積み上がっていた。だから、かっこいいぴかぴかの黒のベンツを手に入れられる人がいるなら、自分にも買えると思った。私の見立てでは、ロシアはかつての米国と同じ、いや、それ以上のチャンスの国になったというみんなの意見はまったくもって正しかった。

◉「ロシアにできないのはなんでだ」

90年代のロシアに、バキト・コンポットというロックバンドがいた。曲の出来はひどかったが、歌詞のほうはパンク精神が表れていて、私の世の中に対する考えと通じるものがあった。

チェコ人はうまくやったのに
ロシアにできないのはなんでだ
ポーランド人はうまくやったのに
ロシアにできないのはなんでだ
ドイツ人はうまくやったのに
ロシアにできないのはなんでだ

旧東側諸国やバルト三国は〝うまくやった〟のに、私たちは違った。ロシアには石油も、天然ガスも、鉱物資源も、木材も、各種インフラも、産業もあった。高学歴の人間もたくさんいた。それなのにダメだった。〝米国と同じ〟どころか、ポーランドにすらおよばなかった。政府の統計によれば、今のロシアは貧困ラインを下回る人々が人口の13％に達する。平均賃金では中国やレバノン、パナマにも抜かれた。

私もいつかすべてがかみ合い、万事うまくいく日が来ると信じているが、それでも90年代初頭から２０２０年代は、国の命が馬鹿みたいに無駄遣いされ、衰退が進み、他国に大きく後れをとった現実と向き合わざるをえない。私の年齢から10歳上までの世代が、忌まわしき失われた世代と呼ばれるのには確かな理由がある。本来なら、市場の自由化や政治的自由の恩恵に一番にあずかるべきだった。もっと上の世代とは違って、私たちの世代は新しい世界に巧みに適応できたはずだし、〝米国と同じ〟で15％が起業家になっているべきだった。ところがロシアはうまくやれなかった。

90年代より今のほうが暮らしが楽になったのは間違いないが、あれから30年がたっているのだから良くなって当然である。北朝鮮でさえ、当時より暮らしはよくなっている。科学技術の進歩や、新しい経済分野の発展、通信網やインターネットの整備、ＡＴＭ、ＰＣの浸透……。しかし、90年代と比べて生活水準が上がったのはプーチン政権のおかげではない。「ありがとうプーチン！　あんたのおかげでＰＣのスピードは１００万倍になった」と言う人がいないのと同じだ。

比べるべきは90年代のロシアと現在のロシアではない。現状はどうなのか、そして世界平均と同じスピードで成長していたらどこまで発展できていたか。そこを比較しなければならない。実際、世界平均並みのスピードで発展できていれば、チェコスロバキアや東ドイツ、中国、韓国と同じ成果は楽に出せていたはずだ。そうした比較をすれば、悲しみしか残らないのも無理はない。

これは抽象的な考え方などではなく、私たちの30年間の現実だ。しかもこの先どれくらいの時間がさらに失われ、盗まれるのかは想像もつかない。プーチン一派が権力の座にとどまる限り、私たちは失われていく機会をただ数え、いつの間にか1人あたりＧＤＰで他国に抜かれ、物乞い同然と見下してきた国々にさえ平均年収で負けることになる。

なぜうまくいかなかったのか。チェコやポーランドにやれて、私たちにできないのは何が原因か。私はその直接的な答えを持っている。形のうえでは別の疑問に置き換えるが、そうすることですべてが腑に落ちるはずだ。すなわち、ポーランドの改革を主導したレシェク・バルツェロヴィチは、アナトリー・チュバイス［原注：エリツィン政権で改革を推進した政治家］のような大金持ちになっただろうか。共産党政権を打倒したあとのチェコの最初の大統領、ヴァーツラフ・ハヴェルの一族は、〝大富豪の島〟ことサン・バルテルミー島に１５００万ドルの豪邸を購入し、ほかにも合計数億ドルの資産を持つようになっただろうか。対してロシアでは、90年代に若者だった民主活動家や改革指導者、自由市場の支持者の大半がうなるほどの富を蓄えつつ、いつのまにか守旧派として国家の重鎮に変節したのはなぜか。結局のところ、そうしたことはエストニアでも、ハンガリーやスロバキア、ドイツでも起こっていないのだ。

今では当事者たちの証言やインタビュー、保存されていた資料が大量に見つかっているし、何より私たちは〝90年代の改革者たち〟がプーチンにおべっかを使い、彼のプロパガンダに与《くみ》し、オリガルヒや官僚に転身し、揃いも揃って大金持ちになるところを目の当たりにしている。もっと誠実になるべきだし、自分を偽ったり、失われた歳月を正当化したりするのはやめなくてはならない。真にリベラルで民主的な考え方の持ち主という意味で、ロシアの権力者の中に民主派などいなかったことを、認めなくてはならない。

最近の動きについて〝民主派〟とソ連保守派の対立だとよく言われるが、はなからそんな対立は存在していないのだ。「冗談じゃない。俺は確かに保守派と闘ってきたんだ」と言い出す自称〝民主派〟もいるかもしれない。私の主張はあまりにも過激で、悪意さえ感じられるとの批判もあろう。それでも、当事者が描いていたような対立が起こらなかったのは明々白々だ。

客観的な歴史の流れはこうだ。まずソビエト連邦が、イデオロギー的にも経済的にも精神的にも破綻した。そしてエリートの中での対立が起こり、その中の一派が老いぼれどもを一掃しようと、もっと大衆受けしそうな〝民主派・市場経済推進派〟に見せかけ、このスローガンを掲げて権力を握った。これが世の常というものだろう。昔からいたエリートの一派が新たなスローガンを手に勝利したという見方を受け入れられないなら、リベラル度測定器で全員のイデオロギーの純度をチェックしてまわり、誰が嘘つきか調べるほかない。

こんな装置が本当にあればよかったのだが、なかったからこそ、ロシアでは〝米国と同じ〟どころかチェコのようにもいかなかった。旧東側諸国では、保守派や社会主義者、老害、愚か者、破壊活動家らと対峙した勢力の中には、レフ・ヴァウェンサやヴァーツラフ・ハヴェルのようなリーダー（もしくは重要な役割を担う人間）がいた。彼らは抑圧、迫害をはねのけ、自らの立場を貫き、自分が壇上で行った宣言の実現に邁進していることを行動で示し続けた。しかしロシアでは、状況がまるで違った。

ロシアの〝急進的民主派〟の首魁はボリス・エリツィンだった。私は1976年生まれで、当時エリツィンはソビエト連邦共産党・スヴェルドロフスク州地方委員会の第一書記を務めていた。つまり、ウラル地方の中でも最大の工業地帯の知事であり、その権力は現在の州知事をはるかに上回るものだった。そこでエリツィンは、典型的なソ連の二流専制君主として振る舞い、1970年代中ごろによくあったように、黒塗りの公用車に乗り込み、公邸として提供された大邸宅に住み、公務員用の高級別荘を手に入れた。そうやって本人も一族も、死ぬまでそうした生活を当たり前に享受した。骨の髄までソ連の既得権益層で、〝ふつうの人たち〟の暮らしについて知っていることと言えば、お抱えの運転手や召し使いから得た知識くらいだった。

では、政治家として転落期に入ったエリツィンはどうだろう。すばらしい質問だ。エリツィンは党幹部を非難し、批判的な報告書を認《したた》め、自らの信念を貫くために苦労したと考える者は今でも非常に多い。しかし、そんなことは起こっていない。幹部連は内々に、エリツィンをまずモスクワ市委員会の第一書記、つまりモスクワ市長に指名し、やがて自分たちと対立するようになると、今度は建設委員会の委員長、要するに建設相に異動させた。これのどこが転落だというのか。エリツィンはリムジンのグレードを落とすこともなく、仲違いした連中と同じ環境にしっかりとどまり続けた。一族も同じで、以前と変わらない価値観を保つ……というより、まともな価値観を完全に欠いたまま、富や贅沢を追求した。一族がオリガルヒも巻き込んだ強力な一大派閥、いわゆる「エリツィン・ファミリー」を形成するに至ったとき、それが決定的な意味をもった。

エリツィンは、本当の意味でのイデオロギー的な動機を持たず、権力への渇望だけに突き動かされていた。個人としては極めて才能豊かで、世間の風潮を察知して利用する方法を心得ている真に直感的な政治家だった。ときには断固たる姿勢で大胆に行動する度胸があったが、考えているのは常に自身の利益や自らの権力であって、国民や国家の利益ではなかった。

今こうしてエリツィンを激しく糾弾しているのには、理由がある。まず私自身に悔いがあるからだ。私はエリツィンやロシア社会のそうした部分を何も考えずに称賛し、彼の施策を手放しで支持してきたが、実はそれが今の無法状態につながる温床になっていたのだ。もう一つの理由は、エリツィンと比べられるのが私にとって何よりしゃくに障るからだ。ロシア政府は何かを対比するのがお好みなようだし、ロシア連邦共産党のトップも、私がずっと党の存続に手を貸してきたにもかかわらず、私を紹介するときは必ず最初に「ナワリヌイは若きエリツィンだ」と言う。私が共産党を支持しているのは、プーチン率いる統一ロシアの牙城を崩すための戦略の一環だからで、そのためには国民に二番人気の候補に投票してもらう必要があり、そして多くの場合、二番人気は共産党だ。だからそういう紹介をされることは苦しい。

愛は一瞬で憎しみに変わる。私はほかにもそうした経験を数多くしてきた。それでもかつて愛情があったことは否定できない。90年代序盤から中盤にかけての私は、単にエリツィンを支持するだけでなく、彼のすべてに心酔しきっていた。おもしろいことに、エリツィン自身や彼の一派に特に惹かれていたわけではない。ほかの政治家が許せなかっただけだ。当時のゼロか100かの政治の世界では、エリツィンに賛同して前へ進み、彼の過ちや欠点、評判の悪い決断には目をつむるか、「あのころへ戻ろう。昔はよかった」と言うしか能のない、ソ連の残党どもと運命を共にするかしかなかった。とはいえ、私にとってソ連はいい時代などではなく、昔はよかったなどと言う人間には虫唾が走った。今もそうだ。あいつらは90年代、「君の母さんは朝5時に起きて肉を買いに行かなくてよくなる、君も毎日1時間も並んで牛乳を買う必要はなくなる」などと言って、私を言いくるめようとしたものだ。

そして今、ソ連時代を一日たりとも経験したことのないおめでたい連中が、ソ連は失われたアトランティスだ、誰にとっても公正な社会で、犯罪はゼロに近く、全国民が世界最高峰の科学を信奉していたと主張し、インターネットで聖戦を呼びかけている。彼らがプロパガンダとして投稿するのは往時の写真だ。ほら、これがよくあるソ連の農村の商店だ。窓にズームして何を売っているかを見てみれば、ブラジルのコーヒーにインドの紅茶、山積みのカニ缶が並んでいる。値段も確認できる。たった40カペイカだ！　当時の平均月収は（公式の統計によれば）２８０ルーブルもあったんだぞ！

そうしたたわごとのせいで、私は民主主義と市場経済を志すエリツィン大統領の運動の最前線に身を投じることになった。そこへ13歳から抱いていた政治への関心と、政治を語る両親の影響を加えてできあがったのが、不安になるほど過激な若者というわけだ。私はエリツィン、さらにはエゴール・ガイダルにチュバイスという、改革の推進者を批判する声に我慢がならなかった。チュバイスの民営化証書や、株式担保型入札といった施策を熱烈に擁護するのに、どれだけ多くの時間を費やしたことか。「これは効率的な不動産所有者という、新たな階級を形成したにすぎない！」「我々のすばらしい改革を邪魔する不愉快なアカの工場責任者から、財産を没収しただけである！」そんなふうに、学位論文では民営化の法的性格だけをテーマにし、すべてが順調で法も遵守していることを実証しようとした。

当時について、とても愉快な思い出がある。私が演台に立ち、自分の論文の正当性を説明していたときのことだ。数少ない博識な人物である大陸法学科の老教授が口を開いた。「たしかに法的根拠はまったく問題ないが、君個人の意見はどうなんだ？　国民や社会のためになる法的手続きが用いられていたのか。国にとってとりわけ重要で収益性の高い原材料メーカーが、無償で元高官に譲渡されたわけだが、その手法はよくある横領と大差なかったのではないか？」

その指摘に、私はいらいらを募らせる。「痛いところを突いてくる爺さんだ。だけどあんたも根っからの共産主義者で、民主主義者や民主主義、進歩主義にただ反対しているだけだ」。そう思いつつも、丁寧な口調で、少なからずへりくだりながら、教授と残りの試験官に説明した。「民主化関連の政治判断にはさまざまな意見があるでしょうが、個人的には、法人の所有権を効率的（この『効率的』という言葉を特に強調した）なほうへ移管しようという改革派の試みを歓迎しています」

もっとも、論文内で私が検討していたのは法的な側面だけで、そしてその部分については非の打ちどころがなかった。

教授はやさしい笑みを浮かべたままかぶりを振った。そして評価5をくれた。

もうひとつ憶えているのが、同じ授業を取っている女子学生を怒鳴りつけたときのことだ。彼女が友だちに「グリゴリー・ヤブリンスキーに投票すべきよ。まともな候補はほかにいない」と話しているのを耳にした。ヤブリンスキーとは、独自の経済改革プログラムで知られる民主派の若手政治家で、私はこの言葉に激高した。無条件でエリツィンを全面的に支持する以外に共産党を打倒するすべはないのに、それが理解できないとはどこまで愚かなのか。国民にとって最高の贅沢がユーゴスラビア製のブーツを買うことだった暗黒時代に引き戻そうとしているのが共産党だ。この状況でまともな人間に取れるせめてものの行動は、女子学生同士の会話に割って入って、彼女の発想がいかに愚かで無知な考え方かを筋道だてて説明することだろう。それでも埒があかなければ、率直に馬鹿野郎と言ってやるしかないじゃないか。

このちょっとした事件が今も記憶に刻まれているのは、彼女がかわいかったこともあるが、数年後に私がヤブリンスキーが率いる党に加わったからだ。出馬候補選出の党員投票の結果を待っているあいだに、こんなことを妄想した。もし彼女がタイムトラベラーだったら、その日の私の写真をみんなに見せてまわり、馬鹿野郎と口にしかけた私への意趣返しができただろう。

当時の私は、エリツィンには最高会議ビルを戦車で砲撃する権利があると自信満々に語っていた。もちろん、砲撃は間違いではなかったし、ほかに手はなかった。モスクワのインテリ層はみなこちら側につき、最高会議にそっぽを向いていた。あのビルに集まっていたのは、エリツィンやガイダル、チュバイスらの改革の必要性を理解できない無能ばかりだった。黙って家へ帰るべきだったし、それをしなかったのだから、砲撃を受けるのも仕方がない。

奴らは公正な選挙で選出されたわけではなかったし、有権者を代表してもいなかった。あんな選挙や憲法、何より彼らに投票したごろつきや負け犬などくそくらえだ。そうした連中は改革後の新しい世界ではチャンスを摑めずにいる。ご愁傷様。しかしそんな連中が今、金を稼いで大きくなりたい人たちの邪魔をしている。まるでイソップ童話の「飼い葉桶の中の犬」だ。

◉初代大統領が築いた汚職の構造

私は今、エリツィンの娘夫婦が保有する別邸に関する調査報告書（残念ながら、調べたのは私たちではない）に目を通している。誰もがうらやむその邸宅があるのはカリブ海に浮かぶサン・バルテルミー島だ。超一流のセレブや富豪の家がこの島に集まっていることから、〝大富豪の島〟と呼ばれる。カーダシアン一家やロシアのオリガルヒであるロマン・アブラモヴィチがバカンスを過ごすこの島に、ロシア連邦初代大統領であるエリツィン、すなわち特権階級と闘う闘士にして、トラムに乗って庶民派をアピールしてきた男の家族も、資産価値1500万ドルの不動産を所有している。報告書を見ながら憎しみを覚える。それは、かつて心酔していた人物に背を向けるなかで生まれた感情だ。死者を憎むのは馬鹿げているし、〝ロバでもライオンの死体は蹴れる〟ということわざが頭をよぎるが、このことわざは間違いだ。この言葉どおりなら、ヒトラーやスターリン、あるいはポル・ポトや毛沢東も、すでにこの世を去ったのだから批判してはいけないということになる。実際、私がエリツィンに抱く思いは、人間に対する憎しみというより、嫌悪と後悔、失望が入り交じった複雑な感情に近い。文化的なふつうの暮らしにようやく手が届きそうだったのに、私たちの国と国民がチャンスを逃してしまったのだから、後悔するほかない。期待や希望、信頼は、若き日の私のようなうぶで間抜けな者たちが寄せていた無条件の信頼を含めて裏切られ、体よく利用された。かわりにできあがったのが、エリツィン一族による小遣い稼ぎのための汚職の構造と、一家の身の安全を保証する体制だ。プーチンが、いの一番に出した布告が、〝初代大統領一家〟の免責を確約する重大な規定に関するものだったのは、当然のことだった。80年代中ごろから90年代初頭にかけての歴史的な大転換の行き着いた先がそこだった。

プーチンは約束を守り、エリツィン一家は贅沢で安全な生活を送っている。エリツィンの義理の息子であるワレンチン・ユマシェフは、プーチンの正式な顧問を長年務めた。同時にいくつかのオリガルヒからおおっぴらに給料をもらっていたことには、開いた口がふさがらない。もっとも、それが彼の泣きどころになったようには見えない。第一に、ユマシェフはプーチンのおかげで守られている。そして次に、オリガルヒで働いていたといっても、彼らの活動の中では取るに足らないことだ。サン・バルテルミー島にある邸宅のためにロシア市民の自由が売り渡されたのかと思うと悲しくなる。不公平な取引の典型例として、ネイティブアメリカンがマンハッタン島を24ドルで売ったことを持ち出すのはもうやめたほうがいいだろう。かわりに、こんな例はどうか。エリツィンは最初の選挙で57％の得票率を得て（確かに公正に）勝利した。その大衆に選ばれた大統領が、すべてと引き換えにカリブ海に浮かぶ島の山の手に居を構えたのである。エリツィン時代を冷静に、客観的に振り返ると、気が滅入るような不快な真実が浮かび上がる。プーチンが台頭できた理由にもつながるその真実とは、ソ連崩壊後のロシア政府に民主主義者はいなかったことだ。ソ連の復活を目論む保守派に対抗し、自由を信奉するリベラル派など存在しなかった。エゴール・ガイダルやボリス・ネムツォフのような、清廉ぶりを証明し、そのまま引退するか（ガイダル）、権威主義の復権に抗う力のあった（ネムツォフ）政治家は数少ない例外で、それ以外はみな、善人ぶった汚らしい盗人やごろつきだった。奴らが民主主義を隠れ蓑にすることにしばし目覚めたのは、当時の政争の枠組みの中で政府、つまり権威の側につくためだった。連中が気にしていたのはそこだけで、何より欲していたのは自分が裕福になれる機会だった。

彼らは常に権力を金のなる木とみなしてきたし、その傾向は今も変わらない。土地の封建的な割り当てを収入源にしているのもそう。権力と金は同義だし、権力と機会も同義。権力と身内の快適な暮らしも同義だ。そして権力の座にあるときの行動はすべて、そうした生活を維持するためにある。役人の誰もが忠実な共産党員で、決して反体制派に傾かなかったのはそれが理由だ（エリツィンも同様だ。よく言われている話とは裏腹に、彼は官僚という支配者の地位を絶対に手放さなかった）。その後、古くからの居場所にあぐらをかいたまま、彼らは〝資本主義的民主主義〟なるイデオロギーのすき間に引き寄せられ、新しい経済制度の下ではたんまりと個人財産をため込むことが許されると知って、心地よい驚きを覚える。スイスの銀行口座さえ守られるなら、「選挙」とか「言論の自由」とか、くだらない「人権」などは、どうでもよかったのである。そうやって彼らは〝栄光のソビエト連邦崩壊を嘆く愛国心ある保守派〟という新たな立ち位置に行き着いた。完全オーガニックでストレスフリーの変身だった。

私は業《カルマ》も宿命も信じていないが、この文章を書きながら、運命が自分をあざ笑っているのを感じる。法を無視したエリツィンをやみくもに支持した報いを受けている気がする。私を抹殺しようとするプーチンのやり方は気に食わない。しかし、プーチンを後継者に指名したエリツィンが最高会議ビルを砲撃した際、私が口にした言葉はなんだったか。ちなみに教えておくと、「もうとっくに手遅れだ。議会にあふれる救いようのない馬鹿どもに情けはいらない」だ。

株式担保型入札による民営化についてはどうか。あれによって、国内の主要な天然資源事業がお上の指定した連中の手にただで渡り、そこからオリガルヒが生まれた。根本的に恥知らずで道義に悖《もと》る政策だっただけでなく、純粋な形式の面でも完全に違法だった。きちんと入札競争に参加し、ソ連の残りものの中でも一番ましな部分を手に入れようとした人たちは、難癖をつけられて締め出された。今日の選挙で、気に食わない対立候補を締め出す手口と何ら変わらない。法廷闘争に持ち込んでも、検察は薄ら笑いを浮かべるだけだった。私に対するでっち上げ裁判でも同じ光景が見られた。政治の舞台から追い出される私の同志は年々増えている。公職に就くのを阻まれるだけでなく、寄付のようなちょっとしたかたちで私たちの組織とつながっている支持者にまで、捜査対象にするとか、刑事告訴するといって脅しをかける。そしてそうしたもろもろの行為に及んでいるのが、最高会議ビルを砲撃する権利や、〝改革のために〟選挙結果をねじ曲げる権利、〝未来のために〟共産主義者やナショナリストを政界から駆逐する権利があるとして、私が熱心に擁護した者たちなのだ。

以前あるインタビューで、自分がエリツィンを支持し、それによってプーチンが登場した責任をどう感じているかを話したところ、後で誰か（確かユリアだったと思う）に怒られた。「エリツィンのことで妙な罪悪感を抱くのはやめなさい。そんなの情けないマゾヒズムですらない、おめでたい考えにしか見えないから。当時はまだ学生だったんでしょ。エリツィンがはじめて選挙で勝ったときは15歳、2回目も20歳だった。どれだけエリツィンの選挙結果に影響を与えられたと思っているの？　本当に自分の過ちだと信じているなら、たいそうご立派な誇大妄想！」

確かに、この意見にも一理ある。それでも、こうやって公に支持を撤回するのには、実際的な部分で非常に大きな意味があると思っている。つまり、私たちは同じ過ちを繰り返すわけにはいかない。プーチン政権も永久に続くわけではない。そして彼がどんな形で退場するのか、今の私たちには知るよしもない。自分で辞めるのか、辞めさせられるのか、自然にそうなるのか。しかし歴史を振り返れば、人は自分が支持している人間の違法行為を大目に見がちだ。最初は小さな過ちだけだが、次第に大きな過ちも見逃すようになる。新しい指導者は、私たちの利益を代弁してくれる存在で、私たちの政治観を言葉にして表現してくれる。しかし彼らは、たとえばポピュリストが権力を握らないようにという方便で、ちょっとした不正や改竄に手を染めることがある。国営テレビも活用するかもしれない。しかしそれはなんのためか。彼らは口ではこう言うだろう。現状はこうで、自分は国民の味方で、国民のみなさんが望めばこそあの連中を排除したのだと。

こういうことがあったから、私は過去からの戒めや未来への助言として、因果応報だと感じていることを、できるだけ多くの人にぜひ知ってもらいたかったのだ。当時の私と同じ、法律違反や嘘、欺瞞に見て見ぬふりをした経験がある人、目的を達成するにはやむをえなかったとか、特定の集団を支持するには必要だったと考える人たちに。

◉エリツィンへの幻滅

私がエリツィンに幻滅したのは車が理由だった。あれは1996年の伝説的な大統領選挙の決選投票直後で、エリツィンは嘘と中傷と不正、そしてエリートによる大がかりな策略を駆使して共産党の候補ゲンナジー・ジュガーノフを破ったところだった。ちょうどそのとき、私も車を手に入れるという夢を叶えた。当時の流行りに乗って、私もドイツで買った。そちらで買って国境を越え、税関手続きをするやり方で、馬鹿高い関税を取られたとしても、モスクワで外車を買うよりずっと利点が大きかった。まわりのみんな、特に女の子の気を惹きたかったから、自然とほしいのは外車になった。おめでたい人間だった当時の私は、西ドイツでならそこそこ状態のいいBMW3シリーズを7000ドルか8000ドルで買えるという話を信じていた。1996年の最上位車種だった。私の大学のように、金持ちのぼんぼんがたくさんいる場所でさえ、BMW3を持っていればイケてる男の上位30人に入れるほどで、私が住んでいるカリニネツではランクはさらに上がった。

ところが、ドイツ遠征は大失敗に終わった。私が心に決めた車はどれも最低1万5000ドルからで、どういうわけかドイツ人は、私のような生意気なロシア人にはその半分の値では売りたくなさそうだ。だからずっと格の落ちる車で我慢するか、手ぶらで帰るかしかなかったが、さすがに手ぶらという選択肢は馬鹿らしい。だから、仕方なしにルノー19シャマードというひどい車を買った。

ルノーがどれだけダメな車でも、税関はとおる必要があった。90年代ロシアの税関はとんでもない場所で、汚職と日和見主義、手っ取り早い金稼ぎの象徴だった。税関で働けば1週間で大金持ちになれるというくらい、めちゃくちゃな空間だった。鉄のカーテンが開いたことで、PCや車、〝ジョージ・ブッシュの脚（米国産の鶏の脚のことで、ロシアでは長年これが代表的な輸入食品だった）〟、人気の西側の衣料品など、外国産の品物が大量に流れ込むようになっていた。何もかもが輸入され、そしてそのすべてが税関をとおさなくてはならなかった。

今ではもうはっきりしているが、当時の〝改革政権〟は、本物の保守派がうらやむほどの腐りきった保護主義政策を採っていた。国内企業を守るという名目で、輸入品には高い税金を課していた。高額課税はのちに廃止され、その後に再導入される。税関にまつわる政策は、現金を詰めたスーツケースを政府に渡せば、誰でも変えることができた。当然、高い税金をかけるかどうかの判断には、一部の例外を除いて必ず抜け道があった。最終的には最も簡単で効果的な手として、税率の高いカテゴリーの品目を税率の低いカテゴリーに振り分け直すやり方が横行するようになった。

そんな状況を反映してか、マジシャンのデイヴィッド・カッパーフィールドとイエス・キリストとロシアの税関職員のうち、ある物を別の物に変える魔法が一番うまいのは誰かというジョークが流行っていた。

デイヴィッド・カッパーフィールドが「ご覧ください。空っぽの帽子の中にウサギが現れます」と言って魔法の杖を振ると、帽子の中にウサギが現れる。

キリストは水を入れたグラスの上に手をかざして「ご覧なさい。水がワインになった」と言う。

すると税関職員はこう返す。「そんなものが奇蹟だって？　笑わせるな。日本製テレビを載せたあそこの列車を見るといい」そう言って公認シールを台紙からはがし、息を吹きかけて、書類に貼る。「これでテレビがグリーンピースになった」

車の通関は、こうした慣行の典型例だ。外車には天文学的な額の税金が課されていて、その目的は〝ロシアの自動車メーカーを支援する〟ためだったが、経済の法則は残酷だ。関税を課し、国内メーカーには補助金を直接出すことを長いあいだ続けたにもかかわらず、莫大な額を費やしたこの保護策はのちに、失敗に終わる。1996年当時は関税を払う必要があり、そしてもちろん、それを回避する手段は無数にあった。パイロットと外交官、船員、アフガン紛争に従軍した退役軍人、カリーニングラード州の人間、その他一部の人たちには、特別な税率が適用された。

車を扱うモスクワの税関出張所は、もとは巨大な車の整備工場で、オチャコヴォ地区にあった。そこへ行って長い列に並び、小さな窓口で手続きをする必要があった。無数の人間が、本物も偽物も含めた書類を振りかざしていた。

一方の税関職員は無慈悲きわまりない顔をしていて、私はいまだに、顔面の筋肉をどう使えばふつうの人間があんな表情をつくり、居並ぶ人たちを追い返せるのかが理解できない。彼らは、書類の不備をできるだけたくさん見つけ出すのが自分たちの仕事だと考えていた。スタンプが違う、形式が違う、日付が違う……。これは逆に、〝世渡り上手〟な頭の切れる若者にとってはチャンスだった。若者たちは窓口には立たずにドアの前へ行き、〝立ち入り厳禁〟と記されたスペースに頭と書類を突っ込んで、職員と冗談を交わして握手をする。こうした仲介役の職員を通せば、誰だって船員や外交官に変えてもらえる。こういう肩書にしてもらえれば、書類もすんなり受け取ってもらえるのだ。

もちろん、助けを借りるには金が必要で、そして彼らの表情を見れば、金だけ取られて何もしてもらえない可能性もじゅうぶんあるのがわかった。もっとも私は、きちんと関税を払い、仲介役には頼らないと心に決めていた。必要な書類をすべて集め、列に並んで窓口で出せばいいだけだ。だから1日並び、2日目も並び、3日目になってやっと、4日目の朝までには必要なスタンプを押した認証済みの書類を揃え、全知全能の税関事務所の中まで入れる状態になった。ところが4日目の朝に行ってみると、そこには人だかりができていて、事務所の一時閉鎖を知らせる立て札が立っていた。

ここで限界が訪れた。敬愛するエリツィン政権は、こうしたソ連時代の名残のような制度をどういうわけか一掃できていなかった。

書類対応の〝生産ライン〟が停止になった理由は、すぐに明らかになった。エリツィン政権のセルゲイ・ヤストシェムスキー報道官が視察に来る予定が入ったのだ。税関の幹部全員で彼を出迎える予定で、一般職員も、そうした大事な日に仕事をするのは不適切だと判断したに違いない。私たちは、万が一業務が再開された場合に備えてその場に残った。通路はぎゅうぎゅう詰めで、私は窓に押しつけられていたおかげで、ヤストシェムスキーが到着する瞬間が見えた。エリツィンが酔っ払っているときに「大統領は書類を作成している」とか、エリツィンが心臓の手術をしているときに「大統領は固い握手を交わした」とかテレビで嘘を並べるのを主な仕事とする男だ。その男が、笑顔で黒のベンツから降り、責任者と握手し、踏み段を上がってドアの向こうへ消えていく。彼がよろけて転ばなかったのが不思議なくらい、私は憎しみの念を込めてにらみつけていた。

その前日までは、ヤストシェムスキーがエリツィンの健康状態について相変わらず嘘をつき続けていても私はなんとも思わなかったのだから、擁護してやってもよかった。しかしこの馬鹿げた行列に放置された私は、エリツィンに幻滅し、ヤストシェムスキーのような子分たちもペテン師と日和見主義者の集まりにすぎないと思うようになった。すぐに支持政党を切り替えたわけではないし、1999年に突如として辞任するまでのあいだに選挙があれば、エリツィンに投票していただろう。それでもただ、ファンや支持者でいるのはやめた。税関出張所でのあの出来事は、私がかたくなに目を背けてきた事実を改めて突きつけられた。そう、エリツィン時代は改革の時代などではない。エリツィンに将来の見通しを示すことや、経済成長の推進を期待しても無駄だ。あの男は、せっせと私腹を肥やすしか能のない詐欺師でまわりを固めた、病気持ちの老いぼれた酔いどれにすぎない。

のちに、エリツィンの警護を担当したアレクサンドル・コルジャコフの回顧録が出版されてわかったが、エリツィンが活動し始めるのはたいてい昼からで、その時間になると彼はコルジャコフに「なあアレクサンドル、そろそろ昼食にしよう」と言ったそうだ。するとその言葉を合図に、コルジャコフはウォッカのボトルとおつまみを持っていったという。

要するに、私たちが改革について議論し、声をからして改革を訴えたところで、実際にはそんなものはなかったということだ。ペテン師ばかりのエリツィンの取り巻きのなかには、愛国者とか改革者を自称する者がいた。その名ばかりの改革者らがやったのは、盗みを繰り返しながら、見栄えだけはどんどんよくしていくことだった。

エリツィンに幻滅し、いろいろなことを感じながらも、私の価値観は大きくは変わらなかった。税関での出来事を経験した1996年、私は20歳だった。不良仲間とディスコ、そして楽しい新生活。学生で、自分の車も手に入れた。唯一失ったのは、政治への関心だった。

それを取り戻すきっかけをつくったのが、ウラジーミル・プーチンだった。

8

人生には思わぬ衝撃的な展開がつきものだ。安っぽい小説ならそろそろ「順風満帆の人生を歩んでいた私は突然、奈落の底に突き落とされる」といった書き出しの章に入るころだろう。悲しいかな、私の本もその定石に従うことになる。前の章はドイツのフライブルクにある美しい家で書いていたが、この章は檻の中で書いている。

退院したあと、この本の内容を出版エージェントと打ち合わせる際、「現在進行形の物語」なので章の概要を正確に伝えるのは難しいと伝えた。現在進行形の物語だなんて、陳腐な小説技法みたいだが、どうしようもない。人生には小説技法がそっくり当てはまる状況がたくさんあるのだから。たとえばこんなふうに。

若い女の裁判所書記官が、にやついた表情を浮かべながら、書類を広げて、そこに署名しろという。今日の日付を尋ねると、目を丸くしながら「わかってますよね。1月18日。知らないわけがないと思いますが」

私はとぼけたふりで、どういう意味か尋ねる。すると彼女はますますにやつき、からかうのはやめてくれ、と言わんばかりの態度だ。実際、答える必要のない質問で、どちらも、今日が私の牢獄暮らしが始まる日だと承知している。というわけで、この重大な日について詳しく、今まさにその日を送っているかのように語らせてもらいたい。この文章は、ペンと紙のほかは何もない監房で綴っている。物書きには理想的な環境だ。

◉おなかの中にチョウがいる

飛行機内で倒れたあとドイツで療養していたころ、当初モスクワへは12月15日に戻り、新年と正教会のクリスマスを自宅で祝えるようにしたいと思っていた。退院後すぐのインタビューではそう言っていた。それどころか、まだ集中治療室に入っていたときにも、毒殺未遂から回復できたら帰国するという宣言に近い発言をしていた。見舞いに来たユリアが、仲間からの急を要する質問を読みあげてくれた。私はベッドに横たわり、コードやらチューブやらにつながれた姿で、返事を伝えた。

「キーラが、『ニューヨーク・タイムズ』から問い合わせが来てるから、返事する必要があるか教えてくれって。帰国するつもりか尋ねてきてるらしい」

「くだらない問い合わせだ。戻るに決まってる」

「キーラから返答させる必要はある？」

「ああ。だけどくだらない云々の部分は省いてくれ」

苛立たしいことに、私の発言は世界中のニュースで大きく取りあげられた。いったいどういうわけだと、次の日に壁を見つめながらいきり立ったものだ。20年ものあいださんざん注目を浴びながら仕事をしてきて、何百本もの記事を書き、有言実行を心がけてきた人間が、今さらびびって帰国を取りやめるとでも思うのか。そう考えると腹が立った。

ところが10月までには、12月中旬に戻るのは無理そうだと判明した。体調はずいぶんよくなっていたが、左の股関節のあたりの感覚がまだなく、体をうまく動かせなかったからだ。家族の話し合いで、ユリアが言ったことが決め手になった。「連中はまた毒を盛るかもしれない。万全の体調で戻れば、仮にそうなっても生き残れるチャンスが少しはあるでしょ」それで帰国を1月中旬まで延期し、経過をみることにした。

そんなわけで、2021年1月17日の早朝、私はベルリンのホテルで目を覚ました。ホテルへは、前の日にフライブルクから移動してきていた。あたりはまだ暗く、私は天井を見上げている。胃のあたりがうずき、アレクセイ、今日は特別な日だぞとわざわざ思い出させてくれる。英語で言う〝Butterfly in my stomach（おなかの中にチョウがいる）〟というやつで、要は、そわそわして落ち着かないという意味だ。ハリウッド映画では主人公が重要な場面でその言葉を口にしたりする。寝転がったまま、この英語表現について考えていた。何かをする前に落ち着かない感覚をチョウにたとえようと思ったのは誰だろう。大勢の前に姿を見せるときや、抗議集会、判決の前日には、いつもこの感覚を味わう。実際に事が始まれば消えるのは知っているが、今はチョウたちが胃の中で飛び回っている。考えたのは米国のマーケティングのプロではないだろうか。何しろ、毎年のように新しい祝日をひねり出し、消費者がこれといった理由もなく友だちやパートナーへのプレゼントを買うよう仕向ける連中だ。

私の思考という名の列車はすぐさま次の駅へ到着し、別のことを考えている。この〝列車〟は私のお気に入りの移動手段だ。もし自分がマーケティングのプロだったら、どんな祝日を思いつけば、消費者にもっといらないものを買わせられるだろうか。最初に頭に浮かんだのは〝兄弟の日〟と〝姉妹の日〟だ。まだ誰も考えていなかったのが不思議だが、もっといいものがある気がする。〝親友の日〟はどうだろうか。仲良しの日だ。少女たちはコスメストアをまわっては、友だちへのプレゼントを買い、〝あなたは私の親友よ！〟というメッセージを添えて贈る。しかしこれは同調圧力を生みそうだ。始まってから5年後には、一つもプレゼントをもらえない子は誰とも親友ではないということになりかねない。となると、親友の日よりも単なる〝友人の日〟のほうがいいかもしれない。こちらのほうがとっつきやすい。それでも、〝親友〟相手のプレゼントのほうが、一般消費者が落とす金は多くなる。そうやって私は、グローバルな広告キャンペーンの計画を練る。世界政府なんてものが将来できたら、政府の通商ネットワーク促進庁の認可も受けないといけない(当然、キャンペーンに使うのはインスタグラムのインフルエンサーや、ハリウッドのシットコム作品。主人公の女の子たちが、いろんな友人に「私の親友はあなただけよ」と言ってまわっているうちに、八方美人がばれてピンチに陥るような作品だ)。しかしそこまで考えたところで、誰かが私の思考列車の窓をたたき、冷や水を浴びせる。アレクセイ、お前は自分のことをすばらしいクリエイティブな才能の持ち主で、賢い時間の使い方をしていると思っているかもしれないが、そんなことはないぞ。現実逃避ってやつだ。ベッドを出て、山ほどある仕事に向き合うのがいやなんだろう。飛行機は7時間後には離陸するんだぞ。

横を向くと、暗闇に浮かぶ白目が見える。ユリアがこちらを見ている。彼女も起きていたのだ。

「おはよう」

「唇が動いてたけど、誰かと議論でもしてた？」

「いや、女性たちがプレゼントを贈り合うようにする方法を考えてた」

「それはいいね。じゃあ、今日の仕事をさっさと終わらせて、できるだけ早く一緒に家へ帰る方法も考えれば？」

「もう考えたよ。誰かにタイムマシンを借りなきゃならないけど」

「まったくもう……さっきの女性の買い物のアイデアのほうもぶっ飛んだ内容なのかしら」

「さあ、起きてタバタ式トレーニング〔訳注：日本発の海外で人気の高いトレーニング法。高強度の運動を休息をはさみながら行う〕をしよう」

「遠慮しておく。今日は飛び跳ねる気分じゃないの。あなたもやめておいたら？」

しかし私は、誰もが毎週月曜や新年1月1日にやるように、今日から新しい生活を始めようと決意している。帰国したあとどうなるかはわからないが、いずれにせよ、ドイツでの一風変わった予測不能の興味深い5ヵ月は終わったのだ。重大でおごそかな今この瞬間こそ、新しい生活を始めるのにふさわしい。今日の私は心穏やかに慈愛の精神で周囲に接する。誰にも腹を立てないし、声を荒らげもしない。帰国したら、事態がどう展開しようと、もっと規則正しく生活し、自分磨きに精を出して、先延ばしは避ける。月に最低1冊は本を読み、そのうち半分は外国語のものを読む。

私は44歳だが、新しい始まりは大好きだ。だからよく心機一転を心がける。新生活の初日はいつだって最高で、できればタバタ式のような運動から始めたい。毎朝のスポーツも、エクササイズもない新生活の始まりなどありえない。どんなに忙しくとも、エクササイズに費やす10分間を捻出して、一日を乗り切るエネルギーを体に満たすことはできる。どうしてもダメなら、Twitter に使う時間を10分減らせばいい。至極簡単な話だ。今までの自分にそれができなかったのが不思議で仕方ない。

というより、ここ5ヵ月の私はじゅうぶん以上にスポーツに精を出してきた。リハビリのメニューに含まれていたからだ。退院したてのころはほとんど歩くこともできず、腕と脚は震え、脳の回路と筋肉のつながりも断たれ、スムーズに体を動かすのが難しかった。それでも理学療法士やトレーナーと一緒に運動するようにし、ルーチンを定めた。おかげで体を動かしたい気分だろうが、そうでなかろうが、すっかり目を覚ましていようが、まだベッドを出たくなかろうが、朝になると呼び鈴が鳴って筋肉もりもりのトレーナーが現れ、笑顔で元気に「おはようございます、アレクセイ。今日は脚を鍛えましょう。かなりきついですよ」とあいさつしてくるようになった。しかし、トレーナーと理学療法士との契約が切れ、退去の準備や、プロジェクト・サイコ（帰国した次の日に出そうと思っているプーチンの宮殿の調査結果）の仕事で忙しかったことを言い訳に、最近はサボっていた。それでも今、私はベッドから体を起こし、ユリアが心配そうに見守るなかで運動を始める。今日はタバタ式を何セットかこなそう。

これが大きな間違いとなる。タバタ式は4分間の短いが非常に強度の高いエクササイズで、20秒動いて10秒休憩することを繰り返す。1セット目をこなしたところで腰が痛み出す。座りっぱなしのときに感じる痛みで、昨日、列車で7時間の移動があったからだろう。たいてい数日で痛みは消える。タバタ式には腰や尻を鍛えるメニューがたくさんある。激しく体を動かす必要があるから、わざわざ痛みに対処しなくても、動いているうちに自然によくなっていくはずだ。

ところが4セット目で、「いたっ！　くそっ！　やばい、体を起こせない」という古典的な叫び声が漏れる。四つん這いのまま動けない。痛みに悲鳴をあげないように、今の状態を笑い飛ばそうとする。背骨の神経圧迫を経験したことがある人なら、私が何を言っているかわかるはずだ。ベッドからため息と言葉が聞こえる。「あなたって本当に間が悪いのね。こんな日に限って怪我だなんて」

◉ロシア帰国前にやっておくこと

いずれにせよ、私は仕事を始める。プーチンに関する調査の最新版に目を通さなければ。動画の長さは今や2時間に達しているから、編集しなくてはならない。そうした仕事ができるのは今日が最後かもしれない。空港で逮捕されるという筋書きもありえるからだ。最も可能性が高いケースではないが、心構えはしておくべきだろう。よろめきながらシャワーへ向かい、体を洗ってヒゲを剃ったら、服を着替えてとなりの部屋へ向かう。そこには広報であり、動画制作の担当でもあるキーラ・ヤルミシュがいる。ドアは開いている。キーラ、そして反汚職基金で調査部門を統括するマリア・ペフチフがソファに座り、コーヒーテーブルに置いたPCの画面を真剣な目で見つめている。二人ともコーヒーの入った紙コップを手に、極めて重大なプロジェクトの立ち上げ前日なのに、準備が一つも終わりそうにない人間の顔をしている。

私たちはここ数ヵ月、黒海沿岸のゲレンジークにあるプーチンの宮殿を対象に、大規模な調査プロジェクトを実施し、調査を通じてプーチンが自身の家族や享楽、趣味、愛人たちに散財してきた内情をつまびらかにしてきた。私がまだ集中治療室に入っていたころ、マリアがやって来て「あいつらの痛いところを突いてやりましょう。宮殿については計画があります。あなたがここで歩き方を思い出しているあいだに、私は資金の流れを調べます」と言った。プロジェクト名がイカれ野郎《サイコ》なのは、敷地の整備計画やいくつもの劇場、黄金のワシ、豪邸一棟にも匹敵する値段のソファなどをはじめて目にした私たちの口から、「この男はイカれてる。贅沢の亡者だ」という言葉が何度も漏れたからだ。動画を公開するのは私がロシアへ戻った翌日にしようと全員で決めたが、今、時間切れが迫っているのは明らかだった。動画にはCGをふんだんに使っている。大量に配した図は、どれも腐敗の構造を示すもので、削ったら私たちの告発が単なるまた聞きの噂話に思えてしまう。とはいえ、ほとんどの視聴者はあまり興味をもたない部分だ。動画の面白さと、退屈でジャーナリスティックな法的情報とのバランスをどう取るかは、永遠の課題だった。

みんなで最新版を観ながら、キーラがさらに編集を加えるべき箇所をメモする。動画のタイトルと、SNSに投稿するサムネイルに私がゴーサインを出す。明日の公開は難しそうだが、必死でがんばれば明後日にはすべての準備が整うだろう。「あなたが空港で逮捕されたら、私たちはどうします?」キーラが訊いてくる。

「予定どおり、できるだけ早く公開しよう」と答える。「もし、メディアが逮捕のニュースで持ちきりで、調査が注目を集められそうになかったら1日遅らせてもいいけど、それ以上はダメだ」

不安でいっぱいになりながら自分の部屋へ戻る。YouTubeの概要欄に載せる短い説明文も、SNS用のメッセージも、ブログに載せる記事も、何一つ用意できておらず、そうした作業にあてる時間をどうつくったらいいかもわからない。いい動画を制作しても、プロモーションに失敗したらすべてがおじゃんだ。それが、新興メディアの運営について私がずっと前に得た教訓だった。

これまでは、17日の夜に飛行機で帰国し、自宅で落ち着いてすべての作業を済ませてから、次の日に暴露動画を公開して、私が大きな期待を寄せているTik Tokを中心にSNSを最大限に活用しようと思っていた。ところが今、私はぴりぴりし始めている。まわりの誰もが、このうえなく事務的な口調で「空港で逮捕されたらどうする?」と言ってくるからだ。逮捕が怖いわけではないが、とても大切なことを軽々しく先送りにしてきてしまった自分に気づいている。

メールも何通も書く必要がある。収監されてもおかしくない以上、今書いておかなければ後悔するからだ。これまでの経験から、思いも寄らなかった部分が大きなトラブルにつながることはわかっている。銀行口座へのネットアクセスや、日々使っているさまざまなデバイスやアプリの認証とパスワード。家族が不自由なく暮らせているとわかっていれば、刑務所内での心の平穏は99%保証される。メールで許可を出しておく必要があるという馬鹿げた銀行の決まりのせいで、妻が私の口座から金を引き出せなくなっていないか心配するのはごめんだ。世界中の新聞が、私の逮捕・収監を報じていても、銀行の頭取はこう返すだろう。「申し訳ありませんが、どうしようもありません。ご主人から事前にメールを頂戴するか、非常に便利な携帯電話用アプリをお使いいただくか、どちらかでお願いします」

PCを開く。大量のメール作成は、現代人にとりわけ多い共通の悩みだろう。おかげではらわたが煮えくり返っている。ほんの3時間前には、これから新しい暮らしを始めるぞ、びっくりするほどの穏やかな心とやさしい気持ちでみんなに接するぞと自分に言い聞かせていたのに。ユリアが荷造りをしている横で、くだらないメールを書いていると、腰の痛みがひどくなってくる。そこで、ドアをノックする音が聞こえる。

ユリアがドアを開け、彼女が英語をしゃべるのが聞こえる。「ダニエル、あなたに撮影の許可は出してないけど。まだ準備ができてないんだから」

ダニエル・ロアーはカナダ出身、とても優秀で気のいい若手映像ディレクターだ。私のドキュメンタリーを撮っていて、当然ながら撮れ高を必要としている。準備中の私たちや、最後の荷造り、「こうなったらどうする」の話し合いの映像。生々しい場面ほど緊迫感が増し、彼にとってはいい画になる。昨日のうちに、準備の様子は撮影してもいいが、最後のほうだけで、こちらの了解を得てからカメラをまわすようにと釘を刺しておいたはずだが、そんなルールを守るドキュメンタリー作品の監督がどこにいるというのだろう。

そういうわけで、私はフラストレーションをぶつける先を見つける。「ダニエル！」と遠くから叫び、「昨日決めただろう。なぜこんなことをする。本当に迷惑な奴だ」と言う。自分を抑えられず、「さっさと」で始まり「出ていけ」で終わる言葉を口にしてから、すぐにきつい態度を取ったことを後悔する。

ダニエルが去っていく。ユリアが戻ってきて、こめかみを手で押さえる。「どういうつもり？カメラがまわってたのよ。これで映画に盛り上がりが生まれたわね」そんなわけで、やることリストがひとつ増える。ダニエルに謝罪する。

メールをすべて書き終えて送信する。それからユリアが銀行のアプリにアクセスできるかを確認する。こんな確認にほとんど意味はない。私の口座はすべて、〝プーチンの料理人〟ことエフゲニー・プリゴジン［訳注：民間軍事会社ワグネル創設者として知られるが、飲食業で成功し、大統領府向けのケータリングを契約していたことから〝プーチン〟の料理人と呼ばれた］に訴訟を起こされたせいで、数ヵ月前から凍結されているからだ。プリゴジン自身、ソ連時代に悪質な強盗の罪で有罪判決を受けた男だが、プーチンと懇意だったおかげで〝起業家として成功〟し、モスクワのデイケア施設や学校への配食ビジネスを牛耳っている。

時間は容赦なくなくなっていく。会議の予定がもうひとつ入っている。私の右腕であるレオニード・ボルコフと、マリア、キーラに電話をかける。ユリアもそこに加わる。考えられるシナリオごとに、対応を短く話し合う。すんなり帰宅できるパターンに、空港で逮捕されて収監されるパターン、政府がいったん私を拘束してから解放し、世間の怒りが収まるのを待ったのち再逮捕するパターン、何も起こらないが数週間後に別の容疑で逮捕されるパターンなどなど。どれもロシア政府が私に執ってきた手法だ。21世紀の闘いでは、国家による抑圧の構造だけでなく、国のPR戦略も相手にする必要がある。世論はどの陣営も無視できない力を持っている。同じ行動でも、やり方が少し違うだけで、国民は気にしないときもあれば、怒りのデモに繰り出すときもある。曜日や天候など、あらゆる要素を考慮しないとならないのだ。

話し合うのは、今後の細かい動き方と、誰が何をするかだ。私に対する刑事告訴状が、ケーキを焼くより手早く作られるようになった2012年以降、逮捕された場合にどう仕事を続けるかという大きな部分を考える必要はなくなった。1年のうち数ヵ月を牢屋で過ごすことが続いたから、組織は私なしでもスムーズにまわるようになっていて、それがとても誇らしかった。チームは本当に才能あるメンバーに恵まれている。

弁護士のオルガ・ミハイロワに電話をかける。私が入国審査で拘束された場合に備え、彼女もドイツまで来ていて、帰国に同行してくれることになっていた。彼女ともいろいろなシナリオをすばやく確認し、どういう並びで国境を越えるべきかを決める。

オルガの予想では、連中は私が回転アーム式のゲートを抜けた瞬間、つまり正式に国境をまたいだ瞬間に拘束するはずだった。それからすぐに私を連れ去る。だから彼女が最初にとおり、次に私、最後にユリアという順番になった。あらゆる事態に備えたいなら、こうしたことを話し合っておくのは重要だが、実際のところ私は、到着したその日に危機に陥るとは思っていない。

プーチンと大統領府の行動を分析・予測しようとするのは、ずいぶん前にあきらめた。不合理な部分が多すぎるからだ。プーチンは20年以上もトップに君臨し、同じくらい長く権力の座にしがみついた歴史上の指導者と同様、自分は救世主だという妄想に支配されている。議会の演壇で「プーチンなくしてロシアなし」などとのたまっているのがその証拠だ。政治アナリストがどんな分析を発表しようと、政権内の各派閥のパワーバランスの実態もわからない。だから〝連中〟の次の動きを計算するのは不毛で、こちらとしては正しいと思う行動を取るしかない。

とはいえ、向こうがメディアと世論を意識していることはおおむね理解している。プーチンの支配スタイルについて多少なりともわかっているのは、絶えず世論調査を行い、その結果を政権運営に反映させている点だ。だから空港での私の逮捕には興味をそそられないだろう。私を孤立させるシナリオのうち、私に最も有利になるのがこれだからだ。第一、イブ・ロシェ裁判について、欧州法廷はすでに私は無実だという裁定を下している［原注：ロシアでアレクセイ・ナワリヌイとオレグ・ナワリヌイがでっち上げの容疑で告訴された刑事裁判。兄弟は、フランスの美容ブランドであるイブ・ロシェにロシアが出していた補助金を〝横領〟したとして、不当な有罪判決を受けた］。話し合いながらその点を指摘する。「欧州人権裁判所が退けた罪で私を逮捕する？　馬鹿な」

「執行猶予の条件への違反」を理由に逮捕するのだとしたら、ロシア政府のやり方にしたってひねくれすぎだ。まず私に毒を盛り、それから私が集中治療室で昏睡状態にあるなかで、おい、あいつは警察に出頭しなかったからその罪で牢屋にぶち込んでやろうと宣言する。そんなことをすれば、向こうは世論の風向きという第一の要塞を突破され、惨敗するだろう。ことの経緯を詳しく追っている記者たちがいるからだ。

連中が2014年に私に科した刑罰の執行猶予は、何度も延長された末、18日前の2020年12月30日に終了している。だから執行猶予を取り消すのはもう不可能だ。もちろん、法律のようなどうでもいいことをロシアの裁判官が気にするはずもない。奴らが気にするのは、上からの命令を伝える電話だけだ。それでも、状況を難しくし、注目を集め、何よりあからさまに違法ないやがらせをして、私に同情が集まるようなことはする必要がない。

◉出発直前の儀式

直近の記者会見で、プーチンは「あの男のことなど、誰が気にかけている？」と私を軽んじてみせた。あれは間違いなく練りに練ったフレーズで、プーチンの最近のやり口がよく表れている。だからその枠組みの中で動き、私の帰国など無視すると考えるのが最も合理的だ。つまり大事《おおごと》にせず、どうでもいいこととして扱う。記者たちには期待どおりのもの、つまり私が逮捕される決定的映像を提供するのではなく、空港から荷物を持って出てきた私が、手持ちぶさたでタクシーを待つ様子を撮影させる。次に数週間後、騒ぎが収まったところで、別のでっち上げの容疑で私に電話をかける。それから数ヵ月したら自宅軟禁にする。そこから3ヵ月くらいあとに適当な罪で刑務所へ送り、あとで刑期を延長する。そうやって私を閉じ込め続ける。やがて、その状況が当たり前になり、そうなれば、私が何年も収監されていることに抗議する人間など現れるはずもない。そう、プーチンは頭のおかしい人間だが、私を空港で逮捕する大事件を起こすほどイカれてはいない。

レオニードが、飛行機の目的地が人々の待つ空港から別の空港へ変わった場合の対応も考えておいたほうがいいのではと提案するが、私はその意見をすぐさま一蹴する。連中がそんなことをするはずないだろ。〝誰が気にかける〟戦略に合致しないじゃないか。

それでも、そうやって組み立てた論理の土台をむしばむ小さな虫が1匹だけいる。プロジェクト・サイコだ。調査期間中に情報が漏れた可能性がないのはわかっているが、私たちは数週間前に大手の制作会社に資料を送った。ウェブサイトがすでに立ち上げられ、字幕の編集も済み、2時間の映像ができている。つまり、かなりの人数がプロジェクトの内容を把握している。私は仲間に全幅の信頼を置いているが、それでも反汚職基金は、各種諜報機関やFSBによる潜入や引き抜きを受けてきた。しかも、PCやネットワークをハッキングしたり、事務所を盗聴したり、隠しカメラを使ったりすれば、プロジェクトの情報を手に入れることは可能だ。その小さな虫が警告してくる。お前もよくわかっているだろうが、これからプーチンの宮殿の実態を暴き、奴が次々に愛人を囲っては、愛人を住まわせるマンションを、ガスプロムに購入させている手口を明らかにするわけだ。そんな計画をプーチンがかぎつけたら激怒するに決まってるじゃないか。機会が訪れた瞬間にお前を拘束し、調査結果の公表を阻もうとするだろう。そして刑務所送りにしてしまえば、お前を始末する方法はいくらでもある。

ミーティングが終わったので解散し、次は30分かけて荷物を詰め直す。ソファから立ち上がったところで腰に鋭い痛みを感じる。くそっ、痛むならなんで別の日にしてくれない？　エクササイズはここ数ヵ月、欠かしていない。それなのに今日に限って……いや、忘れろ。そのうち痛みは消える。何より大事なのは、待ってくれている人たちに腰が曲がらないと気づかれないことだ。

ドキュメンタリーの撮影スタッフに電話をかけなくては。出発直前の様子は撮ってもいいと約束したからだ。ユリアと私にとって、今は帰宅するまで、もしくは何か起こるまでに二人だけで過ごせる最後の時間だ。座ったままお互いの腰に手をまわし、小さく笑う。こういうとき、いろいろしゃべっておいたほうがいいと思う人もいるかもしれないが、実際には話すことはあまりない。まわりは不安だったり警戒したりしているようだが、私たちは帰国を心待ちにしている。私とユリアにとって、今日は恐れおののくべき日ではなく、ずっと楽しみにしてきた日だ。気が重いのは、これから数時間のあいだ大量の記者に囲まれ、空港では無数の人が待ち構えていて大混乱が起こるだろうという点くらいだ。だから私たちは座ったまま、言葉を交わす。気分は？　大丈夫。そっちは？　ばっちり。しばらく我慢すれば、家へ帰ってドアを閉め、二人きりで静かに過ごせる。

Facebokを見る限り、空港では数千人が待ち構えているようだ。ということは、スピーチをしなくては。長々としたものでなくとも、やる必要はある。大騒ぎになるとしても、応援してくれたみんなにはありがとうと伝えたい。なぜならプーチンが一番見たくないのが、私の凱旋に沸く人々を写した美しい写真なのは間違いないからだ。そうした場面は何度も経験してきた。空港の到着ロビーへ入ると、政府の工作員が押し合いへし合いを始める。スピーチを邪魔するために金で雇われた連中がきれいに整列し、くだらない主張の書かれたプラカードを掲げる。近くに立っていた警察が、拡声器で全員すぐに解散しなさいと叫ぶ。私はたいてい、騒ぎには目もくれず、のぼれる場所を探して演説をぶち、警察に負けない大声で叫ぶ。間に合わせの演台として使ったことがないものはほとんどない。盛り上がった雪や、滑り台のついたおもちゃの子供の家にのぼったときもある。

まだ決めていないのは、マスクのことだ。パンデミック下の規則や、欧州政界のエチケットを守るなら、マスクは着けなくてはならない。ドイツでも、最初はマスクなしで気にせずおしゃべりしていたのが、写真を撮られているとわかったとたん、念のためマスクを着け、1メートル半の距離をあける政治家がたくさんいた。有権者に悪い印象を与えたくないからだ。しかし、マスク越しにどうスピーチしろというのか。話のエネルギーがマスクに吸い取られてしまう。洪水で水浸しになった家に靴を脱いで入るみたいに非合理的だ。唯一の賢明な選択肢として、その場の状況をみて考えることにする。

全員、出発の準備が整い始める。外出用の服に着替え、忘れ物がないか確認する。私たちの部屋は、荷物を携えたコート姿の人間でいっぱいで、ずいぶんと大人数に思える。カメラマンが歩きまわり、一番ドラマチックなアングルを探している。ベルリンに残る者たちが、心配と同情の入り交じった表情で私とユリアを見つめる。すこし辟易するが、滑稽でもある面持ちだ。私は全員に念を押す。あまり暗い顔をしないように。きっとすべてうまくいき、6時間後にはズーム会議を設定しているはずだと。

ロシア人がよくやる儀式というか習慣の中で、私がかたくなに守ってきたものがひとつある。出発前に、少しのあいだどこかに腰を下ろすしきたりだ。部屋にはたくさんの人がいて、そのなかにはあまり知らない顔もあれば、よく見知った顔もあり、後者のひとりであるレオニードは、極めて合理的な考え方をする。だから、ちょっと座って、それから出かけようと口にするのがためらわれるが、旅に幸運をもたらす妖精や神様がいるなら、今こそ力を借りるべきだろう。何より、やらなかったら彼らの機嫌を損ねてしまうかもしれない。私はこれまでずっと、旅へ出る前には必ずこの儀式を行ってきた。家族でほんの数日、近くの街へ観光に出かけるときもだ。それほどかたくなに従ってきたルールをここで無視するわけにはいかない。みんなに笑われないように、特にダニエルのような外国人に迷信深くて驚かれないようにと祈りながら、私は冗談めかして言う。「じゃあ、ロシアの伝統に従って、出発前に少しのあいだ腰を下ろそう」みんなすぐに言われたとおりにし、さらにレオニードが「そういえば、僕の母もいつもこうしてます」と明かす。「カナダでもみんなやりますよ」ダニエルが続ける。私は儀式を信じているのが自分だけではないこと、まわりのみんなが旅の妖精に力を送っていることがわかってうれしくなる。

廊下へ出ると屈強な見た目の集団がいる。耳もとから垂れ下がったひもを見て、何者か理解する。ベルリン警察の身辺警護チームだ。私は〝リスクを抱えた人間〟で、彼らはその点を踏まえて行動する責任がある。ドイツ国内でも、どのようなリスク評価を行うかはその土地の警察に任されている。これまで暮らしていた黒い森では、私のリスクは当初、最高レベルだったのが、3番目のレベルまで引き下げられていたため、警官が配備されるのは事前に予定を組んだ公的な行事だけだった。しかしベルリンでは、警察は「ほかの地域ではどうだったか知りませんが、ここは首都で、ここでの危険度は最大です」と言い、その言葉を裏付けるように装甲リムジン2台と、外へ出かけるたびに付いてくる6人のボディガードが手配されていた。ドイツ人がいったん何かの手順を定めたら、たとえ隕石が落ちてこようと、彼らはその手順に一言一句違わず従うだろう。

現場の警官はすばらしく気のいい者たちばかりだった。この国で過ごした数ヵ月で、私とユリアは彼らと友人になり、彼らも力を尽くして私たちを助けてくれた。個人的には、親しくなれたのは、毒殺されかけたあとの〝新生活〟が始まった瞬間から一緒にいたからだと思っている。私が食べ方やしゃべり方、歩き方を覚え直す様子を、彼らは見守ってきた。

今日も警護がついているとわかって安心する。最高リスクレベルの人間を警護する際は、対象を滑走路へ直接送り届け、報道陣と鉢合わせないようにしなければならない決まりだ。記者たちに少し同情する。何時間も待った末に写真の1枚も撮れないのだから、たまったものではない。

お別れを言い、ハグを交わして、車に乗り込む。私とユリアが1台に、オルガとキーラがもう1台に乗る。助手席に座った警護のリーダーが冗談を言う。あなたの勇敢さにはチーム全員が感服していますが、海外旅行がしばらくできそうにないことはわかってるんでしょうね。私は笑い声をあげ、収監されたら君たちがヘリで助けに来てくれることを期待しているよと答える。

そのまま空港へ向かい、特別ゲートを抜ける。警察へパスポートを預けると、しばらくして国境警備隊がやって来て、パスポートと私たちとを直に見比べる。私たちが車内から笑顔を見せると、向こうも微笑み返す。出発の準備は整った。

◉シェレメーチエヴォ国際空港での逮捕劇

飛行機に乗り込んですぐ目に入ったのは、とんでもない数の報道陣だ。キーラの話では、同じフライトを予約したといって連絡してきた記者は10人ほどだったから、多めに見積もって15人くらいかなと踏んでいた。ところが実際には、約50人もの記者が客室の真ん中にひしめいていて、ほかの乗客がその様子を驚いた顔で見つめている。記者の集団は巨大な球体のようで、そこから自撮り棒やカメラ、手、さらには何人かの頭が、まるで角のように飛び出している。心がすっかり落ち着くのを感じる。いつものように、おなかのチョウはどこかへ飛んでいった。することがあるのだから不安になるのはやめるべきだと、体はわかっているらしい。

私の〝お気に入り〟の時間が始まろうとしている。記者たちは、映像やコメントを取ってこいとデスクから指示されているのだろう。しかし今の私は、自分の席に座る以外のことをするつもりはない。コメントもしないし、機上インタビューも受けない。大事なことはすべてモスクワまでとっておく。今すべてを明かしたら、ここぞのタイミングで言うことが何も残っていない事態になりかねない。経験豊富な政治家は、同じ発言を何度も何度も繰り返しながら、はじめて言ったかのように感じさせる特別な能力を持っている。しかし私はまだその域に達していないので、自分の席へ行かせてくれと記者たちに言う。

しかし記者たちは引き下がらず、私が何か面白いことをした場合に備えて撮影を続ける。彼らが期待しているのは後方宙返りか、コミックソングか。それともプーチンの写真を破いてむしゃむしゃ食べる光景か。

うしろから、みなさまご着席くださいという客室乗務員の声が聞こえる。私は「なんで記者がこんなにたくさんいるんだ」とかなんとか適当なジョークを飛ばしながら、顔見知りの記者にあいさつする。きっぱりした態度で進んでいると、記者たちもようやく折れて道をあける。

彼らは私たちの席に覆いかぶさるようにして、映像を撮り、フラッシュを焚き、マイクにしゃべりかける。彼らの目が、ほら、何かやれ！　と言っている。だからやる。ＰＣを取り出し、『リック・アンド・モーティ』のファイルを開き、イヤホンをつけて観はじめる。あまり行儀よくはないが、これが私のいつものやり方だ。ユリアのほうを見ると、その目がこう訴えている。自分だけアニメを見て、私をこんななかに放り出さないでよ。私も記者とのこういう気まずい瞬間は得意ではないが、ユリアはもっと苦手としている。だからイヤホンの片方を渡すと、外したほうの耳に彼女の「ありがとう」が聞こえる。私の愛する『ザ・シンプソンズ』や『フューチュラマ』『リック・アンド・モーティ』といったアニメはユリアの好みではない。それでも今は、大好きなふりをするはずだ。

機長も、混乱を収めようとする客室乗務員に助け船を出し、ご着席くださいとアナウンスする。その効果は長くは持たず、離陸してすぐ、何人かが私の席へ来て「アレクセイ、空港で逮捕されるとは思わなかったんですか？」と訊いてくる。一番しつこいのが、背の高いはげ頭の男だ。私たちの横に立ち、カメラを向けろと同僚に指示を出し、客室中に聞こえる声で「アレクセイ、イスラエルＴＶに一言お願いします」と叫ぶ。いかなる障害ものともしない、鋼《はがね》の意志の持ち主に違いない。そう悟った私は、こう言いたくなる。イスラエルのみなさんには、すべてが私にとっていい方向に進むとお約束しますよ。中東情勢がすべていい方向へ進んでいるのと同じでね。口を開きかけるが、ぎりぎりで踏みとどまる。地球上のすべての政治家に当てはまる黄金律を思い出したからだ。すなわち、イスラエルと中東情勢については、一切コメントしてはならない。何を言おうが誰かを怒らせることになる。だから私は「イスラエルのテレビを観ているみなさん、こんにちは。すべてうまくいきますよ」とかなんとか言う。はげ頭の男はにかっと笑い、カメラに向き直って、この発言の重大さを視聴者に説明する。

着陸態勢に入るとのアナウンスが流れる。「ご搭乗のみなさま、悪天候と滑走路の混雑のため、現時点でヴヌーコヴォ国際空港は当機の受け入れ準備が整っておりません。そのため当機は空港上空で複数回、旋回いたします。燃料はじゅうぶんに残っております」

そこかしこでため息が漏れる。反応は一般客の〝まじかよ！〟という苛立ったものから、記者たちの〝やっと面白いことが起こった〟という喜び、そして全員の〝ははあ、そういうことか〟という雰囲気までさまざまだ。「みなさん申し訳ない」と私は乗客たちに向かって叫ぶ。みんなの笑い声と、一部からは拍手も響く。

通路を挟んで隣に座っている若い女性は、空の旅で経験しうるなかで最悪の事態を味わっている。小さい子供のいる親なら、誰でも気持ちがよくわかるはずだ。彼女の腕のなかでは大きめの赤子が眠っていて、横には7歳くらいの子もいる。一人で荷物と子供を抱えている様子だ。ポベーダ航空には座席変更の禁止という意味不明な決まりがあるから、彼女がどれだけ訴えても、私に群がる記者から離れることは許されない。彼女はその境遇をじっと受け入れ、こちらへ親指を立ててサポートの意思を示してくれたほどだ。「かわいそうに」とユリアがささやきかけてくる。「小さい子供2人を連れた旅というだけでも大変すぎるのに。私たちのせいで別の空港へ降りることになったら、お迎えの人はいないだろうし、すごく困るはずよ」

「ああ、他の乗客にとっては最悪だ。本当に空港が変更になったら、私たちを恨むだろう。怒る気持ちはよくわかるよ。だけどそうはならないだろう。空港に詰めかけている人たちが待ちきれなくなるまで、しばらく旋回するだけだ」

その後、機長から次のアナウンスがある。もはや、いやみったらしさを隠す気もなくなったような声で「ご搭乗のみなさま、ただいまヴヌーコヴォ国際空港の地上サービスより、気象条件が整わないため当機の着陸はできないとの連絡がありました。そのため当機はこれよりシェレメーチエヴォ国際空港へ進路を変更します」と言う。私は再度、同乗した人たちに謝罪し、今回もみんなが笑い声をあげる。

着陸態勢に入り、記者たちがまた集まってくる。席へ戻るよう求める客席乗務員の声など聞く耳を持たない。私が客室の窓をこじ開けてパラシュートを背に飛び降り、国境警備を出し抜く可能性はいつだってある。その瞬間を撮り逃すわけにはいかないのだろうか。記者を追い払おうと、私とユリアは手をつなぎ、頭を寄せてささやき声で話すようにする。集まった記者たちは、わかったよというように鼻を鳴らし、カメラのシャッターを切る。そんな写真でも、それなりにインターネットで閲覧されるだろう。

飛行機が着陸する。みんな降機する。携帯電話の電波が再び入るようになる。空港ビルへ向かうバスの車内で、最新ニュースを聞かされる。ヴヌーコヴォ国際空港では、数千人が私たちの出待ちをしていて、逮捕者も出たらしい。しかも、飛行機の追跡アプリでフライトの目的地が変わったことがわかったとたん、警察は空港から出る道を封鎖した。そのため待っていた人たちは、タクシーや自分の車でシェレメーチエヴォ国際空港へ向かい、私たちを迎えることができなくなったそうだ。そんな話をしながら、記者たちは携帯電話をはめた自撮り棒を掲げ、今の状況を生中継する。「どうして放送するんだ?」私は尋ねる。「何も起こってないじゃないか。みんなでバスに乗っていて、私はスーツケースを抱えてるだけ。そんな映像に興味を持つ人がいるのか?」「そうですね」と記者の一人が言う。「この生中継は、私たちのチャンネルだけでも50万人に観られてますよ」

それだけの数の視聴者が、私が毎週木曜日に行っている生配信に集まるなら、なんだってするだろう。〝ナワリヌイは逮捕されるか否か〟という釣りタイトルを使えば、政治の話よりも人が集まるのは間違いない。そこまで考えて、何年か前に大きな話題を呼んだ誰かの生配信を思い出す。配信内で、出演者たちはスイカに輪ゴムを巻いていく。ごくふつうの細い輪ゴムだ。スイカは真ん中がへこんでいって、数字の8みたいな形になるが、なかなか爆発しない。その様子を、私を含めた無数の視聴者が追った。観るに堪えない、果てしなくくだらない配信だった。割れたスイカを見たことがなかったわけでもない。それでも、途中で観るのをやめるのはもっと堪えられなかった。まるまる1時間を費やしたのだから、スイカが爆発する瞬間を見逃すわけにはいかなかった。たぶん、今も同じだ。みんな、スイカが気になっていて、本当に割れるなら見たいと思っている。

バスを降りて空港ビルに入ると、私たち騒々しい一団は道を間違える。空港スタッフから正しい道を教わる。そろそろ本当に何か言わないと、と思う。報じる価値のあることを何も言わないまま逮捕されてしまったら、さすがに記者たちに申し訳ない。実際、言いたいことはある。通路沿いに、ライトアップしたモスクワの巨大なポスターが貼ってある。観光客向けの宣伝ポスターで、赤の広場や聖ワシリイ大聖堂といったおなじみの場所が写っている。私はユリアの手を取り、わざわざそのポスターの前まで歩いて行く。記者会見には絶好の場所になりそうだ。

しかしいつもそうなのだが、さっきまで言おうと思っていたことを忘れてしまう。もちろん、大まかな内容は憶えているのだが、話の組み立てや流れがわからなくなってしまうのだ。いろいろなことが同時に頭に浮かぶ。まずは同乗していた人たちだけでなく、モスクワの航空ネットワークを利用していた全員に謝罪する。当局がヴヌーコヴォ国際空港を完全に封鎖したのは明らかだからだ。それから、一悶着あったことは別にして、帰国できて非常にうれしい、真実が自分の側にあるのはわかっていると言う。思ったことを口に出す。

入国審査を抜ける。事前に決めていたとおり、まずはオルガが先行し、向こう側へ行った私が拘束されそうになった際、すぐそばにいられるようにしておく。私も彼女に続く。警備の男は明るい顔で私を見て、パスポートを求めて手を出してくる。「やあ」と私は声をかける。「私を待ってたんじゃないのか?」

「もちろん」男が言う。型どおりの手順をこなし、パスポートをめくって写真と私を見比べ、キーボードで何かタイプする。そこで突然、曇りガラスをはめたとなりの部屋から、男の同僚が現れる。階級はこちらのほうが上で、大尉だ。その大尉がパスポートを取り、仏頂面で確認する。ユリアが、そらきたというような弱々しい笑みを向けてくる。「アレクセイ・アナトリエヴィチさん、ちょっと一緒にこちらへ」と大尉が言う。オルガを見ると、しまったという表情を浮かべている。私との距離は物理的には少ししか離れていないが、立っているのはすでに国境を示す仕切りの向こう側だ。戻って来ようとするが、もちろんゲートは施錠されていて、警備隊のブースにあるボタンを押さない限り開かない。

「どうして連れて行こうとするんだ?」私は尋ねる。

「いくつか細かな部分を確認させてもらいたくてね」

「それならこの場で確認すればいいじゃないか」

「一緒に来ていただく必要があります」

ふざけやがって、と思う。私を逮捕すると決めたなら、警官を連れてこい。一部隊を待機させてるのはわかってるんだ。きっと、警官が私を連行するところを撮られるのがいやなのだろう。「そうする理由がないな」と私は言う。「こちらは私の弁護士だ。詳細の確認とやらは彼女の前でしてもらいたい」その後もしばらく言い争うなかで、大尉が苦しそうな目をしているのに気づく。私を部屋へ連れ込んで、警察官をカメラの前に出さないよう指示されているのだろうが、明らかにうまくいきそうにない。大尉が手元の端末に向かって何事かつぶやくと、6人の警官が魔法のように現れる。オルガがさらに激しく仕切りを揺すり、戻してくれと訴える。万が一を考えて、私は警察と自分のあいだに立っていたユリアを背中に隠す。警察が何を考えているかは神のみぞ知るだ。

今度は警察の少佐と押し問答を続け、このころには私は自動応答モードに入っている。「こちらへ」「断る」「来てください」「イヤだね。弁護士がここにいる」「ダメです、私と来てください」というような、寝ながらでもできそうなやりとりを繰り返す。今重要なのは、作戦を練ることだ。ポケットにはプリペイドの携帯電話がある（手触りがある）。ノートPCはキーラのバックパックに入っている。ユリアにスーツケースを渡す。彼女も拘束されることはないだろう。それがすべてに思える。覚悟はできた。ユリアにさよならを言い、頰にキスをする。

ふつうならすでに、向こうが「警察官の指示に従わない場合、強硬手段を執らせていただきます」と言い始める段階だ。もはや拒否しても意味がないし、抗議集会のときのように腕や脚を摑まれて引きずられていくのもくだらない。彼らの目的は、私に裁判所への召喚状を渡すことだけかもしれない。だとしたら、15分後には言い争ったのがばかばかしく思えているはずだ。私はユリアに再びキスをし、警官たちを付き従えて自ら歩を進める。

10メートル先で部屋のドアが開き、机と椅子、そして別の10人以上の警官が見える。「なんとまあ」私は言う。「そうやって待ち伏せしてたのか？」「おかけください」と言われる。そのとおりにする。マスクを着けた10人以上の警官が、手を背中にまわしたまま、私を半円形に取り囲む。笑える光景で、携帯電話を取りだして写真を撮り、「Twitter に投稿してやろうかと瞬間的に考えるが、思いとどまる。ポケットにあるのは一番安いタイプで、カメラ機能があるかわからない。何より、電話を出したら没収されるだろうし、そうなったら自分がどこへ連れて行かれるかを伝えられない。そうした連絡はたいてい警察のバンからできる。こうなると、私が先ほどのドアから戻れる可能性は低そうだ。

ロシア人ならよく知っているフレーズに〝観客一人の芝居〟というものがある。その芝居がすぐに始まる。平服の警官2人がカメラのスイッチを入れ、3人目（ジャケットを着ているのでリーダーだとわかる）が書類を用意し、少佐へ渡してから、重々しい口調でこう唱え始める。同志なにがしへ報告する。どうたらこうたらの件において、なんたらかんたらの証拠が発見されたため、ナワリヌイどうのこうのを、ああだこうだで身体検査する。その言葉を受け、少佐が国境警備隊に向き直ると、警備兵は、どうたらこうたらの資料に基づいて市民ナワリヌイを確認したと報告する。

そこまで聞いて私は吹き出す。「頭でもおかしくなったか？　誰のためにこんな芝居をしてるんだ。ここには私しかいない。リラックスしていつもどおり話せばいい」と言う。しかし、彼らはリラックスできない。2台のカメラが撮影していて、この芝居の台本を書いた彼らの上司が見張っているようなものだからだ。そのため誰も私の言葉に反応しない。

国境警備隊の報告を聞いた少佐は、ジャケット姿の平服警官に向き直って言う。うんたらかんたらの過程において、どうたらこうたらが発見されたことを報告する……拘束手段はどうのこうの。

私はもう大笑いしている。まわりの警官も、この果てしない馬鹿げた状況に明らかにいたたまれなくなっているが、カメラがまわっているから命令に従うしかない。

ショーの妨害を試みる。「なあ、あんたたち、教えてくれないか。私は逮捕されてるのか、いないのか。いないなら出ていきたいんだが」私を半円形に囲んでいた警官のあいだに緊張が走るが、ほかに取り立てて反応はしない。私と話すのを禁じられているに違いない。

儀式めいたパートが終わり、ジャケットの警官が私に向き直って言う。「こちらへ」

「どこへ？」

「こちらへ」

「私の状態を教えてほしい。逮捕されているのか」

「こちらへ」

再び飛行場へ出ると、警察のバス2台が待っている。8人が同乗し、ジャケット男が私のとなりに座る。くそっ、これじゃ電話がかけられない。ふつうの警官なら気にしないだろうが、この男はきっと携帯電話を取りあげるだろう。

移動は長時間に及ぶが、向かっているのはモスクワ方面ではない。凍った窓からのぞく木々や小さな商店、雪だまりはどれもモスクワ中心部では見かけないものだ。何度か目的地を訊いてみたが返事はなく、私としゃべるのを禁止されているという確信がさらに強まる。普段なら、警官は直接的な答えはくれなくとも、政治を話題に楽しくおしゃべりしてくれる。

フェンスで囲まれた建物へ着く。「降りて」と言われる。そこでカメラを持った2人と再会する。建物に看板はないが、中へ入って間違いなく警察署だとわかる。防犯用の透明なアクリル板の向こうに警察の少佐が座っているからだ。ここは受付だ。

「少佐殿、よろしければ、私がどこへ連れてこられたか教えていただけませんかね」

「ヒムキ警察署だ」

それなら、あれほど長く車を走らせたのは妙だ。ヒムキはシェレメーチエヴォ国際空港からも遠くない。つまり連中は、モスクワ州に私を隠すことに決めたわけだ。一方でみんなは、モスクワ市内を捜すだろう。

「トイレへ行ってもいいかな」と尋ねる。

「もちろん」

没収される前に電話をかけるチャンスができたが、そううまく事は運ばない。個室のドアが開いて警官ふたりがのぞき込んでくる。カメラで撮影している警官もいる。「イカれてるのか？」と私は言う。「カメラを向けるのをやめてくれ」それでカメラ役はいなくなるが、ふたりの警官は残り、規則だからとドアは閉めさせてくれない。靴や何かに携帯電話を隠そうとするのはやめようと思う。ここへ連れてこられた以上、身体検査はされるはずで、そのときに靴下から携帯電話が見つかったら印象が悪い。ずっと撮影もしているわけだから、私が熱心な法の番人を欺こうとしたと余計な報告をされてしまう。

この署が逮捕場所となり、関連書類の作成場所に選ばれて、署員たちがどう思っているか、連中の顔を見ればわかる。よりによってなんでうちの署なんだよ、と苦々しく思っているのだ。そのせいで、彼らは当局に首根っこを押さえられたような状態に陥っているからだ。お偉いさんは直接ここへ現れることもあれば、電話で命令してくる場合もある。そうした命令系統が定まった以上、私の担当警官は自分の上司に、その上司はさらに上の上司にという順に、大臣まで報告がいくようにしなければならない。実際には、上の人間全員が担当警官へ電話をかけてきて、夜どおし同じ質問をする。そのあとは署へやって来て、私に関する書類をチェックする。書類に明らかなミスがあれば、私が法廷でその点をあげつらうという恥ずべき事態に陥り、記者がネットで詳しく報じることになりかねない。そうなれば、上層部は激怒するだろう。だから制服組の名誉を守るため、たいてい夜間は書類作成のいろはを知っている代行者がやって来て、警官たちに細かく書き直しを指示するのだ。それでも、ミスは必ず出る。

この状況に対するひそかな抗議として、ヒムキ警察署の面々は私と積極的に言葉を交わす。親しげに振る舞い、私の冗談に笑い声をあげる。雰囲気がよくなる。もちろん、これは一種のストックホルム症候群だ。黙ってひどいことをする人間と、同じことをしながらレモンを添えた紅茶を勧める人間とがいたら、誰だって前者を撃ち殺したくなり、後者を大好きになる。ちなみに、善良な警官と意地悪な警官のコンビによる尋問はテレビでお馴染みだが、このやり方が現場で通用するのはストックホルム症候群が理由だ。檻に閉じ込められた人間は、何かいいものにしがみつきたくて仕方なくなるものなのだ。

ところが、身体検査を行う担当の少佐の顔を見て、私は目を疑う。その男がオシポフ、つまり私を毒殺しようとした暗殺者チーム8人の1人にそっくりだからだ。あいつらの顔はよく憶えて頭にたたき込んである。この男もほかの警官と同じようにマスクを着けているが、オシポフとまったく同じ丸顔で、目の下にたるみがあり、何より前髪がもじゃもじゃの白髪だ。白髪の交ざり方は人によってさまざまだが、今目の前にある頭は、黒髪と白髪の割合がオシポフに酷似している。私がじっと顔を確かめているのを、向こうも気づいているような気がする。部屋にはほかに5人くらいいるが、私はこの男だけに注目している。男に近づきながら、こう思う。彼がマスクを外して自分がオシポフであることを明かし、「ようアレクセイ、あんたは動画でなんて言ってたっけ。『自分を殺そうとした奴らの顔は全員わかってる』だったか？」とでも言ってきたとしたら、プーチンも実ににくい演出をする。

しかしながら少佐はマスクを外さず、書類の整理を続け、ときどきこちらを見上げるだけだ。私は我に返る。そうとも、顔の上半分が似ているのには仰天したが、論理的に考えろ、アレクセイ。そもそもお前はオシポフと顔を合わせたわけじゃない。何年も前のパスポートの写真を見ただけだ。目の前の〝オシポフ〟はなかなか陽気で親しげな男だ。ようやく疑念を振り払う。しかし少し残念でもある。もし本当にオシポフだったら、ハリウッド映画もうらやむほどのドラマチックな展開だった。

雰囲気があたたかくなってきたことは私にとっては逆効果で、不安が和らいだせいでアドレナリンも出なくなる。いつもと同じ留置場での一夜。腰の痛みが激しくぶり返す。身体検査が始まったが、かがんで靴を脱ぐのもひと苦労だ。乱暴ではないが入念な検査で、それもそのはず、2台のカメラというかたちで上層部が今も目を光らせている。携帯電話を隠し、見つかって恥をかく事態を避けられてよかった。何もかもを取りあげられ、金属探知機で確認される。靴ひもからベルトまで、金属を含んだ製品はすべて外さないといけない。「結婚指輪もだ」と言われるが「外れないんだよ」と言い張る。実は外れるのだが、こう言うと警察はいつもあきらめてくれる。

「けがは？」

「ない」

「病気は？　体調はどうだ？」

「健康だし、体調もばっちりだ」

　記入を終えた少佐がいぶかしげにこちらを見て「腰は？」と言う。さっき私が腰の痛みを訴え、彼自身、靴や靴下を脱ぐのに苦戦しているのを目にしていたからだ。「わざわざ記載するほどじゃない」私は言う。腰痛で困るのは、証明できない点だ。腰が痛いと言われたら、誰だって、痛いふりをして同情を買おうとしているのだろうと思う。逮捕された人間は、（当たり前だが）思いつく限りの体の不調を訴えようとするのだからなおさらだ。その状況で、腰痛を抱えた人間を哀れむ者などいるはずがない。むしろ、想像力のなさを哀れに思われるだけだろう。もっとマシなことを思いつかなかったのか？　それに言うまでもないが、英雄的な政治犯には、深刻なものでない限りはどこが痛いとか悪いとか言ってはならないという暗黙のルールがある（もっとも、誰が考えたルールかはわからない。もしかしたら、私が今ここで考えたものかもしれない）。

「これがシーツと枕。こっちが――」そう話しかけてきた中佐が、四角い箱を差し出す。「食事と紅茶。これがマットレスだ」マットレスは使い古しで、すさまじく汚い。汚れているのはいつものことだが、私くらいの収監のベテランになると、遺憾の意を表明することを覚えている。「なんだこれは？　どこで見つけてきた？　浮浪者の死体の下に敷いてたのか？　加熱消毒もしていないんだろう。別のに替えてくれ」

　中佐は染みを調べてため息をつき、納得する。備品室へ行って新しいマットレス、さらには新しい枕も持ってくる。やったぞ！　新しいマットレスに枕とは、かつてない幸運だ！　それから〝ブタ箱〟に入れられ、うしろで扉が音を立てて閉まる。木の長椅子が1つ置いてあるだけで、三方が壁に覆われている。残り一方は壁ではなく鉄格子だ（だからこその〝ブタ箱〟）。最近では、司法がどれだけ人道的かを示すべく、鉄格子は強化ガラスに置き換わってきている。しかしここでは、鉄格子とガラスの両方が使われている。ガラスの向こうでは、少尉が2人椅子に座っている。「私を一晩じゅう見張るのか？」と訊くと、どちらも悲しげにうなずく。「監視カメラがあるじゃないか」そう言って、隅に設置された半球形の装置を指す。少尉たちは同時に肩をすくめる。私はジャケットを脱ぎ、きれいに畳んで、長椅子の一番きれいそうな部分に置く。さらに、マットレスという名の薄いゴムスポンジのシートを長椅子に置き、シーツがわりの合成繊維の布をかける。靴を脱いで横になる。ふたつの考えが頭に浮かぶ。実にすてきな寝心地だということと、この木の幹みたいな場所で一晩を過ごしたら、腰が終わるということだ。それでも、留置場ではいつもぐっすり眠れるし、今回もあっという間に眠りに落ちる。

◉警察署が法廷に早変わり

鋭い腰の痛みで目を覚ます。痛みが走ったのは寝返りを打とうとしたときだ。少尉の1人はいなくなっているが、もう1人がタカのような視線をこちらに向けている。どうにかこうにか体を起こして靴を履く。「腰が痛くて」苦痛に顔を歪めながら警官に訴える。

「ベッドは硬いほうが腰にいいっていうじゃないか」少尉が言う。

「そうかそうか。最高のアドバイスだ。死ぬほどうれしいよ」この少尉は私としゃべるのを恐れていない。出発点としては上々だ。「ところで私がヒムキにいることは誰かに伝えてあるのか」

「ああ、みんなとっくに知ってる。夜になって投稿が増えたから」

「そうか。じゃあ〝要塞化作戦〟の開始命令も出たってことか？」

少尉がため息をつく。そのようだ。〝要塞化作戦〟とは、警察署を攻撃から守る計画を指す。もちろん、テロ攻撃をはじめとする緊急事態に備えて策定された措置だが、現実には弁護士や人権活動家、記者らを警察署から排除するために使われている。弁護士による接見が認められなかったと申し立てられたら、内相がこう返すのがお決まりだ。「今回は訓練を実施し、要塞化作戦の予行演習を行った。出入りを許可されていたのは所轄の警官と職員だけだ」

私の逮捕時には、必ずこの要塞化作戦が実行される。「今は何時だ？」と質問し、朝の5時ごろだろうかと予想する。窓は見当たらないが、一画は薄闇と静寂に包まれている。人のざわめきやドアの閉まる音もしない。しかし9時半だと言われる。

「そんなに寝ちゃったのか。悪いが、担当警官に電話をかけたいと伝えてくれ。昨日言っておいたのに、まだ携帯電話を受け取っていないんでね。外で弁護士が待っているはずだから、署に入ってもらいたい」

少尉はわかったと言って出ていく。食事の箱を調べると、プラスチックカップとティーバッグが入っている。少尉が戻ってくる。「担当の話では、30分後に弁護士と接見できるそうだ」

「よかった。それで、お湯をもらってもいいか？」

「構わない」

30分後、留置場を出ることが許される。

「こっちへ」

「弁護士はもう着いてるのか？」

「そうだ」

2階へ上がる。廊下から事務所を抜け、別の廊下へ出る。「こっちだ」と言われる。一歩入って衝撃を受ける。そこは広く明るい部屋で、薄暗い留置場のあとだとまぶしいくらいだ。会見場のように、マイクをはめたスタンドを何本か置いた机がある。机の前には椅子が並び、マスク姿の者たちが並んで座っている。そのそばには何人かカメラマンがいて、私が部屋に入ると、三脚に据えたカメラを向けてくる。中央には弁護士のオルガ・ミハイロワとワディム・コブジェフがいて、私と同じように当惑した表情でこちらを見返す。マイクがセットされた席に私がつくのを全員が待っている。人や物の配置が妙にかしこまった雰囲気で、竿付きの旗も用意されている。

くそっ、これは記者会見だ、と気づく。あいつらめ！ 連中はわざとこのことを伝えず、私がしわだらけの服と充血した目、寝ぐせ頭という小汚い姿で入ってくるよう仕向けたのだ。私は髪を手で梳き、動揺を表に出さないようにする。どのカメラも私にレンズが向いている。どんな言葉を期待しているのだろう。謝罪か。それとも市民権を放棄したり、移住を表明したりすることか。ソ連時代の反体制派の裁判では、記者会見のようなものがあり、被告がそこで信条の撤回を強いられたのを思い出す。しかし向こうがそのつもりなら、私からそうした発言を引き出すべく、事前に圧力をかけてきたはずだ。それとも不気味な逮捕の仕方をしたことで、じゅうぶんに脅しはかけられたと思っているのだろうか。弁護士たちが、釈放の見返りとして何か約束したのだろうか。

私はショックからいつもの10倍の速さで思考を巡らせながら、数秒で部屋を見渡して明るさに慣れる。「何が始まるんだ?」と尋ねる。

「審問を行うそうよ」とオルガが答える。表情を見る限り、かばんで誰かをぶん殴りたいと思っているようだ。

「なんだって?」すべてが悪いいたずらのようだ。ワディムが笑いだしたからなおさらだ。

「あなたの逮捕を認めるかどうかの審問ですって」

「しかしここは警察署だぞ」

「ええ。立ち入りを許可されたのはついさっき。ヒムキ裁判所による出張審問を行うと言われた」

「ありえない」

「ヒムキ警察署の署長が、あなたの1ヵ月間の勾留を申請してる」

「じゃあ、あいつらは何者だ?」私は尋ね、机の前の椅子に座っている連中を指す。

「〝一般市民〟」

その〝一般市民〟だそうよ。どうやって入ってきたんだか」

〝一般市民〟が揃いも揃って渋い表情の中年男で、こちらと目を合わせないようにしているのに気づく。「馬鹿言え」

私はドアのそばに立ったまま、オルガが今にも堪えきれず吹き出して種明かしをし、私のほうは彼女の役者ぶりを称えることになるんじゃないかと思う。こんなやり方は、プーチン流にしてもありえない。私は毒殺未遂後のドイツでの療養中に裁判所刑事部に出頭しなかったとして、正式に指名手配された。イブ・ロシェ裁判の判決で、月に2回の報告を義務づけられていたためだ。これに対しては、欧州人権裁判所が不当との裁定を出しているが、理論上は、私の居住区域を管轄するシモノフスキー地方裁判所が、出頭を怠ったことを根拠に、執行猶予から身柄の拘束へ変更すべきかを判断できる。過去に抗議集会に参加して拘束された際にも、同じようなことが何度かあった。〝行儀よく振る舞い、法律を破らない〟という執行猶予の条件への違反がやはり理由だった。こうした審問の目的は、こちらを脅し、いつでも刑務所にぶち込めるんだぞと伝えるためで、これまでは毎回、「よし、今回は刑務所送りにはしないが、これが最後だ」という警告にとどまっていた。少なくとも、手順としては正式な裁判の体裁をとっていて、召喚状が届き、審問の日取りが決まって、原告側がいた。裁判所刑事部は、私がどれだけどうしようもない人間かを主張して収監を求め、こちらはそれに反論したものだった。だがこれはなんだ？　警察署で法廷を開く？　ヒムキ警察署の署長と私になんの関係があり、なんの権利があって1ヵ月の勾留を求めているのか。

「あそこに座って」オルガが言い、椅子を示す。オルガが指した椅子の真上には、スターリン時代の秘密警察長官ゲンリフ・ヤゴーダの肖像画が飾ってある。ロシアでは、裁判をよくカフカ的だと表現する。私自身、自分が訴えられた裁判をよくこの言葉で形容していたが、陳腐なので、やがて使うのが恥ずかしくなった。それでも、今回の裁判はまさしく当てはまる。たしかカフカ作品では、仕事で裁判所へ行った主人公が、なぜか裁判にかけられる。主人公は驚き、憤慨するが、そんなことで司法の仕組みは揺るがない。今ここで起こっていることもまったく同じだ。留置場を出て弁護士と接見しようとしたら、なぜか法廷に引き出され、そこには偽の一般人と偽の記者が集まっている。姿を見せた女性裁判官に向かって、私は叫びかける。「頭は大丈夫か？　いったいこれはなんだ？　こいつらは誰で、どうして私より先に裁判のことを知ってるんだ？」

「こちらは記者と一般市民の方々で、これは公開法廷です」

その瞬間、絶妙なタイミングで、外に集まった人たちが合唱する声が聞こえる。

「ナワリヌイを解放しろ！」

「中へ入れろ！」

「一般市民の方々は外にいるみたいだぞ。入れてやったらどうだ」

「傍聴を希望する方は全員、こちらに通しています」だそうだ。

「聞こえるだろう。みんな〝中へ入れろ〟と叫んでる」

「みんな何時間も前からあそこにいるけど、誰も入れてもらえてない」オルガが言う。「私も外で3時間も待たされて、数分前にようやく入れた。審問が行われるとわかったのも、開始3分前」

「傍聴を希望する方は全員、こちらに通しています」裁判官が繰り返す。

「公開法廷だと言ったな。なら記者を入れてくれ。大勢いるはずだ」

「裁判は公開されています。内務相の広報部が取材申請を受理したのは――」と言って、裁判官は御用新聞2紙を挙げる。「ほかはどこも傍聴の意思を表明しませんでした」

「ほかはどこも裁判があるなんて知らなかったからだろう！」私は言い返す。

「今回の法廷は公開されています。どの報道機関も申請できましたが、どこも希望しなかった」裁判官が答える。

　肖像画のヤゴーダが私にウィンクする。ヤゴーダが考案したスターリン時代の悪名高い制度の下では、誰もが捕らえられてスパイの容疑をかけられ、銃殺されるおそれがあった。私はありとあらゆる悪態をつき、困惑していることを大声で示すが、効果のほどはカフカの小説とまったく同じ。〝一般市民〟は押し黙ったまま、床や自分の携帯電話を見つめている。弁護士たちは法律を引き合いに出して裁判官に激しく抗議するが、相手はまるで意に介さない。窓の外から聞こえる声が大きくなるなか、誰も傍聴を希望しなかったと強弁し続ける。

何より驚かされたのは、小柄な女性少尉だ。この部屋には、私の逮捕を要請した警察署長の代理が来る必要があった。そしてもちろん、そんな任務など誰も引き受けたくなかったから、彼女が送り込まれたというわけだ。若く、内気そうで、最初は明らかに萎縮していた。ところが彼女は、まさしくカフカ的な変身を見せてくれる。はじめは実におどおどと、どんな質問にも聞こえるか聞こえないかの声で「裁判所が適切と判断したのであれば、それで」と答えていた。ところが、裁判所が自分の味方で、何かミスしても誰にも叱られたり、笑われたりしないとわかると、裁判官や、もっと粗野で意地悪な女性検察官と調子を合わせ出す。ちょっと前まで、異常な雰囲気に恐怖を覚えていた女性少尉だが、私たちを叫び、ののしり、何かを要求し、法律を盾に取る敵とみなし、国家の代表として裁判にのめり込み始める。仲間と群れたいという群居本能で、〝こちら側と向こう側〟を意識するようになる。

こうした異様な状況が数時間も続いたのち、私はロシア連邦の名のもとに逮捕される。収監先がどこかを予想する。ここはモスクワ州だから、おそらく郊外の公判前拘置所だろう。ヴォロコラムスクか、モジャイスクか。答えはさほどかからずにわかる。この章の冒頭に登場した、にやけ笑いの若い女性書記官が入ってきて、「シモノフスキー裁判所の者です。こちらの通知書に受け取りのサインをお願いします」と言う。オルガが受け取り、目を通してから私に渡す。移送先はマトロスカヤ・ティシナ。書類には、誰に宛てた通知かが記されている。私と2人の弁護士、そしてマトロスカヤ・ティシナ連邦刑執行庁第一拘置所の所長。私はすばやく計算する。今いるのは空港にほど近いヒムキで、シモノフスキーはモスクワ中心部だから、車で1時間半かかる。つまり私たちがここで抗議しているときには、裁判所はもう、私がどこへ入れられるかを把握していた。私をマトロスカヤ・ティシナへ送り込むことは、飛行機がモスクワへ到着する前から決まっていたのだろう。

残された時間は、あたりがまだ騒然とし、誰もが書類にサインをしている数分しかなかった。私はその数分を、Tik Tokにあてることにした。これから拘置所へ入れられる以上、プーチンの宮殿の調査動画は仲間たちが明日公開することになる。たくさんの人に、動画をシェアしてくれと呼びかける必要があった。しかしどうやって？ 部屋は警官でいっぱいだ。数台のカメラで撮影されているから、動画を撮って「プーチンの宮殿の調査動画をシェアしてほしい」と言うわけにもいかない。今はまだ厳重に隠しておく必要がある。

「オルガ、数秒でいいから、私が黙って座っている映像を撮ってくれ」

5秒ほどで1人の警官が気づき、オルガの携帯を取りあげようとした。「撮るのをやめなさい」

その隙に手元の紙切れに動画用のメッセージをメモできた。〝私たちは、プーチンの宮殿に関する動画を作成した。しかし今は警察に囲まれていて何も言えない。黙っているのはそれが理由だ。動画の拡散に手を貸してほしい〟

警備員がやって来て、私は連れ出された。身体検査も再び行われた。

「指輪」

「外れないんだ」

「俺たちがこれから行く場所じゃ、ほかの奴らに指ごと切り落とされて取られかねないぞ。石鹸でもなんでも使って取るのをおすすめするね」

「外すよ」

警察は通常、手錠をはめた人間は裏口から連れ出し、すぐに車へ乗せる。ところがここは本物の法廷ではないから、裏口はない。だから、衆人環視のなかで私を連れていく必要がある。

転んだりして、立ち上がるときに痛みに顔をゆがめるようなことだけはないようにしろ。私は自分にそう言い聞かせた。みんなの前では、腰なんてなんともないふりをして車に乗り込むんだ。この場面の切り抜き映像は、間違いなく世界中に出まわる。ほら、アレクセイ、がんばれ。でないとみんな、お前の腰の痛みをびびってるとか、同情を誘ってるとかいって誤解するぞ。

外へ連れ出されると、集まっていた人たちが叫び始めた。自分でも驚いたことに、私も叫び返した。「恐れることは何もない！」それは非常に意味のある瞬間で、支持者との一体感があった。みんなは私を思い、自分たちがついていると示す。私もみんなのことを思い、政権が恐怖を与えるために今回の逮捕に及んだなかで、みんなが恐怖に呑み込まれないよう全力を尽くす。背筋を伸ばしたまま叫ぶ。「恐れることは何もない」

実際、私はかなり感傷的になっている。今、独りぼっちの小さなイヌの映像でも見せられたら号泣してしまうだろう。本当に感動的な瞬間だった。警官が私をトラックへ押し込んだ。膝がドアに押しつけられた。目には支えてくれる人たちへの感謝の涙がいっぱいにたまっている。手で拭おうとして、不意にカメラが目に入った。私の左側で、50センチほどしか離れていない。

まずいと思った。〝ナワリヌイ、逮捕され警察のトラックで涙〟を撮るのはやめてくれ。すっと息を吸い、外の警察犬に意識を集中した。訓練士がイヌをトラックに乗せるのが、ドアの格子のすき間から見えた。ジャーマン・シェパードのような囚人を護るタイプではなく、スタッフォードシャー・ブルテリアだ。この犬種は力が強く、強力な顎を持ち、毛がとても短い。すごく寒いだろうな、と思った。最初は雪の中へ出され、次は金属の床に座らされるとは。

車が発進し、人々の声が遠ざかった。随行パトカーのサイレンが鳴り始めるのが聞こえ、パトランプが明滅するのが見えた。まばゆいライトに照らされ、車でモスクワ市内をパレードできるのはプーチンだけじゃない、などとうぬぼれてみた。

車が止まった。1つ目のゲート。2つ目。3つ目。

「降りるんだ」

どこにでもありそうなポーチ付きの入り口。何人かがそこに立っていた。

「名前は？」

「ナワリヌイ」

「罪状は？」

「罪状はない。現時点で私は無理やり拘束されている。ここへは違法に連れてこられた」

「通れ」

ワディムから以前、彼が依頼を受けた暗殺チームのリーダーの話を聞いたことがあった。その男はマトロスカヤ・ティシナの特別区画に収容されたらしい。2012年のことだったが、ワディムと話した内容はよく憶えている。私が「何が特別なんだ？」と訊くと、ワディムは真顔で答えた。

「あなたが捕まったら、間違いなく特別区画に収容されるでしょうね」

狭い部屋へ入った。6～7人の警備員がいて、全員が胸にボディカメラを着けている。私のプライバシーが細かく記録されるのは、ここ2日間で100回目だ。

「それで」と私は尋ねた。「悪名高い特別区画へはいつ連れていってくれるんだ？」

警備員たちはうれしそうに視線を交わした。

「もう着いてるよ」

ここで裸にされる。所持品はすべてX線検査装置をとおす。靴下の中にファイルがあるんだと冗談を言うが、みんな黙っていた。やはりおしゃべりは禁じられているのだ。

マットレス。枕。ボウル。スプーン。

私は2013年に禁錮5年の判決を受けた。次の日には釈放されたが、おかげで流れはわかっていた。

監房は狭いが清潔だ。しかし物が何もない。

「本が読みたい。頼む」

「明日、図書室で希望用紙に記入しろ」

「じゃあ今はどうしろと？　ここには何もない。退屈だ」

「今は無理だ」

「新聞をもらえないか」

「ダメだ」

夜のあいだ何をしようかと考えた。すぐ横になって眠るのは、規則で禁止だとわかっていた。

「じゃあせめてペンと紙をくれないか」

「それならいいだろう」

そんなふうにして、私はこの章を書いてきた。

9

600ドルが自分の人生最高の投資になるなど、いったい誰に想像がつくだろう？ ところが当時の私は、払うのがイヤで仕方がなかった。額（月給の半分ではあったが）の問題というより、弁護士としてのプライドが傷つくから払いたくなかったのだ。だが、もし本当に支払いの要求に応じていなかったらと思うとゾッとする。そのあたりを説明するために、中断していた話の続きに戻ろう。

私はモスクワの不動産建設大手で弁護士をしていた。ユーリ・ルシコフが市長を務めていた1990年代終盤のモスクワで、不動産開発の仕事を進めるには、まずルシコフに、それからかのウラジーミル・レシン副市長に金を払わないとならなかった。レシンは、まともな人なら口を揃えて刑務所送りにすべきだと主張するほど、図々しくもひねくれた賄賂の受け取り方をする男だった。思えば皮肉な話だ。レシンがキャリアを通じて行ってきた下品な取引を精力的に調査してきた私は、今拘置所でこの文章を書き、一方で御年85歳のレシンは、プーチン率いる統一ロシアの議員として国家院で安泰な立場を築いている。

私が勤めていたのは、複数の会社から成る複合企業で、オフィスはモスクワの各所に構えていたが、本社はニキツキー通り4番地の第一ビルにあった。ビルにはルシコフが市長を務めるモスクワ市役所の建築局も入居していて、偶然だが、ルシコフの妻の事務所も同じビルにあった。要するに、そこは〝とてつもない仕事のコネ〟を持つ者たちが集う場所だった。

会社にはたんまり金があった。モスクワの不動産には記録的な高値がついていて、開発業者はどこも盛況だった。私はまだ、会社の所有権の構造をよくわかっていなかったが、興味があれば調べられたはずだ。私は弁護士で、英語が読めたから、上司のサッシャがこれ幸いと私の前に資料の入った大きな箱を置いていくことがあった。企業のトップたちがキプロスに保有しているオフショア企業関連の資料だった。パスポートに関する項目を見たくて何度か中を漁ったが、あまりにも複雑だったから、そうした禁断の知識はそっとしておくことにしたのだ。それでも確かだったのは、複合企業の中の私が働いている会社のトップが、なんとベンツSクラスW140型（私がまだ高級車に夢中だった時代だ）でビルに乗りつけてくるということだ。お供にはジープと専用の警護チーム。ボディガードたちは映画のように男の四方八方に油断なく目を配り、男が安全に、仰々しくビルへ入れるようにしていた。あれで安全が高まっていたかは不明だが、彼の乗るエレベーターには絶対に同乗させてもらえなかった。そのトップの名は、アレクサンドル・チグリンスキー。兄はシャルヴァという名で、ビルのオーナーだった。

◉1998年の若手弁護士

会社の上層部は、社員の団結力と一体感を育もうとしていた。企業向けの〝チームビルダー〟や

〝コーチ〟〝能力開発コンサルタント〟といった職業が登場する前の時代だ。だから、法外な料金のコンサルタントを雇い、絆を深めるためのゲームの数々やフリップチャート、プレゼンテーション、〝360度評価〟に取り組むような常識もなかった。一方、社員旅行は、人里離れたホテルに乗り込む。早々に本題のパーティーに突入し、酒とセックスと噂話が渦巻く酒池肉林に雪崩れ込む。社員にしてみれば、時間のむだだった。

1998年という時代から見ればずいぶんと進歩的だったチグリンスキー兄弟は、5月の休暇シーズンになると、全社員を無料のトルコ旅行に連れていく。行きたい者は行けばいいし、行きたくなければ強制はしない。全員が参加希望なのは言うまでもなく、おかげで約200人の盛大なパーティーが催され、誰もが翌年のバカンスシーズンまでずっと、最高の旅行だったと繰り返すのだった。

年に一度の社員旅行については、会社に入ってすぐ耳にしていたから、自分もぜひ行きたいと思っていた。同僚との親睦を深めるのに最適だし、全員と知り合いになって、〝新顔の弁護士〟の立場から脱却できる。何より私は海が好きで、ビーチでのバケーションなんて最高だ。受付のかわいこちゃんたちも来る。行かない理由がないじゃないか。

ところがそのあと、不穏な事態が発生した。会社の業績は好調そのものだったなかで、また別の会社との合併が決まったのだ。合併後にありがちなことに、新経営陣は心機一転を図るため、効率化に乗り出した。新経営陣の雰囲気はこんな感じだ。「我々有能なマネージャーがここの経営陣に名を連ねた理由はほかでもない。業務をてきぱきとこなすためだ。3コペイカの無駄も許さない。我々は、その無駄が3ルーブルの損失につながり、元へ戻すのにさらに10ルーブルが必要になることをわかっている。それが経営というものだ。

新株主の声を代弁する経営陣は、〝社員全員でのトルコ旅行費〟を見つけて歓喜したに違いない。捕食動物のように喜びで鼻の穴をふくらませる。四角いめがねがきらりと光り、PCのモニターに表示された〝完全廃止〟の文字が反射する。

「全員か？　秘書や運転手も？」

「ああ。そうするのが自然だ」

「了解」

ここで重要なのが、「了解」と言う声のトーンに、しめしめという気持ちをかけらもにじませてはならないことだ。あくまで冷静かつ中立な発言がいい。しかし心の奥底では喜びの炎が燃えさかっていたはずだ。任務達成！〝監査の過程で特定した非効率的な出費〟という名の宝箱へ納めるべき金塊がまた一つ見つかった。株主たちも大喜びだろう。

旅行中止にみんなが不満だという雰囲気が会社じゅうに広がり、効率の使徒たる新経営陣も事態を危惧するようになった。そこから駆け引きが始まった。

結局、仕掛け人たちの顔を立てるため、ほぼすべてが以前のまま小さな修正が加わった。無料旅行への参加資格は、勤続1年以上の社員に限定する。おわかりのとおり、私は含まれなかった。同僚はみんなまともな人たちで、1年ルールは不公平だと口にしつつも、落選の私を面白がっていた。それが人間というものだ。近しい人間の不幸を眺めるちょっとした楽しみは、自分は大丈夫だという安心感も相まって、いつだって蜜の味だ。

私は気持ちのうえでは、精神科医のエリザベス・キューブラー＝ロスが提唱した「死の受容プロセス」で言うところの「取引」の段階で激しく揺れ動いていたが、頭はすぐに「受容」の段階へ進んでいた。上の連中は馬鹿だが、来年には楽しい集まりに参加し、みんなと仲を深め、オフィスで思い出話に花を咲かせる機会がやってくるのだ。

◉アエロフロートの酔っ払い客

それから14年後、ロシアの航空大手アエロフロートで理事を務めていたときのことだ。理事会入りしてからまだ1年ほどだったが、会社は迷惑な乗客による機内トラブルに悩まされていた。このことにおかんむりのCEOは理事会で、迷惑客の搭乗禁止を定めた法律の制定を会社として求めると宣言した。私はそうした案には常に賛成してきた。それは、1998年のトルコへの社員旅行を憶えているからだ。

そのフライトは、我が社の社員でほぼ満席だった。全員が待ちに待った5月の休暇と現地の天候、息抜きの時間、ビーチサイドを楽しみにしていた。人類の分かちがたい友であるアルコールの力を借りながら、お楽しみの機会を祝った。自然と、誰もがグループからグループへと客室を渡り歩きながら、飛行機じゅうに響く声で叫び、誰がどこで何を飲んでいるかを見てまわる。

客室乗務員の言うことなど、誰も聞いていなかった。彼女たちは、シートベルトを着けて席を離れないでくださいとか、トイレでの喫煙はおやめくださいとか訴えていたが、そうした悲痛な金切り声は、たがの外れた私たちの大音声にかき消されて聞こえなかった。

ウォッカを手にした私たち弁護士と、マティーニ片手にそこへ合流した秘書たちのグループは、ギャレーを占拠していた。飛行機の一番うしろにある、今の私には非常になじみ深いスペースだ。客室乗務員が、仕事ができないので出ていってほしいと懇願してきた。酒盛り集団の中で一番酔いがまわっていなさそうな人間を選んだのか、私に叫ぶ。「今すぐ出ていかないと、こちらにも考えがあります！」

「どんな？」私は皮肉たっぷりに尋ね、急にしんとなったギャレーで弁護士ぶりを発揮した。「たぶんだけど、このいわゆる航空機の機長に私たちを訴えるつもりかな？」

いかにも酔っ払いらしく全員が体をよじって笑い、いったん静かになったあと、また笑い声を爆発させた。乗務員は今にも泣き出しそうだ。

この話の教訓はこうだ。火炎放射器で焼却すべき対象として、へべれけ弁護士よりふさわしいものはほとんどない。こいつらは法の抜け穴を把握しているのをいいことに、知識をひけらかして罪を逃れ、法律は知らないが正しいことを言っている一般の人たちに偉そうにする。

◉自分はこの子と結婚する

パーティーに興じたいという私たちの思いはそこまで強いものではなく、機内ですっかり発散してしまった。だからトルコでのバカンスは少しおとなしかった。街を赤く染めてやるとか宣言しまくっていたのに、実際にはビーチでビールを飲みまくる程度だった。同僚から聞かされていた乱痴気騒ぎは、実際には後からあれこれ尾ひれがついた出まかせだとわかったのにも、がっかりした。全員が一堂に会するのは、トルコを訪れる旅行者全員にとっての神聖な空間、すなわちビュッフェディナーだけ。トルコが空っぽになるまで、とことん食って飲んで、安い赤ワインも飲み干してやると息巻く同僚もいたが、あえなく撃沈。彼らの飽くなき挑戦は、確かに敢闘賞ものだった。

どれだけ退屈な旅行だったかは、捜査官から企業弁護士に転身した気のいい同僚、アンドレイ・ベルキンと私がアクティビティに申し込み、ボウリングをしに行ったと言えば想像がつくだろうか。言い訳をすると、１９９８年のロシアではボウリングはまだめずらしく、同僚はほとんど誰も遊んだことがなかった。私は経験済みだったので、退屈で退屈で何もかもが憎い旅人を演じることにした。それでも、はじめてストライクが取れれば気持ちいいだろう。モスクワで最初期にできたボウリング場の一つは、私の大学のそばの〈モスクワ中央宿泊施設〉という名のホテルにあった。そこには有名なマフィア組織ソルンツェフスカヤも本部を構えていたが、当時はどのホテルにもマフィアの拠点があったから、誰もさして気にしていなかった。

当時のトルコのアクティビティでは、大型バスがホテルをまわって参加者を拾っていく。

私たちのホテルは最後だったから、窓側の席が空いているのを外から見つけ、すぐに座った。さっそく外を見ていると、白いセーターを肩にかけた（日が落ちるとまだかなり涼しかった）女の子がバスに向かってくるのが見えた。両手をまっすぐ上に伸ばすおどけたしぐさは、楽しすぎてじっとしていられない子供のようだ。顔も少女のように喜びでかわいらしく輝いている。もう最高！　見てよこれ、すごい！　と全身で主張している。それを見ながら、私が思わず笑みをこぼしたその瞬間、彼女がこちらを見た。

うわっ、恥ずかしい。知りもしない（おまけにすごくかわいい）女の子をじろじろ眺めながら、気味悪く笑っているところを見られてしまった。しかし女の子はすぐ笑い返してくれた。この子だ、と思った。自分はこの子と結婚する。

なんとも陳腐だし、そんなことを思った自分が今でもほとんど信じられない。ユリアと結婚していなかったらこんな記憶は残っていなかったろう。実は、私は本当に彼女と結婚してしまった。おかげでそのとき何を思ったかをいまだに憶えている。ふつうではないかもしれないが、絶対的ではっきりした思いだった。

ロマンチックな人間（もちろん私は違う）なら、一目惚れだったとその瞬間をうっとり振り返るかもしれない。しかしどういうわけか、私はその過程をすっ飛ばし、いきなり結婚すると決意した。改めて思うと奇妙な話だが、この人だ、この人が運命の相手だと悟った。まるで、自分の中にいつの間にかレーダーが備わっていて、それがいきなり作動して〝発見、任務達成〟と言い出したかのようだった。そんな任務が発生しているなど知りもしなかった。

まったく疑う余地のないその確信は、私の胸を激しく揺さぶったが、ひとまず頭に浮かんだのはこれからどうしようということだった。どうお近づきになったらいいだろうか。確かに彼女は将来のお嫁さんだけど、いったい何を言おう？　こっちへ来なよ、僕のものになるのが君の運命さとか言って、セクシーに流し目を使う？　当時はそうした才能に憧れていたし、ナンパが得意な連中がうらやましかった。きっかけをどうつくればいいか本気でわからなかった。そこで助けになったのが、同僚のアンドレイだった。

ボウリング場で、私たちのレーンは一番端。女の子のレーンは、よりによって反対側の端だった。隙を見て彼女のグループをのぞくと、向こうもこちらを見返しているような気がした。そうしたアイコンタクトと、バスの窓越しに向けた笑顔であいさつのようなことは済んでいる手応えがあったが、そこから先が続かなかった。くだらないボウリングが終わると、彼女はスロットマシンを見に行った。

私が女の子のほうへ（向こうから近づいてきてくれるのを期待して）意味ありげな視線を投げるなか、アンドレイが意を決したように彼女のほうへ歩いていった。私もチャンスだと思って続いた。そばまで行くと、アンドレイはどういうつもりか自己紹介を始めた。「こんにちは。僕はアンドリューシャ［原注：アンドレイの親しみを込めた呼び方］」

女の子は笑った。「それなら私はユリアーシャ［原注：ユリアの親しみを込めた呼び方］よ」

そこで、何もかもうまくいきそうだと思った。彼女は冷たくてよそよそしい性格じゃなかった。みんなで自己紹介をし、私が冗談を言うと彼女は笑ってくれた。それからアクティビティーが終わるまでともに過ごし、2日後、一緒にウォーターパークへ行った。これが私たちの初デートだ。

家族のあいだでは、私のほうが最初からユリアに首ったけだったということになっている（否定はしない）。それでもはっきり憶えているが、トルコから戻り、アパートへ帰り着きもしないうちに電話をかけてきたのはユリアのほうだ。半年後には一緒に暮らすようになり、2年後には結婚した。第一子である長女のダーシャがその1年後に生まれ、6年後には長男のザハールが生まれた。

人間同士の相性などというのは手垢のついた表現だが、個人的にはそういうものは実際にあると本気で信じている。一目惚れもそうで、私自身が生き証人だ。この文章を書いている時点で、私とユリアは24年をともに過ごしている。若い人や、インタビューでどうにか独自の質問をしたい記者は、結婚が成功する秘訣は何かと訊いてくる。答えは本気でわからない。うまくいった理由の大部分は運だ。ユリアと出会えたのは幸運だった。あの出会いがなかったら、私がまったく別の人間になっていた可能性もある。3回も離婚し、独身で、次の相手をまだ探していたかもしれない。〝心が通じ合う仲〟というのもあると思っている。誰にでもそうした相手はいる。魂の伴侶は、会えばすぐにわかる。

もちろん、結婚は苦労の連続だ(やはり使い古された表現だが、私はこちらも信じている)。私たちも妥協は必要だった。どちらもふつうの人間だから、ささいなことで言い争いやけんかもするが、心の奥底では、相手が世界で最も自分に近しい人間だといつも感じている。夫は妻を愛し、妻も夫を愛している。夫は妻を支え、妻も夫を支える。人生で最高の瞬間は、いつだって彼女と一緒にいるときだ。

ロシアでは、政治に携わる人間が体制を支持しない場合、いつ逮捕されてもおかしくない。家宅捜索が入り、所持品が押収される場合もある。警察が子供の携帯電話や妻のPCを持っていく。テレビを持ち去るためだけにやって来たこともあった。それでも、ユリアから恨み言は一度も聞いたことがない。というより、彼女は私よりも急進的な考えをもっている。以前から政治の世界にどっぷり浸かり、この国の権力を握っている連中を、おそらく私以上に憎んでいる。その事実が、私にやるべきことを成す力をくれる。

2023年7月24日

やあユリア、私たちのなれそめを何度か文章にしようとしたんだけど、いつも何行か書いたところで、凍りついたように手が止まってしまった。何かが違っていたら、すべてがダメになっていた可能性もあったんじゃないかと、怖いからだ。何もかもがうまくいったのは、偶然というほかない。私が違う方向を見ていた可能性もあったし、君も別のほうを向いていたかもしれない。私の人生を決定づけたあの瞬間が別のかたちで過ぎ去っていたら、すべては今とは違ったはずだ。

そうしたらきっと、私は世界一ツイてない人間になっていた。

二人で見つめ合った時間は本当にすてきだったから、今はとにかく頭を振って余計な考えを振り払い、手を額に当てて〝くそっ、なんて悪夢だ〟と考えている。私には君がいる。何が起ころうと、そう考えるだけですごく幸せになれるんだ。

そのことにありがとう。

ハッピーバースデー！

《Instagram より》

Part 3
WORK
目覚め

10

1999年、ウラジーミル・プーチンが政権の座に就くと、多くの人がそれを歓迎した。プーチンは若く、エリツィンのような大酒飲みでもなく、言うことはすべてまともに聞こえた。そのため、何もかも正常に戻るだろうという希望がいっそう高まった。そうした意見に私は心底いらついた。あたかもプーチンが「後継者」に確定しているかのように担がれているのが気に食わなかった。候補者が競い合う正真正銘の大統領選挙であってほしかった。プーチンが共産党員で、公正に選挙運動を行って勝利したのであれば、私も腹立たしいが結果を受け入れただろう。ところが、元大統領とその家族に対して忠誠を誓い、いかなる法的責任も問われないよう取り計らうことと引き換えに、ロシアはプーチンのものになった［訳注：プーチンは2000年に「大統領経験者とその一族の生活を保障する大統領令」に署名］。

プーチンの言うことがいっさい信用ならないことはわかっていた。プーチンが大統領に就任すると、私は断固抵抗すると心に決めた。ああいった類の人間に祖国を率いてほしくなかった。

私の思いは揺るぎなかった。プーチンからできるだけかけ離れた立場をとり、政界の正反対に位置することを表明したかった。そうすれば、いずれ孫ができたとき、「はじめから反対だったんだ」と語って聞かせられる。ということで、あとはどの政党に入るかを決めるだけとなった。

共産党は当時も組織としては最大の政党で、エリツィンの後継者と相対する立場を表明するなら当然の選択肢だったが、ソビエト連邦という過去をほんのわずかでも匂わす共産党はどうしても我慢ならなかった。野党になりそうなのはロシア自由民主党だったが、政権に立ち向かううえでは、同党を率いるウラジーミル・ジリノフスキーは当てにならなかった。

民主派と言えば、右派勢力同盟（URF）とロシア統一民主党（ヤブロコ）があった。右派勢力同盟はアナトリー・チュバイスとボリス・ネムツォフらを擁していた（私に言わせれば、当時は両者ともコムソモール［訳注：旧ソ連の共産主義青年団だが、汚職告発スパイと密告者の養成組織とも言われた］にいそうなタイプだった）。一方のヤブロコは愛想のいい変わり者集団という感じで、反プーチンを公言する唯一の純粋な民主主義政党であり、マシに思えた。

私の決断を不可解に思った人もいたはずだし、私自身にも多少の迷いがあったかもしれないが、とにかく、野党に入るという自分の立場をはっきりと打ち出したかった。ドゥーマ（下院）の議席獲得に必要な得票率が5％から7％に引き上げられると噂され、民主系政党が新たに設けられたこのハードルを達成できるかどうかが危ぶまれていても、私の意欲は高まるばかりだった。そこで私は、モスクワ中心部にあるヤブロコ党本部に向かった。

◉2000年、ヤブロコ党入党

想像に反し、そこは国会に議席を有する政党の本部とは思えない廃墟だった。格式ある組織であろうと身構え、わざわざスーツを着ていったし、政治に関心のある弁護士で、ボランティアとして何らかのかたちで役に立ちたいという思いを伝えるスピーチも用意していた。しかし、本部にいた党員は私をいかれた人間かのように見やると、私の自宅近くの政党支部に行くよう言った。支部も似たようなありさまだった。集合住宅1階の小さな部屋を改造した受付の入り口では、出くわした女性に大いに驚かれた。話をしながら疑わしげにこちらを見やるその女性は、その集合住宅か、少なくともそこにある階段の管理人だった。私が入党しにやってきた人物だとは思いもせず、新しい入居者があいさつに来たと思い込んでいた。ちなみに、この女性はのちにヤブロコ党を離党し、なんと共産党に入党した。

支部にいたヤブロコ党員は、私が入党の意向を伝えると、疑わし気にその理由を問いただした。「ちゃんとした弁護士として働いているのになぜ」、という態度に腹が立った。支部はどこもかしこも雑然としており、誰もまともな仕事をしていない。一方の私は、できることならすぐにでも何かをしたくてうずうずしていた。説明によると、まずは一般的な入党手続きを踏まなければならないという。支持者になり、それから党員に志願して推薦状を集め、1年の待機期間を置く。そうしてようやく入党が認められる流れだ。

ヤブロコに入党する人はたいてい、党首グリゴリー・ヤブリンスキーを崇拝していることを理由に挙げるが、私にはそれほどの思い入れはなかった。エリツィンを熱狂的に支持していたころの私はヤブリンスキーに我慢ならず、エリツィンへの票を奪う人間とみなしていたが、そのころには見方が変化し、まともで誠実な政治家と思うようになっていた。ロシア連邦の官僚へとこっそり鞍替えしたソビエト連邦の官僚は盗っ人だが、ヤブリンスキーは価値観を重んじた。自らの思想のために立ち上がった人物だったのだ。それに、ヤブロコ党の行動は全般的に首尾一貫していた。決定的な行動に出る勇気はなく、知的な議論を交わすことを好んでいたが、党員は少なくとも自らの発言に信念を置いていた。

党員は誰もがヤブリンスキーに心酔しきっており、ややもすると指導者を取り囲むカルト集団のようになることが、少しずつ見えてきた。党幹部とヤブリンスキー本人に異議を唱えるのはタブーであり、党内の序列は厳しく守られていた。それゆえに新入りを警戒し、恐れ知らずの人間に党を乗っ取られてしまうのではないかと身構えていたわけだ！　私が怪しまれたのは、典型的な政治活動家のイメージに当てはまらなかったからである。朝起きるとシャワーを浴びるし、仕事もあった。党の懐事情が厳しかったころには、党に在籍している理由を100回はたずねられたはずだ。

そうした見方は今も変わらない。何らかの狙いがあると思われている。立派な教育を受け、いい仕事に就いている人間が、なにゆえプーチンに歯向かい、あれこれ調査しているのかがわからないのだ。クレムリンの対立派閥間の機密情報を握っているからではないのか。あるいは、クレムリンのスパイ、いや、西側のスパイか、と。人々はこれまでずっと、私の政治への関心をどうにか解明すべく、あれこれ陰謀論を捏造してきた。最近こそは笑えるようになったが、以前は腹を立てていた。ヤブロコ党が私を前にしてあれほど戸惑ったのは、自らの力を信じていなかった証拠だ。

◉無神論者が父になる

私が政治の世界に足を踏み入れたのは、祖国を破滅へと向かわせ、無能で国民の生活を向上させられず、自らの利益のみを考えて行動している無能な人間と闘うためである。そして、私はこの闘いに勝つつもりだった。

私は選挙運動に熱中した。選挙オブザーバーとして関与するようになって気がついたことが2つある。1つ目は、私の法務経験が非常に役立ちそうだということ。2つ目は、一般的な党顧問弁護士よりも選挙での動向をはるかに深く理解できるということ。しかし、私を突き動かしていたおもな動機は、これぞまさしく法に携わる仕事だったからだ。法律を学び始めたころに思い描いていた弁護士像そのもので、法廷、厳格な声で全員を律する判事、書類を振り回しながら議論し、決定的な証拠を突きつけて依頼人を弁護する自分。そしてその瞬間、悪人相手に闘っていることを痛感するのだ。愚にもつかない話に聞こえるかもしれないが、事実そうだった。私は自らの取り組みで世界をよりよく変えたいと思っていた。

モスクワの不動産建設会社で働いていたときは、そうした機会が皆無だった。誰かが数百万ドルを余計に稼げるよう取り計らうだけの人生なんて、ぞっとした。そこで、企業法務から少しずつ手を引くようにした。すぐに辞めなかったのは、ヤブロコ党入党後も長いあいだボランティアのままで、給与が出なかったからだ。給与が出るようになっても月300ドルほどで、もらえないこともあった。党にはお金がなく、ファックスは私物を持ち込んだ。しかし、私には養うべき家族がいたので、弁護士稼業は続けていた（ただし、個人事務所を開いた）。

1999年の大みそかはユリアと祝い、彼女に結婚を申し込んだ。ひざまずき、プロポーズの言葉を述べて指輪を渡した。婚約者となったユリアの表情からすると、予期していなかったようだ。ユリアはすぐに「イエス」と言ってくれた。のちに笑いながら明かしてくれたところによると、プロポーズの場面を何度も思い描いていては、どう振る舞うのが一番かと考えていたそうだ。すぐに返事をせず、何週間か私をじらそうと考えていたようだが、いざとなったら不意を突かれ、すぐに心変わりしたという。

私たちは8月に結婚することにした。戸籍登録機関、通称「ザックス」への必要書類は結婚式のちょうど2ヵ月前に提出しなければならなかった。結婚式は夏がピークで、誰もがその時期を望んでいた。仮に8月26日に結婚したいなら、2ヵ月前の朝早くザックスに行って、列に並ばなくてはならない。ところが役所に出向く前日、ユリアが食あたりを起こした。あまりにも具合が悪く、早朝4時に列に並ぶなど無理に思えた。別の日に届けを出そうと提案したが、ユリアは真っ青な顔できっぱりと言った。「いいえ、もう決めたのだから、行きましょう」と。幸い、ザックスに到着するころには具合もよくなっていた。結婚式が目前に迫っていると、どうやら自然治癒力が働くらしい。

2001年に娘ダーシャが誕生した。子供ができて私の人生は意外な変化を遂げた。ユリアと私はもともと子供がほしかったし、父親になれたことは心からの喜びだったが、心境の変化はそれだけではない。ソ連時代に成長した人がみなそうであるように、私も神を信じていなかった。ところが、ダーシャの成長を目の当たりにするうち、それが単なる生物学的現象にすぎないとはどうしても思えなくなった。科学をこよなく愛していることに変わりはないが、私はそのとき、娘の成長は進化だけでは説明がつかないのだという思いに至った。それだけではないはずだ。私は根っからの無神論者だったが、徐々に信仰に厚い人間へと変化していった。

◉2003年ドゥーマ（下院）選

本格的に関与した初の主要選挙は2003年のドゥーマ（下院）選だった。私はヤブロコのモスクワ支部で選挙運動本部長を任され、党青年部とともに各種会合を企画し始めた。青年部を率いていたのはイリヤ・ヤシンだ（あれから20年近く経つが、私たちは今もいい友人である）。政治デモは何ごとかが発生した場合のみ実施されるべきだとされていた。しかし私たちは、抗議活動そのものが純粋な理由になり得るうえ、メディアの注目も集められると判断し、デモ集会と1人デモを始めた。私はその過程で、警察に数十回ほど拘束されたが、毎回すぐに釈放された。

ヤブリンスキーは街頭の政治に懐疑的だった。選挙への参加を認めてほしいなら、従来のやり方でなければならないという考えの持ち主で、クレムリンに足を運んで上級官吏に面会し、折り合いをつけるのが然るべき方法だというのだ。そのうえで、自身のカリスマ性で党を引っ張っていこうと考えていた。公平を期して言うと、人々がヤブロコに投票したのは、ヤブリンスキーのテレビでの演説がうまかったからだ。

ドゥーマ（下院）の必要得票率は、いろいろな憶測が飛び交っていたが、結局、従来どおりの5%にとどまった。私はヤブロコ党についていろいろとケチをつけていたが、得票率が5%を上回ると信じて疑わなかった。

投票日当日の夜、開票が始まると、私たちは事務所で成り行きを見守った。ヤブロコ党の得票率はまだ4・3%で、あと少しだ。しかし、ヤブロコ党支持者がもともと多いサンクトペテルブルクとモスクワの開票結果がまだ出ていなかった。私は5％を上回るだろうとの自信を胸にベッドに入った。ところが、翌朝起きてみると、得票率は依然4・3％だった。

この結果に私は不満を爆発させた。選挙事務所として十分に役目を果たしたという自負があったからだ。しかし、ヤブロコ党の得票率が前回選挙を上回ったのはモスクワだけだったことが判明した。私はすっかり打ちひしがれた。自分の選挙運動に至らない点があったのかもしれないと思ったからだ。さらに、他の全支部と競い合って選挙に臨んだと思っていたが、他支部は何一つ対策も講じなかったことがわかった。彼らは考え得るありとあらゆる敗因を並べ立てたが、本当の原因はいっさい口にしなかった。はっきり言って、選挙運動自体がどこをとってもぶざまな失態を演じていたのである。

ヤブロコ党は2016年に再びドゥーマ（下院）選に打って出た［訳注：2016年下院選ではプーチンを批判する唯一の党で、13年ぶりの議席を狙っていた］。その際、ヤブリンスキーを起用した選挙広告が公開されている。ヤブリンスキーは暗い部屋のなかで椅子に座り、白いプラカードを手にしている。そこに書かれた文章は、悲しげな音楽が流れる1分のあいだに少しずつ書き換えられていく。まるでヤブリンスキー自身がひと言ひと言を組み立てて長い文章を組み立てていくように。一度、「できることは何一つない［原注：その次のプラカードには「あるいは、選挙に行って票を投じることができる」と書かれていたが、その間、数秒の間があった］」という一文が書かれたプラカードが映ったこの映像はインターネットでミーム化された。これぞまさに、ヤブロコ党とヤブリンスキーが長年にわたり、周到に続けてきたことなのだ。結果は予想どおりで、2016年ドゥーマ（下院）選挙での得票率は1・99％だった。

どこかに存在するパラレルワールドで、ヤブロコ党幹部が何よりも恐れていた事態がそっくりそのまま現実になるところを想像してみよう。2000年代前半、私はヤブロコ党の党首になる。それを機に、ヤブロコ党は生まれ変わる。党員は相変わらず愛想のいい変わり者だが、勇敢でもある。私には、地球上のありとあらゆる最高のものを生み出したのは勇敢な変わり者である、という揺るぎない信念があるからだ（私の事務所の壁には、1927年に開催された第5回ソルベー会議［訳注：ソルベー法で有名なベルギーの化学者エルネスト・ソルベーとドイツの化学者ヴァルター・ネルンストが1911年から開催した国際会議。第5回会議にはアルベルト・アインシュタインなどが出席し、物理学論の本質について議論された。アーカイブは2023年に「世界の記憶」に登録された］で撮影された出席者の集合写真が飾られている。革命を起こして全人類の進歩を可能にした勇敢な変わり者たちが私のヒーローだ。心が奮い立つ写真なので、子供たちの部屋にも貼ってある）。

ところが実際は、ヤブロコ党の変わり者たちは臆病で、新しい試みに消極的だった。世界は変化したのに、ヤブロコ党は足踏みしたまま。かつてドゥーマ（下院）に議席を有する政党だったヤブロコ党にとって、変わることなどもってのほかだった。党員は、5％という得票率に届かなかったのは権力の乱用と選挙結果の改竄だと不満を並べた。私は憤慨し、実際にはもっと多くの票を獲得したのに勝利を盗まれたと主張した。当時からすでに、選挙結果が大幅に不正操作されていたのは事実だ。しかし、ヤブロコ党は票獲得に向けて何の努力もしなかった。そうして少しずつ、勝利など最初から無理だったのだという諦めムードが漂うようになっていった。

ヤブロコ党は、巨大で過酷な国家に立ち向かう小市民を自認し、そこでは変わり者など見向きもされないと考えていた。そして、有権者を恐れ、その恐怖心を覆い隠すために過度なエリート意識をもち、知的さを匂わせるようになった。当然ながら、関心を向ける人などおらず、残っていたわずかな支持者すらも離れていった。

こうした政治のやり方は、私が思い描いていたものとは正反対だった。すべての人と共通の言語を見つけることが不可欠だというのが私の考えだ。私は、今やほとんどが軍人や警官になったかつての同級生と一緒にいても心が安らぐし、薬物依存症患者やありとあらゆるチンピラ、ならず者がいる拘置所に入れられても平気だった。隣のベッドで寝ていたのも、そんな不運な男だった。人生を台無しにしたという身の上話を語り、ヒト免疫不全ウイルス（ＨＩＶ）感染症の治療費がいかに高額で効果がないか訴えていた。また、メタドン治療の複雑な事情について話し合ったこともある。

ロシア人は善良であり、ひどいのは国を治めるリーダーである。ロシア人の30％は民主主義を受け入れる意思があり、私たちが政治的多数派になれる日はいずれやって来る、と私は確信していた。だからこそ、ヤブロコ党が支持者を意図的に遠ざけているとわかったときには、政治的少数派でいることにつくづく嫌気がさした。

私は最終的に、党から追放された。私が「ナショナリズム」に染まっているというのがその口実だった。

◉左派も右派も存在しないロシア

「ナショナリズム」という言葉は何とも恐ろしい響きがある。海外のジャーナリストはみな、この話題に飛びつく。西洋人の多くは、ナショナリズムと聞くと攻撃的なスキンヘッドを想起するからだ。ナショナリストの大半はそうしたタイプではない。「欧州のナショナリスト」を名乗り、おおむねリベラルと同様に議席をもたず、選挙への出馬が禁じられていることから、議席を獲得する機会も奪われている。

プーチンと闘うためには幅広く連携することが必要だと、私は確信していた。ロシアのナショナリストはモスクワで「ロシアン・マーチ」という集会を毎年実施していた。モスクワ郊外での開催しか許可されていなかったが、それでも何千人もが集った。警察は集まった人々を冷酷な方法で追い払った。初めての一斉逮捕は、リベラルのデモでも民主主義者のデモでもなく、ロシアン・マーチだった。私は民主主義的な価値観をもち、集会の自由を支持している。ならば、他人の集会の自由の権利をも支持しなければつじつまが合わないと考えた。そこで、開催を手伝い、集会にも何度か参加した。インターネットで検索すれば、黒、白、黄色の旗の前に立つ私の写真が見つかるはずだ。この3色旗は、インタビューで「あなたはナショナリストですか?」と質問されるときに背景に飾られることが多い。

ロシアン・マーチには気難しい参加者もいれば、気に食わない者もいる。しかし、参加者の80%は保守的で、風変わりだったり、偏狭だったりしても、基本はごく当たり前の人たちだ。しかし、人間の性で、集団を評価するときは過激なメンバーに目が行く。そういうタイプのほうが面白そうに見えるからだろう。メディアはそうした変わったタイプを全力で餌食にするので、ロシアン・マーチが開催されるたびに、報じられるのは暴徒が写った写真ばかりだ。それに、私にインタビューする人はその手の写真を嬉しそうに見せて、お見通しだと言わんばかりの笑みを浮かべ、こうした輩と並んでデモに参加するのは差し支えないのかと質問してくる。

これまで幾度となく説明してきたため、たとえ真夜中に起こされても、私はすらすらそらんじられるだろう。私の政治戦略をひと言で表すなら、人を恐れず、誰とでも喜んで対話する用意があることだ。右派と話ができるし、相手は私に耳を傾けるだろう。左派と話ができるし、彼らもまた私に耳を傾ける。民主主義者とも対話ができるのは、自分もまた民主主義者だからだ。まじめな政治家ならば、個人的に考え方が気に入らないからといって、大勢の同胞に背を向けることなどできない。だからこそ私たちは、公正に、自由に戦える選挙を実現し、誰もが対等な立場で参加できる状況を作り出さなければならない。

ごくふつうの成熟した政治体制下であれば、私がナショナリスト政党の一員になることはないだろう。しかし、ナショナリストの運動を信用に値しないものとして切り捨てようとするのはまったくもって無意味だ。ポグロム［訳注：19世紀から20世紀初めにかけてロシアを中心に行われた集団的かつ計画的なユダヤ人迫害及び虐殺］を目論む人間が責任を問われるべきであるのは疑いの余地がない。しかし、人々は合法的にデモを行い、自分の考えを表明する機会を与えられてしかるべきだ。その考えをいかに忌み嫌っていようが関係ない。そうした人々は存在しており、黙殺することにしたからといって、いなくなるわけではないし、支持者も消えない。現実問題として、彼らが弱体化すれば、結局はプーチンを強化することになるだけだ。実際、それが現実になってしまった。私たちが些細な口論に夢中になり、あいつは○○派だとレッテルを貼り、そうした人と写真におさまるのは適切か否かの判断にかまけているうちに、祖国ではいつのまにか、国民が理由もなく投獄されたり殺害されたりするようになったと気がついた。

権威主義国家の政治は、きわめて原始的な構造の上に成り立っている。つまり、体制派か反体制派かのどちらかであり、政治的な選択肢は一つ残らず遮断されている。

西側の人々とロシアの政党について話をしていると、しきりと困惑される。西側の人々は、右派、左派、社会主義という明確に線引きされた政治志向の仕組みに慣れている。こうしたカテゴリーはロシアには当てはまらない。ロシアの共産主義者は伝統的な意味での「左派」ではない。少数派を支持しているわけではないし、最低賃金引き上げを目指して熱心に運動を繰り広げることもない。ロシアの共産主義者は米国の右派がかすりもしないくらいに保守的だ。西側では銃の合法化と中絶禁止が大きな議論の的だが、ロシアの有権者はそんなことなどほとんど気にかけていない。私たちが何よりも優先すべきは、言論の自由と公正な選挙を確立することと、人権を監視することである。

私が2000年代半ばに大きく反感を買ってまでナショナリストとの対話を始めると決めた理由を、いまだに説明しなければならない。ヤブロコ党は2006年、私をまんまと追放した。建て前上はロシアン・マーチに参加したのがその理由だが、本当は私がヤブリンスキーを激しく批判し、ヤブロコ党の失態を公然と非難したことなのは明らかだった。ヤブリンスキーを称賛すればおそらく違う展開を見せただろう。シベリア中部のクラスノヤルスクにある党支部の支部長アブロシモフ（ユリアの旧姓なのではっきり記憶している）は、支部が入ったビルに「ロシア人のためのロシアを！」と書かれた大きな横断幕を掲げた。ヤブロコ党では誰もが震え上がったが、アブロシモフが党から追放されることはなかった。ヤブリンスキーを声高に称賛していたからだ。

皮肉にも、ヤブロコ党は私を追放するのに1年を要した。入党が認められるまでに費やした時間と同じだ。「自主的離党」を勧告されたが、追放したければ除名するのが筋だと私は言い張った。批判を避けたかったのは明らかで、対立は数ヵ月も長引き、徐々に奇妙な様相を呈してきた。イリヤ・ヤシンに「ヤブロコのオーウェル」と評されたことが最高の栄誉である。

このころ、党機関紙でとんでもない事態が発生した。発行部数111万1000部という党機関紙の一面に、ヤブロコ党員が白地の党旗の下で行進するメーデー（労働者の祭典）の写真が掲載された。よく見れば、党旗があらゆる物理法則に逆らって宙に浮いているのがわかる。旗竿はあるが、それを持っている人はいない。実を言うと、旗手の手も体も私のものだった。ヤシンが聞いたところによると、ヤブリンスキーが機関紙担当者に電話して、私を消すよう指示したという。

それ以降、私は党を自ら離党することを断固として拒否。それどころか、ヤブリンスキー宛てに辞任を要求するメッセージを書いた。それとヤブロコ党幹部を批判するメッセージは、私を除名する根拠として党評議会の会合で配布されたが、ナショナリズムには一切触れられなかった。

私はその会合への出席依頼をファックスで受け取った（全員が同じ事務所にいたのだが）。会場に到着すると、警備員に入室を拒まれ、「自身の問題」が議題に上がったときに限り、出席を認めると言われた。会合出席者で私の除名に反対票を投じたのはイリヤ・ヤシンだけだった。ヤブリンスキーは警戒して欠席していた。私は激しい口調でスピーチをし、それがヤブロコ党最後の仕事となった。

これが、私の人生が変わった運命の瞬間だった。私はその日まで、他人のために働く政治活動家にすぎず、そうした役回りに満足していた。志を同じくする結束の強いチームとともにすべての目標を達成したかった。ヤブロコ党は落ち度や欠点がさまざまあったとはいえ、責任を分かち合った党組織である。この先は、たった一人で先の読めない未来に向かい、自分一人ですべてに取り組み、一人で責任を負うことになる。

ヤブロコでの年月に悔いはない。たくさんの素晴らしい出会いがあった。その一人であるピョートル・オフィツェロフとは、当時は夢にも思わなかったが、多くをともに乗り越えることになった。ヤブロコ党では多くの知識を得たし、多くの学びを与えてくれたグリゴリー・ヤブリンスキーにも感謝している。しかし、ヤブロコ党がロシア政界で孤立する道を選んだことは、到底受け入れられなかった。私は党員としてヤブロコ党が政治的多数派になることを夢見ていた。必要とされている興味深いありとあらゆるプロジェクトを担い、ロシア国民と直に手を携える政治家の誕生を望んでいた。そんな人が現れれば、すぐさま協力しただろう。私はひたすら待った。そしてやがて気がついた。自分自身がその人物になれるのではないか、と。

11

ヤブロコから除名される前に、私はすでに政党の任務とは直接関係のない多数の社会的プロジェクトに関わっていた。2004年にはマリア・ガイダルと出会った。マリアはエリツィン政権で改革を担ったエゴール・ガイダルの娘であり、右派勢力同盟のメンバーだった。私はマリアと、ナタリア・モラリ、オレグ・コズレイフなどの行動的な若者たちとともに、デモクラティック・オルタナティブ（Democratic Alternative）という組織を作ることにした。この組織の略称である〝DA!〟は、ロシア語「イエス！」という意味でもある。私たちは頻繁に集まっては政治について議論し、抗議活動や集会を行った。集まる場所は、やはり名の知れた政治家であるエフゲニヤ・アリバーツの家で、イリヤ・ヤシンなどの若い政治家たちもよく顔を出していた。DA!のプロジェクト（予想外にも最も成功した）に、政治討論会の開催があった。ソビエト・ロシアと1990年代との大きな違いは、今では言論の自由があり、独立した報道機関が存在していることだ。何十年もの間、厳格な検閲制度の下に置かれていた国がこれまで経験したことのない状況だ。政治討論会のテレビ放送には絶大な人気があった。誰もが政治家たちの議論と、時にはあわや殴り合いに発展しそうな罵りあいを見るのを楽しんでいた。1995年に、そのころを象徴するような出来事が起こった。テレビで放映されていた討論会で、ウラジーミル・ジリノフスキーが、飲み物が入っているグラスをボリス・ネムツォフに投げつけたのだ。ネムツォフも即座にやり返した。

10年もたつと、討論会は過去のものになった。クレムリンはロシア市民がようやく手にした自由を抑圧する体制を敷き、検閲が復活した。政治関連のトークショーはすべて、出演不可の人物をまとめたブラックリストを守り、あらかじめ用意した台本に沿って進行するあたりさわりのないものになってしまった。出演者のうち、反対の論陣を張る役も、それを攻撃する役も、みんな筋書きどおりの退屈極まりない見世物だ。

私たちには大規模イベントを組織する資金はなかったが、当然のことながら熱意は有り余っていた。そこでモスクワにあるバーをディベート会場に仕立てたところ、400人から500人も集まった。人々はビールを飲みながら、ディベートを見守り、気が向けば質問をした。論客として登場したのはブロガーのマキシム・コノネンコと、右派勢力同盟リーダーでペルミ地方の副知事のニキータ・ベールィフだった。進行役は私だ。これが大盛況だったことから、定期開催となった。

どのような立場の論客でも歓迎だったが、ふつうは若手政治家1人と、ベテラン政治家1人の組み合わせが多かった。たとえば著名な政治家であるドミートリー・ロゴジン（当時は反体制派だったが、その後国営宇宙企業であるロスコスモスのトップに就任し、プーチンの強力な支持者となった）や、民主派政治家として絶大な人気を誇るネムツォフらが登壇したこともある。ちなみに、ネムツォフはその何年かあとに、クレムリンの壁にほど近い橋で殺害されることになる。ディベートの勝敗は、人気のブログ用プラットフォーム「ライブ・ジャーナル」で活躍する著名ブロガーで構成された特別な審判団が判定した。聴衆にも投票を呼びかけた。優れた説得力によって、人々が考え方を変えていくさまを見ると心が躍った。これこそ本当の政治だ。

意外なことに、このディベートは政治家、活動家、ジャーナリストにも受けがよかった。つまり、ネットサーフィンに興じつつ、政治にも関心があるという割と少数派の人々ではあるが、私たちがこれまで接触したことのない層で、数千人は存在する。私たちは自分に近い情報だけに囲まれて、多様な意見から隔離される〝フィルターバブル〟に閉じ込められがちだが、この試みはそのフィルターを破り、まったく新しい聴衆に語りかけていたのだった。

ディベートの人気が高まるにつれて、クレムリンの懸念や攻撃も強くなっていた。クレムリンに賛同するジャーナリストたちは、私たちが「好ましからざる人々が活動するための大きな舞台を用意している」とか、「不適切な潮流を作り出している」と書き立てた。政権は私たちの活動を公然と妨害し、あらゆる手段を使って活動の信頼性を失墜させようとした。

ディベートが対面形式で開催されていたのも活動の弱点だった。政権は会場の所有者たちに圧力をかけ始めた。警察が〝検査〟と称して立ち入るようになり、電気を止めると脅すなど、ありとあらゆる策を講じて私たちが会場を借りられないようにした。騒動を起こすための人員が毎回のように送り込まれ、叫んだり、物を投げ散らかしたり、喧嘩を始めたりする。政権の主な狙いはディベートの評判を悪化させて、こんなものは〝政治ディベートにはほど遠く〟、酔っ払いが喧嘩をしているだけと印象づけるためだった。あの馬鹿どもを見ろ。顔から血を流している奴もいるぞ、と。ちなみに顔から血を流していたのは私だった。

あるときは、酔った若者たちがディベートに乱入して無礼な言葉を叫び、ネオナチよろしく『ジークハイル』を歌い、質問しようとしていた参加者からマイクを奪い取った。私はステージ上から群衆を鎮めようとしたが、侵入者が会場の外で私に襲いかかってきた。私は自衛のために、ゴム弾を装塡した銃を持っていた。まず、1発を空中に発射し、次の1発をその男に向けて撃った。しかし、この銃撃はほとんど効果がなく、男は私に飛びかかってきた。私と男は警察に連行されたが、どちらも無罪放免になった。後からわかったのだが、男はＦＳＢ（ロシア連邦保安庁）の高官の息子であり、高官がもめ事を避けたかったのだった。

残念ながら、クレムリンの作戦には効果があった。どこのクラブも私たちに場所を貸したがらなくなり、私たちは物理的な問題に直面することになった。たとえ場所を借りることができたとしても、聴衆の安全を保証できない。プロジェクトは中止せざるを得なかった。

◉インターネットが主戦場

この経験は私にとって有益な教訓になったし、政治的なキャリアの面でも重要な出来事となった。金がなくても、クレムリンの〝庇護〟がなくても多くを実現できることがわかったからだ。そう、クレムリンが邪魔だてしたとしても。必要なのは、ともに行動してくれるグループであり、インターネットを使えばこのグループを見つけることができるのだ。

インターネット活用にいち早く目をつけたことから、私には特有の政治的素質があるとよく言われていた。新しい時代に対する先見の明があるというのだ。それは買いかぶりすぎだし、的外れな指摘でもある。インターネットを使ったのは他に手段がなかったからだ。テレビや新聞は検閲されていたし、集会は禁止されていた。

これまでは、政治的イベントを準備するには、まず、プレスリリースをファックスでメディア各社に送信しなければならなかった。このリリース抜きではイベントを真剣に取り扱ってもらえない。私はファックスが嫌いで、使っているのはヤブロコの人間だけとほぼ確信していた。その後、しばらくすると、私にはジャーナリストの知り合いが大勢できた。皆、私と同じような若者で、一日中ファックスの前に座り、貴重な情報がじりじりと出てくるのを待っているとはとても思えなかった。ある日、私は思った。「ライブ・ジャーナル」を使えばいいじゃないか。こう書くだけでいい。「デモを行おうと考えていますが、参加しませんか？」イベントの説明に続けてこう書いてもいいだろう。「何枚か写真があるので、興味があったら見てください」

今では当たり前のことかもしれないが、当時は革命的と言ってもよい手段だった。ブログの執筆は楽しかったが、当時はそれが将来的に自分の主な職業になるとは考えもしなかった。

当時、ロシアのインターネットは喜びを与えてくれる存在だった。それは今でも変わらない。そう感じられる理由の一つは米国のインターネットのように徐々に発展したわけではなく、ある時点で突然出現したからだ。最初からかなり高速で、アクセスもしやすかったので、ユーザー数は急速に増えていった。若くて学がある、気鋭の人々が使い方を学び始めた。さらに有り難いことに、政府はテレビに費用をつぎ込み、インターネットを軽視した。中国では、インターネットが登場するやいなや、政府は囲い込みを開始し、インターネットを統制下に置いた。ロシア政府は、インターネットはおかしな連中が集まる訳のわからないたまり場のようなものであり、放っておけばよいと考えていたのだ。クレムリンの中にはインターネットが現実を反映していると考える人は誰もいなかった。インターネットはたまり場などではなく、インフラなのに。

インターネットの活用方法を理解するのには時間がかかった。人々は何に関心があって、何に関心がないのか？　人々を巻き込むにはどうしたらよいか？　私は毎日投稿するようにし、ときには一日に複数回投稿することもあった。後から使うようになったYouTubeチャンネルでも同じようにした。新しい動画を毎日は無理だったが、週に数回はアップロードするよう努力した。ブロガーになりたいという人へのアドバイスとしては、ブログの閲覧回数を増やしたいなら、まずは頻繁に投稿する（または動画を作成する）ことだ。そして、読者に投稿の拡散を依頼するのだ。私は重要な投稿では、必ず最後に拡散を呼びかけた。双方向の対話も非常に重要だ。友人の投稿にコメントして意見交換することで、自分は読者の反応に関心がある姿勢を示し、いつでもやりとりできるようにしておく。

私は、「ライブ・ジャーナル」へのブログ投稿を、ロシア内で検閲を受けない最大規模のニュース源にしようと決心していた。２０１２年には、このブログはロシア全土で読まれるようになっていた。投稿内容は、常に自分が関心を持っていて、はっきりと確信が持てるものにした。その一つが、プーチン体制は汚職を基に成り立っているというものだった。

弁護士である私は、汚職には常に悩まされていたが、近年、公然と行われるようになった原因は、プーチンとその統治体制にあるはずだ。ロシア人は誰もが汚職について知っていたし、私は何かしなければと思っていた。そのためには、汚職との闘いにふさわしい資格を備えた仲間が必要だ。相手はプーチン配下の汚職にまみれたオリガルヒと官僚たちなのだから。しかし、何を訴えればいいのだろうか？　法的な告発者でない私が、彼らを法的に追及するにはどうしたらよいだろうか？

私はそのころすでにロシア連邦政府付属財政大学を卒業し、金融・信用分野の学位を持っていたので、株式市場と為替の仕組みを理解できた。そこで思いついたのが、明らかに汚職に関与している国営企業の株を購入することだった。たとえ少額でも投資をすれば、株主としてその企業の資料を要求したり、苦情を申し立てたり、裁判に訴えたりできるようになる。しかも年次総会にも出席できる。

私はいくつかの企業の株式をそれぞれ5000ドル分ほど購入した。ロシア最大の石油企業であるロスネフチ、最大のガス企業ガスプロム、石油パイプライン企業であるトランスネフチなどだ。どれも巨大で、潤っており、国の統制下にある企業で、相手にすると大変なことになると思われた。もし攻撃しようものなら、屈強な男たちが「余計な質問をしやがって」と乗り込んでくるだろう。権力者の知り合いもいない一介のブロガーがこうしたリスクをおかすとは、誰も(当の企業ですら)想像しないだろう。そんなことをする人物には間違いなく権力の後ろ盾があるはずだ。しかし、私には何の後ろ盾もなかった。財務の知識があり、自分の権利を理解しているだけだった。

当時の新聞にも、国営企業の横領に関する記事が掲載されていた。私は株主なので、こうした記事の内容から直接影響を受けるというわけだ。私はガスプロムに宛てて次のような手紙を書いた。

「私は某新聞に掲載された記事を読み、御社で何が起こっているのかを疑問に思っております。恐れ入りますが、株主として説明を聞かせていただくことはできますか?」

たとえ私の持ち株がほんのわずかでも、企業には報告義務がある。回答が送られてくると注意深く読み、企業の行動が株主の利益に反している場合は裁判所に訴えた。訴訟の当事者になれば、会議の資料や覚書の開示も要求できる。その資料はブログで正式に使うことができるのだ。

私と国営企業の闘いは、最終的に何万人ものフォロワーが見守ることになった。だが、必要だったのは、フォロワーではなく協力者だった。私は大企業に苦情を送って一緒に訴えようと購読者に呼びかけた。たとえば、『ヴェドモスチ』紙には、オリガルヒであるヴィクトル・ヴェクセリベルクがモスクワの中心街に所有する建物を、政府が実質的価値の数倍の価格で購入したという記事が掲載されていた。これは明らかに不正な取引だ。私は苦情申し立てのひな形を作り、数千人の仲間を募り、苦情を取調委員会とメドベージェフ大統領に送った。当時メドベージェフは汚職との闘いに熱意があるふりをしていたのだ。私はこの方法を何度も使った。1人なら無視できても、数千人になると無視を決め込むのは難しい。資料がすべてインターネットで公開されているとあってはなおさらだ。

◉「もの言う株主」が汚職に挑む

株主総会にも出席することにした。ふつう、総会は劇場のような場所で行われる。壇上には経営陣がおり、警備員があちこちに配備されていて、報道関係者も詰めかけている。この状況では聴衆は発言しにくい。そこで私が立ち上がって声を上げる。「質問があります」

総会に出席し始めたころ、印象的な出来事があった。2008年、私はスルグトネフチェガスというロシアの大手石油・ガス採掘企業の総会に出席していた。この企業の所在地はモスクワから3000キロほど離れたスルグトというシベリアの都市である。経営陣は自分たちが都市の所有者であるかのように考えており、傍若無人に振る舞っていた。たとえば地元の空港で、自分たちが気に入らない乗客が乗っている飛行機に離陸許可を出さないというようなことをしていたのだ。

さて、私は株主総会に出席するためにスルグトに到着した。総会はかつて各地に建てられた文化・レクリエーション施設「ソビエト文化の家」を思わせる建物で開催された。仰々しく、いかめしい雰囲気の会場の壇上には白髪交じりの男たちが座っていた。まるで旧ソ連共産党の集会だ。億万長者である経営幹部が立ち上がって言う。「ミハイル・レオニードヴィチ・ボグダノフ氏に特別賞を贈呈します」これまた億万長者であるCEOのボグダノフが立ち上がって賞を受け取り、石油産出量や利益などを報告する。その後、ようやく総会の司会者が立ち上がって尋ねた。「何か質問はありますか？」客席に座っている150人の株主たちは無言だ。「何かご意見がある方は？」やはり無言。私は手を上げて司会者に言った。「言いたいことがあるのですが」

若い司会者の表情は、まるで会場に空飛ぶ円盤が着陸して、中から緑色の皮膚をした小さな宇宙人に遭遇したかのようだった。今までこの仕事をしていて、何か言いたいことがあるという人間に出会ったのは初めてなのは明らかだった。「わかりました」と司会者はやっとのことで言った。「前へどうぞ」

私は壇上に上がって言った。「グンバーという石油取引企業がありますが、この企業の所有者はゲンナジー・ティムチェンコというプーチンの友人です。あなた方は、どの程度の石油をどのような条件でグンバーに回しているのですか？　説明を要求します。なぜなら現時点では、あらゆる情報が、貴社の利益は単にグンバーに蓄積されており、そのために株主が本来受け取るべき配当金を受け取れていないことを示しているからです」

壇上に座っている人々の表情から察するに、小さな緑色の宇宙人は着陸しただけでなく、タップダンスをしながら光線銃を発砲しているらしい。彼らの目からは、私がいったいどこから来たのか疑問に思っていることがありありと伝わってきた。クレムリンから送り込まれたのか？　それともＦＢＩか？　この人物はいったいなぜ公衆の面前で自分たちを糾弾しているのだろうか？

私は準備しておいたスピーチを、法律用語を使いながら丁重に話していた。グンバーについて質問した後は、スルグトネフチェガスの本当の所有者は誰なのかを明らかにするように要求した。２００３年の当時、この会社の報告書には表向きは一般的な株主しか掲載されていなかった。会社の所有者についての情報は実に巧みに管理されており、この巨大石油会社を実際に誰が所有しているのかは、地球上の誰も推測できないようになっていた。

私が話している間、会場は静まりかえっていたが、しばらくすると、聴衆がざわつき始めたのが感じられた。まず、仕事としてこの退屈極まりない総会に出席していた記者たちが、生まれて初めて予想外のことが起こっているのを目撃していた。次に株主たちが息を吹き返し始めた。最初は私の存在に困惑し、いったい何者なのかを探ろうとしていたが、自分たちと変わらないふつうの人間で、違うのは壇上に上がる勇気を持っていることだけだと気づいたのだ。

話し終えた私は聴衆の喝采を浴びた。それはとても貴重な瞬間であり、自分は今、汚職と闘っているのだと実感できた、しびれるような勝利の瞬間だった。

以来、私はあらゆる株主総会に出席するようになった。株主総会の前の報道陣の主な関心事は、ナワリヌイは出席するかどうかになった。誰もがダビデとゴリアテの対決を見たがっていた。私が意を決して話し始めると、経営陣は苦々しい表情を見せた。私を止める手立てがなかったからだ。もちろん、企業が私の質問に答えることは一切なかった。「アレクセイ、あなたの言うとおりです。私たちはプーチンと同じような盗っ人です」などと言えるはずもなく、「貴重なご指摘をありがとうございます。検討します」というような答えが返ってきた。会場の人々も、企業が意義ある回答をするなどとは期待していなかった。重要なのは、誰かが質問をしたという事実だ。

２００９年、私はブログで「ＶＴＢ〔原注：Vneshtrogbank　外国貿易銀行〕はいかにして帳簿を粉飾しているか」という調査を発表し、続いて他の国営企業についても「〜はいかにして帳簿を粉飾しているか」という投稿を続けた。どの企業も同じように汚職をしているので、タイトルの企業名を入れ替えるだけでよかったのだ。新聞で、「10億がここで横領された、10億があそこで横領された」と何度も読まされているうちに、人は麻痺してしまい、そういうものかと思ってしまう。でも、私はそういうものかとは思いたくなかったし、横領についてのニュースを読むたびに怒りがこみ上げ、何かをしなければと思った。

私はＶＴＢなど、複数の大手国営銀行の株を保有していた。ＶＴＢのＣＥＯはアンドレイ・コスチンだ。コスチンはプーチンの息がかかった銀行家であり、プーチンの金庫番だ。１９８０年代には外務省に所属で海外勤務となっているが、実はＫＧＢだったと思われる。１９９０年代には政府の銀行家として教育を受け直し、２０００年代には国際的な経済フォーラムで、「プーチンは絶大な人気を誇り、誰からも〝国家の父〟と見なされている」と説いて回った。他のプーチンの取り巻きと同様、コスチンも非常に裕福であり、その事実を隠そうともしていなかった。銀行の経営がひどい状態であったにもかかわらずだ。

当時、プーチンの息のかかった国営企業経営者の間では、自分を〝有能な経営者〟に見せるはったりが必須とされていた。とは言っても、ブリオーニの特注のスーツを身にまとい、ロシアで高額なオフィスを買い占め、映画『ウルフ・オブ・ウォールストリート』のレオナルド・ディカプリオを真似るだけで、管理するのも自社の金ではなく国の金だけだった。有能な経営者の仮面の下に隠れているのは、わずかなチャンスさえ絶対に見逃さない窃盗団の顔だった。政府からの命を受け、帳簿を瞬時に粉飾する裏技をいくつももち、いかにもまっとうに見える何十件もの架空取引に投資し、傘下のオフショア法人に横領した金を横流しする。

このような国営企業の経営陣は腐りきっており、従業員は私以上に憤りを感じていた。初めて注目を集めた私の対汚職調査は、このような内部告発を基にしていた。

2007年、VTBは中国から石油掘削装置を購入し、ロシアの石油会社へリースする事業に乗り出す。中国製の石油掘削装置の価格は1000万ドル。ところがリース事業を手がけるVTBリーシングは、購入代金全額を中国メーカーに支払わず、代金の50%以上をキプロスにあるVTBのオフショア法人経由で支払っていた。まったく意味のわからない取引のように思われる。なぜキプロスが関係しているのか、なぜ仲介企業が必要なのか？　驚いたことに、このオフショア法人を経営しているのはVTBの経営陣であり、差額が経営陣のポケットに直接入っていたのだった。VTBが購入した掘削機は、実に30基に上る。そんなに多くの顧客を見つけるのは不可能だ。

この取引も多数の似たような案件と同様に隠蔽されるはずだったのだろうが、もくろみ通りには行かなかった。私はこの事業について執筆するだけでなく、実際にヤマルへと向かった。ヤマルでは、大地の真ん中に掘削機が巨大なコンテナに入ったままで放置され、雪に覆われていた。掘削機は夏には湿地の中で錆びつくことになるだろう。

この調査はとても単純だった。経済学の学位がなくても、石油製造の専門知識がなくても問題点を明らかにできた。私は何百通もの訴状を書き、法廷に出向き、勝訴までした。当時はそれがまだ可能だったのだ。ＶＴＢの少数株主たちに対して、私と一緒に苦情を申し立て、資料を請求するように働きかけると、賛同してくれた。この活動は数年間続き、警察への陳述、否定、抗議、ロシアとキプロスでの裁判などが繰り返された。株主総会で、コスチン個人に対して掘削機疑惑をただすことができたのは特に痛快だった。コスチンは言い逃れようとしたが、どうみても失敗だった。

総会ではたいてい、『ヴェドモスチ』紙の若い女性記者、ナイリヤ・アスカザデーが私の隣に座っていた。当時、大手の経済紙である『ヴェドモスチ』は私とＶＴＢの闘いを詳しく取り上げていたのだ。アスカザデーと私はコスチンの失態を大いに笑った。ところが驚いたことに、その10年後、私はＶＴＢに対する次の調査結果を発表するのだが、アスカザデーはその中心人物の一人になっていた。後からわかったのだが、掘削機に関する経緯が明らかになったころにアスカザデーはコスチンへのロングインタビューに成功し、その後間もなく男女の関係になったのだそうだ。二人は関係を隠していた。メディアを〝監督〟（実質的には検閲）する国家機関である連邦通信・情報技術・マスコミ分野監督庁（ロスコムナゾル）を使い、二人の関係についての記事をすべてもみ消すことに成功した。最終的には、コスチンがアスカザデーに６０００万ドル相当のヨット、プライベートジェット、非常に高価なモスクワの不動産を買い与えていたことを、反汚職基金の私の仲間が突き止めた。購入代金の一部は国営であるＶＴＢに肩代わりさせており、アスカザデーはそのお返しとして、ニューヨークのセントラルパークにあるベンチにロマンティックな言葉を刻印するサービスを利用して、名前入りでメッセージを送ったのだった。

“I LOVE YOU”

12

2000年代、ロシアには2つの大規模な民主主義政党が存在していた。ヤブロコと右派勢力同盟だ。2党は常に足を引っ張り合っていて、多くの人が、「統合して一つの大規模なリベラル政党になったほうがいい」と考えていた。私も統合に賛成しており、それが右派勢力同盟と連絡を取り続けている理由の一つだった。

2005年5月、右派勢力同盟はニキータ・ベールィフという若者を新たなリーダーに選んだ。ベールィフは出身地ペルミの代議士を経験していて、その実績から党に貢献する人材として大きな期待がかかっていた。ベールィフは私の1歳年上で、お互いインターネットに明るかった。それぞれの所属政党の政策が、性格も年齢もふるまいもまるで違う党員の手で策定されているという状況も共通しており、私たちは友人に近い関係だった。

2007年にはドゥーマ（下院）選挙が実施された。おそらく私からも、リベラル志向の人々からも影響を受けていたベールィフは、プーチンに対してかなり急進的な姿勢で臨もうと決断する。すると右派勢力同盟は急にベールィフと距離を置くようになった。なぜならこの政党はまだ、「議会内野党［訳注：反体制派とは異なり、下院に議席がある政府お墨付きの野党］」だったからだ。そのためプーチンに刃向かうことなど許されず、行動には注意しなければならない。右派勢力同盟の得票率は1%未満だったが、ベールィフのキャリアにとってそれは挫折につながらなかった。むしろ逆だ。２００8年には大統領に就任したドミートリー・メドベージェフから、「党を潰してもらう代わりに、その気があるなら、君を知事にしてやってもいい。そうすればリベラル派の知事が誕生することになる」と打診を受けたという。当時、メドベージェフはこうした奇妙な実験を楽しんでいたのだ。

ベールィフはこれに同意した。そうすることで、特定の地域で小規模ながらも民主主義の奇跡を起こすことができると考えたからだ。ベールィフは若く先進的なチームを送り込み、圧制下にある地域でも大きな成功を収められると示そうとした。割り当てられたのはキーロフ地域だ。森林地帯で、産業がほとんどない。極めて貧しい悲惨な地域と見なされていた。キーロフの知事を引き受ける準備の一環として、ベールィフは私を招いた。私は公職に就くつもりはなかったが、ボランティアでアドバイザーを務めることにした。反汚職運動で名をあげていた私は言った。「君が汚職と闘うなら手伝うよ」こうして話は決まった。

◉キーロフ林業の落とし穴

うちの家族はモスクワに留まることになったので、ユリアと子供たちには週末しか会えなかった。顧問としてベールィフを手伝いながら、私は弁護士としての業務や調査活動も継続した。直行便がない場合は、夜にキーロフ入りして、翌日帰ったこともある。この繰り返しで、私は疲弊していった。夏になるまでこの生活に耐えたところで、家族全員でキーロフに移り住むことにした。ダーシャは小学2年生で、ザハールはまだ1歳ちょっとだった。ザハールが生まれたとき、私は自分のことを世界で一番幸せな人間だと思った。息子が欲しかったからだ。ダーシャが生まれたときは、性別などはどうでもよかったが、それでも、ザハールが生まれたときには本当に嬉しかった。やったぞ！　これで娘と息子、両方の父親になったんだ。我が家のバービー人形軍団に、車両隊や戦車隊まで加わるぞ、などと夢想したものだ。

私たちはキーロフに永住するつもりだったのだが、結局1年しか住まなかった。それは奇妙な時期だったが、経験しておいてよかったと思う。ロシアで政治に携わるつもりならば、こうした経験をしておくことが必要不可欠だ。

この地域の体制はひどく腐敗しており、お決まりのように前知事は元検察官だった。頂点にいる人物が元検察官かFSBの職員というのはもはや規則のようになっており、その結果汚職が二重に行われることになった。この地域には大量の国有財産があった。かなり込み入った状況で実態解明は困難だったが、状況を完全に把握して、改善策を提案するのが私の使命だった。

仕事を始めるとすぐに、知事とは名ばかりで、ベールィフには何の力もないことを思い知ることになった。ロシアは緻密に構造化されていて、クレムリンの関係者がいたるところで目を光らせていた。この地域には、知事に加えて〝主任連邦監査官〟なる人物と複数の省庁の代表者が配属されていた。知事による意思決定はすべて、モスクワ直属の役人によって却下された。まさに不条理の極みだ。たとえば、キーロフ地方の官庁にはＷｉ－Ｆｉがなかった。導入するべきだと提案した後の顚末は、茶番だった。知事を含む大人数での会議が5回も実施されたあげく、導入されなかった。

キーロフでの仕事は全体としては興味深いが、幻滅する体験だった。私は何がどうなっているのかを十分に理解し、権威主義国家では近代化など不可能だと学んだ。そういう国家の特定の地域に限っても、無理な話だった。若く、精力的で、意欲にあふれた人々がすべてを修正して軌道に乗せようと挑んでは、権威主義の政治体制の沼に飲み込まれていった。腐敗した環境では腐敗した行動を取らざるを得ないのだ。たとえ自分の志が純粋な人助けであったとしても。

たとえば、天然資源大臣にキーロフ向けの予算を陳情したときのことだ。大臣は「実はあの地域で誰かうるさいのがいるらしく、木材が入手できずに困っている部下がいるんだが」と言う。つまり、大臣のお友だちにもっと木材を回せば、キーロフに予算を回すというのだ。私はベールィフに手を貸してくれと言われたが、そんなことに関わるのはお断りだと返事をした。

何かを解決するには、こういうやり方しかなかった。何か良いことをしようとするたびに、何か悪事を働かなければならない。知らず知らずのうちに朝から晩まで不正を行うことになる。やがて「他人のために不正を働くくらいなら、少しは自分のために同じことをしてもよいのではないか？」という思いが脳裏をよぎる。こうして誰もが瞬く間に飲み込まれていくのだ。

最初の会議で、私には大量のフォルダが渡された。それぞれのフォルダには、その地域で重要な企業に関する資料が入っている。私はすべての資料を確認して、企業の運営効率を評価しなければならなかった。フォルダの1つには、「キーロフ林業」というラベルが貼られていた。その数年後、キーロフ林業はロシア全土で悪名高い企業として知られることになる。私を告発し、見せしめの裁判で有罪にするために利用されることになるからだ。

キーロフ林業は国営の木材伐採企業で、4000人を雇用していたが、経営状況は悲惨だった。

負債は巨額で、給与の支払いは常に遅れていた。私は最初、この原因は売り上げの低さにあり、経営の集約化か、キーロフ地方専用の木材取引所の設立で改善できるのではと考えた。しかし、経理状況を詳細に調べると、問題の原因が救い難いほどの乱派経営にあることがわかってきた。キーロフ林業の取締役であるヴャチェスラフ・オパリョフは典型的な詐欺師で、関心があるのは会社から金を引き出すことだけだった。

ベールィフはどの地域を視察しても、ビジネス関係者からキーロフ林業についての苦情を聞かされた。最終的に、私はオパリョフを解雇し、4大会計事務所の1社にこの企業の全面的な監査を依頼した。監査の信頼性には問題がなく、依頼する事務所は入札を経て選定されていた。その数ヵ月後、私はオパリョフがキーロフ行政の上から下まで手を回し、解雇の決定を取り消させて密かに復職し、監査がキャンセルされたと知った。この結果は大きな衝撃で、私はここを去るべきだと結論を出し、イェール大学のワールド・フェロー・プログラムに願書を出した。

ベールィフはキーロフに留まり、自分の職務に完全に適応して典型的な知事になった。もし、ロシアで官僚になるのなら、すべての命令に従わざるを得ない。たとえ違法であってもだ。そうして何年も過ごしているうちに、それが当たり前のことのように思えてくる。キーロフ林業の件で私が訴えられたとき、ベールィフは訴訟がでっち上げであることを知っていたのに、口をつぐんだままだった。この件は裁判へと持ち込まれることになった。

しかし、プーチンの支配下では、いつでも手の平が返される可能性がある。そして今度はあなたに矛先が向くことになるのだ。7年後のある日、テレビをつけた私は仰天した。ベールィフが収賄のかどでモスクワのレストランで逮捕されたという。矯正労働収容所に8年間拘留されることになり、この文章の執筆時点で、まだ刑務所にいる。

◉イェールで「アラブの春」を考える

イェールのプログラムには15人の募集に対して1000人の応募があったが、運良く受講できることになった。まだまだ学ぶべきことがあると自覚していた私にとって、大きな意味があった。ロシアの盗っ人どもは国からせしめた金を西側で散財していた。この盗っ人どもを外国で訴追するためには、米国や欧州のマネーロンダリング禁止法の適用について理解しなければならない。それに世界も見てみたい。米国の仕組みはどうなっているのか？ 教育制度は？ キーロフ地域の闇を垣間見てから1年、私は新しい刺激を切望していた。

ワールド・フェロー・プログラムの理念は、全世界から選ばれた受講者にあらゆる学びの機会を提供するというものだった。たとえば、企業経営と法律に関心がある私は、ロースクールのすべてのコースに参加が許された。他の学部のコースを追加で受講することもできたし、すべての教授に会うことができた。どの教授も快く助言してくれた。試験を受ける必要はなく、家族を連れてきてもいい。受講者に対しては相当な金額の奨学金が支払われ、宿舎も提供された。

私は6ヵ月間、米国で素晴らしい時を過ごした。唯一辟易したのは、米国人たちの過剰なまでの親愛の情の表現だった。一日に数百回も「調子はどう？」とか「週末はどうだった？」というような質問に答えなければならないのだ。典型的なロシア人である私は、しょっちゅう微笑まなければならないせいで、夜には頬が筋肉痛になった。冗談はさておき、(無愛想なロシア人らしく) イェールにいる間、知的な人々に囲まれていた。彼らと知り合いになれたことが誇らしかった。自分の周りの人々が知的であることは常に意識していたし、誰もが自分よりも賢いように思われた。それは素晴らしいことだった。

ずっと国営企業の汚職との闘いに明け暮れていたが、今ではＡＩＤＳやＨＩＶと闘っている南アフリカの女性と机を並べている。彼女の名はテンビ・スール。自身の仕事について情熱を込めて話す姿を見ていると、私の仕事よりよほど重要ではないかと感じるほどだった。

ムスリムの若者組織のリーダーである若いインドネシアの男性もいた。「組織のメンバーは何人くらい？」と尋ねたことがある。２００人くらいという予想はあっさり覆った。

「世界最大規模の若者の組織で、構成員は１２００万人くらいです」

チュニジアからこのプログラムに参加していたメンバーは、国では反対意見を言えないといつもこぼしていた。「ロシアでは、YouTube、Facebook、Twitter が使えますが、チュニジアではすべてブロックされているんです」

政治的な活動を続けるには、フランスに行くしかなかったという。私たちは２０１０年の終盤、いろいろと話し合って過ごした。１ヵ月もしないうちに「アラブの春」が起こり、チュニジアの独裁政権が崩壊した。アラブの春の影響を受けたのはアラブの人々だけかもしれないが、これは今でも重要であり、私にとって勉強になる出来事だった。

私は他の学生の話を聞いていただけではなく、自分の反汚職活動も続けており、留学中に新しい大規模な調査の結果である『How They Cook the Books in Transneft（トランスネフチの帳簿はいかにして改竄されたか）』を発表した。

トランスネフチはロシア最大規模のパイプライン企業で、石油をロシア全土に輸送していた。言うまでもなく、国営企業だ。2000年代の中ごろ、トランスネフチは東シベリアから太平洋に至る石油パイプラインの建設という大規模プロジェクトを請け負っていた。このような規模の建設プロジェクトであれば、まず、着服の構造が全面的に組み込まれるのは当然だった。たとえ完了しても（このような巨大プロジェクトが予定どおりに完了することはまずないが）、作業の質は悪く、規制に沿っていない上に、巨額の財源が悪用された。これは決して誇張ではない。政府を含む誰もがこの状況を知っており、2008年にはトランスネフチに対して国の特別監査部門である会計検査院による監査が実施されたが、結果はトランスネフチ自体の要望で隠蔽された。

私はさんざん苦労した末にこの秘密報告書を入手し、内容に愕然とした。無味乾燥な150ページの報告書には、数字や分析、横領の可能性についてのあらゆる事実が記載されていた。建設費は時間とともに膨れあがっており、請負先としてうさんくさいオフショア法人が選定され、入札は驚くほど不正な方法で実施され、状況を隠蔽するために資料はすべて廃棄されていた。さらにこの報告書は、専門家の推測やインターネット上のブログ投稿ではなく、会計検査院が正式に作成したものなのだ。パイプライン・プロジェクトによって横領された金額は40億ドルに上った。

「ロシアの成人1人当たり1100ルーブルが盗まれた計算だ」

私は「ライブ・ジャーナル」にこう書いた。大スキャンダルだった。当時、そして現在もこの国営企業の最高経営者を務めているニコライ・トカレフは元KGB局員で、プーチンのごく親しい友人であり、ソ連時代にはドレスデンのKGBでプーチンの同僚だった。トカレフは人前に出ることが極端に少ない人物だったが、この件についてはとうとう口を開くことになった。トカレフは私のことを日和見主義者だとして、「マデレーン・オルブライトの全米民主国際研究所（ＮＤＩ）にからめとられている」と非難した。トカレフによると、オルブライトはロシアを憎んでいるのだそうだ。私はトカレフらの世界観を笑い飛ばした。思考回路が冷戦時代で止まっているからだ。

私が調査結果を発表した直後から、キーロフ林業に対する調査が始まった。これは実質的に再調査である。なぜなら、私がベールルィフのアドバイザーを務めていたときに、すでに調査を実施済みだったからだ。当時、警察は違法なことは何もないという結論を出し、調査についてはすぐに忘れられてしまった。今回の調査は私のロシアへの帰還を妨害するのが目的なのは明らかであり、黙っているわけにはいかなかった。数ヵ月の間、私はひどいホームシック状態で、ボルシチをむさぼる夢を見る始末だった。家族４人で荷造りをしてモスクワへと戻った。私の人生の新たな段階が始まったのだ。祖国に帰るたびに、私はいつも国境で逮捕されるかもしれないと思っていた。

そして２０１１年、この年に何もかもが再び変わることになる。

13

討論会、「ライブ・ジャーナル」のブログ、国営企業との闘いを通じて、私は大切なことを学んだ。協力してくれる大勢の人々と出会う方法だ。汚職の事実を突き止め、ブログを書いて、呼びかける。「皆さんの力が必要です！　この盗っ人どもを告訴しましょう」すると、文字どおり数千人の人々が反応し、告訴に協力してくれるのだ。みんな実名で署名をし、住所と電話番号を記載していた。

次のような呼びかけをすることもあった。「パイプラインの専門家を探しています。ご協力ください」。すると、数時間もしないうちに次のような連絡がある。「こんにちは。パイプラインの専門家です。質問があればお答えします」

有能な専門家に出会うには運が良くなければと誰もが思っている。しかし、ブログを利用すれば、専門家が現れる。問題になっている事例に何らかの形でかかわりがあり、事情を把握していて、調査に協力すればメリットがありそうだと思えば、進んで協力を申し出てくれることもある。何をどうしたいのか詳しく説明し、要望をすべて書いて専門家に返信する。ボランティアの人々は、かつて仕事でかかわった企業の社員と比べて、何百倍も有能だとつくづく思う。

◉ロスピル・プロジェクト

2010年、「ライブ・ジャーナル」の読者からニュースが送られてきた。「保険省が〝医療従事者と患者間のコミュニケーションのための〟ソーシャルネットワークをつくることにした」というのだ。保険省はこれに関してコンペを行うと発表した。初期費用は5500万ルーブル、締め切りは16日後だ。私はITの専門家ではないが、この仕様が実現不可能なのは明らかだった。たった数週間ではソーシャルネットワークどころかウェブサイトもつくれない。〝コンペ〟がインチキなのは明白で、請負業者はかなり前から決まっており、ウェブサイトもすでに用意されているのだろう。関係者が5500万ルーブルの大半を中抜きすることも決まっているはずだ。私が苦情を申し立てると、数日後に保険省はコンペを中止した。

その後、「ライブ・ジャーナル」には似たような詐欺コンペの情報が押し寄せた。私はいつものように、ブログで専門家の支援を募った。今回は、私が苦情申し立てに使うための専門的なアセスメントを作成してもらうのだ。こうしてプロジェクトは開始されたが、コンペの数が多すぎてすべてには対処できなかった。ボランティアが協力してくれて、腐敗した政府からの購買注文に関する情報をアップロードできるウェブサイトがつくられ、提供された情報を専門家たちが評価する。しかし、ボランティアの数が足りない。私はブログで苦情の申立書を書いてくれる弁護士を募集したところ、履歴書が殺到したのだった。

こうしてロスピル・プロジェクトが始まり、私は初めて従業員を採用した。リュボフ・ソボルはまだモスクワ大学の学生だったが、とても几帳面で意欲的な弁護士になった。私たちはそれ以来一緒に働いており、ソボルは仲間となった。政府による不正な調達を暴露するロスピル・プロジェクトの他にも、私は複数の新しいプロジェクトを立ち上げた。保守が適切に行われてない道路についての苦情の申し立てを誰でもできるサイトであるロスヤマや、選挙の監視人になるための登録ができるロスヴィボリだ。その数ヵ月後には国会と大統領の選挙が控えていた。こうしたすべてのプロジェクトのために、私たちは本格的な組織を構築した。

どのようなプロジェクトにも、必要なものが2つある。人材と資金だ。人材については問題ない。問題は資金だ。権威主義国家で独立した組織を財源なしに運営することなど不可能だからだ。かつて、政治家たちは裕福なオリガルヒから資金を求めた。しかし、2011年まで私はオリガルヒを視野に入れていなかったし、オリガルヒの恩恵を受けるつもりもなかった。そこでブログに投稿した。

「取り組み方はわかっているし、何をすべきかもわかっている。必要な数のスタッフを採用するつもりだが、資金が必要だ。資金を提供してほしい。この善意から成る意義のあるプロジェクトに、少しで構わないので寄付をしてほしい。そうすれば、私はオリガルヒや事業家たちから資金を調達するために走り回らずにすむ」

極めて少額の寄付金が、独立を保証するための基盤となった。クレムリンは何もできなかった。一人二人の大口献金者を逮捕して脅すのは簡単でも、何万もの人々が相手ではどうしようもない。

今ではこうしたアプローチは特に目新しいものではないし、資金調達キャンペーンのための基本的な手法になっている。しかし、2011年には、誰もが私のことをどうかしていると思っていた。少額寄付とは一体何だ？　このロシアで、どうやったら調査や訴訟のための資金をオンラインで調達できるというのだ？　この国では前例がなく、参考にできるモデルもなければ、定期的な寄付の習慣もなかった。しかし、人々は資金を私に送るようになった。皆「ライブ・ジャーナル」を読んでいるふつうの人々だ。私は当初、寄付金を自分の個人口座で集めて、後から銀行の明細と報告書をブログで公開していた。ロスピルへの寄付の平均金額は400ルーブル（当時の約15ドル）で、私は1ヵ月で約400万ルーブルを集めた。想定していた年間の予算を上回る金額だ。

長らく続いていた悪しき思い込みはほかにもあった。政治的な活動に対して大っぴらに寄付する人などいないと思われていた。誰もが報復を恐れているので、寄付を求めるのは賢明ではない。こっそり資金を提供してくれそうな事業家に秘密裏にアプローチするか、行政に直接かけあったほうがはるかに効果的だと思われていた。そんなことは決してないと確信していた私は、自分の考えを証明することにした。

2011年9月、私は反汚職基金（FBK）を非営利組織として登録した。現時点で運営されている私の個人プロジェクトはすべて、一つのブランドの構成要素になったのだ。私はクラウド・ファンディングによる反汚職基金の活動資金集めを継続すると発表したが、今回は著名人に声をかけて寄付を求めた。数ヵ月後には、16人の著名人が公に私を支援してくれることになった。それぞれが1万ドル以上を寄付してくれた。起業家のボリス・ジミン、経済学者のセルゲイ・グリエフ、ジャーナリストのレオニード・パルフィオノフ、小説家のボリス・アクーニンなどだ。資本家のウラジーミル・アシュルコフは金銭の寄付だけでなく、活動の手はずを整えるために私を大いに助けてくれた。この16人は、「許可を得ずに大義のための資金提供など許されない」という社会的タブーを打ち破ったのだった。

反汚職基金が設立された最初の年、私が計画した約900万ルーブルの調達はあっさりと達成できた。私が毒を盛られる前年の2019年、基金は8000万ルーブル以上を集め、100〜500ルーブルの小口の寄付が全国から何万件も寄せられていた。

私たちの組織の基本理念は透明性である。この理念は当初から2つの理由で重要だった。

第一に、寄付の使われ方がわかっているほうが、人々が寄付をしてくれる可能性が高くなる。国とは一線を画したかった。政府は何も説明しないまま税金を使い、納税者は予算の優先順位にも関与できなければ予算配分すら知ることもできない。ロシアでは、自分の手の内を本当に明かしている政治家など、お目にかかったことがない。1900年代、民主主義勢力が力を持っていたごく短期間にさえ、財源の状況や財源の支出元を隠すのは当然のことだと考えられていた。

この慣例を変えたかった私は、自分個人の収入と、組織の財源の出所について詳しく公開した。誰もが私の家族の顔を知っていた。寄付を送ってくれる人たちは、当局に対して暗黙のメッセージを送っていることにもなった。彼らが私への寄付を選択したのは私が何をしていて、どのように財源を使っているのかを理解できるからだ。その一方で、政府の役人たちは、すべてを隠し、ときには盗みさえ働いている。

お前はナワリヌイに寄付をしているのか？　取引はすべて記録されている。困ったことになるぞ、といった脅しをものともせず、大勢の人々が寄付金を送り続けてくれた。まるで、こんなメッセージが常に届けられているような気持ちがした。

「私たちは闘う準備はできているが、リーダーが必要だ。国を恐れず、賄賂を受け取らないリーダーが。あなたがそういう人だと思うからこそ、私たちはあなたを支持するのだ」

私は反汚職基金からは絶対に給料を受け取らなかったし、どのような状況になっても寄付金を自分個人の目的のために使うことはなかった。自分の所得と組織の予算の間には難攻不落の万里の長城を築くと決めていた。だから弁護士としての仕事は続けていた。私の活動を支援する目的で、私を顧問弁護士に使ってくれるクライアントもあった。

第二の重要な理念は〝普遍性〟だ。クレムリンは何年もの間私たちの活動を過小評価し、地下組織のような立場に追いやっていた。私たちを、ソ連時代の反体制派の現代版のように扱おうとしたのだ。私はこうした反体制派の活動家たちを英雄として尊敬していた。だが、正気であれば、2012年に英雄的な反体制活動家になろうという者などいなかった。危険だし、恐ろしすぎる。誰もがただ、ふつうでありたいと思っていた。かつてのように、ふつうの人々がふつうのオフィスで働ける日常だ。

私たちの組織は根本的には革命を目指していて、一人ひとりが大きなリスクを取っていたが、外から見ればモスクワで活動する先進的な人物の集まりだった。広々として仕切りのないオフィスにコーヒーマシンが置かれ、クリスマスには「シークレットサンタ（贈り主を伏せたプレゼント交換）」も楽しんだ。組織の「Twitter や Instagram のアカウントもあった。スタッフは若く、全員が友人だった。皆でハイキングに行ったり、パーティーをすることもあった（何年かすると、私はパーティーが一番盛り上がるのはなぜか私の帰宅後だということに気づいた）。きらびやかなスタートアップ企業と唯一違うのは、プーチンと闘っていることだった。当然だがその結果、オフィスが盗聴されるといった、気の滅入る事件が起こる。

腹立たしくはあったが、特に恐ろしいものではなかった。しかし、時が経つにつれて、攻撃は頻繁になっていった。圧力は毎年高まっていき、2019年には逮捕と捜索は私たちの日常の一部になっていた。先進的なオフィスはそのままだったが、警察がチェーンソーでドアを破り、セミオートマチックを手に突入してきて、オフィスにいた全員が床に伏せるように命じられた。50人のスタッフのPCと電話が取り上げられ、あらゆる機材、文書、個人の持ち物が没収された。壁の巾木［訳注：壁下部の床と接する部分に張る部材］の裏側に電話を隠したり、天井のタイルの裏にPCを隠したりできればしめたものだ。しかし、たいていはすべて押収されてしまう。あちらの狙いは明白だ。機材を新調するための財源が必要になるので、私たちは寄付を依頼しなければならない。クレムリンとしては、こちらの資金調達が難しくなっていくことを期待していたが、攻撃後は毎回多額の寄付が送られてきた。

反汚職基金の活動内容は名前から明らかだった。私たちはジャーナリスト、弁護士、政治活動家のハイブリッドだった。汚職の事例を見つけては文書を精査し、証拠を集めて公開した。こうした情報は、最初の年は私のブログで公開していた。のちにはYouTubeになった。私たちの活動の中で重要なのは、何といっても耳を傾けてくれる数百万の人々に対して情報を拡散することだった。

独立系メディアによる発信は急速に減り、検閲が至るところで実施されるようになった。テレビのネットワークはおろか、大手の新聞も私たちの活動を報じることはなくなっていった。このような場合はどうすればいいのか？　自分でストーリーを作り、ほかの人に助けを求めるのだ。ブログにリンクを掲載して、ソーシャルメディアで情報を発信し、友人に動画を送信する。何をしても効果がないようなら、リーフレットを印刷して、エレベーターに掲示する。

「この市の市長の月給は公式には2000ドル程度となっています。しかし市長はマイアミに500万ドルもするマンションを持っています」

調査の終わりにはいつも、私はこう伝えることにしていた。「皆さん、私たちの作業は完了しました。これまで隠されてきた事実を明らかにしました。しかし、皆さんの手助けがなければ、この話は誰にも知られないままになってしまいます。友だちにリンクを送りましょう。VKontakte［原注：ロシアのSNS］の地域グループに参加して、コメントを残してください。この情報を、家族や親戚に送ってください」

結果として、協力者は寄付金を提供するだけでなく、実質的に私たちのために働いてくれるようになった。つまり、組織の重要な部分を担うようになったのだ。

◉詐欺師と泥棒の党

「統一ロシアはまったく評価できません。この党は腐敗した、詐欺師と泥棒の党なのです」

2011年、私がフィナムFMラジオの生放送で発言すると、すぐに流行語になった。統一ロシアの代表であるエフゲニー・フョードロフは激怒し、討論を申し込んできた。プーチンの党のメンバーからこのような申し出があるのは初めてだ。討論はお手のものだから、申し出を受けてたった。この討論もフィナムFMで放送され、終了時に司会者がリスナーの決を採ると、99％が私を支持した。すると、統一ロシアの別のメンバーがすぐに私を訴えた。統一ロシアを〝詐欺師と泥棒の党〞と表現したために倫理的な損害を被ったというのだ。訴えは却下され、当時はまだ大胆な報道をしていた『ヴェドモスチ』紙は、「法廷が統一ロシアを〝詐欺師と泥棒の党〟と呼ぶことを許可」と書き立てた。痛快だった。

私はブログの読者に、〝詐欺師と泥棒の党〟という表現をできるだけ何回も使うように呼びかけた。ほどなくして、検索エンジンに〝統一ロシア〟と入力すると、最初に〝詐欺師と泥棒の党〟という言葉が提案されるようになった。2011年12月にはロシア国家院の選挙があるので、与党の得票数をできるだけ減らさなければならない。そこでメイン・スローガンとして「投票は詐欺師と泥棒の党以外に」を掲げた。運動ではいつものように、インターネットと支援者のネットワークを活用した。

その結果、統一ロシアの得票率は予想を大幅に下回り、クレムリンはなりふり構わずこの結果を改竄した。得票数の改竄が行われたのはこのときが初めてだった。偽の投票者が複数の投票所にバスで送り込まれ、票が水増しされ、結果表が改竄された。統一ロシアは国家院でまだ過半数を占めていたが、党がこのような不正を行った結果、抗議の機運は近年の歴史ではまれにみる規模で高まった。

選挙が公正に実施されるとは誰も想像していなかったので、得票数の操作に対する対処は事前に計画されていた。投票日の翌日の12月5日、ガルリ・カスパロフ、ボリス・ネムツォフ、イリヤ・ヤシン、ウラジーミル・ブコフスキーによって連帯運動が組織された。ヤブロコ設立時からの友人であるヤシンからは運動に出席するように招待されたのだが、最初は断った。選挙に対する彼らの立場に苛立ちを覚えていたからだ。ボイコットを推進する部隊（カスパロフ）や無効票を投じる部隊（ネムツォフ）、その両方を行う部隊が存在したが、そうした手法は私たちの〝統一ロシアではない党に投票する〟という方針にとっては妨害となる。私たちにとってはすべての票が重要なのだ。

しかし、選挙結果（統一ロシアの得票率はモスクワでは46％だが、わずか20％という投票所もあれば、70％という地域もあった）と投票数の水増しのビデオを見た私は、連帯運動に参加しなければと考えた。私は、運動への参加を希望する人は誰でも午後7時にチスチェイエ・プルドイに来るようにと促す内容のブログを投稿した。その日は月曜日だったので、大規模動員は期待できそうにもなかった。

共産党員はその1時間前にプーシキン広場で集会を開くことになっていた（そのことは投稿に書いておいた）。2つの抵抗活動をまとめるには遅すぎたが、できることなら両方の集会に出るようにと私は提案した。チスチェイエ・プルドイに移動するために地下鉄に乗っていると、「共産党の集会に来たのは１００人」というテキストメッセージがヤシンから届いた。憂鬱な気分で、自分たちの集会にもあまり人が集まらないかもと考える。近年、集会は抗議活動の手段としてはあまり人気がなく、ヤブロコではヤシンと集会を計画しては結果に失望していた。選挙でのあまりにもひどい不正に対して人々の怒りが高まっているのは感じていたが、彼らがデモや集会でその怒りを表現することは期待できないだろう。

だが、地下鉄の駅から出てきた私は目を疑った。数千人もの人々が集まっている。大通りは大混雑だった。こんな光景はかつて目にしたことがない。ステージにたどり着くのは不可能だった。重要なのは、今までとは違う人々が参加していることだ。顔見知りの少数の活動家ではなく、新しい人々だ。

集会が終わっても誰も帰宅しようとせず、大群衆となって選挙委員会に抗議するデモ行進を始めた。機動隊は当初、この無許可の運動を静観していた。しかし自由を謳うデモは終わらず、堪忍袋の緒が切れたようだ。私、ヤシン、数百人の参加者が拘束され、警察のバスに乗せられた。

警察でわかったのは、私と一緒に留置場に入れられていたのは大半が選挙を監視していた人たちだった。彼らはデモの前日に投票所で不正が行われる状況を目撃し、憤慨してデモに参加したのだ。一晩拘束され、翌朝、私は特別拘置所に移送された。私にとって最初の逮捕で、〝警察の指示に従わなかった〟かどで15日間（当時の最長期間）拘束されることになった。

今では特別拘置所に入れられた人の話は特に珍しくはないが、その当時は非常にまれな経験だった。金属製のドアが背後で音をたてて閉まると、タバコの煙が立ちこめる中から18の陰鬱な顔がこちらを見つめているという状況を想像してみてほしい。自分以外の全員がひっきりなしに喫煙している監房に何日も拘束され、鉄格子の屋根がある中庭で一日に一度だけ運動することができ、一日に15分だけ電話が許可されるという環境は、初めは堪え難かったが、そのうちに慣れてきた。

今、この文章を書いているとついニヤリとしてしまう。２０１１年のモスクワの特別拘置所は２０２１年の刑務所とはまったく違っていた。しかも、同じ房に入っていた人たちにも恵まれた。多くが私と同じようにデモで拘束された人々だった。近くの房に入っていたのは大半が飲酒運転、薬物依存症、反社会的行動などで逮捕された人たちだったが、間もなく彼らの多くも私を支持していることがわかった。

逮捕による最大の不都合は、外界の情報が完全に遮断されてしまうことだ。あなたの耳にニュースがタイムリーに届いていなくても、世界は速度を落とすことなく動き続けている。この15日間で、私は興味深い出来事をたくさん見逃してしまった。12月10日にも、モスクワのボロトナヤ広場で選挙の不正に抗議するデモが行われた。10万人が集まったと聞き、私は信じられなかった。そのデモのステージでは、私が拘置所から書いた手紙が読み上げられた。

12月24日、サハロフ通りでのデモには参加できた。デモの光景には驚愕させられた。これほど多くの人が抗議活動に参加するのを見たことがなかったのだ。私は予期せずステージに上がることになった。ボリス・ネムツォフ、アレクセイ・クドリンがいたし、プーチンのかつての上官の娘であり、〝ロシアのパリス・ヒルトン〟と呼ばれる有名人、クセニア・サプチャクの姿もあった。

14

2012年は私にとって、人生のパターンが定まった年だ。そこから何年も、抗議集会をしては拘束され、抗議集会をしては拘束され……といういたちごっこが延々と繰り返された。もちろん楽しくはないが、だからといって抗議をやめようとは思わない。クレムリンはすぐにそのことに気づくと、12月、身に覚えのない4つの刑事裁判をいっぺんに起こしてきた。キーロフ林業に対する横領罪、フランスの化粧品会社イブ・ロシェに対する詐欺罪、右派勢力同盟から1億ルーブルを盗んだとする詐欺罪、そしてキーロフの蒸留所を盗んだとする詐欺罪（これが一番気に入った）である。私は数年を獄中で過ごすという脅威にさらされることになった。3つ目と4つ目の裁判については特に心配もなく、出廷させられることもなかった。問題は1つ目と2つ目だった。というのも、私のみならず、他の無実な人たちまで巻きこんでしまったからだ。特にイブ・ロシェの件は、弟のオレグが共同被告人にされてしまい、心中穏やかでなかった。

私はクレムリンからの迫害に対する準備ができていた。妻のユリアも同じだった。しかし、私への復讐のために、広範囲におよぶ親戚まで狙ってくることには、ひどく心が痛んだ。皆で夕食をともにしていたある夜、私が何か希望がもてそうな言葉を探していると、こう言われた。「いいから。私たちはちゃんとわかっている」

だからといって、話さないわけにはいかなかった。

◉捏造と脅迫

2012年の時点では裁判はまだ先だったが、それ以外にも困ることがあった。たとえば、12時間に及ぶ取り調べの過程では、携帯電話やPCがすべて押収された。

私が起訴された刑事事件はいずれも、司法制度のありようが如実にわかる典型的な例である。当局は罪を捏造し、それに合わせて被害者を決めているだけだ。法の支配が尊重されている国の人にこの状況を説明するのは難しい。きっとできないはずだ。30もの書類の束があるのを想像してみてほしい。ロシアの捜査当局はこれを処理しているのだ。

私に対して刑事裁判を起こすクレムリンの狙いは2つあった。1つ目は、私の政治活動を阻むこと。刑務所にいながら活動を続けるのは一筋縄ではいかないし、執行猶予付きの判決でも困難を極める。まして有罪判決なら、出馬すらできない。2つ目の狙いは、私の評判をめちゃくちゃにすることだ。そのためには、政治関連の罪ではなく一般的な詐欺罪をひねり出す必要があった。「ナワリヌイは本気で国の汚職と闘う気なのか？　自分が汚職をしているんじゃや？」と思わせるのだ。

私は心に決めた。もし刑事事件で起訴されるようなことがあったら、関連するすべての文書や資料をインターネットに投稿してやる。嘘という攻撃への最大の防衛は公開だ。何も隠すことはないし、訴訟が私には政治的なモチベーションになることを、皆に知ってほしかった。

この戦略を初めて繰り出したのは、キーロフ林業の裁判だった。これは、私の活動がその時々において、クレムリンをどれだけ慌てさせていたかをはっきりと示していた。すべては、私がキーロフでニキータ・ベールィフ知事の顧問を務めていた際の、警察による犯罪捜査から始まった。前述したとおり、この捜査で何かが起きたわけではないが、イェール大学留学時に状況が変わった。私がトランスネフチ社の機密文書を公開した1週間後のことだった。当局は私に対して訴訟を起こさなかった。どうせ私が戻ってこないと思っていたのだろう。

捜査は2011年2月に再び始まった。私がラジオで統一ロシアを「詐欺師と泥棒の党」と呼んだ数日後のことだ。その年の5月、捜査は刑事事件にまで発展したが、またしても証拠不十分として終了した。2012年7月、ロシア連邦取調委員会委員長のアレクサンドル・バストルイキンは、サンクトペテルブルクで開かれた委員会総会の場で、捜査を終了した捜査官らを解雇すると脅し、捜査の再開を要求した。それから2週間もたたずにまた捜査が始まった。

彼らの告発ほど馬鹿げたものはない。キーロフ州にキーロフ林業という儲からない国営企業があったことは、この先ずっと忘れられることはないだろう。同社は木材を扱い、直接販売、中間業者経由、あるいは闇市場でも販売していた。めちゃくちゃな状態だった。木材の正式な価格を設定したり、生産コストを決定したりする人が誰もいなかったのだ。

木材業者のひとつにヴャトカ製材会社があった。特徴はなく、競合他社と比べて取引量も微々たるものだったが、取締役が不運にも私の知人だった。ヤブロコ時代の友人、ピョートル・オフィツェロフ。彼もベールィフの就任に伴い、キーロフ州に惹かれてやってきたのだ。

州の汚職捜査警官らが、私と結びつけられる都合がいい話はないかと嗅ぎまわった際、キーロフ林業を思い出したようだ。そのばかばかしい大計画とは、木材を1450万ルーブルでオフィツェロフに売り、それをオフィツェロフが１６００万ルーブルで第三者に売ってはどうかと、私がキーロフ林業の責任者を説き伏せたというものだった。そして彼らは、私が横領したと訴訟を起こした。

「どの部分が横領にあたるのか？　いたってまともなビジネスではないか」という声が聞こえてきそうだ。ロシアの捜査官たちはそうは考えなかった。キーロフ林業の責任者（私がベールィフの顧問として働いていた際に解雇しようとした人物）と手を組み、私が彼に木材を明らかに採算の取れない価格で売るよう強要したと証言させた。

「つまり、１５０万ルーブルを盗んだと訴えられたということ？」

残念ながら、その程度の想像力では、ロシアの取調委員会の役人たちには勝ち目がない。彼らは私が丸々１６００万ルーブルを横領したとして訴えてきた。実際に木材が売られ、キーロフ林業がその対価を得ているという事実に、誰一人として頓着しなかった。〝１５０万〟よりも〝１６００万〟のほうが、テレビ報道のインパクトがはるかに大きいからだろう。

捜査官らはこれが正式な金融犯罪捜査であるふりさえしなかった。それどころか、私の大学時代のジム仲間など、誰かれかまわず尋問した。実家の住所を調べ、私の法務関連書類を押収し、自分たちが悪い噂をかき集めている事実を隠そうとすらしない。私自身はどんなことをされてもほとんど気にしなかったが、同志であるピョートルには心からすまないと思った。彼は５人の子供の父親だ。頻繁な出張を伴う仕事にもかかわらず、住まいのあるモスクワから出ることを禁じられた。捜査官には狡猾な計画があった。それは、ビジネスパーソンであるピョートルから収入の大部分を奪って脅しをかければ、あわてて私について嘘の証言をするというものだった。５人の子供を養うというのは並大抵ではなく、仮に彼がそうしたとして、責めるつもりもなかった。

面白い本を書くための流儀にのっとり、ピョートルがどんな反応をしたのかすぐに明かさず、もっと引っ張って焦らしてもいいくらいだ。でも、やめておこう。ピョートルという人間はとても正直で誠実であることが証明された。捜査が始まったとき、彼はすぐさま、当局と手を組むつもりはないと言ってきた。あの手この手で圧力をかけようとしても、ただ彼は困惑するだけだった。だが、一方で、卑劣な悪党の所業のせいで自らの良心を傷つけるつもりもなかった。あとになって、刑務所に向かう警察のトラックのなかで、私はピョートルに後悔していないのかと尋ねた。するとこんな言葉が返ってきた。

「なあ、正直者でいたいのは自分だけだとでも思っているのか?」

公判はキーロフで行われ、私たちはモスクワから行くことは許された。私とユリア、ピョートル・オフィツェロフとその妻リダ、そして報道陣。私は大勢の報道関係者と親交を深め、今でもつながっている。移動手段はいつも列車で、すぐにすべての乗務員に私たちの存在が知れ渡った。刑事裁判にも迫りくる判決にもワクワクしていたとはいえないが、道中は楽しかった。公判は見世物のようなものだとみられており、通信社の生中継でその効果が高まった。誰がそんな妙案を思いついたのか想像もつかないが、おそらくその影響で、彼はあらゆるボーナスのチャンスを失ったことだろう。裁判は黒のローブをまとった裁判官によって行われた。検察官は青の制服に身を包み、席についていた。しかし、法廷らしき点はそこまでだった。検察側の言い分は馬鹿げていた。審問を一つ見ただけでも、そのことは誰の目にも明らかだった。

◉2013年・モスクワ市長選出馬

2013年、夏のはじめの6月4日、ゴーリキイ公園のスワンレイクカフェで、私の誕生日を祝っていた。話題は最新のニュースについてで、その日、モスクワ市長のセルゲイ・ソビャーニンが突然辞職を表明した。プーチン政権の当局者が習得したての離れ業を繰り出したのだ。任期満了を待たずして辞職するのは、即座に再選を目指して出馬の意向を表明するための儀式でしかない。ライバル候補が選挙運動の準備に十分な時間を費やせないようにするためのものだ。現職は選挙当日まで〝代行〟として在任するため、他の候補者と比べて業務のうえで圧倒的に有利になる。

誰かが笑いながら聞いてきた。「アレクセイ、コメルサントの調査のことを覚えている?」

もちろん覚えている。2010年、前回のモスクワ市長選の直前に、日刊紙『コメルサント』のウェブサイト上で「ネット仮想モスクワ市長選挙」が開催され、オンライン投票が行われた。それは大注目を集め、6万5000人を超える人が参加した。そのとき私は45%の票を獲得して圧勝した。2位はボリス・ネムツォフで12%、3位が銀行家のアレクサンドル・レベデフで約11%だった。愉快であると同時にとても勇気づけられた。他の候補者は全員が本物の政治家で、私はインターネット上にいるごくふつうの男なのに、彼らを打ち負かしたからだ。ちなみに、現職市長のソビャーニンの獲得票は3%にも満たなかった。

誕生日パーティの席で、私は即断即決した。ソビャーニンの辞職は、国家として重要な選挙に参加する絶好の機会だ。私はモスクワを愛していて、モスクワのことをよく知っていて、この都市が抱えている問題をしっかり把握している。ユリアの方を見ると、ユリアも私を見た。考えていることが手に取るようにわかった。市長選に立候補しよう。いいアイデアだ。じっくり話し合う必要などなかった。ユリアはとっくに私の味方についていた。

盟友であるウラジーミル・アシュルコフに、すぐに選挙運動を始められるものなのか尋ねた。資金集めは後からでも可能なのだろうか？　彼はとても落ち着いた、良識的な言い方で、簡単ではないだろうと答えた。たくさんの資金が必要になる。これまで集めてきたよりもはるかに多くの額が。ただし、私たちにはたくさんの支援者がいたし、やってみるしかない。

続いて反汚職基金のレオニード・ボルコフにも電話をかけ、その場のメンバーにも会話の内容を聞けるようにした。エカテリンブルク市議会議員である彼に、選挙事務所を運営してくれないかと打診し、真摯な選挙をしたいと伝えた。野党が近年してきたようなマネはしたくない。候補者を発表したきり数ヵ月何の行動も起こさず、すべてが終わると「結果は八百長だ」と文句を言うのが野党の常套手段だ。だが、私は勝ちたかった。エカテリンブルクの自宅にいたボルコフは「わかった！　モスクワに行って君の選挙運動をしよう」と決断してくれた。

わずか30分で話がまとまったが、途方もない挑戦だ。外から見ると、選挙での成功は一人の人間の努力の結果だと思うかもしれないが、真実からはほど遠い。どちらかというとピラミッドのようなもので、私はたまたまそのてっぺんにいるというだけだ。一人で選挙運動をするなど到底できない。支援してくれる人、支持してくれる人がいて、私はみんなを代表しているのだ。

あるとき、選挙支援者の中にFacebookでつながりのある男性がいるのに気づいた。トップクラスのＩＴスペシャリストで、結構な資産家でもある。そんな彼が、チラシの封入作業に追われていた。「あなたほど優秀なプログラマーが、どうしてこんな単純作業を？」

驚いて尋ねると、彼は答えた。「まだここには専門的な仕事がないんだよ。でも、みんな懸命に働いているし、僕もあなたの選挙運動に参加して貢献したいんだ」

おそらく、私の立候補を認めるかどうか、クレムリンでも事前の話し合いがあったと思われる。たしかに私はインターネット上の有名人であり、その点は懸念事項だった。しかし、インターネットと現実世界は別物である。どうやら当局は私を泡沫候補とみなし、ちょっと実験してみようということになったらしい。立候補を阻止せず、プーチンとその代理人であるソビャーニンの人気で私に圧勝できると考えたのだ。彼らの読みでは、私の得票はせいぜい5％。ロシアで一番の人気ブロガーなのかもしれないが、テレビしか見ていない老婦人たちが投票するはずがない。それに、他の候補者たちが私を負かすのは明らかだ。ロシアではどんな選挙でも〝結果〟は決まっている。1位がクレムリンに指名された候補者、2位がロシア連邦共産党の候補者、3位がウラジーミル・ジリノフスキーの創設したロシア自由民主党の候補者である。私は門外漢であり、これが私の政治家としてのキャリアの終焉になるだろう。まあ、終わりではないかもしれないが、数％の票しか得られない平凡な民主主義の野党政治家のキャリアになるだけだろう。7月17日、私は正式に候補者として登録され、選挙運動が許可された。

◉逮捕からの選挙戦

クレムリンには、私のことをあまり気にしないもう一つの理由があった。翌日の7月18日は、キーロフ林業事件の評決が下されることになっていた。私は5年、ピョートル・オフィツェロフは4年の実刑が言い渡される。もちろん投獄されたいとは思わないし、家族のことが心配でもあったが、ユリアが冷静に受け止めているのがわかり、それが私に力を与えてくれた。

裁判所に到着すると、大勢の支援者や報道陣に出迎えられた。法廷の席に着く。判事が出てきて判決文を淡々と読み上げる。読み終えるまでに数時間かかったので、心の準備をするには十分すぎる時間があった。それでもいざ「禁錮5年」を言い渡されると面食らう。ピョートルは禁錮4年を言い渡された。彼の妻を見ると、判決が言い渡されるや席に崩れ落ちた。

それで終わりだ。ユリアにキスをすると、私は手錠をかけられ、警察車両に連行された。私に倣おうとする人をさらに脅すため、その様子まで生中継された。囚人護送車の外観はありふれたトラックだが、中はいくつもの小部屋に分かれている。刑務所用語で〝コップ〟と呼ばれる、実際にトイレの個室よりも狭い窮屈な箱で、椅子に座ると膝が仕切りに押し付けられるため、ちゃんと座ることができない。私とピョートルはそれぞれ別々の小部屋にいた。

刑務所ではマットレスを1枚渡され、それをかなり離れた場所にある独房へ持って行くように言われた。すでに他の荷物で手いっぱいだったが、すべてを一気に運ばなければならなかったので、マットレスを肩に担いでさっさとやることにした。

独房のなかは冷え冷えとしていて、大量の蚊が飛んでいた。私はもし刑務所に入れられたら日記をつけようと決めていた。さっそく1日目の日記を書いた。タイトルは、蚊について。

言っておくが、あの夜ほどよく眠れたことはない。四方を壁で囲まれた中で落ち着かないのではないかと思われるだろうが、実際には赤ん坊のようにぐっすり眠れる。不安というのは判決が出る前に感じるものであり、それが終わってしまえば、どんな心配が残るというのだろう？　今後5年間を刑務所で過ごすことになるのは疑いもない事実だ。驚くことはない。

朝になると独房に看守たちがやってきて、何か要望はないか尋ねてきた。私は刑務所の図書館から2〜3冊、トルストイの本を持ってきてほしいと頼んだ。それから2時間たっても、看守たちは戻ってこなかった。だがその後、扉が開いて、所持品を持って出てくるように言われた。

「どこへ連れて行くんだ？」私は尋ねた。

「上訴法廷だ」

「何の上訴だって？　控訴する時間すらなかったのに」

「検察当局が上訴した」

不可解なことが起きている。上訴がそう早く審理されるものではないことはよく知っていた。

ピョートルと私は再び法廷に連れて行かれ、〝水槽〟なる犯罪者を収容するガラスの箱に入れられた。昨日モスクワで大規模な抗議集会が自然発生したと知らされたときには、私はもう閉じこめられていた。私が有罪宣告される姿を皆に見せようと政府が仕組んだ生中継は、正反対の効果をもたらした。人々はこの訴訟を不正と見なし、判決が下ると激怒した。のちにＰＣでそのときの写真を見て、いたく感激した。数万人もの人々が、平日、判決からわずか数時間後に、モスクワ市街のトゥヴェスカヤ通りに集結していた。あの日あの場に居合わせた人は皆、その集会がいかに記憶に残るものだったかを教えてくれた。うらやましくさえあった。

集会が行われている最中、私はといえば、そんなこととは知らずに独房で蚊について日記に書いていたのだが、検察当局はピョートルと私の減刑を求めたとの公式声明を発表した。ロシアの法律実務において想像もできないような展開だった。

それ以降、ほぼすべてのインタビューで、どうしてあんなことが起きたのかを尋ねられる。まるで私が何らかの秘密を知っていて、いつか口を滑らせると思っているかのように。でも、私は何も知らないし、集まった群衆の勢いに、クレムリンが恐れ慄いたのだと確信している。彼らが組織化して抗議行動を起こすまでのスピードと、その膨大な数がプーチンを引き下がらせたのだ。

ピョートルと私は身柄を解放され、晴れてモスクワに戻ることができた。数百人もの人々が駅で出迎えてくれた。私はすぐに選挙運動を開始した。

まるで映画のようだった。しかし同時に、矛盾しているようだが、すべての出来事がとてもリアルに感じられた。私たちは選挙事務所スタッフに担当を割り振り、ボランティアの人たちに依頼する作業を検討した。そして考案したのが「キューブ」だ。横断幕で覆われた高さ2メートルの軽量構造物を、移動式の政治宣伝ツールとしてモスクワ各地に設置したところ、注目を集めた。誰かが近づいてきて、横断幕の内容を読み、常駐のボランティアスタッフに話しかける。キューブは事務所に申請してくれさえすれば、誰にでも設置できた。これが選挙戦の第1の柱となった。

この選挙運動の2つ目の柱は、有権者と会うことだった。テレビ出演や新聞掲載を禁じられていたため、直接コミュニケーションを取ることにしたのだ。〝映画のようだ〟と書いたのには理由がある。私はテレビドラマ『ザ・ワイヤー』の大ファンであり、あるシーズンで、主人公がボルティモア市長選に出馬するというエピソードがあった。私は演説会を設定してくれるスタッフに、『ザ・ワイヤー』と同じようにしたい旨を伝えた。ステージがあって、高齢者のための椅子があって、その他の人々はグループになって立っている。米国の選挙運動ではきわめて見慣れた光景だろうが、ロシアでかつてない試みだ。

選挙戦はこれまでの人生で最もきつかった。毎朝起きるたびに「ああ、今日もまた演説会か」と思った。一日3〜4ヵ所で行うのだが、モスクワの端から端まで各地を飛び回る。私が少しでも楽になるようにと、事務所がベッドと簡易キッチン付きのマイクロバスを用意してくれた。理屈としては、演説会の合間、次の会場へ移動するまでの間に休息がとれる。すばらしいアイデアだが、実現は不可能だと証明された。この〝移動式住宅〟で、私はひどい車酔いになってしまった。横になることもPCで作業することもできず、数日で耐えられなくなり、普通車に乗り換えた。

クレムリンと現職ソビャーニンは私をつぶそうと、すべての演説会に地域の当局者を送りこんできた。「アレクセイ、ゲイパレードについての考えは？　移民についてどう思いますか？」

政府側は、答えにくい質問を連発すれば、私が答えに窮すると考えたのだろう。ところが、私は大のディベート好きで、これは演説の見せ場に発展した。完全にショーと化していた。「答えにくい質問」が投げかけられるたびに、私は質問者をステージに呼び、一対一でディベートを始めた。聴衆は論争に魅了され、かえって支持者を増やす結果となった。政府にとって岩盤支持層のはずの高齢女性までが、嘘のように私の支持者に変わった。なぜなら私に直接会ったからだ。住宅の庭先まで顔を出したので、老婦人たちは私に触れ、私を見て、私に何でも尋ねることができたのだ。

◉統一ロシアに迫れ！

闘いが終わった。あと少しで勝っていた。選挙に〝あと少し〟などないのはわかっているが、これは野党にとって大きな勝利だといえる。私は2位となり、27・2%を獲得した。政府の管理下にない者がこれほどの票を獲得できるとは誰も予想していなかったろう。投票日、出口調査ではソビャーニンが48%を獲得したことがわかっている。だとすれば、決選投票になったはずで、それなら勝つ可能性は十分にあった。だが、クレムリンがそれを許さなかった。こうしてソビャーニンは第1回投票で過半数を上回る51%の票を〝獲得〟した。

政府は長年かけて幻想を作り出そうとしてきた。統一ロシアと政府お墨付きの議会内野党だけが存在し、議席獲得を許可されていない野党は政治の周縁部で低迷し、誰の代表にもなれないという常識は崩れ去った。私は市長にこそなれなかったが、選挙運動を通じてその常識なるものが嘘で塗り固められていることを明らかにした。プーチンと彼の推薦する候補者を支持しないロシア人はこんなにも存在する。その人たちが強く望んでいるのは本物の政治と本物の選挙である。完全に結集すれば、彼らは選挙運動に積極的に参加し、選挙事務所のスタッフや、ボランティアスタッフとして働く準備ができている。私たちが選挙に自由に参加することが許されるなら、議会で統一ロシアと過半数を争う大きくて強力な政党になるのは明らかだった。私がその良い見本だ。ふつうの人間で、資金もなければ、メディアやオリガルヒからの支援もない。選挙運動中に刑務所生活までした。捏造の限りが尽くされたにもかかわらず、私はロシア最大の都市で2位を獲得した。そして、私たちのような人がまだいること、まだまだいることを私はわかっていた。クレムリンもそれはわかっていた。私を次の選挙に出馬させないために、あらゆる手を尽くそうとした。

15

政

治にしても個人としても、2014年はきつい年だった。過去3年で人気の衰えを目の当たりにしていたプーチンは、クリミア半島を占拠し、国民に愛されている心地よさに浸っている最中だった。この喜びを分かち合わない者は反逆者だと見なされた。

私個人にとっては、風当たりがますます強くなった。私の弟で、2児の父でもあるオレグと私は法廷にいた。起訴内容は初公判よりもさらに馬鹿げていたが、プーチンにより法制度が練り上げられ、司法関係者は言われるがままに動いたのである。告訴状によれば、物流サービスのコストを水増しして、フランスの化粧品会社イブ・ロシェから2600万ルーブルを騙し取ったのだそうだ。前回のキーロフ林業の件との類似性は明らかだった。またしても、単なるビジネス慣行が詐欺であるかのように印象づけられた。ただし、前回は警察がキーロフ林業の取締役ヴャチェスラフ・オパリョフ（法廷で被害者として証言することを喜んで承諾）を被害者に仕立てる筋書きを用意していたが、今回の〝事件〟では被害者がいない。法の支配が尊重されている国の人にこの状況を説明するのは難しいが、プーチンの支配するロシアという国では誰も動じない。イブ・ロシェの代表取締役が法廷に召喚され（なんと、呼び出したのは検察であった）、私たち兄弟に対して不服はないと宣言したにもかかわらず、裁判官には聞こえなかったようだ。判決は有罪だったから、裁判官もプーチンの操り人形として一生懸命仕事をしたのだ。

◉自宅軟禁下の出廷

２０１４年２月、私は公判前の措置として自宅軟禁下に置かれ、その状態が１年近く続いた。自宅軟禁というのは陰湿なものである。刑務所にいるわけではないので誰からも同情されないが、実際にはほぼ何もできない。自宅アパートから出ることを禁じられ、家族以外の来訪は一切許されなかった。電話やインターネットの使用も禁止され、脚に電子タグを取り付けられているから、連邦刑執行庁（ＦＳＩＮ）には私の居場所が筒抜けだ。

文句を言わずに時間を有効に使おうと決めた。子供たちとの時間やエクササイズの時間をもっと増やそうと、エアロバイクまで買った。これは２つ目の間違いだった。エアロバイクは１週間もたたずに永久的な洋服ハンガーと化した。

１つ目の間違いが何だったかというと、ある種ののんびりとした時間を家族で過ごせるのではないかと期待していたことだ。家にずっといると檻の中の獣となり、子供たちや妻に嫌な思いをさせてしまった。家庭内がぎすぎすしていたが、９ヵ月が過ぎると、私はモスクワの地図を眺め、すべて終わったらどこへ行こうかと考えるのが楽しくなった。そんな私を見て、ユリアが皮肉っぽく言った。「あら、また遊説に出るつもりなの？」

子供たちを連れて、モスクワ北端部にあるリアノゾヴォ地域に足を延ばせたら最高だ。モスクワ川のほとりにあるコローメンスコエ公園は自宅から遠くないから、昔は家族で散歩にいった。自宅軟禁下にあるとき、公園からそう遠くない場所に島があるのにふと気づいた。ここを散策できたら夢のようだと想像し、あらゆる人をねたんだ。好きなときに散策できるのだ。裁判と自宅軟禁が終わると、息子のザハールを連れて島へ向かった。ごく平凡な島で、特筆すべき点は何もなかった。

最終法廷審問は12月19日に行われた。オレグと私は最終陳述を行うことが許され、判決は1月15日に下されると裁判官に告げられた。私たちはそれぞれ帰路に就いた（自宅と裁判所の往復には連邦刑執行所の公用車が使われた）。その直後、1月15日にデモを行うグループがFacebook上で結成された。我々が有罪になることに疑いの余地はなかった。デモ参加者が急速に増えたのが逆効果だったようだ。プーチンとしては、キーロフ林業事件の判決後に行われたようなデモを許すわけにはいかなかった。そのため、オレグと私は、量刑審問の日程が12月30日に繰り上げになると突然伝えられた。新年の直前、ロシアの祝日にあたる日で、この時期は誰もが新年を祝う準備に追われているか、すでに休暇中である（1月の第一週は新年休暇の期間）。

裁判官が判決を読み上げる。「アレクセイ・ナワリヌイ、禁錮3年6月、執行猶予付……」。続いて弟の判決だ。「オレグ・ナワリヌイ、禁錮3年6月と処する」

その後に続くはずの「執行猶予」がないではないか。オレグの判決が私よりも厳しいはずはない。しかし、私たちが見守る中、廷吏がオレグに手錠をかけ、連れ出した。オレグの妻、ヴィカも法廷にいた。上の子は3歳、下の子はまだ1歳にもなっていない。報道陣が法廷から出ると、ユリアとヴィカは私のダッフルバッグからオレグのダッフルバッグへ中身を移しはじめた。丈夫な生地で作られた大きなかばんで、事前に用意しておいたものだ。中身は、最初の数日から数週間を刑務所で過ごすために必要なものすべて。私（いや、正直に言うと私の妻）はこうした荷造りの達人だ。私がモスクワで拘置所を転々とした際にも、キーロフの件で刑務所に入ったときも持参していた。当然オレグも持っていて、何を入れるべきか聞かれたことがある。だが、現実に必要になった今、足りないものだらけだった。

執行猶予が付いたにもかかわらず、裁判官は私に自宅軟禁を命じた。命令に従う気などさらさらなかった。オレグが投獄されたとなっては、居てもたってもいられない。

私は連邦刑執行所の職員に裁判所から自宅まで送り届けられたが、夕方になり、デモの参加者たちが18ヵ月前と同じようにトゥヴェルスカヤ通りにやってくると、自宅軟禁令を破ってデモに加わった。電子タグを脚に装着したままアパートを出て、モスクワ中心部に向かう。弟が投獄されたというのに家でじっとしているわけにはいかなかった。

大勢の人が集まったが、十分ではなかった。量刑審問の日程が変更されて祝祭日の前日になったうえに、凍えるような寒さだ。私はすぐに拘束された。自宅軟禁に違反した者は独房に放りこまれるのがふつうだが、警察はただ私を自宅に送り届け、アパートの部屋の外に見張りを立てた。彼らは玄関ドアを出たところにスツールを置いて座り、その状態が数日続いた。このほうが私にとってはるかに苦痛であることをプーチンはわかっていた。弟が刑務所で苦しめられている間、私は限られた〝不自由な自由〟を享受することになった。

1月5日、電子タグをはさみで切り落とし、自宅軟禁の制限に従うつもりはないという文章を添えてTwitterに画像を投稿した。そこから数週間の生活はコメディのようだった。家を出るたびに、エントランスで監視任務中の連邦刑執行所の職員が追いかけてきて、写真を撮り、大声で叫んでくる。「すぐに自宅に戻れ！」
それでも彼らは私を捕まえようとはせず、しばらくすると追いかけてもこなくなった。

オレグが投獄されたことで、私の家族は悲嘆に暮れた。私はさんざん言ってきた。親しい人たちのサポートがない限り、私がしているようなことは誰もすべきではない。家族はいつもサポートしてくれた。両親、妻、子供たち。そしてオレグ。彼らは皆、私のせいではないと言ってくれたが、自分を責めずにはいられなかった。オレグの妻の涙の原因は私にある。私のせいで、オレグは3年半も子供たちと会えない。兄のために刑務所にいる。オレグは人質にとられたのだ。逮捕される覚悟ができていたのは私のほうだったし、数日間だが収監されたこともある。一方、オレグは何の覚悟もしていなかった。大げさだと思われるかもしれないが、刑務所で過ごしている彼のことが一瞬たりとも頭から離れることはなかった。

オレグは2年半、過酷な日々を独房で過ごした。法律では、6ヵ月以上の独房監禁は禁じられているにもかかわらず。オレグの独房は冷え込むうえに、コートを取り上げられていたので、さらに寒かっただろう。オレグはたびたび懲罰房に入れられた。刑務所当局は、他の囚人たちを使って、オレグをさらに追いつめた。

「おまえが苦しんでいるのはナワリヌイのせいだ。全部あいつが悪い」

当局はオレグの状況をますます悪化させた。面会も差し入れも減らされた。それもこれも全部私のせいだ。調査結果を公開しようとボタンを押すたびに、自分のこの手でオレグを苦しめているにほかならないと痛感した。

オレグは一度も不満を言わなかった。刑務所での生活が悪くなるたびに手紙を送ってきた。そこには弟の字で「やめるな！ もしやめたら、私がここにいることが無駄になる」とある。オレグは私に心配されていることがわかっていて、いつも私に心配するなと言ってきた。

オレグは3年半の刑期を勤めた。欧州人権裁判所の介入に期待していたが、無に帰した。欧州人権裁判所はこの事件について「犯罪ではない」との判断を下したにもかかわらず、オレグは独房に監禁されたまま刑期を終えた。

オレグの釈放の日は、皆で盛大に祝った。それでも元受刑者だというだけで、釈放後の生活にも支障をきたす。どの銀行も（外国の銀行も含めて）、オレグの口座の開設を認めないだろう。ロシアにいれば、服役経験のある人物と見なされる（それに加えてこんな名字だ）。ヨーロッパにいれば、政治活動と結びつきのある〝政治的に影響力のある人物〟と見なされる。いずれの状況でも制約が課されるのだ。どんな仕事にも就けないだろう。

しかし、こうしたすべての困難をよそに、オレグは引き続き私をサポートしてくれた。私たちの結束が変わることはなかった。

◉イブ・ロシェ裁判での アレクセイの最終陳述

罪を犯したわけでもない、法律を破ったわけでもない人間に、最後の言葉を伝える機会が与えられることは、人生で何度あるだろう？ 一度もないはずだ。運の悪い人なら、一度あるかもしれない。

ところが、この1年半、上訴手続きも含めれば2年の間で、おそらくこれは私にとって6度目か7度目、ひょっとしたら10度目の〝最後の言葉〟になるだろう。「被告人ナワリヌイ、最後に何か話しておきたいことがあればどうぞ」というフレーズを何度も耳にしている。自分に、誰かに、皆に対して最後の言葉を伝えるのは、人生の最期にあたる時期なのではないだろうか。私はいつも必ず最後の言葉を尋ねられる。そして発言するが、同時にその最後の日がやって来ないこともわかっている。

それを特に確信させることが一つある。もし私があなたがた3名（裁判官1名と検察官2名）の写真を撮ったら、いや、ここ最近、私が接してきた人たちも一緒に、あなたがた全員を撮ったら、テーブルをじっと見てうつむいている姿が写るだろう。あなたがたは自分がいつも目を伏せてテーブルを見ていることに気づいているだろうか？　何も言うことがないからだ。（裁判官の）エレナ・セルゲイヴナ（・コロプチェンコ）、あなたがいつも私に呼びかけてくるお気に入りのフレーズは？　それが何なのか、よくわかっているはずだ。捜査官、検察官、FSIN職員、民事裁判官、刑事裁判官の皆さん、あなたがたは皆、まったく同じフレーズで呼びかけてくる。「アレクセイ・アナトリエヴィチ、おわかりだろうが……」私はすべてわかっている。ただ一つを除いて。どうして皆、俯いているんだ？

私の苦しみは幻想ではない。私は完璧に見抜いている。あなたがたの誰一人として、ぱっと立ち上がり、そのテーブルをひっくり返すことはないということを。「こんなこと、もううんざりだ！」と言わないことも。イブ・ロシェの担当者たちはどうだろう。「ナワリヌイに言葉巧みに言いくるめられた」などと言っただろうか。同じ人間なのに、こうも違うのだ。人間なら、罪の意識にさいなまれるものだ。イルカだったら、乾いた陸地に身を投げていただろう。あなたがたが仕事を終えて帰宅し、家族の前で、「今日、明らかに罪のない人に判決を言いわたす場に立ち会ってきた。本当に罪悪感があったし、これから先もこの罪悪感がつきまとうと思う」と告白できるはずがない。ふつうの人間はそんなマネをしない。あなたがたとは違うのだ。ところがあなたがたは、いつも「アレクセイ・アナトリエヴィチ、どういうことかわかりますか」とか、「火のない所に煙は立たない」と言う。「プーチンに盾突くべきではない」というのは取調委員会に最近言われた言葉だ。「もし彼が注目を集めていなければ、もし彼が腕を振り回していなければ、もし彼が人の前に立ちはだからなければ、おそらくすべてのことが解決していただろう」

それでもなお、訴訟のこの時点で、私の最終陳述を目にする人たちに呼びかけることが、私にとって大きな意味をもつ。もちろん、まったく役に立たない。それでも、テーブルをじっと見ているあなたがたに言いたい。これは事実上、権力を握った悪党と何かを変えたいと願う人間との間で起きている闘いだ。我々は、俯いて肩をすくめているだけの人間にも感情と理性があると考えて、闘っている。不道徳なことをしなければいいだけなのに、ついやってしまう人たちのために。

"To Slay the Dragon"という有名な本の有名な言葉がある(近頃はみんな誰かの言葉を引用したがる)。「この野郎、みんな悪い遊びを覚えてきたはずなのに、どうしておまえがクラスで一番になれたんだよ?」」。これは特にこの法廷に向けられた言葉ではない。世の中には卑劣なことをする人間はごまんといる。だが、強制も依頼もされていないのに卑劣なことをする(これが一番よくある状況だ)人間もいる。彼らはただテーブルをじっと見つめ、自分の周りで起きているすべてのことに気づかないふりをする。我々は、俯いてテーブルをじっと見ているだけの人間にも感情と理性があると信じて闘っている。彼らにもう一度説明したい。ただ見ているだけではだめだ。自ら告白してほしい。悲しいことに、美しいわが国の権力システム全体が、そして起きているすべてのことが、終わりなき嘘の上に成り立っていることを。

私はあなたがたの前に立ち、必要なだけここに立ち、私がこの嘘に屈したくないし、屈する気もないと示す覚悟がある。始めから終わりまで、何もかもが本当に嘘なのだ。おわかりだろうか？　彼らはトルクメニスタンではロシア人の利害に関する問題は存在しないと言いながら、ウクライナでのロシア人の利害のために戦争を始めると言う。彼らはチェチェン共和国でロシア人を虐げる人はいないと言う。彼らはガスプロムで盗みを働く人はいないと言う。同社の関係者が未登記の不動産や企業を所有している証拠資料もある。「そんなものはない」と言われたら、こう返そう。私たちは選挙に参加する準備ができていて、あなたたちを打ち負かす。私たちは政党として届け出て、懸命に取り組んでいるところだ。彼らはこう言うだろう。「そんなの無意味だ。選挙に勝つのは我々だし、君は選挙に参加することすらないだろう。その理由は、我々が許可しないからではなく、君が書類に正しく記入しなかったからだ」

すべては嘘の上、終わりなき嘘の上に成り立っていると、おわかりだろうか？　我々があなたがたに突きつける証拠が具体的であるほど、我々の前に立ちはだかる嘘も大きくなる。このような嘘が国家のあり方そのものとなり、国家の本質そのものとなっている。指導者たちの演説では、重要な事柄であれ些細な事柄であれ、最初から最後まで嘘を聞かされる。昨日、プーチンは「宮殿など所有していない」と言ったが、我々は毎月3ヵ所の宮殿の写真を撮っている！　我々はそれを公表し、世界に証明する。私たちは「宮殿など所有していない」し、常に国家を食い物にしているオリガルヒからの支援もない。ロシア鉄道のトップがキプロスとパナマのオフショアゾーンに国営企業の半数を登記していることを示す文書をちょっとご覧いただきたい。

どうしてあなたがたは、こんな嘘に耐えているのか？ どうしてテーブルをじっと見ているだけなのか？ 哲学的な問いに引きずりこんでいるとしたら申し訳ないが、人生は短いのだから、俯いているだけではもったいない。あっという間に私は40歳になる。そして、あっという間におじいさんになる。私たちは皆、あっという間に死の床につく。とり囲む身内は、こう考えているだろう。やっと死んでくれて、このアパートを明け渡してもらえる、と。皆どこかの時点で、自分たちのしたことに何の意味もなかったことに気づくだろう。それなのにどうして、ただ黙ってテーブルを見つめているのか？ 私たちの人生の中で何らかの価値のある瞬間は、正しいことをしているときだけ。テーブルを見下ろす必要がなく、頭を上げて互いの目を見ることができるときだけだ。それ以外のことは重要ではない。

そういうわけで、私はご覧のとおり苦しい立場にいる。クレムリンは私との闘いで、私を監禁するだけでなく罪のない人々も巻きこむという、狡猾で悲惨な計画を選んだ。ピョートル・オフィツェロフには5人の子供がいる。私は彼の妻の目を見なければならない。私は確信している。ボロトナヤ広場［原注：2011年、国家院の不正選挙に数千人が抗議した］での抗議集会に参加したとして投獄された人たちは何も間違ったことはしていない。彼らを逮捕した狙いは、私と私のような反体制派のリーダーに脅威を与えるためだ。そして今度は私の弟が攻撃されている。彼にも妻と2人の子供がいる。そして今度は私の両親が攻撃されている。彼らは皆、何が起こっているか理解し、私を支えてくれている。家族には感謝しているが、ただ……。

はっきり言っておきたい。伝えてもらっても構わないが、罪のない人々が私と同列に扱われるのは、本当に胸が痛む思いだ。そして、これは間違っているかもしれないが、言っておく。人質に取ったところで、私を止められはしない。終わりのない嘘から目を背け、同意する理由もないようなことにまで、ただただ同意しているだけなら、人生にどういう意味があるというのか。しかもその同意とは、本当に内容に同意しているのではなく、ただ「はい、同意します」と言えばすむから同意しているだけではないか。

私は、わが国の体制に決して賛同しない。この体制は今この法廷にいるすべての人の身ぐるみを剝ぐものだからだ。今ある政権が軍事政権となるように、すべてが設定されている。億万長者となった人間が20人。政府調達から石油の販売まで、すべてをコントロールしている。そして、さらに1000人が、この軍事政権と利害を共にしている。実際に1000人以上の人間が、国の代理人であり詐欺師である。この体制に異を唱える者はごく一部だ。そして次に、テーブルをじっと見ているだけの数百万もの人間。私はこの軍事政権との闘いを決してやめない。この軍事政権と闘いつづけるつもりだ。そのためには選挙運動もするし、できることは何でもする。テーブルをじっと見ている人たちを揺り動かすために。それはあなたのことでもある。私は決してやめない。

無許可のデモへの参加を呼び掛けたことを、私はまったく後悔していない。ルビャンカ広場［原注：かつてはKGBが、現在はFSB（ロシア連邦保安庁）本部がある。秘密警察や諜報活動の象徴］でのデモのことだ。それがすべての始まりだった。デモが成功しなかったことは認める。だが、私は自分のしたことを1秒たりとも後悔していない。汚職との闘いに乗り出したことを1秒たりとも後悔していない。数年前、私の弁護士であるワディム・コブゼフに言われた忘れられない言葉がある。「アレクセイ、当局は君を刑務所に入れる運命にある。君があまりに物事をかき乱すから、我慢できなくなる。遅かれ早かれ、彼らは君を刑務所に入れるだろう」

ところが、またしても人間の意識はこれを受け入れる。刑務所に入れられるのではないかと心の奥底で思いながら続けることはできない。そのことを考えないようにするだけだ。だが同時に、自分がしていることのすべてを理解している。私は自分のしたことを何一つとして後悔していないと断言できる。結社の自由の権利行使を含め、集合行為に参加するよう人々にこれからも呼びかけ続ける。

国民には権利がある。この不法で腐敗した権力に対して立ち上がる法的権利が。あらゆるものを奪い、盗み、石油やガスという形で国から何兆ドルもの金を流出させてきたこの軍事政権に対して立ち上がる法的権利が。かたや、私たちは、こうしたことからどんな利益を得たというのだろうか？

この法廷でも、キーロフ林業事件の裁判の終わりに述べた最終陳述の言葉を繰り返したい。あのときから何も変わっていないのだ。テーブルをじっと見ていることで、我々は彼らに金を巻き上げられることを許してきた。その盗んだ金を彼らがヨーロッパのどこかに投資することを許してきた。我々を烏合の衆にすることを許してきた。我々は何を得たというのだろうか？　あなたがテーブルをじっと見ている間、彼らは何を払ってくれたのか？　何も払っていない！　医療体制は整っているか？いや、整っていない。教育体制は整っているか？　いや、整っていない。快適な道路が提供されているか？　いや、提供されていない。事務職の人の給料を尋ねてみよう。月給は8000ルーブルだ。ボーナスが1万5000ルーブル程度。裁判所の廷吏が月に3万5000から4万ルーブル以上受け取っているとしたら驚きだ。

毎日何十人もの詐欺師が我々の金を巻き上げているというのに、あなたがたは知らん顔だ。そして国民はそれを許している。こんな筋の通らない話があるだろうか。私はこの状況に耐えるつもりはない。もう一度言う。裁判にかけられようが、かけられまいが、いつまでもあきらめることなく、毅然とした態度で臨みたい。この人生にはもっと大切なことがある。

もう一度言いたい。あなたがたの悪だくみは、私の家族と大事な人たちに対してはうまくいった。だが、彼らがあらゆる点で私をサポートしてくれていることを忘れないでほしい。それでいて、彼らの誰一人として政治活動家になるつもりはない。私の弟を8年間刑務所に入れる必要は断じてないし、刑務所に入れる必要自体まったくないのだ。彼は政治に関わるつもりはない。あなたがたはもうすでに、この件で私たち家族に十分な苦痛を与えている。それ以上のことはまったく必要ない。すでに申し上げたように、人質にとったところで私を止めることはできない。だが同時に、当局がなぜ今人質を殺さなければならないと思うのか、私には理解できない。

おめでたいと思われるかもしれないし、このような言葉を皮肉っぽく冷笑する風潮があることも知っている。しかし私はすべての人に、嘘に頼って生きてはいけないと呼びかける。他に方法はない。今のわが国において、それ以外の解決策はありえない。

私を支えてくれているすべての人に感謝したい。私はすべての人に、嘘に頼って生きてはいけないと呼びかける。声を大にしてはっきりと言いたい。彼らは私を隔離するだろう。刑務所に入れるだろう。しかし、きっと誰かが立ち上がり、代わりを務めてくれる。私は特別なことや難しいことは何もしていない。私と同じことは誰にでもできる。反汚職基金のメンバーやその他の人たちの中にも、私とまったく同じやり方で続けていく人がいることは間違いない。この手続きが合法らしく見せることだけを使命とする裁判所がどんな決定を下そうとも。

ありがとうございました。

16

自宅軟禁中、とても重要で不愉快きわまりないことが起きた。2014年3月、「ライブ・ジャーナル」のブログがロシア連邦通信・情報技術・マスコミ分野監督庁（ロスコムナゾル）および検察庁の命令によって閉鎖されたのだ。彼らはブログばかりか他のウェブサイトに掲載されていた文章のコピーまで削除した。購読者が私のページにサインインすると、驚いた表情の雄羊のイラストとともに、「Error451：このページの閲覧はお住まいの国の当局によって禁止されています」という警告が表示される。私にとって大問題だった。

この1年で、私の「ライブ・ジャーナル」は2000万人の訪問者を獲得していた。その多くが毎日読んでくれている。今は特に重要な時期であり、プーチンによるクリミア住民投票を3日後に控え、領土の併合が差し迫っていた。プーチンは自身が直面している多くの問題を解決するとし、そこに独立系メディア対策も含まれていた。数ヵ月のうちに、たくさんのリソース、ブログ、ウェブサイトが一掃され、国家の主な情報源である「Lenta.ru」も例外ではなかった。

ブログの運営に既存のプラットフォームを使わないことを決めた。検察庁からの要求があれば、ただちに私のアカウントへのアクセスが遮断されるからだ。そこで、独立サイトを立ち上げ、ブログを移した。その過程で読者の半数以上を失ったし、このサイトもやがて閉鎖されるとわかっていた。ＶＰＮ接続の利用をいくら呼びかけても、ミラーサイトやバイパスをいくら思いついても、誰もわざわざそんなことはしないだろう。オンライン投稿を読むのと、複雑で使いづらいテクノロジーを使いながらブロックされたサイトにアクセスすることはまったく別物だ。自分の活動にアクセスしてもらえるようにすることが重要だった。自宅軟禁が終わると、動画をやってみることにした。唯一の問題は、動画出演への苦手意識だ。

書くことは大好きだ。物心ついたときからずっと、私は書き手である。しかし、これはまったく別のものだ。台本を書くことはできても、それをカメラの前で伝えるとなるとやはり別物だ。それに加えて、動画制作はブログ執筆よりもはるかに複雑である。特別な訓練を受けたカメラマン、音響技術者、編集者や、多くの機材と照明が必要になる。スタジオも。

すべてをまとめてひとつの動画にするのが一番辛い作業だった。最初は、自分自身の録画を見ること以上の拷問はなかった。特に、何かのキャラクターを演じる、ジョークを言うなど、何かを実演するときに肉体的な苦痛を伴った。その感覚はまだ完全には消えていない。

とはいえ、動画が私にとって幅広い人々にリーチする唯一の手段となっていることは理解していた。私の望みどおり、新しい人々を呼びこみたいなら、たとえ悲痛な気持ちになろうと動画をつくらなければならない。今、ロシア人はテレビの代わりになるものを探そうとインターネットに関心を向けている。国民の大半を占める教養がある人は実はあまり読書が好きではなく、何かを視聴することを好む。私はこれを知ってショックを受けたが、それが現実だ。

綿密な調査を行い、面白い記事を書いたとしても、あらゆる事実や写真、図表、銀行取引明細書、その他の証拠を盛りこんだ、ユーモアとウィットに富んだすばらしい記事を書いたとしても、それを読むのはせいぜい100万人だ。ところが、映像の中で、黒の背景で机に向かい、まったく同じ写真、図表、銀行取引明細書を見せると、200万人が見てくれる。そのうえ、役人の別荘の上空にドローンを飛ばし、その映像に興味を引くようなストーリーを合わせ、楽しげなグラフィックを活用すれば、視聴者は600万人にもなる。

私たちがYouTubeの活用法を完全に習得したのは、検事総長であるユーリ・チャイカの調査に端を発する。これは汚職だけでなく、検察庁と組織犯罪とのつながりを描いた物語となった。

私たちが最初に突きとめたのは、検事総長の長男であるアルチョムの(控え目に言えば)分不相応な生活だ。アルチョムはギリシアに高級ホテルと数ヵ所の別荘、スイスに別宅を所有し、外国の銀行口座をいくつも持っていた。私たちはのちに、検事総長がマフィアと抜き差しならぬ関係であることを知った。アルチョムは父親の代理人の妻とホテルを共同所有し、代理人の妻はクラスノダール地域を拠点とする「ツアプキ・ギャング」の主犯格の妻たちとのビジネスに投資した。ツアプキ・ギャングは何十年にもわたって、市民を恐怖のどん底に陥れ、強盗、恐喝、強姦、殺人を繰り返し、国中で話題になっていた。地元の実業家の家に押し入り、赤ん坊を含む14人を殺害後、すべての遺体を焼いたと報じられたこともある。検察当局は何年もの間ツアプキ・ギャングを保護し、起訴を拒否した。

一連の出来事は大きなショックだが、その後、検事総長の息子自身もある殺人に関与していたことが判明する。彼はシベリアにある河川水運会社を手に入れたがっていた。その会社の取締役がインタビューに応じ、アルチョムに脅されたと語った2日後、自宅ガレージで首を吊った状態で発見された。刑事事件として立件されることはなかった。検視結果では、彼の手は縛られ、首についた跡は暴力によるものだとされたにもかかわらず、自殺として報じられた。

　自分たちの調査をもとに制作した動画を公開すると、最初の数日で500万人以上が視聴した。YouTube で公開されたロシア語での政治関連動画としては前代未聞の数字だった。

◉自宅軟禁中のSNS修業

　チャイカの動画の成功を受け、私たちは時々、政治イベントや自分たちの活動、ニュースに動画を公開するようになった。YouTube は将来有望だと感じていたが、動画を定期的に制作する気にはなれない状況が続いた。だが、第一副首相イーゴリ・シュワロフに関する調査動画を公開して、気持ちが変わった。

　シュワロフの暮らしぶりにはふつうらしさがまったくない。これまでに彼の数々の所有物を突きとめてきた。伯爵でも住んでいそうなモスクワの大邸宅、クレムリンを一望できるスターリン様式の豪華な超高層アパートメント10棟、ロンドンのテムズ川沿いに建つ1100万ポンドの巨大アパートメント、オーストリアの別荘、何台ものロールスロイス。

　しかしながら、新たに行った調査で判明したのは、私たちでさえ驚愕の内容だった。シュワロフにはコーギー犬の飼育という趣味があり、イヌにも贅沢な暮らしをさせている様子だった。シュワロフのビジネスジェットの飛行ルートを調べてみると、副首相として公務で利用するのとは別に、ペットをインターナショナルドッグショーに連れて行っていることがわかった。

　これほどとんでもない話は、映像化するしかなかった。特別出演してくれたのは、コーギー役の愛らしい子犬。私がシュワロフについて話している間、従順に私のそばにあるテーブルに横たわっていた。それから何ヵ月も後まで、オフィスのあちこちでイヌの毛を発見する日々が続いた。

この一件以降、私たちは動画クリップを1週間に2回の頻度で定期的に制作するようになった。一日中放送されているテレビに対抗するのは難しいものの、人気はますます高まっていた。地下鉄で移動すれば、そばにいる誰かが携帯電話で私の動画を見ているという具合だ。

カメラに向かって台本を読むのがいかに難しいかさんざん文句を言ってきたが、動画の内容はますます洗練されていった。視聴者の需要は高まり、競争も激化した。多くの野党政治家やジャーナリストが動画制作に手を出したので、常に何か新しいものを考え出さねばならない。

あるとき、モスクワの検察官であるデニス・ポポフに関する動画を制作した。彼は長年、私たちのような活動家を訴追し、デモでの拘束を監督し、罰金を科し、平和的抗議活動に参加した人々を刑務所に送るのが仕事だ。そして、多くの汚職役人と同様、西側に家族が住んでいる。そこで事業利益を上げていたのである。その一つが、モンテネグロの不動産会社である。私たちは同社が扱うアパートの一部屋を借りてモンテネグロへ飛び、映画を制作した。バルコニーから望む見事なオーシャンビューを撮影していると、隣のバルコニーに例の検察官の友人の姿を見つけた。彼の代わりにこの物件を管理している女性だ。放送前に調査を知られないよう、私はほとんどささやき声でしゃべりながら、ポポフ検察官のライフスタイルの暴露動画を作った。

次に、私はもうひとつの拷問に直面した。Instagramである。私には耐えがたいものであり、セルフィーや海辺でのバケーションの写真を投稿する人たちのために誰かが考案したものだと思っていた。まったく自分の趣味に合わないし（海は大好きだが）、単純に好きになれずにいた。ところが、私はその可能性を認めるようになった。決め手となったのは……女性だ。長い間、私たちの調査やプロジェクトの視聴者は7割が男性だった。女性は私が書いたものを読まず、動画も見ない。政治に関心がないようだった。ところが、Instagramに投稿してみると、誰もが政治に関心があり、女性も男性と同じように行動を起こす準備ができていることがわかった。むしろ、女性は男性よりもタフだと証明された。彼女たちはちょっとやそっとのことでは怖がらないし、より粘り強く、たいていいは急進的である。

今はTik Tokに悪戦苦闘している。あれをざっと見ただけで、人類全体に対していたたまれない気持ちになることがあるが、効果はある！　多くの視聴者がここで政治に関する情報を得ている。だから今ではダンスもするし、音楽に合わせて口パクをする。

私にとってのエネルギーのはけ口はTwitterで、いちばん好きなソーシャルメディアだ。そこでは最新ニュース、私の考え、さっき食べたペリメニ（ロシア風餃子）のサワークリーム添えの写真に至るまで、あらゆる情報を発信している。

17

「ナワリヌイです。チャンネル登録された皆さん、これまで誰にも話していませんでしたが、このたび、私ナワリヌイはロシア大統領選に出馬いたします」

２０１６年12月13日、反汚職基金のメーリングリストに登録していた約１００万人の読者に、この動画付きメールが届いた。大統領選に出馬するかしないかの問題ではない。この国の指導者になるべく闘っていた私にしてみれば、大統領選出馬は当然の行動だ。多くの人が私のこの決断を待ちわびていたのも知っていたし、皆をがっかりさせたくなかった。

出馬の発表は、この通例にない方法を取ることに決めていた。記者会見をするつもりもない。その頃、私はまだ専用スタジオを持っていなかったが、動画は定期的に作成していた。撮影にはいつも事務所を使い、背景は事務所の壁だった。ただこのときは「大統領候補者」らしい動画にしたかったので、モスクワシティ［原注：モスクワ市内のビジネス街。最近になって開発が急速に進んだ］にある超高層ビルのオフィスを借りた。撮影は極秘に行わなければならず、借りるときには偽名を使用した。撮影当日の朝、チームが機材を山ほど運び込んだが、情報は何とか漏れずにすんだ。

私の後ろは壁一面が窓ガラスで、雪で霞むモスクワの街が見えた。隣のテーブルには、妻と子供たちの写真が何枚か飾ってある。ネクタイは何本か持ち込んだ中で、幅広の青いネクタイに決めた。ネクタイ選びがいかに重要だったのか思い知らされたのは動画が公開されてからだ。「アレクセイ、立候補するという君の決断は大いに支持するが、あのネクタイはまずかったな。時代遅れもいいところだよ」――そんなお叱りのコメントが送られてきた。

この短い動画の撮影には数時間ほどかかった。プロンプターで台本を見ながら話すパターンだけでなく、自然に見せるためにプロンプターを使わないパターンも用意しようとしたのだ。でも私ができたのは、チームの皆をイライラさせることくらいだった。何せメッセージをかみまくり、わずか一文でさえ15回も撮り直さなければならなかったのだから。この動画は私にとって格別に大切なもので、緊張していたのだ。さらに、その日の夕方にはロシア東部のキーロフに飛行機で移動しなければならず、撮影可能な時間が限られて焦っていた。

キーロフでは、有罪判決を受けたキーロフ林業の再審が待っていた。欧州人権裁判所が判決は違法との裁定を下したので、ロシア最高裁判所は判決を取り消し、再審を求めた。12月初めに予定されていた再審の初回審判は、まるでお粗末な映画のお粗末なリメイク版だった。すべてが以前と同じである。同じ法廷、同じ被告、同じ証人の同じ証言、同じ顔ぶれの報道陣。違うのは判事だけだ。その時は列車ではなく飛行機で移動した。こうしてキーロフとモスクワの往復が再開する。

12月12日の夜遅く、私はモスクワに戻り、ホテルに入った。動画は秘密裏に撮影していたので、チームも最低限の人数に抑えた結果、メンバーにはプロの編集者さえいなかった。偽名で部屋を予約し、窓のカーテンもすべて閉めきって、内部の様子を外からドローンで撮影されないようにした。薄暗い部屋で仲間が予め設置してくれた大きなPCを皆で囲み、動画編集に取り組んだ。

翌日の12月13日、支援者向けの動画を送信した1時間後、大統領選出馬を正式に発表した。発表当日、600万ルーブル（当時のレートで約1100万円）以上を集め、当時の資金調達記録を打ち立てた。全国から何千人という人々が私たちを支援する活動に参加の意欲を示した。

クレムリンも動画をチェックしていた。私が出馬声明を出した直後、FSBの連中が私を追跡し始めた。それからの3年間、彼らは私の監視を続け、殺害の指示を待つことになる。

キーロフ林業の裁判はすでに素早い動きを見せていたが、そのスピードが加速した。憲法では、重罪で起訴された人物は公職への立候補が禁止されている。しかし、前回の判決は撤回されていたし、イブ・ロシェ事件の有罪判決も大統領選出馬に影響がなかった。当局は2013年のモスクワ市長選で犯した過ちを二度と繰り返すまいと躍起になり、私の出馬を阻止するために、いざというときに利用できる盤石な態勢で臨もうとしていたのだ。

2月8日、ピョートル・オフィツェロフと私は、同じ事件で2度目の有罪判決を受けた。今回は、判決の「再考」が目的だったはずだが、結局、前回と同じく2人とも執行猶予付きでそれぞれ4年と5年の判決が下された。判決文は古いものとまったく同じで、スペルミスもそのままだった。

有罪になったからといって私はひるまなかった。それまでの数年間、当局は私の動きを封じ込めようと、それまでになく抑圧的な法律を制定した。ある裁判では、「ナワリヌイは『刑事訴訟法の特別版』で裁判にかけられている」とちゃかす者がいたほどだ。私にはよくわかっていたが、大統領選への参加が許可されるかどうかは中央選挙管理委員会（CEC）ではなく、クレムリンで決断が下されることになる。当局にプレッシャーをかけて、私を出馬させざるを得ない状況に持ち込まなければならない。まだ1年あった。選挙は2018年3月の予定で、候補者の氏名は2017年12月に公式発表されることになっていた。

2013年と同じように、今回も選挙資金があまりなく、メディアのブラックリストにも載っていた。でも私には優秀なチームがいたし、積極的に支援してくれる人たちも何十万人といた。おかげで資金調達が可能になり、検閲の壁も突破できた。選挙対策本部長は今回もレオニード・ボルコフが担う。選挙の地方遊説は、これまでにない規模で行うことにした。国内の大都市は漏れなく訪問し、毎週ライブストリーミング配信も展開している。毎週木曜日の夜8時18分に始まる「ナワリヌイ20：18」は、瞬く間に国内で最も人気のある配信動画になった。

ロシア国内の移動は楽ではない。都市と都市は非常に離れているだけでなく、直接移動できる公共交通手段もないのだ。シベリアのトムスクから同じくシベリアのオムスクまで飛行機で移動するためには、モスクワを経由しなければならない（実はこの2都市の移動で飛行機の直行便を利用したこともある。極めて特別な事情だったが……）。そこで国内特急のインターシティや普通列車を幾度となく利用したが、大半はミニバスを借りた。まるで音楽グループのツアーのようだ。今日はこの都市、明日はあの都市といった具合で、ボコボコの道を夜中に移動する間、チームの一部のメンバーは仮眠を取り、残りのメンバーは翌日の集会の準備に回った。正直なところ、私は少々楽観的すぎるのかもしれない。一日に集会を2回行うこともよくあった。

毎週木曜日の夜には自分のYouTubeチャンネル「ナワリヌイ・ライブ」の配信がある。それが終わると翌金曜日の朝出発する。月曜日にはモスクワに戻るのがよくあるパターンだ。

地方遊説ツアーは第1回が春、第2回が秋と合計2回実施した。春には82都市で選挙運動の中心になる地方本部を開設した。事務所を借り、コーディネーターやアシスタントなど、地元のボランティアをまとめる人たちを雇用した。これはいわゆる党支部と似ているが、私たちは政党としての登録が許可されていなかった。

「ナワリヌイの本部」は国内で最も勢力を拡大し、急成長を遂げている反体制派の代表格で、クレムリンが私たちを恐れるそれなりの理由があることを如実に示していた。選挙活動が終了した後でも、40の大都市にある本部は、数年間は活動を継続し、私や支援者たちが「過激派」とレッテルを貼られるまで続いた。本部で働いていたメンバーの多くは、地元の政治家として有名になった。中でも、ロシア連邦中央部ウファのリリヤ・チャニシェワとシベリア州トムスクのクセニア・ファディエワの両名は、コーディネーターとしても非常に優秀で、真の政治家とはこうあるべきという姿を示してくれる素晴らしい人材だ。信じられないほど努力家でもあり、全身全霊で自分の仕事に取り組み、組織のまとめ役としても実力を発揮して、何よりも正直この上ない。しかし、彼女らはクレムリンにも目をつけられていた。私がこの文章を書いている今現在、リリヤもクセニアも無実の罪で告訴されている。

私は地方のボランティアに直接会い、講演を行い、質問にも答えた。それ以外の方法で、どうすればボランティアが私たちの選挙活動に参加したいと思うだろうか。モスクワの政治家は「貧しいロシアの国民」について熱心に話したがるが、シベリアのビイスクまで直接話に来る政治家はなかなか見つからない。ウドムルト共和国のイジェフスクまで足を伸ばす政治家はめったにいないのが現実だ［原注：ビイスクはモスクワから東に2319マイル（3732キロ）、イジェフスクは東に756マイル（1217キロ）］。よく知りもしない国のリーダーになろうなどとよく言えるものだ。

私は主要都市には必ず足を運ぶと宣言し、実際に足を運んだ。PC同好会や飛行機の格納庫や野原など、あらゆる場所で自分のプロジェクトを紹介した。集会の前には必ず出席者全員と握手した。集会の後には皆と一緒に写真に納まった。大都市にはたいてい大勢のボランティアが集まる。例えば、ロシア中部のペルミでは、会場が屋内だったにもかかわらず、1000人ものボランティアが姿を現し、すばらしい支援活動を見せた。集会後の写真撮影は3時間も続いた。選挙活動が終わるころにはきっと、「プロの自撮り屋になる方法」のレッスンでも始められるだろう。

その秋、2回目の選挙遊説ツアーに出かけた。この時は地方の本部設営は計画されておらず、有権者には会う予定だった。政治集会の形を取るのだ。仲間の数人が先に現地入りして、ステージや音声設備やらの準備をする。私の話は、演説のあと質疑応答というのがお決まりだ。

私は、人前に立って話をするのが苦ではないタイプだと思われている。声も大きいし、手振り身振りも大きいからそんな印象を与えるのだろう。でも実際のところ、楽だと感じたことはない。地方の集会では、同じ内容を繰り返すこともよくあるのだが、それでも決して楽にはならない。

しかし質疑応答となれば話は別だ。こちらから一方的に話をしているときは聴衆の反応を見定めるのが難しい。でもいったん質問が始まると、自分の立ち位置がよくわかる。言葉のやり取りをしているうちに内容が脹《ふく》らみ、地元の人たちが特に何を懸念しているのかもわかる。私は演説の下準備を決して欠かさないし、地元がどのような問題を抱えているのかは仲間が教えてくれる。しかし、本当に安心できるのは相手と直接論議を交わしているときだけだ。

「政治家がモスクワからここまでやってくるなんて！」と口をあんぐり開ける人もいる。「この人、テレビで見かけるし、インターネットでも見かける」、「何より、当局から目をつけられている人じゃないか！　こりゃあ面白いぞ！」と話す人もいる。油断ならない質問をしてくる人もいれば、長らく支援しているから話を聞きにきたという人もいる。統一ロシア所属の地元代議士が顔を出し、私と議論を交わしたいのか何やら叫びちらすときもある。ご存じの通り、私はこの手の人たちが大好物だ。壇上に来るよう声をかけ、聴衆の面前で激論を始めることも少なくない。激論が終わるころには、聴衆の中でも特に辛辣で懐疑的な人たちでさえ、私に好意的になった。

こうした集会は一つとして同じものはないが（聴衆が皆、自分の味方だと感じる場合もあれば、何とかして聴衆を納得させなければと思う場合もある）、集会を開けば、「これは間違いなく突破口になるぞ」と思えるテーマが素早くつかめた。そうしたテーマの一つが、他国による対ロシアの借款だ。プーチンは清算の準備を進めているが、私がもし大統領になれば、この借金帳消しを停止させるという公約は即座に支持された。他にも、「この地域の平均賃金はどのくらいですか？」という問いかけで始まるテーマでは（これが一番受けたテーマ）、「1万2000ルーブル」「1万5000ルーブル」といった声が聞こえてくるが、私はこう答える。「でも皆さんご存じですか？ロシア連邦統計局が平均給与をいくらだと言っているのか。4万5000ルーブルですよ。これって実情を反映しているのでしょうか」。この答えを聞いた聴衆はたいてい呆れて笑い出し、それが怒りの叫び声に変わる。「公式」賃金が実際の賃金の2倍を下回る都市は一つとしてなかった。

スケジュールは厳しかったが、こうした遊説の見返りは大きい。大統領候補者が地元を訪れて直接対話したことを大衆が高く評価し、集会の写真がインスタグラムに次々とアップされたので、聴衆の拡大につながった。私は高齢層の票が必要だったが、テレビ出演が許されていなかったので、直接会って話をするしか方法がなかった。

遊説中は、FSBの連中が常に付きまとっていた。彼らはうまく姿を隠していたほうだ。あからさまに私を追跡している一団が他にもいたのだ。

◉ゼリヨンカで〝緑の顔〟に

私たちには資金もなければ、テレビなどに出る機会もないにもかかわらず、運動をうまく進めていた事実は、クレムリンも把握していた。そこで攻撃を決意したのだろう。空港に到着すると、生卵を投げつけられるのがお決まりになった。犯人は、わざわざそのために政府に雇われた人たちだ。同じことが集会でも頻繁に起きた。コートにはりついた卵の殻を取り除く作業は決して愉快なものではない。この事件が何回か繰り返されたところで、私は予備の服を用意するようになった。でも、それは大した話ではなかった。ボルゴグラードの本部でボランティアと会合をしているとき、コサックと地元の暴漢30人から襲撃された。暴漢が私の脚をつかみ、外に引きずり出そうとする一方で、支援者たちは私の腕をつかみ、中に引き戻そうとした。昔の極刑には2頭のウマに片足ずつくくり付けて、ウマを反対方向に走らせるという方法があるが、まさにそれと似たような状況に陥った。あの激痛はそう簡単に忘れられるものではない。

地元警察も私の邪魔をしようと懸命だった。ミニバスは「テロ対策」の振りをした交通警察の検問に幾度となく引っかかり、何時間にもわたり現場で足止めされた。私たちはもうヘロヘロでお腹もすいていたし、怒りもこみあげてきた。集会阻止によく使われていた手口は、会場の爆破予告の公表だ。それに、会場の建物の所有者を脅して、私たちの利用申請を拒否する手もあった。その結果、演説は滑り台やベンチや除雪で出来上がった雪山の脇で行わざるを得なくなった。

例えばシベリアのバルナウルでは、借りていた建物の内部に入ることが許可されなかった。どうやら貸し主が集会の規模を知り、怖じ気づいたらしい。すでに会場前には、私とチームメンバーと何百人にもおよぶ選挙運動の支持者らが待っていた。私は集会をキャンセルするつもりなどない。道路脇には雪かき後の巨大な雪山がいくつもできていた。そこで、私は雪山のひとつによじ登り、ボランティアとの集会をその場所から始めた。

実はこのときの演説は、状況がふつうではなかっただけでなく、顔も緑色だった。集会場に行く途中、ある男が私に走り寄ってきた。すっかり支援者だと思い、喜んで手を差し伸べると、男はいきなり何かを顔に吹きかけたのだ。目が刺すように痛くなり、一瞬「酸だ！」と思ったが、実際はゼリョンカという緑色の消毒液だとわかった。私の顔はまるでファントマ［原注：1964年に公開されたフランス映画のタイトルから］とシュレックを掛け合わせたようになったが、それ以外に大きな問題は起こらなかった。それどころか、私がそのような姿になったので、誰もが面白がったほどだ。その後、隣の市のビイスクでその日2回目の集会が予定されおり、ビイスクに移動した。バルナウルとビイスクで支援者が撮影した私との自撮り写真は、ひときわ人気が高かった。

ちなみに、このときのゼリョンカは洗い流すのに3日かかった。

◉トランプとロシア政府の関係

当局からの嫌がらせはほかにもある。ある日、モスクワの本部が見知らぬ若い女性の一団に襲われたのだ。幸運にも、私はその日不在だった。そのときの様子を振り返ってみよう。仕事中の本部に女性の集団が乱入してきたのだ。ラバーパンツとセクシーな警察官のコスプレを身に着けた女性たちが、警棒や鞭や手錠を振り回す。とてもみだらな仕草で唖然としたスタッフに詰め寄り、すべての状況をカメラに収めていた。こんな状況でスタッフに一体何ができただろうか。本物の警察に電話をかけるのもおかしいだろうし、それにそんなことをしたところで、何の助けにもならなかっただろう。スタッフが乱入した女性らを丁重にあしらい、何とか外に追い出した。その後、彼女たちが撮影した動画は政府系メディアで流されていた。

私が知りたかったのは、乱入騒ぎの首謀者だ。私は調査チームのトップ、マリア・ペフチフに乱入集団の素性調査を依頼した。ＳＮＳで見つけ出すのは楽勝だった。セクシーガールたちのリーダーはベラルーシ出身のナスチャ・ルイブカだ。デートクラブ嬢として働いていたが、金に目がくらんで、クレムリンの政略にのっかったというわけだ。Instagram のアカウントには、自分自身のヌード写真だけでなく、オリガルヒを誘惑した顚末も投稿していた。そのオリガルヒとは、オレグ・デリパスカだ。この人物の私生活にはまったく興味はなかったので、この発見も通常ならすっかり忘れ去られていたかもしれない。しかし、投稿のなかに、ルイブカがデリパスカとクルーザーで一緒に過ごしたバカンスの動画があり、その中に現副首相セルゲイ・プリホチコ［訳注：２０１７年当時］の姿をマリアが見つけ出した。状況は一変した。副首相の姿が映し出されたのはほんの2～3秒で、その他には声が数秒聞こえてきたくらいだった。しかしうちの調査員は抜かりない。プリホチコは国際関係の分野で非常に影響力のある人物だ。ボリス・エリツィン大統領の補佐官を振り出しに、プーチンに仕えた後、メドベージェフ政権の司令塔役を担った。そのプリホチコが動画では、オリガルヒのデリパスカと豪華クルーザーに乗り込み、10人ほどの売春婦をはべらせている。まるで教科書から抜き出したかのような、典型的な汚職のパターンだ。私たちがこの件を動画にまとめて投稿したところ、1000万を超える人たちが視聴した。

デリパスカとプリホチコの会話音声は途切れ途切れの短いものだったが、二人がロシアと米国の関係について話し合っていることがわかった。特に、国務次官補欧州・ユーラシア担当のビクトリア・ヌーランドについて話していたのである。動画を投稿する直前、米国では、ドナルド・トランプの選挙対策本部長であるポール・マナフォートが、選挙戦の最新情報をデリパスカに教える見返りとして、同氏から何百万ドルという大金を受け取っていたことがニュースになっていた。ロシアの米国大統領選介入を示す証拠の一つになるからだ。しかし私は当時、この話は何となくおかしいと疑念を抱いていた。単なる噂話に過ぎないのではないか。そもそもデリパスカがプーチンと関係があるとは到底思えない。

突然、ピンときた。そうか、プーチン政権関係者がクルーザーに同乗しており、そこでの話を何も漏らさず聞いていたに違いない。セクシーガールたちが事務所に乱入してくれたおかげで、まさにロシア版ウォーターゲート事件を目の当たりにしたのだ。しかしながらロシア版は、本物のウォーターゲート事件と違い、関係者に何の影響ももたらさなかった。それを忘れてはならない。

いずれにせよ、クレムリンは私たちを潰そうと最善を尽くしたものの、その計画はうまくいかなかった。攻撃すればするほど私たちの株が上がり、支援者の数も増加しただけだ。

◉毒物による襲撃

2017年4月27日、モスクワ。私が事務所から出ようとしたところだった。ドン！　なんだ、

なんだ、何も見えないぞ。目が耐えられないほど痛い。「今度こそ、間違いなく酸だ。きっと死ぬまで化け物みたいな顔のまま、生きていかなければならないんだ」――まずそう思った。でも顔をぬぐった手を見ると、緑色だった。ホッ、今回もゼリヨンカだ。

そうはいっても片目がまったく見えない。まず懸命に顔を洗った。あのバルナウルの事件以来、私はゼリヨンカ洗浄のエキスパートになっていた。事務所にはギ酸とメイク落としで使われるミセラーウオーター(これがゼリヨンカ落としの最強タッグ)を常備していた。しかしどういうわけか、今回はその裏技が効かない。右目が緑になり、異様な見た目で、痛みもひどくなった。医者に往診を頼み、眼帯をつけてもらったが、今すぐ病院で診てもらうようにと言われた。しかし、その日は木曜日、動画配信の日だ。「よし、これでナワリヌイの動きを封じ込めたぞ」などとクレムリンが思ったのだとしたら、それは大きな間違いだ。

着ていた洋服はゼリヨンカまみれになった。緑の顔でトレーナーに着替えた私は、片目が腫れて開けられないまま、カメラの前に座った。

その晩、何万人もの人が私のプログラムをライブで視聴した。再生も加えると、合計200万人が視聴したことになる。視力は徐々に戻るのではないかと思っていたが、そうはならなかった。翌日、医者団から、視力の回復は見込めないだろうと言われた。あのゼリヨンカには何らかの毒物が故意に加えられており、角膜に熱傷が生じていたのだ。

それから数日、私はカーテンを閉め切った部屋から出られなかった。私の目には自然光の刺激が強すぎたからだ。翌週の配信は、まるで海賊のように、片目に黒い眼帯をつけて行った。スタジオは照明が強いので、視力が完全に失われるかもしれないと注意された。ロシアにない手術設備がそろったスペインで手術を受ける方法もあったが、私はロシアを離れられなかった。6年間、渡航のためにパスポートを申請しても拒否されていたのだ。

ゼリヨンカの襲撃はCCTV（中国中央電視台）が撮影しており、主犯らの顔ははっきりと認められた。事件の翌日には、クレムリンから送り込まれた工作員であることが判明した。事件を通報したが、もちろん刑事訴訟は開かれなかった。私を襲った暴漢は氏名どころか住所さえ、瞬く間にネットで晒されたが、警察は犯人が誰なのか突き止めるのはおそらく「不可能」だろうと話した。

しかしながら今回の事件で、クレムリンは自分たちがやり過ぎたことを悟った。私が思うに、何もしない警察の態度と支援者の怒りとが相まって影響を与えたのではないだろうか。今回の攻撃は、私の動きを封じられなかっただけでなく、支援の輪を広げたことに当局が気づいたのだ。1日も経たないうちに、まるで誰かが魔法の杖を振ったかのように、長い間待ちわびていたパスポートが発行された。バルセロナで手術を受けた私は、医師団のおかげで視力を失わずにすんだ。

私の選挙運動を妨害しようとする動きはほかにもあった。ただし当然のことながら、ターゲットの候補者が拘置所にいる場合は妨害するのも簡単ではない。2017年、私は、1年間のうち2ヵ月も逮捕勾留されていた（これはクレムリンの十八番で、翌年は3ヵ月も勾留された）。当局が大統領選で私を初めて投獄したのは、ドキュメンタリー映画『彼を〝ジモン〟と呼ぶな』の公開に関連して実施したデモのあとだった。少し説明しよう。

2017年3月26日、モスクワの朝はロシア東部発のニュースで大騒ぎになった。何千もの人々が極東ウラジオストクの複数の通りで抗議デモを行い、その後デモはハバロフスクからノボシビルスク、エカテリンブルクへと飛び火し、最終的には100を超える都市に広がった。抗議デモの参加者はカラフルなスニーカーや黄色いラバー製のアヒルを手にしている。モスクワとサンクトペテルブルクの通りにも何万人が繰り出した。その中には私もいた。確かに私の抗議は長く続かなかった。せいぜい5分程度で、ひょっとしたらもっと短かったかもしれない。その日、私は誕生日を迎えた息子ザハールに祝いの言葉をかけて家を出ると、ようやくプーシキン広場に到着したところで即座に拘束され、警察のワゴン車に押し込まれた。しかし、警察車両がその場を抜け出すのは容易ではなかった。抗議する人たちの壁が車を取り囲み、道を塞いだからだ。

これが、汚職調査に端を発した初めての大規模デモだった。私たちが2017年3月2日に公開した動画は、メドベージェフの違法行為を暴いたものだ。メドベージェフはプーチンの盟友で、サンクトペテルブルクの市長室では同僚として働き、動画公開時には首相を務めていた。2008年まで政府のトップの座にいたが、そのあと、プーチンと役職が入れ替わった。そうすることでプーチンは、大統領の3期連続の再任を禁じる憲法違反を回避したのだ。同時に権力の座を手放すこともあきらめなかった。実に稚拙なやり方だ。メドベージェフの4年間にわたる大統領の任期が終わると、チェスのキャスリング〔訳注：チェスで、キングとルークを一手で動かして守りを固める特殊な指し手〕のような奇策に打って出て、また役割を元に戻したのだ。

◉メドベージェフのスニーカー・コレクション

メドベージェフは大統領時代、皆から馬鹿にされていた。リベラルであるかのように振る舞い、Twitter や Instagram にアカウントを開いたが、これはロシア高官にしてみれば、ありえない行為だ

（一方のプーチンはＳＮＳを使わないし、ＰＣの使い方も知らない。インターネットをＣＩＡの陰謀だと吹聴している）。権力の座に就いて4年、業績らしきものがあるとすれば、「民警」という名称を「警察」に変更したことくらいだ。

メドベージェフは当たり障りがなく、一貫性もない人物のように見えた。「ピティフル（哀れ）」だの「ジモン」だの［訳注：彼の名「ドミートリー」は、マフィアの間でくだけて「ジモン」と省略される。ゆえにこのニックネームには、悪徳のイメージが伴う］あだ名がつけられていた。以前、報道官がインタビューで真剣に訴えたことがあった。メドベージェフのことをネットで「ジモン」と呼ぶな、彼はとても真面目で堅実な人物なのだからと。

そういうわけで、私たちは独自の調査プロジェクトを「彼を〝ジモン〟と呼ぶな」と命名した。その調査で明らかになったのは、メドベージェフはただの愚か者ではなく、とことん腐り切った悪徳政治家だったことだ。慈善団体のネットワークを駆使して、オリガルヒに金をせびり、豪華な住宅を何軒も自分のものにしていた。私たちはひそかにすべての邸宅に足を運び、秘密裏にドローンを飛ばして、メドベージェフの暮らしぶりをつまびらかにした。歴史の街プリョスのボルガ川沿いに巨大な邸宅を所有していることもわかった。この敷地にある大きな池の真ん中には、小さなアヒル小屋があり、視聴者の間で話題になっていた。なぜこんな細かい点が注目されたのか、まったくわからないが、それ以降、小さなアヒルはこの調査と反汚職運動の象徴になった。

もう一つの象徴がスニーカーだ。メドベージェフが作り上げた汚職のからくりを見極めることができたのは、スニーカーのおかげだ。２０１４年、あるハッカーグループがメドベージェフ首相のメール受信箱をハッキングし、内容を公表した。私たちがそのメールを詳細に分析したところ、メドベージェフはスニーカー好きであると判明した。発注はいつも12足ずつで、荷物の送付先には、複数の慈善団体を運営する責任者の住所が指定されていた。このスニーカーの発注が、こうした慈善団体とメドベージェフを結びつける最初の突破口になったのだ。この発見から芋づる式に全容が明らかになった。コーカサス山脈のリゾート地クラスナヤ・ポリャナにある山荘、ウクライナと国境を挟んだクルスクの邸宅、イタリアのトスカーナ地方や黒海に面したアナパのワイン用ブドウ園もその一部である。

モスクワ郊外には超高級住宅街ルブリョフカがあり、メドベージェフはその住宅街の大邸宅を自ら運営する慈善団体の名前で登記していた。その住宅街には官僚やオリガルヒがこぞって暮らしているが、メドベージェフの団体に大邸宅を贈ったのが、オリガルヒの一人、アリシェル・ウスマノフである。調査を進めるうちに、思いがけずそのウスマノフ自身も話題の人物になっていた。私が見たことがないような奇妙な動画を録画したのが、ウスマノフだったのだ。彼はその動画を自ら「I Spit on You, Alexei Navalny!」(お前に唾を吐いてやる、アレクセイ・ナワリヌイ!)と名付けていた。その動画では、世界屈指の大富豪ウスマノフが、自ら所有するあの有名な6億ドルの豪華クルーザー「ディルバー」で言い放っている。ナワリヌイとは違って、自分は「幸せ者!」、ナワリヌイは「負け犬」で「馬鹿野郎」だと。

メドベージェフ自身、私たちの調査に対して、その大富豪と似たり寄ったりの奇妙な反応を示した。加工肉工場タンボフ・ベーコンを訪ねたとき、突然その場で記者会見を開き、私たちの調査を「ナンセンス、真っ暗闇、まるでフルーツコンポート」と意味不明なコメントをしたのだ。その一方で、別荘やブドウ畑や慈善団体をどこから手に入れたのかは一切説明しなかった。それどころか、私が私利私欲のために汚職調査をしていると非難したかと思えば、大統領選で「投票してもらおうと恥知らずな行為に及んでいる」とも非難したのだ。私が積極的に選挙運動を始めてから、そのころまでに4ヵ月近く経過していたことを考えると、メドベージェフの発言は特に気にするような話ではなかったが。

3月26日、ロシア全土で抗議デモが行われ、私の仲間は事務所からその様子をストリーミングで配信していた。各地から写真や動画が送られてきて、それをライブで公開したのだ。視聴者数が15万人を記録し、配信が最高潮に達したとき、事務所が突然停電に見舞われた。次の瞬間、イヌを連れた警察官が事務所に乱入した。そこにいたスタッフは逮捕され、機材もすべて押収された。PC、カメラ、照明、マイク、何もかもだ。当然のことながら、そのすべてが戻ってこなかった。すでに話したように、私たちを潰すためにクレムリンが仕組んだ策略だ。配信に携わっていたスタッフの13人が勾留された。

私たちの調査でメドベージェフの政治生命は絶たれた。反対運動全体のターニングポイントになったのがその調査だったのだ。映画『彼を〝ジモン〟と呼ぶな』が公開されてから10日後、私は聴衆に訴えた。表に出て、政府の回答を求めようじゃないかと。多くの人はそんなことができるのかと感じていた。ロシア全土で大規模デモを行うのは不可能だ、そうした運動ができるとしても、せいぜいモスクワとサンクトペテルブルクくらいだろうと見られていたのだ。しかし3月26日の抗議デモは100以上の都市で行われた。この事実が如実に物語っているのは、さまざまな政治信条を持つ市民を一つにまとめることができるとすれば、それは汚職に対する闘いしかないということだ。今回の抗議デモには私たちの各地本部が組織したものもあるが、現地のボランティアが主導したものもある。参加者の80％は、それまでデモに足を運んだ経験のない若者だった。

私たちは、確かな実績を残してきたとの自負がある。そのおかげで、新しい世代の人々が政治に関心を持つようになったのだ。この世代は、自発性を発揮し、しっかり計画性をもって行動する能力があり、この国の現状に心底不満を抱え、自身の信条に基づきデモに参加する覚悟がある。

今回の選挙活動は、私たちがこれまでやってきたあらゆる運動を上回っていた。運動には毎日数百人が携わった。また、何十万人もの人たちが私たちの支援や援助、献金、調査情報の拡散にかかわり、抗議デモに参加したのだ。

私が正式に大統領選挙候補者として推薦されたのは、2017年12月24日だった。法律の規定によれば、自薦の場合、500人以上の有権者の支持がなければならない。モスクワでは、官僚やアスリートや俳優で構成されたグループがプーチンの立候補を推薦していた。私たちは、20の大都市から一斉に私を候補者として推薦することにした。集会が1ヵ所だけであれば、簡単に解散させられるとわかっていたからだ。そのため、各都市では推薦の手続きに参加したい人は誰でも参加できるようにした。ただしモスクワは例外で、これまで私たちの選挙活動に参加した経験のあるボランティアに声をかけた。参加したい人は誰でも参加してくださいと言えば、おそらく山ほど人が集まるだろうから、1日では手続きを終えられなかっただろう。

モスクワの場合、推薦の手続きをどこで行うのかは最後の最後までわからなかった。会場がすんなり決まることはまずない。当初は快く場所の提供に応じて、「支援しているよ」と励ましてくれる建物の持ち主も、翌日には「申し訳ない。貸せなくなった」と電話をかけてくる。今回はかなり過激な対策を講じた。場所を貸してもらいたいと頼んでもことごとく断られたので、それなら自分たちで作ろうということになったのだ。巨大なテントを借りて、モスクワ北西部の森林公園セレブリャニ・ボルの水辺に設営した。ボランティアにはぎりぎりになるまで招待状を送れなかった。私がテントに到着したちょうどその頃、最初の集会が極東で行われていた。どの集会にも、警察の介入があったが、作業は粛々と進められた。参加者はロシア全土で1万5000人に及んだ。

選挙活動は1年にわたった。全国を遊説し、集会を開き、メッセージを伝えてきた。そして今、私の目の前には700人の聴衆がいる。反汚職基金の弁護士を務めるイワン・ジダーノフが呼びかけた。「皆さんには是非、アレクセイ・ナワリヌイをロシア大統領職の候補者として推薦する提案に賛成票を投じてもらいたい。賛成してくれる人は?」

即座に全員の手が上がった。こういう瞬間は言葉にできないものがある。感謝の気持ちに溢れ、責任の重さをひしひしと感じる。それは他でもない、これまでいつも一緒に取り組んできた人たち、自分に投票し、聴衆としてその場にいる人たち、自分を支えてくれる全国にいるすべての人たちに対する思いだ。私は勇気ある誠実なすべての人たちを代表して候補者として出馬することを誇りに思った。

私は妻と子供たち、側近の仲間たちと共に壇上にあがり、スピーチを行った。私たちは今、勝たなければならない選挙に参加しようとしている、なぜなら私たちこそこの国の反体制派の最大勢力なのだからと訴えた。しかしながら、もし候補者登録が拒否されれば、私は選挙のボイコットを求めることになる。

その日の夜9時、私は推薦に必要な文書を提出した。翌日、中央選挙管理委員会から呼ばれたが、これは委員会がすでに決断に達したことを示唆している。会議室では、エラ・パンフィロワ委員長が脇を部下で固めており、横柄な態度でこう言い放った。「あなたは、キーロフ林業裁判の判決により、今回の選挙には立候補できなくなりました」。当時、この件は欧州人権裁判所で2回目の裁判に入っていて、判決はいつ出されてもおかしくない状況だった。「私はソビエト連邦時代、12年間工場で懸命に働いていました。その間、あなたは違法に献金を集め、若者を誤った方向に導き、お金を稼いでいたのです」とパンフィロワは畳み掛けてきた。青天の霹靂のような言葉だったが、私に対する2つの刑事訴訟を予告していた。つまり、「違法活動への未成年の参加勧誘」(当局によれば若者が私の集会に参加したことがそれにあたる)と「過激主義に対する資金供与を目的とした資金調達」(当局は私の大統領選挙運動に「過激主義」のレッテルを貼った)である。私は今まさに投獄されているが、この2つ目の件で告訴となったら、30年の刑をくらう可能性もある。

私は公約したように、この会合のあと、「有権者のストライキ」を求めた。これは単に選挙をボイコットするだけではなく、ストライキを広め、選挙監視人として登録することを指す。私たちは3万3000人におよぶ選挙監視人の獲得に成功した。クレムリンは、投票者数と投票結果の両方を公然と操作せざるを得なくなった。その結果、インターネット上は選挙で不正が行われている動画で溢れかえった。

私は今回実施された選挙には参加が許されなかったが、この選挙運動のおかげで、私たちのムーブメントは新しい段階に進んだ。地方に設立した各本部のネットワークで、真の野党勢力が永続的に活動を続けられる構造ができあがった。つまり、どんな都市であれ、選挙に参加して勝つために、市民を抗議デモに動員できる新しい体制が築かれたのだ。

18

ロシアでは、選挙をしたからといって権力は変わらない。これは2011年のインタビューで私が語った言葉だ。とはいえ、選挙の準備過程で、人々の注目が政治に集まることは確かなのだから、その状況をうまく利用するに限る。さらに言えば、そのようなとき、当局はたいてい脆くなる。まさに2011年がそうだった。ドゥーマ（下院）選挙で統一ロシアは勝利を収めたとはいえ、投票操作が明るみに出た直後から、各地で反政府運動が広がった。

その年、私は、統一ロシア以外の政党ならどの党の候補者でもいいので投票しようと有権者に呼びかけた。それから7年後の2018年には、大統領選の立候補を表明したが阻まれた［訳注：2017年、キーロフ林業事件で有罪判決を受けたため。ロシアでは重罪犯は一定期間、公職に立候補できない］。そこで選挙ボイコットを呼びかけたところ、私の主張に一貫性がないと考える人たちが批判の声をあげていた。だが、実際のところ、私の主張はしっかり筋が通っていた。できるだけ大きなダメージをクレムリンに与えるためには、いつでも選挙を利用しなければならないのだ。

2018年の暮れ、私たちは新たな戦略を打ち出した。その一つが戦術的投票［訳注：ある候補者を落とすために他の候補者に投票する行動］である。それまで実践したことがなかったが、この方法なら、統一ロシアによる権力の独占状態を壊せるのではないかと考えたのだ。どの選挙でも基本的には、プーチン率いる与党の候補者が25％から30％の票を獲得し、残りは議会内野党の代表者に分散するというのがいつものパターンだった。こうした候補者がお互い手を組むことは決してないとクレムリンは踏んでいた。選挙では、各党の候補が独自色を前面に押し出して競い、結果的に選挙区が割れることになる。誰でも「うまみのある選挙区」を好む。そのため都市部の野党候補者は、多くの場合、票を取り合うことになり、それが結果として統一ロシア候補者に有利な結果となる。だとしたら、こうは考えられないだろうか。候補者同士が意見を合わせられないのなら、有権者が意見を合わせればいいではないか。

これは、与党候補に次ぐ二番手候補を私たちが選び、イデオロギーの違いには目をつぶって、皆でその候補者に投票するという考え方だ。私たちは、最近の選挙結果を分析し、地元の政治評論家の意見を参考に、候補者を絞り込んだ。ほとんどの場合、最有力の対抗馬は共産党の候補者だった。ここではっきりと書いておくが、私は共産党党員が好きではない。ただ、四の五の言っている場合ではなかった。共産党が勝つのを見たいわけではなく、統一ロシアが負けるのを見たかったのだ。

◉「統一ロシア以外」に投票

２０１９年の夏、私たちはモスクワ市議会選挙で戦術的投票を実践に移すことにした。私自身は立候補できなくても、多くの同僚や支援者は可能だった。選挙の数ヵ月前に計画を発表し、大きな賛同を受けた。もちろん、このやり方に不満を持つ人たちもいた。「これまで20年間ヤブロコ党に投票してきたんだ。これからだって何があってもヤブロコ党に投票するぞ！」「投票は共産党に、だって？ あんな人食い族みたいな連中に？ 絶対ダメ！」と声を上げる。私はそうした意見に対して、私たちが今選べるのは一議席だけで、たとえ応援する候補でなくても、統一ロシアの候補よりはましだ、議会に統一ロシア以外の議員が増えれば、候補者も言いたいことが言えるようになるのではないか、と説明した。

私たちの戦術が世間に受け入れられた2018年秋には、翌年のモスクワ市議会選挙で敗北しそうな気配だとクレムリンはいち早く気づいていた。そこで政府は、最有力候補者の立候補を阻むという効果絶大な作戦に打って出る。実際、大半の有力候補者が逮捕され、1ヵ月間身柄を拘束されることになった（中にはもっと長く勾留された人もいた）。

無所属の候補者には最後まで闘い続けた人たちもいた。リュボフ・ソボルもその一人だ。中央選挙管理委員会が立候補の登録を受け付けなかったため、ハンガーストライキを宣言し、その場を離れようとしなかった。退去を拒否してソファに座ったままの彼女が建物から運び出される映像は、この選挙運動の象徴になった。

その数ヵ月前まで、市民はモスクワ市議会選挙に飽き飽きしていた。それが今やロシア全土から注目されることになったのだ。大勢の無所属候補者が立候補を阻まれた結果、大規模な抗議活動がモスクワ市内の通りで行われた。こうした抗議活動の参加者には、刑事責任に問われる人たちもいた。主な罪状は「警察官の健康に脅威を与えた」である。機動隊に空のプラスチックコップを投げても同じだった。この抗議デモは、ロシアの抗議活動史で極めて重要な転機となった。それまで参加したことのなかった人々にまで裾野が広がったことに加え、弾圧が厳しくなったからだ。

た。２０１７年、抗議デモに参加した場合の勾留期間は15日間だったが、２０１８年には30日間に延びた。２０１９年からは、年単位の禁錮刑を科される可能性も出てきた。

そして２０１９年9月、モスクワ市議会選挙が実施された。私たちの本命候補者は出馬が禁じられたにもかかわらず、戦術的投票は効果があった。プーチンの党の議員数は38人から25人に減少した。統一ロシアのモスクワ代表も落選。人数はわずかとはいえ、私たちの手で、真の意味で反体制派である議員の選出も実現できたのだ。今や、市議会の場でモスクワ市長とプーチンの両者を堂々と批判できる立場にある。一方、抗議票の分散を期待して出馬した泡沫候補者の中には、当選して驚いている人もいた（これが戦術的投票の効果だ）。いずれにせよ、モスクワ市議会は私が望んでいたようにこれまでと大きく異なる顔ぶれとなった。統一ロシアによる独占は跡形もなく消え、議会内野党の声がこれまでになく大きくなった。

私はこの事実を刑務所ラジオで知った。抗議デモのたびに逮捕されてきたが、今回もまた逮捕されたのだ。でも、うれしかった。戦術的投票がモスクワで成果を出したので、このアプローチをロシア全土で使うことができる。地方議会選挙は翌年２０２０年の9月にシベリアでも予定されていた。それに、1年以内にロシア連邦議会の国家院の選挙も控えている。

私たちは1年近くをかけてシベリアの選挙戦を準備した。私は２０２０年の夏、選挙運動の決定的な一手を打つためにシベリアに飛んだ。ノボシビルスクとトムスクでの調査の様子を撮影しようと考えたのだ。すべてうまくいき、記録も残した。8月19日の夜、調査チームが滞在していたホテルのレストランに入った。食事のラストオーダーの時間は過ぎていたが、すでに軽く夕食をすませていた仲間がキッチンにかけあい、少しだけ時間を延長して何か食べ物を用意してもらえないだろうかと頼み込んだ。「食事はいらないかな。今朝は飛行機の時間がとても早かったから、皆と一緒に軽く一杯飲んで、もう寝ようと思う」と私は伝えた。バーには見たことのない風変わりなバーテンダーがいて、私のことをじっと見ているようだった。前日には違うバーテンダーが立っていたのだが、きっとシフトの関係だろう。「ネグローニをもらえるかな？」とウェイターに伝えたころには、くだんのバーテンダーの存在をすっかり忘れていた。カクテルが運ばれてきて一口飲んだが、とても嫌な味がして、それ以上は飲めなかった。突然、あの風変わりなバーテンダーの顔が頭をよぎった。バーテンダーらしく見えなかったあの人物だ。私はカクテルを残した。皆におやすみの挨拶をしてから、自分の部屋に戻った。

2020年8月20日。目覚ましが朝5時30分に鳴った。すっと目が覚めて、バスルームに向かう。シャワーを浴びる。ヒゲは剃らずに、歯を磨く。ロールオンの制汗剤は空になっている。ボールが乾燥していたが、ごみ箱に捨てる前に、もう一度脇にグリグリする（数時間後、仲間が部屋を調べに入ったときに、ごみ箱から発見されたのがこの容器だ）。

まずいな、飛行機に乗り遅れるかもしれない。

◉有名になれば殺されない？

あの時以降で、命が危ないと感じたことは一瞬たりともない。それどころか毒を盛られるまで、年ごとに自分は絶対安全だと強く感じるようになっていた。自分が何者なのかが世の中に広く知られるほど、殺害は難しくなるだろう。いや、難しくなるに違いない――そう思っていたのだ。

これまでの仕事で最も危険を感じたのは、まだヤブロコ党の党員だった2014年の一件だ。当時、モスクワ市民保護委員会を設立しており、市内の違法建築撲滅活動に取り組んでいた。地元のモスクワ市民は違法建築にとても不安を感じていて、私は弁護士の立場から市民を助けようとしていた。

違法建築を指摘されたモスクワの建設会社は、人を雇って、野球バットを手に相手の家に殴り込む。そんなやり方が問題解決の常套手段になっていた。このようなわけで、地元の汚職との闘いは何よりも危険なことのように思えた。こうした闘いを地方、特にコーカサス地方で続ける活動家の皆さんを私は心から尊敬している。

だが今、私は公人であり、誰もが知る存在になったので、相手もリスクを冒してまで殺そうとは思わないだろう。

でもその考えは間違いだった。

私はこれからもボリス・ネムツォフと交わした言葉を決して忘れないだろう。あれは彼が殺害される10日前のことだ。あの時はネムツォフと彼の同僚と私の3人で話をしていて、ネムツォフはいかに私が危険な状態にあるのか説明していた。「クレムリンなら簡単に殺せますよ。あなたは外部の人間ですからね。私は身内だから心配ないですが」。ネムツォフは元副首相だ。その上、プーチンとは個人的な知り合いで、何年も一緒に働いている。

その3日後、私は逮捕された。逮捕からわずか1週間後、クレムリンからわずか200メートルしか離れていない場所でネムツォフは射殺されたのだ。つくづくわかった。誰が危険で、誰が安全かという話はまったくもって無意味だと。次に何が起こるのかは、誰にもわからない。わかっているのは、ウラジーミル・プーチンという名の常軌を逸した男がいるということだ。そして、ときどき何かが脳内で悪さをすると、紙に人の名前を書きだして、命令する――「こいつを始末しろ」。

ネムツォフの殺害は誰にとっても大きなショックで、多くの人が震え上がった。勇気の塊のようなユリアでさえ、子供たちと夜、3人だけで家にいると心がザワザワしたと、ずいぶんあとで話していた。「ついに始まったっていうこと？ 反体制派を殺そうっていうわけ？ 銃を持って突然乱入してくるかも」と不安でいっぱいだったという。ネムツォフとはファーストネームで呼び合う仲だったので、私も震え上がった。だが、自分の命がそこまで危険にさらされるようになったとは思っていなかった。

私は、襲撃とか逮捕とか殺害の可能性をとことん無視するように努めてきた。これから起こるかもしれないことをどうこうする力など自分にはないし、そんなことをくよくよ考えていると、自分自身が壊れかねない。「今朝生き残れる確率はどのくらいなのか？ よくわからないが6割くらい？ それとも8割？ ひょっとしたら10割なのか？」そんなことを考えても無意味だ。目を閉じて、危険など存在しないかのように振る舞えと言っているのではない。ある日、もう気にしないことにしようと決めたのである。すべてを秤にかけて、自分の立ち位置を理解して、なるようにしかならないと考えることにしたのだ。自分は反体制派の政治家であり、敵が誰なのかよく承知している。にもかかわらず、敵に殺されるのではないかと始終不安に感じているのだとしたら、ロシアで生活する価値はない。どこかに移住するか、生き方を変えるか、どちらかを選ばなければならない。

でも私は自分の生き方が好きで、この生き方を続けたいと考えている。私は頭がおかしくもないし、無責任でもなければ、恐れを知らないわけでもない。心の奥深くのところで、これは自分がやらなければならないことだ、これが生涯の仕事だとわかっているだけだ。世の中には、私のことを正しいと信じてくれる人たちがいる。私の組織、反汚職基金もあるし、何よりここには私の故郷がある。私は何とかして祖国に自由を取り戻したいのだ。もちろん、そんなことをすれば危険も及ぶ。だが、それも私の仕事のうちであり、受けて立つだけだ。

とはいえ、妻と子供たちのことは大いに気がかりだ。もし神経剤のノビチョクが家のドアのハンドルに塗られて、そのハンドルを息子か娘が握ったとしたら。その考えが頭から離れず、恐ろしくてたまらない。私が毒を盛られるわずか2~3週間前、バルト海に面したカリーニングラードで恐ろしい事件が起こった。ユリアと私がカフェにいたとき、突然、ユリアの調子が悪くなった。ユリアは文字通り、私の目の前で椅子に座ったまま死にかけていた。しかし私は状況を見極めることができず、うかつにも「部屋で休もう」と言った。今ならわかる。ユリアは間違いなくノビチョクを盛られたのだ。ユリアが経験した感覚は、その後、私が例のフライト中に経験したものとまったく同じだった。ただ、軽度だっただけだ。後でわかったことだが、トムスクで私に毒を盛った人物と同じFSBの関係者がこのときも尾行しており、カリーニングラードまで追ってきていた。ふと、こんなことが頭をよぎる。例えば、調子が戻って外出できるようになったユリアが外に出てからわずか2分、公園のベンチで遺体となって発見される……。背筋が凍った。たとえ妄想でも耐えられない。でもこれは、勇気があるかないかの問題でもないのだ。

私は決断した。もちろん家族に与えるリスクは最小限に抑えるが、私がコントロールできないことも間違いなくある。妻だけでなく子供たちも、私が逮捕される可能性があると知っている。家族で何度も繰り返し話し合ったからだ。では、殺されるかもしれないという想定はあるかって？　さすがにそこまで想定していなかったが、その場合でも何かが変わるわけではない。

私はロシア国民だ。一定の権利を有する。恐怖に怯えて暮らすつもりはない。闘わなければならないのであれば、私は闘う。なぜなら正しいのは自分であり、間違っているのは彼らだと知っているからだ。私は善の味方であり、彼らは悪の味方だからだ。私を支えてくれる多くの人がいるからだ。

こうした考え方はとても基本的なものであり、ひたすら大衆の人気を集めようとするポピュリズム的な考え方かもしれないが、私はそれが正しいと信じているし、だからこそ何も恐れていない。自分が正しいことは自分がよく知っている。

刑務所に入れられて嬉しいわけがない。楽しいことがひとつもない。おぞましく、無駄な時間だ。けれど、そういうものだというなら、それは仕方ない。私は発言するし、権力の座に就いたら、クレムリンに巣くう連中に正義の鉄槌を下すとはっきり伝える。というのも、彼らが国家そのものを略奪しているからだ。当然、本人たちはそういう私の考え方が気に食わない。私の行動を何とかして止めようとしているのもそのせいだ。私は彼らを相手に闘い、彼らは私を敵だと認識している。

私は自分の人生がこの先どのようになるのかを知らない。だから、人生の意味を理解しようとしても、それは単なる憶測にすぎない。ただ世間には、私の未来に関して、2つの相反する意見がある。半分の人はこう考える。クレムリンはすでに一度、私を殺そうとしたのだから、最後までやり遂げるだろう。というのも、プーチンが、ナワリヌイ殺害命令を出したのに守られていないために、激高しているというのだ。一方、もう半分の人（私も含めて）は、私の殺人が未遂に終わり、私たちが殺人未遂の調査を行ったことで、クレムリンはこの件と距離を取りたがるのではないかと考える。誰も私を殺そうとなどしていないとクレムリンは繰り返し訴える。もし彼らがまた私に毒を盛り、私がノビチョクや心臓発作で死ぬことになろうものなら、言い訳がつかなくなるだろう。なんだか自分をごまかしているような気もするが、いずれにせよ、将来のことは誰もわからないし、そのわからない未来を予測しようとしても意味がない。

唯一、確かなことがある。それは私が地球上で最も幸せな1％の人たち（つまり、自分の仕事を愛し、誇りを持っている人たち）の一人であるということだ。私は仕事をしているとき、その一秒一秒が楽しい。私には心から応援してくれる人たちがいる。それに、愛だけでなく、同じ価値観も持つ女性と出会うことができた。彼女も私のように、現状に反対している。私たちの国はもっと良くなるはずだ。ロシアの人たちは今よりも20倍は豊かに暮らせるはずだ。決して私やユリアが豊かになれるといっているわけではない。私たちはこの国を何とかしたいと思っているのだ。少なくとも実際に何とかしようとしている。これは、間違いなくやるだけの価値がある。私たちにはやり遂げられないかもしれない。すべてが変わるのは、私たちがいなくなったあとかもしれない。それでも私たちはやらなければならない。子供や孫には、自分の両親は良い人だった、何かプラスになることを生み出そうとして生きていたのだと知ってもらいたい。

ザハールが小学生の頃、親が何をしているのかを発表する授業があった。「私のお父さんは医者です」「僕のお母さんは先生です」と答える友だちもいたが、ザハールはこう話した。「僕のお父さんは、僕たちの国の未来のために、悪い人たちと闘っています」。この話を聞いたときが、人生で一番すばらしい瞬間になった。首にメダルをかけてもらった気分だ。

◉自分の国を愛するということ

私は祖国に対する自分の愛情が特に変わったものだとは思わない。ただ愛しているだけだ。私にとってロシアは、私という人間を作り上げている構成要素の一つである。右腕や左脚と変わらない。自分の腕や脚をどんなふうに好きですかと尋ねられても、説明できる人などいるはずがない。

私は海外から帰ってくると、飛行機を降りる前から、ああ、自分の場所に帰ってきたという温かい気持ちに包まれる。そう、世界にはロシアよりもおいしい料理が食べられる国もあれば、秩序が保たれている国もあるし、とても美しい建造物に囲まれた国もある。私は旅が大好きだ。でも何よりも好きなのは、自分の国に戻ってくることだ。なぜなら、街の通りを歩いていると、私は今、自分に一番近しい人たちと一緒にいるのだと感じられるからである。誰もが親戚のように感じられる。

ロシアの人たちはすばらしい。初対面のときに大歓迎な素振りを見せることはないが、その無愛想な感じが私は好きだ。ロシアの人たちは複雑で、思索にふけるのが好きで、私も同じだ。それに、何でもかんでも生きるか死ぬかの問題に置き換えて、この国の未来について議論を交わし始める。私もそうだ。私は以前、「未来の美しいロシア」を説明するとしたら、「極めて抽象的な意味でのカナダ」だと表現したことがある。つまり、豊かな北の国で、人口密度が少なく、誰もが満たされた生活を送り、哲学的考えを心行くまで楽しむ、そんな国だ。

私はロシア語が好きだ。どこか物憂げな風景も好きで、窓から外を眺めると、なんだか泣きたい気分になる。ただただひたすらすばらしい。気分が上々になるのは、こうしたものがすべて身近に感じられるからだ。ロシアの悲しい歌も好きだ。ロシアの文学や映画も好きだ。どれも必ず、苦悶や沈思、苦悩、憂鬱、自省に触れている。

こう書くと、ロシアが悲しい場所に思われるだろう。だが、実のところ私たちロシア人は愉快な国民だ。私は特にロシアのブラックユーモアを気に入っている。この国の人たちは、政治的には正しくないテーマを冗談のネタにするのが大好きだ。ネタは容認できるかできないかのギリギリのところを狙ったものが多い。だからこそ私には、欧米のインターネットよりも今のロシアのインターネットのほうがはるかに面白く感じる。

欧米の人たちがロシアに関して大きく誤解しているのは、「ロシア国家＝ロシア国民」だと考えている点だ。この二者には共通点がまったくないというのが現実であり、私たちの国にとって何よりも不幸なのは、この国で暮らす何百万人もの市民の知らないところで、権力が何度も何度も、とことんひねくれ者で、とことん嘘つきの者たちの手に握られていることだ。どの国家にもそれにふさわしい政府があるとよく言われるが、多くの人が、ロシアにもこの法則が当てはまると考えている。さもなければ、ロシア国民はとっくに立ち上がり、政権を転覆していたに違いないというのだ。しかし私はそうは思わない。市民の多くは現在行われていることに賛同していないし、自ら選んだわけでもない。とはいえ、百歩譲って「どの国家にもそれにふさわしい政府がある」のだとしたら、市民は一人ひとりがその責任を負うことになり、それはつまり私もその責任の一端を担うということだ。だから、現状を変えるため、これまで以上に激しい闘いを挑むかどうかはすべて私の肩にかかっている。

ウラジーミル・プーチンを憎んでいるかと聞かれたら、ええ、憎んでいますと答えるだろう。でもそれは、私を殺そうとしたからでも、弟を刑務所送りにしたからでもない。私がプーチンを憎んでいるのは、ロシアからこの20年という時間を奪ったからだ。きっとすばらしい20年になっていたに違いない。過去には決して経験したことのない20年である。敵はいなかったし、国境も平和だった。石油や天然ガスなど天然資源の価格が極めて高水準で推移していた。輸出でも大いに国は潤っていた。この20年という期間を上手に生かしていたら、プーチンはロシアを豊かな国に変えることができたかもしれない。誰もが、今よりももっとよい暮らしになっていたはずだ。

だが、現実は違う。2000万人の国民が貧困ライン以下の生活を送っている。あるべきはずのお金の一部は、プーチンとその仲間たちが懐に入れてしまった。浪費したものもある。彼らは私たちの国のためになることをまったくやってこなかった。子供たちや国の未来に対する最悪の犯罪である。残念だが、私たちが豊かで平和で幸せな時代を過ごすことは二度とないだろう。私にはそれが悔しくてたまらないし、そうした幸せな時代が手に入る機会を私たちから奪い取った連中には憎悪しか感じない。

私の信念の象徴は、先に紹介した「未来の美しいロシア」である。法治国家になれば、この国はごくふつうの、豊かな国になると私は信じている。何よりも、この「未来の美しいロシア」とはごくふつうの国であることを忘れないでほしい。

まずは「人殺しはもうやめる」ことからはじめよう。その次は汚職と闘おう。確かに欧州にも米国にも汚職はある。だが、もしこの国のなりふり構わない汚職の実態を少しでも改善できるのなら、その金がすぐにでも教育や医療に回せるようになる。そのうち、独立した裁判所や真っ当な選挙も実現できるとわかるだろう。

この国の歴史をひもとくと、私たちには皇帝《ツァーリ》がいて、その後に書記長、大統領と続いた。その誰もが皆、権威主義だった。もうこれ以上、権威主義は続けられない。

私たちの使命は、この悪循環を断つことにある。この悪循環がある限り、時代が変わっても、誰が権力を握っても、必ず権威主義が息を吹き返す。大統領の権限には制限を加えなければならない。そもそも大統領は権力を握りすぎているのだ。権力は議会と地方の州知事と市長に分散すべきだ。地方の税収は地方に残すようにして、モスクワに送るべきではない。だが、今ロシアでは、すべてがモスクワを中心に回っている。権力の源はクレムリンだけであり、具体的に言うなら、大統領執務室だけである。これほど広大な国家を決してそのような形で統治すべきではない。

とにかくふつうの国になろう。そうなれば美しいではないか。

これは実現不可能な話ではない。「未来の美しいロシア」を説明するなかで、何としても理解してもらいたいのは、「未来の美しいロシア」は絶対に築くことができるということだ。その実現のために闘わなければならない。

私のストーリーはこれからも続く。たとえ私や私の仲間や反体制派の協力者たちに何が起ころうとも、ロシアが豊かな民主主義国家になる可能性は決して消え失せない。嘘と汚職にまみれた邪悪な現政権は消えてなくなる運命にある。夢は現実に変えられるのだ。

未来は私たちのものである。

Part 4
PRISON
獄中記

アレクセイはヒムキ警察での事情聴取のあと、裁判が始まるまでの間、モスクワの特別拘置所マトロスカヤ・ティシナに連れて行かれた。表向きの逮捕理由は7年前のイブ・ロシェ事件だった。このときの保釈条件に違反した罪で、2021年2月、3年半の禁錮刑を言い渡された。

同時に開かれた2件目の裁判では、大祖国戦争（第二次世界大戦）の退役軍人に対する名誉毀損が争点となった。2020年の夏、プロパガンダ・メディアである「ロシア・トゥデイ」は、ロシア憲法改正案を支持する動画を公開（改正案が通れば、プーチンは何期でも大統領を務められるようになる）。動画に登場する俳優やアスリートのなかに、大祖国戦争を戦った退役軍人がいた。アレクセイは彼らを「国の面汚し」とツイート。そのため取調委員会に、退役軍人の名誉を毀損したと断じられ、罰金を払う羽目になった。

その後3年間、彼はさまざまな理由で裁判にかけられた。すべて刑務所や収容所内でおこなわれ、家族もジャーナリストも立ち会いを許されなかった。2022年3月、アレクセイは横領の罪で「厳戒」矯正労働収容所で9年間の禁錮刑を下された。そして2023年8月、「過激派」認定され、さらに条件の苛烈な「最厳重」矯正労働収容所で19年の禁錮刑となった。新しい判決が出るたびに、アレクセイは新しい収容所に移送された。それに伴い、拘禁の条件は急速にひどくなっていった。最初のうちは他の囚人とともに一般房に収容され、収容所のまわりを歩くこともできた。しかし1年後には、独房でたった一人になった。「シゾ」と呼ばれる隔離懲罰棟にもしばしば入れられた。理由は、囚人服の第1ボタンが留まっていなかった、などの違反行為だった。

彼は独房で295日を過ごした。その間、電話も面会も許されず、1日に1時間半だけ紙とペンを渡されたが、じきにそれが30分になり、ついには日記をつけられなくなった。

医療はほぼ受けられなかった。2021年3月、彼はこれに抵抗してハンガーストライキをおこない、民間の医師を呼ぶよう要求した。そして24日後、病院に搬送され、世論が高まり、やっと医師の診察を受けることができた。

2023年12月、アレクセイは矯正労働収容所から連れ出された。ほぼ1ヵ月間、家族も弁護士も居場所がわからなかった。12月25日、彼は極北の収容所にいると判明。そして2024年2月16日、アレクセイ・ナワリヌイはそこで殺害された。

2021年

1月21日

やはり日記をつけることにした。

第1に、オレグがノートを何冊かくれたからだ。

第2に、「21・01・21」という奇跡のような日付をやり過ごすのはもったいないからだ。

そして第3に、日記をつけなければ、ここで起きている面白いことを忘れてしまうからだ。

今日も一つ事件があった。精神科医の診察を受けることになった。部屋は4メートル×8メートルほどで、テーブルと椅子が3脚（すべて床に固定してある）、かなり大きな鏡が壁に埋め込んである。まるで映画だ。あの鏡の向こうには連中が座っているに違いない。こちらを観察しているのだ。鏡の横に隠れて、いきなりものすごい形相で飛び出して、観客がちびるほど脅かしてやりたい衝動に駆られる。コメディでそんなシーンを見たことがある。

書きながら思い出して笑ってしまった。本当に鏡の向こうに人がいるなら、こう思っているだろう。「こいつは頭がおかしい。ずっとノートに何か書いていて、いきなり笑い出したぞ」と。

精神科医は出て行ってしまい、私は待たされている。これがアホらしい心理テストの一環だとしてもまるで驚かない。他人の部屋に理由もなく閉じ込められた被験者はどういう反応を示すだろう？ うろうろ歩き回って焦った様子を見せる？ 怯えて大人しく椅子に座っているか？ 最初は私も部屋を歩き回っていたが、座ってこの日記を書き始めた。このノートは本来、弁護士との面会で使うためのものだったのだが。

この部屋に連れて来られたときは、「やったぞ、多少なりともまともな部屋で弁護士と話せる」と喜んだ。5分後、迷彩服を着た少佐が入ってきた。ビデオカメラを机に置く（カメラなら天井にすでに2つあった）。

「こんにちは」と声をかけてきた。「座って」

「どうも。ですが、もうちょっと歩いてますよ」と私は答えた。彼が弁護士との面会の様子を監視する人物だと勘違いしていた。

「お掛けください」と彼はまた言った。「私は精神科医です。あなたと話す必要があります」と言って、折り畳んだ紙を寄こした。何かの表があり、それを埋めなければならないらしい。

私は彼の名前を尋ねた。ここでは皆、「少佐同志」とか「中佐同志」と呼び合うだけで、誰も名前を教えてくれないのだとぼやいた。精神科医と話す間、ずっと「少佐同志」などと呼べない。少佐は目に見えて狼狽し、軍事機密を漏らすまいと黙っていた。「精神科医同志と呼んでください」と答えたので、思わず笑いそうになったが、彼が大真面目なので何とかこらえた。

それから90項目もの設問を見せられた。「私は知らない人に会うのが苦痛だ」「私は社交的でバランスの良い人間だ」などの文に四角いチェック欄があり、自分に当てはまるかどうか、書き入れていく。私は律儀に書きながら、心理学はインチキだという結論に辿り着いた。それから、自殺傾向を鑑定する20の質問が続いた。

クライマックスが来た。9枚の色違いのカードを見せられて、「今のあなたが最も惹かれる色を選んでください」と言われた。

一番明るい色を選んだが、苦笑いが隠せなかったらしい。精神科医同志は申し訳なさそうに、このテストは全項目を評価して初めて意味があるのだ、というようなことを言った。

それからの話し合いはお決まりのパターン（なぜ自分が無罪だと思うのですか？）と、連邦刑執行庁（ＦＳＩＮ）ならではの、どうでもいい細かい質問が続いた。

「気分はどうですか？」

「いいよ」と答えた。だが背中がひどく痛むとも言った。彼がチェック欄に「良い」と書いたのが見えた。

話題が汚職に及んだところで、会話はお馴染みの結末を迎えた。彼は「年配者は当然の利益を得ているだけですよ。若い世代も順番が来れば、同じものが得られるんです」といさめるように言う。そこで私は、プーチンとその仲間たちの具体例を挙げながら、汚職について3分バージョンの標準的なレクチャーをした。すると精神科医同志は急用を思い出したらしく、「今回はこれでおしまいにしましょう」と言った。ボディカメラのなせる業だ。プーチン批判を録画されると（批判をしていたのは私だが）、犯罪に加担した証拠を押さえられたように感じるらしい。

この件について精神科医の意見はまったくひどいものだったが、あれが一般的なのだ。彼は礼儀正しく、とても感じの良い人物でさえあった。

それから私は指紋を採られた。4日間で6度目だ。

その日の夕方、私の弁護士の一人、オルガ・ミハイロワが面会に来たのだが、着いた瞬間から悪いニュースを聞かされた。昨日の夜、私は人権擁護団体との面会を許可してほしいという嘆願書をペラ一枚に書いたのだが、そのせいで仲間は私がここで殺されると信じてしまったらしい。連邦刑執行庁はこの嘆願書を公表した（今後のための備忘録。政府は紙切れ一枚でも利用する）。しかし誰もそれを私が書いたとは信じなかった。なぜか？ それもこれも……やったぞ！ 私たちの制作した動画「プーチンの宮殿 世界最大の収賄」が４４００万回ビューを記録したからだ。ちょうど昨夜、２０００万回に届きますようにと願っていたところだった。

1月22日

毎朝、血圧を測られる。結果は宇宙飛行士並みに健康な１２０と70。家にいたときはもう少し高かった。ここに癒やし効果があるのか、この表示しか出ない設定なのか。たぶん前者だろう。

朝の見回りでは看守が必ず「良い一日を」と声をかけてくる。夕方の見回りでは良い夜を、と言われる。迷彩服姿の大柄で筋骨隆々の男たちが優しいのはシュールだが、他意はないようだ。

精神科医と面談した部屋に連れて来られて、座って、待っていた。刑務所ではどこに連れて行かれるのかわからない。

「天気にあった服装で出る準備をしろ」と言われるときは、施設の外に連れて行かれる。

「書類の準備をして出かけるぞ」と言われるときは、施設内のどこかに連れて行かれるが、目的は様々だ。弁護士との面会や、国民監視委員会（ＰＭＣ）の人物に会う、もちろん精神科医に会う場合もある。

今回は電話のためだ。ユリアと母に電話をしたいという希望が通った。スピーカーはオンのまま、すぐ近くに2人の人物がいて、全てが録画されている。母とは電話がつながって話すことができた。しかし運悪くユリアとは無理だった。

電話が終わると、2階ではなく1階に連れて行かれた。そんなわけで、今この部屋に座って、これを書いている。狭い部屋の中に白い電話とガラス窓があり、テーブルの反対側にもそっくり同じ電話がある。窓の近くに誰かがボールペンで、「奴らが地獄の業火に焼かれますように」と書いたあとがあった。

私のもう一人の弁護士、ワディム・コブジェフが来た。私がニュースになった記事のファイルを持ってきてくれたが、全部没収されてしまった。彼とキーラは逮捕後9日間勾留され、ロス［原注：ウラドレン・ロス、ＡＣＦの弁護士］は国外退去になり、ユリアがそれについて投稿した文章は感動的で、彼は地下鉄で泣きそうになったらしい。さすが私の妻！

プーチン汚職調査の動画は、５５００万回ビューに到達した。

初めて「運動」に連れ出された。行き先は7階だった。いくつかの小部屋に分かれている空間が「運動場」だった。（小股で急がずに）歩くと27歩で1周できる。それが私の運動だった。4メートルの高い壁は緑色で、きたならしい筋がついていた。その上は屋根ではなく、金属の梁と鉄格子で塞がっている。さらにその上に目の細かい網がかぶせてあり、外から何であれ投げ入れられるのを防いでいる。

網の少し上には木の板が渡してあって、看守が歩きながら囚人を見張れるようになっている。囚人たちはルールに従って歩いているか？ 違反をしていないか？ この光景はザハールが欲しがっていたアリの巣観察キットを思い起こさせる。ただこの場合、アリを観察するのは人間ではなく、迷彩服と毛皮の帽子をかぶり、フェルトのブーツを履いた「特別アリ」だ。

この構造の最上部は金属製の斜めの屋根だった。つまり、壁と斜め屋根の間には1メートル半ほどの隙間があり、運動は屋根の下でしているわけだが、端に寄ると空が見える。空と言っても、ぐるぐる巻きの有刺鉄線、次にウェビングテープ、その先に金属網、やっと最後に見えるのが空だ。この空はつまり「チェッカー模様の空」で、まさに子供の頃の刑務所のイメージだ。あとは縞々のつなぎがあれば完璧だ……が、まだもらっていない。黒いコートなら着ている。外が寒いのに「天候にふさわしい服」を持っていないから、刑務所のものを与えられた。

ラジオが耳をつんざくような音で鳴っている。ただ音楽を流しているのではない、爆音なのだ。私が3階の自分の部屋で窓を閉めていても、7階の「運動場」のラジオが聞こえてくる。音楽に混ざって、声が聞こえた気がした。耳を澄ませると、また聞こえた。「アレクセイ！」私のことを呼んでいるのか？ しかし私がここで運動をしていることは誰も知らないし、誰からも見えないはずだ。それでも「何だ？」と叫び返した。すると相手も何か叫んでいるが、音楽にかき消されてわからない。特別アリがどうやら怒っている。無線で誰かと話している。「何だ？　聞こえない！」と私は再び叫んだ。

その人物は胸いっぱいに空気を吸い込み、特別アリに構わず、叫んだ。

「アレクセイ、耐えるんだ。全ロシアがお前の味方だ！」

私は「ありがとう！」と叫び返して歩き続けた。驚いた。予想もしていなかった、感動的な瞬間だった。そしてまた、一体どうやって彼は私がここにいることを知ったのだろうと考えた。運動場にいる人物を特定する方法がきっとあるのだ。

夕方、刑務所の副所長が私のところにやって来た。

「アレクセイ・アナトリエヴィチ、他の部屋の囚人とやり取りするのは禁止だ。叫んだり、タップしたり、他のどんな方法でもだ」

「タップなんてしてない」

「大声で何か叫んでいただろう」

「わかったよ、もうやらない。ところで、運動場にいるとわかる方法なんてあるのか？」

副所長は不快感を隠そうともしなかったが、こう答えた。

「私に言えるのは、乞食には乞食なりの知恵があるということだ」

乞食だろうと何だろうと、その人は私より賢い。どうやったのかいまだにわからない。

1月23日

今日はロシア全土で抗議デモがおこなわれる予定だ。状況を知りたくてチャンネルを何度も変えたが、「ナワリヌイの本部」が未成年の子供たちをデモに参加させている、と繰り返し流れている以外にわかることはなかった。ニュースのなかで、無愛想で肩章を着けた2人の女性が話していた。1人は内務省出身、もう1人は取調委員会だ。

「彼らは子供を巻き添えにしています。外国の差し金です。反政府的なニセの情報を外国メディアに流しています。これは犯罪行為です」

そのニセの情報が何なのか、抗議デモが何のためのものか、ひと言もふれない。

ヒゲを生やしてコミカルな風貌の2人がPMCからやって来た。彼らによれば、私たちのプーチン汚職調査の動画は6700万ビューを突破した。

ニュースのテロップで「内務省によると、ナワリヌイの妻が逮捕された」と流れて、一瞬心配になったが、そのあと「……が、何の罪状もなく釈放」と続いたので安心した。

1月24日

なんと今日は廊下で誰かが罵っているのが聞こえた。ここは本当に刑務所なのかもしれない。

3日前、新聞を4紙買った。『ノバーヤ・ガゼータ』『コメルサント』『ヴェドモスチ』、そして『RBK』。最後の2紙に金を使うのはかなり不本意だった。ケチっているわけではなく、腐敗した連中にたった1コペイカでも渡ると思うと耐えられない。しかしそんな新聞でも何らかの情報は得られるのだから、と自分に言い聞かせた。

今日の運動時間のあと、「いつ新聞を買える？」と尋ねた。

「お前の定期購読は3月からだ」
ニュースを知りたいだけなのに、なんと面倒なことよ！　新聞の定期購読は期の始まりにしか申し込めないという、２０２1年にできた馬鹿馬鹿しい決まりがまだ続いているとは、信じがたい。紙の新聞が廃れるわけだ。

刑務所内の売店で売っているレトルト食品に、「ハラル」と印字してある。ここには様々な民族がいるということだろう。

図書館にはギ・ド・モーパッサンの全集が収蔵されている。これまで『脂肪の塊』と『シモンのパパ』しか読んだことはなかった。今日、『脂肪の塊』を見つけたので、読み直してみた。かつて読んだときは何の印象もなかったが、ぶっ飛んだ。なんてクールなんだ。フランス語ではどういう雰囲気なのか、ぜひ知りたい。原著を手に入れて、私のフランス語で太刀打ちできるのか、試そうじゃないか。

たった今、図書館にある最後の本を読み終えたところだ。シェイクスピアだった。もうこれ以上読む本がないのかと落胆したが、夕方の巡回の時間になると、当番の看守が大量の手紙を持ってきた。少なくとも５００通から６００通はありそうに見える。良かった。

ところでキャンセルカルチャーの吹き荒れる今、フェミニストたちが『じゃじゃ馬ならし』を図書館から追放しないのはなぜなんだ。あの当時としてもひどい話だろう。

1月25日

ずっと手紙に返事を書いている。3つのことがわかった。第1に、ものすごく面白い。第2に、手紙を書いてくれた全員に返事を書くべきだと思うし、そうしたい。第3に、どうして私はこんなことをしているのか、という疑問に対する嘘偽りのない答えがここにある。

手紙を読んでいる間じゅう、私は涙ぐんでいる。人間とは善良なものなのだ。

エカテリンブルクの医療機関に勤める若い女性は、デモに参加すべきかの葛藤をありありと書いていた。怖いけれど必要なことだと思っている、と。私はその手紙を脇に取り置いた。

ある人は私が強くいられるようにと祈っていた。便箋に何枚も何枚も書いている人もいた。読んでいると心から感動したが、それだけではなく、役にも立った。あらゆる類いの知的なアイデアの宝庫なのだ。マーケティング戦略で顧客にグループインタビューをしているようだ。

すべての手紙に返事を書いた。85％は「アリーナ、ありがとう」というようなひと言だったが、それでも1日かかった。

夕飯の時間になると、食事の受け渡し口から、また分厚い紙の束が押し込まれた。

「ワオ」と私は言った。「まだ手紙があるのか」

「そうだ」と看守は答える。それから、看守は両手で次の束を突っ込んできた。700通はありそうな厚みだった。それからもう一束。またまた一束。これはなんとかしなければ。

1月26日

日記が単調になってきた。今は午前7時半で、私は座って手紙に返事を書いている。過激な手紙もあった。たとえば宛名がすごい。

「モスクワのマトロスカヤ・ティシナの死刑囚　アレクセイ・ナワリヌイ様」

手紙の最後は「あなたの真実のためなら、我々は死ねる」と結ばれていた。

1月27日

オルガが来た。彼女がオレグから聞いた話では、私たちのアパートは家宅捜索されたそうだ。ちょうどテレビでユーロニュースを見ていたところだった。テロップで「反汚職基金（FBK）のオフィスであるナワリヌイの自宅と、アフトザヴォドツカヤ通りの賃貸アパートが、捜索を受ける」と流れた。可哀想なユリア。彼女はあそこでたった1人だ。

蛍光灯の光が変則的に眩しく点滅する。私のあくまで慎ましい独房は、即席の拷問部屋になった。読むことなどできないし、壁を向いて座っていることさえ難しい。目をつむっていても、閃光がまぶたを貫く。くそっ！　まったくのナンセンスだが、人を発狂させるには有効だ。

誰かが「ナワリヌイの住居をすべて捜索しろ」と命令したらしいのだが、体制は機械的に、文字通り、実行しようとした。私の独房まで捜索の手が入った。いかに感じ良く清潔に保たれていようとも、刑務所はしょせん刑務所なのだと思い知る瞬間が来た。

「すべての私物を持って、部屋の外に出ろ、マットレスもだ」

「すべてってどこまで?」

「例外なく、全部ということだ。とにかくすべての持ち物を持って、検査室に行け」

簡単に言うと、私はスチールの小さなキャビネットにセンス良く配置していたこまごました物を、大きな袋に放り込むことになった。すべての私物を袋に入れろと! マットレスとシーツ類を検査室に引きずっていった。すべてが意味なく徹底的にはたかれ、金属探知機を当てられた。私も素っ裸にされ、着ていたものを検査された。

終わると、私は何もかもを呪いながら、私物を引きずって房に戻り、小物を元の場所に置き直した。

検査室にいる間、照明を替えてもらえたのは良かった。

国営放送のテレビによれば、23日のデモ行進に参加した者は、意図的にコロナをばらまいた生物兵器なのだそうだ。こう主張している連中こそ、パンデミックのさなかにパレードをおこない、全国選挙を敢行したではないか。

ムルマンスクに住む少女から、私を支持する、感謝している、という手紙をもらった。彼女は脳性麻痺で、補助金を貯金して数年に1回、ヨーロッパへ1週間旅行するのを楽しみにしている。太陽が恋しいのだそうだ。ムルマンスクは年間を通して青空が見える日は1ヵ月もない。

こんな手紙を読むと、自己憐憫など吹き飛ぶ。

消灯だ。寝よう。ユリアが無事でいますように。会いたい。

1月28日

昨夜はラジオをつけっぱなしで寝てしまった。消灯後に中央で電源を落とされ、自然に消えた……ということで、朝5時50分、ラジオから70年代のダンス・ミュージックがいきなり聞こえてきて、死ぬほど驚いた。

ここではどこかしら、いつでもレトロFMが流れている。なかなか悪くないチョイスだ。ニュースとパーソナリティはひどいが、番組の切れ間に、ごくたまにしか流れない。番組の司会者は4曲ごとにジョークを飛ばす決まりがあるのか、微妙な瞬間もあるが、まあ耐えられる。

以前、ラジオのコメディ番組を一日中流している刑務所にいた時は首を吊りたくなった。ただ、そこに入ったのは初めてではなかったので、幸い、ラジオの消し方を知っていた。新聞をかぶせるか、石鹸水をかけるのだ。

ユリアは本当に面白い手紙を書いてくれる。子供たちの様子を尋ねたところ、昨日の返事にこう書いてあった。「2人とも元気よ。でもザハールは少しびくついてる。みんながあの子に話しかけたがって、力になりたいと言ってくるからよ」

そういうところは私に似ている。

逮捕に上訴した件で審問が始まった。

昨日、オルガはとても楽観的だった。欧州人権条約第39条にもとづいて欧州人権裁判所の主導でおこなった手続きが、体制に大打撃を与えた手応えがあったそうだ。これには驚いた。すべてに片がついていて、私が明日にでも釈放されるといった様子なのだ。唯一の問題は、それが裁判所で言い渡されるのか、数日後の刑務所で知らされるのか、だった。

オルガらしくなかった。いつでも誰でも終身刑になりかねない、と心配している人なのに。そのことでからかってみようかとも思ったが、オンラインのミーティングではやりづらい。

6階に連れて行かれた。部屋には大きなテレビがあり、画面上部にカメラが設置してある。テレビの左右に護衛が立っていて、2人ともそれぞれカメラを持って撮影していた。まるで中央カメラでは不十分とでもいう様子だ。そして壁にもカメラがあった。

裁判官はムサ・ムサエフというゴマすりジジイだった。彼のロシア語は文法が間違っているうえに、ひどい訛りだった。体制はお笑い劇のために彼のような座長を雇っているに違いない。

表向きには、すべてがスムーズだった。スムーズで違法だった。

裁判長は私に5分与え、弁護団と相談しなさい、とまで言った。

ワディムが教えてくれた。奴らは私の自宅の扉をチェーンソーで壊し、かつてない徹底的な家宅捜索をしたそうだ。弁護士の立ち会いを許さず、ユリアを脅し、一切合切を持ち去った。

真夜中の出来事だったという。可哀想なユリア、ドアが壊される瞬間、何を思っただろう。

それでもユリアがオルガを通じて寄こしたメッセージは、「万事順調」というものだった。

裁判は電光石火の速さで終わった。そのうち70%は私の批判演説だった。私はカメラをにらみつけ、我々はロシアが悪者の手に落ちるのを決して許さない、と誓った。演説は録画のなかではひどく間が抜けて見えるのが常で、それが残念だ。

1月29日

今日初めて、この刑務所で管理局に大声で怒鳴った。後悔はしていない。

2日前、房内の検査があって、マットレスを含むすべての私物を引きずり出さなければならなかった。それで背中を痛め、以来、地獄の苦しみなのだ。痛みのせいで、朝ベッドから起き出すのも難しいほどだ。何かを引きずるという姿勢が苦しい。背中が曲げられないのだ。

そして今日の夕方、再びドアを開けた者がいた。私は洗い物をしていたので、誰なのか見ようと体ごと向きを変えた。大尉を始め、数人が立っていた。大尉が言った。「独房の定期検査だ。私物をすべて外に出しなさい」

このクソ野郎ども。カメラで監視しているのだから、私がちょっと動くだけでも大変なのをわかっていて、わざとだな、と心のなかで呪い、「何もどこにも運び出さないぞ」と言った。皿洗いを続けた。奴らは突っ立っている。私は皿を洗う。奴らは動かない。怒りがふつふつとこみ上げてきた。洗い物が終わると、自分のボディカメラを指さして、ちゃんと録画されているか確認した。看守のひとりが「ああ」と言った。

私はボディカメラをつかんで顔を近づけ、奴らへの不満をひとつ残らずぶちまけた。あまりにも大声だったので、マトロスカヤ・ティシナの隅々に響き渡ったのではないだろうか。

「懲罰房に入れたければ入れろ」。奴らはどうして良いのかわからず、立ち尽くしていた。

バラバラと散っていったと思ったら、およそ10分後、若い大佐が来た。「管理局の者です」と名乗った。私は自分の背中の状態と、2日おきに「定期検査」がおこなわれる事情を説明した。

大佐は、なるべくしてこの地位になった人物なのだろう。心理戦にも交渉にも長けていた。

「落ち着きましょう。定期検査は月に2回です。今回は偶然、間隔が短かっただけですよ。背中が痛むなら、我々が一つずつ運び出しますから」

すべての生活用品について長々と口論しながら、私たちは部屋のなかのものを運び出した。大佐は私が鞄を持ち上げるのを手伝ってくれた。率先して。私はマットレスを運ぶことを拒否した。食べ物も持ち出さない。食べ物が一番厄介なのだ。

奴らは隅々まで検査した。私は苦情申立書を提出した。だが1時間後、大尉に怒鳴ったことを後悔し始めた。彼はだいぶ年寄りなのだ。その夜、私は大尉に謝った。「怒鳴ったりして悪かったよ。基本的に私は正しかったが、それでも怒鳴るのは良くなかった」

1月30日

土曜日だ。弁護士も誰も来ない。窓の外を眺める。暇つぶしにシャッフルダンスを練習しようと思いつく。ドイツの病院を退院したあとも挑戦したが、うまくいかなかった。動きをつなげる技を磨きたかったが、まるでダメだった。今回はそれよりだいぶ上達したんじゃないか。

1月31日

今日もまた、私のための抗議運動が街頭でおこなわれる予定だ。テレビによれば、モスクワの中心部は非常線を張られ、地下鉄も7つの駅が閉鎖されたそうだ。

ユーロニュースの報道では、1600名の逮捕者が出ている。テロップで流れただけなのでそれ以上の情報はわからない。

逮捕者が2000人になった。

私は独房のなかを歩き回った。抗議運動のために街に出た人が心配だ。またテロップ。「ユリア・ナワリナヤが逮捕される」。ここにただ座って何もわからないのは最悪の気分だ。

またまたテロップ。「モスクワの中心部で男性が焼身自殺を図ろうとした」。悪夢だ。

逮捕者は4000人になった。

2月1日

朝、「書類を持って出かける準備をしろ」と言われた。

刑務所の最たる特徴は、自分は何に対しても、まるで決定権がないことだ。何も知る権利はないし、1分後に何が起きるのかヒントすらない。「書類を持って」ということは、弁護士やPMCの人間、検察、精神科医に会う？　あるいは裁判に出廷（オンライン）？　電話？　行き先を探ることはできなかった。ここでは従わなければならない暗黙のルール、大前提がある。逮捕された人物は、これから起きることを震えて待て、ということだ。

今回は裁判だと判明した。すっかり忘れていた。「退役軍人に対する名誉毀損」の件だった。事件資料精査の期間延長のための手続き上の審問。私は発言せずワディムの言うとおりにした。

できるだけ早く終わらせたかった。今この瞬間、ユリアがデモに参加した罪で裁判にかけられているとわかったのだ。

審問は終わり、看守長が近づいてきて言った。「電話をかける権利が認められた」

これ以上最悪のタイミングはなかった。妻は裁判中で電話に出られないと説明した。

「いや、とにかく今かけろ」

電話をかけたが、もちろん妻は出られなかった。しかし嬉しいことに、頭の切れるユリアは状況を察した。静かに「5分休憩をください」と言って、私に折り返してくれたのだ。7分ほど話せたが、ユリアはすぐに法廷に戻らなくてはいけなかった。お定まりの展開になった。

「私のことは心配しないで。こちらは問題ないから。あなたはどうなの?」

「問題ないよ。心配するな。それより君や子供たちのことを聞きたい」

ユリアは素晴らしい女性だ。子供たちの話をする時間はなかった。電話が切れたのでもう一度かけ直したが、彼女は出なかった。ニュースのテロップで(私の唯一の情報源)、ユリアが2万ルーブルの罰金を科されたと知った。

インターコムから「シャワーの準備をしろ」と命令されたが、清潔なTシャツが一枚もなかった。ベストを持って行くしかない。初めてここに来たとき、刑務所の売店で売っていたのをユリアがネットで注文してくれた。一着はグレーでもう一着は黒。万が一のためだった。

ベストは綿でできていて、典型的な「ロシア製」だった。実際に囚人が縫ったのだろう。刑務所の写真ではよく囚人がこんなベストを着ている。シャワーを終えて着てみると、形がいびつで脇の下がきつかった。初めて自分が本当に囚人になったような気がした。

だが今日はとても良い日だった。ユリアと話せたし、シャワーも浴びられた。それに、売店から注文した食べ物が初めてデリバリーで届いたのだ。1週間以上も待ちわびていた。それまでは刑務所内で作られるメニューから選んだものが運ばれてきた。だが今日は、オムレツがある（これは明日の朝食用）、ラディッシュや本物のパン、ゆで卵、その他いろいろ。食事の受け渡し口からこれらの贅沢品を受け取ったときは、「もし明日釈放されたら、この食材が無駄になってしまうのか、残念だなあ」と考えずにはいられなかった。

明日は法廷審問がある。執行猶予のついている刑が実刑になるかもしれない。

ユリアがテレビに出演した！ 大スターだ。

2月2日

朝5時50分にラジオがつく。6時に照明がつく。起き上がるとすぐに、インターコムから「天候にあった格好で準備しろ。書類も持て」と命令された。ということは、オンライン裁判ではなく、実際に裁判所まで行くということなんだな。だが早すぎやしないか？ 10時前に審問が始まることはないのに。

たいして遠くには行かなかった。まずは、私の「お気に入り」の身体検査部屋だ。素っ裸にされ、隅々まで調べられ、チェック項目に書き入れられる。それが終わると、1メートル半×2メートル半のコンクリート製の部屋に入れられた。通称「筆箱」だ。今はその場所にいる。

奴らはずいぶん早く来て、私は警察車両に乗せられた。そこにはヘルメットをかぶり、セミオートマチックの銃を携行した特殊部隊の隊員がいた。連れて行かれた先はなぜかモスクワ市裁判所だった。シモノフスキー裁判所のはずだったのだが。とにかくそこで、再び服を脱がされたが、今回は上半身だけで済んだ。ズボンは脱がず、靴下とブーツを脱いだ。その格好でまた別の筆箱に入れられた。3・2メートル四方ほどの場所だった。そこで待つ。

独房から独房へ移され、それから裁判所に連れて行かれた。裁判は退屈だった。

法廷は広くて美しかった。シモノフスキー裁判所からこちらに移ったのは、報道陣の取材依頼が多かったからだ。それなのに法廷に入る許可をもらえたプレスは少なかった。ユリアは最前列に座っていた。私たちはウィンクを交わした。

今は2時間の休憩中だ。用意された昼食はパック詰めの冷たいものだった。お湯を飲みたいと頼んだが、プラスチックのカップにひびが入っていた。

私がいたのは法廷の隣の部屋だったので、「弁護士のところに行ってもらえないかな」と警備員に頼んだ。「カフェテリアで私に飲み物を買ってくれるよう頼んでほしい」

「規則違反だ」

しかし彼はお湯の一杯も用意できないとみっともないと思ったのか、ペットボトルを半分に切って寄こした。さあ、これがあなたのカップでございます、と。問題解決。

後半の裁判ではもう少し活発なやりとりがあった。私も発言し、審議のために裁判官は部屋に下がった。判決は目に見えていた。そういうこと、これで正式に決まった。

私は犯罪者だ。一般刑務所で3年半の禁錮刑に処された。

2月3日

刑が確定すると、安心できる性格らしい。赤ん坊のようによく眠った。実は今日だけではなく、ここではよく眠れる。ベッドは固いし寝返りを打つと背中が痛むのに不思議だ。なかでも昨夜は一番の快眠だった。朝5時55分、起床時間の5分前に元気いっぱいで目が覚めた。

これとまったく同じことが２０１３年のキーロフでも起きた。5年の禁錮刑が決まったその日はすぐに眠りに落ち、昏々と眠り続けた。おそらく、どっちつかずの状況が終わるからだろう。何百回も自問して自分と正直に向き合う。後悔しているか？　今後が心配か？　まったくそんなことはない。自分が正しい側にいるという自負、大いなる運動の一部であるという信念、それらは諸々の心配事を１００万％吹き飛ばしてしまう。それに、こうなることは最初からわかっていた。考えれば考えるほど必然だ。私たちの運動が影響力を増すにつれ、プーチンは私を獄中に閉じ込めろと命令するだろう。それ以外に問題解決の方法がないからだ。いや、そうやって解決しようとするが、私たちは屈しない。

独房から出されてオルガに会いに行くと、ドアの近くに素晴らしい贈り物があった。カゴいっぱいのトマトとキュウリ。私は幸せ者だ！

ミーティングが終わると、カゴは独房に届けられた。宇宙のいたずらで、注文した品物も一部、今朝すでに届いていた。つまり、奇跡がいくつも起きたのだ。外の世界でこんな偶然が重ったのなら、新しい命の誕生につながるかもしれない。あるいは火山の噴火とか津波が起きてもおかしくない。独房には、キュウリ、トマト、タマネギ、それにヒマワリ油かオリーブオイルという選択肢まである。もちろんサワークリームもほしいが、そんな贅沢は許されない。サワークリーム添えのサラダを想像するだけで、改革の道へ一歩を踏み出そうとしている犯罪者の決心が揺らいでしまう。包丁も支給された。今日という日は料理の魔法を目撃するぞ。

ああ！　すべて完璧に用意したのに、塩がなかった！　塩なしのサラダなんてないだろう？


昨日の手紙が今日届いた。判決のあとでみんな手紙を書くので、1日遅れるのだ。

ユーロニュースのテロップで、セルゲイ・スミルノフ〔原注：反政府メディア『メディアゾナ』の編集長〕がデモに参加した罪で25日間の禁錮刑になったと流れた。ワディムは先日の抗議運動のときに「31日は晴れ予報」とツイートしたせいで罪に問われたそうだ。プーチンはベラルーシのルカシェンコ〔訳注：民主主義を強権的に弾圧するベラルーシ共和国大統領〕とまったく同じことをしている。

2月4日

昼食後、昼寝をしていた。ぐっすり眠っていたのでインターコムの甲高い声に起こされたときは、正直、嫌な気分だった。しかし声は「ジムに行くか?」と言った。断って眠りに戻りたかったが、ジムに行きたいと2週間前から頼んでいたので「もちろん」と答えた。

ジムは私の部屋と同じ階にある小部屋だとわかった。ただ、少し広かった。壁には懸垂棒が設置されていて、ベンチプレス用のベンチが2脚(重りは角材)、ダンベル、背中のエクササイズに欠かせない背筋用のベンチもある。ちゃんとしたジムなら備えておくべき器具だ。

ひどくがっかりしたのは、他に誰もいなかったことだ。映画でよく見る、タトゥーだらけの無口な筋トレ好きが集っている、そんな光景とは程遠かった。

たった一人で筋トレをするのはあまり楽しいとは言えないが、背中の痛みが取れないので、軽いウェイトで無理なくできるトレーニングを続けた。主にバーベルを使った。使用時間は1時間までと決められていた。全体的にジムはとても良かった。変化は睡眠と同じくらい大切だ。

シャワーを浴びて戻ると、食事窓が開いて、受け取りのサインをしろとレシートを渡された。ケーキの受け渡しだった。クリスチーナという女性が、刑務所の売店でティラミスを注文してくれたらしい。ものすごくでっかいやつだ。

ここでは理不尽な謎ルールがあり、小包の受け渡しは、食事窓からでないといけない。小さな窓口にケーキの箱を突っ込まれたので、当然、なかのケーキは凹んでしまった。

私はケーキを食べない主義だ。ここでは充分な運動もできない。しかし小包を拒否したり、他の房に回したりすることは禁じられている。食べるしかなかった。

2月5日

壁のインターコムは照明がつくのと同時に電源が入る。朝の6時なのだが、今朝はその瞬間に声がした。「準備をしなさい、私物をまとめて」と聞こえたような気がしたが、くぐもっていてよく聞こえない。もう移送されるのだろうか。起き上がって下着姿でインターコムまでよろよろ歩いて行った。誰かが出るまでボタンを押し続けた。

「天気に相応しい格好をして、書類を持って。10分か15分後に出る」

「でも今日は裁判はない。どこに行くんだ？」

「準備をしろ」

本当に腹が立つ。法廷審問は明日の予定だ。今日行くのはどこなんだ。〝プーチンの料理人〟ことエフゲニー・プリゴジンの、クソ面白くもない審問会に連れて行かれるのだろうか。奴にはあまりにもたくさん訴訟を起こされていて、何が何だかもはやわからなくなっている。あるいは事情聴取だろうか。ヒゲを剃る時間はないが、取調委員会に連れて行かれるのに気にする必要があるもんか。あいつらは全員犯罪者だ。ケトルを火にかけ、顔を洗うことにした。

牛乳がある。あの天国の飲み物、ミルク入りインスタントコーヒーが飲める！　コーヒー好きから見れば、私が普段飲んでいたものすら嘆かわしいだろう。コーヒーマシンで作ったブラックに、冷蔵庫から出したままの（温めない）牛乳を入れるのがお気に入りの飲み方だった。

当番の責任者がドアを開けたが、彼もまた先のことを知らされていないようで、付き添いの護衛に聞けと言うだけだった。

また同じ手順。身体検査部屋、素っ裸、X線検査。護衛の責任者は前回の裁判のときと同じ人物だった。固定メンバーで私の担当が決められているのだろう。護衛は私を警察のトラックに乗せ、さらにその中にある金属製の檻に入れた。

今日は「退役軍人に対する名誉毀損」で審問があったのだ。これはクレムリンの広報がでっち上げた罪で、思いついた人物はさぞや得意顔だろう。大見出しは「ナワリヌイが退役軍人を侮辱」だろうか。今日は撮影の機会も多いのに、こちらはヒゲも剃らずホームレスのようだ。「被告は退役軍人を侮辱した。しかも法廷に無精ヒゲ姿で出廷するという態度でさらに冒瀆した。大祖国戦争を汚す大罪！　有罪！」などと書かれるだろう。

バブシュキンスキー裁判所に到着した。再び身体検査。再び独房。入り口から房内を見たとき、「まあいいか」と思えた。「少なくとも大きいし明るい。窒息しそうな筆箱とは違う」

しかしドアを閉められた瞬間、「いや、良くない、まずいぞ」と気づいた。独房は私が来る前に清掃されたようだった。地方裁判所や警察署を「清掃」するとはどういうことか。そう、漂白剤を大量に使うのだ。もはやガス室だ。

1時間もすれば慣れるだろうと思っていた。しかし1時間半後、座ってこれを書いている今、クロリンの臭いには麻痺したものの、鼻はチクチクし、涙が止まらない。いったい審問はいつ始まるのか。ここに連れて来られたのが朝7時15分だったから、現在は9時くらいだろうか。

午後2時、再び独房に戻ってきた。これから3時まで休憩だ。やれやれ！ ひどい裁判だった！ 政府の広報担当が詳細に練り上げた筋書きどおりに進んだ。マルガリータ・シモニャン〔原注：国営通信社ロシア・トゥデイの編集長〕本人が台本を書いたと聞いても驚かない。一言一句に彼女の主張がにじみ出ていた。この審問自体が、ロシア・トゥデイとシモニャンとその夫に関する「寄生虫のごとき」我々の調査に対する反撃だった。

何があったか簡単に説明しよう。気の毒な95歳のお爺さんが、勲章を着けて、明らかに何もわかっていない様子で自宅カメラの前に座らされていた。オンラインで繋がっている法廷側の質問を理解できず、画面の外から大声で言われたことを、ただ繰り返していた。証言の場面になると、老人は紙から3行だけ読み上げ、具合が悪いのでやめたいと訴えた。

検察官はすぐさま嬉しそうに「書いてある証言を読み上げましょう！」と言った。証言の紙は20枚ほどあり、戦争の記憶が記してあるとのことだが、明らかに本人が書いたものではない。

証言が読み上げられた。老人はカメラを見つめている。10分後、実は老人と同じ部屋にいた裁判官が（そういう決まりらしい）、カメラに顔を突き出して、「証人の容態が急変しました。救急車が到着しました」と言った。とんだサル芝居だ。

今は休廷中。私は独房で「今日の配給」の乾パンを食べている。警官がお湯をくれた。

わはは！ 以前も法廷から追い出すぞと脅されたことはあったが、こんなに短時間に何度も言われたのは初めてだ。「最後通達」を3回連続で受けたこともないし、裁判官に「退廷させますよ！」と怒鳴られたこともなかった。裁判官は醜悪なヒキガエルだ。プーチン式司法の基準からしても、常軌を逸している。それだけではなく、愚鈍だ。今までインチキ裁判ばかり担当してきたのだろう、一般的な手順を知らないのだ。

証人の証言が矛盾していることを、こちらが指摘しようとすると、反対尋問を止めるか、休廷するか、となる。事件ファイルから書類の提示を求められる意味すら理解していなかった。

退役軍人の孫が登場した。彼はこの件をでっち上げた検察に協力したピエロなのだが、彼自身も祖父も、いかなる声明も発表したことはないと言い切った。ところが私は図らずも、そんな声明が事件ファイルにあることを知っていたので、古き良きやり方で、締め上げた。

「本当に声明はありませんか？」

「はい」

「確かですか？」

「はい」

その返事を聞き、私は意気揚々と、その書類を提示する許可を裁判官に求めた。すると彼女は「そんなことさせるもんですか！」と言って裁判を中断し、1週間の休廷を命じた。

孫息子は反対尋問で独演会をしたかったに違いない。そして私に「男らしく振る舞え」とナンセンスな説教をし始めたが、もちろんこれも台本が用意されていた。私はここに至って、祖父を売った愚か者だと彼を怒鳴りつける必要性を感じた。孫息子は廷吏に水を一杯くれと頼んだ。

頭は怒りでいっぱい、腹は空っぽという状態でようやく法廷をあとにした。身体検査を受けながら、夕飯を食べていなかったことを思い出した。独房の冷蔵庫にあるのはケーキと韓国風ニンジンサラダだけだ。独房に戻ると、愛しい人からの小包が届いていた。中には油が1瓶、サラダ、缶詰の牛肉が4つ。牛肉はおいしくて、愛と幸せでいっぱいになりながら2つ食べた。

さらに良いニュース。囚人が学ぶ権利を行使して、担当責任者に英語とフランス語の本、そして辞書を2冊ほしいと申請していたのだが、許可されなかった。だが、もっと良いものが手に入った。彼らは購入可能な外国語の本をまとめたカタログを作成してくれたのだ。さほど多くはないが、ありがたい。要望に添おうと頑張ってくれた彼らに感謝している。

2月6日

ここでの週末は気楽でいい、そう思っている2度目の土曜日。確かに小包の配達はないが、独房に誰かが入ってきて連れて行かれることはないし、「準備しろ、書類を持て」と命令されることもない。とても静かだ。金属製のドアが開け閉めで軋む頻度も、いつもより格段に少ない。

半日、手紙の返事を書いて過ごす。一番気に入った手紙はたった1行のものだった。「アレクセイ、君にすごく感心していると伝えたかった」

相変わらず、私が「TikTok で「キュン」扱いである、と伝える女性からの手紙は多い。「キュン死」の意味を教えてくれようとする人もいる。そんな手紙には、「キュン」の意味を知っているくらいには、私は時代から取り残されてはいないよと気の利いた返事を書く。

ちなみに外は摂氏マイナス15度。鼻がもげそうだ。

2月7日

笑える。看守が私との会話を禁じられた。「入れ」とか「出ろ」という命令以外の言葉を口にしてはならない。私はずっと監視カメラで見張られているので、看守が違反すれば映ってしまう。違反の報告を怠ると、ひどい罰を受けると脅されているようだ。

今、少佐が入ってきた。彼の当番は一日おきだ。はつらつとして元気そうだ。

「おはようございます」

「やあ」と私は答える。「調子は？」

少佐は黙って私を見つめている。私はいぶかしんで「調子はどう？」と繰り返す。

少佐は私を見つめたまま、怯えているような、苦しんでいるような表情を浮かべた。状況の馬鹿馬鹿しさがわかっているが、「元気ですよ」と答えて、法の秩序を乱すことができずにいる。

今日は日曜日。朝食にパンを食べた。普段は朝食を摂らない。数年前、2ヵ月の禁錮刑を勤めている最中に、朝は腹が空かなかったので食べなくなった。空腹でないならなぜ食べるんだ？　子供の頃から「朝食は一人で食べなさい、昼食は友人と分け合い、夕食は敵に与えなさい」と言われてきたから？　あるいは悪魔の食べ物、コーンフレーク（砂糖の塊だ、体に悪いだけ）のコマーシャルで、「一日の始まりは朝食から」と繰り返されているから？　あの頃、釈放されたあとでネットで調べてみた。朝食が特別重要だという科学的根拠はないことがわかった。朝食で「一日のエネルギーをチャージ」することはできない。あれは嘘だ。

ここではパンやジャガイモのエネルギーを消費するほど体を動かせない。24時間のうち、20時間は横になっているのだ。パンを食べたらすぐに体重120キロになってしまうだろう。

とはいえ、人類数千年の進化の跡が脳に刻み込まれているから、炭水化物を完全に断つことはできない（白状しよう、つい2日前だってティラミスを半分食べた。心を鬼にして残りを捨てていなければ、きっと翌日も食べた）。だから日曜日だけパンを食べることにした。

今日は三度目の日曜日。改まって香り高い白パンを口に入れた。手でちぎったのはナイフがないからだ。今日はなんとバターもある。コーヒーをいれ、指2本分のバターの塊をパンに塗り、ホテルの豪勢な朝食に勝るとも劣らない食事を、牛乳たっぷりのコーヒーで流し込んだ。

素晴らしいのは、ちょっとしたアイデアで日曜日が華やいだ一日に変わることだ。

キュウリとトマト、タマネギのサラダを作ってオイルをかけた。だがまだ塩がない。そこで何も考えず、「チキンストック」というラベルの容器から粉末をつまんで、振りかけてみた。

大成功！　我ながらどうやって思いついたのかと考えて、思い出した。以前、刑務所で古参の収容者にイライラさせられたことがあった。彼らの多くは、「クノール」などのキューブ状のチキンストックを持っていて、何にでもそれをかけていたのだ。ついに私はサラダに塩味をつけることに成功した。次は何だ？　ビニール袋で湯を沸かす方法か？

ユーロニュースで「グリゴリー・ヤブリンスキー、記事中でロシアの民主主義はナワリヌイとは相容れないと主張」というテロップが出た。クレムリンが年老いた臆病者をそそのかし、このような内容を、このタイミングで書かせたのだろう。彼は自分の党を認めてもらう見返りに、私を公の場で侮辱した。これほど惨めな成り行きがあるだろうか。

『ボヴァリー夫人』を読み終わった。まったくがっかりだった。『アンナ・カレーニナ』を薄めた感じだが、比べることすらできない。モーパッサンはフローベールの弟子とされているが、弟子のほうが1000億倍は優れている。本物の作家だ。短編は駄作が多いが、長編は良い。そのなかでも水際立った表現を見つけた。横になって読んでいたので、この一文を書くために机に座ったところだ。こんな内容だ。

「彼のハンサムな容姿は、女性なら夢見るような、男性なら誰でも嫌悪を覚えるような、そんなものだった」

クールだろう？　ずっと原文で読みたいと思っている。ここの図書館にもフランス語の本が数冊ある。おそらく『ベラミ』もあるだろうが、ちゃんと理解できるか自信がない。

2月8日

寒い。摂氏マイナス16度だが、1時間まるまるいっぱい、諦めずに運動場を歩いた。ユリアがウールのソックスを送ってくれて助かった。

「医者に行く準備をしろ、書類は要らない」

「屋外用の服が必要か？」

「いいや、屋内だ」

およそ1週間前、新しいメガネが必要になり、眼科医の診察を受けたいと言ったところだった。3階に連れて行かれた。初めて行く階で、病院棟だった。部屋と金属製のドアは他と変わらないが、ドアには「処置室」などの表示があり、棟全体が青いカラーリングになっている。

部屋には2人いて、1人は初めてここに来たときに会った看護師の女性。もう1人は知的で感じの良い医師で、コーカサス人だった。看護師はむっつりして、コーカサス人は居心地が悪そうだった。これで、どちらが普段からここで働き、どちらが外から連れて来られたのかわかる。

「眼科医のイマール・カリロヴィチです」

彼が名乗り、眼科医同志と呼べと言わなかったことで、ここの人間ではないとはっきりした。

ともかく新しいメガネを手に入れた！


月曜日。風呂の日だ。今日、私に付き添ったのは良い奴で、こう言った。

「時間は15分だ。5分前になったら言うからな」

これはだいぶ助かる。時計がないと何分たったかわからず、大急ぎでシャワーを浴び、濡れた体に新しい服を着てしまう。時間が余ると、無用に急いで損をした気分になる。

今回は、ゆっくり気持ち良くシャワーを浴びることができた。ヘチマまで使った！

日常は儀式に彩られている。ユリアが小包の一番上にレモンと蜂蜜の瓶を詰めてくれたので、私はそれを最大限活用することにした。シャワーのあとで蜂蜜レモンティーを飲めるように準備しておいたのだ。このお茶の儀式は、日本人が嫉妬で青ざめるほどに手の込んだ、かなり時間のかかるものだった。お茶をいれる行為は飲む悦びに勝るとも劣らない。

心理学者なら刑務所で面白い事例がたくさん学べるだろう。人間の驚くべき順応力、どんなに些細なことにも喜びを見いだす能力、そんな論文が100本は書ける。

オルガが面会に来て最新のニュースを教えてくれた。私が知りたがるだろうと、ヤブリンスキーが書いた記事を読んだそうだ。きっといつもの調子に違いないと思った。デマと空疎な言葉、そこに批判的な言い回しをちりばめて、意義を持たせようとしている文章だと。ところが長い記事は私に関するものだった。私がいかにひどいポピュリストか、ロシアン・マーチに参加しているか、クレムリンのスパイであるか、私が手がけた汚職調査やその動画がいかに時間の無駄であるか……ほとんど個人攻撃で、ヤブリンスキーらしくない。

哀れな男。書きながら彼が感じていた苦しみと重圧はいかばかりだっただろう、と想像することしかできない。クレムリンに「ナワリヌイを批判しろ」と命令されたことはわかるが、従ったところで、また以前のように何もかも失ってしまう、と確かな予感があっただろう。諺にあるように、彼は沈黙を貫く機会を失ったのだ。

クレムリンがどんな手を使って彼を懐柔したのかわからないが、彼はもう逃れられない。あの男は信念を曲げたとすら言えない。最初からそんなものを持ち合わせていなかった。実際に起きたのは、こういうことだ。彼は最後まで残っていた支持者を孤立させてしまった。党の仲間たちが選挙に勝つ機会を粉々に打ち砕いた。最も痛手を負ったのは党内の同志だろう。選挙の前夜に、待ちわびていた政治の潮流を変える大波が来た。ただそれに乗れば良かったのだ。

だが彼らは波に逆らって泳ぎ、大量の砂と水を飲み込み、水着のパンツまで流されてしまった。これから浜に上がらなくてはならないが、手で前を隠し、皆に笑われている。


再び独房の外に連れ出された。今回は所長に会うためだった。ずいぶん前から手紙を書き、質問表まで作っていたものの、その大部分はもう解決していた。

彼に会うのは2度目だった。初めてここに来たとき、ＰＭＣの役人と一緒に顔を合わせたが、ここの人間のご多分にもれず、陰気で言葉数の少ない男だった。コロナのマスクのせいか？

今回、所長は生きる喜びにあふれ、冗談を飛ばすほどだった。驚いた。見たところ、机には録画用のカメラが置いてあって、相変わらず監視されているはずなのだが。私たちは、ごく穏やかに話した。所長は「売店で買ったアイスクリームを独房でどうやって保存すれば良いのか」などといったくだらない質問にも丁寧に答えた。どうやら冷蔵庫には冷凍機能もあるらしい。

話題は本、ＰＭＣ、トレーニングに及んだ。そしてもう少し大きいベッドを使えないかということまで話し合った。何か尋ねても、怯えたように見つめ返されるか、機械的に「用紙に書け」と繰り返されることに慣れていたので、誰かに質問に答えてもらえることが新鮮だった。

残念ながら、私が1ヵ月間悩んでいた、一番知りたかった疑問には答えてもらえなかった。「運動場」の階の囚人は、どうやって私が運動場にいるとわかったのか？

たった今、おかしなことがあった。食事窓がカチャッと開いた。「ああ、そうか」と思った。「また何かサインが必要なんだな」と。ペンを片手に食事窓に近づいた。すると猫の頭がにゅっと入ってきた。笑っているように口が大きく開いている。食事窓に引っかかりながら、ずいぶん無理矢理に、分厚い手紙の束が押し込まれた。2000通はありそうな量だ。その束の一番上の封筒が、猫の写真だった。封筒いっぱいに猫の笑顔と、大きく広げた前足が印刷され、「おいでよ、ハグしてあげる!」というキャッチコピーが書いてあった。

これで少なくともあと2日は楽しめる。3日かもしれない。

「……ある夜、彼らは海岸にいた。ラスティーク爺さんが近寄って、パイプをくわえたまま話しかけてきた。彼がパイプをくわえていなかったら、きっと鼻がなくなってしまったより驚いただろう……」

モーパッサンは天才か?『女の一生』を読んでいる。最高に楽しい。

2月9日

寒かったが、1時間半、運動場で過ごした。しまいには骨の髄まで凍った。

サラダを発明した。ふつうのサラダのようにキュウリ、トマト、タマネギを切って、ヒマワリ油をかける。そしてアンチョビ(ユリアが送ってくれた)を上にのせる。未だに塩を手に入れることができていないので、アンチョビの塩気がほどよい味付けになる。

2月10日

普段はコーラ、フルーツジュースなどの甘味飲料をほとんど飲まない。しかし今日は「フルーツジュースが飲みたい」と思った。売店には3種類ある。しばらく悩んでブルーベリーを選んだが、気が変わってクランベリーと書き込んだ。

夕方、独房に戻るとき、ドア近くにカゴが置いてあるのが見えた。中にはクランベリージュースが入っている。「早いじゃないか」と嬉しくなった。

1時間後、カゴが食事窓から差し入れられた。サインをする領収書があって、そこには「ユリア・ナワリナヤからの小包」と書いてあった。いったいどうやったんだ？

2月11日

雪が降っている。雪のなかの〝運動場〟を歩くのは初めてだ。厳密には、1メートル半の壁の隙間から雪が吹き込んでくるだけだが、それでもとても美しく、終末的な雰囲気だ。新年を祝う大きな雪片が、有刺鉄線の上を舞っている。

ソ連時代のジョーク。永遠に来ないと思われるバスを待っていると、3台が同時に来た。運転手たちがターミナルでトランプをしていたからだ。トランプを終えて、一斉に仕事に戻ったというわけ。同じことがここの食事にも言える。注文しても来る気配がない。連中が注文票を紛失したのだろうと思い、もう一度注文する。するといきなり全部が届く。

今や塩、サワークリーム（2缶）、ロールキャベツ、魚がある。チキンウィングはユリアが注文してくれたに違いない。20日前に注文した「チキン・タバカ〔訳注：ローストチキン〕」のマッシュポテト添えもあった。トマトが大量にあって、店を開けそうだ。タマネギで等身大のピラミッドも作れる。大胆な調理実験をするのに有り余る量だ。

昼食の時間。すでにあるものを食べなくてはならないので、要らないと断った。食事を持ってきた女性は、「本当に？　ラソールニック（キュウリのピクルスのスープ）ですよ」と言った。彼女の顔には、「馬鹿なナワリヌイ。あんたは1ヵ月もゴミみたいなものを食べていて、今日は食べないって言うの」と書いてあった。

私はおとなしくスープを受け取った。正しい判断だった。最高に美味しかった。ジムに行った。良かった。あいにくまだ背中は痛むが。

私の主な情報源「ユーロニュース」のテロップが、2つに分かれた。画面の左側5分の1ほどのスペースに、話題になっている国の名前が太字で出る。右側にニュースの詳細が小さい文字で出る。左側には絶えず「ドイツ、リトアニア、スペイン、アメリカ」と国名が現れては消える。私のニュースでは、国名のかわりに、左側に「ナワリヌイ」と太字で出る。妙な感じだ。

また分厚い手紙の束が届いた。大袈裟に言って自慢したいわけではない。まだ返事を書いていない手紙が本当に数千通はある。おそらく4000から5000通だろう。

2月12日

今日は法廷審問の日。昨日の夜、「明日は裁判所に行く。いつもより早く起きろ」と言われた。どういうわけか、朝はものすごく急かされる。私は6時に起床し、6時25分までにヒゲを剃り、顔を洗い、準備万端だ。それでも10時より前に連れ出されることはない。時間はたっぷりとある！

「わかった、それなら5時45分に起こしてくれ」

「ふざけるな！」

ここはホテルではないと言いたいのか？　結局、5時46分、まるでホテルのように受付がちゃんと起こしてくれた。そして良いニュース。警察車両ではマシな音楽がかかっていた。レトロFMには飽きた。

「名誉毀損」裁判の裁判官ほど非道で俗悪で、——ここが重要なポイントだ——愚かな裁判官は想像できない。前回の裁判で我々のほうが強く、説得力があることが世間に露呈し、彼女はピンチに陥った。そこで今回はシンプルに、我々に発言させるなと命令されたようだ。よって、審議の間、彼女はずっと警告を発していた。オルガは開廷して最初の1分間で、話し出そうとした瞬間に2回の警告を受けた。私は全部で300回ほど受けた。

法を無視した裁判はたいがい、そこそこ頭が良く、必要な手順でそつなく裁判を進められる、事件に精通している裁判官の手に委ねられることが多い。ところがこの裁判官は頭が悪いうえに意地悪、しかも冷静さを持ち合わせていない。この点は我々に非常に有利に働いた。

検察の女性は指を舐めながら事件ファイルをめくった。胸クソ悪い！　もっと寒気がしたのは、老人が書いた証言ということになっている、戦争時の思い出を読むときのパフォーマンスだ。嘘泣きをして、読めなくなったふりをしてしばらく黙っていた。自作自演の愚か者たち！

検察として最大の見せ場は、私に、「ロシアン・マーチに参加しましたか？」「なぜ歴史を汚そうとするのですか？」というような質問をしたときだった。もちろん、それは本件とまったく関係ない。これが彼女にできる最も厳しい反対尋問だった。

私は質問に答えるとき、自分を甘やかして、溜まっていたものをわずかに吐き出した。

オルガとワディムは、取調委員会の証人が反対尋問で、私のツイートは「主観的判断」であると認め、つまり名誉毀損には当たらないと証言したときには、飛び上がって喜んだ。裁判官も検察官も、この法解釈に興味を示さなかった。

ついにプラスチックのカトラリーを手に入れた。ほとんど何も切れなかったがナイフも。

やっと塩も手に入ったので、サラダにかけた。パンもある。そんなことをするなと言ったにもかかわらず、ユリアが私に届くよう手配したのだ。無上の喜びだ。

2月13日

外は雪が降りしきり、窓の鉄格子にも積もっている。運動場に行くのが待ちきれない。きっと雪溜まりができているはずだ。

素晴らしい。手紙の返事は、書いても書いてもまだ終わらない。そのなかに、私たちの事務所の向かいにあるワインバーの店主が書いたものがあった。私とユリアがまた彼の店に行って、私が「いつものやつ」を注文する日を心待ちにしている、とのことだった。なんて素敵な驚きだろう。5分たった今も笑顔だ。

残念、雪溜まりはなかった！　運動場に連れて行かれたのはかなり遅い、12時45分だった。普段なら9時45分から10時半までの間のはずだった。きっとそのときの囚人が、雪溜まりを広げてならすよう、言われたに違いない。

運動場全体が、いつものアスファルトではなく、雪に覆われていた。私の前の囚人の、いびつな円を描く足跡がはっきりと残っていた。雪の上を歩いていると、ザクザクした感覚が伝わってくる。音は聞こえないので、足裏の感触に集中する。ラジオがうるさすぎるのだ。

それでも新しい年になったのだ、という感じを踏みしめた。

2月14日

今朝早く、「タバタ式」をやってみた――ちゃんとできた、偉いぞ、私――、そしてラジオを聞いていたら、今日がバレンタインデーだと気づいた。

私は秘密の作戦で、インスタグラムに上げるメッセージをユリアには内緒で送った。今日の昼間にアップされるだろう。彼らはどの写真を合わせるだろう？

やけどの新しい治療法を見つけたかもしれない。3週間前、熱湯で左手にやけどを負った。深刻なやけどだったが、医者を呼んでくれという要望は仮病とみなされた。夜はこういうことが多い。特に自分で勝手に怪我をしたのだから絶望的だ。

バンドエイドを貼った姿で法廷に行く自分の姿を想像してみた。皆にどうしたのか聞かれるだろうし、多くは私が拷問を受けていると思うだろう。しかも規則によれば、身体検査でバンドエイドは剝がされる。悪夢だ！

ちょうどその前日、刑務所の店で「ダヴ」のベタベタした安物ハンドクリームを見つけた。なぜ買ったのか自分でも謎だが、ラッキーだった。傷の上にクリームを厚く塗って過ごしたら、皮が剝がれたが、覚悟していたよりずっとましだった。そして今では、何もなかったように治っている。むしろ前より綺麗になった。

日曜の儀式。朝食にパンを半斤、今日は白パンではなくライ麦の黒パンだ。バターもチーズもある。コーヒーをいれる。絵に描いたような朝食だ。

2月15日

今日も運動場に出る時間は寒い。しかし渡り板の上で運動場全体を見張っている看守はもっとずっと寒いはずだ。囚人のいる場所も屋根はないが、少なくとも四辺を壁に囲まれている。かたや看守は屋根があるべき場所で、凍てつく吹きさらしのなかにいる。だからフェルトのブーツと、分厚い軍服のジャケットの上に、さらに羊革のコートを着ているのだ。

看守が通り過ぎるのを目で追った。コートの背中が三角形に大きく破れている。まるでイヌに食いちぎられたか、戦いから帰って来たようだ。なんというか壮絶な姿だ。映画かプーシキンの小説『大尉の娘』に出てきそうだ。

シャワーに連れて行かれた。自分の階を歩いていると、独房のそばにプラスチックの箱が置いてあり、なかに食料が入っているのが見える。昼食時に運びこまれるが、囚人の房に配達されるのは夜と決まっている。ある箱のなかに、ケーキとパイナップル（！）が入っていた。葉なのかなんなのか知らないが、てっぺんに尖った緑の部分がついた、本物の堂々たるパイナップルだ。エキゾチックで、独房の金属製のドアの隣に置いてある図がシュールだった。

パイナップルがなんだ！　見知らぬ女性が私のために、刑務所の店からハンバーガーと新鮮なブルーベリー、他にも大量の食料を届けてくれた。どうにかして、食料の差し入れを止める方法を考えねば。世間に広まったら、私を元気づけ、餓死させまいとする厚意で溺れてしまう。塩も追加で届いた、これはユリアから。それからキュウリも。ピクルスのレシピを入手して、本当に漬けてみようか。しかしここには瓶がない。

やったぞ！　すべての手紙に返事を書いた。部屋の四隅に積み重ねた手紙の束を見るたび、まだ仕事は終わっていないぞ、と言われているようでプレッシャーだった。9割は「ありがとう」あるいは「ありがとう（絵文字）」としか書けなかったが、それでも何時間もかかった。

2月16日

まだ朝の7時半だが、これだけのことをした。

- 起床
- ヒゲ剃り
- 服を着る
- コーヒーを飲む
- 服を脱ぐ
- 服を再び着る
- 警察車両で移送される

・服を脱ぐ
・再び服を着る

そして今、警備のついた部屋でお茶を飲みながら、法廷に行くのを待っている。

出廷したあとの午後は、うんざりする、意味のない、アホらしい考察に費やされた。私が部屋の片側で眠って、反対側で本を読むのは規則違反か、というものだ。この1ヵ月、誰もそんなことを気にしなかったが、いきなり規則違反の可能性があると言い出した。私を懲罰房に移せと命令されて、理由を探しているのだろうか。

夕方にはもちろん房内検査があった。必ずあると思っていた。動かすとわかっている物の置き方を工夫すれば、あとがさほど面倒ではない。だからもう逆上することもない。人はこれを「慣れ」と呼ぶ。

2月17日

「運動場」に普段より早く連れ出される。まだ朝の10時にもなっていなかった。運動場に出て、なぜこんなに気分が良いのか、すべてが素晴らしく思えるのか、と不思議だった。

ふと気づいた。音楽がない！

歩きながら自分の足音が聞こえるのは良いものだ。特に雪の上を歩くのは。外の世界の音も聞こえる。車が走っている音。

ふつうの人間のように歩ける。

およそ7分後、奴らは大音量の拡声器をオンにしたので、再び囚人の散歩になってしまった。


やあ、ナワリヌイだ。

まず、すべて問題ないと言わせてくれ。それは、今の状況にいる人間が最も必要としているもの、君たちの支援があるからだ。本当にその お陰だ。

残念ながら、ニュースや出来事については、内容を知らないため、コメントできない。そこで、この生活をシェアしようと思う。

よく「落ち込んでいるか」と聞かれるが、いいや、落ち込んでいない。知ってのとおり、牢獄は自分の心のなかにあるものだ。そこをよく考えれば、私が牢獄にいるのではないとわかるだろう。私は宇宙へ旅立つ準備をしているところだ。

想像してほしい。私は簡素で質素な部屋にいる。金属のベッド、テーブル、ロッカー。宇宙船に贅沢の余地はない。部屋のドアは、中央の司令室の操作でしか開かない。制服を着た人が来る。彼らは決まった言葉しかしゃべらない。胸元のカメラは録画中のスイッチが入っている。アンドロイドなのだ。私は料理をしない。食べ物は自動の配膳台に載せられ、部屋まで運ばれる。皿やスプーンはピカピカの金属製。

宇宙船の司令室と私の会話は、さながら映画だ。壁のインターコムから、「3—0—2、消毒の準備をせよ」と聞こえてくる。私は「了解。10分後に頼む。お茶を飲み終えたいんだ」と答える。その瞬間、私は自分が宇宙へ旅立ち、新世界に飛んで行くのだと改めて感じる。

宇宙の本や映画が大好きな私が、これほどの旅を、たとえ3年かかるとしても、断れるだろうか？ もちろん無理だ。確かに宇宙旅行には危険が伴う。目的地に着いたのに、何もないかもしれない。ナビゲーションのミスで、予定より長くかかるかもしれない。小惑星にぶつかって宇宙船が壊れ、死んでしまうかもしれない。

それでも、きっと助けが来る。友愛信号や、ハイパースペース・トンネルが現れる。そして目的地に着いて、とうとう私は新世界で家族や友人と抱き合うことができる。

SF映画とは大きな違いが一つある。私には武器がまったくない。エイリアンに攻撃されたらどうしよう？ ケトルでは戦えないだろう。スプーンを壁で研いでおくか。

《Instagram より》

2月18日

最高に笑える。座ってランチを食べながら、ユーロニュースを見ていた。欧州人権裁判所が私の釈放を要求し、ロシアの内務省は理不尽な内政干渉だと反発した。

いきなり騒がしくなった。準備をしろ、書類を持って上階に行くぞ。こういう場合はたいてい、PMCの人間に事情聴取されるか、刑務所内で問題があったと言われる。

連れて行かれた部屋には刑務所長、中佐（副所長）、そして見たことのない大佐がいた。「これは」と連中は言った。「予防委員会である」。所長が罪状を読み上げた。ナントカカントカが検出され……ウダウダ……でナワリヌイ囚人は……ゴニョゴニョ……脱獄を試みた罪で予防監視措置に処す。

笑うしかなかった。連中は間髪入れず、囚人が脱獄を試みたので予防監視措置に処す、と書いてある紙を突きつけた。私は連邦刑執行部と渡り合う方法を知っていたので、2日後に正式文書を書いた。なぜ自分が無許可の空間で読書をするのか説明しているうちに、ふと思った。刑務所の連中は、私を罰する理由を探せと言われているのだ。真顔を保っていられるのが、逆にすごい。

予防監視措置は煩わしくて苦行だ。自分の現在地をしょっちゅう報告しなければならず、いつでも護衛がついている。俗に「ストライプを食らう」という状況だ。囚人服は、胸のところに名字と顔写真のＩＤがあるのだが、そこに斜線が付け加えられる。（1）自殺リスク、（2）脱獄リスクがある場合で、脱獄リスクのほうが厄介だとみなされる。「脱獄」が具体的に何を指すのか不明だ。何も指していないだろう。こちらは、すでにずっと独房に閉じ込められているのだ。

2月19日

今日は手紙に返事を書かなかった。一日休もうと決めた。明日は法廷審理が2件あり、2件とも最終陳述の機会が与えられているので内容を考えなければ。それに、手書きにくたびれた。

メガネが倉庫から戻ってきた。やったぞ、と思ったが、ビニール袋に入っている。

「メガネケースは？」

「ケースは許可されない」

「金属製ではないと言ったはずだが?」

「革製だったろう。刑務所ではプラスチック製しか許可されない」


明日の審理がすべて終わったあとのために、アイスクリームを作った。アレンジを加えたレシピで、プルーンとクルミを入れ、バターとサワークリームの量を調整した。煮立てて、根気よくかき回す。明日帰って来たら、着替えて、アイスクリームを食べながら、寝っ転がって、テレビのなかで自分がファシスト、裏切り者、と呼ばれているのを見るとしよう。

2月20日

警察車両で移送されるのは実に楽しい。音楽が大音量でかかっている。彼らは新しいもの好きなので、レトロ・ラジオをずっと聞かされていた身としてはありがたい。

警察の車で連れ回されるのは、常識的に考えれば、最悪で不愉快な経験のはずだが、私は心の底から楽しんでいる(笑)。滑稽だろう。私は金属製の檻のなかにいる。膝を格子の扉部分にくっつけて座り、両手でしっかりと鉄格子につかまって、車が揺れたときに頭をぶつけないようにしている。車が道路の穴を通過するたびに、尻が浮かび上がって、木の椅子にドスンと落ちる。護衛と、マシンガンを持ったけたたましいエレクトロ・ポップやラップに合わせて頭を振る。2人の特殊部隊員が、ヘルメットの隙間から私を見張っている。

一件目の裁判が終わった。頭の切れる老練の裁判官がモスクワ市裁判所から来た（この裁判官は、ここバブシュキンスキー内の裁判所を巡っている。本当の目的は、ジャーナリストや一般市民の傍聴人を少なくしたいからだ）。感じの良い男で、問題解決の方法を心得ていた。始めに、私が中断されずに話す機会は3回ある、と何度か確認した。そのうえで秩序を乱さず裁判に臨みなさいと言った。お互いに協力しよう、あなたは好きなだけ話して良い、だから私が話しているときは遮るな、私もあなたを遮らないから、とでもいうようだった。

このルールにのっとり、互いを尊重しながら裁判は進行した。少なくとも罵り合いの応酬はなく、最後は笑顔で終わった。判決は刑期を1ヵ月半減刑するというものだった。私は頭のなかでずっと練習していた演説「ロシアは幸せになる」を始めた。ところが今日の演説は、今まで即興でやって、あとから人に褒めちぎられたものと比べて、特に良かったとは思えなかった。長すぎて、哲学的、宗教的考察が一般市民に訴えるものではなかった。ワディムとオルガは顔を見合わせ、困ったように微笑んだ。休憩のときに感想を教えてもらうと、「信心深い聴衆に向けた演説だったのなら、どんぴしゃり」と。慰められているのか。ということは、無宗教の聴衆は、私が救世主コンプレックスを抱えた変人だと思っただろう。

しかし私はすべてを出し切りたかったのだ。誰でも思っていることが自分のなかで爆発してしまいそうになることがある。次の裁判まで2時間の休憩だ。

◉イブ・ロシェ事件控訴審でのアレクセイの最終陳述

また最終陳述のスピーチをぶつぶつ呟いていた！　この裁判はもうすぐ終わるが、すぐに次の裁判があり、そこでも最終陳述の機会がある。もし私の最終陳述集が出版されるなら、かなり分厚くなるだろう。どうも体制から、そしてその体制という宮殿に住んでいるウラジーミル・プーチンから、奇妙なメッセージを受信しているように思えてならない。「さあさあ」と彼らは言う。「不思議なものをお見せしよう。我々は逃げ切るぞ。ほうら、見ていろ」。大道芸人かマジシャンのように、奴は法廷でボールを人差し指の先っちょで転がし、それから……ジャジャーン！　ボールは別の指に移り、さらに足、頭、と移動する。「我々はこの法制度で、お前の体を一部でも全部でも支配できる。抵抗できると思ったのか？」

奴らは見世物好きなんだろう。もちろんそうだし、私を見世物にする。しかしそれをわかっているのは私だけではない。一般市民もこの裁判を見て良い気持ちはしないだろう。「もしもこの司法制度で裁判にかけられたら、自分にできることがあるだろうか」と。

いやいや、最終陳述に戻ろう。演説しなければ。

裁判官殿、もう何を話して良いのかわからなくなりました。神についての話でもしましょうか？　救済について？　ペーソスをいっぱいに盛り込んで？　実は私は信心深いのです。そのせいで、反汚職基金の仲間や、周囲の人間にからかわれてきました。彼らのほとんどは無神論者ですから。私もかつてはそうで、むしろ積極的に無信心でした。しかし今は信心深くなり、それが使命を果たすうえで、とても役立っていると感じます。すべてが単純明快になりました。物事を決めるときに悩まなくなりましたし、人生で何かの板挟みになることが減りました。聖書には、どんな状況であれ、すべきことが一応は明確に記されているからです。そのとおりに行動することは簡単ではありませんが、そうしようと努力しています。お陰で、ロシアで政治活動をすることが他の人より簡単になりました。最近もらった手紙のなかで、「ナワリヌイ、皆が『強くなれ』『諦めるな』『辛抱しろ』『歯を食いしばれ』と言うのはなぜだろう？　君は何に耐えなければならないのか？　少し前に君はインタビューで言っていたね、神を信じていると。聖書には『義に飢え渇く人々は、幸いである、その人たちは満たされる』とある。ねえ、これだよ。君はこれを地で行く人なんだ！」と書いてありました。「恐れ入った！」と思いましたね。この人はなんて私を理解しているのだろう、と。自分が本当にこのとおりかは自信がありませんが、こうした教訓を人生の道標にしようと心がけています。

今自分が置かれている状況を楽しんではいませんが、再び法廷に立っていることや、自分のしていることに後悔がないのは、そのせいです。私のしたことすべてが正しいからです。むしろ、満足感を覚えています。困難なときに、私はすべきことをし、この教訓を裏切らなかったからです。現代人としては、「幸いである」「義に飢え渇く」「その人たちは満たされる」という表現に正直、違和感があるでしょう。こんなことを言う人物は、頭がおかしいと思われます。そんな変わり者や奇人が独房に閉じ込められ、頭をかきむしって、自分を勇気づけるものを探そうとしています。孤独で、誰にも必要とされていないからです。これこそが政府と体制が、そのような人たちに信じさせようとしていることです。お前は孤独だ、お前はたった一人だ、と。

彼らの一番の目的は、あなたを脅して、誰も助けてくれないと思わせることです。ふつうの人が、常識ある我々が、なぜ強権的な命令を聞くようになるのでしょう？　人が孤立するとは、かくも大変な事態なのです。一大事です。体制はこの点を狙います。偶然にもルーナ・ラブグッドという哲学者（『ハリー・ポッター』に出てくる人物ですよ）も、ハリーに向かってこう言っています。「つらいことがあったら、孤独にならないことが大切。私がヴォルデモートなら、あなたに孤独を感じてほしい」。宮殿に住んでいる我々のヴォルデモートも同じように望んでいます。

刑務所の看守は、みんな良い人たちです。ふつうの人たちですが、私に話しかけません。禁じられているのです。これもまた、人に絶えず孤独を感じさせる周到な作戦です。ただ、私には通用しません。あの聖句「義に飢え渇く人々は、幸いである、その人たちは満たされる」は、風変わりで奇妙ですが、これこそ、今のロシアが追求すべき必要な政治理念だと信じているからです。裁判官殿、ロシアで人気のある政治的メッセージを思いつきますか？ スローガンは？ 誰か教えてください。力はどこにあるのか？ ああ、そうでした、権力は真実のなかにある、ですね。誰もが知っているあの文言です。「義に飢え渇く」「その人たちは満たされる」といった表現がないだけで、マタイの福音書の「山上の説教」［訳注：イエスが山上で群衆と弟子たちに説いた垂訓。神の正義を信じる者は祝福されるという教え］が表す理念です。しかしこの福音はささやき声にまで押さえつけられています。この国の権力者は口を揃えて、頑固に、権力は真実のなかにある、と唱えてきました。勝った側が正義なのだと。本当にそうでしょうか？ この国は不正の上に成り立っています。私たちは毎日、不正に直面しています。最もたちが悪いのは武装した不正です。だからこそ、何百、何千万という人々が、別の真実を求めているのです。私たちは義に飢えています。遅かれ早かれ、私たちの目的は達成されるでしょう。

誰にでも見えているものがありますね。プーチンの暮らす宮殿は実在します。この国には貧困のなかで暮らしている人がいます。ロシアの生活水準は高いと信じたい人がいますが、この国は貧しい、それをみんなわかっているはずです。私たちはもっと豊かになるべきです。石油パイプラインが建設され、儲かっているのに、お金はどこに行ってしまったのでしょう？　それが真実です。反論の余地がありません。真実を求める人々は、いずれ「満たされる」でしょう。

もう一つ、大事なことを言わせてください。裁判官殿だけではなく、検察官、体制に関わっているあなたがたに向けて言います。もちろん、ほかのすべての皆さんにも。真実を求める人々を恐れないでください。多くの人は怖がります。ああ、大変だ、どうなるんだ？　革命が起きるのか？　何もかも変わってしまうのか？　悪夢のようになるのか？　と。しかし考えてみてください。絶え間ない欺瞞、嘘、そんなことのない人生はどんなにか良いでしょう。嘘をつかないですむというだけで、素晴らしいことです。裁判官として、あなたが法廷の責任者なのです。誰かが電話で指示してくる「電話の正義」はありません。しかも今より給料が上がります。あなたは尊敬される社会の柱となり、誰の指図も受けず、あなたが思うとおりの判決が下せる。そして子供や孫のもとに帰ったとき、胸を張ってこう言えるのです。ああ、私は独立した裁判官だよ、と。もちろん他の裁判官も同様です。そうなったら素晴らしいでしょう？　検察官だって、本物の悪党を追い詰める対抗的訴訟を仕事にできたら楽しいでしょう？　ロースクールに入る学生たちが、事件を捏造して署名を偽造するために検察官になりたがっているとは思えません。警察官だって、一日の終わりに、「今日は頑張った、デモ行進している奴の頭をかち割ってやったぞ」とか「今日は無実の男の護衛をしてる。もうすぐそいつの最終陳述なんだ」などと言いたくてその仕事に就いたわけではないでしょう？

誰もこんなことは望んでいません！　そんな生き方をしたくない。警察官はふつうになりたい。嘘は人を裏世界に引きずり込み、表世界に戻れなくしてしまう。しかも給料が上がるわけでもない。この国のビジネスは、どんな分野でも価値は半分しかありません。法制度がなく、不正義がまかり通っているからです。混沌と貧困がはびこっているからです。欺瞞と不正義がなくなれば、全員がより良い暮らしができます。真実を求める人々がそれを手にできる社会のほうがずっと良い。連邦保安庁の役人もそうです。この世界のどこに、「連邦保安庁で働きたいな。下着を洗う任務に就くんだ。だって仲間が敵のパンツに毒を塗ったんだよ」と目を輝かせて言う小学生がいるでしょう。そんな人間はいない！　誰もそんなことはしたくない！　連中だってまともになり、尊敬され、テロリストやギャング、スパイを捕まえる人間になりたいでしょう。

真実を求める人を恐れないこと、そしてできるなら、直接的、間接的に、そういう人を助けることが重要です。支持するつもりがないのならそれで結構ですが、少なくとも、欺瞞や嘘に加担し、自分のまわりを不幸にすることだけはやめてください。

変化を恐れないことにリスクはありますが、大きくはない。現代の優れた哲学者リック・サンチェス〔訳注：『リック・アンド・モーティ』の主人公〕も言うように、「生きるとはリスクを冒すことだ。そうでなければ人間は、宇宙に飛ばされて吹き溜まった、不活性分子の塊に過ぎない」ということです。

最後に申し上げたいことがあります。毎日たくさんの手紙をもらいますが、ほとんどが「ロシアは自由になる」と結ばれています。これは素晴らしいスローガンで、私自身もよく言いますし、返事にも書き、デモのときにも唱える文句です。しかし何か欠けている気がしてなりません。誤解しないでください。もちろん、私はロシアに自由になってほしい。これは必要なことですが、十分ではありません。自由で終わりではないはずです。

私はロシアに、この豊富な資源に見合った豊かな国になってほしい。富がもっと平等に分配され、石油とガスの利益がみんなに行き渡るようになってほしい。自由なだけではなく、まともな医療が受けられるようになってほしい。男性が定年まで生きて年金を受け取れるようになってほしい。現状では半数の男性がその前に死んでしまい、女性はややまし、という状況です。ロシアの賃金が、ヨーロッパでの同一労働で支払われる賃金と同レベルになってほしい。今は低すぎます。みんなの――警察官もプログラマーもジャーナリストも、考え得るすべての人の――給料は低すぎます。普通の教育を望みます。誰もがふつうの教育を受けられるようになってほしい。

他にも、この国に多くの変化が起きることを望みます。この闘いはロシアを自由にするためのものですが、もっと大きな目的があります。ロシアはすべてにおいて不幸な国です。必要なものは揃いますが、なぜか私たちは不幸です。偉大なロシア文学を読めばわかるでしょう。不幸や苦しみについてばかり書いてあるではないですか。ここは非常に不幸な国で、私たちはどうにもその悲しみの連鎖から逃れられずにいます。私は運動のスローガンを変えることを提案します。ロシアは自由になるだけではなく、幸せにならなくてはならない。ロシアは幸せになる！

二度目の最終陳述をした。アドリブも交ぜた。最初に、退役軍人が国から受ける社会保障のリストを読み上げた。このリストは、審議の初日に、最終陳述で使えるかもしれないと事件資料のなかからコピーしていたものだ。私が10分ほど演説したのち、裁判官は判決を下すまで別室に下がった。判決は午後6時に出ると言う。つまり私は警備のついた部屋で4時間も待たなければならない。暑くて狭苦しいが、そこのベンチで1時間ほど眠った。幅が狭かったので、腕が何度も床に滑り落ちた。そこで腕を体の下に入れると、痺れる。起きた後も全身の痛みが取れるまでに1時間はかかった。それで治った。人は何にでも順応するものだ。

予定より1時間遅れで裁判官が入ってくると、1時間半かけて判決を読み上げた。被告はその間、手錠をされたまま、立って聞かなければならないという理不尽な規則があり、私は従った。

オルガが警護官と言い争いを始めた。警護官は目に見えて動揺していた。彼ら自身もこの規則の馬鹿さ加減がわかっているのだろう。私はすでに「水槽」に閉じ込められ手錠をされているのだ。しかし彼らにできることはない。20台のカメラが録画しているなか、私の手錠を外すところが映ってしまうと問題になる。そこで彼らはただ真っ直ぐ前を向いて何も言わずに立っていた。

判決は私たちの想像どおりだった。最初にモスクワ市裁判所の判決が出た。それから名誉毀損裁判の2件目の判決。またもや名誉毀損裁判の裁判官は、執行猶予を実刑に切り替えた。これで彼らはテレビで「ナワリヌイは退役軍人の名誉毀損で禁錮刑」と堂々と言える。加えて彼らは、私が裁判で裁判官と検察官を侮辱した、と取調委員会に資料を送った。

帰路も楽しかった。行きよりも音楽は騒々しかった。

あまりに疲れていて、歩けないほどだった。背中がひどく痛んだ。あの木のベンチで眠る以外、外はずっと立っていたからだ。今も座る姿勢がつらくて、立つか横になるかしかできない。

自家製「アイスクリーム」を食べた。なかなか美味しくできていた。夜10時になるのを待っている（現在は9時15分）。早く服を脱いでベッドに入りたい。

明日は休むつもりだ。運動も手紙の返事も書かず、ただ本を読む。明日は日曜だから、そうしやすいはずだ。明日の朝食が待ち遠しい。パンとバターとコーヒーでご馳走だ。

2月21日

ここに来てまだ2度目だが、今朝は5時55分に起きなかった。足を踏みならしてウォーミングアップしてから、タバタ式をすることもしなかった。今朝はただ起き上がり、ベッドを整え、服を着替えて、再び眠った。ぐっすり眠ったわけではなく、30分ほど横になっていただけだ。ここでは別に6時を過ぎて眠っていても構わない。一日中寝ていたって良い。ただ一つだけ、絶対に守らなければいけないルールがある。朝6時から10時までの間に必ずベッドメイクをすること。

朝食を食べるまでの間、悩んでいた件に重大決心を下した。1万通まで溜まってしまった手紙のことだ。全部に目を通してはいたが、返事は、よほど悲痛なものか知人からのものにしか書いていなかった。以前はたったひと言でも、全員に書いていた。

昨日の夜、また新しい束が届いた。そこで、自分は今日から法の裁きを受けて禁錮刑を勤めるのだから、私自身も新しい区切りをつけて良いのではないか、と思えた。これからは、新しく来た手紙にだけ返事を書く。

運動場を歩いたあと、当番の看守に、たとえ一日でもラジオ局を変えることはできないか、と尋ねてみた。その答えに啞然とした。

「このラジオ局は全体の意見をまとめたものだ。投票で決まった」

たまげた。きっと囚人は人気投票に参加できなかったのだろうな。

刑務所長がミーティングのとき、冷蔵庫の上段が冷凍庫だと言っていた。そうは見えないので、確かめる方法はないものかと、売店にアイスクリームを注文した。今日、雪の運動場を歩きながら、自分が大馬鹿者だったと気づいた。独房に戻ると、器に水を入れて、最上段に入れた。

2月22日

昨日、日中に寝たのは間違いだった。昼食後にアイマスクをして夕食まで眠ったのだが、当然の結果として、夜に眠れなくなり、翌朝ラジオがついたときは寝起きが悪かった。すぐにラジオを消した。服を着て、ベッドメイクをして、再びアイマスクをして横になり、眠りに戻った。しっかりは眠れなかったので、運動をする気がしない。こうやって人は堕落していくのだろう。

今日は部屋の清掃とシャワーの日だ。問題が一つ。昨日、ズボンを洗った。連日、法廷審議に着ていったもので、土曜にベンチで眠ったときにもはいていたので洗おうと思った。しかし朝の7時現在、まだ乾いていない。「運動」はたいがい9時半に始まるのだが、外は凍るような寒さだ。ジーンズは常備しているが、清潔でアイロンがかかっていて、なにか特別なときのために取っておきたい（笑）。ここでの「特別なとき」が何を指すのか定かではないが。

残りの手紙に返事を書き始めた。アレクサンドルという人物が、アンナとの結婚を祝福してほしいと書いているので、かなり驚いた。まったくの他人だ。これまた珍しいことに、アリーナという名前の女性から来る手紙が異様に多い。統計学的にあり得ない。

当番の看守にズボンがまだ濡れているのを見せて、できるだけ遅い時間帯に運動場に行きたいと訴えた。そこでいつもよりかなり遅い、12時半頃に連れて行かれた。ラジオが消されていたので、私が最後に運動する囚人だとわかった。歩き始めて1分後、誰かがスペイン語で罵っているのが聞こえて――いきなりシーン――それから静かになり、深い静寂が訪れた。自分のサクッサクッという足音しか聞こえない。その後、ラジオなしに10分ほど歩き回った。至福のとき。人がどんなに些細なことにも幸せを見いだす好例だ。

2月23日

今日はなんだか気分が重い。背中が痛い。もうタバタ式を3日もしていない。

アーサー・ヘイリーの『大空港』を英語で読み終えた。目的は英語の上達だったので、巻末に短い用語集が載っていたのは嬉しい驚きだった。知らなかった言葉のほとんどは（自分のノートにメモをとっておいた）、アガサ・クリスティー的な、墓から蘇ったような英国風の言い回し。この1ヵ月で6冊の英語の本を読んだ。良い調子だが、ここでは読むものがすぐなくなってしまうのが困りものだ。

ブルルル！　凍るような寒さだ。ラジオで聞いたところ、マイナス25度だそうで、平均気温より15度も低いらしい。運動場で6曲分「運動」して、早く帰りたいと頼んだ。

2月24日

英語の本もフランス語の本も届かない。手配する気がないのか、時間がかかっているだけなのかよくわからない。後者だと願って追加で2冊頼んだ。定期購読のカタログも見てみよう。

刑務所に一定期間いると、「お気に入り」の看守と「嫌い」な看守ができる。見極めるのにずいぶん時間がかかった。彼らは一様にほとんど何も言わないし、あたりさわりない態度なのだ。しかしそれでも人間的な側面が垣間見える瞬間がある。私が重視するのは誰が一番面白いか、だ。向こうから教えてくれるはずもなく、今でもまだ誰が愉快な奴なのかわからずにいる。

「一番嫌いな奴」候補なら、年配の少佐だ。ガミガミうるさくて、あり得ないことばかり言う。今日など、房内検査の間は私が「整列する必要がある」と言ってきた。「だが」と私は反論した。「所定の場所なんてないだろう」

「そこだ」と彼は独房の端の窓際を指さして怒鳴った。独房は幅狭で細長く、窓際に立つと入り口の人物とは話しづらい。4メートルは離れている。

ここに来て1ヵ月以上もたつのに、今さらこんなことを騒ぎ立てるのは滑稽だった。あまりにくだらないので、この男を「最も嫌いな看守」と認定して良いのか疑問なくらいだ。他の看守はみんな完璧にふつうの人間だ。つまり、ひと言も話さないということだ(笑)。

自分でもおかしいことはわかっているが、ここの連中が大好きだ。みんなとても礼儀正しい。

最高にうまいサラダを作った。材料は缶詰の肉、トマト2個、グリーン・ペッパーで、ナイフすら使わなかった!

2月25日

いよいよだ。この日をずっと待っていた。今日がその日だ。

起きて、タバタ式をした。すると壁の声が「私物をまとめろ！」と言った。食料や瓶、小包、掃除道具などはどうすべきかわからない。もし別の独房に移動するだけなら、大きい袋に入れて運べばすむ。しかし別の刑務所に移送されるなら捨てるしかない。壁の声はただ、「食べ物も全部、私物はすべてまとめろ」と言った。そして「急ぐ必要はない」と付け加えた。

私は今、ウラジーミル州コリチューギノ第3拘置所（マトロスカヤ・ティシナと似たような場所）でこれを書いている。私物をリュックのように背負えば、移動が楽だと思った。みんなが大荷物を両手いっぱいに、口にまでくわえて運んでいる間、私はのんきに口笛を吹きながら歩いて行く。ジャーマン・シェパードが一斉に吠え立てても、ポケットに手を突っ込んだままどこ吹く風、という図を想像していた。だが、服や、ため込んだ食器やまな板などを入れると、荷物が巨大になった。

2時間後、看守が来た。「私物をまとめろ。着いた場所が行き先だ」という嘲笑的な態度ではなく、ふつうの声で、「じゃあ、いいか。ここを出るぞ。お前が来たときも私が担当した、出るときも私だ」とだけ言った。ごくふつうの人で、たまに冗談さえ言う看守だった。ここでは相当珍しい。

看守に、食べ物は全部ここに置いて行くと言うと、別に歩いて移動するわけではないからと教えられた。ここでは別の房に何かを寄付することはできない。そんなに大それた規則違反は、クレムリンお偉方の想像をはるかに越えている。

マットレスを巻き、公共物であるスプーンとボウルと一緒に、「集合場所」まで持って行く。入所時と出所時、囚人の持ち物と体は徹底的に調べられる。本の入っている大きな箱もあって、えらく重い。ウラジーミル・ギリャロフスキーの分厚い『モスクワとモスクワっ子』や、レオニード・パンフィョノフのソ連とロシア時代の歴史に関する『Yesteryear（過ぎ去りし日々）』の大型本。刑務所としては、1冊でもなくなっていると私に非難されると恐れ、全部残らず持っていけ、と言うのだ。

「図書室に寄付する」

「許可されていない」

「他の囚人にあげてくれ」

「許可されていない」

「好きにして良いから。みんな新品だ」

「許可されていない」

「それなら所有権を放棄する」

「許可されていない」

「じゃあ、捨てるしかない」

「もう遅すぎる」

私は仕方なく、本をリサイクルするか、弁護士に預けたい、という要望書を書こうとした。とにかく一切合切の私物とともに私を追い出す、という上の方針は揺るがなかった。

小部屋に連れて行かれた。「ここで待て！」。10分後、扉の前で乱暴なブーツの足音と声がした。ドアが開くと、刑務所を舞台にした映画さながらの光景が広がっていた。3人の大男が立っていた。背の高さは私と同じくらいだが〔訳注：ナワリヌイは身長190センチを越える〕、ずっとがっちりしていて、潑剌とした顔で、軍隊のジャケットを着ている。責任者らしき中佐（お偉いさんだ！）が大声を張り上げた。

「名前は？」

「ナワリヌイです」

「罪状は？」

「わかりません」と答えるや、笑い出してしまった。「ややこしいんだ。あまりにたくさん訴えられていて」

囚人にとって、これは最も基本的な、ある意味、神聖な儀式である。名前と、罪状、刑期はいつ始まっていつ終わるのか、といつも聞かれる。だからヒムキの裁判所で女性書記官がクスクス笑いながら、「この日付はあなたが絶対に忘れない数字になりますよ」と言ったのだ。

「刑期の始まりの日は？」と中佐は表情を硬くして、全員に聞こえるような声で聞いた。

「わかりません」

「刑期の終わりは？」

「わかりません」

刑務所から付き添った看守たちが（刑務所長も一緒だった）、ニヤリと目配せし合った。中佐が準備万端でここに来て、精一杯、威厳を保とうとしているのが面白かったようだ（彼らがここのドアを開ける前、ボディカメラがオンになっているか小声で確認しているのがよく聞こえた）。なんとか、彼らは囚人の身元を特定できたようだった。

「私物を持て。ついてこい」

私はバッグを持ち、看守たちに、とても楽しかった、と別れを告げた。

「いや、待て。本はどうするんだ？」

「持って行かない」

「持って行け」

「私のものではないんだ」

「あんたのものだろう。あんたの私物としてリストに載ってる」

「だが、物理的に運ぶのは不可能だ、見てのとおり」

いつもなら警棒の魔法のひと振りで、囚人の力は150％増しになり、腕も4本になるのだが、カメラの前で殴るのはよろしくない。

副所長が看守をアゴでしゃくり、その男は呪われた段ボール箱を運んでくれた。

刑務所の外には2台の車が待っていた。1台はトラックで、囚人が車の中からスマホで外を撮影するのを防ごうとしているのか、目隠しのような位置に止まっていた。

警察車両に乗り込むと、驚いたことに、他の人間も乗っていた。囚人だ。どういうことだ？仲間がいる感覚を忘れていた。左側の檻には3人の若者、右側の檻の扉は開いていて、2人の男が入っていた。みんな、目を丸くして私を見ている。「セレブ囚人」の登場だ。

「本当にあんたなのか？」と年上の男が、私が四六時中聞かれる質問をした。

「すごく背が高いんだな」と若い男が言った。年上の男はセルゲイといって、詐欺罪で5年の刑、悲しそうで落ち込んでいた。ディマは窃盗で2年。私もふつうの人間だと安心したのか、旅の仲間はおしゃべりを始めた。セルゲイは自分の階の看守が自分たちの房に入ってきて、警告したときの様子をコミカルに教えてくれた。

「『ナワリヌイが連れてこられるぞ』だってさ。お上が様子を見に来ると、奴らも緊張するんだな。それで『全部グレーにぼかせ』だとよ」

刑務所用語で、余分な洗濯桶を片付けることを意味する。そして洗濯桶を1個だけと、本とカップだけを残す。なんて気の利いた表現だろう。他の刑務所用語もそうだが。過酷な状況に置かれると、人間は思考力が高まり、物事の枝葉は削がれていくに違いない。


どこに向かっているのかわからない。刑務所の基本的原則として、囚人は何も知らされず、一寸先の自分の身に何が起きるかわからない。間もなく車がモスクワを出て高速道路を走っていると気づいた。看守の大男たちは窓の外を見ながら、内輪で何かささやいている。彼らも行き先を知らない可能性は高い。

背中の痛みが気になって仕方なかった。立ったり、横になったりすることはできるが、揺れる移動式犬小屋のなかで金属製のベンチに座っているのは問題だ。しかも道は凸凹ときている（インターシティの高速を下りたな）。檻の中の私たちは――ふいに笑いがこみ上げた――山の上から突き落とされ、斜面をもんどり打って転がっていく冷蔵庫のなかの野菜みたいだ。

実は若い男、ディマという名前だが、彼のほうが私より深刻な悩みを抱えていた。囚人は移送前に飲み食いしてはならない、という大原則を、なぜ誰も教えてやらなかったのか謎だ。私でさえ知っている。途中でトイレ休憩はないのだ。ディマは朝6時に車に乗せられ、賢明にも、1・5リットルのペットボトルの水を3分の1ほど一気に飲んだ。彼の顔は苦悶に歪んでいる。

2時間ほどたって、高速道路を下りた、ということは、ウラジーミル州にいるのだろうか。犯罪者の間でウラジーミル州は悪名高い。よく囚人が殺される。殴られるだけなら文句は言えない。あの地域は「赤よりもっと赤い地獄」という噂で、つまり、囚人のほうがよほど人間らしく思えるほどに、看守が残虐らしい。

車の揺れが激しくなり、止まった。ゲートの開く音がした、1回、2回。

「ウラジーミル州か？」と私は護衛に聞いた。彼らはうなずいた。

「みんな出ろ」

やはり私が最初に、他の囚人とは引き離されて下ろされた。旅の仲間にお別れを言って、背中にバッグを引っ張り上げたが、真っ直ぐ立つことすら難しかった。4時間の移送で背中は痛みの塊になっていた。

目に飛び込んできたのは、典型的なロシアの刑務所の光景だった。巨大な雪溜まり、毛皮の帽子をかぶって階級を示す肩章のついた制服を着ている警備兵、低層のみすぼらしい建物、壊れかけのポーチ。鎖に繋がれたジャーマン・シェパード……だけはいなかった。

最初に頭に浮かんだのは、「ロシアはモスクワに餌をやるな」だった。この「いかにもロシアの刑務所」を可能にしているものは、人間の残酷さではない、長年の不景気に慣らされた国民性のせいでもない。これは貧困のせいなのだ。メンテナンスをしたのは20年前だろう。すべてにおいて言えることだが、金は全部モスクワに吸い上げられる。モスクワの施設は金持ちだが、ここには金も何もない。

次に思ったのは、ここは最高だ、ということだった。私が立っていた場所は広々としていて、何より嬉しいことに野外だった。逮捕以来、一瞬たりとも頭上が屋根や屋根的なものに覆われていない瞬間はなかった。裁判所の行き帰りは、夜明け前か日没後だった。だから日中に白い空の下に立ったのは、逮捕以来初めてだった。この上ない幸せを感じて、ふと考えた。人の心はいかに速やかに順応するのか、基本的欲求の優先順位はいかに簡単に変わり得るのか。心理学者のアブラハム・マズローが数週間滞在すれば、「欲求の5段階説」が正しかったとわかるだろう。

この刑務所の「集合場所」は貧相でみすぼらしい、壊れかけの部屋だった。端的に言えば、田舎。前回の刑務所とは違い、犯罪者を大量に処理する工場であることは明らかだった。最初に逮捕されたとき、同時に入所した囚人は少数で、みんな細かいルールどおりに身体検査をされ、護衛につき添われた。しかしここでは、大勢いる囚人全員の身体検査、書類作成、指紋採取をクレムリンのようにやろうとすれば何日もかかる。あそこでは持ち物すべてをX線に通していた。とはいえ、基本的にやることは同じだった。素っ裸にされ、しゃがまされる。カーテンの裏というのが慎ましい田舎バージョンだ。

准士官が私の持ち物を検査した。その上司の上級中尉が私の担当で、今後私は、この人物の監督下に置かれるらしい。部屋には中佐と少佐がいたが、何も話さなかった。というより、部屋にいる全員が、どうしても必要なとき以外は口をきかないようにしていた。ボディカメラが3台と、部屋の隅にもカメラが何台かあった。情報通に、ここでは紙に書かれた規則より、各部門の責任者が口頭で命令する規則が優先される、と教えてもらった通りだ。前の刑務所で買ったプラスチック製の台所用品がすべて没収された。

「何をするんだ？　プラスチックの皿やスプーン、フォークは特別に許可されているだろう？」

彼らは私と言い争わず、刑務所の規則を持ち出すこともせず、頑固なまでに丁寧な態度だった。刑務所ではプラスチック皿のような、衝撃的で不適切なものへの恐怖心が強いので、規則を超越して没収するそうだ。私は不満を書面で申し立てることにした。

彼らが最も丹念に調べたのは本だった。わかっていた。単にソ連時代の名残だ。本は反逆と不安定要素の温床だ。一冊残らず取り上げられ、リスト化され、検閲され、「過激思想の有無チェック済み」という判子を押され、そうしてやっと手元に返って来る。書かれた言葉にはそれほどの力があるのだ。私の持ってきた本は「刑務所の管理局を通じてネット上で」買ったものであり、全て以前いた刑務所の極めて公的な青いスタンプが押してある、と説明しても、結局全冊持ち去られた。本は非常に重大事案なので、この刑務所の検閲部のチェックが必要らしい。

またまた指紋採取、顔写真撮影、医療チェック、その他もろもろ。そうして独房に連れて行かれた。3人部屋だったが、2段ベッドではなかった。部屋の大きさは4メートル×5メートルほどだった。刑務所用語で「カタツムリ」と呼ばれている、マットレスやリネン、タオルを丸めたものがベッドに置いてある。カタツムリの上に金属製のボウルとマグカップが載っていた。

上級中尉が私のベッドを示し、同房者がいるので、何も触らないようにと注意した。同房者はおそらく、一緒に来た旅の仲間だろう。

汚いと言うと身勝手かもしれないが、部屋は清潔ではなかった。壁は指紋と手の跡がついている。指紋採取のあとのインクを洗わずに壁になすりつけて落とそうとして、壁に黒く汚らしい跡をつけるけしからん奴がいるのはなぜなんだ？

床の木の板はひどく傷み、洗面所の下の部分は腐って穴があいていた。マトロスカヤ・ティシナの塗装されたコンクリートの床がいかに優れていたか、よくわかる。寒くてどうしようもなく固かったが、コンクリートは洗いやすく、洗ったあとは清潔なので靴下か裸足でさえ歩くことができた。しかしここでは、ひと目見たとたん、「やれやれ、スリッパが必要だ」と思った。

冷蔵庫もケトルもない。自分の先見の明に大いに感謝した。というのも、モスクワの刑務所で見たカタログに、怪しく安いケトルが載っていたので、興味本位で買っていたのだ。それは見事なまでのインチキ商品で、不運な囚人のために作られたのだろう。縁がギザギザに尖っていて、プラスチックのピッチャーのような形をしている。底の部分に、沸騰用の短い電気熱線がついている。届いたときは捨ててやろうかと思ったが、こうなってみると、小さな怪獣は、この独房で最も役に立つ、大活躍のアイテムになる。ここで温かいものを飲みたくなったら？　お湯もなく料理ができるか？　料理を温めたいときは？

整理整頓していらないものは捨てた。服を着替えてお茶を飲み、缶詰の肉を食べた。モスクワを出るときに配給されたパック入り弁当に入っていた。それからテレビをチェックした（もちろんテレビはある、テレビのない刑務所なんてあるのか？）。残念なことに、ここではユーロニュースが見られないとわかった。ついに、ニュースの断片すら知ることができなくなった。

ドアが開いた。やっぱり！ 旅の仲間だった。彼らと昔からの知り合いのように挨拶した。

3月3日

やあ、ナワリヌイだ。クレムリン・セントラルからじゃない、ウラジーミル州コリチューギノ第3拘置所からだ。

移送中の囚人が「ウラジーミル州」と聞けば落ち込む。ここの施設はそういう噂のある場所だ。だけど私は大丈夫。ここの「運動場」には鉄棒さえある。

まだ手紙は届かない、それにモスクワにいたときより一層、外の世界で何が起きているのかわからなくなった。まだ図書室にも行くことができていない。ということで、唯一の楽しみはカスタム・クイジーヌの研究だ。刑務所の食べ物がまだ届かないという事情で、この研究には熱が入るよ。

信じられるかい？ 私たちはひと口サイズのパンを乾燥させているところだ。こんなに面白いとは思わなかった。現在ふたつの調理法が互角で、ストリートスタイルVS.分子構造スタイルだ。

ストリートスタイルを作るのはディミートリー（刑法158条、窃盗）だ。彼はパンを長方形に切ってから、ビニール袋に入れる。そこに「ロルトン」のインスタント・ヌードルの粉末を2袋入れる。これは彼が移送されるときにモスクワから持ってきたものだ。それからビニール袋をよく振って、パンをラジエーターの上に並べる。

分子構造スタイルを作るのはセルゲイ（刑法159条、詐欺）で、パンを立方体に切る。その一つひとつに香辛料を振りかけて、ラジエーターの上に並べる。セルゲイ曰く、パンをひと口サイズの完壁な立方体に切るには、私がどれほど危険な西側諸国のスパイかを討論するテレビ番組を見ながらが最適らしい。

「もし誰かに1年前、ひと口サイズのトースティーをナワリヌイと作ることになると聞かされても信じなかったろうなあ」と彼は呟いている。

君たちも万事順調で退屈していませんように。健やかな食事を！

《Instagram より》

3月8日

もう1週間以上も日記を書いていない。誰かと同室の生活は、独房とは根本的に違う。一長一短だ。ルームメイトが良い奴でラッキーだった。が、タバコの煙が充満していて（2人とも喫煙者）、テレビが一日16時間もついている。大嫌いだが刑務所にはつきものだ。

ここは「レッド」プリズンなので、馬鹿げた規則がいちいち守られているだけではなく、新しい規則まで考え出されている。たとえば、日中は眠ってはならず、「テレビを見ること」が許されている。つまり、仰向けになってテレビを見ている振りをするのはOKということだ。そんなわけで、この部屋ではテレビがつきっぱなしなのだ。音声はオンのときもオフのときもある。「テレビを見る」義務のおかげで、局地的なミームができた。あるとき、ディマが仰向けで「テレビを見る」のに飽きて、横向きになって膝を抱えた。5分後、インターコムががなり立てた。こうなるとインターコムのところに行って、ボタンを押さなければならない。セルゲイがそうした。しかし特徴的な声の上級中尉は、カルチコフ、つまりディマを呼んだ。

「カルチコフです、お呼びでしょうか」

「カルチコフ、何を考えていた？　一瞬熟睡したな？」

「いいえ、眠っていません。テレビを見ていました」

「一瞬熟睡？」のフレーズは、笑いとともに1日に20回は繰り返されることとなった。

ここには英語の本がない、というより外国語の本がまったくない。私は少ししか読書をしていない。日記も書いていない。つまり、堕落の一途をたどっている。朝なので、『虚栄の市』を200ページほど読み進めるのにちょうど良い。三流の風刺がちりばめられた駄作だが、有名なのだから教養として読んでおくべきだろう。しかしテレビで『ダイ・ハード』の新作と、それまでのシリーズを一挙放送している。そっちを見よう。こうしてまた少し堕落した。

3月9日

テレビは夜の10時に消え、同じチャンネルと音量で、朝の6時に再びつく。私たちは音楽で目覚めたいので、Muz-TV〔訳注：音楽に特化したテレビ局〕に固定している。しかし今日はそのチャンネルで、音楽ではなくティー・フォー・トゥー〔訳注：ロシアで90年代から活躍するポップ・デュオ〕のスタス・コステュシキンが馬鹿馬鹿しい料理番組をやっていた。

「マースレニツァ〔原注：ロシアの伝統行事、パンケーキ・ウィーク〕だからパンケーキを作ろう」

私は耳をそばだてた。昨年の11月からパンケーキのちょっとした大家なのだ。スタスが小さじに山盛りの砂糖（奴はテーブルスプーン半分と言った）を卵に入れたときは、泣きたくなった。奴はバターを泡立てることも、ケーキをちゃんと焼くこともできない。すぐにユリアのことに考えが飛んだのは良かった。パンケーキを練習している間、彼女に食べてもらっていたのだ。パンケーキを作れる、と言う人に片っ端からムッとしてしまうとは、まるで嫉妬深い料理人のようでおかしい。

しかし大変だ。今がマースレニツァということは、グレート・レント［訳注：イースターの前の断食期、動物性タンパクや乳製品を断つ］も近い。ここでのグレート・レントがどんなものになるのか、想像もつかない。唯一のまともな食事は、昼食時に出る、缶詰肉入りの粥だ。もちろんパンと卵も出る。逆に言えば、レントは本物の試練になるかもしれない。実際に深刻な空腹を体験して、本来の目的どおり、深遠なる真理に思いを馳せるのだ。

ここでは絶えず飲んでいる。温かい飲み物をだ。さほど選択肢はなく、紅茶かコーヒーになる。そこで私は種類の違うコーヒーや紅茶を、そして「フウフウ息を吹きかけながら飲めるものなら何でも」送ってもらうよう頼んだ。

コーヒーは2種類、紅茶も2種類、そして黄色い粉が集まった。黄色い粉のパッケージはない。受付で一包ずつ開けられ、中身をポリ袋に移されてしまった。

ディマが飲んでみた。ココアかと思ったそうだが、どうも美味しくなく、何の味なのかわからない。彼は「チュヴァシアの花」と名付けた。洗剤のような名前に笑ってしまった。熱いお湯に溶いて飲んでいる粉が、何かの洗剤だったら面白い。

私もチュヴァシアの花を作って飲んでみたが、何なのかやはりわからなかった。

3月10日

今日はTikTokerの人気者、ハビーブがパンケーキを作っている。どうやら今週は日替わりで間抜けどもがパンケーキを作ることになっているらしい。

ここの、そしてこの手の刑務所のルールは不条理だ。もう一度言う、不条理だ。公共物は丁寧に扱わねばならないとされている。しかし私はマトロスカヤ・ティシナから持ってきたまな板を没収されたので、パンやソーセージをテーブルの上で切ることになる。

粗探しをしなければ、私たちのいる房はさほど悪くない。役立たずの床板が古くさくて汚い感じがするが、全体的には、私が今まで入ったなかで最も清潔でまともな房だ。

前にも言ったが、初めてここに足を踏み入れたときは「終わった……汚い」と思った。しかしセルゲイが——神よ、彼に祝福を——良い手本になってくれた。スポンジを手に、テーブル(どういうわけか、オークという刑務所用語で呼ばれている)のまわりの壁を拭き始めたのだ。すると石鹼水でこすれば汚れが簡単に落ちることがわかった。

放っておけば部屋全体を彼が拭いてしまいそうだった。さすがに私のベッドの上の壁までやらせるのは申し訳なく思い、今朝はずっと自分のベッドまわりの壁を拭き掃除していた。こうして壁が乾いてみると、ずいぶん綺麗になった。見て嬉しい、触って嬉しい。自分のベッドで仰向けになって壁を見つめていると感動で胸がいっぱいになった。

3月11日

今日パンケーキを作っていたのはRASAという知らないバンドだった。少なくとも生地作りはこれまでの連中より上手かったが、焼きがてんでなっていない。女性が（バンドは男性と女性のデュオだった）、片面だけフライパンで焼いたあと、皿によそって「さあ出来上がり」と言ったので、ずっこけた。

昨日は緊急事態が発生した。夜の8時頃、インスタント・ヌードルを食べていたディマが「フォークのかけらを飲んじまった」と大声を出した。歯が1本欠けたフォークを見つめているので、私たちは心から同情しつつ、大いにからかった。しかし25分後、ディマはフォークの歯が「ここ」に刺さっている、とみぞおちの上あたりを押さえた。「俺は死ぬ」と言う。ちょうど昨日、もしここで盲腸になったら確実に死ぬだろう、仮病だと疑われ、病院に連れて行ってもらえない、などとワイワイ話していたところだった。

「医者を呼ぶよ」と私は言った。ディマは看守に知られるのを嫌がった。コミカルな状況だ。死にたくないけれど、看守に頭を殴られるのも嫌だ。どちらにしても、こんな時間にどうやって医者を見つけるのか？

「当番の看守にググってもらおう。フォークのかけらを飲み込んだ人間はたくさんいるはずだ、対処法も書いてあるだろう」と私は提案した。ディマは長いこと悩んでいたが、死への恐怖がまさり、インターコムを押した。当然だが誰も出ない。ディマはドア（刑務所用語で、なぜかブレーキと呼ばれている）を叩き始めた。叩き続けて20分後に当直の女性が出た。

ディマは「フォークの歯を飲み込みました」とは言い出せず、腹部の傷みと異物を飲み込んだことについて、もごもごと話した。

「その件は報告する」と彼女は言ってインターコムを切った。ふつうなら彼女は99%の確率で、

「カルチコフ、あと1回でもブレーキを叩いたら懲罰房行きだ。医者が明日の朝に来るから、そのときに言いなさい」と放っておいただろう。まず死ね、それから説明しろ、というわけだ。

しかしこの房には私がいる。トラブルは無視できないし、房のドアを開けるわけにもいかない。彼らは「餌やり窓」さえ、カメラの録画なしには開けない（「録画オン」というアナウンスが房の外から聞こえてきたら、それが昼食の合図だ）。そして房を開けるときにはいつもウラド――私を担当して、どこに行くにもついてきて見張っている、上級中尉のウラジスラフ・ウラジミロヴィチ――が立ち会わなければならない。

30分が過ぎた。私は「ウラドを呼び出しているんだろうな。彼の到着待ちだ」と言った。やはりそうだった。さらに30分後、房のドアが開いて、ウラドが青ざめた顔で立っていた。

「腹痛を訴えているのは誰だ？」

ディマがおどおど歩み出て、歯の欠けたフォークを見せた。

「見てくれ！　フォークのかけらを飲んじまった。それが今腹に刺さってる」

セルゲイと私は腹を抱えて笑い出した。

ウラドはディマを数秒見つめた。次に毛皮の帽子をかぶった頭を壁に打ちつけて、呆れ顔でため息をついた。ボディカメラの録画中に彼ができる精一杯の感情表現だ。しかし顔にははっきりと、ディマとフォークを殺してやりたいと書いてあった。

「出ろ」

40分ほどでディマが戻った。医務室で酔っ払った大尉に診察してもらったそうだ。

「まったく問題ないとさ」ディマは大きく息を吐き出して言った。「丁寧に診てくれて、こう言った。『言い訳するな、お前を見ればわかる。もっと睡眠と食事が必要だ』」

この診断には魔法の力があった。ディマは何日も眠り続け、馬のように食べた。

ウラドがドアを閉めながら「容態が悪化したらインターコムを押せ」と言った。

彼が自宅でたたき起こされ、ここまで50キロも車を運転してきたのは本当だったようだ。

3月12日

今日は金曜日。どうやら、せこい警備兵に日記を盗まれた。何日分も書きためてあったのに残念だ。また新しいノートに書こう。

多くの出来事があったが、まず、私は今、ポクロフ第2矯正労働収容所でこれを書いている。

連邦刑執行庁が「漏洩」した情報によれば、私は2週間前からいることになっている。

連邦刑執行庁には驚かされたと言わなくてはなるまい。モスクワからわずか100キロの場所に、本物のファシスト式の収容所をつくり上げたのだ。昨夜の早い時間にここに連れて来られたが、夜の9時になって、やっと何かを書く時間がとれた。今いるのは教育室で、他には黒い囚人服を着た5人の囚人がいる。1971年のソ連映画『幸運の紳士たち』を見ているのだが、刑務所や脱獄、犯罪者の矯正に関するジョークのシーンで笑いが起きる。なんという皮肉！

3月13日

書く時間がごく限られている。「自由時間」とされている夜の7時から8時までの間だけ、ノートに向かってペンを執ることが許されている。本物の収容所だ。ひそかに「友好的矯正労働収容所」という名称を思いついた。

警備兵たちはみな礼儀正しく、ともすれば感じが良い。いや、ボディカメラで四六時中何でも録画している点が、フレンドリーさをわずかに損なっている。彼らが心から、私を厳戒監視区画の懲罰房送りにしたくないことは、伝わってくる。とにかく規則を破るなと口を酸っぱくして、「ただ大人しくしていろ、隔離措置の間だけだから」と言うのだ。しかし友好的であろうと、ここは矯正施設だ。ロボットのような奴隷にならない限り、命令に従うことなどできない。

そんなわけで、極めて不快な対話が果てしなく繰り返される。警備兵は私の力になり、最善の道を示しているのだが、私は頑固に従わない。もし彼らが荒っぽく乱暴だったなら、すべてがもっとシンプルなのだが。

ところで、日記帳の件は濡れ衣だった。今日、私物のなかから見つかった。なんだか申し訳ない。これは明らかにストックホルム症候群だ。矯正労働収容所に入れられている無実の私が、警備兵を誤解したことに胸を痛めている。感情知能指数とは摩訶不思議な発達をとげるものだ。

今日の映画は1973年の『イワン・ワシリエヴィチ、転職する』。教育室のテレビの前に、18脚の椅子が3列に並べられ、黒い囚人服の7人がマスクを着け、そっくり同じポーズで椅子に座り、陰気に、ソ連のコメディを見ている。後ろからの光景は、かなりシュールだ。

ここに来て3日目、3回強く思った。早く夜の10時に、横になっていい時間になってくれ。背中の痛みで何も考えられない。今朝はベッドから起きるのもやっとだった。何日か安静にしたいのに、ここでは横になる時間が厳密に「配分」されている。座っていると、二度と立ち上がれないのでは、とさえ思う。どうして私の背中は人生で最も不都合なときに痛くなってしまうのか。

夜の9時半になると、囚人は「就寝準備の開始」となる。このまま書き続けたいが、体が限界だ。最後に一つだけ、忘れないように。ここのローカルバンド〔原注：囚人の矯正のため、必須の文化活動〕の名前は「神の恵み」だ。

3月14日

今日は日曜日。レントが明日から始まる。久しぶりにパンとコーヒーで特別な朝食を摂った。バターはない。手に入らないのだ。それでもコーヒーのおかげで十分にお祝い気分が楽しめた。ここに来てから、規定の甘いお茶以外に初めて飲んだのが、このコーヒーだ。刑務所ではみんなコーヒーやお茶をひっきりなしに飲んでいる、という法則はここには当てはまらない。馬鹿げたことに、ケトル、お茶、マグカップに触れていいのは「食事の間だけ」と決まっている。「あと7分で朝食は終わり」と言われてからでは、お湯を沸かす時間がない。あったとしても、ケトルが壊れていて、囚人作業員［原注：清掃などを警備兵に任されている囚人］のエフゲニーにしかできないやり方でスイッチを入れてもらわなければならない、という場合もある。

問題の本質は、囚人が怯えていて、お茶やお湯を要求できない点にある。本来は3分きっかりで食べて大急ぎで片付けなくてはならないのだ。

しかしいつものように、聖書に答えがあった。「求めよ、さらば与えられん」だ。「朝食のときにコーヒーが飲みたい」と言えば良い。ワシーリーという我々の班長は、ここによく順応した中尉で、「問題ない。すぐに対処する」と言った。そこから2日間かけてやり取りし、私のささやかな粘りでもう一押しして、レントの前の最後の日曜日、朝のコーヒーを味わうことができた。

自分の欲求や考えが矮小化されていく様子を、興味深く観察している。私は人生や政治における哲学的な問いを考えているか？　いいや、コーヒー、背中の痛み、日々の作業しか考えていない。これまで4日間、本を1ページたりとも読んでいない。ニュースを何一つ聞いていない。こんな状況は8歳のとき以来ではなかろうか。

連邦刑執行庁のeメールサービスが適用されていないので、ノートの紙に必要なことを書かなければならない。郵便には発着に最低でも3週間はかかる。ユリアに長い手紙を書かなくては。

また教育室にいる。みんなは『プラネット・アース』を見ていて、私は書き物をしている。

今日はバスハウスに連れて行かれるはずだった（これをバスハウスの日、と呼ぶ）。外に出て整列したとき、班長が電話で誰かと話し、計画変更になったと告げた。施設内でシャワーを浴びることになった。シャワーはたった1台、ボイラーで温められたお湯はすぐになくなってしまう。とんでもなく不便だ。管理局は私にバスハウスを見せたくないらしいのか、あるいは私がバスハウスに行くところを他の囚人に見せたくないのか。いいさ、ここでシャワーを浴びる。

とても良いことがあった。昨日、鉄棒を使う許可が下りた。私たちの敷地内（ご当地）に1台あるが、「スポーツ行為」と見なされ、毎日の時間割に組み込まれていない限り使えなかった。そして隔離措置の間、我々には「スポーツ」の時間がない。やれやれ。ちなみに「運動」時間ならあるが、身体検査時と施設の換気のときの外出と、無償労働を意味する。私は無償労働に参加しない。連中は労働しないなら罰を与えると言い、私は自分の健康状態を理由に挙げる。そこで彼らは医師の診断書を見せろと言い、私は医師の診断を受けたいと言う。彼らは医療機関などないと言う。こうして堂々巡りになる。

端的に言うと、話し合いの何周目かで、鉄棒をすれば背中の痛みに効くと私が提案し、許可が下りた。交渉の見本のような展開だ。双方が落ち着いて妥協案を探れば見つかるものだ。というわけで、私は背筋エクササイズをしている。

シャワーを浴びるのは、この狭い隔離施設でも清々しいものだ。剃った頭を洗うのがまた最高に気持ち良い。ずっとこの髪型でいようかと本気で考え始めて、唐突に思いついた。モヒカンにするなら今しかない。収容所の決まりで頭髪は2センチより長くてはいけない。しかし全体を剃って、真ん中に2センチのラインを残すことは禁止されていない。もう少し考えてみよう。

3月15日

今朝は実に聖書のような光景に出くわした。私はレントで断食していた。キッチンにただ座ってお茶を飲んでいた。隔離措置になっている囚人2人もそこにいた。ヴァレラはアルメニア人でひどいロシア語をしゃべる。アルチョムは地元ウラジーミル出身で、貨物運搬人として働いていたときに脊髄を損傷し、背中が曲がっている。彼の両手の側面には「特別部隊」と「パラシュート部隊」という文字、右手の指には1、4、8、8という数字のタトゥーがある。

キッチンには、エフゲニーとローマン・ウラディミロヴィチ中尉がいた。班長はワシリー・アナトリエヴィチとローマン・ウラディミロヴィチの2人で、日替わりで担当している。

各人の前には粥とパン2切れ（白パンと茶色いパン）、お茶のカップが置かれている。アルチョムは私が朝食を食べないのを知っているので、「その白パン、食べるかい？」と尋ねた。「やるよ」と答えると、彼はパンを手に取って、ちぎろうとした。そのときだった。班長が「許可されていない。パンを返しなさい。囚人は自分のものを人に与えてはならない」と言った。

聖画の様相を呈してきた。みんな、私物を人にあげたり、売買できないと知っている。しかしこれは国が用意したみんなのパンだ。私も他の人が残した茶色いパンを食べたことがある。

アルチョムはそっとパンを戻し、私は丁寧に反論した。そんな馬鹿な話があるか、と。

ローマン・ウラディミロヴィチは長々と説明し始めた。規則は理由があってできており、守られなければならない。必要な栄養分を計算しているのだから、「隔離措置の間、囚人はその量に慣れなければならない」のだと。彼は組織のプロセスに「組み込まれて」きたのだそうだ。

私は言った。「あんたはたった今、人のパンを取り上げた。その単純な事実を正当化するために大層な理屈をひねり出したんだ。そういうことだろう」

全員が心のなかで同じように考えていたに違いない。ローマン・ウラディミロヴィチは再び、規則は絶対のものだと説明した。朝食が終わった。残ったパンは捨てられた。


私は「講義」を受けている。人が来ては、収容所の規則の一部を読んでいく。最初の講義の後、二度と参加しないと断ろうとしたが認められず、何度か交渉した結果、ノートを持って行って良いなら、という条件で参加することにした。ありのままに全て記すつもり。講義は「とにかく見続け」なければならない。完全なるナンセンスで、人間の尊厳を傷つける行為だ。ビデオ・レクチャーでは、途中で画面と音が静止し、11秒目に再開した。結果的に、私たちの見たビデオ・レクチャーは3分の2が止まっていた。


パスポートの更新時期が服役中に来ると、刑務所内で発行してもらえるそうだ。私は今年の夏で45歳、更新の年だ。隔離施設にいる囚人に尋ねた。

「パスポートの写真が丸坊主で収容所の作業服になるのか？」

「坊主頭はそうだが、作業服はフォトショップでスーツに差し替えるんだ」

スーツ姿の自分は嫌いだ。パスポート写真は収容所の作業服のほうが良い。

いつも新鮮に驚く3つのこと、それは、満天の星、命令に対する絶対服従、剃りたての頭を撫でたときのゾクッとする感じ。

やあ、みんな。厳重監視区画Aよりこんにちは。

ロシアの刑務所の仕組みには、なんとも驚かされるよ。モスクワから200キロの場所にフルスペックの矯正労働収容所をつくるなんてね。

まだ暴力シーンは見ていない、その影すら感じられない。だけど囚人がみんなビシッと気をつけの姿勢で頭を不用意に動かしたがらないところを見ると、ここポクロフ第2矯正労働収容所にまつわる様々な噂が本当だと思わざるを得ない。つい最近、囚人が木のハンマーで体が真っ二つになるまで殴られて死んだ、とかね。だが、もうそういうやり方ではないようで、こんなにも、慇懃と言えるほど丁寧に話しかけられる場所をちょっと思いつかない。

だから私はこの場所を「友好的矯正労働収容所」と呼んでいる。

規則、赤いテープ、日々の作業。果てしない規則にひたすら従うこと。悪態と隠語は禁止。この禁止令は絶対に守らなければならない。悪態のない収容所を想像できる？　不気味だよ。

すべての場所に監視カメラがある。みんなが監視下にあって、些細な規則違反も一瞬で報告される。上層部の人間でオーウェルの『1984年』を読んだ奴がいて、「へえ、いいね。同じことをやってみよう。人間性を剝奪する再教育だ」と思ったのか。

だが面白い出来事を見つけられる限りは、大丈夫。つまり、私は大丈夫だ。

毎日の生活がモノクロの世界になったとしても、そのなかに輝く点がいくつも見える。例えば、私が胸に着けている名札には、顔写真と名字が印刷されているのだが、そこに真っ赤な斜めのストライプが引かれている。私が脱獄の恐れありだということを、思い出してくれただろうか。夜は1時間おきに起きてしまう。なぜならコートを着た男がベッドのすぐ脇に立っているから。男は私を撮影しながら、「午前2時半。ナワリヌイ囚人。脱獄予防措置として録画。終了」と言う。私は眠りに戻る。私が絶対にどこかで迷ったりしないよう心配してくれる人間がいるんだと思いながら。素敵じゃないかい？

君たちも、愛する人と連絡を絶やさないで。みなさんにハグを。

《Instagram より》

3月16日

昨夜、オルガとワディムが来た。思っていたとおり、先週の金曜、私はここにはいないと言われたそうだ。とにかく二人は私を見つけ出してくれた。

インスタグラムに投稿してほしい文章を書いたとき、ここを「友好的矯正労働収容所」と表現した。案の定、今日ＰＭＣがやって来た。ウラジーミル州のＰＭＣは、収容所の管理局を臆面もなく賞賛している、と評判が悪い。何も解明されないということが、この場所でひどいことがたくさん起きている理由の一つだ。ＰＭＣの役人は隅々まで視察し、全て問題なし、と報告する。誰も殴られていない、法も犯されていない。彼らが今日ここに来たのは、昨日の投稿のせいだ。あれでみんな浮き足だったので、連邦刑執行庁が対応に乗り出したのだ。

班長に「ＰＭＣのメンバーが2人、お前に面会を求めている」と言われたときには、丁重にお断りした。会う気分ではないので、名前と電話番号だけ聞いてお引き取り願いたいと。それでも絶対に会うことになるんだろう、と思った。

そうなった。数分後、囚人作業員が険しい表情で全員起立を命じた。班長が入ってきて、私に廊下に出るように命令した。みんな飛び上がって気をつけをした。私も立ち上がった。私服の役人が2人、収容所の所長、どこの所属かわからない大佐がいた。

「はじめまして。我々はＰＭＣの者です」

腹を割って話すつもりはなかった。彼らは偽物の「人権擁護者」で、警察との癒着を隠そうともしない。とはいえ、失礼な態度をとる必要もないように思えた。丁寧に彼らの仕事の内容を尋ねて、まだ到着したばかりで、この収容所についてコメントできることはないと説明した。

「では何も苦情はないということで、間違いないですね？」

私ははっきりと、彼らが発表したい内容を認めると約束した。我々は平和裏に別れた。

アレクセイ・リップスターという新しい弁護士が来た。彼は正真正銘の人権活動家レフ・ポノマリョフの孫だ。座って話していると、背中が耐えられないほど痛くなってきた。痛みは右脚にまで広がっている。歩くこともできなくなりそうだ。アレクセイは眉をひそめた。彼も背中を痛めたことがあり、痛みが脚に達しているなら、深刻な合併症の可能性がある、と心配した。

警備兵に、医務室に連れて行ってくれるよう頼むことにした。痛み止めにケトロラクの注射を打ってほしいと。警備兵のアレクサンドル・レオニドヴィチ上級中尉は、まともな人物だった。一度だけ言い争ったことがあったが、それ以降は穏やかに接している。彼はすぐに医務室に連れて行ってくれて、私は注射を打ってもらった。効き目はなかった。

3月18日

はっきり言って、何もかも無残な状況。マトロスカヤ・ティシナでの最初の数日間のように、一晩中、痛みに苦しんでいた。朝ベッドから起き上がるのもひと苦労だった。そこで朝の「運動」は拒否したが、結局、なんとか服を着て、足を引きずりながら外に這い出た。ベッドメイクはできなかった。医師の診察を受けたいと、もう一度嘆願書を書いた。

医務室にいたのは看護師だけで、彼女は私を診てから、1週間以内には医者が来ると言った。1週間のうちに私は歩けなくなるだろう。収容所は仮病だと思っている。

なんとも厄介なことになった。なぜ今なんだ？　なぜここで？　私の背中は最悪のタイミングと場所で痛くなる。今日の日記は背中の愚痴で終わってしまった。

またまた「講義」を受けている。今回のビデオはウラジーミル市についてだ。名物刑務所のウラジーミル・セントラルが映り、有名な犯罪者が収監されていると説明されていた。ロシアのお家芸。刑務所にぶち込まれた犯罪者さえ自慢のネタにする。

全員がこの馬鹿馬鹿しいビデオ・レクチャーを見終わり、それからドキュメンタリーも見終わった。それでも神聖な時間割のとおり、テレビの前に座っていなければならない。私はチャンネルを音楽局 Muz-TV に変えた。班長がすっ飛んできた。

「許可されていない。チャンネル1とロシア24〔原注：ともに政権のプロパガンダ局〕だけだ」

3月19日

またもやお気に入りの教育室にみんなと座って、「テロの予防」というビデオを見ている。映し出されたのは、収容所のような場所の演壇で、女性が話しているところだ。彼女の紹介が終わると、背後のスクリーンで何かを上映し始めた。そう、今我々は、別の収容所での上映会の光景を見ている。見えるのはスクリーンの半分だけだ。

朝、医務室に連れて行かれた。看護師はとても感じの良い女性だったが、採血の段になって、緊張してしまったようだ。3回トライしたが静脈が見つからない。彼女は悪態をつきながら部屋のなかをぐるぐる歩き始め、「こんなのもうたくさん！」と声を上げて泣いている。

私は「拳の握ったり開いたりを、もう少し長くやってみようか？」と助け船を出した。

「私の望みを知りたい!?　一刻も早く引退したいってこと」

「是非そうさせてあげたいよ。それから君の年金が上がるかどうか、見ようじゃないか」

彼女は笑うどころか怒って新しい注射器を取り出した。4回目にしてやっと、反対の腕から採血に成功した。良いニュースは、医者がついに来てくれるということだ。

職業訓練学校の校長が来た。早期保釈を認められるには、職業訓練を受け、収容所の勤労区画で就労しなければならない。彼は善意の人で「自分のやっていることに信念を持っている」。事細かに色々と教えてくれた。しかしオレグの手紙によれば、職業訓練学校に通うのはまずい、パン職人という私の希望もお勧めしない、とのことだった［原注：刑務所の管理局に協力する囚人は、囚人仲間から信頼されない、という不文律がある］。残念だ。もう少し考えてみよう。


全員集められて中庭に並ばされた。

「医務室に行って、医師の診察を受ける。専門家医も何名かいる、全員診てもらうように」

私は大喜びした。まず神経科医のところに連れて行かれ、そこで15分ほど診察を受けた。

医務室から出ると、他のみんなは、上着も脱がずに廊下で気をつけの姿勢で待っていた。

「帰るぞ」

「どうして？　誰も医者に診てもらわないのか？　どうして誰も医務室に入らないんだ？」

「お前のあとで診察だと言われたんだが、出てきた途端、帰ると言われた」と不運なアルチョムは言った。この男は第5頸椎を損傷している。

報告書上では、私たちは医師の診察を受けたことになっている。しかし実際には、私以外の囚人は15分間、気をつけで待っていただけだ。その医師は、典型的な刑務所の医者だとわかった。囚人は息が止まらない限りすこぶる健康、という診断を下すのが仕事だと信じている。それでも彼女は、ベッドに硬い板を置いたらどうかとアドバイスをくれた。

身体検査のあと、ワディムとオルガが来て、欧州人権裁判所の対応について話し合った。隔離施設に戻ると、「外出用の上着を着たままでいろ。矯正委員会に出席する」と言われた。

連邦刑執行庁のやり方はいつも同じだ。何か汚いことをするのは、木曜か金曜の夜と決まっている。弁護士は帰ったあとなので、邪魔されない。週末の3日間は何か起きても誰にもわからない。電話も目撃者もなく、誰も施設から出られない。

私が連れて行かれたのは大きな建物だった。中央管理局のオフィスで、食堂やクラブ、勉強室、上級士官たちの執務室がある。

他の囚人に話しかけてはいけない、とあらかじめ班長から注意されていた。広くてわびしい、塗装の剝がれかけの、職業訓練学校のような建物だった。階段があり、小さな部屋が並んでいる。歩き回っている人はみんなコートも帽子も脱いでいない。驚いた。私たちの隔離施設も見た目はみすぼらしいが、中に入ると、何もかも清潔で居心地が良い。宿舎の床に仰向けになって筋トレしても汚いと思ったことはない。むしろ清潔なのだ。しかしこの場所はどうだ、陰鬱で本当に汚らしくて、落ち着かない空間だ。なんというか、荒れ果てている。

所長の執務室は申し分のない正教会の様式で、プーチンと、ミハイル・ミシュスチン首相（うへ！）、アレクサンドル・カラシニコフ（連邦刑執行庁長官）、それから2人の知らない男（おそらく地元の首長）の写真が掲げられている。ピョートル大帝の「刑務所の運営は最も呪われた仕事である。この仕事に従事する者は厳格で、善良で、活力にあふれた人物でなくてはならない」という言葉がおごそかな書体で、壁に刻まれている。

このフレーズに出会ったのは2回目だ。奴らのお気に入りなのだろう。

執務室には所長と7人の男たちがいた。教育委員会のような雰囲気だったので、自己紹介のとき、「教育者のみなさんが出席される大事な会議にお招きいただき光栄です」と言ってみせた。

会議で、義務労働の割り当て表に自分の名前を書かなかった私に、叱責賞を与えることが全会一致で決定した。推薦者は班長だった。

3月20日

昨夜が今までで最悪だった。ほぼまったく眠れなかった。腰の痛みが脚に広がり、ひどい痙攣、疼き、震えに苦しんだ。こんな風になったのは初めてだ。恐ろしい感覚で、辛かった。耳栓とアイマスクをして、夜の巡回に起こされないようにしていたが、まるで無駄だった。夜を通して6回も目が覚めた。トイレに行きたかったからではない、背中を伸ばすためだ。すべてが悲惨だ。背中の運動を一日12回やることにしよう。少しでも良くなるといい。

再び教育委員会に呼ばれた。今回は、私が「運動時間」に外に出ることを拒んでいる件で、所長じきじきの厳重注意だった。その1時間前、警備兵のアレクサンドル・レオニドヴィチに事情を説明したばかりだった。彼は弁護士と面会するときに同行した警備兵で、私の矯正と脱獄予防監視を担当する「主席指導者」なのだそうだ。その彼に、背中のせいで運動に行くことはできないと説明すると、「正当な理由だ」と言った。「戒告だけで済むだろうよ」

果たして1時間後、私が呼び出されると、彼は「どうなるか、五分五分だ」と言い出し、結局は教育委員会の厳重注意を支持した。もう一つの不文律。奴らを信用するな、恐れるな、何も求めるな、だ。注意のあと、私は「いつ治療を受けられる?」と尋ねた。彼らは、自分たちは医者ではないので、書類一式を送っている、と言った。悪意で妨げていることはないようだが、私はここに10日間いて、何の治療も受けていない。薬を送ってもらうこともできない。

3月21日

自己流のエクササイズが少しだけ効いているようだ。この運動を1日15回やっている。初めて午前2時半まで眠ることができた（耳栓とアイマスクはしていた）。目が覚めたとき、体がすっかり休まったのを実感して、幸福にボーッと酔いしれた。あるいは、あまりに疲れていたので、電気が消えるように眠っただけで、エクササイズは関係なかったのか。そのあとの2時半から6時まではそれほどよくは眠れなかった。今日の見回りは本当に嫌な奴だった。わざとドカドカと足音を立てて歩き回り、ベッドの脇でカメラのオン・オフを繰り返す（「パトロールプログラム、オン。充電50%。ただいま録画中。録画停止」）。それから部屋じゅうに響きわたるような声で、「ナワリヌイ囚人、在室」と叫ぶ。なんとしても私を起こしてやろうというのだ。変態め。こいつの名前をどうにかして暴いてみせる。

気づけばこの日記には、いかによく眠れたかが延々と書いてある。今までの人生で、横になった途端に眠り、起床時間の10分前までぐっすり眠っていたこの私が。なんだか冗談のようだ。

今日（日曜）はバスハウスの日だ。シャワーを終えて服を着たとき、恐ろしいことに気づいた。右脚の感覚がない。膝の裏から足首までのふくらはぎが、何も感じない。前に病院で意識が戻ったとき、左の太ももがこんな感じになったが、冷たい感覚はそのときよりひどい。

私たちの隔離施設は1階で、上階にはもう少しゆるい規則の幸運な囚人がいる。彼らはシャワーとキッチンの付いた個室を与えられ、小包も受け取れる。店で無制限に食料も買える。自分たちの区画で整列していると、彼らの部屋の開けた窓から音楽が聞こえてくる。

だが彼らとて恵まれているわけではない。あの一員になりたければ、盲目的な絶対服従と、私たちが受けるよりももっと馬鹿げたナンセンスな命令に従うことが求められる。

やっちまった！　右脚の片足跳びで歩いていたら、転んだ！　左脚は機能を止めてしまっている。これ以上ひどくなるのか、わからない。厳密には、少し変な感覚は残っている。脚全体がチクチクするのだ。心配だ。明日の昼食時に許可が下りて、火曜には注射が打てますように。

3月22日

朝6時5分に運動のために外に出され、国歌が流れる瞬間がたまらなく好きだ。雪景色のなか、囚人が黒い作業服で手を後ろに組んで立っている。大音量のスピーカーから「讃えよ、自由なる我が祖国……」と、収容所の隅々まで響く。

「日常規則」の矯正説教を聞かなければならなかった。私の行動報告書に「命令より10分早く起床した」と書いてあったからだ。

医者に連れて行かれた。なんと、薬はとっくに処方されていた。1日にイブプロフェン2錠。言葉を失った。ほかは何一つ許可されなかった。ベッドに敷くベニヤ板さえダメだった。

再び教育委員会に召集された。講義の途中で退席したという理由で、また所長からの口頭注意。これで3つの口頭注意と、20の書面注意がたまった。すでに私は常習犯と認定されている。

3月23日

ケトルの大事件。私たちの囚人作業員ゼーニャ［原注：エフゲニーの愛称］は、夜のシフトで夜10時から朝7時まで起きている。私たちにはケトルがある。このケトルについては以前に書いたとおりだ。古い安物の電気ケトルで、よく壊れる。プラグがおかしい。正しいやり方でコンセントにささない限り、電源は入らない。囚人作業員と班長は、このケトルを囚人に使わせたがらないので、みんな触れないようにしている。触らぬ神に祟りなし。だからなんだ。私は「食事の時以外触るな」のルールは守っているが、朝昼晩の食事では頑固にケトルを使い、お湯を沸かし、温かいお茶を飲む。面倒を起こしたいわけではなく、食堂から運ばれてくる甘いお茶が嫌いなのだ。

朝、私はケトルを班長から受け取り、水を入れ、スタンドに立て、レバーを下げた。それから自分の部屋に戻った。湯が沸騰してレバーが上がった。そういう仕組みだ。私はレバーが上がったのを確認した。ところがゼーニャが逆上して追いかけてきて、私がお湯の沸く前にケトルを放置したと責めた。必ずスイッチを切らないと、火を噴いてしまうんだ！

囚人は囚人作業員を怖がってはいないが、もめないようにしている。一応は管理局とつながっている人間なので、怒らせないほうが良い。私も彼らとは言い争わない。ここでは誰とも喧嘩をしないと決めた。誰かに腹を立てたり、声を荒らげたりしない、とレントの誓いを立てた。そして今のところ、人生で初めて、この誓いを本気で守ろうとしている。

だからケトルの冗談でゼーニャを笑わせようとした。ケトルを「監視下」に置かなくて悪かったよ、と言って。ところがゼーニャはお湯よりも沸騰した。プラグから火が出たらケトルは壊れ、取り返しがつかないと。

このときやっとわかった。私が悪かった。彼はここに何年も閉じ込められ、刑期はまだあと2年ある。もし彼の繊細な、1000ルーブルのケトルが火を噴いてしまったら？　彼は一晩中、コーヒーもお茶も飲めない。お湯が出るのは昼間だけで、ゼーニャはその間、寝ている。ケトルに火がつけば、何ヵ月も温かい食べ物にありつけない運命だ。ケトルの修理などという優先順位の低い事柄は、解決までに何ヵ月もかかる。新しいものは買えず、送ってもらうこともできない。私が共感性に欠ける、鈍感な人物であることが露呈してしまった。今晩、彼に謝ろう。

ゼーニャに悪かったと謝った。正しいこと、褒められるようなことをしたと思う。だが同時に、偽善まみれだったという気もしている。おどおどしたキリスト教徒の振りをし、優しさと善意にあふれた声で話す人物を演じているような。人はそんな態度を見せられると、落ち着かない。ゼーニャも、私がくどくど話し出したので、からかわれていると思ったようだった。

私たちは新しい班に「お引っ越し」する予定だったが、今日は配属委員会と会うだけで、引っ越しは明日になった。気持ちの良い天気で、待ち望んだ春の訪れを感じる。あと2日でザハールの誕生日だ。手紙を書こう。

決まりだ。第2収容所の組分け帽子［訳注：『ハリー・ポッター』に登場する、新入生を4つの寮に振り分ける魔法の帽子。野心的な生徒はスリザリンという寮に入れられる］が宣言した。私たちは囚人を特別班に配属する委員会に出席してきたところなのだが、全員がスリザリンに配属された。5人全員が第2班となる。私のために最近できた特別な班だとみんなわかっていた。そして班長は隔離措置のとき（パンひと切れ事件）と同じ、ローマン・ウラディミロヴィチだった。別に悪い奴ではない。規則を守れと異様にしつこい以外は、実にまともな人物だ。彼とはうまくやっている。

我々新人に加え、2人の「出戻り」も第2班に入った。ここでの刑期を勤めたのち、行動評価の一環として、また隔離措置に戻されてしまった囚人だ。

2人にとって、私がいる新しい班に戻されたのは耐え難いことだった。アレクサンドル・アレクサンドロヴィチは、修理班で働いていて、収容所全域を把握していた。コスチャに至っては、監視班の「そこそこ高い」レベルで補佐的な役割を果たしていた。ところが今や、「一般」レベルの班に放り込まれてしまったのだ。すっかり落ち込んでいた。これまで超優等生で、すべてを正しくおこない、何も壊さず、誰よりも評判の良かった囚人だったのに。Mac……

3月26日

「Mac」が何だったのか忘れてしまった。他にやることがありすぎて、色んな事が起きて、気が散ってしまった。まず、「収容所に引っ越し」した。つまり、メインの収容所に合流した。驚いた。隔離措置の間、私は最も「大人な（つまり年取った）」囚人だったが、ここではすっかり「若い囚人」に分類される。新しい班には17人のメンバーがいて、そのうち10人は白髪交じりの年金生活者だ。その人たちが教育室のテレビの前で、真剣な顔をして座っている。誰かが前を横切ったり、チャンネルを変えようとしたりすれば怒る。ドラマ『ザ・ソプラノズ』のアンクル・ジュニアが何年かホームレス生活を送ったあとのビジュアルを想像してほしい。それが第2班の班員の典型的な容姿だ。彼らはみんな、すごく面白くて良い人だ。

今は朝の7時半。新しい時間割では、昼まで自由時間になっている。みんな起床、洗顔、ベッドメイクを済ませて教育室に行き、テレビをつける。ビリー・アイリッシュが映った。老人が、彼女が何歳なのか口論し始めた。私が「17歳じゃないか」と言うと、ごま塩頭で歯のない男が、16歳で2年前にデビューしたんだから18歳だと言い返した。風貌のよく似た別の男が、彼女のプロフィールを細かく説明した。この人たちはずっとテレビを見ているので、こんなことに詳しいのだ。ダーシャがこの様子を見られなくて残念。死ぬほど笑い転げただろう。

昨日、管理局はちょっとした意地悪を仕掛けようと決心したようだ。私たちを長い列に並ばせ、仕事、清掃などのスケジュールにサインさせた。みんなサインしたが、もちろん私はしなかった。1時間は揉めた。やるのか？　やらないのか？　それから首根っこをつかまれて再び教育委員会に連れて行かれ、注意を受けた。今回の理由は、弁護士に会うときにTシャツを着ていたから、というものだった。収容所の制服規定に反するらしい。そのあとで弁護士と40分ほど面会したが、「主席指導者」のアレクサンドル・レオニドヴィチと大喧嘩になった。

教育委員会から直接来たので、筆記用具を持っていなかった。弁護士はガラス窓の向こうにいる。サインする書類がたくさんあるのに、ペンはない。そこで私は丁寧に「ペンを貸してくれないか」とレオニドヴィチに頼んだ。ところが彼はニヤリとし、ドアを閉めて出て行った。

まあ、これがレントの誓いが破られた瞬間となったわけだ。ワディムがボタンを押してアレクサンドル・レオニドヴィチを呼び戻すと、私は彼を怒鳴りつけた。彼もかなりムッとして上司に確認をとる、と部屋を出て行った。許可は下りなかった。私は騒ぎ続けた。私は自分の誓いを破ってしまった。誰にも怒鳴らないという誓いは40日間も守られなかった。しかもウラジーミルじゅうに響くような叫び声で、どやしつけたのだ。あとでアレクサンドルに謝ったが、彼は「お前が本当は収容所のスタッフをどう思ってるのかよくわかった」とブツブツ言っていた。

もちろん、私が100%正しい。囚人に筆記用具を持たせず弁護士と面会させるという彼らのこざかしい策略は、れっきとした弁護権の侵害だ。それでも怒鳴るのは良くなかった。

だがオルガは喜んでいた。「いつものあなたに戻ったのね。誰とも闘わない、神妙な人になっちゃって、心配になってきたところだった」と。私はレントで断食していたから、全人類を愛さなければいけなかった、ただそれだけのことだった……のか？

ああ、書いていて思い出した。一昨日、なぜ日記が途中で終わってしまったのか。あれも大騒ぎだった。私は弁護士に会うために連れ出された。身体検査はされなかった。奴らは何か企んでいるようで、満足げに、ほくそえんでいる。きっとお馴染みの、無意味な、小ずるい、役人の小細工だ。こいつらの唯一の悦びは、とにかく嘘をついて、人を苦しめることなのだ。

護衛の一団が来た。ここに来るときに付き添っていた連中だった。どこに行く？　病院か？　弁護士はどうなる？　みんな押し黙っている。弁護士は知らされているのか？　誰も答えない。

詳しいことを書く気さえ起きないが、ともあれ私たちは車で2時間半かけて、どこかのボロ屋に着いた。MRIを撮るためだと言う。ここがどこなのか数回尋ねたが、彼らは答えようとしなかった。民間の病院だった。いや病院ではなく、何でもない場所の半地下だったのか。

弁護士は何も知らされていなかった。オルガとワディムは、私に会えないかもしれないと恐れ、SNSに私の腰痛や、体調不良についての詳細な投稿をした。世界中に私の状況が伝わった。

新しいノートに突入。笑える話から始めよう。

時間割に従い、私たちは夜の2時間を完全なゴミ講習に耐えている。「愛国的教育」と呼ばれるものだ。実際には、ただみんなで映画を観ている。地元の20ほどのテレビ局の映画を、1本ずつ毎晩順番に見させられる。とても愛国的な内容のものだ。ここに1年いれば、同じ映画をそれぞれ10回ずつ見る計算になる。強制で、欠席は許されない。

今日の映画は『マイティ・ソー　バトルロイヤル』だった。独裁者の支配する星で抵抗運動が起こる。怒った独裁者が言う。

「どうしてこんなことになった？」という問いに兵隊長が「奴隷が武装しました」と答える。

「ああ、その『ど』がつく言葉は好かん」

「失礼しました。仕事を持っている囚人どもが武装しました」

そりゃ私たちのことだ。「仕事を持っている囚人」だろう？

ついに売店に連れて行ってもらうことができた。まずノートを買おうと思っていたが、結局買ったのはコーヒー、キャベツ、ニンジン、ミルクと缶詰肉だった。ノートは買わなかった。次に店に行けるのは2週間後だ。

3月28日

日曜以外はパンを食べない習慣を復活させた。よって日曜日はお祭り気分になる。

背中と脚の痛みが深刻だ。腰がものすごく痛む。左脚のすねが無感覚で熱い。そんなことが同時に可能なのか不思議だが、そうなのだ。左足の指2本も感覚がない。凍傷のような感じ。

バスハウスに行った。ここのバスハウスはシャワーだけだが、素晴らしかった。こんなに気持ち良くシャワーを浴びたのはいつ以来だろう。完璧だった。シャワーヘッドは頭上でしっかり固定され、強めの水圧で湯が出てくる。温度も自在だ。全てが清潔。隔離施設の個室シャワーは、まわりの壁に触れたらおしまい、という汚らしい場所だった。コリチューギノも似たような状況で、水圧がちょろちょろで、シャワーヘッドを片手で持つから、さらに酷かった。マトロスカヤ・ティシナのシャワーはまあまあ。が、ここのシャワーはもっとずっと良い。もし裸の野郎どもがひしめいているのでなければ、ここを「シャワー・オブ・ザ・イヤー」として表彰したい。

今日は戦争勃発だった。典型的な、屈辱的な収容所の仕打ちを受けた。囚人作業員が威張り散らして「ナワリヌイ、掃除の分担をサボっているな。俺たちにやらせるのか？　お前のベッドまわりを俺たちが掃除してやると思うなよ」と言って、他の囚人を震え上がらせた。夜になると、連中はさらに、「リョハ〔原注：アレクセイの愛称はリョシュ、リョハ、リョーシャなどがある〕、ここは自分で掃除しろ」とでも言うように、これみよがしに私のベッドサイド・テーブルを別の机に重ねた。

最初のうちは、ものすごい努力で礼儀正しくジョークも交えて話そうと頑張ったが、結局は爆発した。囚人作業員はみんな怖がってたじたじになり、管理局は他の囚人作業員も総動員して私のもとに送り込んだ。

囚人作業員といえば、私から目を離すなと指示されている者たちがいて、一生懸命だ。全部で3人いるのだが、1人は、私がどこに行こうと、誰に話しかけようと、何をしようと、必ず横に立っている。「レッド」ゾーンでは密告が特に推奨されているらしい。いつも誰かが誰かを裏切って、食べ物やタバコと交換しようとしている。それを実際に生身で経験し、その落とし穴の真ん中に自分がいることを客観的に観察するのは、興味深かった。

なんやかや色々あっても、この場所がかなり気に入っている。囚人とはうまくやっているし、話すのは面白い。囚人作業員ですらそうだ。彼らは、ターゲットに心理的プレッシャーをかけるのに失敗して腹を立ててはいるが、それ以外は、極悪非道な人物、というわけではない。

3月29日

朝早く、教育委員会に呼ばれて、またもや注意を受けた。理由は「現在地を正確に報告する義務を怠った」だった。この注意を受けたのは初めてだが、重大なことだった。私は昼間、カメラで2時間おきに撮影されるので、自分の居場所を少なくとも日中8回は報告していることになる。実際には12回から14回にも及ぶ。だから私が一日でも報告しないと、常習犯として懲罰隔離棟行きになり、「厳戒区域」に送られる十分な理由になるのだ。

3月31日

痛い！　ベッドに横になっている。セレズニョフがすぐ横に立って、起き上がれと命令している。部屋中に緊張が走った。いよいよクライマックスだ。

いつものように、奴らのやり方は、とりとめもなく滅茶苦茶だった。あとになって、筋書きや日付に意味があったと気づくことはあるが。

最近、浅はかな班長セレズニョフが、私を「一般囚人」と対立させようと、政治的な動きで謀略を巡らせている。背中の痛み＋浅知恵班長＝ベッドに横たわる私、という構図。これは第2矯正労働収容所にとって前代未聞の抗議形態だ。修理班の囚人たちが部屋に入ってきた。彼らはもともと私たちとは違う班の人間で、私と関わろうとしない。最初から同じ班のメンバーは距離を置こうとして私に話しかけないか、怪しまれる接触を避けている。

そしてこの緊急事態になった。いつものベッドをどかし、新しいベッドに入れ替えることになったのだ。お偉方の視察がもうすぐ来るのだろう。ふん、絶対に起き上がらないぞ。

ここに来て最も笑える瞬間。私はベッドに横になっている。まわりの囚人は私と目を合わせず、鬱々としている。昼食の時間になり、みんな部屋を出て行った。外出用の服に着替えている気配がし、前の廊下に整列させられた。浅知恵セレズニョフが走ってきて、チェッカーのトーナメントをすると発表した。どうやら術数謀略が行き過ぎだったと気づいて、私のために催しを考えたのだ。準優勝者には何かの賞が、優勝者には小包が与えられる。小包はすごい特典だ。

彼の狙いは、ほかの囚人を味方につけ、駄々っ子の私は意地を張ってふて寝している、と見せつけることだ。わーん、僕は仲間はずれ。みんなはお楽しみがあり、小包までもらえるのに。

なぜ囚人はハンガーストライキをするのか？

こんな疑問を抱くのは、囚人になったことのない人間だけだ。外から見れば複雑な事情に思えるかもしれないが、内側から見れば、すべてがとても単純だ。つまり、使える武器がそれしかないからだ。

実は他にもあるが、それはまだ伏せておこう。作業服でベッドに横になっている、丸刈り頭で、メガネをかけて、手に聖書を持っている人物は誰か？　私だ。

聖書を持っているわけは、この3週間で手に入れることのできた唯一の本だからだ。そしてベッドで横になっている（規則を破る非常にけしからん行為）のは、ハンガーストライキをしているからだ。ほかにどうしろと？

私には医者を呼んで、治療を受ける権利がある。奴ら（収容所のお偉方）は愚かにも、どちらも許可しなかった。背中の痛みは脚にまで広がっている。右脚の一部と左脚の感覚がなくなった。冗談抜きに、これは本当に大変なことだ。

私は治療を受けるどころか、睡眠を剝奪されるという拷問を受けている（一晩に8回起こされる）。彼らは、囚人活動家（警備兵の言いなりになる「ヤギ」とも呼ばれる）を使って、ほかの囚人を脅し、私のベッドのまわりを掃除させないようにしている。仲間は「ごめんよ。とにかく恐ろしくてさ。ここはウラジーミルだからな。囚人の命がタバコ1箱より軽いんだ」と言う。

私に何ができるだろう？　私は法の遵守と医師の診察を求めて、ハンガーストライキをしている。ここで腹を空かして横になっているが、今のところ脚はまだ2本ついている。

君たちも元気で！

《Instagram より》

4月1日

ハンガーストライキ1日目は、他の日と変わらなかった。

昨日、ならず者たちが飲料水のスイッチを切った。ということで、私は一日中、食べることも飲むこともできない。今朝は飲み水があって、飲んだら少し酔ったような感覚になった。

医務室に連れて行かれた。ハンガーストライキをする人間は、必ず医師の診察を受ける。体重は85キロ。ここに来た時は93キロあったのに。きっと睡眠が妨げられていることと関係があるのだろう。身体検査をものすごく入念にされた。上の指示だろう。

わははは！　信じられるだろうか、こんなナンセンスを、この場所を美化する試みを。ひょっとして検察官がモスクワから来るのかと思っていたが、来たのは、あさましいロシア・トゥデイの宣伝工作員のひとり、マリア・ブティナ［原注：ロシア・トゥデイ勤務以前、米国でロシア政府の工作員として活動していたことを認め、米国で18ヵ月間服役］だった。

みんな整列している。私はベッドで寝ている。彼女はカメラマンとともに、私にかがみ込む。この収容所がいかに素晴らしい場所なのか、私がいかに仮病を使っているかをレポートしようとしている。私はベッドから出て（おそらく間違いだった）、およそ20分にわたり、彼女を政界の寄生虫、娼婦と責めた。その部分はきっと編集でカットされるとは思ったが。

班のみんなは、目の前で起きていることと、激烈な口論に衝撃を受けたようだった。

ブティナは「囚人活動家」のインタビューも試み、私たちの班のコスチャ・ミハルキンにカメラを向けた。彼はいい奴だ。見た目もまともで話し方も穏やか（もちろん振りだけ）、という貴重な人物だった。私が最もよく言葉を交わす人物でもあるが、「超優等生」で、管理局に言われるままに動く。長い8年半の刑期の間、管理局の人間と親しくなることに救いを見いだしたのだろう。ロボットのような囚人だ。おかげで彼は緩い規則のもと、図書室の司書などをして過ごしている。彼が収容所をどう語るのか、私は聞いてみたかった。

箱に入った手紙が届いた。そのなかにエルンスト・ユンガーの素晴らしい引用があった。

「行動の規範を失ったとき、敗北は始まる」

私はエルンスト・ユンガーを知らない。ウィキペディアのコピーを誰かに頼もう。

4月2日

ここ何回か、食堂には行っていない。自己中男のセレズニョフがいるからだ。しかし昨日と今日は別の班長だった。すべてが規律正しく、礼儀正しく、意地悪ではないように見えたので、私も食堂に行った。もちろん何も食べはしない。真っ直ぐテーブルについた。恐ろしくずる賢い軍曹が、一緒に列に並んで、食べ物をもらい、テーブルに戻ったら誰かにあげたら良い、とアドバイスしてきた。何だって！　なんて素晴らしいアイデアなんだ。奴らの作戦は見え見えだった。私のハンガーストライキを妨害しようとしているのだ。それしか方法を思いつかないのだろう。

すでに2回、コートのポケットにキャンディが入っているのを見つけた。最初は、「見つけた」のは私ですらなかった。身体検査の時に警備兵たちが見つけて、くすくす笑いながら、「おやおや、アレクセイ・アナトリエヴィチ。なぜこんなところにキャンディが？」と言った。

以来、ポケットをチェックするようになった。夜にはもっとたくさん出てきた。刑務所でハンガーストライキをするうえで最も気をつけるべきは、ポケットの確認だとは、可笑しい。

ユーレチカ［訳注：ユリアの愛称］からすぐに返事が2通あった。1通の手紙には「おはよう！」というメモが、もう1通には「こんばんは！」というメモが挟んであった。可愛い人。きっと私がベッドサイドテーブルに手紙を置けると思っているのだ。私が起きて伸びをしてから、朝の挨拶を読めるように、と。手紙は頭の横に置いて寝よう。

そうそう、食堂について書こうと思っていたことがあった。ハンガーストライキを始めてから、みんなと一緒にテーブルにつき、すぐ隣で人の食事を見ていなければならないとは、意志の力を試されると覚悟していた。しかしまったくそんなことはなかった。まるで何も感じなかった。今は夕食から戻ってきたところだ。向かいでは男が魚のフライをちぎってポテトに混ぜ込んで食べていたが、収容所の食べ物は脳に働きかけないらしい。

しかし判断するのはまだ早い。まだハンガーストライキの3日目が終わったばかりだ。10日経つ頃にはボウルのドロドロ飯にも食欲をそそられるかもしれない。

4月3日

朝食に行き、みんながムシャムシャ食べているところを見てもやはり苦にならなかった。だがずっと寒気がする。いつから熱があるのだろう。昨夜は37度で今日は37・4度ある。

血圧は99と77で問題ない。

4月4日

今日、いきなり体調が悪化した。片脚でしか歩けない。腰が猛烈に痛む。体重減少は一日に1キロのペースだ。ハンガーストライキをまだ続けていて、口にするのは煮沸したお湯だけだ。今日は母の誕生日。手紙を書いて、アシスタントのイリヤ・パホモフに花を贈ってくれるよう頼もう。できるだろうか。

ブティナの報道がどのテレビ局でも放映されている。私が見たのはNTVだったが、ズヴェズダ、ヴェスティ4、Ren TV〔訳注：ロシアの民間テレビ局〕などでもやっている。

この収容所は文句なく最高です、と彼女は言う。理想的な施設で、ナワリヌイは嘘つきで仮病を使っています。体調を崩すどんな理由もありません。規定では囚人は動画も写真も、同意があった場合にしか撮影されないはずだが、まったくお構いなしだった。私が抗議しているところ、コーヒーカップを手に廊下を真っ直ぐ歩いているところ、それらの映像が無断で流された。

それにしても、ひょろりと痩せた猫背の男が、3サイズは大きい服を着て歩いているところは、自分で思っていたより全然格好良くなかった。

ストライキは喜劇的な展開になってきた。金曜日、弁護士のリップスターと、連邦刑執行庁のハンガーストライキ妨害工作について話し合った。彼は、「私のクライアントがハンガーストライキをしているのだが、彼らはそこに新しい囚人を送り込み、大量のフライドチキンを与えた。クライアントの目の前におけるようにね」と教えてくれた。私は大笑いした。

さてキッチンに水を飲みに行くと、なんと新しい電気コンロ（!!!）があって、当番の囚人作業員が楽しそうにフライドチキンを作っていた。あとで班員全員に振る舞うのだ。

フライドチキンに私の心は屈しなかったことを、誇り高く報告する。

チキンの次は、揚げパンだった。わざとキッチンのドアを開けて作っている。パンのほうが苦しい。私の弱点だ。ライ麦パンがこんがり揚がる匂いには、確かに心が揺れた。しかし自分の目的だけを考えて、耐えた。奴らは食べ物の匂いで私が諦めると思っているのか？

ロシア24で、この収容所が最高の施設であるという15分の報道が流れた。そこでは私が「ハンガーストライキをしている人物には見えない」とされていた。実際に私は「定期的に売店で食べ物を買っている」し、「ほかの囚人の証言によれば」こっそりクッキーを食べている、と。

悪党ども。最後のひと言には、堕落しきった囚人作業員でさえ愕然とするだろう。この収容所に私のハンガーストライキが１００％本物だと信じていない者はいない。

4月5日

遺憾ながら病気になってしまった。タイミングが悪い。夜中に凍えるように寒くなり、ずっと咳をしていた。朝、熱を測ると37・8度だった。

早朝から4件の警告書が溜まった。運動に行かなかった、点呼に応じなかった、カメラの前で自分は不当に拘束されていると言った、などなど。またキャンディがポケットに入っていた。

医務室に行った。不運な看護師のナタリア・セルゲイブナが、この状況では自分が叱られるのではないかと恐れているのが見て取れた。ハンガーストライキが本物（体重は一直線に一日１キロずつ落ちている、血圧は97と64）だとわかったからだ。そしてやめるよう強く説得した。「少なくとも薬を飲みなさい。熱を下げないと。アルビドールとカゴセルを処方するわ」

嘘だろ。詐欺師のタチアナ・ゴリコワ［原注：ロシア副首相。社会政策、労働、健康、年金担当］とアナトリー・チュバイス（2人とも大儲けした）が政府に買わせた効果の疑わしい詐欺薬だ。

ロシアで最高の矯正労働収容所についてこぼれ話を。この3週間で、私の小さな班のなかから少なくとも3人が結核で病院に運ばれた。

4月6日

Instagramにフライドチキンについてと、咳が止まらず熱が38・4度あることを投稿しようと、原稿を書いていた。書き終わって数秒後の午後4時、警備兵が「警報が発令された」と言った。弁護士は速やかに退室させられた（普段なら夕方5時まで話すことができる）。

よしよし、と私は思った。この投稿を夜見たら、管理局の連中はすっ飛んでくるだろう。

夜、熱は39度まで上がった。どの薬がどう効いたのかわからないが、とにかく医務室に連れて行かれ、そこに一晩いろと言われた。よし、一人で寝られるぞ。しかしまたもや茶番だった。

同じ班の囚人たちが、私のマットレスとバッグを持って入ってきた。それから別のバッグも。私のものではないバッグだ。馬鹿め、と思った。「間違ったバッグを持ってきたな」と。しかしそのバッグのなかを見ると、マットレスがもう1枚入っていた。

囚人作業員は私を四六時中監視し、私について報告する命を受けている。それは入院も一緒にするということになるらしいのだ。彼の存在を無視することは難しい。私が誰かに話しかければ、すぐに隣に来る。私がキッチンにいれば、彼も入ってくる。私が出れば、その30秒後に彼も出る。しかし今回は実に斬新なやり方だ。ここで39度の熱を出して咳をしながら寝ている私の横に、健康な男を送り込み、監視を中断させないとは。

ぐっすり眠れるだろうと思っていたが、そうはいかなかった。咳で何度も目が覚め、まどろむとおかしな夢を見た。娘のダーシャが中国人と結婚し、孫を祖父母である私たちに預けようとするのだが、私たちは孫がロシア語とフランス語がわかるのか気を揉むという夢だった。

ここに入院すれば、収容所がとんでもなく高い死亡率を誇るわけがわかる。時間割どおりの行動が強制されている。朝の6時から、起床、着衣、ベッドメイク、検温（38・8度だった）。「教えてくれないか」と私は言った。「ここで時間割を守る意味はあるのか？　熱と咳で入院しているんだ。治すためには、ベッドで横になって布団を掛け、水分をなるべくたくさん摂らなきゃならない。だが、あんたたちは、とにかく動いて汗をかいて熱を下げろっていうのか」

衝撃的だったのは、飲み水のタンクに蛇口がなかったことだ。水を飲みたいなら、コップをタンクに浸さなければならない。ここは病院だぞ！　患者はみんな自分のコップを持ってきて、共同タンクから水を汲み出して飲んでいた。

第33医療衛生班の上級士官たちが来た。この班は、私が1ヵ月半訴えてきた苦情に何一つ対応しないという、見事なまでの仕事ぶりを見せてくれた。

ロシアの刑務所の全医療機関がこれでもかと詰め込まれた組織だった。私がいるのは第2収容所ではなく、第33医療衛生班の第2支部だ。

今来た女性は、私たちの所長より上位の大佐だ。一緒に来たハゲ頭の少佐は、悪名高いウラジーミル・セントラル刑務所の病院院長。彼らの訪問は、建設的な結果をまるで生まなかった。彼らの唯一の関心事は、自分たちの診断を正当化し、専門領域を守ることだった。あけすけにこう言ったのだ（私は仰天した）。「モスクワの医者なんて連れてきて、診断書を書かれてしまったら、私たちはどう反論すれば良い？ 我々の立場は？ そいつの立場は？ どうなる？」

これ以上自虐的にはなれまい。女性の大佐はまともに振る舞ったが、少佐は「全員殺される刑務所病院の、ハゲで邪悪で間抜けなボッタクリ藪医者」というステレオタイプの人物だった。藪医者は、のっけから私を馬鹿にした。「あんた、インターネットで抗議運動をしているんだろう、反汚職基金に助けてもらえ。唯一の味方だろう」などなど。口論になった。しかしハンガーストライキ7日目で、誰かと言い争うのは易しいことではないと思い知った。

やられた！ 奴らはどうやってこんな名案を思いついたんだ？ 私は夜にも検温されることになった。スタッフに持たせた中国製の体温計が、安物にありがちなことに、壊れていた。水銀の体温計は38・2度なのに、中国製の非接触型体温計は35度、次は37度、その次は34度となる。

これが意味するところは、1晩に4回、男が来て私の目をこじ開けて光で照らし、ピッという忌々しい体温計を近づける、ということだ。もちろん目が覚める。熱があるなら眠らなければ。しかしここで十分な睡眠をとることはほぼ不可能だ。

4月7日

検温が無意味だと奴らも気づいたようで、昨夜は放っておいてくれた。朝検温されると、36・6度だった。私の腹はまだ6つに割れていない。昨日、体重を計ったら80キロだった。降下線を辿れば、今日は79キロになる。この体重は8年生のときとほぼ同じだ。ネットなどにあふれている情報によれば、体脂肪率が10%を切れば、腹筋がくっきり見えるとか。今の自分は3%もないはずだが、腹筋のふの字もない。

この1ヵ月、2冊しか本を読まなかった。悪夢だ！　今日、2冊目とも読み終えた。ディケンズの『オリバー・ツイスト』と、ジョーゼフ・キャンベルの『千の顔をもつ英雄』だ。前者はずっと昔から読んでみたかったもので、後者は流行っていて勧められることが多かった本だ。ディケンズはとても楽しかったが、後者は苦痛だった。疑う余地なく、私は物語が好きなのだ。後者の本のカバーにある「心理学の達人による」話が、私には興ざめだった。言わせてもらえば、むやみに大袈裟で、無理矢理のこじつけで、馬鹿げた話だ。『オリバー・ツイスト』のほうが100万倍は良い。唯一の欠点は、ディケンズの涙ぐましい努力をもってしても、「下層階級」の人々の会話がうまく描ききれていないことだ。まったくなっていない。

4月9日

オレグの誕生日。お祝いのメッセージを忘れず送ること。

4月10日

「自分の班に戻れ」ということで、いきなり戻ることになった。再びマットレス、バッグ、他の私物。すべて移さなければならない。

班に帰ると、改良版のスパイ方針ができていた。スパイごっこというべきか。管理局は2人のスパイを私につけた。1人はプスコフ出身（収賄罪）の怯えた老人、もう1人はウラジーミル出身（酩酊状態での重大傷害罪）の男だった。彼らの仕事は、200平方メートルの部屋のなかで私を容赦なく見張ることだった。私がベッドにいると、ベッドのそばに立って話している。私が窓際に歩いて行くと、にじり寄ってくる。私が向きを変えると、すこしモタモタしてついてくる。トイレに行くと、20秒後に彼らも入ってくる。1分間に3回トイレに行ってみた。彼らは毎回ついてくる。3回目に私は笑い出し、「あんまり優秀なスパイじゃないな」と言った。

1人が「そう簡単な話じゃない。奴らにやらされてるんだ。断れない」と答えた。笑っていなかった。2人とも緊張して怯えていた。誰かが彼らをうんと怖がらせたに違いない。

4月11日

昨日はとても良い気分で、自分でも驚くほど終日元気一杯だった。最高だった。食べていなくても、こんなにたくさんのことができるのだ、と。

今日は打ちのめされた。バスハウスに行ったのだが、温かいシャワーの下でほとんど立っていることすらできなかった。へたり込んでしまったのだ。今は夜で力がまったく残っていない。ただ横になりたい。こんなに落ち込んで、やる気が出ないのは初めてだ。

4月19日

夜。もうすぐ消灯時間。書く気力がない。今日はウラジーミルの別の収容所に来て2日目。第3厳戒矯正労働収容所の病院にいる。連邦刑執行庁は私の検査結果にかなり焦ったようだ。

ここに来るのは大変だった。まず、私物を集合場所に引きずって行かなければならず、それから耐えがたい2時間もの検査ですべてをひっくり返される。そこから2時間半、警察車両のなかで、あちこちに投げ出される。到着すると、再び2時間の検査と、長々と事務手続き。19日間、何も食べていない体でこれに耐えた。息も絶え絶えだったので、ブドウ糖点滴に抵抗もできなかった。しかしこれが悪夢だった。腕が注射針の跡だらけになってしまった。骨と皮の私の腕は静脈がくっきり浮き上がっているのに、4回目にしてやっと点滴の針が通った。だが序の口だった。今日は3人の看護師が6回も試して、まだ成功していない。刑務所の医療ってやつは！

仲間が私の居場所を突き止めたことだけが唯一の救いだ。悪党どもの常として、奴らは私の弁護士に何も知らせていなかった。リップスターが面会に来ると、入り口で何時間も待たせ、夕方5時55分に入れる。そして6時ちょうどに、「時間だ。面会は終わり。閉館する」となる。

面会前の全裸検査のほうが面会時間より長い。それでも一瞬会って、ニュースを教えてもらった。多くの人が私の支持を表明しているそうだ。ノーベル賞受賞者も5人以上いるらしい［原

注：作家、俳優、歴史家など80名近くの署名が集まった嘆願書のこと」。そしてJ・K・ローリングも！
みんななんて善い人たちなんだ。
反汚職基金は間もなく「過激派」と認定されるだろう。連中は我々を恐れているのだ。

4月20日

この姿を見られたら、笑われてしまうだろう。房の中をよろよろ歩いている骸骨。手に持っている裁判所命令の書類は、筒状に丸められている。この書類で、男は壁や天井にいる蚊をなんとか叩き潰そうとしている。このブンブンいって刺してくる忌々しい生き物は、ハンガーストライキより速やかに人を殺す力がある。

この姿は、ご飯を食べたがらない子供を脅すのに効果てきめんだ。

「マーシェンカ、お粥を食べないと、耳が突き出して、ほっぺがゴリゴリの、目の落ちくぼんだ、あの人みたいになってしまいますよ」

「うそ！　ママ、いやだよ。これ全部食べる。おかわりもちょうだい！」

こんな調子でも、笑って幸せになれるなら、人生には素晴らしい瞬間が訪れる。

この週末の出来事はかなりつらかった。私は治療のため、別の収容所の病院に連れて行かれた。その過程で何時間も身体検査を受けた。そのあとの移送は、要するに金属の箱のなかで揺さぶられるというものだった。それから再び身体検査。靴を脱ぎ、しゃがんで、足の指の間を見せて、口を開ける。

自分がどこにいるのかわからず独房に座っている。そんなときの囚人にとって最も重要なことは、孤独感を自分のなかから追い出すこと。悪党どもの目指すゴールは、君たちを孤立させること、と言ったのを覚えているね。

昨晩、弁護士が文字通り刑務所に5分だけ侵入して、君たちの熱烈な支持を教えてくれた。ロシアだけではなく世界中の支持を。尊い瞬間だった。

弁護士が専門家の診断書を読み上げたとき、吹き出してしまった。私の検査結果のカリウム値では、集中治療室か棺桶に横たわっていなければならないそうだ。ああ、だけど。連中は簡単には釈放してくれないだろうな。ノビチョクのあとなら、カリウムくらいどんと来い、だ。

本当に心からありがとう。ロシアでは、そして世界のほかの場所でも、私のようにコップ1杯の水と、希望と信念しかない人がいる。刑務所のなかでも外でも。そんな私たちにとって、君たちの支持と連帯を感じられることは非常に重要だ。小さなことだ、簡単にできる、と思うかもしれない。だが、不正義と不法に対抗するのに、これ以上の武器はない。

私たちはまず、生活して、生き抜かなければ。カリウム値がどんなに高かろうとも。

4月23日

『鏡の国のアリス』で、赤の女王が言う。「いいかい、同じ場所に留まりたいなら、全速力で走らなきゃ。もし別の場所に行きたいなら、その2倍の速さで走るんだ!」

私は走った、全速力で。そして転んだ。ハンガーストライキをした。それでも君たちの助けなしには、頭を抱えているだけの男だ。

ロシア国内外から集まった、善意ある人々の熱烈な支持のお陰で、事態は大きく好転した。2ヵ月前、医療を受けたいと訴えたとき、連中は鼻で笑っただけだった。薬もくれなければ、外からもらうことも許可しなかった。しかし君たちのおかげで、2回、民間医師チームの診察を受けられた。私を検査し、検体を採取し、検査結果を教えてくれて、結論を出した。全面的に信頼している医師団が、昨日声明を発表した。我々はハンガーストライキを終えるだけの成果を出した、と。

決断の理由の一つは、彼らが検査結果を踏まえ、「このまま続ければ、私たちの治療すべき人物は間もなくこの世から消えてしまうでしょう」と言ったからだ。私は今一度考えた。

もう一つの理由は、こちらのほうが私には重要な点だが、連帯を示すために、ハンガーストライキを始めた人がいると聞かされたからだ。そこにはベスランの母たち〔訳注：2004年北オセチア地方のベスラン学校人質事件の遺族を支える会〕のメンバーもいるらしい。これを読んだとき涙があふれた。会ったこともない人たちが、私のために困難に挑もうとしている。

友よ、私の心はあなたへの感謝と愛でいっぱいだが、あなた方が私のために体を痛めつけることを、望んでいない。私は今後も医師の診察を要求する権利を諦めるつもりはない。だが、腕と脚の一部の感覚がなくなり、何が原因なのか、どうすれば治るのか、知りたい。そこで、ここまで事態が改善されたことや全体の状況に鑑みて、ハンガーストライキを終わらせる決心をした。医師のアドバイスによれば、やめるにも同じ24日間が必要だそうだ。やめるほうが大変だと言われた。ということで、幸運を祈ってくれ！

もう一度言わせてほしい。これはすべて君たちのお陰だ。世界中の心優しい、思いやりあふれる人々のお陰だ。ありがとう、期待を裏切らないよ。

―《Instagram より》

4月24日
体重が減り続けている。今日は73・4キロで、血圧も今までで最低だった。今日の目標は、120キロカロリー。1日に43グラムの栄養ドリンクを飲む。

4月25日
今日は72・55キロ。記録更新だ。

5月1日
ここでは何もかもが壊滅的にボロボロだ。連邦刑執行庁の資金不足と、連中の無能さのどちらがひどいか、甲乙つけがたい。個人的には物事の無秩序さとお粗末さが一番ひどいと思う。
今日はハンスト終了後9日目で、72・7キロだった。ここから体重を増やすには、少量の粥を1日5回に分けて食べ、そしてこれは強く命令されているのだが、ドイツ製の「ヌートリカンプ」という栄養ドリンクを飲む。とても栄養価の高いものだ。
回復計画表によれば、この頃までに、ごく薄い野菜スープを飲み、1日60グラムのニンジンを食べていなければならない。この1週間、家族が毎日、食べ物をいっぱいに詰めた小包を送ろうとしている。しかしブーツを履いた悪魔どもは、食べ物も薬も許可しない。「必要なものは既にある、心配するな」というわけだ。言うまでもないが、嘘つきの愚か者たちは、何一つ、持っていない。何一つ。もう5日間もリンゴの薄切り一切れを待っている。ないと言われたのだ。書面にして正式に要求した。「そんなものはない」。野菜スープは？「ここには野菜がない。まったく」。キッチンの在庫リストまでもらった。穀物が何種類かと、牛肉、豚肉、酢キャベツ。以上。だから野菜スープらしきものを作るためのキャベツやニンジンがない、と言う。

ふん、クソ野郎ども。私は粥だけで回復してみせる。彼らが猛烈推しするヌートリカンプのプロテインとビタミンで。栄養ドリンクは悪くない。カロリーが高くて、プロテインも多い。

ここにはヌートリカンプだけは豊富にあるようだ。栓を開けると24時間しかもたないので、最初の頃は90グラムだけ飲んで、残りは捨てていた。はっきりいって、ほとんどボトル1本分を捨てることになるが、翌日は新しいものを開けた。

今日は9日目で1日の摂取量は530キロカロリーだ。粥6さじを、5回食べる。ヌートリカンプの摂取量が日々増えていく様子を、スケジュールに楽しく書き込んだ。私の回復期をサポートするはずのスタッフは、実は誰一人、何もわかっていない。何の知識もないのだ。ハードコアの24日間のハンガーストライキから回復することの意味を、「さあ、栄養たっぷりのポーク・スープをお食べなさい」としか思っていない。やれやれ、この連中はメディカル・スクールすら出ていないように見える。学位は、すべての病気は野菜スープで解決、と思っているような田舎の婆さんからもらったんじゃなかろうか。

ついに、回復計画の詳細を自分で書くことにした。ここの間抜けは、何かを覚えて記録し、申し送る、ということができない。だから毎晩、翌日の食事計画を自分で書いている。朝6時と9時にヌートリカンプを何グラム飲むか。スプーン何杯の粥を、何時に食べるのか。

というわけで、今朝8時に、粥（昨日の残り物）が運ばれてきた。予定ではヌートリカンプのはずだった。さっそくイライラしたが、丁寧に頼んだ。「毎日、あなたたちのために計画表を書いている。新しいことは何もしなくて良い。ただ書いてあることを実行してくれ」。すると10時まで何も来なかった。忘れているのだ。私は警備兵（24時間態勢で私の房の外に座っている）に、「また忘れている、と連中に伝えてくれ」と頼む。

30分後、また粥が運ばれてくる。「ヌートリカンプは？」「もうなくなった」「はあ？　なくなるってどういうことだ？」「私の知ったことではない」「誰ならわかる？」「医師だが、今日は祭日だ。ここに来るのは数日後だろう」。こいつらは馬鹿なのか、それとも馬鹿なのか。

この病院では、正真正銘、患者はまるでケアされていない。大袈裟に言っているのではない。同房には2人の男がいて、どちらも重病だ。ひとりはＨＩＶで非常に苦しんでいる。ところが連中は私にするのと同じように、ただ彼の血圧と体温を計り、1日1錠の何かを渡している。彼らの「医療」はこれで全部だ。ここのスタッフはそれ以外のことをできない。刑務所で治療される人間がハエのように死んでいくわけだ。

誰も気にかけない。朝、囚人の検温をして、0度と書き込み、次の囚人に行く。

5月2日

イースターだ。今年は心待ちにしていた。もちろん毎年レントに励んで楽しみにしているが、今年は特に断食が特別なものだったので(わはは!)、とても信心深くなったのだ。つまり、とても幸せだということ。起きた瞬間から気分は最高で、天気も素晴らしかった。

私は食堂に入ることを許されていないが、同房のローマン・チャスツーキン(刑期は10年)は入れるので、小さな「クリーチ(イースターケーキ)」とゆで卵を、私の分ももらってきてくれた。イースターケーキはほしくなかった――甘い食べ物は前から絶っていた――が、縁起物なのだから食べなければ、と思った。少しちぎって、水と一緒に口に含むと、目がくらむほど甘かった。もうこんなに甘いものを食べる体ではなくなったのだ。しかし卵は極上だった。白身をつまんで雑穀の粥にトッピングした。夢のようだった!

そしてもう一つ、ある出来事があった。連邦刑執行庁の復活祭聖書物語。前に書いたとおり、私はリンゴを要求していた。そう言い続けてもう1週間になる。厳密にはリンゴ1個ではなく、リンゴの薄切り1枚だ。そんなとき、ローマンの妻が夫に会うため、ここに乱入する事件があった。そう、彼女は本当に押し入ってきたのだ。5月1日は収容所職員の多くが休みだったとはいえ、どうやって突破したのだろう。しかも収容所のメイン・エリアではなく、病院にちゃんと辿り着いた。そして小さな小包を夫に渡すことに成功した。なかにはリンゴが2つ! 今朝ローマンは、私に1つくれた。私がリンゴ一切れのために闘っているのを知っていたのだ。私はリンゴをベッドサイドテーブルに置いた。長靴を履いた邪悪で間抜けなクソ野郎どもが、監視カメラで見ていた。ローマンを呼び出し、叱責した。今後、食べ物はすべてキッチンでしか食べてはいけないと命令した。また、私に渡したリンゴも回収させた。囚人が食べ物を他の囚人に与えることは禁止されている。そんなわけで、私のイースターのリンゴはなくなってしまった（馬鹿だった。朝食のときに一口でもかじっておけば良かったのに、昼食の楽しみに取っておいた）。連邦刑執行庁がいかに俗悪で、醜い、変態的な組織かということが、また一つわかった。

5月4日

新しい日記帳に突入。

5月10日か11日まで、誰とも面会できないと聞かされていたが、不意に弁護士と面会があると呼び出された。彼らがここに来てくれるのはありがたいが、1日のうち3時間割かれるのは痛い。面会前後の身体検査を含めると、そうなるのだ。奇妙に聞こえるかもしれないが、刑務所ではいつも時間が足りなくて、やるべきことが終わらない。私だけなのかもしれないが。毎日、その日やるべき目標を決めるのだが、たいがい夜までに終わらない。

弁護士と面会している間、ローマンが移送された。別れを言う機会がなくて残念だった。彼はいい奴だった。薬物依存で、10年の服役経験があった。同房になるなら、刑務所が初めての人物より、勝手をよくわかっているベテランのほうが良い。彼からは、薬物依存について、たくさんの話を聞いた。とても面白かった。居なくなってつまらない。2人のほうが楽しいのに。

しかし大きなメリットもあった。ついに！　テレビを消せる。彼は重度のテレビ依存だったのだ。私にとってテレビは拷問に等しい。彼は同房者としてはいい奴だったが、あのくだらないチカチカ光る箱を休むことなく見続けていた。ウクライナ関係のニュース、事故、ドラマシリーズ。Ren TVの俗悪なシリーズも見ていた。

新しく、面白い男が同房になった。ディミトリー・ツラコフという54歳だ。彼のベッドにネームタグが貼ってあった。「158条第3項、加重窃盗」。5回目の服役だということしかわからない（パキノ第7厳戒矯正労働収容所から来た）。そして、いつも同じ罪で服役しているということも聞いた。展示されている骨董品を盗むのだそうだ。これは興味深い。本物の骨董品窃盗犯！彼はいつも腹を立てていた。何に対しても悪態をつく。私が159条の詐欺罪で服役していると言うと、「くたばれモスクワっ子。お前らは228条の薬物所持及び売買か159条だな。それ以外のはずがない」と言った。彼は写真を見せてくれた。ザリャジエ公園で妻と一緒にいるところや、ムーロムやカザンで撮った写真だった。彼はちゃんとしており、奥さんも感じのいい人だ。外で会ったら、5度も服役しているとは夢にも思わないだろう。

ふふん！ 彼がメガネをかけて、私の作業服に貼ってあるネームタグを見た。たっぷり5秒後に「本物か？ 信じないね！」と言った。毎度の面白い瞬間だ。

5月13日

太らされている動物のように、体重が増え始めた。ただ、すべてが腹に行ってしまう。なぜだ。脚は針金みたいで、腕も小枝のようなのに。食べれば食べるほど腹が減る。エクササイズをたくさんしている。日替わりで、1日目は鉄棒懸垂50回、2日目は60回、3日目はスクワット100回。タバタ式は毎日。最近はハーフ・バーピー［訳注：バーピーはスクワットや腕立てを組み合わせた高強度有酸素運動］も始めた。それでも脚にも腕にも筋肉がつかない。この2日間、気を引き締めている。というのも、体重が増えず、痩せてしまったからだ。釈放までに79・5キロ以上にはならないと決めていた。しかしその目標はやめて、80キロにしようかと思う。2日前に計ったら、79・7キロだったのだが、それでも脚はガリガリで全体的に骸骨のようだった。おそらく83キロより軽いと痛々しいほど貧弱な印象になるだろう。

5月16日

ハンガーストライキから生還すると、忍耐力、克己、意志の力の何たるかがわかる。一方で、食べ物に異様に執着するようになる。ひっきりなしに食べ物のことを考え、話す。「全部済んだら」、何を食べようかと夢想する。実際に夢にまで出てくる。今日というこの日を、待ち望み、夢に見ていた。コーヒーと白パンとバターの日。46日間コーヒーを飲んでいない。パンとバターはもう最後が思い出せないが、確実に2ヵ月は食べていない。もっと長いかもしれない。

幸運にも、同房者がバターを持っていたので、夢が実行できることに気づいた。彼は本物のコーヒーも持っていた。私はゆっくりとカップのコーヒーを吹いた。運ばれてきた粥に白パンが添えてある。少しちぎって、バターをつけて、かじってみた。それからコーヒーをひと口。たいがい、こういう瞬間は期待外れに終わる。夢や想像のほうが、実物に勝る。しかし今回は違った。

想像どおりの素晴らしさだった。

ハンガーストライキについての考察。私はすべてを正しくやった。長い目で見ると、やって良かった。やらなければ医療を受けられずシンプルに死んでいた。治療しろと奴らを追い詰めた。刑務所に閉じ込められている殻を打ち破ることができた。自分のなすべき事を押しとおした。

気持ちの面からすると、簡単だったとは言えない。「ヤギ」からのプレッシャーが予想外に重かった。決心、意志の力、努力、という点は、それを最も心配していたのだが、すべてが完璧にうまくいった。１４６％。己の内の意志の強さを確認し、苦にならなかった。ハンガーストライキを死ぬまで続けられたと思うか？　と自問すると、即答できる。ああ、死ぬまでやったろう。

純粋に肉体的なことで言えば、厳しかった。とてつもなく苦しかった。18日後には生きている感覚ではない。22日と23日目には生死の境をさまよっていた。心の持ちようが変わるのだ。ここまで自分を追い詰めて飢えた人は、本物のハードコアだ。誰であれ、賞賛に値する。

ほとんどのハンガーストライキが本物ではないこともわかった。ブドウ糖点滴をしながらの断食というのもおかしい。私も点滴を受けたが、それは22日目のことで、移送の際に生かしておくための必要処置だった。だが5日目や10日目からブドウ糖やビタミンの点滴を受けながらのハンガーストライキというのは、小細工だろう。

あれは人生の貴重な経験だった。全力の、危険な闘いだった。あんなことは、絶対に必要でない限り、そして自分の強さと正しさを確信しているのでない限り、すべきではない。

5月25日

刑務所で矯正される人間もいるのかもしれないが、私は坂を転げ落ちていく。日ごとに、極悪の犯罪者に近づいていく。

昨日の朝、警備兵にとある部屋に連れて行かれた。サモワールがあった！　嘘じゃない。それとティーカップも。取調委員会特別重大事件の担当者が来ていた。

彼が言うには、3件の重大犯罪が目下捜査中だそうだ。21名の捜査官が最優先で当たっている。その3件すべての中心にいる犯人は、他でもないこの私だった。

捜査官によると、君たちが反汚職基金に寄付した寄付金全額を、私は盗んだのだそうだ。罪状は3枚の紙だったが、どこにも証拠は書いておらず、「横領」とだけあった。何の証拠が必要なんだ？　この名前を見ただろう？　奴を訴えるならどの件でも構わない、ということだ。それが1件目だ。

もう1件の罪状はかなりレアな239条、「個人や市民の権利を侵す非営利団体を組織した」で、捜査官は私を「市民が義務を果たさないよう誘導した」と非難した。ここでも罪状は3枚の紙に記されていて、証拠は、私が動画「プーチンの宮殿　世界最大の収賄」を、政府の認可が下りていないのに公開した、というものだった。なるほど。

3件目の罪状は、最高捜査機関が捜査中のもので、アキモワ裁判官に対する侮辱行為についてだった。この裁判官は、ロシア中の法律家を呆れさせた「退役軍人の名誉毀損」事件をでっち上げたしょうもない女性だった。彼女がどう侮辱されたのかは、やはり何も書かれていなかった。ここでもただ、ナワリヌイが彼女を侮辱した、そこで新しい罪状、というわけだ。

さあ、わかったかな？　私は刑務所でのんびりお茶を飲みながら座っているわけではない。

私の凶悪犯罪シンジケートは勢力を広げている。私はますます多くの犯罪を犯し、ますます多くの検察官が、殺人や窃盗、誘拐などといった些細な事件よりも私の事件を優先している。そのために、取調委員会は特別重大事件の担当者を任命したのだ！

そう、私は暗黒社会の帝王にして操り人形――ナワリアーティ教授なのだよ。

6月9日

体制が腐敗のうえに成り立っている場合、それを倒そうとする者は過激派となる。

今晩、モスクワの裁判所は、反汚職基金と私の「地方事務所」を過激派組織と認定した。

ロシアで「司法」と呼ばれているお笑い草の法的な側面について、ここで語るつもりはない。この件のすべての証拠は「国家機密」であるとだけ言っておく。「裁判」は閉ざされた扉の向こうでおこなわれ、強く要求したにもかかわらず、我々は参加できなかった。傍聴すら許されなかった。ナワリヌイを呼ぶ必要があるか？　これはナワリヌイが創設した反汚職基金の捜査なのに。あるいは、「ナワリヌイの地方事務所」に対する罪状と、彼にどんな関係がある？　彼に法廷で発言させる必要などない、ということだ。

この裁判におけるプーチンの代理人がモスクワの検察官、デニス・ポポフであったことは象徴的だ。国を代表して、この法的措置を率先し、私たちを公的に過激派と認定したのが彼なのだ。

この男は盗み、賄賂を受け取り、ロシア国民を搾取している。スペインとモンテネグロの別荘に投資し、家族を後者に引っ越させた。青い制服を着て歩き回り、プーチンとその一派を助けている。自分たちが裕福に暮らせるよう、ロシアとロシア国民を搾取している。

私たちの組織がどう呼ばれようと、誰も気にしない。反汚職基金だろうと何だろうと。何か別名の地方事務所だって構わない。私たちは名前ではない、紙切れでもない、場所でもない。

私たちは団結し、市民を組織する集団だ。私たちは汚職に反対し、法廷での正義と法の下の平等を訴える市民とともにある。同じ考えの市民は何百万人もいる。君たちもその一人だ。君たちがここにいる限り、私たちはどこへも行かない。

これからもう一度、すべてを考え直す。何がどういうことなのか。我々は変わる、進化する、適応する。しかし目的と理想は諦めない。ここは私たちの国だ。かけがえのない。

どうか私たちと一緒にいて、私たちのすることを応援して支持してほしい。君たちの助けがこれからもっと必要になる。

ところで、秋の下院選挙では、投票登録をして「スマート投票」をしよう。こんなに政府が大慌てなのは、スマート投票を恐れている証拠だ。

7月24日

ガラスが憎い。

この半年というもの、ガラス越しにしか君と会えない。裁判所でもガラス越し。面会もガラス越し。テレビにときどき君が映ることがあるけれど、やはりガラス越し。

面会のときには、もちろんあの古典的な仕草をする。みんな映画で見て知っているだろう（映画のなかだけで済むことを心から祈る）。そう、ガラス越しに相手の手に触れて、受話器に優しくささやく。素敵な瞬間だが、私たちが触れているのは結局ガラスだ。

それに驚くべき事実。コメディ映画を観ても楽しくない。君もそうかい？　何か面白いシーンに笑い声を上げて、一瞬、隣に座っている、愛する人と視線を絡ませる。そしてこんな会話。

「ねえ、面白かったね！」

「ええ、すごく」

「君が笑っているところを見るのが好きだよ」

笑いを分かち合うと、面白さは25％増しになる。いや30％増しか。

ユリア、ベイビー。お誕生日おめでとう！　君が大好きだ、寂しいよ。元気でいて、落ち込まないでくれ（言う必要ないだろうけど）。

ガラスもいつかは私たちの手の熱で溶けるだろうね。コメディもまた面白くなる。愛してる。

8月5日

なぞなぞ。拡声器のスイッチが入り、「気をつけ！　起床命令が発令された。全班とも夜間灯を消し、朝の全体運動の準備にかかれ」と収容所全体に響き渡る。

国歌が流れ、体操が始まる。その頃、2人の人間が目を覚まし、顔を見合わせ、「嘘でしょ」と言って、再び眠りにつく。何が起きているのか？

答え。ユリアが長期面会に来ているのだ。

なんとも輝かしい3日間。人生の何気ない一瞬と、友人のありがたさを噛みしめている。失ってみるとその良さに気づく。たとえば、君の両親が実家に帰ってこいと何ヵ月もしつこいとする。君は、帰れば腹がはちきれるまで食べさせられて、身のまわりのことを根掘り葉掘り聞かれるから、気が進まない。そもそもそんな時間が取れない、と思う。だけど帰りなさい。

この間、私はすべての友人に来てくれるよう頼んだ。彼らは数時間ここにいて、ダーチャでの食事風景を再現して、帰って行く。だがユリアだけは丸々3日間もここにいられる。昨日、幸せいっぱいで座って、「緑のボルシチ（我が家の祝い飯）」の入っている片手鍋と、ジャガイモいっぱいのフライパンを見つめていた。

あるいは、ふと夜中の2時に、とてもロマンチックなあの言葉、「何か食べる?」を交わす。それからキッチンに行って、おしゃべりする。夢のように素敵だ。

あるいは、コーヒーを片手に、最近のセレブのゴシップをとりとめもなく話しながら、ビデオを見る。こういったことは、心躍る体験とは言い難いかもしれない。そういうことがいつでもできる環境なら、特別なこととは思えない。そこで心理実験をしてみてほしい。自分が遠くに連れて行かれたら、きっとみんなを抱きしめたい衝動に駆られるだろう。本当なら、今は強制「愛国教育」の時間だ。ところが、数ヵ月ぶりに、ガラスや檻越しではなく、家族と話をしている。妻や子供、両親、弟を抱きしめることができるのだ。

こんな、面白くもない陳腐な投稿をして、両親に電話しなさい、などと言うつもりはなかった。だが、うん、しなさい。家族の食事には必ず参加するんだ。夜中の2時に起きて、妻か夫とスナックを食べる。みんなを抱きしめる。機会があるなら、毎回必ずそうして。

9月30日

弁護士が面会に来て、君は尋ねる。「やあ、外の世界はどうなってる?」

相手は「別にこれと言って。変わりないよ」と答える。しかし少し間を置いてから、「ああ、ニュースだ。君は新たに訴えられているよ。過激派グループを組織した罪で、10年だ」

私がこの7年というもの、地域社会を不安定化させ、テロを招いた、ということが明らかになったそうだ。そうか、なるほど。今や4件の訴えを起こされているんだな。2件で10年ずつ、3件目で3年、4件目で6ヵ月の拘禁刑だ。刑が同時に執行されない場合、全部で23年になる。もちろん奴らは他にも思いつくだろうが、拘禁刑の最長は合計30年までだ。

心配しないで、2051年には出られる。

10月11日

私の赤い斜線が緑色に変わった。

警備兵に「委員会に召集されている」と言われた。

今まで見たなかで最大規模だった。結婚披露宴のようで、Tの字に並べられた机に、ずらりと人が並んでいた。新郎新婦のいるべき席には、収容所の所長が座っていた。頭上には指導者たちの肖像画が掛かっている。なんだろう、と思った。大仰なセッティングは何のためだ? 普段の「注意」にしては出席者が多すぎやしないか。死刑宣告をされて、銃殺隊に殺されるのか？

「ナワリヌイ囚人は3月11日に当地へ移送。脱獄傾向のため厳重監視態勢に置かれている。〇〇捜査官が報告書を提出し、ナワリヌイ囚人の監視態勢を解くことを提言する」

やった！　耳を疑った。委員会は全会一致で賛成だった。嬉しさが爆発し、所長に、落ちつきなさい、無許可の発言は慎みなさい、と注意されたほどだった。所長はさらに付け加えた。「待ちなさい、まだ終わっていない」

おっと……。

「〇〇捜査官の報告書によれば、ナワリヌイ囚人は過激思想、テロ思想を明言した。ナワリヌイ囚人は過激思想犯、テロリストとして厳重監視態勢に置かれるべきであると提言する」

委員会は全会一致で賛成だった。

私の制服は、ID部分の赤いストライプを剝がされ、緑のストライプを新しく縫いつけられた。こうして、私は数多くのムスリム（〝過激派〟の緑ストライプは彼らのために考え出された。〝過激派〟の70％はムスリム）と、国粋主義者と、フーリガン（ならず者）の一員になった。

これは良いニュースなのだ。「過激派」や「テロリスト」の監視態勢は「脱獄」よりも煩わしくない。これまで何度も繰り返した言葉を思い出していた。「アレクセイ・アナトリエヴィチ・ナワリヌイ、1976年生まれ。第2矯正労働収容所、第2班。違法拘束中」とボディカメラに1669回も言った（脱獄していないことを報告するため、日中は2時間おき。うんざり）。

これに比べれば過激派なんてお遊びだ。誰にもチェックされない。プーチンの肖像画にキスしてメドベージェフの格言をそらんじろ、と命令されることもなかった。ただ、今や私のベッドの上には

「私はテロリストです」というネームプレートが新しく掲げられた。

《Instagram より》

10月21日

昨日、初雪が降った。また書き始めろというお告げのようだと思い、筆を執った。ずいぶん前から雪対策は万全で、標準装備のダウンジャケット、毛皮の帽子、冬用ブーツが数週間前に支給されていた。私たちは水たまりをブーツでパチャパチャ歩き、毛皮の帽子を雨にぐっしょり濡らし、気持ちが悪いことと言ったらなかった。そして昨日、夕食後に食堂から出たとき、何人かが「おい、初雪だ」と言って、宙を舞う、ほとんど見えないような粉雪を手で捕まえようとした。

それを見て、ふと本をどうしよう、と思った。本のことはよく考えていた。本の執筆を再開するための「しるし」と理由を探していた。それでいて、あと1週間、もう1週間、と先延ばしにする理由を探してもいた。本当は、今すぐにも取りかからなければならないのに。

ちゃんとした理由がある。

第1に、心から、書きたい。自分から持ちかけた企画で、言いたいことがたくさんあるのだ。

第2に、エージェントが、やんわりと、丁寧に、私の置かれている状況に本気で同情しつつも、しばしばせっついてくるからだ。

キャシーとスーザンはトップクラスのエージェントだ。本を書くのは長年の夢だったので、書くなら彼女らのようなエージェントがついてくれて、アドバイスを求めたり、友人として話したりできたら、と願っていた。みんなに「私のエージェントがね……」と自慢したりして。

それに覚えている（細かいところまで）。エージェントが出版社を紹介してくれたときのことだ。どの出版社も考え得る限り最高の出版元だったが、彼らは口を揃えて、こんなようなことを言った。「アレクセイ、ロシアに戻るらしいね。君の勇気には感服するが、あの国では何が起きるかわからない。本はどうなる？　書き終えられるのか？」

「ですよね」と私は冗談めかして答える。「本当は勇気がある、じゃなくて馬鹿だ、と言いたいんでしょう。だけどもし投獄されたら、あなた方には好都合ですよ。執筆の時間がたっぷりとれますから」。そして笑い合ったものだった。

あのときは、救いようもなく、絶望的に間違っていた。今、私のいるような「レッド」コロニーでは、常に時間に追われている。本を読む時間はおろか、書くことなんてできはしない。積み上げた本の横に座っている囚われの賢者などではまったくなく、濡れた毛皮の帽子をかぶって、絶えずどこだかわからない場所まで行進させられている愚か者、それが私だ。たとえどんな状況でも、契約書を交わしたのだから守らなくてはいけないし、私自身がこの本を必要としている。

第3と第4の理由は、大袈裟に聞こえるかもしれない。私が最悪の結末を迎えたら、ここは、心優しい読者がさめざめと泣くところだ（ああ、彼はこうなるとわかっていたんだわ。いったいどんな気持ちだったのかしら！）。一方で、すべてがうまくいけば、ここは一番みっともない箇所になる。編集するか、単に削除するか、色々と整理する必要はあるだろうが、正直に書くと自分に誓ったのだから、まずは書く。

第3の理由は、奴らが本当に私を殺したら、この本が私の思い出になるからだ。

第4の理由は、奴らが私を殺したら家族に前払い金と印税（売れますように！）が入るからだ。

はっきり言おう。化学兵器を用いた卑劣な暗殺未遂に次いで、刑務所で悲劇的に殺された、という内容の本が話題にならないわけがない。著者は大悪党の大統領に殺された、となれば本の宣伝にはもってこいじゃないか。だが、次の理由で、この本は行き詰まっている。

a. 時間がない。嘘偽りのない理由だ。と同時に、言い訳でもある。どんな人間でも、1日に半ページも書けないなんてことがあるだろうか。

b. 今まで書いて保管していたもの、あるいは弁護士からもらったもの、面会後に房に持ち帰ったものは、すべて警備兵が注意深く読み、写真を撮っている。

c. 私の書いたものは、機械的にすべて没収される。第1章はマトロスカヤ・ティシナで書いた。ロシアに帰国し、裁判を受け、投獄される、という一連の流れで湧き上がってきた感情のままに一気に書いた。このときは秘密の大作戦で、看守を欺くために、まったく同じノートを2冊用意するということさえした。そのあと裁判所に出廷したので、護衛にチェックされつつも、自分で誰かに物を渡すことができた。しかし3月からは、ガラス越しにしか人と会えなくなった。私物を所有する権利も何の権利もなくなった。第2章は収容所の病院で書いたものだ。「検査の必要がある」と取り上げられたまま、返されなかった。その後の3ヵ月間、「来週返す。保管先が今は開いていない」などと誤魔化され続けた。ついに本気で怒って裁判所に報告すると訴えると、あっさりこう言われた。「どこにあるかわからない」。FSB（ロシア連邦保安庁）に没収されたのだろう。

言うまでもないが、こういうこと全てに、やる気が低下した。入所から日が浅いうちは、肩をすくめてこう考えただろう。「奴ら、盗みやがったな。いいさ、座ってまた書き直そう」。しかし私にとって――他の人はどうか知らないが――執筆というのは、そんな風にはいかない。インスピレーション、衝動、感情、そういうものが湧き上がってくる瞬間をつかまえて、書くのだ。言葉が自然とほとばしり、良いものが書ける。あとで書き直そうとしても、そうはいかない。

しかし今行き詰まっている一番の原因は、一体どんな本を自分が書こうとしているのかわからない、という点だ。本の導入として面白くなるように、毒を盛られたところから始めた。それから、自分の半生を振り返る展開。そのあとは、あちこちの話題のつぎはぎと、獄中手記。この本がよくある獄中手記になることだけは避けたい。個人的にはそういう本は面白いと思うが、ジャンルとしては……もう十分すぎるほどある。

もう一つ、気が滅入ることがある。読者に向けて「私がどのようにして今の自分になったのか」を書こうとしているときに、囚人服の名札に、「過激派」を意味する緑の斜線が引かれているという事実だ。まったくもってモチベーションを低下させられる。

しかし初雪のなか、ブーツで歩きながら、思った。「いいじゃないか。ただありのままを書こう。自分が思っていることを、思いついた順番で」。物語の筋が最後から、あるいは真ん中から展開する本、はたまた、ランダムに行ったり来たりする本は、世の中にたくさんある。

うん、主観的ジャーナリズムでいこう。私はすでに『ラスベガスをやっつけろ』のハンター・S・トンプソンを越えていると言ってもいいだろう。コンバーチブルに乗って、「メスカリン75

錠と塩入れ半分のコカイン」と、あとは何だったか（正確には覚えていないが、あの本と映画は大好きだ）……、それにも負けていない。こっちには毛皮の帽子と重たい外出用のジャケット、ブーツ、刑務所、警備兵、「囚人活動家」、吠えるジャーマン・シェパードがそろっている。しかもトンプソンは色々と脚色しているが、私が書く内容は１００％真実だ。

私は今、サハロフ賞を受賞したところだ。人権を守る最も重要な賞だ（写真のなかのサハロフがかぶっている帽子が、まさに私のかぶっているものと同じで驚いた。何かのお告げだろう）。

10月の雪がお告げだとこじつけたが（この時期に雪が降ったのは、単にここがロシアだからだ。ここは寒いのさ）、今日という日付も間違いなくお告げだ。

マトロスカヤ・ティシナで日記を書き始めた日をはっきりと覚えている。21年1月21日だ。21・01・21の並びがあまりに完璧だったので、何もしないで終わらせるのが惜しかったのだ。なんと今日は21年10月21日。21・10・21、象徴的だろう？

はっきり言っておく。私は「お告げ」や「しるし」にこだわっていないし、迷信深くもない。まあ、確かに、玄関の敷居をまたいで物の受け渡しをするのは嫌いだし、外出するときは郵便受けの決まった側を通り抜ける。教会の前を通るときは、十字を切る。実は友人が面白がるので、信仰心の強さを試すためにやっている。簡易版だが、私なりに信者である苦しみを表現している。このせいで破門されたり、石打ち刑で殺されたり、ライオンを放たれたりはしていない。

理性的に分析すると、最近「お告げ」に敏感な傾向は、何ヵ月も敵対的環境に一人で対処してきたせいだと思われる。誰も私に話しかけることを許されず、送り込まれたスパイだけが、私の根性や企みを探ろうとする。誰かにアドバイスを求めることも、世間話もできない。例外はユリアが長期面会に来るときだ。二人で廊下に出て、3メートルおきに設置されているカメラのマイクに声を拾われないように、耳元でささやき合う。

こうして、心は自分の決定が正しいことを裏づけ、その証明になるものを探すようになる。そして単なる偶然や、一般的な法則から外れたものを「しるし」だと思うに至る。何にせよ「しるし」を見つけると嬉しいもので、それもまた敵に囲まれて生きるストレスを和らげるための、自然な心理作用なのだろう。この話題をずいぶん掘り下げたので、この収容所で私に大きな影響を与えた2つの「しるし」について話そう。

1つ目。そのとき私は「山上の説教」を勉強していた。信じられないかもしれないが、当時は1ヵ月以上も聖書以外の書物が許されなかった。山上の説教は素晴らしい。ここでは四六時中、壁やフェンスに向かって整列させられているので、内容を暗記して、立っている間に復唱しようと思いついた。全部で111節しかないが、言葉が古めかしく、「それゆえ」「汝〜してはならない」のような言葉を正しい順序で覚えるのが大変だった。しかも私はさらに面倒なことを思いついてしまい、ロシア語、英語、フランス語、ラテン語で覚えることにした。そして2ヵ月に及ぶ手の込んだ隠密作戦で、広報担当のキーラがリクエストどおりに作ってくれた111枚のカードを手に入れた(刑務所用語では「引っ張り込む」という)。片面に章と節の数字が、裏面に聖句が4言語で書いてある。たとえば、「第7章20節」をひっくり返すと、「このように、あなたがたはその実で彼らを見分ける」と書いてある。

その日は最後の5枚のカードを胸ポケットに入れていた。その量ならすぐに覚えられそうで、やっと全節をロシア語と英語で暗唱できることになる。時間がかかった。しかも一度、カードを没収され、1ヵ月も「検査」されていた。過激思想を含んでいないか、ということだったのだろう。その間にすっかり忘れてしまい、また最初から覚え直さなければならなかった。

そして4月、ハンガーストライキを始めて間もない頃。体調が優れなかったばかりか、嫌がらせがひどかった。班の仲間は私との会話を禁じられ、唯一、言葉を交わせるのは「ヤギ」である囚人活動家だった。会話といっても、彼らが私を罵倒し、脅し、私が対抗して怒鳴り返すというものだった。政治集会の演説が役に立ち、苦もなく40分間ぶっ続けで叫ぶことができた。

聖書を読むことが唯一の時間の潰し方で、山上の説教を覚えることだけが楽しみだった。なんとも陰鬱な時期だった。班のなかで教会に行きたい者は手を挙げろ、と言われ、私は手を挙げた。囚人活動家も速やかに手を挙げた。彼らは文字通り、私が腕を伸ばせば届くほどの場所にいた（あとで書くが、これは心理的プレッシャーを長続きさせるのに有効な方法だ）。彼らもまた、どうにも教会に行かなければならない必要性を感じたらしい。教会ではどちらにせよ、人とくっついて立っていなければならないので、私は気にしなかった。

2人の囚人がミサの担当だった。実質的に教会に奉公しているようなものだった。1人は傲慢と言えるほど自己中心的で、教会によくいるタイプだった。もう1人の若者は感じが良かったが、誰かを殺してしまい、その罪ほろぼしの方法を探している、とでもいう雰囲気があった。私は礼儀として彼らに質問をした。彼らは答えたが、ひどく言葉少なでつっけんどんだった。なるほど、彼らも私と話すことを禁じられているのか。人生そんなものだ。

ミサが始まった。囚人たちは靴を脱いでそこに立ち、囚人神父はスリッパを履いて白衣を着ている。その隣では警備兵がボディカメラですべてを録画していた。私はミサに集中できず、祈りの文句も思い出せなかった。この先どうなるかという暗い気持ちと、これがコメディそのものの状況であることに気が散ってしまった。靴下姿の囚人、ボディカメラ、私の影である囚人活動家たち。彼らは何度も出てくる「神よ、憐れみたまえ」のところで必ず十字を切り、深々と頭を垂れていた。ひょっとして明朝の点呼は最後の審判なのか？　と思ったほどだった。

そして、その瞬間が訪れた。年配の囚人神父が「兄弟たち、聖書を読もう」と言った。若い囚人が自分の前に置いてあった分厚い本を取り上げ、付箋のたくさん飛び出ているなかから、ある箇所を開いた。そして単調に、儀礼的に読み始めた。「第5章。イエスはこの群衆を見て、山に登られた。腰を下ろされると、弟子たちが近くに寄って来た」

なんてこった！　失神寸前だった。大変な努力で、滂沱の涙を流さないよう頑張った。教会を出るときは心ここにあらずで、雲の中を歩いているようだった。もはや空腹を感じなかった。

まあ、冷静に考えれば、だ。ものすごい奇跡とも言えないことはわかっている。「へえ、キリスト教のミサで山上の説教が読まれるとは、なかなか珍しい」という程度だろう。しかし……やはりすごいじゃないか！　完璧なタイミングとシチュエーション。私の脳が必死に自分を元気づけるものを探して、「しるし」にこじつけただけかもしれないが、それならそれで、大成功だ！

2つ目も、やはり宗教がらみだった。だが、私は迷信深くないし、宗教オタクになってしまったわけでもないと、強調しておきたい。

それはハンガーストライキ開始後18日目か19日目。私は長い廊下を歩いていた……というよりノロノロと足を引きずっていた。囚人40名を収容する宿舎の一直線の廊下で、両脇には鉄製のベッドが連なっている。本当は歩きたい気分などではまったくなかったが、ある医師にそうしたほうが良いと言われたのだ。私の支持者であるその人は、医療断食クリニックを運営しているそうで、断食のメソッドを教える、とインスタグラムにメッセージをくれた。彼が言うには、とにかく動き続けなければならないそうだ。ということで、毎日の朝晩、私はかろうじて体を鍛えると言えるような行為をしていた。囚人活動家は特殊なユーモアのセンスを鍛えるのに余念がなかったが、もはや気にならなかった。相変わらず日常業務のように我々は怒鳴り合っていたものの、私は以前ほどスタミナがなく、エネルギーを温存することに集中していた。

房のベッドには鉄製の椅子が固定されている。世にも珍しい居心地の悪い家具だが、仕方がない。本を読みたいとき、あるいは単に座りたいときは、椅子に座らなければならない。ベッドに座ることは規則で固く禁じられているのだ。

その椅子に座っているのが、バレリー・ニキチンだった。私がひそかに最も興味を引かれる男だった。いや、引かれていた、か。自分の身に色々とあったせいで、以前ほど彼に関心を向けられなくなった。それでも彼はカリスマ的だった。歳は54。ここではみんなが互いの年齢を正確に知っている。名前、罪状、刑期、出生年月日が記された紙がベッドに貼ってあるからだ。私のように脱獄の恐れがある場合、その紙に色つきの斜線が引かれている。

ニキチンは宗教的な強迫症に苦しんでいた。何日もぶっとおしで祈っていることがあった。そして非常に従順な男だった。ただ不平を言わずに命令に従う、ということとは違う。ここは確かに「レッド」コロニーだが、それでもこれ以上は囚人に要求できないという明確な一線がある。しかしニキチンは怒ることもせず——ここではみんなそうだが——、突拍子もない馬鹿げた命令をされても、あくまでも穏やかに、静かに従った。たとえば、「食料消費の部屋」でお茶を1杯飲むことが許されている一日のうちのわずかな時間に、すでに4回も観た映画の5度目を観ろ、と命令されたら？　他の囚人ならため息をついたり、ブツブツ言ったり、顔に「クソッタレ」という表情を浮かべたりする。しかしニキチンの顔には何も浮かばない。彼は言われたとおりのことをする。観ろと言われたものを観る。命令される限り、何度でも廊下に出て、整列して、気をつけをする。ポクロフ収容所では、そんなことは日常茶飯で珍しくもない。ただ一点を除いて。

ニキチンの膝には星のタトゥーが入っていた。これは刑務所用語で、「膝を折らない」ことを意味している。囚人たちが私に話しかけることを禁じられる少し前、彼と話したことがあった。彼はもともと最も軽い拘禁刑として、規則の緩い拘置刑務所に入れられていたらしい（重大自動車事故）。夜は拘置所で眠らなければならないが、昼間は外に出て働くこともできた。

しかしニキチンは「再分類」されて、ここに移送された。刑務所の規則を破り続け、懲罰房を何度も経験しない限り、こうはならない。「誰かをひどく怒らせたのか？」と私は尋ねた。ニキチンが渋々説明した。「看守が俺を仲間に引き入れようとしたんだが、俺はご免だった」

つまり、彼はここで言う「転ばない」男だったわけだ。そのせいでこの収容所に送られ、今は誰にも話しかけず、ただ祈りを捧げている。なんて面白い男だろうと思ったが、ここの大原則として、人の人生に首を突っ込んではいけない。

私に話しかけることが禁止されると、ニキチンは従順に従った。これは他の囚人にも言えたが、意地悪にはならなかった。どいてくれ、と言えばどく。キッチンで、私のために水を残しておいてくれ、と言えば、うなずいてそうする。どうしてもイエスかノーで答えなくてはいけない場合は、答える。だがみんな基本的に、私がそこに存在しないかのように振る舞った。

ニキチンの場合はそれに加え、私に苛立ちを覚えているようだった。私のせいでここの監視は3倍厳しくなった。カメラが追加で持ち込まれ、規則の一言一句に至るまで守られているか、厳しく見られる。そんな面倒を引き起こした人物に感謝などできないだろう。

私は何度もニキチンの前を通り過ぎた。彼は房の椅子の上で、真っ直ぐ前を見据えて、足を組んで座っている。1往復するごとに、彼の前を2回通る。ときおり目を合わせようとすると、向こうは不快そうにさっと目をそらす。まるで、「お前のことなんか見なければ良かった、ナワリヌイ。俺たちはなんであんたと一緒にいなきゃならないんだ」とでも言いたげな表情だった。

ところがその日、私がもう1回彼の前をヨロヨロ通ると、彼はしっかり目を上げて私を見た。何か言いたいことがあるのは明らかだった。

「アレクセイ、ほら。これを持っておきな」

彼はラミネート加工された小さな四角い紙を突き出した。それは、タクシー運転手がダッシュボードに磁石でくっつけているような、ミニチュアの聖画だった。手に取ってよく見ると、片面には「大天使の祈り」とある。偽物のスラブ文字で、もっともらしいことが書いてあった。どの宗教も同じで、なにか秘密の合意でもあるのだろうか。もし聖句がマスター・ヨーダ構文なら、神は大いにお喜びになり、その恵みは地平に満ちるであろう、というような。

裏面には、翼の生えた、頭上に光の輪が輝いている、言うまでもなく大天使が描いてある。

私は「ありがとう」と言ったものの、驚いてすぐには動けなかった。

「はやくポケットにしまえ。肌身離さず持っていろよ」とニキチンが言った。それから、いつもの無関心な表情と、少しの苛立ちを顔にはりつけたまま、そっぽを向いた。

これ以上何も話すつもりはなく、私と一緒にいるところも見られたくない、ということがよくわかったので、私はもう一度だけ「本当にどうもありがとう、バレラ〔原注：バレリーの愛称〕」と言って歩き続けた。私はさっきよりも強く足を踏み出した。そのときの気持ちを説明するのはとても難しい。だがその小さな紙（胸ポケットに入れて、いつでも、今でも持っている）に私の心は温くなった。カメラの前に行って、「見たか、クソ野郎ども！ 俺は一人じゃない」と叫びたい衝動に駆られた。しかしそれはキリスト教徒らしからぬ振る舞いで、胸ポケットの大天使もがっかりするだろうし、ニキチンもひどく厄介なことになるので、やめておいた。

彼のこの行為はさりげないものだったが、私にとって完璧なタイミングと場所で起きた出来事だったので、これもまた疑いの余地なく「しるし」だと思っている。

もしニキチンの感動的な行為や胸ポケットの大天使がなかったとしても、状況は以前と何も変わらなかった。しかしこの出来事で私は身も心も軽くなった。それから数日は、囚人活動家に罵倒されても、にやりと笑い返すだけに留めた。奴らの最大の目的は、私が孤立無援で社会から疎外され、「一般囚人」に嫌われている、と思わせることなのだ。彼らが言う「一般囚人」とは何か。「もし一般囚人があんたと敵対するなら、間違っているのはあんたのほうだ。いつなんどき襲われるかわからんぞ。彼らはそれをただ黙認するだろう」というわけだ。

しかし今や私は秘密を知った。一般囚人の非難は捏造されたもので、テレビの嘘、選挙結果の嘘などと同様に、プーチンのロシアで横行している嘘の一つに過ぎない。その証拠に、私の胸ポケットのなかで小さな翼がはばたいている。いや、雄々しい翼の力強いはばたきだ。

それからもニキチンは私に対する態度をまったく変えなかった。私たちはこっそり視線を交わすことも、ウィンクをすることも、何もしなかった。それでも彼が釈放される前に（2週間前に出所したので、こうして書いても大丈夫。天井の隠しカメラは解像度が高く、日記の内容まで知られてしまう）、またまた面白いエピソードがあった。

釈放の決まった囚人は、仲間から外の世界で何が待っているのか散々質問され、からかわれる。よくあるジョークは刑期をカウントダウンするというもので、キッチンでは、「よお、バレラ。あと何日だ？」と聞かれていた。バレラはどうにも抑えられず顔をパッと輝かせ（後にも先にも、彼の笑顔を見たのはこのときだけ）、言う。「64時間だ」

みんな笑って、バレラが分刻み、秒刻みでカウントダウンしているとからかう。しかしそこで誰かが言った。「いや、間違ってるぞ。出所は木曜だろう？ あと4日あるんだから、90時間より少ないってことはない」

ニキチンは心底驚いた様子で、幼稚園の先生が子供に言い含めるように説明した。「あのなあ。夜の間の時間は計算に入れないんだよ、もちろん。寝ている間は刑務所にいないだろう」すごい！ なんて考え方だろう。オリジナルなのかどうか知らないが、見事な思考法じゃないか。「確かに、奴の言うとおり」と思った。私が毎晩ベッドの準備をしながら考えることは（きっと他の囚人も同じだと思うが）、「こんなことにはもうウンザリだ。眠るのが待ちきれない」だ。あと数分もして目を閉じれば、次に目を開けるまで、すべてを忘れることができるのだ。

彼の英知に感銘を受け、この日以来、私は眠りに落ちる前に胸のなかでつぶやくようになった。「さあアレクセイ。ここから数時間は自由だな」

ニキチンが出所する日、ちゃんとしたお別れを言いたかった。きっと映画のようになるだろうと想像していた。もう何も恐れる必要はなく、彼の仮面が剝がれる。彼は私を抱きしめ、シンプルだが力強い別れの言葉を言う。私は彼にウィンクして、胸ポケットから大天使のカードの端っこを少しだけ出して見せる。これで言いたいことは完璧に伝わる。ところが私は呼び出され、帰ってきたときには、ニキチンのマットレスを丸めた「カタツムリ」は運び出されたあとだった。私たちは別れを交わさなかった。

この本の方向性で悩んでいるのは、こんなことを書いてしまうからだ。当初は、化学兵器を用いた暗殺未遂事件を解明する、手に汗握るスリラーを盛り込んだ自伝になる予定だった。それが途中から獄中記になってしまった。このジャンルはお決まりの表現や出来事だらけで、そうならざるを得ない。もしこれまでに私が読んだ獄中手記の「ちゃんとお別れできなかった」エピソード1話につき1ドルもらっていたら、今ごろイーロン・マスク並みの富豪になっている。

班にはウズベキスタン人がいて、名前をイリャールといった。ふつうこれは収容所で冗談のネタになるような名前ではない。しかしどういうわけか、彼をイリャールと呼ぶのは私だけだった。他の囚人は彼をエドガー（エドガー・アラン・ポーの名誉のためにこの作家を思い出したが、私以外には誰も知らなかった）か、バルタザールと呼んでいた。「なんだって？」最初にその名前を聞いたとき、吹き飛ぶほど驚いた。イリャールがどうやったらバルタザールになるんだ。この呼び名を聞くたびに、私は笑いがこらえられなかった。ごく個人的な理由で、この状況の皮肉さを意識しないわけにいかなかったのだ。

ユリアと私はあまり外食や社交をするタイプではないが、たまに気ままなボヘミアンスタイルの生活も楽しむことがある。ニューヨークにお気に入りのバルタザールというレストランがある。人気店でなかなか入れない。そこで、週末をニューヨークで過ごすときは、ホテルのコンシェルジュに予約を入れてもらう。バルタザールで土曜か日曜にブランチ、というのが私たちの退廃的な饗宴（かなり控えめではあるけれど）で、カキを食べてブラディ・マリーしか飲まない。

哀れなウズベキスタン人は収容所カーストの最下層になり、最も忌み嫌われる仕事を押しつけられることになった。「おい、バルタザール！」という呼びかけに続くのは、「この敷物を外に出してモップがけしろ」とか、「洗面台が水浸しだ。これで掃除したつもりなのか」という台詞だ。私のなかで2つのバルタザールが混ざり合い、その落差があまりに強烈で皮肉なので、笑わずにはいられない。

そしてつい考えてしまうのは、もし再びニューヨークのバルタザールに行くことができたら、ということだ。ブラディ・マリーでカキを流し込みながら、気の毒なウズベキスタン人を頭から追い出すことは絶対に不可能だろう。

もし店に行けたとしても、ユリアと私が退廃的なあの時間を過ごすことは難しいと思われる。今や私もユリアもちょっとした有名人だし、ニューヨークにはロシア人が多い。隣のテーブルの客がこんなことを言っているのが耳に入ってしまったら、居心地が悪い。

「見て。ナワリヌイがあそこに座ってる。政治家だよ。欧州議会から思想の自由を守る何かの賞をもらったらしい。素敵なご夫婦だ。朝の9時からウォッカを飲んでるのが玉に瑕だがね」

11月18日

収容所では常に何かを待っている。収容所の経験者が口をそろえるのは、刑期は長い待ち時間と短い待ち時間から成り立っている、ということだ。延々と続く『恋はデジャ・ブ』〔訳注：時間のループのなかで同じ毎日を繰り返す男の映画〕のなかで定期的なイベントがあるので（楽しいものが望ましい）、前回のイベントから次回までをいつも待っている。

当然、刑期全体を同様に捉えることができる。たいがいの囚人はあとどれくらい刑期が残っているのかと聞かれれば、即答できる。私の場合は、言ってみれば刑期の終わりが見えていないので、日数を数えるのは無駄だが。

時間の流れが何かと何かの間、という感覚になる。最短の間隔は卵から卵までだ。月曜と金曜の朝食に卵が出る。これは大切な（そして美味しい）料理というだけではなく、カレンダーの役割も果たしている。ある日の朝食に卵を食べれば、1週間の労働は終わりだ。次に卵を食べると、新しい1週間の労働の始まり。

もう少し長い間隔は、収容所内の売店と関係がある。2週間に1度、売店に行くことが許可されているのだが、この間はぼんやり待っているだけではない。頭を働かせて、牛乳を買うのに間に合うだろうか、あるいは行く頃には棚は空っぽで、自分が買えるものは残っていないかもしれない、などと考える。少し大胆になって、チーズやキャベツだって買えるぞ、と夢想することもあるが、こういう楽しい想像にはご用心。現実に引き戻されたときの落胆が大きい。

小包はメイン・イベントにして、正確な間隔を教えてくれる物だ。1年で6回、2ヵ月おきに受け取れる。誰もが自分の荷物窓口が開く瞬間を、きっかり正確に知っている。例えば9月15日に受け取ったなら、次の小包は11月15日。毎回20キロの食料や必需品が家族から届く。

何よりも大事なのは長期面会で、一般警備刑務所では、1年に4回だ。家族と、ガラスや電話越しにではなく、生身で会える……最高だ！

面会の3日前、私は宿舎のキッチンに座って（食料消費の部屋としても知られている）、お茶のカップを手に、誰も座っていない隣の椅子を見つめていた。ユリアがそこに座っていると想像して、心のなかで話しかける。こう言って、ああ言って、彼女はこう答えて、ああ答える、それから私はジョークを言って彼女が笑い……。これは正気を失うには、最も易しく楽しい方法だ。面会の日が近づくにつれ、ますます落ち着かなくなる。尋ねたい内容や話したいことのリストを紙に書き、大事なことを忘れないようにする。いよいよ面会の日、時が止まる。それから耐えられない遅さでノロノロと進んでいく。神々が悪戯を仕掛けて笑っているようだ。そしてついに、ついに！

「ナワリヌイ囚人、面会の準備を」

私は面会用の部屋の、本物のキッチンで（ホットプレートまである！）、これを書いている。ユリアはまだ私たちの部屋で眠っているので、コーヒーをいれに来た。卵を焼いてブルスケッタを作っても良いかもしれない。素敵じゃないかい？　本当に。だが5時間後には、こう言われる。「ナワリヌイ囚人、私物をまとめろ」。そして私は再び新しいカウントダウンを始める。

《Instagram より》

2022年

1月17日

きっかり1年前の今日、私は祖国ロシアに帰ってきた。自由な人間として祖国の土を一歩たりとも踏みしめることはできなかった。入国審査の前に逮捕された。

お気に入りの本、トルストイの『復活』にこんな一節がある。「そう、ロシアで正直者がいられる場所は刑務所のみである」

なかなか良い文章だが、当時その認識は間違っていたし、今はもっと違う。

ロシアには正直者がたくさんいる。何千万人も。みんなが思うよりずっと多い。しかし腐敗した体制（当時も今も、今のほうがひどい）が警戒しているのは、正直者ではなく、体制を恐れない者だ。より正確には、恐れてはいるが、その恐れを克服した者を警戒している。

そういう人間は実に多い。デモ行進の参加者やメディア関係者、様々な場所で独立性を保っている人に出会う。ここインスタ空間にもいる。最近、私の投稿に「いいね」をした内務省の職員が解雇されたそうだ。2022年のロシアでは、「いいね」すら勇敢な行為なのだ。

いつの時代も政治の本質は次のように表すことができる。ブリキの皇帝《ツァーリ》が、自分一人だけに絶大な権力を集中させる。そのために自分を恐れない正直な人々を怖がらせようとする。しかしそれに屈しない民は、まわりの者に恐れてはいけないと説く。意地悪な玩具の兵隊よりも、桁違いに多くの正直者がいる、と。立ち上がれば世界が変わり、正義が当たり前の社会になるのに、搾取されながら死ぬまでずっと怯えて生きていくのか？　と。

振り子の揺れが静止することはない。あるいは終わりのない綱引きか。今日、君たちは勇敢だ。明日、連中が少し及び腰になる。明後日、連中が君たちをひどく怖がらせたので、君たちは絶望する。そして再び立ち上がる。

自分の宇宙への旅がいつ終わるのか、まったくわからない。そもそも終わるのかどうか。しかし金曜日にこう聞かされた。私に対する新たな訴えが起こされ、裁判で審議される予定だと。そしてさらに、私が過激派でテロリストであるという件の訴えもある。ということで、任期の終わりまでをカウントダウンしない宇宙飛行士の一員になることにした。数えて何の意味が？　27年も刑務所で過ごしている人だっているのだ。

しかし私がこの宇宙飛行士の一員になったのは、まさに、綱引きのロープの端を力一杯引っ張ったせいだ。正直な人々、もうこれ以上怯えて暮らすことに耐えられない人々、耐えないと決めた人々とともに、ロープをこちら側に引っ張った。

それが私のやったこと。それを1秒たりとも後悔していないし、これからも引っ張り続ける。

刑務所で最初の1年を過ごして、君たちに言いたいことがある。私が警察のトラックに放り込まれるとき、裁判所の外で集まっていた支持者に呼びかけたものとまったく同じ言葉だ。何も恐れるな。ここは私たちの国だ、かけがえのない国だ。

唯一の恐れは、私たちが屈し、祖国を嘘つきのギャングや泥棒や偽善者に明け渡してしまうことだ。掠奪され、抵抗もせず、自発的に、自分や子供たちの将来を放棄してしまうことだ。

支えてくれる君たち全員に大きな感謝を。本当に君たちのお陰だ。

付け加えさせてくれ。この1年はものすごく早かった。モスクワ行きの飛行機に乗ったのが昨日のことのようだ。そして今、すでに刑期の1年が過ぎた。科学の本に書いてある、地球と宇宙では時間の流れが違う、は本当だ。

君たちみんなを愛してる。特大のハグを皆さんに。

2月9日

真実の言葉には強烈な力がある。ここに完璧な例があるので紹介しよう。

今、私はただの囚人だ。何の力もない。政党にも属していない。事務所を作ることも許されていない。そして、名字の前に「過激派」を付けることが相応しいと見なされている。

クレムリンは、私や仲間たちの息の根を止めたと確信しているらしい。祝杯をあげるつもりなのだろう。

連中がどうやって最新の事件をでっち上げ、この収容所で訴えを起こしたか説明しよう。こんなことは前代未聞だ。プーチン珍裁判集のコレクターになった気分だ。

事件の担当はモスクワのレホルトボ地区の裁判所だった。みんな、つまり裁判官、書記官、検察官、弁護士、捜査官、目撃者はモスクワにいた。全員が私のために、はるばるこの収容所に来た。

こんなことになった原因ははっきりしている。真実の言葉のせいだ。吸血鬼が日光を避けるように、プーチンの手下の盗っ人や嘘つきどもの一団が、真実の言葉に蓋をした。私には真実の言葉しか残されていないこと、あと何十件追加で訴えられようとも、私が声をあげ続けることを、連中は知っている。だから連中は私が弁護士と話をする前に、2回も全裸検査をしたのだ。話すと言っても、ガラス越しなのに。すべてを矯正労働収容所で完結させようとしているのだ。まるで、好きなだけしゃべりなさい、聞いているのは警察犬だけだ、とでもいうように。

ところで審議を命じた裁判所命令は、一見の価値ありだ。裁判がなぜこの収容所内で開かれることになったのか、説明は一切ない。しかし二度も強調されているのは、これが公開裁判であるという点だ。皮肉にも、これこそ私たちが「プーチン印の偽善」と呼んでいる典型的な事例だ。「何が問題だ？ナワリヌイを公開裁判で裁こうというのだ。確かに収容所のなかではあるが、そんなのは些細なことだ。裁判を傍聴したいのなら誰でも来い。（途中で撃ち落とされなければ）テレポートでもパラシュートでも」ということだ。

正直に言おう。この出来事に私は怒り狂った。こんなにも堂々と、臆面もなく、法律を侮辱する人間がいるとは。と同時に、実を言えばかなり手応えを感じてもいた。あの爺さんは賄賂を受け取り、要塞で贅沢三昧に暮らしているが、私が裁判で何を言うのか怖がっているんだ、と。なにも特別なことは起きないだろうが、それでもクレムリンは心配でたまらないのだ。あの男に会議で「そんな報告は一切聞きたくない！」と金切り声をあげられると困るのだ。

奴らの思うように事が進むとは思えない。とにかく私の発言を誰にも聞かせない、というのだけが作戦なのだ。だが、ここに君がいる。ロシア人の誰もが怯えて、腐った丸太の下に震えて隠れているはずはない。貧困と剝奪に進んで身を委ねるなんてことはしない。何百万という正直な人々が、私のように真実の言葉で武装している。

私たちを支持してほしい。これをシェアして、収容所で行われている「公開」裁判の毎日を、あの爺さんがなぜ暴走し、何に蓋をしたがっているのか、暴く日々に変えよう。裁判の情報そのものから、反汚職基金が突き止めた事実（それ以上のことも）に至るまでシェアしてほしい。あと数日で、慎み深い人々の宮殿とヨットについて、伝統を重んじる正教徒たちの愛人と第2の家族について、統一ロシアの愛国者が外国で所有している不動産について……、が広く世に知られると約束する。

私たちを脅して沈黙させることはできない。私がいてもいなくても、ロシアには真実を語り続ける人々がたくさんいる。

2月22日

昨日、ロシア安全保障会議のテレビ放送を見た。耄碌した爺さんと盗っ人の集まりだった（反汚職基金で調査した人物のなかに、彼ら全員がいると思う）。そして思い起こした。これによく似た旧ソ連の共産党中央委員会政治局の老害連中が、道楽に、自分たちは地政学という偉大なゲームをしていると思い込み、アフガニスタンにソ連軍を送り込むと決定したのだ、と。

結果、数十万人の犠牲者を出し、両国に深刻な打撃を与え、私たちにもアフガニスタンにも癒えない傷を残し、ソ連の解体の主な理由の一つになった。

当時、政治局の愚かな老いぼれどもは、理想と現実の二重基準を口実に責任を逃れた。現在、プーチンの老いぼれ軍団に理想はない。あるのは絶え間ない、見えすいた嘘だけだ。戦争を引き起こすための、もっともらしい理由を考えようとすらしない。

この2つのグループが必要としているただ一つのこと。それは、ロシア国民に国内の本当の問題――低い経済成長率、物価上昇、まかりとおる不正義――を見せず、ヒステリックな帝国主義に目を向けさせることだった。

国営チャンネルを最近見たことがあるか？　ここではそれしか見られない。はっきり断言しよう。国営テレビでロシアのニュースは放映されていない、まったく。流れているのはウクライナと米国とヨーロッパのニュースだ。

愚かな老いぼれと盗っ人は、もはや厚顔無恥なプロパガンダだけでは満足できないらしい。奴らは血を欲している。軍司令部の会議室で地図を広げ、戦車の模型を動かしたいのだ。

そして21世紀の政治局トップが、頭のおかしい演説をした。これを非常に的確に描写した文章がTwitterにあった。「私のお爺ちゃんが家族の食事会で酔っ払って、世界政治についてくどくど話し出して、みんなをうんざりさせるときと、まったく同じ」

ただの酔っ払いお爺ちゃんなら面白いで済むが、これは69歳の、権力にしがみついている、核保有国の最高権力者なのだ。

スピーチの「ウクライナ」を「カザフスタン」「ベラルーシ」「バルト三国」「アゼルバイジャン」「ウズベキスタン」に置き換えてみてほしい。「フィンランド」だっていいかもしれない。地政学的な考えが、この酔っ払い爺さんを、次はどこに導くのか想像してみてほしい。１９７９年の決定は、どこから見てもひどい結末を生んだ。今回の決定も同様の悲劇を引き起こすだろう。アフガニスタンは荒廃し、ソ連も致命的な損害をこうむった。

プーチンのせいで、今は数百人だが、今後は何万というウクライナ人、ロシア人が犠牲になるだろう。確かに、奴はウクライナの発展を止め、泥沼に引きずり込むことができるだろうが、ロシアもまた高い代償を払うことになる。

私たちには、21世紀に大きく経済成長できる材料がそろっている。それなのに、またもや豊かで健康的な国になる機会を無駄にしている。引き換えに得るのは戦争と強欲、嘘、そしてゲレンジークにある黄金の鷲つきの宮殿だ。

プーチンと、安全保障会議と統一ロシアの老いぼれ盗っ人軍団はロシアの敵だ。最大の脅威だ。敵はウクライナではない。西側諸国でもない。プーチンは人殺しで、さらなる殺戮を求めている。君たちが貧しいのはクレムリンのせいで、ワシントンのせいではない。年金生活者の「必需品」価格を2倍に引き上げた経済政策は、ロンドンではなくモスクワで考えられた。

ロシアを救うために、ロシアと闘う。それはプーチンと彼の泥棒政治の追放を目指すものだ。その闘いはまた、平和を求める闘いでもある。

2月24日

うーん、今、私がいる場所は一種のプラットフォーム（演壇）だろうか？　というより、ドック（被告人席）だ。だが利点もある。言い争っている人間が「記録のために言っておくと……」と口走るのを聞いたことがないだろうか。もちろん実際には記録されていない。

しかし私は記録される。私が言ったことはすべて記録されている。だから今日の法廷審議は陳情から始めた。「裁判官殿、ここで正式に記録として残したいのですが、私はウクライナの戦争に反対です。倫理に反し、同胞を殺す行為であり、犯罪です。この戦争は、クレムリンのギャングが自分たちの掠奪を正当化するために始めたことです」

「殺しているのは、盗むためです」

私はこれを何としても記録に残したかった。永遠に残るように。自分自身を振り返って、必要なときに言うべきことを言ったと確認できるように。私はこの戦争に反対だ。

君もそう言うべきだ。

3月26日

収容所で一番辛い日は、家族の誰かの、特に子供の誕生日だ。

14歳の息子の誕生日に手紙を送るなんて、どんな情けない祝い方なんだ？　父親と一緒に過ごした記憶はどんなものになるのだろう？

「誕生日、パパがハイキングに連れて行ってくれた」

「僕のパパは運転を教えてくれた」

「僕のパパは、刑務所からノートの紙に書いた手紙をくれた。出所したら、ビニール袋でお湯を沸かす方法を教えくれる約束なんだ」

認めよう、親は選べない。親が前科者という子供だっているんだ。

しかし今日は子供の誕生日だったからこそ、自分が収容所にいる理由を強く意識した。私たちは将来の彼らのためにも美しい国を作らなければ。

ザハール、お誕生日おめでとう！　お前にすごく会いたいよ、愛してる！

《Instagram より》

4月3日

今日はまさにロシアの春の日だ。つまり、雪溜まりが腰まで積もっている。そして週末じゅう、ずっと雪が降っている。囚人は雪が大嫌いだ。降っているとき、それから止んだあと、どうすれば良いんだ？　そう、雪をどかさなければならない。もう4月なんだから放っておいても10日も経てば溶けるだろう、なんてことにはならない。そんなことを言えば管理局から大目玉を食らう。規定に違反するものが落ちている場合、あるいは普段の作業をする空間に障害物が落ちている場合、それはシャベルですくわれ、細かく砕かれ、取り除かれなければならない。つまり雪をどかす作業は、収容所生活で最も意義深い活動と言える。ほかの活動は、ものすごく苦労してひねり出した無用な仕事を、むなしくこなす、というものなのだ。ここではよく言われている。「囚人をどこに連れてっても、何をさせてもかまわない。だが完全に疲れ果てさせろ」

これは週末いつも私が感じていることだ。4月に雪かきをするという、わずかなりとも意義ある仕事ではあっても、作業そのものには、心底疲れる。私は信用度の低い囚人と分類されているので、他の囚人のように「メイン・ライン」と呼ばれる、所長が歩く収容所の大通りで雪かきしたり氷を割ったり、という作業は許されない。私は班員とともにローカル・エリアを担当し、そこではシャベルで雪を掘らなければならない。

私たちの風貌は、典型的なグラーグ（ソ連の強制労働収容所）ものドラマの登場人物とそっくりだ。分厚い上着、毛皮の帽子、手袋、巨大な木のシャベル。このシャベルが頑丈な鉄でできているのか、というくらい重い。特に水分を吸って、それが凍ったあとは最悪だ。子供の頃、軍施設のある町に住んでいたとき、兵士が雪かきに使っていたのとまったく同じ物だ。それから30年が経ち、シャベルも軽量化されたのではと思うかもしれないが、その他の多くのものと同様に、ロシアでは、その進化は叶わなかった。軽いシャベルが支給されたが、すぐに壊れた。奴らの反応は、「やっぱり。木製のシャベルを使わせろ。俺たちはずっとこれを使ってきたんだ。これが堅実」というものだった。それはつまり、こういうことだ。「俺たちの爺さんが発明したシャベルだ。あの人たちの英知を疑って、進化させようとした俺たちは、なんて大それたことをしてしまったんだ」

というわけで、私は重たい冬のジャケットを着て、必死の形相で、雪の塊が凍りついているシャベルを振り回している。こんな状況でも、あるジョークのことを考えると、現実をかろうじて受け容れることができ、一瞬楽しくなる。主人公に自分を重ねるのだ。ソ連時代のジョークだが私のお気に入りで、現代でももちろん通じる。

――ある少年が自宅アパートの中庭を散歩していました。そこでは少年たちがサッカーをしていて、一緒にやろうと少年を誘いました。その子は普段から家で静かにしているタイプでしたが、同じ年頃の子たちと走り回るのも悪くないと思いました。そこでサッカーに加わり、思い切りボールを蹴りました。しかし運悪く、ボールはアパートの地下に住む管理人さんの窓を割ってしまいました。もちろん、管理人さんが出てきます。ヒゲはぼうぼう、毛皮の帽子を被って、キルトを着ています。そして酷い二日酔いでとても機嫌が悪いことがわかりました。カンカンに怒った管理人さんは、少年をにらみ、追いかけてきました。

少年は精一杯走って逃げます。頭のなかではこんな思いが渦巻きました。「どうしてこんなことに？　おうちで静かにしてるのが好きなのに。僕は読書が好きなんだ。なんで他の子とサッカーなんか。今頃、怖いおじさんから逃げ回ってないで、カウチに寝っ転がってお気に入りのアメリカ人作家、ヘミングウェイを読んでいられたはずなのに」

その頃、ヘミングウェイはキューバで寝椅子にもたれかかって、ラムを片手に、考えていました。「やれやれ、キューバにもラムにもうんざりだ。ダンス、叫び声、それに海。クソッ、私は知的な人間なんだ。こんな寝椅子に横たわっていないで、パリでカルバドスを飲みながら、同僚のジャン゠ポール・サルトルと実在論について語りあっているべきじゃないのか？」

その頃、ジャン゠ポール・サルトルはカルバドスをすすりながら、目の前の光景をぼんやり眺めていました。「パリは耐えがたい。この並木道を見たくもない。熱狂した学生や革命にも倦怠感を覚える。こんなところにいないでモスクワへ行って、友人の、そしてロシアの偉大な作家であるアンドレイ・プラトーノフと深遠な議論を交わしたい」

その頃、モスクワではプラトーノフが雪に覆われた中庭を走りながら、こう思っていました。「あのガキ、つかまえたら殺してやる」

もちろん私はプラトーノフではないが、キルトのジャケットと毛皮の帽子を持っている。そして本も書いている。次は、ユリアとの出会いの章を書き終えよう。

4月5日

視聴者にテレビがどう映ったのか、わかった。私も見ていた。

昨日の朝、ブチャで起きた恐ろしい出来事を知った。そのニュースのなかでは、ウクライナのナチスによって引き起こされた虐殺について、ロシアは国連の安全保障理事会と会議をする予定である、となっていた。

夕方、チャンネル1のアナウンサーが全貌を明らかにした。

「NATOはブチャでの挑発行為を、長年にわたり、最高位の指導部に準備させてきました。これは、バイデン大統領が最近、プーチン大統領を『殺人鬼（ブッチャー）』と呼んだことからも確かなことだと思われます。英語の『ブッチャー』と地名の『ブチャ』はなんと発音が似ていることでしょう。これこそが、西側諸国が潜在意識に訴えて挑発行為を準備してきた証拠です」

国営放送の嘘の途方もなさに言葉を失った。そして他の情報源のない人々にとって、この嘘がどれほど説得力を持ってしまうのかを想像した。

今一度、ここではっきりさせたい。プーチンの宣伝工作員は、ずっと前に、単なる道具であることをやめている。そうではなく、彼らは戦争屋と深く関わり、もはや独自の勢力になっている。

宣伝工作員にとって、戦争こそが最終目標だ。核の危険性など屁でもない。仮にプーチンの取り巻きが和平交渉が望ましいと匂わせでもしたら、生放送中でも取り巻きを論破するだろう。

プロパガンダの蛇が、自分の尾をくわえている。宣伝工作員は、単にプーチンの戦争犯罪を可能にする世論を作るだけではなく、プーチンに戦争しろと要求している。

戦争屋は戦争犯罪者として罰せられるべきだ。ルワンダで虐殺を呼びかけたラジオ局のような、こういう放送は、制裁を受け、法の下に裁かれるべきだ。

改めて言いたいのは、嘘つき装置の大部分を有する国営メディアグループが、プーチン個人の持ち物であり、会長は彼の愛人アリーナ・カバエワだということだ。

このようなゲッベルスの継承者たちが仕事をできないように、断固たる措置を講じなければならない。機材の供給やメンテナンスを完全に遮断し、彼らが西側諸国に持つ不動産を暴き、ビザの発給を止める必要がある。

ブチャ、イルピン、他のウクライナの都市で起きている恐ろしい殺戮では、次のような蛮行があったという。市民を後ろ手に縛って背後から撃つ、後頭部を撃つ、そのとき近くに立って、耳元で「あいつらを撃て、撃て。今夜のニュースで特集されるぞ」とあおった者もいたそうだ。

6月15日

宇宙の旅は続く。宇宙船を乗り換えた。みなさん、厳戒矯正労働収容所からこんにちは。

昨日、メレホボ第6矯正労働収容所に移送された。今は隔離措置なので、あまり言えることはない。文化的生活と怒りについての新鮮な印象だけ。

文化面から。本を運ぶのが大変で、発狂するかと思った。収容所の倉庫と警察車両の間を何度も往復した。看守はそれを全部リスト化するのに、やはり正気を失いそうになっていた。まさにこうならないために、先月、かなり頑張って管理局を説得し、50冊を収容所の図書館に寄付することが認められたのに。昨日は本の入った袋を運びながら、人生で初めて、本を燃やすことは必ずしも悪いことではないかもしれない、と思った。

怒りについて。隔離措置の最中に、ここで受けられる職業訓練の職種と所要期間のリストを渡される。たったの3ヵ月で縫製作業員になれる（私も選んだ）そうで、つまりお針子さんだが、ここでは労働階級の最上位に君臨する。袋縫いと折り伏せ縫いを瞬時に見分けられるようになる。しかし想像できるだろうか。「鶏の骨取り」コースを選択してもやはり3ヵ月かかる！　言い換えると、その点で彼らは私たちお針子さんと同じなのだ。だがチキンから骨を取り除く方法を覚えるのに、3ヵ月も勉強する必要が？　鶏の死骸をラインストーンのなかで転がしでもするのか？　私は腹が立った。

それ以外は今のところ、大丈夫だ。

皆さんにこんにちは、と大きなハグを。

7月1日

私はまるでプーチンかメドベージェフのような暮らしをしている。

宿舎をぐるりと囲むフェンスを見て、そう思うことにしている。どの宿舎にもフェンスはあり、その内側に物干し竿がある。しかし私の宿舎のフェンスは6メートルと高く、私たちの暴いたプーチンやメドベージェフの宮殿でしかお目にかかれないような代物だ。

プーチンはノボオガリョボかソチにある宮殿で、生活も仕事もしている。私も似たような所に住んでいる。プーチンは閣僚を待合室で6時間待たせる。私の弁護士もまた、私に面会するために5〜6時間待たされる。私の宿舎には「FSBに栄光あれ」などと大音量で流れる拡声器がある。おそらくプーチンの宮殿にもある。

しかし共通点はここまでだ。プーチンはご存知のとおり、朝の10時まで寝て、プールで泳ぎ、蜂蜜がけのカッテージチーズを食べる。

私は朝の10時が昼食だ。労働が朝の6時40分から始まるからだ。

6：00　起床。10分でベッドメイク、洗顔、ヒゲ剃り、などなど
6：10　運動
6：20　朝食に連れて行かれる
6：40　身体検査ののち仕事に連れて行かれる
　　仕事中は、ミシンの前に、膝丈よりも低い椅子に7時間座っている。
10：20　15分の昼食休憩

仕事のあと、プーチンの肖像画の下の木製ベンチで数時間座り続ける。これは「鍛錬活動」と呼ばれている。

土曜日は5時間働き、その後、また肖像画の下に座る。

日曜日。建て前上は休みだ。しかしプーチン統治下では、あるいは独自の決まりを作った誰かさんの統治下では、思いもしないリラクゼーションが用意されている。日曜、私たちは木の椅子の上に10

時間座る。このような活動で「鍛錬」される人間などいるだろうか。動けないほどの腰痛を抱えている人物なら別だが。いや、それが本当の狙いなのか。

しかし君も知ってのとおり、私は楽観主義者で、闇にあっても明るい面に目を向ける。楽しむ機会は逃さない。縫製をしている間、ハムレットの独白を思い出して、英語で唱えている。

しかし同じシフトの囚人によれば、私が目を閉じてシェイクスピア時代の英語、「御身の祈禱のなかに、罪に汚れたこの身のこともお忘れなく」〈野島秀勝訳〉のようなことを呟いていると、悪魔を召喚しているように見えるそうだ。

そんなつもりはない。悪魔の召喚は収容所の規則に反するかもしれないから。

《Instagram より》

8月15日

壁に固定されたベッド、朝早くに回収されるマットレス、1日に1時間だけ与えられる筆記用具、毎週土曜の朝食に卵が1個。服役経験者なら、これで私の現在地がわかるだろう。そう、懲罰隔離棟だ。忌まわしい略語「シゾ」のほうが通じやすいかもしれない。囚人を苦しめ、拷問し、殺すための小部屋だ。「シゾ」は囚人を罰する合法的でポピュラーな方法で、最も重い懲罰とされている。どれほど重いかというと、ここでの拘禁は最長15日間までしか法律で許されていない。ここに入れられたのなら、管理局をひどく怒らせたということだ。もし管理局がもっと、もっと怒ったら、この15日ルールに「マットでお帰り」の裏技が適用される。15日間拘禁されたのち解放され、マットレスを渡され、一般宿舎で一晩過ごしたあと、再び翌朝には「シゾ」に戻され、15日間拘禁される。これは何度も繰り返されることがある。

ここはコンクリートでできた地獄の部屋で、2メートル半×5メートルの3人部屋だ。あまりに暑くて息も吸えないほどだ。岸に打ち上げられた魚のように、新鮮な空気を求めて口をパクパクさせる。だがほとんどの場合、寒くて湿った地下室のようだ。床には水たまりがよくできる。こんな場所にずっと閉じ込められるのは拷問だ。囚人服は、下にこっそり布地をあてがって、少しでも温かいように改造されている場合があるので、「シゾ」では取り上げられ、下着のパンツ一丁にされる（最近までそれすら脱がされていたらしい）。それから、改造されていない囚人服を渡される。この服にはある特徴があり、ロシアじゅうの刑務所で知らない者はいない。ジャケットの背中とズボンの右脚の部分に白いペイントで大きく「シゾ」と書かれているのだ。「敵」の烙印を押されたということだ。動きまわるときには、両手を後ろに回さなくてはいけない。

「シゾ」が懲罰隔離棟で、マグカップしか持ち込めない犬小屋であるという点よりもっと重要なのは、ここが拷問のための部屋だということだ。常に孤立していて、拡声器から音楽が流れ続けている。本来は、別の房に入っている囚人と言葉を交わさせないためだったが、実際にはこの拷問のせいで、囚人は叫び出す。場合によっては、収容所の看守が直接に囚人を拷問する。懲罰隔離棟以外では、拷問は別の囚人か「囚人活動家」がおこなう。見返りは看守からのタバコや食べ物、ひょっとすると早期釈放だ。

私が「シゾ」に入れられたとき、大きなスキャンダルがあった。複数地域の刑務所の管理局が組織的に囚人を虐待、レイプしただけではなく、その様子を録画していたのだ。その動画は中央サーバーにアップされ、刑務所管理局とＦＳＢの職員がアクセスできる状態になっていた。こんな目に遭いたくなければ、と誰かを脅す目的だった。と同時に彼らは（私の認識ではこちらが本来の目的）、各地方刑務所で囚人をレイプし、そのときの映像を公開すると脅した。そんなことをされれば、仲間の囚人から「辱められた者」とカーストの最下層に格下げされてしまうので、囚人は拷問役のリクルートに応じた。

ほとんどの場合、レイプと撮影は「囚人活動家」がおこない、撮影用のカメラは収容所の看守が与えた。そのうち、連邦刑執行庁の切れ者が、かつてＩＴエンジニアだった囚人に、撮影映像をアップロードさせた。この不運な男もまた、肛門レイプを受けたのち管理局にリクルートされた囚人だった。彼は機会を狙って、アップロードした動画をすべてダウンロードした。数テラバイトにも及ぶ拷問の記録だった。そのごく一部が世間に公表されるや、体制側は速やかに対応し、おそらくは、このＩＴ男の罪を取り下げると交渉したか、ただ単に買収した。

それはさておき、数十本の動画が世の中に出た時点で、連邦刑執行庁のトップの辞任と、刑事告発を求める声が高まった。プーチンがもみ消そうとしたにもかかわらず、この波は広がっていった。何度かあった記者会見でこの件を指摘されると、プーチンは「すべては調査中」とだけ答えた。驚くにはあたらない。ＦＳＢがこの拷問を始めた張本人だったことがわかったからだ。「行き過ぎた刑務所業務」など存在せず、最初から、トップが主導した組織的拷問だったのだ。

興味深いことに、最初にリークされた動画のなかで、今、私がいるウラジーミル州は拷問がおこなわれているロシア最悪の地域、とされていた。この収容所も含まれていたことは間違いない。ネット上で「ロシアで行われている拷問の中心地の一つ」と言われているのだから。

ほぼすべての映像に、囚人がモップの柄でレイプされるシーンが含まれていた。なぜなのかはわからない。それが「刑務所スタイル」なのか。あるいはFSBの変態が密かにそんな趣味があり、拷問にはその方法を用いるよう命令したのか。

今朝、房の掃除用具を渡された。小枝でできたホウキ、チリトリ、雑巾。モップはなかった。こう言いたいのを、ひどく苦労して我慢した。「モップはないのか？　ないとは言わせないぞ」

私はカリスマ・ミニマリストだ。

この房にはマグカップ1個と本1冊しか持ち込めない。囚人服さえ取り上げられ、期間限定の特別服を着せられている。背中には巨大な「シゾ」という白い文字がある。

やあ、みんな。懲罰隔離棟からこんにちは。

組合を組織するのはいつでも大変なことだ、しかも刑務所内とあっては。組合設立の申請書からシゾまでの道のりは、思っていた以上に短かった［原注：アレクセイは囚人の労働環境を改善するため、囚人組合を設立しようとしていた］。

クレムリンは、昔ながらの強制労働収容所には沈黙を守る奴隷しかいないと信じたかったのだろう。しかし、ここには私がいる。囚人を集結させ、警備兵に許しを請うのではなく、彼らにも従うべき法があると主張した。

すると刑務所委員会に呼び出された。私が労働区画で、しょっちゅう囚人服の第1ボタンを外しているところが監視カメラに映っていたそうだ（囚人服が数サイズ小さいのだ）。

もちろん、これで私は頑固で矯正が難しいということになり、シゾに入れられることとなった。なんたる皮肉。古い木のスツールではなく、背もたれもある椅子に座りたいとずっと願ってきたのに、今度は鉄製のベンチでもたれる場所もなく、座っていなければならない。

今日で3日目だが、9月の半ばに親族が面会に来る予定だ。4ヵ月に1回許されている。しかし懲罰隔離棟にいる間は面会が禁止されているので、私が態度を改めない限り、懲罰隔離棟から出られず、親族との面会はない、と言われた。

どの態度を改めれば良いのかよくわからない。奴隷労働に対する？ プーチンに対する？

鉄製のベッドは壁に固定されていて、寝台列車のような感じだが、寝台を上げ下げするレバーはドアの外にある。朝5時、マットレスと枕を取り上げられ、寝台が上げられる。夜9時、寝台が下げられてマットレスも返ってくる。金属製のテーブル、ベンチ、洗面台があり、床には穴があいている。天井には2台の監視カメラがついている。

面会も、手紙も、小包もなし。ここは収容所内で唯一、タバコが禁止されている場所でもある。紙とペンは1日に1時間半だけ与えられる。

毎日の「運動」は、これとよく似た部屋でおこなうが、そこではほんの少しだけ空が見える。身体検査が四六時中あり、両手はいつでも背中の後ろに回していなければならない。そんなこんなだが、ここは楽しい。まるで映画だ。まだ大丈夫、もっと悪くなり得る。

この投稿を書くのは終わりにして、紙が取り上げられる前に、労働環境における権利について、囚人に指南書を書こう。委員会は正しい。私は確かに矯正しがたい。

今、読んでいる本はユヴァル・ノア・ハラリの『21 Lessons 21世紀の人類のための21の思考』だ。完璧な、課題と包括的アプローチの融合。

8月24日

再び懲罰隔離棟。プログラミング用語で言う「無限ループ」だ。ボタンを留めていなかった罰でシゾに3日間送られることになり、シゾに連れて行かれる最中に、「手を後ろに！」と注意された。「はいはい」と私は答えて手を後ろに回した。

しかし手を下ろしてふつうに歩いていた瞬間があった。時間にして3秒、この間、私は罪を犯した！ ということで私は委員会に呼ばれ、「ナワリヌイ囚人は、シゾに行く際の規則に違反した。カメラによれば、違反時間は3秒。しかし素行不良、及び既にシゾに収監経験があることに鑑み、5日間のシゾ送りが決定」

5日間。あっぱれ。この調子なら永遠にシゾにいることになりそうだ。

この指示は明らかにモスクワから来たものだ。ロシアの刑務所基準に照らし合わせても、3秒背中に手を回さなかったから懲罰隔離棟送り、とはやりすぎだ。

そんなわけで、私は今、地獄のクローゼットのなかに、マグカップと本とともに座っている。なんだか退屈だ。瞑想の方法を学んだほうが良いだろう。

まだ瞑想はマスターできない。何についても、何も考えない、ということは非常に難しいことがわかった。自分の呼吸に集中しようとするのだが、この懲罰隔離棟が言ってみればヴィパッサナーだという事実に気づいてしまった。中年の危機に悩む金持ちの瞑想法だ。

彼らはお金を払って、2週間部屋に閉じこもって、わずかな食事を摂り、外界と一切の接触を断つ。瞑想して内省する。これらすべてを私は無料でできている。
羨ましいかい?

《Instagram より》

9月2日

看守は私の頭がおかしくなったと思っているようだ。心配そうな、同情したような表情を浮かべている。

懲罰隔離棟に戻ってきた。1冊だけ携帯を許されている本に、今回は『英国小史』を選んだ。とても良い本だと思うが、読み終えるまで、ヨーロッパの為政者が、いつ、果てしないブスッと刺し、そして結婚、結婚、またまたブスッと刺し……をやめるのか、いつになったら子供にヘンリーやエドワードと名づけることをやめるのか、読み終えるまでまったくわからなかった。婚姻関係がさほど重要でなくなってからは、誰もが文明的な手法で何百万、何千万という民を殺す方法に落ち着いたようだ。

しかしそうなる前の暗く血塗られた時代、英国の歴史は、どのページにも非常によく似た名前の人々が登場し、入り乱れ、王朝が絡み合う。もっとややこしいことに、人名がすぐに変わるのだ。さっきまでグロスターだった人が、次に登場するときにはリチャードになっている。しかし私には1日16時間の自由時間があり、机に向かっていられる。金属製の机は表面がヌメッとしていて転覆したボートの底を連想させるのだが。ともかく、英国史との決闘に挑むことにした。

残念ながら、ヘンリーたちと闘うための私の主な武器はペンと紙しかない。しかし1日に2回しか与えられず、時間割で「手紙の返事、苦情、申請を書く」とされている合計1時間半しか使えない。そこで、読み終わった箇所を二度、三度と繰り返し読んでおいて、ペンを与えられたらすぐに家系図を書き出せるようにした。誰が誰の息子なのか、愛人、殺人者なのか。

歴史上の出来事が面白くなっていくにつれ、家系図も混迷を極めた。今日の私たちには「面白い」が、アン・ブーリンの時代に生きていた人々は震え上がっただろう。

いつものように、私のメモはすべて入念に写真を撮られる。たとえそれが小さな紙切れに書きなぐったものであっても、弁護士との面会中に描いた四角や三角であっても。このルーティンはほぼ2年も続いているが、警戒の手綱が緩まる気配は一向にない。むしろ一層厳しく撮影されるようになった。すべてが読まれ、殴り書きの場合には解読される。

これにはかなり確信があるのだが、FSBの職員は内密に私を監視させている。関わっている看守たちは、昨日、私の房から回収した紙をよくよく読んで、腰を抜かすに違いない。私は薔薇戦争の全貌を本格的に理解しようと決めたのだ。しっちゃかめっちゃかなんだ、これが！『ゲーム・オブ・スローンズ』も真っ青だ。というより、あのドラマは十中八九、薔薇戦争のパクりだ。ドラゴンだけはオリジナルだが。

しかし、大研究の末に深刻な問題に行き当たった。すべての家柄を分けて家系図を作り、姻戚関係を書き加え、勝利したのは赤薔薇だったという確かな結論に辿り着いた。著者は私ほど無知な読者を想定していなかったようで、本のなかで、どちらの薔薇が勝ったのか明言していない。史実は、学校に行った者なら誰でも知っている。私も学生のとき、歴史の教科書で読んだ覚えがあるが、テストが終わったらきれいさっぱり忘れてしまった。

ともかく、薔薇戦争の章は、勝者であるヘンリー7世（赤薔薇）が、リチャード3世（白薔薇）の姪であるヨークのエリザベスと結婚して内紛に終止符を打った、と締めくくられている。それ以降、紋章には2つの薔薇が描かれ、現代でもイギリスではあちこちのホテルやバーで掲げられている。ここで、どうしても解けない謎がある。王家の紋章は、白い薔薇が赤い薔薇の上に描かれている。なぜこんな意味深なことを？　このデザインを考えたのは誰なんだ？

あるいは、勝ったのは白薔薇のほうだったのか。

私はもう一度、目を皿のようにしてメモを見た。いいや、勝ったのは赤薔薇だ。

本の中面のカラー写真で紋章を観察した。どちらが「上」に描かれているとも言い難い。この馬鹿げた薔薇は咲いた状態で描かれていて、花びらは赤と白が重なりあって見える。刑務所の外にいるのなら話は簡単で、どちらが勝ったのかグーグルで調べればいい。

私はメモを全部脇にどけて、最初から書き直した。赤薔薇の勝ちだった。

戦いのひとつひとつの勝敗は白黒つけがたい場合もあるが、最終的に誰が王になったのかは明明白白。だったらなぜ白薔薇が上に来るんだ？　まったく、イギリス人ってやつは！

なんにせよ、別の機会にもう一度整理しよう。願わくば、この研究がFSBを焦らせて、分析結果ファイルをクレムリンに持って行き、私がランカスター家とパーシー家とヨーク家とその他もろもろの一族とロシア政府の転覆を謀っていると警告させますように。そうそう、この犯罪組織のメンバー、ウォリック伯についての覚え書き。彼は裏切りの傾向あり、と。私の「個人所蔵」である150冊もの本のなかに、『フランス小史』や、米国、ドイツ、ヨーロッパの歴史の本がある。フランス史で家系図を作ったら、今度こそ限界を超えてしまうかもしれない。だが繰り返しシゾに入れられるなら、選択の余地はない。フランス史にも真っ向勝負だ。

瞑想も試している。スピリチュアル系にはかなり懐疑的なのだが、この鉄のカゴの中で、天井にはめ込まれた半透明プラスチックの照明が発する光に目を痛めて読書ができないとなれば、ほかに何をすれば良いのか。瞑想の良いところは、1日の16時間くらい、あっという間に過ぎるということだ、理論上は。また体一つでできるのが一番重要だ。スポーツもそうだが、外気温が32度もあって、房のなかは35度という環境では難しい。

面白かったのは、妻に手紙で「ネットで見られる簡単な瞑想のやり方を探してくれ。始めたいが、やり方がわからない」と書いたときのことだ。妻は返事で、「本当に？　何年か前に、あなた毎朝、蓮華座になってうめき声あげてなかった？　不思議な感じだったから、私はキッチンでお茶を飲みながら心配していた。あれは瞑想じゃなかったの？」と書いてきた。「君は何も知らないんだな、あれはプラナヤマ・ヨガで、呼吸法なんだ」と私は教えた。しかし笑わずにはいられなかった。確かに2008年に、私はヨガを始めようとした。まったくの初心者だった。ジムに通い始めた頃で、プールとパーソナル・トレーニングを申し込んだ。そのトレーナーがクンダリーニ・ヨガをする人だった。彼のエクササイズがとても性に合ったので、プールはやめて、1週間に数回ヨガに通うようになった。自分はヨガに付随するスピリチュアルなものに一応の敬意は払うが、あまり信じてない、と正直に打ち明けた。言っておけばそういう部分は省略してくれるだろうと願っていた。そして、彼はそうしてくれた。ワークアウトの始めと終わりだけ、ヨガ・チャンティング〔訳注：マントラをリズミカルに唱えて集中力を高める〕をやった。その界隈ではよく知られている方法だ。「オンンンンナムーーグルーーーナモーーー」とかそういう感じのことを唱える。始めた当初、一番の心配事は、トレーナーがそれをやっているときに笑ってしまうのではないか、ということだった。すると彼は、意味を考えず、ただの呼吸法と思えば良いと教えてくれた。私は次第に彼の「ウンーーー」に慣れ、家でも実践するようになった。これには家族全員が、特にユリアが心配した。彼女は私が物事に没頭しやすい性質だとわかっていたが、私が目を閉じて蓮華座になり、「ウムーーー」とわめいているのを見て、どこに向かおうとしているのか不安になったことだろう。行き先は仏陀にしかわからない。

ハマりやすい性質の人の困ったところは、冷めるのも早い点だ。トレーナーのスケジュールが変わり、私との早朝レッスンは無理になった。夕方は私の方が不都合だった。私は悟りを開くことなくヨガをやめた。再開するなら今が良いかもしれない。

ユヴァル・ノア・ハラリのお陰で瞑想を思いついた。彼の『サピエンス全史』は私のなかでは高評価でお勧めだ。前回シゾにいたとき、『21 Lessons　21世紀の人類のための21の思考』を読んだのだが、本の最後で著者は、自分自身や脳や認知の過程を探究する実践的な手法として、瞑想を勧めていた。書きぶりが簡潔かつ合理的で、「エネルギー体」や「背筋に沿ったエネルギーの流れ」などの描写が一切なかったので、私は信じる気になった。

瞑想は自分の思考をコントロールする方法を学ぶことだ。これは非常に難しい。5秒間、何も考えないでいようとすれば、どれほど大変かわかる。

今日は何度か挑戦した。床に座り、安楽座になって（もう蓮華座ができなくなっている。なぜヨガをやめてしまったんだ！）、自分の呼吸に意識を向けようとした。吸って、吐いて。吐いて、吸って。あまりうまくいかない。数秒後に自分が他のことを考えているのに気づく。しかしハラリは、いずれできるようになる、と書いていた。大事なのは練習と自己鍛錬だ。そうさ、シゾもそのための場所だ。囚人を鍛錬する。私も鍛錬を続けよう。

瞑想をしていたら、こんな考えが浮かんだ。これで瞑想はますます良いことだと確信した。もしここにゲームのできるＰＣがあったなら。私の好きなバトルゲーム、ロールプレイングゲームなどがあったら、この場所から出たいとすら思わなくなるだろう。もしもこの暗く湿った酷い房のなかに、覗き込んで、集中できる空間が現れたのなら、すべてが一瞬で変わる。私の脳は光のピクセルを見て、その動きを識別し、コントロールすることにエクスタシーを感じる。すると金属製の拷問ベンチはさほど座り心地が悪くなくなる。もはや空腹も感じない。暑さも忘れる。つまり理論上は、もし脳と思考回路をコントロールできたら、何もない空間に接続する方法を学んだことになる。それは呼吸法を経て辿り着く場所、あるいは、ＰＣのディスプレイと同様に、想像上のどこかだ。

これはもちろん極論で、突拍子もない。もし物事がすべてこのようだったら、人は瞑想の途中のアニメを一時停止させる以外には何もせず、何も望まないことが可能になる。瞑想は有効な時間つぶしであり、シゾから出るまでの、あと1時間を楽にする能力を高めてくれる。これらを身をもって実感する頃には、真実に辿り着けるかもしれない。

9月7日

ワオ！　大当たり！　シゾから出るやいなや、すぐにもう15日間の刑で送り返された。罪状は「頑固な反逆者」だ。これから矯正労働収容所の厳戒区画の、厳戒態勢下に置かれる。この状況はハンニバル・レクターかX－メンのマグニートーか、どちらに近いだろう。

この措置は想定していた。私が「落ち着かない」ことに対する、そしてプーチンの６０００人のエリートどもを制裁せよと呼びかけたこと［原注：賄賂受領者と戦争屋の制裁を訴える反汚職基金のキャンペーン］、また奴らが大嫌いなスマート投票を再び呼びかけたことに対するクレムリンの反応なのだ。

我らが皇帝が「奴を腐らせてしまえ、腐らせろ！」と怒鳴って、ご機嫌取りどもに物を投げつけていることを願う。

悪党たちのセコさには恐れ入る。妻と両親が私との面会を４ヵ月待っていたのに、私はこの懲罰を告げられ、厳戒区域に移送されることになった。そこでの面会は６ヵ月に１度だ。ついてない。

私の宇宙船は意地悪なエイリアンに襲われたようだ。船が損傷したので私は生き残るために小さな緊急部屋に避難しなければならなかった。食べ物は少なく、寒いが、考える時間はたくさんある。何か面白いことを思いつこう。

ところでふと思ったのだが。プーチンのロシアで、政治犯として捕まっている者のなかで、「頑固な反逆者」と認定されたのは今のところ２人だけだ。２人目が私で、１人目は弟のオレグ。なんて家族だろう。

9月8日

懲罰隔離棟から出されて、委員会に連れて行かれた。そこで物々しく言い渡された。「お前がまだ犯罪行為を続けている事実が明らかになった。この収容所にいながらにして直接、犯罪を犯している。そして弁護士を通じて共犯者とも連絡を取っている。よって、弁護士と依頼者間の秘匿特権をこれより認めない。弁護士に提出した書類、弁護士から受け取る書類には、すべてに3日間の検閲期間を設ける」

「過激派の私が起こしたひどい事件とは何のことか、教えてくれ」という私の質問に、奴らは答えた。「それは機密情報だ。お前は知ることができない。調査の詳細を教えることはできない。弁護士と依頼者間の秘匿特権がもはや適用されない、それだけだ」

それだけではない。面会のときに、私と書類のやりとりをできるよう、弁護士の部屋に小さな開口部を作ったのだ。今や弁護士と私は、鉄格子を挟んだうえに、2枚のプラスチックの仕切り越しに面会している。はっきり言って私たちのコミュニケーションはパントマイムだ。最高。もし弁護士が苦情申し立ての草稿を私と相談したければ、その書類はまず、苦情の対象である収容所に提出され、3日後に私の手元に届く。私が加筆した苦情書はさらに3日かけて弁護士のもとに戻る。なんて効率的。しかも、すでに幻想でしかない私の権利は、何ら守られない。

何が体制を怒らせたのかわからない。6000人のリストか、スマート投票か、囚人組合か。これら3つはどれも素晴らしいアイデアだと思うのだが。

10月20日

私は暗黒世界の天才だ。シャーロック・ホームズの敵役モリアーティ教授など足下にも及ばない。

君たちは、私がただ2年、禁錮刑に服していると思っているだろう。しかし私は刑務所の規則に違反しただけではなく、ここで熱心に犯罪行為に手を染めている、ということが明らかになった。

幸運にも優秀な取調委員会は何一つ見逃さなかった。

新たな刑事訴訟を受け取ったが、私は収容所にいながらにして、次のことをやり遂げたらしい。

- テロを宣伝し、助長した
- 公的に過激思想を呼びかけた
- 過激派活動の資金集めをした
- ナチズムを復活させた

大したものだろう？　これだけのことを娑婆でやった人間も稀だと思うが、私は塀の中でやってのけた。唯一、私の輝かしい功績に影を落とすのは、共犯者の存在だ。レオニード・ボルコフ、イバン・ズダノフ、リリヤ・チャニシェワ。私がこのグループの首領で、彼らを使って犯罪を指揮した。

たとえば、体制側の説明によれば、私がナチズムを宣伝したとされているのは、レオニードのせいだ。彼は反汚職基金のYouTubeの人気チャンネルの一つ「ポピュラー・ポリティクス」で、「シュタウフェンベルク大佐がヒトラーを殺そうとしたのは正しい行いだった。ヒトラーは死ななくてはならなかった」と言った。取調委員会とプーチンの見解では、ヒトラーは合法的な指導者であり、その彼を爆死させる試みは過激派思想と見なされるらしいのだ。ほかの罪状もすべて同じことが書いてあった。ポピュラー・ポリティクスの動画は、私の命令による、テロリストと過激派の活動なのだ、と。

弁護士がこれらの個々の罪状の求刑年数を足したところ、30年になるだろうとのことだった。何を言えと？　ポピュラー・ポリティクスのチャンネル登録をよろしく。

11月17日

おめでとう、私。囚人ヒエラルキーをまた一段登ったぞ。

ナワリヌイ、準備をしろ。お前の指導者の役員会議がある。

私に指導者役員がいたとは知らなかった。役員は5人の陰気な警備兵と、金髪で7センチはあろうかという赤い爪の人物だった。なるべく彼女の近くには近寄らないようにした、念のため。

この時点で、私はきっとまた「素行不良により、役員がお前の心臓を引き裂くことが決まった」とでも言われるだろうと思っていた。ところが、それほど悪くはなかった。

「ナワリヌイ囚人、お前は著しく頑固な反逆者だ。厳重管理班はお前の矯正には不十分だった。よって、指導者の役員会は懲罰独房に移送することを提言する」

そのあとすぐに収容所所長のオフィスに連れて行かれ、委員会は指導者たちの提案を受け容れた。ということで、私は今、懲罰独房にいる。

ロシアの収容所では、囚人は宿舎で暮らし、管理局を非常に怒らせるとシゾに入れられる。そこには何もなく、何もかもが禁止されているが、最長で15日間まで。そのための厳しい規則なのだ。

そして最も頑強に抵抗する囚人には、懲罰独房が用意される。ひどく狭いのはシゾと同じだが、持ち込める本は1冊ではなく2冊。また、予算はかなり限られているが、売店の利用が許されている。

いかにもクレムリンらしい卑劣なやり方が発揮されたのは、私の面会日のスケジュールに関してだ。彼らは私の拘禁のすべての条件を一つひとつ、管理調整している。

当初、この収容所に来て間もなく、親族との長期面会がある予定だった。だが彼らはそれを許可せず、4ヵ月待てと言った。だから私は待った。そして面会の3日前、厳戒区画に移送されると聞かされた。そこでは面会は6ヵ月に1度だったので、私は再び待った。

母と父はもう荷物をまとめていた。子供たちも来る予定だった。ユリアも。ところがその4日前、私は懲罰独房に送られることが決まった。そこでは面会は許されていない。

そんなわけで、私にはもはや面会がない。管理局は上を満足させることができて、さぞかし満足で大喜びだろう。なるほど、これを哲学的に捉えてみよう。奴らがこんなことをするのは、私を黙らせるためだ。それなら私がまずやるべきことは？　そう、怖じ気づかず、黙らないことだ。

みんなも是非そうしてほしい。すべての機会で声を上げて。戦争反対、反プーチン、反統一ロシア。みなさんにハグを。

11月21日

収容所で暮らすということは、マズローの欲求の5段階ピラミッドの最下層にいることを意味する。知っているね、教科書に載っていただろう。1階はただ食べて生き残りたい階で、最上階になると映画館に行ったり、ロックスターか僧侶になりたいと願ったり、というあれだ。

現在、進歩的な市民がTwitterで国際情勢を話し合おうとしたり、『ユリシーズ』を読んだと友人に見栄を張ろうとしたりするなかで、私はこの収容所に、冬用のブーツを支給しろと訴えている。奴らは渡すつもりがまるでなく、私は切実に必要だ。もう何週間も前に収容所全体が冬用の制服に衣替えした。ところが邪悪な現場担当者がふてぶてしく、私にだけ冬用のブーツを支給しない。

〝運動〟場は私の房より狭くて、氷で覆われている。そんなところをふつうの靴で歩けるか、やってみるといい。だがとにかく歩かなくてはならない。新鮮な空気が吸えるのはその1時間半だけなのだ。

収容所の看守はなぜ、こんなに無益で不条理な嫌がらせをするのか。ここに、懲罰を用いた管理システムの狡猾さと巧妙さが表れている。

冬用ブーツがない。そうなると2つの選択肢がある。外に出ない（そして苦しむ）、外に出て病気になる（私はすでにそうなった）。もし自宅にいて、ブランケットとお茶と蜂蜜があるなら、風邪を引いても構わない。しかしお湯が一日の朝昼晩3回しかもらえない房にいるのなら、病気になることはまったくお勧めできない。ちょっとした風邪でも危ない。病気になれば、管理局に薬や治療や毛糸の靴下を履く許可をもらわなくてはならない。すると奴らはもともと不均衡な力関係でさらに有利になったことを笠に着て、囚人になにかを差し出すよう要求する。刑務所の闘いは、互いの弱点を探す果てしなきゲームなのだ。

愚痴を言いたいわけではない。だが最近よく、抑鬱、不安、無力感に悩んでいるという手紙をもらう。なんだって？　元気を出すんだ。ちゃんと生きていて刑務所にいないのなら、順調じゃないか。パンプキン・ラテを飲み終えて行動を起こしたまえ。ロシアを自由に近づけるための行動を。

やあ、みんな。マズローのピラミッド最下層からこんにちは。

《Instagram より》

2023年

1月12日

刑務所で2年過ごしてきて、正真正銘のオリジナルの話は、サイコについてだ。ほかの様々な事柄はかつて何度も話され、描写されてきた。ソ連の反体制派の本を開けば、懲罰房、ハンガーストライキ、暴力、挑発、医療不足などの話が尽きることなく出てくる。目新しいことは何もない。しかし私のサイコについての話は新鮮だ。少なくとも私はこんな話は見たことも聞いたこともない。

まずシゾの構造について話そう。私がいつも入れられている場所だ。狭い廊下の両側に房が並んでいる。金属製のドアには特に防音効果はない。それにドアの上には換気用の穴があいているので、廊下の向こうの囚人とは、声を張り上げずとも話すことができるほどだ。これが主な理由だろうが、私の房の向かいに囚人がいたことはない。というか、8つの房のどこにも誰かがいたためしはない。シゾには私しかいない。自分のほかに、懲罰を受けている囚人に会ったことはない。

ところが約1ヵ月前、私の房の向かいにサイコがやって来た。最初は振りをしているだけだろうと思っていた。とても活動的な男だった。叫ぶ、うなる、叩く、吠える、3つの違う声で自分と言い争う。ただこの男の場合は、発する70%が卑猥な言葉だった。ネットで、悪魔に取り憑かれたと思われる人の動画があるが、あれに近い。うなり声の絶叫（彼の3つの人格のなかで、私のお気に入り）が断続的に発せられ、何時間も止まないのだ。それで男が振りをしているのではないとわかった。ふつうの人間なら日中14時間、夜間3時間、1ヵ月間、叫び続けることはできない。しかも彼の「叫び」は首の静脈がくっきり浮かび上がるほどのものだった。

この1ヵ月間、私は頭がおかしくなりそうで、巡回のたびに、この男をどこかへやってくれ、と警備兵に訴え続けた。夜は眠れないし、昼間は読書できない。ところが、連中は男を移送しなかった。彼は私と同じただの囚人だ、と何度も強調した。

それから私は驚くような情報を得た。この男はもともと違う場所で拘禁されていた（殺人で24年）が、およそ1ヵ月前、この収容所に移され、それからすぐにシゾに入れられた。そして私を楽しませるために、ここに留め置かれている。

この作戦はうまくいっていると言わねばなるまい。一瞬たりとも退屈しないし、まともな睡眠がとれない。病気になることとも違う。病気なら、日中は発熱に苦しみながら、早く夜になって、ベッドが下げられて、マットレスを渡してほしいと願う。しかしこの場合、夜になっても元気な吠え声が隣から聞こえてくるのだ。知ってのとおり、睡眠の剝奪は、最も効果的な拷問のひとつだ。しかし今回、正式な異議申し立てはできない。男もまた囚人であり、懲罰隔離棟に入れられているだけで、どの囚人をどの房に入れるかは、管理局の決定に委ねられているからだ。

こんな状況になってみて、いつものことだが、あることに感嘆した。

すべて仕組まれたことだったのだ。地方か中央の組織で誰かが思いついて、実行に移したのだろう。囚人の移送は理由もなしにはできない。基本ルールでは、服役は同じ1ヵ所で、と決められている。つまり上から「ナワリヌイにプレッシャーをかけろ」という命令があったということだ。そこで下級将校や大佐が集まって話しあった。「どうやってプレッシャーをかければいい?」。功名心にあふれた誰かが言う。「どこそこの刑務所に頭が完全にいかれた囚人がいる。昼も夜も叫んでいる。その囚人をあいつのもとに連れて行こう」

「いいアイデアだ、同志諸君。大佐同志、取りかかって報告せよ」

もしこのサイコが刑務所病院にいたのに、奴らが正気だと主張して退院させていたとしても驚かない。私の向かいに収監するためなら。

一連の出来事の裏にある奴らの心理的特性は明らかだ。ロシアの刑務所体制とFSBを仕切っているのは、変質者の集団だ。奴らの体制は細部に至るまで異常で歪んでいる。悪名高いモップ・レイプ、人間の肛門に物を挿す、など。こんなことは、悪人でも正気の人間なら絶対にしようとは思わない。刑務所体制下で、恐怖とファシスト的な犯罪がおこなわれているという噂は、すべて事実だ。ただひとつ、訂正しなければならない。現実はもっとひどい。

1月17日

ロシアに帰国して2年が経った。その2年を刑務所で過ごしている。こんな投稿をしていると、自問せずにはいられない。あと何回、こんな記念日の投稿をしなければならない?

これまでの歩みと節目がおのずと答えを導き出す。必要なだけ何度でも。私たちのみじめな、疲弊した母国は救われなければならない。掠奪され、傷つけられ、好戦的な戦争に引き込まれ、不道徳で嘘つきな悪党が支配する刑務所と化している。このギャングどもに抵抗することは、制約のある私の現状では、象徴になることしかできないが、重要だ。

これは2年前にも言ったことだが、もう一回言いたい。ロシアは私の国だ。私はここで生まれ育ち、両親もここにいる。私はここで家族を作った。愛する人を見つけ、その人と子供をもうけた。私は成熟したロシア国民だ。同じ心を持つ人々と団結し、政治的に活動する権利がある。そういう仲間は多い。汚職裁判官や嘘つき宣伝工作員、クレムリンの詐欺師よりもはるかに多い。

この国をそんな連中に明け渡したりはしない。この暗い夜はいずれ明けると信じている。しかし闇が続く限り、私は自分にできることは何でもする。正しいことを為す。そして希望を捨てるなと、みんなに強く言いたい。

ロシアは幸せになる！

2月20日

ロシア軍によるウクライナへの一方的な大規模侵略から、明日で1年［訳注：2022年2月21日、ロシアはウクライナ東部・親ロシア派地域2州の独立承認宣言をする。これを契機に24日、軍事侵攻が開始された］が経とうとしている。ここで私の政治的見解をまとめる。多くの真っ当な人もこう考えていると願う。

国を憂えるロシア国民の15の命題。

一体何が起きているのか、私たちは何に立ち向かうべきなのか？

1、プーチン大統領は奇想天外な理由で、ウクライナに対する侵略戦争を始めた。彼はなんとしても、この戦争を「市民戦争」にして、すべてのロシア国民を共犯に仕立てようとしているが、試みは失敗している。この戦争に志願する者はほぼゼロだ。そこでプーチンの軍隊は囚人と強制動員させられた人々に頼るしかない。
2、この戦争の本当の理由は、ロシア国内の政治と経済のせい、そしてプーチンが権力にしがみついているからだ。プーチンは自分のレガシーに執着し、「征服者たる皇帝」「ロシアの領土を拡大した」と歴史に名を残したい。
3、何万というウクライナ市民が殺害され、負傷者は今後、数百万にもなり得る。ここで起きているのは戦争犯罪だ。ウクライナの都市とインフラは破壊された。
4、ロシアは軍事的失敗に苦しんでいる。これに気づいて体制のレトリックは「キーウは3日以内に陥落する」から、負けるくらいなら核兵器を使うという狂気じみた脅しに変わった。何万ものロシア軍兵士の命が無駄に失われた。今後も強制動員される何十万という兵士の命をつぎ込んで、決定的な敗戦は先延ばしにされる可能性はあるが、結論は同じだ。好戦的な軍事作戦と汚職、無能な将軍、国内の不景気、相手国の高い士気とヒロイズム、これらの行き着くところは、敗北のみだ。クレムリンが呼びかける偽りの偽善的な和平交渉と停戦は、さらなる軍事行動のための布石に過ぎない。
　どうすべきか？
5、ウクライナにとってロシアとの国境とは何か？　ロシアにとっては？　それは1991年に国際的に認められ、制定されたものだ。議論の余地はない。世界中の国境は多かれ少なかれ偶発的なもので、不満を持つ者は必ず出てくる。しかしこの21世紀に、国境線を引き直すという理由で戦争を始めることはできない。そんなことをすれば世界中が大混乱に陥る。

6、ロシアはウクライナを放っておいて、彼らがやりたいように発展させるべきだ。侵略をやめろ、戦争を終わらせろ、ウクライナから全軍を撤退させろ。戦争の維持は無策が引き起こした狂気である。それを終わらせることは力強い前進だ。

7、私たちは、ウクライナ、米国、EU、英国とともに、ウクライナの損害を補償する、しかるべき手段を探るべきだ。一つの方法として、我々のガスと石油に対する制裁を解除させ、その代わり、二酸化炭素排出権の輸出から得た利益の一部を補償に充てることもできるかもしれない。これはロシアの指導者が替わり、戦争が終わらなければ実現しない。

8、この戦争でおこなわれた戦争犯罪は国際機関の協力のもとに調査されるべきである。

プーチンの侵略を止めることがなぜロシアのためになるか？

9、ロシア人は生来的に誰もが帝国主義的なのか？

デタラメだ。それなら、ウクライナ戦争に巻き込まれているベラルーシ人も帝国主義的な気質があることになるのか？　違う。あの国もまた、独裁的な指導者がいるだけだ。昔からロシアには帝国主義的な考えを持つ人が一定数存在する。それは他の国も同様で、歴史の前提条件だ。しかしそのような人は少数派だ。それを嘆いて涙を流す必要はない。彼らは選挙で負ける。極右も極左も先進国では当選しない。

10、ロシアは領土を拡大する必要があるか？

ロシアは広大な領土を誇るが、人口は減少し、地方は衰退している。帝国主義と領土奪取は最も有害な破滅への道だ。またもやロシア政府は私たちの将来を自らの手で壊している。単に、地図上で自分たちの国を大きく見せたいからだ。しかしロシアはこのままで、すでに十分大きい。目指すべきは、国民を守ること、すでに十分あるものを活かして発展することだ。

11. この戦争のあとでロシアに残されるものは、一見すると解決不可能な複雑な問題だ。まず私たち自身が問題解決を望み、正直に、真っ向から取り組まなければならない。成功の秘訣は、戦争をできるだけ早く終わらせることがロシアと国民にとって良いというだけではなく、得になると理解することだ。戦争が終われば、制裁は終わり、去った人々が戻って来て、ビジネスの信用も回復し、経済成長も見込まれる。

12、戦争のあと、我々はプーチンの攻撃でウクライナが受けたすべての損害を賠償しなければならない。しかし文明国とふつうの通商関係を結び、経済が再び成長すれば、損害賠償がロシアの発展を妨げることはない。底を打った状態から浮上するには、底を強く蹴らなくてはならない。そうすることは道徳的に正しく、理性的で、利益を生み出す。

13、私たちはプーチンの治世と独裁を解体せねばならない。理想的な方法は、国民参加の一般投票と、憲法制定会議の招集だ。

14、公正な選挙を通じて政権交代がおこなわれる議会共和制、独立した司法、連邦主義、地方自治、経済の完全な自由化、社会正義を確立する。

15、自国の歴史と伝統を受け入れる。ヨーロッパの一部になり、ヨーロッパの道筋を辿って発展する。これ以外に道はない、というより、必要ない。

3月8日

女性について。ある人を例にあげよう、私の共犯者だ。「共犯者」とはいかがわしい響きだろう？外の世界ではあまり聞かない言葉だが、塀の中ではよく使う。「俺がぶち込まれたのは共犯者に密告されたからだ」のように。私の共犯者はプーチン体制をひどく怯えさせたので、私と同じ罪ですでに告発されているにもかかわらず、ウファでも別に裁判を起こされた。しかもその裁判は非公開だという。記者も市民も傍聴は許されない。

数年前、「ウファであなたの地方事務所の所長になりたい、という非常に優秀な女性がいる」とある人の履歴書を見せられた。それがリリヤ・チャニシェワだった。四大会計事務所の一つで会計監査官として働き、高学歴で素晴らしいキャリアを備え、輝かしい未来を約束された人物だった。私たちが払える給料は、彼女の稼いでいた額の数分の一程度だった。

私たちの活動に身を投じる優秀なボランティアはたくさんいるが、彼女は別格だった。3ヵ月間ボランティアしようというのではなく、自分の仕事を辞めて、最も大変な地区の地方事務所のトップになりたいと志願しているのだ。バシコルトスタンの地方政府は無法で腐敗しており、何でも捏造し、対抗勢力は暴力的に制圧する。このことをリリヤに確認すると、彼女は怒った。「あなたにとって、闘うことが大事なんですよね。なぜ、私もそうだとは思わないのですか？　私は自分の地元を愛しています。ウファが好きなんです。そこで生きたい、そこでの生活をふつうのものにしたいのです」

リリヤは私たちに超一流の授業をしてくれた。政治活動が抑圧されている地域だったので、彼女は集会や行進を開催した。そのせいで逮捕されることを少しも恐れず、実際に何度も逮捕されていた。バシコルトスタンの予算審議の公聴会で発言した彼女は、自分のほうが役人よりはるかに優秀だと皆を納得させる話しぶりだった。クシュタウ山を守るために地元マフィアと闘った。不正な契約を破棄し、汚職の調査を主導し、結果を公表した。こうして彼女は連邦政府の政治家になり、地域の野党党首となった。彼女には前向きな命題があり、勇気があり、有権者に語りかける能力は、首長やその取り巻きよりもずっと優れていた。

体制は彼女を憎むようになった。ラディ・ハビロフという地方のトップ自らが、彼女に対する訴えを起こさせた。私の地方事務所の多くが似たような目に遭っているが、彼はさらに、リリヤを逮捕させてモスクワまで連行し、長期刑が確定するようなまったくデタラメの罪状を捏造した。非公開の審議がウファで始まった。

しかしここでもリリヤは超一流の授業をした。予算審議についてではなく、武装した護衛、身体検査、政治犯でいることの喜びについて書いた。つまり、ガラス越しに1分間だけ夫と話すことを許された彼女は、その内容を夫に伝えた。

それらの投稿からも、彼女が卓越した人物であることがわかる。なんという勇気、政治的信念。だから私は、共犯者について尋ねられたら、こう答える。ああ、私には共犯者がいる、絶対に私を裏切らない共犯者が、と。

いつか誰かが21世紀初めの反政府運動について本を書いたら、最も優れた、恐れを知らない、献身的な、信念の固い活動家は女性メンバーだったと世界は知ることになるだろう。彼女たちは、そういう存在なのだ。

みなさん、国際女性デーおめでとう！　リリヤ・チャニシェワを解放せよ！　そしてロシアに間もなく女性大統領、女性首相、女性国防大臣が生まれますように。それがロシアの国益になる。

3月15日

いつでも最後に知る男より、アカデミー賞についてご報告。

いつもどおり、房のラジオが朝5時につく。6時にその日の最初のニュースが始まった。アカデミー賞のニュースは、部門ごとに細かく受賞作品が読み上げられる。しかし、長編ドキュメンタリー映画賞だけは省かれた。これは良い兆しだ、と思った。

昼前、私は法廷審問に連れ出された。オンラインだったのだが、弁護士がカメラの前に紙をかざした。

「何が書いてあるのか読めない」と私は言った。弁護士はしばらく紙を近づけたり遠ざけたりしていたが、辛抱できず、「君の映画がオスカーを獲った！」〔原注：2022年製作の『ナワリヌイ』が第95回アカデミー賞の長編ドキュメンタリー映画賞を受賞〕と叫んだ。

その瞬間、とても不思議な感じがした。その言葉がこの世のものではないような。同時に、この世界があまりに特殊なので、その言葉が属するなら、ここしかないだろう、というような。

もちろん嬉しく、祝いたい気分になったが、オスカーを獲ったのは私ではないと自分に言い聞かせた。撮影中は確かに楽しく、感動的なこともあったが、オスカーに見合うクオリティに仕上げた天才チームがあってこその結果だ。ダニエル・ロアー、オデッサ・レイ、ダイアン・ベッカー、メラニー・ミラー、シェーン・ボリス、その他この映画に関わった皆さん、本当に、本当におめでとう！

クリスト・グローゼフ［原注：国際的な調査報道機関「ベリングキャット」の調査員］、君に大きなハグを。君こそ、この映画のスターだ。マリア・ペフチフ、君なしにはこの企画は大枠さえ存在しなかっただろう。

ユリア、この映画に参加してくれて、協力的でいてくれて、場合によっては私がクルーを殺すのを止めてくれて、ありがとう。

反汚職基金の友人、同僚のみんな、実務をこなしているのは君たちだ。私はお飾りの顔に過ぎない。

最後に、もう一度言わせてほしい。これは私の映画ではない。私がオスカーを獲ったのでもない。だから私がこの映画を誰かに捧げるというのは、おかしな話だ。だが、この映画に貢献した者として、この映画を捧げたい人たちがいる。世界中の正直で勇気ある人々、毎日、専制政治の怪物と、それにつきものの戦争に立ち向かい、強くある人たち、この映画をみなさんに捧げます。

6月4日

今日は誕生日。朝起きて、自分にこんな冗談を言いたくなった。今まで誕生日を祝った場所に、シゾを付け加えられるぞ、と。それから、ある一定以上の年齢の人なら誰でもするだろうが（私は47歳になった、なんと！）、それまでの1年間に成し遂げたこと、これからの1年間にすべきことを考えた。

たいしたことはしていないが、それこそが、先日私を診察した収容所の精神科医によれば、善戦していることになるらしい。シゾに送られる前には医師（身体的に耐えられるか）と精神科医（首を吊る可能性がないか）の診断が規則で定められている。数日前、私との面会を終えた精神科医がこう言ったのだ。「シゾ送りはこれで16回目だ。それなのに君はジョークを飛ばし続けて、はっきり言って、管理局の方々より精神状態はむしろ良い」。確かにそうだ。だが誕生日の朝は自分に正直にならなければ。そこで自問した。私は本当に精神状態が良いのか？　あるいはただそう信じようとしているだけ？

答えは、本当に気分が良い、だ。まあ確かに、こんな地獄穴で毎朝目を覚ますのではなく、家族で朝食を囲んで、子供たちから頬にキスをされたい、とは思う。プレゼントの包みを開けて、「これが欲しくてたまらなかったんだ！」と言いたい。だが、人生は別の道を用意している。社会の進歩とより良い未来のためだ。それは一定数の人が代償を払わなければ実現しない。自分の信念のために闘う人がたくさんいれば、分け合った苦しみは少なくなる。そうすれば、ロシアでも真実を話し、正義を主張することがふつうになり、危険なことではなくなる日が来る。

しかしその日が来るまでは、自分のこの状況を重荷や苦役とは思わず、淡々とこなすべき仕事だとみなしている。どんな仕事にも面倒はあるだろう？　だから今、私は好きな仕事の面倒な部分をやっている最中だと思っている。

去年の抱負は、この環境でいじけてしまわないように、ということだった。心がすさんで、苦々しい思いを抱え、飄々としたスタンスを失ってしまう、それは敗北の始まりだ。そうならないで済んだのは、ひとえに君たちの支えがあったからだ。

誕生日の恒例だが、私が今まで出会ったすべての人に感謝したい。良い人たち、私をいつも助けてくれてありがとう。悪い人たち、私に教訓を与えてくれてありがとう。家族のみんな、いつも私のためにそこにいてくれて、ありがとう！

しかし今日、最大の感謝と敬意を表したいのは、ロシア、ベラルーシ、その他の国々の政治犯たちだ。彼らの多くは私より大変な状況にいる。彼らの粘り強さに毎日敬服している。

6月19日

世の中には切手を集める人がいるだろう。コインを集める人もいるだろう。私の場合、増え続けるコレクション……それは珍裁判集だ。ヒムキの警察署内の、ゲンリフ・ヤゴーダの肖像画の前に座らされた裁判。一般矯正労働収容所での「公開裁判」。

そして今、厳戒矯正労働収容所内での非公開裁判。

ある意味、これは正直さの表れだ。奴らは隠すこともなく、「我々はお前が怖い。お前が話す内容を恐れている。真実を恐れている」と言っているのだ。

これは重大な告白だ。みんなにとって、やるべきことが明確になる。我々は彼らの恐れていることをしよう。真実を語り、真実を広げよう。これは、嘘つきで泥棒の偽善者どもの体制に抵抗する最も強力な武器だ。誰もが持っている武器だ。みんな、この武器を使おう。

8月4日

最厳重矯正労働収容所で刑期19年。何年かは関係ない。政治犯なら誰でもそうだろうが、これが終身刑だということがよくわかっている。「終身」が自分の寿命か、体制の寿命か、というだけだ。

刑期の数字は私のために存在するのではない。君たちのためだ。私ではなく、君たちが恐れて、抵抗する意志を失うように。権力にしがみついている裏切り者ギャング、泥棒、悪党に降参し、闘うことなく、この国を明け渡すように。プーチンの独裁をこれ以上許すな。闘う意志を失うな。

9月27日

相変わらず、刑務所規定の「懲罰」欄の略称を攻略中。これまで「SUON（強化拘禁）」、「SHIZO（懲罰隔離棟）」、「PKT（懲罰単独拘禁）」を制覇した。

昨日、上訴の直後に委員会へ連れて行かれ、矯正しがたい素行のため、EPKE（懲罰独房）に12ヵ月収監されることが決定した、と言われた。

だから私は今、新しい部屋にいて、新しい文字が背中に書かれた服を着ている。

EPKTで1年間という懲罰は、すべての刑務所のなかで最も重大な懲罰だ。

燃え尽きる寸前のロックスターの気分だ。チャートのトップに躍り出て、次なる目的を見失ってしまったような。

私の場合は、上に登り詰めたのではなく、下に沈みきったわけだが。ここでさえも、誰かが下から突いてくる音が聞こえるかもしれない。

10月19日

プーチンの崩れ始めた体制は、膝がガクガクだということが明らかになった。なんとか安定した強固な政権のイメージを演出しようとしているが、人民の支持という盤石な基盤に欠けている。それが、今、奴らが始めた逮捕狂騒曲の理由だ。

金曜日、裁判の取材をしている記者に、私の弁護士たちが強制捜査を受けたと教えられた。そして月曜日、裁判所にいた記者が、私の弁護をしているワディム・コブジェフと、他にも私を担当している2人の弁護士、アレクセイ・リップスター、イゴール・セルグーニンも逮捕されたと、教えてくれた。この2人と最後に仕事をしたのは、1年も前の話だ。裁判所には、オルガ・ミハイロワとアレクサンドル・フェドロフの携帯電話は「電源が入っていない」と言われた。

私を弁護している法律家たちを心から誇りに思う。過去、現在、今まで私を担当してきた弁護士たちに感謝している。彼らはプロ中のプロだ。法の定める範囲で私の権利を熱心に主張し、高い職業倫理をもって仕事に臨んだ。すべての根拠のない告発に反駁することに成功した。私の拘禁の条件を改善しようと粘り、1年で300回以上も法廷審議に赴いた。

そんな彼らを「過激思想を流布した」と告発するのはまったく馬鹿げている。私と弁護士の間で交わされた手紙はすべて、3日間かけて入念に検閲されている。しかも面会室は常に、映像でも音声でも監視されていた。私の弁護士たちを脅迫することは、明白な法律違反であり、目的は2つしかない。

1、彼らの素晴らしい手腕に仕返しをするため。

2、社会に対する脅し、何よりも、政治犯を弁護しようとする勇気ある法律家を脅すため。

ワディム、アレクセイ、イゴール、オルガ、アレクサンドルに、感謝と支持を表明したい。そして彼らの家族にも感謝を伝え、心を強く持っていられるよう願っている。あなた方の愛する家族は仕事に誇りを持っている本物のヒーローだ。

かつて法曹界で働いていた身として、仲間の法律家たちに言いたい。沈黙してはいけない。私たちは団結して、クライアントの利益を守るという職務を果たしただけで迫害されている同僚のために、声を上げよう。

体制側が私に「過激派」のレッテルを貼っている点についてだが、この言葉を言い換えたり、隠語にしたり、こっそりメッセンジャーで連絡を取り合う必要はない。

私は憲法で保障されているロシア国民の権利に基づいて活動している。この国では、国が認める公的な思想はない。個々人が自身の政治的信条を自由に公に表現する権利がある。

私は自分の信条を表現する。私はウラジーミル・プーチンに反対だ。私は、彼が違法に権力の座についていると信じている。私は、彼が違法な統治者で、汚職を蔓延させていると信じている。私は、彼の共犯者全員が犯罪者であると信じている。彼らは詐欺師で大悪党だ。

これまで一貫して市民を勇気づけてきたが、これからもそうする。機会が訪れたのなら、そのときにアクションを起こし、不満を表明し、プーチンと統一ロシアには投票しないことが重要だ。

これは過激思想ではない。違法な政府に対する合法的な抵抗運動である。

11月13日

妻にしたいと思う女性がいるなら、将来の伴侶が、若い頃に少年犯罪に手を染めたことがないか確かめたほうが良い。私はしなかった。すると、こんな事態に。

毎日のことだが、管理局から、ナワリナヤ・Y・B〔訳注：ユリアのこと。ナワリナヤはナワリヌイ姓の女性形、Y・Bはユリア・ボリゾウナの略〕からの手紙は検閲で犯罪企図の証拠が含まれると判断されたため、配達できないと言われる。

私は彼女に「ユリア、犯罪企図をやめて！　かわりに子供たちにボルシチでも作ってあげるんだ」と書く。ところが彼女はやめない。彼女は新たな犯罪を思いつき、手紙に書き続ける。

昔々、100年ほど前のこと。彼女が学生時代のエピソードを話してくれたことがあった。彼女は友人と、あるクラスメートのブリーフケースを盗む計画を立てたのだそうだ。それを2階の窓から放り投げて、どんな放物線を描くか観察したらしい。念のために言っておくと、放物線を描いた飛翔体はブリーフケースであって、クラスメートではなかった。しかし、今となってはどちらだったのか自信がない。

その当時から、彼女の犯罪傾向は明らかだったのだ。

伴侶というより、無法者だな。

12月1日

最新のニュースを伝えるのに、どんな言葉を使うべきかわからない。

悲しい、可笑しい、馬鹿げてる?

手紙の配達があり、会話が始まる。

「妻からの手紙は?」

「検閲された」

「弁護士からの書類は?」

「検閲された」

「じゃあ、そこにあるのは何だい?」

「検察からだ」

地方取調委員会からの手紙にはこう書いてある。

「貴殿に対してロシア連邦刑法214条第2章により刑事事件が提起されている。該当事例は2件」

私は3ヵ月ごとに新しい訴えを起こされている。独房に収監されている囚人で、これほど精力的な社会的、政治的人生を送っている者も珍しいだろう。

刑法214条など見たこともないし、調べようがない。君のほうが早く調べられるだろう。

とはいえ、科学者なら、これは前向きなフィードバックだと言うのではないか。クレムリンの汚職議員、裏切り者、不法占拠者の集団は、私(たち)の行動が気に食わないのだ。私たちは正しい道を歩んでいる。

刑務所こそ自分の忍耐力を試すには最適な場所だ。警備兵が絶えず挑発してくるのだが、その方法があまりに洗練されていて、同時に馬鹿らしくて、怒りを抑え込むのが本当に大変なのだ。

この1年半、私は歯医者に行かせろと頼んできた。新しい裁判があるたびに、裁判官と刑務所管理局に、「人間らしくこの問題を解決しよう。保留のまま待たせないでくれ。ただ歯医者に行きたいだけなんだ」と言ってきた。

ここの収容所の職員が、「お前は今まで散々、色々な申請書を書いて、許可をもらってきただろう。もう一枚申請書を書け。それで問題解決だ」と言うので驚いた。

そうなのか。私は弁護士に「申請書を書いてくれないか。それを提出するから」と頼んだ（文書は大量で付随書類もあり、自分では書けない）。

それからしばらく待った。が、何も起きない。警備兵に歯医者の予約の申請書はどうなったのか尋ねると、こうだ。

「検閲で犯罪企図の証拠があったから、却下された」

奴はキラキラと輝くつぶらな瞳で私を見る。テレビのネイチャー番組に出てくるミーアキャットのようだ。こいつはどんな反応をするかな？ 怒鳴る？ 絶望する？ 不満をぶちまける？ 諦めて従順になる？

奴らは毎日、こういうくだらない悪さを思いつき、反抗的な囚人の強さを試す。

弁護士から来る手紙は100％、検閲で「犯罪的」とされ、却下されるので、私は法的な書類をまったく受け取ることができない。

この3年間、自分の内なる禅を研ぎ澄ましてきたのは、こんな時にただ肩をすくめて受け流すためだった。全体的にずいぶん成果があったと言えるが、まだ完璧には程遠い。そうでなければ、しょっちゅう腕を背中でねじ上げられて、引きずられるということにはならない。

まあ、人は誰でも心のガスを放つバルブが必要だということか。

12月26日

斬新なサンタクロースの登場。

私は羊革のコートを着て、毛皮の「ウシャンカ〔訳注：耳当て付きの防寒帽〕」をかぶり、もうすぐフェルトのブーツももらえる。護衛つき20日間の旅の間にヒゲも生やした。残念ながらトナカイはいないが、巨大な美しい毛並みのジャーマン・シェパードがいる。

そして重大発表。今、私がいる場所は、北極圏ヤマル半島にあるカープという村だ。最寄りの町は「ラビタンギ」という素敵な名前だ。

「ホーホーホー」とは言わない。窓の外を見て「あ、ら、ら」だ。外は、まず夜。夕方になって、また夜。20日間の旅はとにかく疲れたが、サンタクロースらしく陽気な気分だ。

ここに連れて来られたのは土曜の夜だった。ここに至るまでの厳重警備と複雑なルート（ウラジーミル――モスクワ――チェリビンスク――エカテリンブルク――キーロフ――ボルクタ――カープ）を思い返すと、1月の半ばまでは私の居場所を突き止められる人間はいないのではないか。

だから昨日、房のドアが開いて「弁護士が会いに来てるぞ」と言われたときは、心底驚いた。弁護士に聞いた話では、君たちのなかで、私の居場所がわからなくなったと気づいた人がいて、とても心配したそうだね。いつも気にかけてくれて、どうもありがとう！

まだ北極のエキゾチックな話を披露できない。目の前に迫った鉄のフェンスしか見えないもので。

そうそう、散歩に行った。〝運動〟場は隣の少し大きめの房で、雪が積もっていた。それと、ここの警備兵は中央ロシアとは違う。映画さながらにマシンガンで武装している。毛糸の手袋をしてフェルトのブーツを履いている。そしてモフモフ・ジャーマン・シェパードを連れている。

とにかく、私のことは心配しないでくれ。大丈夫だ。ここまでたどり着けただけで、大いに安心している。

皆さんのサポートに改めて感謝を。ハッピー・ホリデー！

サンタクロースの私にプレゼントを期待している人もいるかもしれない。だが私は特別警戒サンタだから、ものすごく悪い子にしかプレゼントはあげないよ。

12月31日

由緒正しいグリーティングカードの家族写真を、フォトショップで合成する3回目の大晦日。時代に置いて行かれないようにしているので、今回はAIの画像生成を使った。最高の仕上がりになると良いな。私自身は、カードがヤマルに配達されるまで見ることはできない。

「君にひどく会いたい」という文章は、ロシア語文法の語順からすると正しくない。「君に会いたい、とても」や「君に会いたい、すごく」のほうが良い。

だが今の私の心情をより正確にうまく表しているのは、正しくないほうだ。私はひどく家族が恋しい。ユリアが、子供たちが、両親が、弟が。私はひどく友人が恋しい。オフィスが、仕事が。私は全てがひどく恋しい。

孤独感や疎外感、孤立感はない。気分は上々で、クリスマス気分だ。しかし、大晦日のご馳走を囲んでジョークを言い合う、テレグラムに返信する、Instagram や Twitter にコメントするという、ふつうのコミュニケーションに替わるものはない。

大晦日に WhatsApp のフォーマットをそのまま使って、そっくりな、空っぽなメッセージと写真を送ってくる人に文句を言えたことが恋しい。当時はイライラさせられたが、今にして思えば微笑ましいものだった。誰かさんが椅子の上に丸まって、クリスマスツリーの下で帽子をかぶった子ネコたちの写真を、みんなに送っているところを想像してみる。

みんな、新年おめでとう。

誰のことも、ひどく、すごく、とても、恋しがらないで。愛する人を恋しがらないで。愛する人に恋しがらせないで。善い人、正直な人でいて。そして来年はさらに善良で正直な人になって。それは今、私が自分に願っていることでもある。病気にならないで、気をつけて。

北極のハグと北の果てから想いを込めて。

みんな、愛してる。

《Instagram より》

2024年

1月9日

プーチンは、私をシゾではなく、極北の収容所の独房に放り込んだことに満足しているだろう、私はそう考えていた。それはかなり楽観的だっただけではなく、おめでたい推量だったようだ。

隔離措置を終えるやいなや、「ナワリヌイ囚人は規則に従わなかった。教育活動に応じず、自らの考察により正しい結論を導き出さなかった」と言われた。よってシゾに7日間入れられることになった。

細部に気の利いたアレンジ。懲罰隔離棟では、毎日の時間割が少し違う。一般房では「運動」時間が昼間にある。極北の昼は暗いままだが、それでも気温は数度上がっている。しかしシゾにいる間、「運動」時間は朝6時半からだ。それでも私は天気がどうであろうと必ず外に出て歩くと決めていた。「運動」場は壁から11歩、曲がって3歩。さほど歩ける広さではないが、少なくとも空間がある限り、私は外に出る。

マイナス32度よりは低くなっていない。こんな気温でも30分は歩くことができる。ただし、新しい鼻と耳、指が生えてくる保証がある場合に限り。

朝6時半のヤマルを散歩することほど、爽やかなことはない。コンクリートの壁に囲まれているのに、中庭にはなんて新鮮な風が吹き込んでくることか。ただもううぅ！　言葉もない。

今日、散歩に出て凍りつき、レオナルド・ディカプリオの『レヴェナント』を思い出した。死んだウマに潜り込むシーンがあるが、ここでは無理だろう。ウマの死体は15分で凍る。

ここならゾウが必要だ。熱々の、ローストされているのがいい。出来たてのロースト・エレファントの腹を切り裂いて中に入れば、しばらくは暖かくいられる。しかしここヤマルで朝の6時半に、どうやって熱々のゾウを見つけるんだ？　やはり凍え続けるしかない。

1月17日

きっかり3年前、毒殺未遂の治療を終えてロシアに帰国した。そして空港で逮捕された。それから3年間、私は刑務所にいる。

そして3年間、私は同じ質問に答えている。

囚人たちはごくシンプルに単刀直入に尋ねる。

刑務所スタッフは用心深く、カメラやマイクを切って、尋ねる。

「なんで帰って来た？」

この2日間、この質問に答えながら悔しさを感じていた。まず、このひっきりなしに聞かれる質問を一発で終わらせて、みんなを納得させるような言葉が見当たらず、説明できない自分がもどかしいからだ。つぎに、ここ数十年のロシアの政治状況に我慢ならないからだ。この状況は社会の奥深くに冷笑的な態度と、陰謀論を植えつけた。そのせいで国民は物事の、嘘偽りのない側面を信じなくなった。私が帰って来たのは、何か取引をしたからだと考えているようなのだ。私がこうなっているのは、取引が失敗したせいか、あるいはこれから成立するせいだ。クレムリンを巻き込んだ隠密作戦があったはずだ。表には見えない秘密があるはずだ。政治とは何事も見た目通りではないのだから、と。

しかし何の秘密も隠れた意味もない。本当にすべてが見た目のまま単純なのだ。

私には祖国があり、信念がある。自分の国を諦めたり裏切ったりしたくはない。ここで言う信念とは、そのために立ち上がり、必要なら犠牲を払う覚悟のあるもののことだ。

もし君にそんな覚悟がないのなら、それは信念ではない。信念と思いたいだけだ。それは信念や主義ではなく、ただ頭のなかにしか存在しない考えだ。

もちろん、これは今現在刑務所にいない人間には信念が足りない、ということではない。誰もが犠牲を払っている。多くの人にとって、投獄されないまでも、犠牲を払うことの意味は大きい。

私は選挙に立候補し、指導者の座を争った。私の使命は他の候補者とは違う。国を端から端まで巡り、ステージの上から呼びかけた。「君たちをがっかりさせないと誓う。騙さない。見捨てない」と。ロシアに帰ってくることで、私は投票してくれた人たちとの約束を守った。ロシアには、嘘をつかない人物が必要だ。

そしてロシアでは、信念を持ち、隠さずそれを表明する権利を守ろうとすれば、独房に座って対価を払うことになる。私だってもちろん独房は嫌いだ。しかし自分の信念も祖国も諦めない。

私の信念はそれほど珍奇でも、派閥主義的でも、急進的でもない。むしろ私の信じていることはすべて、科学や歴史的見地に基づいている。

指導者は交代すべきだ。指導者を選ぶ最も良い方法は、公正な自由選挙だ。誰もが公正な司法を必要としている。腐敗は国を破壊する。検閲などあってはならない。

これが私の思うロシアの未来予想図だ。

しかし今は、派閥に固執する政治家やその取り巻きが政権の中心にいる。彼らは何もわかっていない。唯一の目的は権力にしがみつくこと、それだけだ。偽善はどんな隠れ蓑にもなり得る。その隠れ蓑を通せば、複数の愛人を持つことは保守的ということに、旧ソ連の共産党員は正教徒に転向したことに、「黄金の」パスポートとオフショア口座を持つ者は熱心な愛国者ということになる。


嘘ばかり、嘘以外に何もない。

こんなメッキは剝がれ、崩壊する。プーチンの国は持続可能ではない。

ふと見ると、それはなくなっている。

勝利は必ず来る。

しかし今は、私たちは諦めてはいけない。そして自分たちの信念を拠り所に、立ち上がらなければならない。

《Instagram より》

エピローグ

赤よりも赤い矯正労働収容所で9年間、今日［原注：2022年のこと］は3月22日、新しい罪状が加わった。判決が出る前、私は弁護士たちと賭けをした。負けた人が勝った人に飲み物をおごる。オルガは11年から15年だろうと言う。ワディムはきっかり12年6ヵ月と細かくて、みんなを驚かせた。私は7年から8年だろうと予測し、一番近かった。

今この瞬間の自分の気持ちを書き残すことにした。これまでずっと今日のような状況に備えて、「囚人の禅修行」に勤しんできたのだ。

どんな見方をしようとも、9年の刑期、特に「厳戒」施設でというのは、恐ろしく長い。ロシアでは殺人の刑期は平均的に7年だ。

9年もの長期刑を科された囚人は、もちろん落ち込むものだ。収容所に戻ると、みんな——もちろん私の刑期について既に聞いている——が、なんとも言えぬ顔でこちらをチラチラ見る。こいつはどう受け止めたんだ？　どんな顔をしてる？　この収容所の他の班も含め、全員のなかで最長の刑期を知らされた人間のリアクションに、興味津々なのだ。これから殺人犯が送られるような特別ひどい場所に移送されるとあっては、なおさらだ。誰も近づいてきて、大丈夫かい、と尋ねることはせず、どんな展開になるのか固唾をのんで見守っている。人が首を吊りたくなったり、手首を切ったりするのは、こういう時なのだろう。

しかし私はまったく大丈夫だった。「馴染みの」看守さえも、あの忌々しい全裸身体検査のときに、「どうも落ち込んでないように見えるな」と言った。こんなことを書いているのは、お気楽で無関心な振りを続けようとしているからではなく、囚人の禅修行が効いているからだ。

自分が終身刑になることは最初からわかっていた。自分が死ぬまでか、体制が終わるまでか。

こういう体制はしぶとい。最も愚かなことは、「リョーシャ、間違いない。体制はもってあと1年さ。来年には、遅くとも2年後には崩壊するだろう。そうしたら君は自由の身だ」という言葉に耳を貸すことだ。これに準ずる内容に惑わされてはいけない。多くの人が手紙に書いて寄こすのだが。

ソビエト連邦は70年続いた。北朝鮮やキューバの抑圧的な体制は今日に至るまで続いている。中国には非常に多くの政治犯がいるが、体制があまりに長く続いているため、獄中で老い、死んでいく。中国の体制は手綱を緩めない。国際社会にどれほど圧力をかけられようとも、誰一人解放しない。

現代社会における独裁政権のしたたかさを我々は見くびっている、というのが真実だ。彼らはごく珍しい、本当にレアなケースを除いて、他国に侵略されることはない。国際法、国連、主権の尊重に守られているからだ。ロシアは今、典型的な侵略戦争をウクライナ相手に繰り広げているが(これは体制の早期崩壊の予測を10倍は加速させた)、国連安全保障理事会のメンバーであり、核兵器を保有しているお陰で、さらに守られている。

ほぼ確実に我々に待ち受けるのは、経済の崩壊と貧困だ。しかし体制がそのように崩壊しても、破片が飛んできて刑務所のドアをぶち破ってくれる、という確証はまったくない。

私はこの状況を何もせず静観しているつもりはない。権威主義を終わらせる（もう少し謙虚に言えば、それに貢献する）ために、ここからできることは何でもやろうとしている。毎日、考えている。どうすればより効果的な活動になるのか、まだ逮捕されていない同僚たちにどういう建設的なアドバイスをすれば良いのか、政権の弱点はどこにあるのか。

さきほど書いたように、体制の崩壊と自分の釈放時期について、希望的観測に溺れることは、私が最もすべきではないことだ。もし1年以内に釈放されなかったら？　あるいは3年以内に？　鬱の奈落に沈んでいくのか？　私の釈放に全力を尽くしていないと周囲を責める？　世界の指導者と世論が私を忘れたと責める？

もうすぐ釈放されるだろうと、その時を待ちわびるのは自分を苦しめるだけだ。

最初から、こう考えるようにしていた。もし圧力や政治力で自分が釈放されるなら、それは逮捕から6ヵ月以内の「鉄が熱いうちに」起こるだろう、そうでないなら、見当もつかないほど先になるだろう、と。実際に刑期を引き延ばされたので、考えを方向転換させる必要があった。モスクワに戻る飛行機に乗った決断は正しかったと、より一層自信を持てるように。

以下が私の思考法で、うまくいった。これは他の人にも将来役立つかもしれない（とはいえ、必要にならないことを願う）。

第1の考え方は、自己啓発本などにもよく書いてある。最悪を想定して、受け容れる。マゾヒスティックなやり方ではあるが、これは効く。ただし、重篤な鬱を患っている人にはお勧めできない。これが効くと首を吊ってしまうかもしれないので。

これは簡単な思考法だ。誰もが子供の頃にやったことと似ている。ベッドで目玉が溶けるほど泣きはらし、もしここで自分が死んでしまったら、と意地悪な想像を巡らせる。親はどんな顔をするだろう！　自分が死んだと知ったら、両親はどれほど泣くか！　涙にむせんで、小さな棺に横たわる自分に懇願する。起きて目を開けてちょうだい、テレビを10時までじゃなくて11時まで見ていいから！　しかしもう手遅れだ。自分は死んでいる。両親の懇願にも冷たく無言のまま。

まあ、私がやったのもこれに近い。

収容所のベッドで「消灯」という言葉を待っている。照明が消える。そこで想像の翼を広げ、なるべく具体的に現実的に、起こりうる最悪の事態を想像する。そしてそれを受け容れる（エリザベス・キューブラー＝ロスの否認、怒り、取引、のステージはすっ飛ばす）。

私は残りの人生を収容所で過ごし、ここで死ぬ。別れを告げる人間は誰もいない。あるいは、私がここにいる間に外にいる友人たちは死んでいき、私はお別れを言えない。子供の学校や大学の卒業式に出られない。房飾りのついた角帽は、私がいないところで放り投げられる。すべての記念日は私抜きで祝われる。孫の顔は見られない。私は家族の話題に上らなくなる。家族写真から私の顔が消える。

本気でリアルにこれを想像すると辛くなり、恐れなどさっと吹き飛び、「涙が溢れそうな」状態に一気に移行する。ここで大事なのは、怒りや憎しみ、復讐の妄想で自分を苦しめないことだ。そうではなく、すぐ受容する。なかなか難しいが。

以前、最初の段階でいったんストップをかけたことがあった。ここで自分は死ぬ、みんなに忘れられて、墓標もない集団墓地に埋められる。家族は「法律により、埋葬場所は明かせない」と知らされる……と想像した。その途端、私は怒りに燃えて、まわりのものを叩き壊し、ベッドやサイドテーブルをひっくり返し、「この悪党ども！　お前らに私を墓標のない墓に埋める権利はない。それは違法だ！　公正じゃない！」と大声で叫びたくなった。

叫ばないで、この状況を穏やかに考えてみよう。では本当にこうなったらどうだろう？　そんなにひどいだろうか。

私は45歳だ。家族と子供がいる。私は人生を生きた。面白い仕事をして、いくつか人の役にも立った。しかしこの戦争に目を向けると、戦車に乗っている19歳の若者が弾丸の破片を頭に受けて、死んでいる。彼に家族はなく、子供もいない、人生がなかった。こうしている今も、マリウポリでは亡くなった市民の遺体が、道に転がっている。何の罪もないのに、死体をイヌに食われるか、運が良ければ集団墓地に埋葬される運命だ。私はこの生き方を自分で選択したが、あの人たちはただ生活していただけだ。彼らにも仕事があった。家族を養っていた。ところがある美しい夜、隣国のケチな独裁者がテレビで、彼らはみんなナチスだ、みんな死ななければならない、ウクライナはレーニンが創造したのだから、と言い出す。翌日、砲弾が飛んできて自宅の窓ガラスを突き破り、妻も、子供も、ひょっとすると、その人自身も死んでしまう。

ここにだって、一体どれほど無実の囚人がいることか！　私はたくさんの手紙に埋もれているが、彼らには手紙も小包も何も来ない。病気になり、刑務所病院で死ぬ者もいるだろう。たった一人で。

ソ連の反体制派はどうだ？　アナトリー・マルチェンコは１９８６年にハンガーストライキで死んだ。それからたった数年後に悪魔のようなソ連はバラバラに崩壊するというのに。つまり、最悪のシナリオは、実はさほど悪くないということだ。私は納得して受け容れた。

ユリアも同じように考えているようで、本当にありがたい。彼女が「来月には出られるかもしれない」というような期待に苦悩することは望んでいない。何より大事なのは、私がここで苦しんでいるのではない、とわかってもらうことだ。初めての長期面会のとき、私たちは廊下を歩いて、そこらじゅうに仕掛けられている盗聴器から一番離れた場所まで行った。そこで私は彼女の耳元にささやいた。「聞いて。芝居がかった真似はしたくないんだが、ここから出られない可能性はかなり高いと思う。すべてが崩れ始めて、体制が解体する最初の兆しがあった時点で、奴らは私を殺すだろう。毒を盛る」

「わかってる」と彼女はうなずいた。穏やかで力強い声だった。「私も同じことを考えていたわ」

その瞬間、私は妻を抱き寄せ、嬉しさにまかせて、力いっぱい抱きしめたかった。ああ、良かった！　涙はなし！　こういう瞬間、自分が正しい相手を見つけたと思える。いや、彼女が私を見つけたのか。

「ここだけの話、これが最もあり得る展開だと覚悟しておこう。事実を受け容れて、それをベースに人生を設計しよう。もし事態が良いほうに向かえば、もちろん最高だが、あてにするのはよそう。幻の希望にすがるのもやめよう」

「そうね。そうしましょう」

いつものように彼女の声はアニメのキャラクターのようだったが、真剣そのものだった。私を見上げて、あの濃い睫毛をしばたたかせている。私は思わず彼女を抱き上げ、有頂天になって抱きしめた。こんなにもつらい話を、取り乱したり修羅場にしたりせずに話すことができる人が、他にどこにいるだろう？　ユリアは完璧に理解している。そのうえで、私と同じように、良い展開を望みながらも最悪に備えている。

ユリアは笑って私の腕から離れた。私は彼女の鼻の頭にキスをした。心が軽くなった。

もちろん、こうやっている間にも、少しはごまかしや自己欺瞞がある。最悪の想定は受け容れたが、打ち消せない心の声が言う。「勘弁しろ、最悪の事態なんて起こらないさ」。最悪の結末が避けられないと自分に言い聞かせていても、すべての希望を捨てたのちに、まだ願ってしまう。誰か、この決心を変えてくれ。

物事を考える過程というのは単純明快ではないが、つらい状況に陥ったら、この方法を試してみると良い。よくよく真剣に考え抜くと、この思考法はうまくいく。

第2の考え方は、あまりに古いので、聞いた途端に呆れて目を回す人もいるだろう。宗教だ。信者にしかできないが、別に収容所の窓際で1日に3回、熱心に心から祈らなければいけない（刑務所でよく見られる光景）、というわけではない。以前書いたが、信者でいることは、人生を簡単にする。もっと突き詰めると、反体制派の政治家としての活動がやりやすくなる。信仰は人生をシンプルにする。

この考え方の出発点は、第1のときと同じで、まず刑務所のベッドに横になる。天井を見上げながら、自分に、心の底からキリスト教徒かどうか尋ねてみる。このとき、800歳まで生きた男たちが本当にいたのか、海が実際に真っ二つに割れたのか、信じられなくても良い。

君は、創始者が他人の罪をあがなうために犠牲になった宗教の門下か？　魂の永遠と、それ以外のクールなものを信じるか？　もしその問いに嘘偽りなくイエスと答えられるのなら、何を心配することがある？　なぜ君はベッドサイドテーブルにその本を置いているのか。そこで読んだ言葉を何百回もこっそりささやくのか。

「明日のことまで思い悩むな。明日のことは明日自らが思い悩む」

私の役目は、神の国とその真理を探し続けることだ。そして、その真理を見つけたなら、正直なイエス様とその信者たちに全てを委ねるのが私の使命だ。彼らは決して私を裏切らない。私の悩みや苦しみを取り去ってくれる。刑務所で言うところの、彼らが代わりにパンチを受けてくれるってわけだ。

訳者プロフィール

斎藤栄一郎　Eiichiro Saito
翻訳家・ジャーナリスト。山梨県生まれ。早稲田大学社会科学部卒業。主な訳書に『1日1つ、なしとげる！』『イーロン・マスク　未来を創る男』『時間をかけずに成功する人　コツコツやっても伸びない人』『ビッグデータの正体』『地球上の中華料理店をめぐる冒険』（以上、講談社）、『小売の未来』『小売再生』『センスメイキング』『Tools and Weapons』『イノセントマン』（以上、プレジデント社）、『データ資本主義』（ＮＴＴ出版）、『締め切りを作れ。それも早いほどいい。』（パンローリング）、『マスタースイッチ』（飛鳥新社）などがある。

星　薫子　Nihoko Hoshi
翻訳家。早稲田大学第一文学部卒業。通信社勤務、雑誌編集、コピーライティングを経て、翻訳家に。訳書に『白い拷問』（講談社）、『三階』、ジュリー・アンドリュース著の回想録『Home』（ともに五月書房新社）がある。夫と息子、ペットの金魚とともに東京都在住。

【翻訳協力】
遠藤康子、高崎拓哉、花田由紀、保科京子、若松陽子（五十音順）

著者プロフィール

アレクセイ・ナワリヌイ　Alexei Navalny

1976年、ロシア・モスクワ州生まれ。「プーチンが最も恐れた男」として知られる。「主権は国民にある」と訴え続け、世界的評価を得たロシアの反体制派リーダー、人権活動家、政治活動家。2011年のロシア下院選挙における不正疑惑に抗議、選挙のやり直しを求め、モスクワで大規模なプーチン抗議集会を行い、一躍注目を集める。「反汚職基金」を立ち上げ、ＳＮＳを駆使して不正選挙の実態、政権中枢幹部および国営企業の腐敗と富の独占を告発し、国内外で大反響を呼ぶ。国際的評価も高く、欧州議会が人権擁護に貢献した人に贈る「サハロフ賞」、人権と民主主義のためのジュネーブ・サミット「勇気賞」（ともに2021年）、「ドレスデン平和賞」（2024年）など、多くの賞を得ている。米国『タイム』誌の「世界で最も影響力のある100人（2012年）」「インターネット上で最も影響力のある25人（2017年）」に選出。

2020年、ロシア国内線の航空機内で神経剤ノビチョクによる毒殺未遂に遭い、2021年１月、療養先のドイツから帰国直後に過去の経済事件を理由に逮捕、収監。2023年、彼の活動を描いたドキュメンタリー映画『ナワリヌイ』が米国アカデミー賞・長編ドキュメンタリー賞を受賞。2024年に死亡。

PATRIOT《パトリオット》　プーチンを追《お》い詰《つ》めた男《おとこ》 最後《さいご》の手記《しゅき》

2024年10月22日　第1刷発行

著者……………………アレクセイ・ナワリヌイ
訳者……………………斎藤栄一郎《さいとうえいいちろう》
……………………星《ほし》 薫子《にほこ》

装丁……………………重原 隆
本文レイアウト……………………山中 央

KODANSHA

発行者…………………篠木和久
発行所…………………株式会社講談社
東京都文京区音羽2丁目12-21　郵便番号112-8001
電話 編集 03-5395-3522
販売 03-5395-4415
業務 03-5395-3615

印刷所…………………株式会社新藤慶昌堂
製本所…………………株式会社国宝社

ISBN978-4-06-538020-8